Stephen King
IM KABINETT DES TODES

Stephen King

IM KABINETT DES TODES

Düstere Geschichten

Aus dem Amerikanischen
von Wulf Bergner, Joachim Körber,
Hedda Pänke, Jochen Schwarzer und
Jochen Stremmel

Ullstein

Der Ullstein Verlag ist ein Unternehmen der
Ullstein Heyne List GmbH & Co. KG
www.ullstein-verlag.de

Titel der amerikanischen Originalausgabe:
Everything's Eventual
Copyright © 2002 by Stephen King
Amerikanische Originalausgabe 2002 by
Scribner, New York
Copyright © der deutschsprachigen Ausgabe 2003 by
Ullstein Heyne List GmbH & Co. KG
Das Werk erscheint im Ullstein Verlag
Alle Rechte vorbehalten
Satz: Pinkuin Satz und Datentechnik, Berlin
Gesetzt aus der Sabon
Druck und Verarbeitung: Clausen & Bosse, Leck
Printed in Germany
ISBN 3 550 08413 7

Nachweis der Übersetzer der einzelnen Geschichten s. S. 584

Für Shane Leonard

Inhalt

Ich tat Folgendes: Aus einem Pokerblatt nahm ich alle Pik-karten und einen Joker heraus. Ass bis König = 1 bis 13, Joker = 14. Ich mischte die Karten, und die Reihenfolge, in der ich sie dann aufdeckte, wurde zur Reihenfolge der Geschichten in diesem Buch – ausgehend von ihrem Platz auf einer Liste, die mein Verlag mir geschickt hatte. Dabei entstand tatsächlich ein sehr schönes Gleichgewicht zwischen den literarischen Geschichten und den Horrorstorys. Dann fügte ich den einzelnen Geschichten auch noch ein paar erläuternde Anmerkungen bei – entweder davor oder dahinter, je nachdem, wo mir es passend erschien. Bei der nächsten Sammlung müssen dann Tarotkarten ran.

Einleitung: Wenn man sich einer fast ausgestorbenen Kunstform widmet

Über die Freude am Schreiben habe ich mich schon des Öfteren geäußert und halte es nicht für nötig, dieses Haschee hier so spät noch einmal aufzuwärmen, aber ich muss Ihnen etwas gestehen: Auch den geschäftlichen Teil meiner Arbeit betreibe ich mit dem leicht wahnhaften Vergnügen eines Amateurs. Ich murkse da gerne rum, reize alle möglichen Dinge aus und fremdbestäube Medien. Ich habe es mit Drehbuchromanen versucht (*Der Sturm des Jahrhunderts*, *Rose Red*), mit einem Fortsetzungsroman (*The Green Mile*) und mit einem übers Internet vertriebenen Fortsetzungsroman (*The Plant*). Es geht mir dabei nicht darum, noch mehr Geld zu verdienen, und eigentlich auch nicht darum, neue Märkte zu erschließen; nein, das Ziel dabei ist, den Akt, die Kunst und das Handwerk des Schreibens einmal mit anderen Augen zu sehen, dadurch frischen Wind in das ganze Verfahren zu bringen und die Erzeugnisse – mit anderen Worten: die Geschichten – so interessant und lebendig wie möglich zu erhalten.

Eigentlich habe ich eben »so neu und originell wie möglich« geschrieben, aber das habe ich der Ehrlichkeit halber wieder gelöscht. Also bitte, Ladys and Gentlemen: Wem kann ich denn jetzt nach all den Jahren noch was vormachen – außer mir selbst vielleicht? Ich habe meine erste Geschichte verkauft, als ich einundzwanzig und im ersten Jahr auf dem College war. Jetzt bin ich vierundfünfzig und habe eine Menge Worte durch den 1,4 Kilo schweren organischen

Computer/Textverarbeiter gejagt, auf dem meine Red-Sox-Kappe sitzt. Geschichten zu schreiben ist für mich schon lange nichts Neues mehr, aber das bedeutet nicht, dass es seinen Reiz verloren hätte. Wenn mir jedoch zu diesem Thema nichts Neues, Interessantes mehr einfiele, würden die Geschichten sehr bald lahm und dröge. Ich will nicht, dass das passiert, denn ich will die Leute nicht betrügen, die meine Sachen lesen (das wären dann Sie, lieber treuer Leser), und ich will mich auch nicht selber betrügen. Schließlich geht das uns beide was an. Wir haben eine Verabredung miteinander. Wir sollten uns vergnügen. Wir sollten tanzen.

Dessen eingedenk will ich Ihnen Folgendes erzählen: Meine Frau und ich besitzen doch diese beiden Radiosender. WZON-AM, ein Sportsender, und WKIT-AM, der klassische Rockmusik spielt (*»The Rock of Bangor«*, wie wir immer sagen). Rundfunk ist heutzutage ein knallhartes Geschäft, zumal auf einem Markt wie Bangor, wo es zu viele Sender gibt und zu wenige Hörer. Wir haben zeitgenössische Countrymusik, *klassische* Countrymusik, Oldies, *klassische* Oldies, Rush Limbaugh, Paul Harvey und Casey Kasem. Die Sender von Steve und Tabby King schreiben seit vielen Jahren rote Zahlen – keine tiefroten, aber doch so, dass es mich nervt. Erfolg ist mir wichtig, verstehen Sie? Und obwohl wir bei den Einschaltquoten immer vorne lagen, standen wir am Jahresende doch stets mit Miesen da. Mir hat man das so erklärt, dass sich in Bangor einfach nicht genug Werbeeinnahmen erzielen lassen und dass sich schon zu viele Sender den Kuchen teilen.

Da kam mir eine Idee. Ich würde ein Hörspiel schreiben, dachte ich, so ähnlich wie die Hörspiele, die ich als Kind immer mit meinem Großvater in Durham, Maine, gehört hatte. Ein Halloween-Hörspiel, bei Gott! Ich kannte natürlich Orson Welles' berühmte – oder berüchtigte – Halloween-Hörspielfassung von »Krieg der Welten«. Welles hatte die Idee (die absolut *brillante* Idee), H. G. Wells' klassische Geschichte über die Landung der Marsmenschen als Abfolge von Nachrichtenmeldungen und Reportagen zu bringen. Und es funktionierte. Es funktionierte so gut, dass es eine landesweite Panik auslöste und sich Welles (Orson, nicht H. G.) in der nächsten Sendung von *Mercury Theatre* öffentlich entschuldigen musste. (Ich wette, er tat es mit einem Lächeln – ich jedenfalls *würde* lächeln, wenn mir je eine so durchschlagende und überzeugende Lüge gelänge.)

Ich dachte, was bei Orson Welles funktioniert hatte, würde auch bei mir funktionieren. Statt wie in Welles' Hörspiel mit Tanzmusik anzufangen, würde ich mit Ted Nugents *Car Scratch Fever* beginnen. Dann unterbricht einer unserer allseits bekannten Radiosprecher von WKIT die Musik. »Hier ist JJ West von WKIT News«, sagt er. »Ich bin hier in der Innenstadt von Bangor, wo sich gut tausend Menschen auf dem Pickering Square eingefunden haben und zusehen, wie sich ein großes, silbriges, scheibenförmiges Objekt dem Erdboden nähert ... Warten Sie mal, wenn ich das Mikro hebe, können Sie es vielleicht hören.«

Und schon wären wir mittendrin in der Geschichte. Ich könnte unser eigenes Equipment dazu nutzen, die Toneffekte zu erzeugen, könnte für die Rollen hiesige Laienschauspieler engagieren, und das Beste? Das Beste von allem? Wir könnten das Ergebnis aufzeichnen und an Radiosender *im ganzen Land* verkaufen! Die sich daraus ergebenden Einnahmen, dachte ich mir (und mein Steuerberater hat mir da Recht gegeben), wären »Einnahmen des Radiosenders« und nicht »Einnahmen durchs Schreiben«. Es wäre eine Möglichkeit, die fehlenden Werbeeinnahmen auszugleichen, und am Jahresende könnte der Sender tatsächlich schwarze Zahlen präsentieren!

Die Idee mit dem Hörspiel war sehr reizvoll, und die Aussicht darauf, meine Sender mit meinen schriftstellerischen Fähigkeiten in die Gewinnzone zu bringen, war ebenfalls sehr reizvoll. Und was geschah? Ich kriegte es nicht hin. Ich versuchte es und versuchte es, aber alles, was ich schrieb, hörte sich wie eine Erzählung an. Nicht wie ein Drama, das man vor seinem geistigen Auge ablaufen sieht (diejenigen, die alt genug sind, um sich noch an Radiosendungen wie *Suspense* oder *Gunsmoke* zu erinnern, werden wissen, was ich meine), sondern eher wie ein Hörbuch. Wir hätten es trotzdem verkaufen und damit ein bisschen Geld verdienen können, aber mir war klar, dass diesem Hörspiel kein Erfolg beschieden sein würde. Es war langweilig. Es wäre Betrug am Hörer gewesen. Es war Murks, und ich wusste nicht, wie ich es besser machen sollte. Das Hörspiel ist, so scheint es mir, eine ausgestorbene Kunstform. Wir haben die Fähigkeit verloren, mit den Ohren zu sehen. Früher konnten wir das mal. Ich weiß noch, wie ich im Radio irgendeinen Geräuschemacher mit den Fingerknöcheln auf einen hohlen Holzblock klopfen hörte … und ganz deutlich Matt Dillon vor mir sah, wie er in seinen staubigen Stiefeln zum Tresen des Long Branch Saloons ging. *Perdu.* Diese Zeiten sind vorbei.

Das Drama in Shakespeares Stil – Komödien und Tragödien in Blankversen – ist ebenfalls eine ausgestorbene Kunstform. Die Leute gehen zwar immer noch zu College-Aufführungen von *Hamlet* oder *König Lear*, aber seien wir doch mal ehrlich: Wie würden sich diese Stücke im Fernsehen schlagen gegen *Weakest Link* oder *Survivor Five: Stranded on the Moon*, selbst wenn Brad Pitt den Hamlet spielen würde und Jack Nicholson den Polonius? Und obwohl die Leute immer noch in elisabethanische Ausstattungsstücke wie *König Lear* oder *Macbeth* gehen, ist das Genießen einer Kunstform doch himmelweit von der Fähigkeit entfernt, selbst ein neues Beispiel dieser Kunstform erschaffen zu können. Hin und wieder bringt immer noch jemand am oder *off* Broadway ein Blankversstück auf die Bühne, und es wird jedes Mal zu einem Reinfall.

Lyrik ist *keine* ausgestorbene Kunstform. Der Lyrik geht es besser denn je. Es gibt da natürlich die übliche Bande von Idioten (wie sich die *Mad*-Redakteure immer selber nannten), Leute, die Prahlerei mit Genialität verwechseln, aber es gibt auch viele brillante Lyriker. Schaun Sie im Buchladen mal in den Literaturzeitschriften nach, wenn Sie mir nicht glauben. Auf sechs grottenschlechte Gedichte kommen da ein oder zwei gute. Und das ist, glauben Sie mir, ein höchst akzeptables Verhältnis von Müll zu Meisterschaft.

Die Kurzgeschichte ist ebenfalls keine ausgestorbene Kunstform, aber ich möchte mal behaupten, dass sie dem Aussterben weit näher ist als die Lyrik. Als ich in dem wunderbar antiken Jahr 1968 meine erste Kurzgeschichte verkaufte, beklagte ich schon das ständige Schrumpfen der Märkte: Die Groschenhefte gab es nicht mehr, die Digests gab es nicht mehr, und die Wochenzeitungen (wie die *Saturday Evening Post*) starben gerade aus. Seither habe ich den Markt für Kurzgeschichten stetig weiter schrumpfen sehen. Gott segne die kleinen Zeitschriften, in denen Nachwuchsschriftsteller gegen ein paar Belegexemplare immer noch ihre Kurzgeschichten veröffentlichen können, und Gott segne die Redakteure, die immer noch unverlangt eingesandte Manuskripte lesen (zumal nach der Anthrax-Panik von 2001), und Gott segne auch die Verleger, die hin und wieder grünes Licht für eine Anthologie neuer Kurzgeschichten geben, aber Gott muss nicht Seinen ganzen Tag – und nicht mal Seine Kaffeepause – darauf verwenden, diese Leute zu segnen. Zehn, fünfzehn Minuten reichen auch. Ihre Zahl ist klein, und jedes Jahr werden es ein paar weniger. Die Zeitschrift *Story*, ein Leitstern für junge Schriftsteller (damals auch für mich, obwohl ich nie etwas in ihr veröffentlicht habe), ist nun auch eingegangen. Die Zeitschrift *Amazing Storys* gibt es nicht mehr, trotz mehrerer Versuche, sie wieder zu beleben. Interessante Science-Fiction-Magazine wie *Vertex* sind eingegangen und natürlich auch Horrorhefte wie *Creepy* und *Eerie*. Diese wunderbaren Zeitschriften gibt es schon *lange* nicht mehr. Ab und zu versucht mal jemand, ihnen neues Leben einzuhauchen, und zur Zeit kämpft sich *Weird Tales* durch so eine Neuauflage. Meistens scheitert das. Es ist wie mit den Blankversdramen, die im Handumdrehn wieder vom Spielplan verschwinden. Wenn so etwas ausgestorben ist, kann man es nicht wiederbeleben. Was verschwunden ist, bleibt im Allgemeinen auch verschwunden.

Ich habe all die Jahre weiter Kurzgeschichten geschrieben, zum einen, weil mir hin und wieder immer noch die Idee zu einer kommt – wunderbare, suppenwürfelartige Ideen, die sich geradezu anbieten, dreitausend, vielleicht auch neuntausend, höchstens fünfzehntausend Wörter darüber zu schreiben –, und zum anderen, weil sie mir die Möglichkeit bieten, zumindest mir selbst zu beweisen, dass ich noch nicht abgewirtschaftet habe – egal, was die mir weniger wohlgesinnten Kritiker auch denken mögen. Kurzgeschichten entstehen immer noch in Stückarbeit; sie gleichen den Einzelstücken, die man in Kunsthandwerksläden erstehen kann – falls man Geduld hat und wartet, während sie im Hinterzimmer von Hand gefertigt werden.

Es gibt jedoch keinen Grund, warum man Kurzgeschichten, nur weil sie nach alter Väter Sitte entstehen, auch ausschließlich nach alter Väter Sitte *vermarkten* sollte, und es gibt ferner keinen Grund zu der Annahme (von der anscheinend viele Feuilletonfasler ausgehen), die Art und Weise, wie ein literarischer Text verkauft wird, habe irgendeinen schädigenden Einfluss auf ihn.

Ich spreche hier von »Achterbahn – Riding the Bullet«, einer Geschichte, mit der ich sicherlich die eigenartigsten Erfahrungen beim Verkaufen meiner Waren auf dem Markt gemacht habe, und einer Geschichte, die auch die Thesen veranschaulicht, die ich hier vorbringen möchte: Was tot ist, lässt sich nicht so einfach wieder beleben; sobald die Dinge einen bestimmten Punkt überschritten haben, sterben sie wahrscheinlich unweigerlich aus; wenn man aber einen bestimmten Aspekt des kreativen Schreibens – den kommerziellen Aspekt nämlich – unter einem anderen Gesichtspunkt betrachtet, kann man manchmal der ganzen Sache wieder neues Leben einhauchen.

»Achterbahn« habe ich nach *Das Leben und das Schrei-*

ben verfasst, während ich mich immer noch von einem Verkehrsunfall erholte, der mich in einen Zustand fast permanenter körperlicher Qualen versetzt hatte. Das Schreiben half mir über die schlimmsten Schmerzen hinweg; es war (und ist immer noch) das beste Schmerzmittel in meinem beschränkten Arsenal. Die Geschichte, die ich erzählen wollte, war die einfachste Sache der Welt; wirklich kaum mehr als eine Gespenstergeschichte, wie man sie sich am Lagerfeuer erzählt. Es ging um einen Anhalter, der von einem Toten mitgenommen wird.

Während ich in der irrealen Welt meiner Fantasie an dieser Geschichte arbeitete, wuchs in der ebenso irrealen Welt des E-Commerce die Dot-Com-Blase. Ein Aspekt dessen war das so genannte elektronische Buch, das, wie manche versicherten, das Ende der Bücher bedeuten würde, wie man sie bis dahin gekannt hatte: geklebte oder gebundene Gegenstände, Seiten, die man von Hand umblättern konnte (und die manchmal, wenn der Leim schwach oder die Bindung alt waren, auch ausfielen). Anfang 2000 interessierte sich alle Welt für einen Essay von Arthur C. Clarke, der ausschließlich im Cyberspace veröffentlicht worden war.

Er war jedoch äußerst kurz (so wie man seine Schwester küsst, dachte ich, als ich ihn zum ersten Mal las). Meine Geschichte hingegen, als sie dann fertig war, war recht lang. Susan Moldow, meine Lektorin bei Scribner (als *Akte-X*-Fan nenne ich sie *Agent* Moldow), rief mich eines Tages auf Anregung von Ralph Vicinanza hin an und fragte, ob ich nicht irgendwas hätte, womit ich es auf dem elektronischen Markt versuchen könnte. Ich schickte ihr »Achterbahn«, und wir drei – Susan, Scribner und ich – schrieben damit ein klein wenig Verlagsgeschichte. Mehrere hunderttausend Menschen luden sich die Geschichte auf ihren Computer, und ich verdiente damit eine peinliche Menge Geld. (Nein, das war jetzt gelogen: Es war mir nicht im Mindesten peinlich.) Selbst die Audio-Rechte brachten über hunderttausend Dollar – ein abstrus hoher Preis.

Gebe ich hier etwa an? Prahle ich hier so richtig übel rum? In gewisser Hinsicht schon. Aber ich will Ihnen auch erzählen, dass mich »Achterbahn« fast in den Wahnsinn getrieben hätte. Wenn ich in so einer piekfeinen Flughafenlounge sitze, werde ich von der übrigen Kundschaft normalerweise nicht weiter beachtet; die sind viel zu sehr damit beschäftigt, in ihre Mobiltelefone zu quasseln oder an der Bar irgendwelche Deals auszuhandeln. Und mir ist das nur recht so. Ab und an kommt einer von ihnen rüber und bittet mich um ein Autogramm für seine Frau. Seine Frau, so lässt mich dieser Aktenkoffer schwingende Kerl im schicken Anzug dann normalerweise wissen, habe *alle* meine Bücher gelesen. Er selbst hingegen kein einziges. Auch das lässt er mich wissen. Er hat einfach zu viel um die Ohren. Er hat *Die sieben Wege zur Effektivität* gelesen und *Die Mäuse-Strategie für Manager* und *Das Gebet des Jabez*, aber das war's dann auch schon. Ich muss los, ich hab's eilig, mir steht in vier Jahren ein Herzinfarkt bevor, und bis dahin muss ich zusehen, dass mit meinem 401(k)-Alterssparplan alles unter Dach und Fach ist.

Nachdem »Achterbahn« als eBuch herausgekommen war (mit buntem Cover, Scribner-Kolophon und allem Drum und Dran), änderte sich das. Da *stürzten* sie sich in den Flughafenlounges auf mich. Da wurde ich in Boston sogar in der Amtrak-Lounge von Menschen belagert. Auf der Straße drängten sie sich um mich. Eine Zeit lang lehnte ich, das muss man sich mal vorstellen, täglich drei Angebote für Talkshowauftritte ab (bei Jerry Springer hätte ich zugesagt, aber der rief einfach nicht an). Ich kam sogar auf den Titel des *Time Magazine*, und die *New York Times* dozierte ausführlich über den als solchen empfundenen Erfolg von »Achterbahn« und den als solchen empfundenen Misserfolg ihres Cyberspace-Nachfolgers »The Plant«. Großer Gott, ich war auf Seite eins des *Wall Street Journal*. Ich hatte es versehentlich zum Mogul gebracht.

Und was trieb mich dabei fast in den Wahnsinn? Was ließ das alles so sinnlos erscheinen? Na, dass sich niemand für die Geschichte interessierte. Verdammt noch mal, niemand *fragte* auch nur nach der Geschichte, und wissen Sie was? Es ist eine ziemlich *gute* Geschichte, wenn ich das mal so sagen darf. Schlicht, aber schön. Eine runde Sache. Wenn Sie ihretwegen auch nur einmal den Fernseher abgeschaltet haben, war sie (oder jede andere Geschichte der nun folgenden Sammlung), was mich betrifft, ein voller Erfolg.

Doch nach »Achterbahn« wollten die ganzen Schlipsträger immer nur wissen: »Wie läuft's? Wie verkauft es sich?« Wie hätte ich ihnen sagen sollen, dass es mir scheißegal war, wie sie sich auf dem Markt schlug, und dass mich einzig und allein interessierte, wie sie sich im Herzen der Leser machte? War sie dort ein Erfolg? Versagte sie? Drang sie durch bis zu den Nervenenden? Löste sie jenen leichten Schauer aus, der die Existenzberechtigung jeder Gruselgeschichte bildet? Mir wurde allmählich klar, dass ich da das Welken einer weiteren Kunstform miterlebte, einen Niedergang, der letztendlich zu ihrem Aussterben führen mochte. Es hat etwas abstrus Dekadentes, dass man nur deshalb auf dem Titel einer wichtigen Zeitschrift erscheint, weil man einmal einen anderen Marktzugang versucht hat. Und noch abstruser ist es dann, wenn einem klar wird, dass die vielen Leser weit mehr am Novum der elektronischen Verpackung interessiert waren als an ihrem Inhalt. Will ich denn wirklich wissen, wie viele der Leute, die sich »Achterbahn« heruntergeladen haben, »Achterbahn« auch tatsächlich *gelesen* haben? Nein, das will ich nicht. Ich glaube, ich wäre schwer enttäuscht.

Das elektronische Publizieren mag nun der Trend der Zukunft sein oder nicht; das interessiert mich einen feuchten Kehricht, glauben Sie mir. Ich habe diesen Weg nur beschritten, weil er eine neue Möglichkeit darstellte, wie ich mich auch weiterhin ganz dem Schreiben von Geschichten widmen und sie möglichst vielen Menschen zugänglich machen kann.

Dieses Buch wird vermutlich eine Zeit lang auf den Bestsellerlisten stehen; ich habe in dieser Hinsicht viel Glück gehabt. Aber wenn Sie es dort sehen, fragen Sie sich doch mal, wie viele *andere* Kurzgeschichtensammlungen pro Jahr so auf den Bestsellerlisten auftauchen und wie lange man von den Verlagen noch erwarten kann, dass sie Bücher einer Art herausbringen, welche die Leser nicht sonderlich interessiert. Für mich jedoch gibt es kaum ein größeres Vergnügen, als an einem kalten Abend mit einer warmen Tasse Tee in meinem Lieblingssessel zu sitzen, dem Wind draußen zu lauschen und eine gute Geschichte zu lesen, die man in einem Zug durchbekommt.

Sie zu schreiben ist nicht so ein Vergnügen. Aus dieser Sammlung fallen mir nur zwei Geschichten ein – »Alles endgültig« und »L. T.s Theorie der Kuscheltiere« –, die nicht viel mehr Mühe gekostet haben, als das verhältnismäßig bescheidene Resultat erkennen lässt. Und doch glaube ich, dass es mir gelungen ist, meine Kunst frisch zu erhalten, und sei's auch nur für mich selbst, vor allem, weil ich kein Jahr verstreichen lasse, ohne mindestens ein oder zwei Geschichten zu schreiben. Nicht des Geldes wegen und im Grunde nicht mal aus Liebe zu dieser Form, sondern gewissermaßen, um meinen Verpflichtungen nachzukommen. Denn wenn man Kurzgeschichten schreiben will, muss man schon mehr tun als nur darüber *nachzudenken*, welche zu schreiben. Das ist nicht wie beim Fahrrad fahren, sondern eher wie beim Training in einem Sportstudio: Dran bleiben ist alles.

Diese Geschichten hier gesammelt zu sehen, ist für mich eine große Freude. Ich hoffe, Ihnen geht es ebenso. Sie können es mich über *www.stephenking.com* wissen lassen. Und noch etwas können Sie für mich (und sich) tun: Wenn Ihnen diese Geschichten gefallen, kaufen Sie auch andere Kurzgeschichtensammlungen. *Sam the Cat* von Matthew Klam beispielsweise oder *The Hotel Eden* von Ron Carlson. Das sind nur zwei der vielen guten Schriftsteller, die da draußen ihrer Arbeit nachgehen, und obwohl wir nun auch offiziell im 21. Jahrhundert angelangt sind, tun sie es immer noch auf die alte Weise – sie schreiben ein Wort nach dem anderen.

Die Form, in der diese Geschichten letztendlich erscheinen, ändert nichts daran. Unterstützen Sie sie, wenn Ihnen etwas daran liegt. Und die beste Methode dazu hat sich auch nicht groß geändert: *Lesen Sie ihre Geschichten.*

Nun möchte ich noch ein paar Leuten danken, die meine gelesen haben: Bill Buford vom *New Yorker*; Susan Moldow von Scribner; Chuck Verrill, der im Laufe all der Jahre so viele meiner Werke lektoriert hat; Ralph Vicinanza, Arthur Greene, Gordon Van Gelder und Ed Ferman vom *Magazine of Fantasy and Science Fiction*; Nye Willden von *Cavalier* und dem verstorbenen Robert A. W. Lowndes, der damals, '68, der Erste war, der eine Kurzgeschichte von mir brachte. Außerdem – und vor allem – meiner Frau Tabitha, die mir immer noch die liebste treue Leserin ist. All diese Menschen haben daran mitgewirkt und wirken – wie auch ich – weiterhin daran mit, dass die Kunstform Kurzgeschichte nicht ausstirbt. Und Sie wirken durch das, was Sie kaufen (und damit finanziell unterstützen) und durch das, was Sie lesen, ebenfalls daran mit. Sie an erster Stelle, treuer Leser. Immer wieder Sie.

Stephen King
Bangor, Maine
11. Dezember 2001

Autopsieraum vier

Es ist so dunkel, dass ich für einige Zeit glaube – wie lange genau, weiß ich nicht –, ich sei noch immer bewusstlos. Dann dämmert mir langsam, dass Bewusstlose nicht das Gefühl haben, sich durchs Dunkel zu bewegen, von einem leisen, rhythmischen Geräusch begleitet, das nur ein quietschendes Rad sein kann. Und ich spüre mich von meinem Scheitel bis zu meinen Fersen. Ich kann etwas riechen, das Gummi oder Vinyl sein könnte. Dies ist keine Bewusstlosigkeit, und ich fühle etwas zu ... zu *was*? Diese Empfindungen sind zu *rational*, um ein Traum zu sein.

Was erlebe ich also?

Wer bin ich?

Und was geschieht mit mir?

Der dämliche Rhythmus des quietschenden Rades verstummt, und ich höre auf, mich zu bewegen. Um mich herum knistert das nach Gummi riechende Zeug.

Eine Stimme: »In welchen sollen wir ihn bringen?«

Eine Pause.

Eine zweite Stimme: »Vier, glaub ich. Yeah, vier.«

Wir setzen uns wieder in Bewegung, diesmal etwas langsamer. Ich kann jetzt das leise Schlurfen von Füßen hören, vielleicht in Laufschuhen. Die Besitzer der Stimmen sind auch die Besitzer der Schuhe. Sie bleiben wieder stehen mit mir. Ich höre einen dumpfen Schlag, dem ein leises Zischen folgt. Das sind, vermute ich, die Geräusche einer mit Druckluft betätigten Tür, die geöffnet wird.

Was geht hier vor?, schreie ich, aber der Schrei erklingt nur in meinem Kopf. Meine Lippen bewegen sich nicht. Ich kann sie fühlen – und meine Zunge, die wie ein betäubter Maulwurf auf dem Boden meines Mundes liegt –, aber ich kann sie nicht bewegen.

Das Ding, auf dem ich liege, setzt sich wieder in Bewegung. Ein rollendes Bett? Ja. Mit anderen Worten, eine fahrbare Krankentrage. Damit habe ich vor langer Zeit – während Lyndon Johnsons beschissenem kleinem Abenteuer in Asien – einige Erfahrungen gesammelt. Mir wird klar, dass ich in einem Krankenhaus bin, dass mir etwas Schlimmes zugestoßen ist, etwas wie die Detonation, die mich vor dreiundzwanzig Jahren beinahe kastriert hätte, und dass ich operiert werden soll. In dieser Idee stecken viele Antworten, überwiegend vernünftige Antworten, aber ich habe keine Schmerzen. Von der Kleinigkeit abgesehen, dass ich in Todesangst schwebe, fühle ich mich heil und gesund. Und wenn das Krankenpfleger sind, die mich in einen Operationssaal rollen, warum kann ich nicht sehen? Warum kann ich nicht *sprechen?*

Eine dritte Stimme: »Hier herüber, Jungs.«

Mein rollendes Bett wird in eine neue Richtung geschoben, und die Frage, die in meinem Kopf dröhnt, lautet: *In welchen Schlamassel bin ich geraten?*

Hängt das nicht davon ab, wer du bist?, frage ich mich, denn *das* ist wenigstens etwas, das ich weiß, wie ich jetzt feststelle. Ich bin Howard Cottrell. Ich bin ein Börsenmakler, der bei einigen seiner Kollegen als Howard der Eroberer bekannt ist.

Zweite Stimme (spricht direkt über meinem Kopf): »Sie sehen heute sehr hübsch aus, Doc.«

Vierte Stimme (weiblich, eher kühl): »Es ist immer nett, das von Ihnen bestätigt zu bekommen, Rusty. Können Sie sich ein bisschen beeilen? Die Babysitterin erwartet mich bis sieben Uhr zurück. Sie ist bei ihren Eltern zum Abendessen eingeladen.«

Bis sieben Uhr zurück, bis sieben Uhr zurück. Es ist noch Nachmittag, vielleicht später Nachmittag, aber schwarz hier drinnen, rabenschwarz, schwarz wie ein Bärenarsch, schwarz wie Mitternacht in Persien, und *was geht hier vor?* Wo bin ich gewesen? Was habe ich gemacht? Warum habe ich nicht an den Telefonen gesessen?

Weil heute Samstag ist, murmelt eine Stimme tief aus meinem Unterbewusstsein. *Du hast ... hast ...*

Ein Geräusch: KLACK! Ein Geräusch, das ich liebe. Ein Geräusch, für das ich mehr oder weniger lebe. Das Geräusch von ... von was? Natürlich vom Kopf eines Golfschlägers. Der den Ball vom Tee abschlägt. Ich stehe da, sehe ihm nach, als er ins Himmelsblau davonfliegt ...

Ich werde an Schultern und Waden gepackt und hochgehoben. Das erschreckt mich furchtbar, und ich versuche zu schreien. Ich bringe keinen Ton heraus ... oder vielleicht ein einziges winziges Quietschen, viel leiser als das des Rades unter mir. Wahrscheinlich nicht einmal das. Wahrscheinlich bilde ich mir das nur ein.

Ich werde in dem mich umgebenden Dunkel durch die Luft geschwungen – *He, lasst mich nicht fallen, ich habe Rückenprobleme!*, versuche ich zu sagen, und auch diesmal bewegen sich weder Lippen noch Zähne; meine Zunge liegt weiter auf dem Boden meines Mundes, der Maulwurf ist vielleicht nicht nur betäubt, sondern tot, und ich habe jetzt einen schrecklichen Gedanken, der Angst auslöst, die schon fast Panik gleicht: Was ist, wenn sie mich falsch hinlegen, wenn meine Zunge nach hinten rutscht und meine Luftröhre blockiert? Ich werde nicht mehr atmen können! Das meinen die Leute, wenn sie sagen, jemand habe »seine Zunge verschluckt«, nicht wahr?

Zweite Stimme (Rusty): »Der wird Ihnen gefallen, Doc, er sieht wie Michael Bolton aus.«

Ärztin: »Wer ist das?«

Dritte Stimme – scheint ein junger Mann zu sein, kaum älter als ein Teenager: »Das ist dieser weiße Schnulzensänger, der wie ein Schwarzer zu singen versucht. Ich glaube nicht, dass er's ist.«

Das löst Gelächter aus, in das die weibliche Stimme einstimmt (etwas zweifelnd), und als ich auf etwas gelegt werde, das sich wie ein gepolsterter Tisch anfühlt, macht Rusty bereits den nächsten Witz – er hat anscheinend ein ganzes Repertoire. Ich verpasse diese neuerliche Heiterkeit, weil mich jähes Entsetzen befällt. Wenn meine Zunge meine Luftröhre blockiert, werde ich nicht atmen können, das ist der Gedanke, der mir eben durch den Kopf gegangen ist, *aber was ist, wenn ich gar nicht atme?*

Was ist, wenn ich tot bin? Was ist, wenn der Tod so aussieht?

Das passt. Das passt mit schrecklicher prophylaktischer Passform zu allem. Das Dunkel. Der Gummigeruch. Heutzutage bin ich Howard der Eroberer, ein erfolgreicher Börsenmakler, der Schrecken des Derry Municipal Country Clubs, ein häufiger Gast in den Räumen, die in Golfklubs in aller Welt als *Neunzehntes Loch* bekannt sind, aber im Jahr 1971 gehörte ich im Mekongdelta einer Sanitätseinheit an, ein verängstigter Junge, der manchmal mit feuchten Augen aufwachte, wenn er vom Familienhund geträumt hatte, und jetzt erkenne ich dieses Gefühl, diesen Geruch plötzlich wieder.

Großer Gott, ich bin in einem Leichensack.

Erste Stimme: »Unterschreiben Sie bitte hier, Doc? Aber gut aufdrücken – es sind drei Durchschläge.«

Das Geräusch eines Kugelschreibers auf Papier. Ich stelle mir vor, wie der Besitzer der ersten Stimme der Ärztin ein Schreibbrett hinhält.

O liebster Jesus, lass mich nicht tot sein!, versuche ich zu schreien und bringe keinen Ton heraus.

Aber ich atme doch … stimmt's? Ich meine, ich kann nicht spüren, dass ich's tue, aber meine Lunge scheint in Ordnung zu sein, sie pocht nicht oder schreit nach Luft, wie sie's manchmal tut, wenn ich zu lange getaucht habe, also muss alles mit mir in Ordnung sein, nicht wahr?

Wärst du tot, murmelt die Stimme in meinem Unterbewusstsein, *würde sie nicht nach Luft schreien, stimmt's? Nein, denn eine tote Lunge braucht nicht zu atmen. Eine tote Lunge kann es irgendwie ... langsamer angehen lassen.*

Rusty: »Was machen Sie nächsten Samstagabend, Doc?« *Aber wenn ich tot bin, wie kann ich dann etwas fühlen? Wie kann ich den Sack riechen, in dem ich liege? Wie kann ich diese Stimmen hören, wie die Ärztin jetzt sagt, dass sie am nächsten Samstagabend ihren Hund baden wird, der übrigens Rusty heißt, was für ein Zufall, worauf wieder alle lachen? Wenn ich tot bin, warum bin ich dann nicht entweder gefühllos oder in das weiße Licht gehüllt, von dem sie bei* Oprah *immer reden?*

Dann ist ein scharfes Reißen zu hören, und plötzlich *bin* ich in weißes Licht gehüllt; es ist blendend hell wie die Sonne, wenn sie an einem Wintertag durch die Wolkendecke bricht. Ich versuche meine Augen schützend zusammenzukneifen, aber nichts passiert. Meine Lider gleichen Jalousien, deren Mechanik defekt ist.

Ein Gesicht beugt sich über mich, verdeckt einen Teil des grellen Lichts, das nicht von irgendeinem gleißend hellen Himmelskörper, sondern von in Reihen angeordneten Leuchtstoffröhren an der Decke über mir kommt. Das Gesicht gehört einem jungen, auf konventionelle Weise gut aussehenden jungen Mann von ungefähr fünfundzwanzig Jahren; er sieht aus wie einer dieser Muskelmänner, die in *Baywatch* oder *Melrose Place* die Strände bevölkern. Jedoch geringfügig intelligenter. Er hat eine Menge schwarzes Haar unter seiner achtlos getragenen Chirurgenmütze. Er trägt auch den dazu passenden Kittel. Seine Augen sind kobaltblau, genau die Farbe, auf die angeblich alle Mädchen fliegen. Seine Backenknochen sind mit kleinen Sommersprossen überstäubt.

»He, Mann«, sagt er. Ihm gehört die dritte Stimme. »Dieser Kerl sieht *wirklich* wie Michael Bolton aus! Vielleicht nicht mehr gerade der Jüngste ...« Er beugt sich tiefer über mich. Eines der flachen Bänder, mit denen sein grüner Kittel am Hals zugebunden wird, kitzelt mich an der Stirn. »... aber yeah, ich sehe die Ähnlichkeit. He, Michael, sing uns was!«

Hilf mir!, ist es, was ich zu singen versuche, aber ich kann nur mit meinem starren Totenblick in seine dunkelblauen Augen sehen; ich kann mich nur fragen, ob ich tot *bin*, ob die Sache wirklich so abläuft, ob es *jedem* so ergeht, nachdem die Pumpe versagt hat. Wenn ich noch lebe, wie kommt's dann, dass er nicht gesehen hat, wie meine Pupillen sich verengt haben, als das Licht sie getroffen hat? Aber ich weiß die Antwort darauf ... glaube sie jedenfalls zu kennen. Sie haben sich *nicht* zusammengezogen. Deshalb ist das grelle Licht der Leuchtstoffröhren so schmerzhaft.

Das Band kitzelt meine Stirn wie eine Feder.

Hilf mir!, kreische ich den *Baywatch*-Muskelmann an, der vermutlich ein Assistenzarzt oder vielleicht bloß ein Medizinstudent ist. *Hilf mir, bitte!*

Meine Lippen zittern nicht einmal.

Das Gesicht weicht zurück, das Band kitzelt nicht mehr, und all dieses weiße Licht flutet durch meine Augen, die nicht wegsehen können, und in mein Gehirn. Das ist ein höllisches Gefühl, eine Art Vergewaltigung. Muss ich noch lange hineinstarren, werde ich blind, denke ich, und diese Blindheit wird eine Erleichterung sein.

KLACK! Das Geräusch des Schlägers, der den Ball trifft, diesmal jedoch ein bisschen zu flach, und das Gefühl in den Händen ist schlecht. Der Ball fliegt ... aber er kurvt weg ... dreht ab ... kurvt in Richtung ...

Scheiße.

Ich bin im Rough.

Jetzt beugt sich ein weiteres Gesicht in mein Blickfeld. Darunter ein weißer Kittel statt eines grünen, darüber ein üppiger, zerzauster orangeroter Haarschopf. Ausverkaufs-IQ, das ist mein erster Eindruck. Das kann nur Rusty sein. Er trägt ein breites dämliches Grinsen zur Schau, die Art

Grinsen, die ich als High-School-Grinsen bezeichne, das Grinsen eines Jungen, der auf einem vergeudeten Bizeps die Tätowierung GEBOREN, UM BH-TRÄGER ZU ZER-REISSEN tragen sollte.

»Michael!«, ruft Rusty aus. »Jesus, du siehst *guuuut* aus! Das ist echt 'ne Ehre! *Sing* für uns, großer Junge! Sing dir deinen toten Arsch ab!«

Irgendwo hinter mir erklingt die Stimme der Ärztin: kühl, nicht einmal mehr vorgebend, diese Possen amüsant zu finden. »Schluss jetzt, Rusty.« Dann in eine etwas andere Richtung: »Was ist mit ihm passiert, Mike?«

Mikes Stimme ist die erste Stimme – Rustys Partner. Ihm scheint es etwas peinlich zu sein, mit einem Kerl zusammenzuarbeiten, der wie Andrew Dice Clay sein will, wenn er erwachsen wird. »Ist auf dem Golfplatz Derry am vierzehnten Loch aufgefunden worden. Abseits der Bahn, tatsächlich im Rough. Hätte er nicht gerade durch den Vierer hinter ihm gespielt und hätten diese Leute nicht eines seiner Beine aus dem Unterholz ragen gesehen, wäre er jetzt 'ne Ameisenfarm.«

In meinem Kopf höre ich wieder das Geräusch – KLACK! –, nur folgt diesmal ein anderes, weit weniger angenehmes Geräusch: das Rascheln des Unterholzes, während ich mit meinem Schläger darin herumstochere. Es *musste* natürlich das vierzehnte Loch sein, wo es angeblich giftigen Efeu gibt. Giftigen Efeu und …

Rusty starrt noch immer auf mich herab, blöde und fasziniert. Nicht mein Tod interessiert ihn, sondern meine Ähnlichkeit mit Michael Bolton. O ja, ich bin mir ihrer bewusst, bin nicht darüber erhaben gewesen, sie bei bestimmten Klientinnen auszunützen. Ansonsten ist nicht viel damit anzufangen. Und unter diesen Umständen … *Gott!*

»Behandelnder Arzt?«, fragt die Ärztin. »Kazalian?«

»Nein«, sagt Mike und blickt dabei kurz auf mich herab. Mindestens zehn Jahre älter als Rusty. Schwarzes, an einigen Stellen grau meliertes Haar. Brille. *Wie kommt's, dass keiner*

28

dieser Leute sehen kann, dass ich nicht tot bin? »Tatsächlich hat zu dem Vierer, der ihn gefunden hat, auch ein Arzt gehört. Das ist seine Unterschrift auf Seite eins … sehen Sie?« Das Rascheln von Papier, dann: »Jesus, Jennings. Den kenne ich. Der hat Noah untersucht, nachdem die Arche am Berg Ararat gestrandet war.«

Rusty sieht nicht so aus, als habe er den Scherz verstanden, aber er lacht mir trotzdem schallend ins Gesicht. Ich rieche Zwiebeln in seinem Atem, ein kleiner Rest Mundgeruch vom Mittagessen, und wenn ich Zwiebeln riechen kann, muss ich atmen. Das *muss* ich, nicht wahr? Wenn ich nur …

Bevor ich diesen Gedankengang zu Ende bringen kann, beugt Rusty sich noch tiefer über mich, und mich durchzuckt ein Hoffnungsstrahl. Er hat etwas gesehen! Er hat etwas gesehen und will mich mit Mund-zu-Mund-Beatmung wieder beleben. Gott segne dich, Rusty! Gott segne dich und deinen Zwiebelatem!

Aber das blöde Grinsen verändert sich nicht, und statt seinen Mund auf meinen zu drücken, ergreift er mit einer Hand meinen Unterkiefer. Jetzt hält er die eine Seite mit seinem Daumen und die andere mit seinen Fingern fest.

»Er *lebt*!«, plärrt Rusty. »Er *lebt,* und er wird für den Michael-Bolton-Fanklub von Raum vier singen!«

Seine Hand packt fester zu – das tut entfernt weh wie das Abklingen einer örtlichen Betäubung mit Novocain –, und er fängt an, meinen Unterkiefer so auf und ab zu bewegen, dass meine Zähne klappern. »*If she's ba-aad, he can't see it*«, singt Rusty mit grässlicher, atonaler Stimme, von der Percy Sledges Kopf wahrscheinlich explodieren würde, »*She can do no rrr-onggg …*« Mein Mund öffnet und schließt sich unter dem groben Druck seiner Hand; meine Zunge steigt und fällt wie ein auf der Oberfläche eines schwankenden Wasserbetts liegender toter Hund.

»Schluss damit!«, faucht die Ärztin ihn an. Das klingt ehrlich schockiert. Rusty, der das vielleicht spürt, hört keineswegs auf, sondern macht fröhlich weiter. Seine Finger graben sich jetzt in meine Wangen. Meine unbeweglichen Augen starren blind nach oben.

»Turn his back on his best friend if she put him d…«

Dann ist sie da, eine Frau in einem grünen Arztkittel, deren Mütze an einem Band um den Hals und wie Cisco Kids Sombrero über ihren Rücken herabhängt, kurzes, aus der Stirn zurückgekämmtes braunes Haar, gut aussehend, aber ein wenig streng – eher apart als hübsch. Sie packt Rusty mit einer Hand, deren Nägel sehr kurz geschnitten sind, und zerrt ihn von mir weg.

»He!«, sagt Rusty empört. »Hände weg von mir!«

»Dann lassen Sie Ihre Hände von *ihm*«, sagt sie unüberhörbar verärgert. »Ich habe Ihre Dummejungenstreiche satt, Rusty, und wenn Sie nächstes Mal wieder damit anfangen, erstatte ich Meldung.«

»He, nur nicht aufregen«, sagt der *Baywatch*-Muskelmann – ihr Assistent. Das klingt besorgt, als fürchte er, Rusty und sein Boss könnten ihren Streit auf der Stelle mit den Fäusten austragen. »Schluss jetzt, okay?«

»Warum ist sie so eklig zu mir?«, fragt Rusty. Er versucht noch immer empört zu wirken, aber tatsächlich winselt er jetzt. Dann in eine leicht andere Richtung: »Warum sind Sie so eklig? Haben Sie Ihre Tage, liegt's daran?«

Doc, hörbar angewidert: »Schaffen Sie ihn hier raus.«

Mike: »Komm jetzt, Rusty. Wir müssen uns die Einlieferung quittieren lassen.«

Rusty: »Yeah. Und ein bisschen frische Luft schnappen.«

Ich höre mir das alles an, als käme es im Radio.

Ihre Schritte, die in Richtung Ausgang quietschen. Rusty, jetzt eingeschnappt und beleidigt, fragt sie, warum sie nicht einfach einen Stimmungsring oder irgendwas in dieser Art trägt, damit die Leute *wissen*, woran sie sind. Der Klang seiner Stimme wird plötzlich durch das Geräusch meines Schlägers ersetzt, der das Unterholz auf der Suche nach meinem gottverdammten Ball beiseite schlägt, wo ist er bloß, er ist nicht weit reingeflogen, das weiß ich bestimmt, wo ist er also, Jesus, ich *hasse* das Vierzehnte, hier soll's giftiges Efeu geben, und in all diesem Bewuchs kann's leicht welches geben – und dann hat mich etwas gebissen, nicht wahr? Ja, das weiß ich ziemlich sicher. An der linken Wade, knapp über dem Oberrand meiner weißen Sportsocke. Eine rot glühende Nähnadel, ein stechender Schmerz, anfänglich exakt auf die Stelle konzentriert, dann sich rasch ausbreitend ...

... dann Dunkelheit. Bis zum Transport auf einer fahrbaren Krankentrage, in einem Leichensack mit Reißverschluss steckend, Mike (»*In welchen sollen wir ihn bringen?*) und Rusty (»*Vier, glaub ich. Yeah, vier.*«) zuhörend.

Ich möchte glauben, es sei irgendeine Art Schlange gewesen, aber vielleicht kommt das nur daher, dass ich auf der Suche nach meinem Ball an welche gedacht habe. Es konnte ein Insekt gewesen sein, ich kann mich nur an den jähen stechenden Schmerz erinnern, und welche Rolle spielt das schließlich? Hier ist die Tatsache wichtig, dass ich lebe und diese Leute das nicht wissen. Kaum zu glauben, aber sie wissen es nicht. Das ist natürlich mein Pech – ich kenne Dr. Jennings, erinnere mich daran, mit ihm gesprochen zu haben, als ich am elften Loch durch seinen Vierer gespielt habe. An sich ein netter Kerl, aber zerstreut, ein Fossil. Das Fossil hat mich für tot erklärt. Dann hat *Rusty,* der mit den blöden grünen Augen und dem Anstaltsgrinsen, mich für tot erklärt. Die Ärztin, Ms. Cisco Kid, hat mich noch nicht einmal *angesehen,* nicht richtig. Wenn sie's tut, wird sie vielleicht ...»Ich hasse diesen Trottel«, sagt sie, nachdem die Tür sich geschlossen hat. Jetzt sind wir nur noch zu dritt, aber Ms. Cisco Kid glaubt natürlich, sie seien nur zu zweit. »Wieso kriege ich immer die Trottel, Pete?«

»Keine Ahnung«, sagt Mr. *Melrose Place,* »aber Rusty ist ein Spezialfall in den Annalen berühmter Trottel. Ein wandelnder Hirntoter.«

Sie lacht, und etwas klappert. Auf dieses Klappern folgt ein Geräusch, das mir eine Heidenangst macht: Stahlinstrumente, die aneinander klirren. Sie sind irgendwo links von mir, und obwohl ich sie nicht sehen kann, weiß ich, was die beiden vorbereiten: die Autopsie. Sie machen sich bereit, mich aufzuschneiden. Sie wollen Howard Cottrells Herz herausnehmen, um zu sehen, ob bei ihm ein Kolben durchgebrannt oder eine Pleuelstange gerissen ist. *Mein Bein!*, kreische ich in meinem Kopf. *Seht euch mein linkes Bein an! Dort fehlt's, nicht an meinem Herzen!* Vielleicht haben meine Augen sich doch etwas an die Helligkeit gewöhnt. Am obersten Rand meines Blickfelds erkenne ich jetzt ein Gestell aus rostfreiem Stahl. Es sieht wie ein überdimensionierter Zahnarztbohrer aus, aber das Ding an seinem Ende ist kein Bohrer. Es ist eine Kreissäge. Aus irgendeinem Winkel meines Gedächtnisses, dort, wo das Gehirn die Art Bagatellen speichert, die man nur braucht, wenn man im Fernsehen *Jeopardy* spielt, taucht sogar ihr Name auf. Das ist eine Gigli-Säge. Damit schneiden sie einem die Schädeldecke auf. Natürlich erst, nachdem sie einem das Gesicht wie eine grausige Halloween-Maske heruntergezogen haben, mit Haaren und allem.

Dann nehmen sie einem das Gehirn heraus.

Klirr. Klirr. Klunk. Eine kurze Pause. Dann ein so lautes KLANK!, dass ich zusammenzucken würde, wenn ich dazu imstande wäre.

»Wollen Sie den Brustkorb öffnen?«, fragt sie.

Pete, vorsichtig: »Wollen Sie, dass ich's mache?«

Dr. Cisco, freundlich und wie jemand, der eine Gunst erweist und Verantwortung überträgt: »Ja, ich denke schon.«

»Also gut«, sagt er. »Sie assistieren mir?«

»Ihre zuverlässige Kopilotin«, sagt sie und lacht. Sie unterbricht ihr Lachen durch ein *Schnapp-schnapp*-Geräusch. Das ist das Geräusch einer durch Luft schneidenden Schere.

Panik schwirrt und flattert jetzt in meinem Schädel wie ein Schwarm auf einem Dachboden eingesperrter Stare. Vietnam liegt lange zurück, aber ich hatte dort ein halbes Dutzend Autopsien im Felde gesehen – was die Militärärzte »Zeltschau-Obduktionen« nannten –, und ich weiß, was

Cisco und Pancho vorhaben. Die Schere hat lange, scharfe Klingen, *sehr* scharfe Klingen, und große Öffnungen für die Finger. Trotzdem muss man kräftig sein, um mit ihr umgehen zu können. Die untere Klinge gleitet in den Bauch wie in Butter. Dann *schnipp!* durch die Nervenbündel des Sonnengeflechts nach oben und durch das kräftige Geflecht aus Muskeln und Sehnen darüber. Dann ins Zwerchfell. Wenn die Klingen diesmal zusammenkommen, tun sie es mit einem lauten Knirschen, während die Knochen sich teilen und der Brustkorb auseinander platzt wie zwei Fässer, die mit Stricken zusammengebunden waren. Dann weiter hinauf mit dieser Schere, die der Geflügelschere eines Supermarktfleischers täuschend ähnlich sieht … schnipp-KNIRSCH, schnipp-KNIRSCH, schnipp-KNIRSCH, Knochen zersplittern und Muskeln durchtrennen, die Lunge freilegen und weiter zur Luftröhre hinauf, um Howard den Eroberer in ein Thanksgiving-Dinner zu verwandeln, das niemand essen wird.

Ein hohes, durchdringendes Surren – wirklich ein Geräusch wie von einem Zahnarztbohrer.

Pete: »Kann ich …«

Dr. Cisco, deren Stimme tatsächlich etwas mütterlich klingt: »Nein. Damit.« *Schnipp-schnipp.* Als Demonstration für ihn.

Das können sie nicht machen, denke ich. Sie können mich nicht aufschneiden … ich kann FÜHLEN!

»Warum?«, fragt er.

»Weil ich's so will«, sagt sie, was erheblich weniger mütterlich klingt. »Arbeiten Sie später allein, Petie-Boy, können Sie machen, was Sie wollen. Aber in Katie Arlens Autopsieraum fangen Sie mit dieser Schere an.«

Autopsieraum. Da. Jetzt ist's heraus. Mir ist nach einer Gänsehaut am ganzen Körper zumute, aber natürlich passiert nichts; meine Haut bleibt glatt.

»Denken Sie daran«, sagt Dr. Arlen (aber jetzt doziert sie tatsächlich), »jeder Dummkopf kann lernen, eine Melkmaschine zu bedienen ... aber Handarbeit ist immer am besten.« In ihrem Tonfall liegt etwas vage Suggestives.»Okay?« »Okay«, sagt er.

Sie werden es tun. Ich muss irgendeinen Laut, irgendeine Bewegung machen, sonst tun sie's wirklich. Quillt oder spritzt nach dem ersten Schnitt mit der Schere Blut heraus, werden sie wissen, dass irgendetwas nicht in Ordnung ist, aber dann ist's sehr wahrscheinlich schon zu spät; dieses erste schnipp-KNIRSCH wird passiert sein, und meine Rippen werden an meinen Oberarmen liegen, während unter den Leuchtstoffröhren mein Herz in seinem von Blut glänzenden Beutel wie wild schlägt ...

Ich konzentriere mich ganz auf meine Brust. Ich *drücke,* oder ich versuche es zumindest ... und höre etwas.

Einen Laut!

Ich gebe einen Laut von mir!

Er bleibt größtenteils in meinem geschlossenen Mund, aber ich kann ihn auch in meiner Nase hören und fühlen – ein leises Summen.

Ich konzentriere mich erneut, gebe mir größte Mühe, wiederhole den Vorgang und bringe diesmal einen Ton hervor, der etwas lauter ist und wie Zigarettenrauch aus meinen Nasenlöchern quillt: *Nnnnnnn* ... Dabei muss ich an einen alten Fernsehfilm von Alfred Hitchcock denken, den ich vor langer, langer Zeit gesehen habe, in dem Joseph Cotten nach einem Verkehrsunfall gelähmt war und ihnen schließlich durch eine einzige Träne zeigen konnte, dass er noch lebte.

Und zumindest hat dieser winzige, an ein Mückensirren erinnernde Laut *mir selbst* bewiesen, dass ich lebe, dass ich nicht nur ein Geist bin, der sich noch in der irdischen Hülle meines eigenen toten Körpers aufhält.

Als ich meine gesamte Konzentration bündle, kann ich spüren, wie Luft durch meine Nase und meine Kehle hinunterströmt, um den Atem zu ersetzen, den ich jetzt verausgabt habe, und dann stoße ich sie wieder aus und arbeite schwerer, als ich je als Teenager im Sommer bei der Baufirma Lane gearbeitet habe, arbeite schwerer, als ich je in meinem *Leben* gearbeitet habe, weil ich jetzt um mein Leben arbeite, und sie müssen mich hören, lieber Jesus, sie *müssen*.

Nnnnnnn ...

»Wollen Sie etwas Musik?«, fragt die Ärztin. »Ich habe Marty Stuart, Tony Bennett ...«

Er gibt einen abwehrenden Laut von sich. Ich höre ihn kaum und ziehe keine unmittelbaren Schlüsse aus dem Gesagten, was vermutlich eine Gnade ist.

»Schon gut«, sagt sie lachend. »Ich habe auch die Rolling Stones.«

»*Sie?*«

»Ich. Ich bin nicht ganz so spießig, wie ich aussehe, Pete.«

»So war's nicht gemeint ...« Das klingt leicht nervös.

Hört mir zu!, kreische ich in meinem Kopf, während meine unbeweglichen Augen zu dem eisig-weißen Licht aufstarren. *Hört auf, wie Elstern zu schwatzen, und hört mir zu!*

Ich fühle wieder Luft durch meine Atemwege strömen, und das bringt mich auf die Idee, was immer mir zugestoßen ist, könnte allmählich abklingen ... aber das ist nur ein schwaches Echozeichen auf dem Radarschirm meiner Gedanken. Vielleicht *klingt es ab*, aber eine Erholung wird jetzt sehr bald keine Option mehr für mich sein. Meine gesamte Energie ist darauf konzentriert, sie dazu zu bringen, mich zu hören, und diesmal *werden* sie mich hören, das weiß ich.

»Gut, dann die Stones«, sagt sie. »Es sei denn, Sie möchten, dass ich zu Ehren Ihrer ersten Autopsie schnell eine CD von Michael Bolton besorge.«

»Bitte, nein!«, ruft er, und sie lachen beide.

Der Ton beginnt herauszukommen, und diesmal ist er lauter. Nicht so laut, wie ich gehofft habe, aber laut genug. Sie müssen ihn hören, sie *müssen*!

Dann, als ich eben beginne, den Ton wie eine rasch erstarrende Flüssigkeit aus meiner Nase zu pressen, füllt der Raum sich mit dem Scheppern einer elektrischen Gitarre und Mick

Jaggers Stimme, die von den Wänden widerhallt: »*Awww, no, it's only rock and roll, but I LIYYYYKE IT ...*«

»*Leiser!*«, schreit Dr. Cisco komisch übertrieben laut, und bei diesem ganzen Krach ist mein eigener nasaler Laut, ein verzweifeltes kleines Summen durch die Nase, nicht besser zu hören als ein Flüstern in einer Eisengießerei.

Jetzt beugt ihr Gesicht sich wieder über mich, und mich erfasst neues Entsetzen, als ich sehe, dass sie eine Schutzbrille aus Plexiglas trägt und ihre Gesichtsmaske über Mund und Nase hochgezogen hat. Sie blickt über ihre Schulter zurück.

»Ich strippe ihn für Sie«, erklärt sie Pete, dann beugt sie sich mit einem glitzernden Skalpell in der Hand zu mir her, beugt sich, vom Gitarrendonner der Rolling Stones begleitet, über mich.

Ich summe verzweifelt, aber das ist zwecklos. Ich kann mich nicht einmal selbst hören.

Das Skalpell schwebt über mir, dann schneidet es.

Ich schreie in meinem Kopf auf, aber ich spüre keinen Schmerz, sondern nur, wie mein Polohemd in zwei Stücken zur Seite gleitet. Es fällt auseinander, wie mein Brustkorb es tun wird, wenn Pete nichts ahnend seine erste Brustkorböffnung an einem lebenden Patienten vornimmt.

Ich werde hochgezogen. Mein Kopf fällt nach hinten, und ich sehe einen Augenblick lang Pete von unten, der sich seine eigene Schutzbrille aus Plexiglas aufsetzt, während er an einem Stahltisch steht und ein erschreckendes Sortiment von Werkzeugen begutachtet. Ich sehe sie nur flüchtig, sehe den erbarmungslosen Satinglanz stählerner Klingen. Dann werde ich wieder flach hingelegt, und mein Hemd ist fort. Ich bin jetzt bis zur Taille nackt. In dem Raum ist es kalt.

Sieh dir meine Brust an!, kreische ich sie an. *Du musst sehen, wie sie sich hebt und senkt, selbst wenn meine Atmung noch so flach ist! Du bist die gottverdammte Expertin, Herrgott noch mal!*

Stattdessen sieht sie durch den Raum und spricht lauter, um die Musik zu übertönen (*I like it, yes I do*, singen die

Stones, und ich stelle mir vor, wie ich diesen nasalen Idioten-
refrain in den Höllenfluchten bis in alle Ewigkeit hören werde.) »Worauf tippen Sie? Boxer oder Jockey?«

Mit einer Mischung aus Wut und Entsetzen erkenne ich,
wovon die Rede ist.

»Boxer!«, ruft er zurück. »Natürlich! Sehen Sie sich den
Kerl bloß an!«

Arschloch!, würde ich am liebsten brüllen. *Du denkst
wahrscheinlich, dass* jeder *über vierzig Boxershorts trägt!
Du denkst wahrscheinlich, dass* du *mit vierzig keinesfalls …*

Sie knöpft meine Bermudashorts auf und zieht den Reißverschluss herunter. Unter anderen Umständen wäre ich äußerst glücklich, wenn eine so hübsche Frau (ein bisschen
streng, ja, aber trotzdem hübsch) das täte. Heute jedoch …

»Sie haben verloren, Petie-Boy«, sagt sie. »Jockeyshorts.
Dollar in die Kaffeekasse.«

»Am Zahltag«, sagt er und kommt herüber. Sein Gesicht
gesellt sich zu ihrem; die beiden blicken durch ihre Plexiglas-
brillen auf mich herab wie zwei Außerirdische, die einen Ent-
führten begutachten. Ich versuche sie dazu zu bringen, dass
sie meine Augen sehen, dass sie sehen, dass *ich sie anstarre,*
aber diese beiden Dummköpfe haben nur Augen für meine
Unterhose.

»Ooooh, und *rot!*«, sagt Pete. »Ein Swinger!«

»Ich würd's eher ein verwaschenes Rosa nennen«, ant-
wortet sie. »Heben Sie ihn für mich hoch, Pete, er wiegt eine
Tonne. Kein Wunder, dass er einen Herzanfall gehabt hat.
Lassen Sie sich das eine Lehre sein.«

Ich bin fit!, brülle ich sie an. *Wahrscheinlich fitter als du,
Miststück!*

Meine Hüften werden plötzlich von kräftigen Händen
hochgerissen. Mein Rückgrat knackt; dieses Geräusch lässt
mein Herz erneut jagen.

»Sorry, alter Junge«, sagt Pete, und ich friere plötzlich
noch mehr, als meine Shorts und die rote Unterhose heruntergezogen werden.

»Hoch das Bein zum *Ersten*«, sagt sie und hebt einen Fuß, »und hoch das Bein zum *Zweiten*«, während sie den anderen Fuß hebt, »runter mit den *Mokassins,* runter mit den *Socken* ...«

Sie macht abrupt Halt, und ich schöpfe erneut Hoffnung.

»He, Pete.«

»Yeah?«

»Tragen Leute normalerweise Bermudashorts und Mokassins, um darin Golf zu spielen?«

Hinter ihr (aber das ist nur die Schallquelle, tatsächlich umgibt uns der Krach von allen Seiten) sind die Stones bei »Emotional Rescue« angelangt. *I will be your night in shining ahh-mah,* singt Mick Jagger, und ich frage mich, wie irre er tanzen würde, wenn er ungefähr drei Stangen Hi-Core-Dynamit in seinen mageren Hintern gerammt bekäme.

»Wenn Sie mich fragen, hat dieser Kerl sich *selbst* in Schwierigkeiten gebracht«, fährt sie fort. »Ich dachte, sie hätten diese Spezialschuhe, sehr hässlich, sehr golfspezifisch, mit kleinen Stollen unter den Sohlen ...«

»Yeah, aber sie sind nicht gesetzlich vorgeschrieben«, sagt Pete. Er streckt seine Hände, die in Handschuhen stecken, über meinem Gesicht aus, legt sie aneinander und biegt die Finger zurück. Während seine Knöchel knacken, rieselt Talkumpuder wie feiner Schnee auf mich herab. »Zumindest noch nicht. Nicht wie Bowlingschuhe. Wird man ohne Bowlingschuhe beim Bowling erwischt, kann man im Staatsgefängnis landen.«

»Tatsächlich?«

»Ja.«

»Wollen Sie Temperaturmessung und Erstuntersuchung übernehmen?«

Nein!, brülle ich. *Nein, er ist noch Student, was MACHST DU DA?*

Er betrachtet sie, als sei er auch schon auf diese Idee gekommen. »Das wäre ... hmm ... nicht ganz legal, stimmt's, Katie? Ich meine ...«

Während er spricht, sieht sie sich um, begutachtet übertrieben den Raum, und ich beginne Vibrations zu spüren, die Schlimmes für mich bedeuten könnten: Ob streng oder nicht, ich glaube, dass Cisco – alias Dr. Katie Arlen – scharf auf Petie mit den dunkelblauen Augen ist. Jesus, ich bin als Gelähmter vom Golfplatz in eine Episode von *General Hospital* transportiert worden, die diese Woche den Titel »Liebe blüht in Autopsieraum vier« trägt.

»He«, sagt sie mit heiserem Flüstern wie auf der Bühne, »ich sehe hier niemanden außer uns beiden.«

»Das Tonband ...«

»Läuft noch nicht«, sagt sie. »Und sobald es läuft, werde ich die ganze Zeit dicht neben Ihnen sein ... jedenfalls erfährt niemand etwas anderes. Und das werde ich auch die meiste Zeit sein. Ich will nur diese Dias und Diagramme hier einordnen. Und wenn Sie sich wirklich unbehaglich fühlen ...«

Ja!, schreie ich ihn aus meinem unbeweglichen Gesicht an. *Fühl dich unbehaglich! SEHR unbehaglich! ZU unbehaglich!*

Aber er ist höchstens vierundzwanzig, und was soll er zu dieser hübschen, strengen Frau sagen, die ihm auf die Pelle rückt, in einer Art auf die Pelle rückt, die wirklich nur eines bedeuten kann? *Nein, Mami, ich traue mich nicht?* Außerdem will er das selbst. Ich kann seine Begierde durch die Plexiglasbrille erkennen: Sie tanzt dahinter herum wie eine Bande überalterter Punkrocker, die zur Musik der Stones auf und ab hüpfen.

»He, solange Sie mir aushelfen, wenn ich ...«

»Klar«, sagt sie. »Sie müssen irgendwann ins kalte Wasser springen, Pete. Und wenn's wirklich sein muss, spule ich das Tonband zurück.«

Er wirkt verblüfft. »Das können Sie?«

Sie lächelt. »Im Autopsieraum vier gibt's viele Geheimnisse, mein Lieber.«

»Das glaube ich gern«, sagt er und erwidert ihr Lächeln, bevor er über mein starres Blickfeld hinausgreift. Als seine Hand zurückkommt, hält sie ein Mikrofon, das an einem schwarzen Kabel von der Decke herabhängt. Das Mikrofon sieht wie eine Träne aus Stahl aus. Sein Anblick macht diesen Horror auf eine bisher nicht existierende Weise real. Aber sie werden mich nicht wirklich aufschneiden, nicht wahr? Pete ist kein Veteran, aber er *hat* eine Ausbildung als Mediziner; er muss sehen, wo ich im Rough auf der Suche nach meinem Ball gebissen worden bin, und dann werden sie zumindest Verdacht schöpfen. Sie *müssen* Verdacht schöpfen.

Trotzdem sehe ich weiter die Schere – eine bessere Geflügelschere – mit ihrem erbarmungslosen Satinglanz vor mir und frage mich, ob ich noch leben werde, wenn er mein Herz, tropfend, aus dem Brustraum hebt und es für einen Moment vor meinem starren Blick hochhält, bevor er sich abwendet, um es in die Waagschale plumpsen zu lassen. Ich könnte noch leben, so scheint es mir; das könnte ich wirklich. Heißt es nicht, das Gehirn könne nach einem Herzstillstand bis zu drei Minuten lang weiterarbeiten?

»Ich bin so weit, Doktor«, sagt Pete, dessen Stimme jetzt fast förmlich klingt. Irgendwo läuft ein Tonband mit.

Die Autopsie hat begonnen.

»Wenden wir diesen Pfannkuchen mal«, sagt sie fröhlich, und ich werde genauso schwungvoll umgedreht. Mein rechter Arm fliegt nach außen, fällt zurück und knallt seitlich ans Tischgestell, dessen erhöhte Kante sich in meinen Bizeps gräbt. Das tut verdammt weh, der Schmerz ist fast unerträglich, aber er macht mir nichts aus. Ich bete darum, dass die Metallkante meine Haut aufplatzen lässt, bete darum, zu bluten, was Bona-fide-Leichen nicht tun.

»Hoppla«, sagt Dr. Arlen. Sie hebt meinen Arm wieder hoch und lässt ihn neben meinen Körper auf den Tisch plumpsen.

Jetzt ist's meine Nase, die mir die meisten Sorgen macht. Sie ist auf dem Tisch plattgedrückt, und meine Lunge sendet erstmals Notsignale aus – ein benommenes Gefühl von Sauerstoffmangel. Mein Mund ist geschlossen, meine Nase plattgedrückt und teilweise blockiert (wie sehr, kann ich nicht beurteilen; ich kann nicht einmal spüren, wie ich atme, nicht wirklich). Was ist, wenn ich so ersticke?

Dann passiert etwas, das mich völlig von meiner Nase ablenkt. Ein riesiger Gegenstand – er fühlt sich wie ein Baseballschläger aus Glas an – wird grob in mein Rektum gerammt. Ich versuche wieder zu schreien und bringe nur dieses schwache, elende Summen heraus.

»Thermometer drin«, sagt Peter. »Ich lasse den Timer laufen.«

»Gute Idee«, sagt sie und bewegt sich weg. Lässt ihm etwas mehr Freiraum. Lässt ihn dieses Baby Probe fahren. Lässt ihn *mich* Probe fahren. Die Musik wird etwas leiser gestellt.

»Der Untersuchte ist ein weißer Kaukasier, Alter vierundvierzig«, sagt Pete, der jetzt ins Mikrofon spricht, für die Nachwelt spricht. »Sein Name ist Howard Randolph Cottrell, wohnhaft 1566 Laurel Crest Lane, hier in Derry.«

Dr. Arlen, aus einiger Entfernung: »Mary Mead.«

Eine Pause, dann wieder Pete, der jetzt leicht nervös zu sein scheint: »Dr. Arlen teilt mir mit, dass der Untersuchte in Wirklichkeit in Mary Mead wohnt, das früher zu Derry gehört hat, aber seit ...«

»Schluss mit der Geschichtsstunde, Pete.«

Lieber Gott, was haben sie mir in den Hintern gesteckt? Irgendeine Art Viehthermometer? Wäre es etwas länger, könnte ich die Kugel am vorderen Ende schmecken, glaube ich. Und sie haben mit dem Gleitgel nicht gerade übertrieben ... aber wozu auch? Ich bin schließlich tot.

Tot.

»Sorry, Doktor«, sagt Pete. Er fummelt in Gedanken nach der Stelle, wo er stehen geblieben ist, und findet sie endlich wieder. »Diese Angaben werden vom Vordruck der Sanitäter übernommen. Sie stammen von einem in Maine ausgestellten Führerschein. Der Tod wurde festgestellt von, äh, Dr. Frank Jennings. Der Untersuchte wurde am Auffindungsort für tot erklärt.«

»Als Todesursache kommt Herzschlag in Frage«, sagt Pete. Eine Hand gleitet leicht über meinen nackten Rücken bis zu meiner Arschspalte hinunter. Ich bete, dass sie das Thermometer herausziehen wird, aber das tut sie nicht. »Rückgrat scheint intakt zu sein, keine anziehenden Phänomene.« Anziehende Phänomene? *Anziehende Phänomene?* Scheiße, für was halten sie mich eigentlich, für eine Insektenlampe?

Er hebt meinen Kopf hoch, wobei seine Finger auf meinen Backenknochen liegen, und ich summe verzweifelt – *Nnnnnnnn* –, denn ich weiß zwar, dass er mich über Keith Richards kreischende Gitarre hinweg unmöglich hören kann, aber ich hoffe, dass er den in meinen Atemwegen vibrierenden Laut vielleicht *fühlen* wird.

Das tut er nicht. Stattdessen dreht er meinen Kopf von einer Seite zur anderen.

»Keine offensichtliche Halsverletzung, keine Totenstarre«, sagt er, und ich hoffe, dass er meinen Kopf einfach fallen lassen, dass er mein Gesicht auf den Tisch knallen lassen wird – *davon* muss ich Nasenbluten bekommen, außer ich bin *wirklich* tot –, aber er lässt ihn sanft und rücksichtsvoll zurücksinken, sodass die Nasenspitze wieder plattgedrückt wird und der Erstickungstod erneut in den Bereich des durchaus Möglichen rückt.

»Keine sichtbaren Verletzungen an Rücken und Gesäß«, sagt er, »aber auf der Rückseite des rechten Oberschenkels befindet sich eine alte Narbe, die eine Kriegsverletzung sein könnte, vielleicht von einem Granatsplitter. Sieht schlimm aus.«

Sie *war* schlimm, und sie *stammte* von einem Granatsplitter. Damit war mein Krieg zu Ende gewesen. Eine Werfergranate hatte ein Nachschublager getroffen, zwei Mann tot, ein Mann – ich – hatte mehr Glück. Sie sieht vorn noch schlimmer aus und befindet sich an einer empfindlicheren Stelle, aber alles Equipment funktioniert ... oder hat es jedenfalls bis heute getan. Einen Viertelzoll nach links, dann hätten sie mich für intime Augenblicke mit einer Handpumpe und einer CO_2-Patrone ausrüsten müssen.

Er zog endlich das Thermometer heraus – Gott, diese Erleichterung! –, und ich sah an der Wand seinen Schatten, der es hochhielt.

»Vierunddreißigkommafünf«, sagt er. »He, gar nicht übel. Dieser Kerl könnte fast noch leben, Katie ... Dr. Arlen.«

»Bedenken Sie, wo er aufgefunden wurde«, sagt sie von der anderen Seite des Raums aus. Da die Rolling Stones gerade eine Pause zwischen zwei Titeln machen, kann ich ihre dozierende Stimme deutlich hören. »Golfplatz? Sommernachmittag? Hätten Sie siebenunddreißig gemessen, hätte mich das nicht überrascht.«

»Genau, genau«, sagt er leicht zerknirscht. Dann: »Wird das alles auf dem Tonband komisch klingen?« Übersetzung: *Werde ich auf dem Tonband dämlich klingen?*

»Es wird wie eine Lehrsituation klingen«, sagt sie, »was tatsächlich der Fall ist.«

»Okay, gut. Großartig.«

Seine in Latexhandschuhen steckenden Finger spreizen meine Gesäßbacken, lassen sie dann los und gleiten über die Rückseiten meiner Oberschenkel nach unten. Wäre ich imstande, mich zu verkrampfen, würde ich mich jetzt verkrampfen.

Linkes Bein, suggeriere ich ihm. *Linkes Bein, Petie-Boy, linke Wade, siehst du's?*

Er muss es sehen, er muss, denn ich kann es *fühlen,* es pocht wie ein Bienenstich oder vielleicht wie eine Spritze, die eine ungeschickte Krankenschwester gesetzt hat, bei der die Injektion statt in die Vene in einen Muskel geht.

»Der Untersuchte ist echt ein gutes Beispiel dafür, dass es wirklich keine gute Idee ist, in Shorts Golf zu spielen«, sagt er, und ich wünsche mir unwillkürlich, er wäre blind geboren. Teufel, vielleicht *ist* er von Geburt an blind, er benimmt sich jedenfalls so. »Ich sehe alle möglichen Insektenbisse, Hautabschürfungen, Kratzer ...«

»Mike hat gesagt, dass sie ihn im Rough gefunden haben«, ruft Arlen herüber. Sie klappert verdammt laut herum;
man könnte glauben, sie spülte in der Cafeteria Geschirr,
statt nur Zeug einzuordnen. »Vermutlich hat er auf der Suche nach seinem Ball einen Herzschlag erlitten.«

»Mhh-hmm.«

»Nur weiter, Peter, Sie machen Ihre Sache gut.«

Ich halte das für eine höchst fragliche Aussage.

Die Finger drücken und kneten weiter. Sanft. Vielleicht zu
sanft.

»An der linken Wade sind Mückenstiche, die entzündet
aussehen«, sagt er, und obwohl seine Berührung sanft bleibt,
ist der Schmerz diesmal ein gewaltiges Pulsieren, von dem
ich aufschreien würde, wenn ich imstande wäre, mehr als ein
leises Summen von mir zu geben. Mir wird plötzlich bewusst, dass mein Leben von der Länge des Rolling-Stone-
Tonbands abhängen kann, das sie sich anhören – immer unter der Voraussetzung, dass das ein Tonband *ist* statt einer
bis zum Ende durchlaufenden CD. Wenn es zu Ende ist, bevor sie mich aufschneiden … wenn ich laut genug summen
kann, damit sie mich hören, bevor einer von ihnen mich auf
den Rücken dreht …

»Vielleicht will ich mir diese Insektenstiche nach der Erstuntersuchung noch mal ansehen«, sagt sie, »obwohl das
nicht nötig sein wird, wenn wir mit seinem Herzen Recht
behalten. Oder … soll ich sie mir jetzt ansehen? Machen sie
Ihnen Sorgen?«

»Nein, das sind ziemlich eindeutig Mückenstiche«, sagt
Gimpel der Narr. »Drüben im Westen werden sie ziemlich
groß. Er hat fünf … sieben … acht … Jesus, fast ein Dutzend
allein am linken Bein.«

»Er hat sein Deep Woods Off vergessen.«

»Nicht bloß sein Off, er hat sein Digitalin vergessen«, sagt
er, und die beiden gackern miteinander, Autopsieraumhu-
mor.

Diesmal dreht er mich selbst um, freut sich wahrscheinlich, seine im Kraftraum gezüchteten Mr. Strongboy-Muskeln einsetzen zu können, verdeckt den Schlangenbiss und die ihn umgebenden Mückenstiche, die ihn tarnen. Ich starre wieder in die Leuchtstoffröhren an der Decke. Pete tritt zurück, verschwindet aus meinem Blickfeld. Dann ist ein Summen zu hören. Der Tisch beginnt zu kippen, und ich weiß, wozu. Wenn sie mich aufschneiden, werden die Körperflüssigkeiten nach unten in die Sammelrinne laufen. Reichlich Proben für das Staatslabor in Augusta, falls nach der Autopsie noch irgendwelche Fragen offen sein sollten.

Ich konzentriere meine gesamte Willens- und Körperkraft darauf, meine Augen zu schließen, während er auf mein Gesicht hinabsieht, und bringe nicht einmal ein Lidzucken zustande. Eigentlich wollte ich am Samstagnachmittag nur eine Runde Golf spielen und habe mich stattdessen in Schneewittchen mit Haaren auf der Brust verwandelt. Und ich kann nicht aufhören, mich zu fragen, wie es sich anfühlen wird, wenn diese Geflügelschere sich unterhalb des Brustkorbs in meinen Körper bohrt.

Pete hält ein Schreibbrett in einer Hand. Er wirft einen Blick darauf, legt es beiseite, spricht dann wieder ins Mikrofon. Sein Tonfall ist jetzt längst nicht mehr gestelzt. Er hat eben die grässlichste Fehldiagnose seines Lebens gestellt, aber das weiß er nicht, deshalb fängt er langsam an, warm zu werden.

»Ich beginne die Autopsie um 17.49 Uhr«, sagt er, »Samstag, den 20. August 1994.«

Er schiebt meine Lippen hoch, begutachtet meine Zähne wie ein Mann, der ein Pferd kaufen will, und zieht den Unterkiefer herunter. »Gute Gesichtsfarbe«, sagt er, »und keine Petechien in den Wangen.« Der aktuelle Song verhallt aus den Lautsprechern, und ich höre ein Klicken, als er das Pedal tritt, mit dem das Tonbandgerät ein- und ausgeschaltet wird. »Mann, dieser Kerl könnte *echt* noch leben!«

Ich summe verzweifelt, und im selben Augenblick lässt Dr. Arlen etwas fallen, das wie eine Bettpfanne klingt. »Das würde er sich wohl *wünschen*«, sagt sie lachend. Pete stimmt ein, und diesmal wünsche ich ihnen, dass sie Krebs bekommen, irgendeine Art, die inoperabel ist und lange andauert.

Er lässt seine Hände rasch über meinen Körper gleiten, befummelt meine Brust (»Keine Blutergüsse, Schwellungen oder sonstige äußere Anzeichen eines Herzstillstands«, sagt er, und *das* ist natürlich eine beschissen große Überraschung), dann klopft er meinen Bauch ab.

Ich rülpse.

Er starrt mich an, macht große Augen, hat den Mund leicht offen, und ich bemühe mich erneut verzweifelt, laut zu summen; ich weiß zwar, dass er das bei dem Krach von »Start Me Up« wahrscheinlich nicht hören wird, aber ich hoffe, dass der Rülpser ihn dazu bringen wird, endlich zu erkennen, was er vor sich hat ...

»Entschuldigen Sie sich, Howie«, sagt Dr. Arlen, dieses Miststück, irgendwo hinter mir und lacht. »Nehmen Sie sich lieber in Acht, Pete – diese Post-mortem-Rülpser sind die schlimmsten.«

Er wedelt sich theatralisch mit einer Hand Frischluft zu, dann macht er mit der Untersuchung weiter. Meine Leistengegend berührt er kaum, obwohl er feststellt, dass die Narbe an meinem rechten Oberschenkel sich bis nach vorn fortsetzt.

Du hast was Wichtiges übersehen, denke ich, *vielleicht weil es etwas höher liegt. Keine große Sache, mein kleiner* Baywatch-*Kumpel, aber du hast auch übersehen, dass ICH NOCH LEBE, Und das IST eine große Sache!*

Er quatscht weiter ins Mikrofon, spricht dabei immer lockerer (redet tatsächlich ein bisschen wie Jack Klugman in *Quincy*), und ich weiß, dass seine Partnerin dort hinter mir, die unverbesserlichste Optimistin der Ärzteschaft, sich sicher ist, das Tonband mit diesem Teil der Untersuchung nicht zurückspulen zu müssen. Sieht man davon ab, dass er nicht gemerkt hat, dass sein erster Kandidat für eine Brustraumöffnung noch lebt, macht der Junge seine Sache ausgezeichnet.

Zuletzt sagt er: »Ich denke, ich kann jetzt weitermachen, Doktor.« Das klingt jedoch zögerlich.

Sie kommt herüber, blickt flüchtig auf mich herab, dann drückt sie Petes Schulter. »Okay!«, sagt sie. »Weid-da midda Show!«

Ich versuche jetzt, meine Zunge herauszustrecken. Nur die freche Geste eines Kindes, aber sie würde reichen … und ich habe das Gefühl, tief im Inneren meiner Lippen ein schwaches Prickeln zu spüren, wie man es wahrnimmt, wenn eine hohe Dosis Novocain abklingt. Und spüre ich ein Zucken? Nein, nur Wunschdenken, nur …

Ja! Ja! Aber es bleibt bei diesem einen Zucken, und als ich mich nochmals abmühe, passiert nichts.

Als Pete nach der Schere greift, machen die Rolling Stones mit »Hang Fire« weiter.

Haltet mir einen Spiegel vor die Nase!, schreie ich sie an. *Seht zu, wie er beschlägt! Könnt ihr nicht wenigstens das tun?*

Schnapp, schnapp, schnapp-schnapp.

Pete hält die Schere schräg, sodass der Lichtreflex über die Klingen läuft, und ich bin mir zum ersten Mal sicher, wirklich sicher, dass diese verrückte Farce bis zum bitteren Ende fortgesetzt wird. Der Regisseur wird den Film nicht anhalten. Der Ringrichter wird den Kampf nicht in der zehnten Runde abbrechen. Es wird keine Pause geben, in der Werbung gezeigt wird. Petie-Boy wird diese Schere in meinen Bauch stechen, während ich hilflos daliege, und dann wird er mich aufschneiden wie eine per Post gelieferte Sendung von der Horchow Collection.

Er sieht zögernd zu Dr. Arlen hinüber.

Nein!, heule ich. Meine Stimme hallt von den dunklen Innenwänden meines Schädels wider, aber aus meinem Mund dringt kein Laut. *Nein, bitte nicht!*

Sie nickt. »Nur weiter. Sie machen Ihre Sache gut.«

»Äh … möchten Sie vielleicht die Musik abstellen?«

Ja! Ja, stell sie ab!

»Stört die Musik Sie?«

Ja! Sie stört ihn! Scheiße, sie hat ihn so verwirrt, dass er glaubt, sein Patient sei tot!

»Nun ...«

»Klar«, sagt sie und verschwindet aus meinem Blickfeld. Im nächsten Augenblick verstummen Mick und Keith endlich. Ich versuche wieder zu summen und mache eine schreckliche Entdeckung: Jetzt kann ich nicht einmal mehr das. Angst hat meine Stimmbänder gelähmt. Ich kann nur nach oben starren, als sie sich wieder zu ihm gesellt. Die beiden sehen auf mich herab wie Sargträger, die in ein offenes Grab blicken.

»Danke«, sagt er. Dann atmet er tief durch und hebt die Schere. »Beginne mit der Öffnung des Brustraums.«

Er senkt sie langsam. Ich sehe sie ... sehe sie ... dann verschwindet sie aus meinem Blickfeld. Im nächsten Augenblick fühle ich kalten Stahl an meinem nackten Bauch.

Er sieht zweifelnd zu der Ärztin hinüber.

»Sie möchten wirklich nicht selbst ...«

»Wollen Sie diesen Beruf ergreifen oder nicht, Pete?«, fragt sie mit gewisser Schärfe.

»Ich weiß, dass ich das will, aber ...«

»Dann schneiden Sie.«

Er nickt, presst die Lippen zusammen. Ich würde die Augen schließen, wenn ich könnte, aber ich kann natürlich nicht einmal das; ich kann mich nur gegen den Schmerz stählen, der mir in ein, zwei Sekunden bevorsteht – mich gegen den Stahl stählen.

»Schneide«, sagt er und beugt sich nach vorn.

»Augenblick!«, ruft sie aus.

Der Druck auf eine Stelle dicht unterhalb meines Sonnengeflechts lässt etwas nach. Er sieht sich nach ihr um: überrascht, bestürzt, womöglich erleichtert, dass der entscheidende Augenblick verschoben ist.

Ich spüre, wie ihre Hand im Latexhandschuh mein Glied umfasst, als wolle sie mir irgendeinen bizarren Handjob verpassen, Safer Sex mit einem Toten, und dann sagt sie: »Das hier haben Sie übersehen, Pete.«

Er beugt sich über mich, sieht sich an, was sie entdeckt hat – die Narbe an meiner Leiste, ganz oben am rechten Oberschenkel, eine glasige, porenlose Vertiefung im Fleisch.

Ihre Hand umfasst weiter mein Glied, hält es zur Seite, mehr tut sie nicht; aus ihrer Sicht könnte sie ebenso gut ein Sofakissen hochhalten, um jemandem den Schatz zu zeigen, den sie darunter gefunden hat – Münzen, eine verlorene Geldbörse, vielleicht die Maus aus Katzenminze, die niemand mehr finden konnte –, aber irgendwas ereignet sich.

Liebster Jesus im Rollstuhl, in deinem von Engeln gezogenen Himmelswagen, *irgendwas ereignet sich.*

»Und sehen Sie hier«, sagt sie. Ihr Zeigefinger fährt mit leichter, kitzelnder Bewegung seitlich über meinen rechten Hoden hinunter. »Sehen Sie sich diese hauchdünnen Narben an. Seine Testikel müssen fast so verdammt groß angeschwollen gewesen sein wie Grapefruits.«

»Er kann von Glück sagen, dass er nicht einen oder beide eingebüßt hat.«

»Darauf können Sie Ihre … Ihre Sie-wissen-schon verwetten«, sagt sie und lacht wieder ihr leicht suggestives Lachen. Ihre Hand im Handschuh lockert ihren Griff, bewegt sich und drückt dann kräftig nach unten, um die alte Narbe ganz freizulegen. Sie tut unabsichtlich, wofür man jemandem 25 oder 30 Bucks zahlen könnte, um es absichtlich getan zu bekommen … unter anderen Umständen, versteht sich. »Das ist eine Kriegsverletzung, denke ich. Geben Sie mir mal das Vergrößerungsglas rüber, Pete.«

»Aber sollte ich nicht …«

»In ein paar Sekunden«, sagt sie. »*Er* geht nirgends hin.« Sie konzentriert sich ganz auf ihre Entdeckung. Ihre Hand ruht noch immer auf mir, übt weiter Druck aus, und was sich ereignet hat, scheint weiter zu passieren, aber vielleicht täusche ich mich. Ich *muss* mich täuschen, sonst würde er es sehen, sie würde es *spüren* …

Sie beugt sich tiefer, und ich sehe jetzt nur ihren grün verhüllten Rücken, über den die Bänder ihrer Mütze wie seltsame Zöpfchen herabhängen. Jetzt, oje, kann ich dort unten ihren *Atem* auf meiner Haut spüren.

»Achten Sie auf die nach außen strahlenden Narben«, sagt sie. »Das ist eine durch eine Detonation hervorgerufene Verletzung, wahrscheinlich mindestens zehn Jahre alt, wir könnten seine Militär...«

Die Tür fliegt krachend auf. Pete stößt einen überraschten Schrei aus. Das tut Dr. Arlen nicht, aber ihre Hand verstärkt unwillkürlich ihren Druck; sie hält mich wieder umfasst, und ich komme mir plötzlich wie in einer höllischen Variante der alten Fantasie von der kessen Krankenschwester vor.

»*Schneiden Sie ihn nicht auf!*«, brüllt jemand, und seine Stimme ist vor Angst so hoch und schwankend, dass ich sie kaum als Rustys erkenne. »*Schneiden Sie ihn nicht auf, in seiner Golftasche war eine Schlange, und sie hat Mike gebissen!*«

Sie drehen sich mit großen Augen und offenen Mündern nach ihm um; ihre Hand umklammert mich noch immer, aber dessen ist sie sich nicht bewusst, zumindest im Augenblick, genauso wenig wie Petie-Boy, der sich mit einer Hand krampfhaft an die linke Brustseite seines grünen Kittels greift. Er sieht aus, als sei *er* derjenige mit der ausgeleierten Pumpe.

»Was ... was haben Sie ...«, beginnt Pete.

»Hat ihn flachgelegt!«, sagt Rusty – brabbelnd. »Er kommt wieder auf die Beine, denke ich, aber er kann kaum reden! Kleine braune Schlange, so eine hab ich mein Leben lang noch nicht gesehen, sie ist unter die Laderampe abgehauen, dort ist sie jetzt noch, aber das ist nicht das eigentlich Wichtige! Ich glaube, dass sie den Kerl, den wir hergebracht haben, schon gebissen hatte! Ich glaube ... heiliger Scheiß, Doc, was machen Sie da? Wollen Sie ihn ins Leben zurückmassieren?«

Sie sieht sich benommen um, weiß nicht gleich, wovon er redet ... bis sie merkt, dass sie jetzt ein weitgehend steifes

Glied in der Hand hält. Und während sie kreischt – gellend aufschreit und Pete die Schere aus seiner schlaffen Hand reißt –, muss ich unwillkürlich wieder an den alten Fernsehfilm von Alfred Hitchcock denken.
Der arme alte Joseph Cotten, denke ich.
Er durfte nur *weinen.*

Nachbemerkung

Seit meinem Erlebnis im Autopsieraum vier ist ein Jahr vergangen, und ich bin völlig wiederhergestellt, obwohl die Lähmung hartnäckig und beängstigend war; es dauerte einen vollen Monat, bis die Fähigkeit zu feinmotorischen Bewegungen meiner Finger und Zehen zurückzukehren begann. Ich kann weiterhin nicht Klavier spielen, aber das konnte ich natürlich noch nie. Das war ein Scherz, und ich denke nicht daran, mich dafür zu entschuldigen. Ich glaube, dass mein Sinn für Humor im ersten Vierteljahr nach meinem Missgeschick einen niedrigen, aber lebenswichtigen Schutzwall zwischen geistiger Gesundheit und irgendeiner Art Nervenzusammenbruch darstellte. Außer Sie haben tatsächlich mal gespürt, wie die Spitze einer Autopsieschere sich in Ihren Magen bohrt, wissen Sie nicht, wovon ich rede.

Ungefähr zwei Wochen nachdem ich noch einmal davongekommen war, rief eine Frau aus der Dupont Street bei der Derry Police an, um sich über einen »abscheulichen Gestank« aus dem Nachbarhaus zu beschweren. Dieses Haus gehörte einem ledigen Bankangestellten namens Walter Kerr. Die Polizei fand das Haus leer vor ... das heißt leer von menschlichem Leben. Im Keller entdeckte sie über sechzig Schlangen verschiedener Arten. Etwa die Hälfte von ihnen war tot – verhungert und verdurstet –, aber viele waren äußerst lebendig ... und äußerst gefährlich. Mehrere waren sehr selten, und eine gehörte zu einer Art, die nach Auskunft hinzugezogener Zoologen seit den fünfziger Jahren als ausgestorben galt.

Kerr erschien am 22. August nicht mehr an seinem Arbeitsplatz bei der Derry Community Bank – zwei Tage nachdem ich gebissen worden war, einen Tag nachdem die Story (GELÄHMTER ENTGEHT TÖDLICHER AUTOPSIE, lautete die Schlagzeile; an einer Stelle wurde ich mit der Aussage zitiert, ich sei »steif vor Angst« gewesen) in der Zeitung gestanden hatte.

Jeder Käfig in Kerrs Kellerzoo enthielt eine Schlange ... nur einer nicht. Der leere Käfig war unbezeichnet, und die Schlange, die aus meiner Golftasche zum Vorschein kam (die Sanitäter hatten sie zu meiner »Leiche« gepackt und dann auf dem Krankenwagenparkplatz Abschläge geübt), wurde nie gefunden. Der Giftstoff in meinem Blut – dasselbe Toxin, das in weit geringerer Konzentration im Blut des Sanitäters Mike Hopper gefunden wurde –, wurde dokumentiert, aber nie identifiziert. Ich habe mir im vergangenen Jahr sehr viele Bilder von Schlangen angesehen und zumindest eine gefunden, deren Biss bei Menschen Ganzkörperlähmungen hervorgerufen haben soll. Das ist die peruanische Boomslang, eine angeblich um 1920 ausgestorbene hochgiftige Viper. Die Dupont Street ist keine halbe Meile vom Städtischen Golfplatz Derry entfernt. Die dazwischen liegenden Flächen bestehen überwiegend aus Buschland und unbebauten Grundstücken.

Eine letzte Anmerkung. Katie Arlen und ich waren vier Monate lang ein Paar, vom November 1994 bis einschließlich Februar 1995. Wir trennten uns in freundschaftlichem Einvernehmen, wegen sexueller Unverträglichkeit.

Ich war impotent, wenn sie nicht Latexhandschuhe trug.

Irgendwann einmal muss sich wohl jeder Verfasser von Gruselgeschichten am Thema »Vorzeitige Beerdigung« versuchen, und sei's auch nur, weil die Furcht, lebendig begraben zu werden, anscheinend so weit verbreitet ist. Als ich sieben Jahre alt war oder so, war die unheimlichste Serie im Fernse-

hen Alfred Hitchcock Presents, *und die unheimlichste Folge daraus – da war ich mit meinen Freunden vollkommen einig – war die, in der Joseph Cotten einen Mann spielte, der einen Autounfall erleidet. Er ist so schwer verletzt, dass die Ärzte ihn für tot halten. Sie können keinen Herzschlag mehr feststellen. Sie sind schon drauf und dran, ihn zu obduzieren – ihn also, mit anderen Worten, aufzuschneiden, während er noch lebt und innerlich schreit –, als er eine Träne hervorpresst und ihnen so zeigt, dass er noch am Leben ist. Das war eine bewegende Szene, aber bewegende Szenen gehören normalerweise nicht zu meinem Repertoire. Als ich mich dann selbst mit dem Thema beschäftigte, fiel mir eine – könnte man sagen* modernere? *– Methode ein mitzuteilen, dass man noch am Leben ist, und daraus resultierte dann diese Geschichte. Eine Anmerkung noch, was die Schlange betrifft: Ich bezweifle sehr, dass es ein Reptil wie die Peruanische Boomslang gibt, aber in einem ihrer Miss-Marple-Romane erwähnt Agatha Christie eine* Afrikanische Boomslang, *und das* Wort *gefiel mir so gut* (Boomslang, *nicht* Afrikanisch), *dass ich es unbedingt in diese Geschichte einbauen musste.*

Der Mann im schwarzen Anzug

Ich bin jetzt ein sehr alter Mann, und dies ist etwas, das mir zugestoßen ist, als ich sehr jung war – erst neun Jahre alt. Das war 1914, im Sommer nachdem mein Bruder Dan auf dem Westfeld gestorben war und nicht lange vor dem Eintritt Amerikas in den Ersten Weltkrieg. Ich habe niemals einem Menschen erzählt, was an jenem Tag an der Gabelung im Bach geschehen ist, und ich werde es auch nie tun ... zumindest nicht mündlich. Aber ich habe beschlossen, es aufzuschreiben, in diesem Buch, das ich auf meinem Nachttisch liegen lassen werde. Ich kann nicht lange schreiben, weil meine Hände nun so zitterig sind und ich fast keine Kraft mehr habe, aber ich glaube nicht, dass es lange dauern wird.

Später wird vielleicht jemand finden, was ich geschrieben habe. Das halte ich für ziemlich wahrscheinlich, da es nur der menschlichen Natur entspricht, einen Blick in ein Buch mit dem Titel TAGEBUCH zu werfen, nachdem sein Besitzer verschieden ist. Also ja – meine Worte werden wahrscheinlich gelesen werden. Eine bessere Frage ist, ob jemand sie glauben wird. Wohl eher nicht, aber das spielt keine Rolle. Ich bin nicht daran interessiert, Glauben zu finden, sondern Freiheit. Schreiben kann einem die gewähren, habe ich festgestellt. Ich habe zwanzig Jahre lang für unser Lokalblatt *Call* in Castle Rock die Kolumne »Lange her und weit weg« geschrieben, und ich weiß, dass das manchmal funktioniert – was man niederschreibt, verlässt einen manchmal für immer, wie in der hellen Sonne liegen gelassene alte Fotografien zu nichts als weißem Papier verblassen.

Ich bete um diese Art von Erlösung.

Ein Mann in den Neunzigern sollte die Schrecken seiner Kindheit längst überwunden haben, aber während meine Gebrechen sich allmählich meiner bemächtigen wie Wellen, die näher und näher an eine lieblos gebaute Sandburg heranplätschern, steht dieses schreckliche Gesicht mir deutlicher und deutlicher vor Augen. Es glüht wie ein dunkler Stern inmitten der Konstellationen meiner Kindheit. Was ich gestern getan haben mag, wer mich hier in meinem Zimmer im Pflegeheim besucht haben mag, was ich zu ihnen gesagt oder von ihnen gehört haben mag ... alles das ist vergessen, aber das Gesicht des Mannes in dem schwarzen Anzug wird immer deutlicher, kommt immer näher heran, und ich erinnere mich an jedes Wort, das er gesagt hat. Ich will nicht an ihn denken, aber ich kann nicht anders, und in manchen Nächten hämmert mein altes Herz so stark und schnell, dass ich fürchte, es könnte sich aus meiner Brust losreißen. Deshalb schraube ich meinen Füllfederhalter auf und zwinge meine zitternde alte Hand dazu, diese belanglose Anekdote in das Tagebuch zu schreiben, das mir eine meiner Urenkelinnen – ich kann mich nicht genau an ihren Namen erinnern, zumindest im Augenblick nicht, aber ich weiß, dass er mit S anfängt – mir letztes Jahr zu Weihnachten geschenkt hat und in das ich bis heute noch kein Wort geschrieben habe. Jetzt werde ich etwas hineinschreiben. Ich werde die Geschichte aufschreiben, wie ich an einem Nachmittag im Sommer 1914 am Ufer des Castle Stream dem Mann in dem schwarzen Anzug begegnet bin.

Die Kleinstadt Motton war damals eine andere Welt – andersartiger, als ich euch jemals schildern könnte. Das war eine Welt, in der keine Flugzeuge über einen hinwegdröhnten, eine Welt fast ohne Autos und Lastwagen, eine Welt, deren Himmel nicht durch Hochspannungsleitungen in Streifen und Stücke zerschnitten wurde.

In der ganzen Stadt gab es keine einzige asphaltierte Straße, und das Geschäftsviertel bestand lediglich aus Corsons
Gemischtwarenhandlung, Thuts Mietstall & Eisenwaren-
handlung, der Methodistenkirche an der Christ's Corner, der
Schule, dem Rathaus und dem eine halbe Meile entfernten
Harry's Restaurant, das meine Mutter mit unfehlbarer Verachtung »die Schnapsbude« nannte.

Der größte Unterschied bestand jedoch darin, wie die
Menschen lebten – wie *fern* sie einander waren. Ich bin mir
nicht sicher, ob Leute, die in der zweiten Hälfte des 20. Jahrhunderts geboren wurden, das ganz begreifen können, obwohl sie aus Höflichkeit gegenüber alten Knackern wie mir
vielleicht behaupten, sie könnten es. Beispielsweise gab es
damals im Westen von Maine noch keine Telefone. Das erste
würde weitere fünf Jahre auf sich warten lassen, und als in
unserem Haus eines installiert wurde, war ich neunzehn und
studierte an der University of Maine in Orono.

Aber das ist nur der Anfang. Der nächste Arzt lebte erst in
Casco, und die so genannte Stadt bestand aus wenig mehr
als einem Dutzend Häusern. Es gab keine Nachbarschaften
(ich weiß nicht einmal, ob wir dieses Wort kannten, obwohl
wir ein Verb hatten – *nachbarn* –, das Kirchenveranstaltun-
gen und Tanzveranstaltungen in Scheunen beschrieb), und
weite, freie Felder waren nicht die Regel, sondern eine Ausnahme. Außerhalb der Stadt gehörten die Häuser zu weit
voneinander entfernten Farmen, und von Dezember bis Mitte März hockten wir meistens in den kleinen Nestern von
Ofenwärme, die wir Familien nannten. Wir drängten uns
zusammen und horchten auf den Wind im Kamin und hoff-
ten, niemand werde krank werden oder sich ein Bein brechen
oder auf schlimme Gedanken kommen wie der Farmer drüben in Castle Rock, der vor drei Wintern seine Frau und seine drei Kinder zerstückelt und dann vor Gericht ausgesagt
hatte, die Geister hätten ihn dazu gezwungen. In jenen Tagen vor dem Ersten Weltkrieg bestand Motton größtenteils
aus Wäldern und Sümpfen, weiten düsteren Gebieten voller

Elche und Moskitos, Schlangen und Geheimnisse. Damals
gab es überall Gespenster.

Diese Sache, von der ich erzähle, passierte an einem Samstag. Mein Vater trug mir eine lange Latte von Arbeiten in
Haus und Hof auf, darunter etliche, die Dan zugefallen wären, wenn er noch gelebt hätte. Er war mein einziger Bruder,
und er war an einem Bienenstich gestorben. Seither war ein
Jahr vergangen, aber meine Mutter wollte noch immer
nichts davon hören. Sie sagte, er sei an etwas anderem gestorben, es *müsse* etwas anderes gewesen sein, niemand sei
jemals an einem Bienenstich gestorben. Als Mama Sweet, die
älteste Dame in der Methodist Ladies's Aid, ihr zu erzählen
versuchte – das war beim Kirchendinner im vorigen Winter –, dasselbe sei damals, 1873, ihrem Lieblingsonkel passiert, hielt meine Mutter sich die Ohren mit beiden Händen
zu, stand ruckartig auf und verließ das Kellergeschoss der
Kirche. Sie war nie mehr dorthin zurückgekehrt, und nichts,
was mein Vater sagte, konnte sie umstimmen. Sie behauptete, die Kirche sei für sie erledigt, und wenn sie Helen Ro-
bichaud (das war Mama Sweets wirklicher Name) jemals
wieder sehen müsse, werde sie ihr die Augen auskratzen. Sie
werde einfach nicht anders können, sagte sie.

An diesem Tag wollte Dad, dass ich Holz für den Küchen-
herd schleppte, zwischen den Bohnen und Gurken jätete,
Heu vom Heuboden warf, zwei Krüge Wasser für den
Frischhalteschrank holte und so viel alte Farbe wie möglich
von der Kellertür abkratzte. Anschließend, sagte er, könne
ich fischen gehen, wenn's mir nichts ausmache, allein zu gehen – er musste zu Bill Eversham hinüber, um mit ihm über
ein paar Kühe zu reden. Ich sagte, natürlich mache es mir
nichts aus, allein zu gehen, und mein Dad lächelte, als überrasche ihn das nicht sonderlich. Vorige Woche hatte er mir
eine Bambusrute geschenkt – nicht zum Geburtstag oder dergleichen, sondern nur, weil er mir manchmal gern etwas
schenkte –, und ich war ganz versessen darauf, sie im Castle

Stream auszuprobieren, in dem es mehr Forellen gab als in jedem anderen Bach, in dem ich bisher gefischt hatte. »Aber geh nicht zu tief in den Wald hinein«, wies er mich an. »Nicht weiter als bis zur Gabelung.«

»Nein, Sir.«

»Versprich's mir.«

»Ja, Sir, das verspreche ich.«

»Nun versprich's deiner Mutter.«

Wir standen auf der Treppe hinter dem Haus; ich war mit den Wasserkrügen ins Brunnenhaus unterwegs gewesen, als mein Dad mich angehalten hatte. Jetzt drehte er mich zu meiner Mutter um, die in einer Lichtflut aus hellem Morgensonnenschein, der durchs Doppelfenster über dem Ausguss fiel, an der Arbeitsplatte aus Marmor stand. Eine Locke war ihr in die Stirn gefallen und berührte ihre linke Augenbraue – ihr seht, wie genau ich mich an alles erinnere? Der helle Sonnenschein verwandelte diese kleine Locke in Goldfäden, und ich wäre am liebsten zu ihr hingelaufen und hätte sie umarmt. In diesem Augenblick sah ich sie als Frau, sah sie, wie mein Vater sie gesehen haben muss. Sie trug ein Hauskleid, das über und über mit kleinen roten Rosen bedruckt war, das weiß ich noch, und knetete Brotteig. Candy Bill, unser kleiner schwarzer Scotchterrier, stand wachsam neben ihren Füßen, sah nach oben und wartete darauf, ob etwas für ihn abfallen würde. Meine Mutter sah zu mir hinüber.

»Ich versprech's«, sagte ich.

Sie lächelte, aber dies war das sorgenvolle Lächeln, das sie stets zu lächeln schien, seit mein Vater Dan auf seinen Armen vom Westfeld zurückgebracht hatte. Mein Vater war schluchzend und mit nacktem Oberkörper zurückgekommen. Er hatte sein Hemd ausgezogen und es über Dans Gesicht gebreitet, das angeschwollen und verfärbt war. *Mein Junge!*, hatte er gejammert. *Oh, sieh dir meinen Jungen an! Jesus, sieh dir meinen Jungen an!* Das weiß ich noch wie gestern. Dies war das einzige Mal, dass ich hörte, wie mein Dad den Namen des Erlösers unnütz im Munde führte.

»Was versprichst du, Gary?«

»Nicht weiter wie bis zur Gabelung zu gehen, Ma'am.«

»Weiter *als*.«

»Als.«

Sie warf mir einen geduldigen Blick zu, ohne etwas zu sagen, während ihre Hände wieder den Teig kneteten, der jetzt glatt und geschmeidig war.

»Ich verspreche, nicht weiter als bis zur Gabelung zu gehen, Ma'am.«

»Danke, Gary«, sagte sie. »Und denk bitte daran, dass Grammatik nicht nur für die Schule, sondern auch fürs Leben wichtig ist.«

»Ja, Ma'am.«

Candy Bill folgte mir, während ich meine Aufträge erledigte, saß zwischen meinen Füßen, als ich mein Mittagessen verschlang, und sah mit derselben Aufmerksamkeit zu mir auf wie zuvor zu meiner Mutter, während sie den Brotteig geknetet hatte, aber als ich meine neue Bambusrute und meinen alten, zersplitterten Fischkorb holte und über den Hof davonging, blieb er in der Nähe einer alten Rolle Schneezaun im Staub stehen und sah mir nach. Ich rief ihn, aber er wollte nicht kommen. Er blaffte mich ein paar Mal an, wie um mich zum Zurückkommen aufzufordern, aber das war alles.

»Dann bleib eben da«, sagte ich, als sei mir das egal. Es machte mir aber etwas aus, zumindest ein wenig. Candy Bill ging *immer* mit mir fischen.

Meine Mutter kam an die Tür und sah mir nach, wobei sie ihre linke Hand als Sonnenschutz über die Augen hielt. Ich sehe sie noch immer in dieser Haltung und habe dabei das Gefühl, eine Fotografie von jemandem zu betrachten, der später unglücklich geworden oder plötzlich gestorben ist. »Denk daran, was dein Dad gesagt hat, Gary!«

»Ja, Ma'am, das tue ich.«

Sie winkte. Ich winkte auch. Dann wandte ich mich ab und ging davon.

Etwa auf der ersten Viertelmeile brannte die Sonne mir glühend heiß im Nacken, aber dann erreichte ich den Wald, wo die Straße im Schatten lag; dort war es kühl, und ich roch Tannenduft und hörte den Wind in den Wipfeln mächtiger Bäume rauschen. Ich trug meine Bambusrute über der Schulter, wie es Jungen damals taten, und hielt meinen Fischkorb in der anderen Hand wie einen Reisekoffer oder den Musterkoffer eines Vertreters. Nach ungefähr zwei Meilen durch den Wald auf einer Straße, die eigentlich nur aus zwei Fahrspuren mit einem mit Gras bewachsenen erhöhten Mittelstreifen bestand, begann ich das hastige, eifrige Gemurmel des Bachs zu hören. Ich dachte an Forellen mit hell gesprenkeltem Rücken und reinweißen Bäuchen, und das Herz hüpfte mir im Leibe.

Der Bach floss unter einer kleinen Holzbrücke hindurch, und die zum Wasser abfallenden Ufer waren steil und mit Gebüsch bewachsen. Ich arbeitete mich vorsichtig hinunter, hielt mich fest, wo ich konnte, und grub meine Absätze ein. Beim Abstieg hatte ich den Eindruck, aus dem Sommer mitten in den Frühling zurückversetzt zu werden. Vom Wasser stiegen sanfte Kühle und ein grüner Geruch wie nach Moos auf. Als ich das Bachufer erreichte, blieb ich nur kurz dort stehen, atmete diesen moosigen Geruch tief ein und beobachtete, wie die Libellen jagten und die Wasserläufer übers Wasser flitzten. Dann sah ich etwas weiter stromabwärts eine Forelle – eine schöne große Bachforelle, wahrscheinlich vierzehn Zoll lang – nach einem Schmetterling schnappen und erinnerte mich daran, dass ich nicht nur hergekommen war, um mir die Gegend anzuschauen.

Ich ging das Ufer entlang, folgte der Strömung und warf an einer Stelle, an der ich die Brücke stromaufwärts noch in Sicht hatte, zum ersten Mal meine Leine aus. Irgendetwas ruckte mehrmals an der Spitze meiner Rute und fraß meinen halben Wurm, aber es war zu gerissen für meine neunjährigen Hände – oder vielleicht einfach nicht hungrig genug, um leichtsinnig zu sein –, deshalb ging ich weiter.

Ich machte an zwei bis drei weiteren Stellen Halt, bevor ich die Stelle erreichte, wo der Castle Stream sich gabelt und dann südwestlich nach Castle Rock und südöstlich in die Kashwakamak Township weiterfließt, und an einer dieser Stellen fing ich die größte Forelle meines Lebens: ein Prachtexemplar, das, auf den kleinen Zollstock aus meinem Fischkorb gelegt, stolze neunzehn Zoll maß. Selbst für die damalige Zeit war das ein Ungetüm von einer Bachforelle.

Hätte mir das als Geschenk für einen Tag gereicht und wäre ich heimgegangen, würde ich dies jetzt nicht schreiben (und die Geschichte wird länger, als ich ursprünglich dachte, das sehe ich bereits), aber ich ging nicht heim. Stattdessen versorgte ich meinen Fang an Ort und Stelle, wie ich's von meinem Vater gelernt hatte – ich nahm die Forelle aus, legte sie auf dem Boden meines Fischkorbs auf trockenes Gras, bedeckte sie dann mit feuchtem Gras – und ging weiter. Mit meinen neun Jahren hielt ich es nicht für sonderlich bemerkenswert, eine Bachforelle von neunzehn Zoll gefangen zu haben, obwohl ich noch weiß, dass ich darüber staunte, dass meine Leine nicht gerissen war, als ich die Forelle ebenso netz- wie kunstlos aus dem Wasser gehievt und in einem schwerfälligen, zappelnden Bogen angelandet hatte.

Zehn Minuten später erreichte ich die Stelle, wo der Bach sich damals gabelte (unterdessen ist er längst verschwunden; wo einst der Castle Stream floss, stehen heute eine Siedlung mit Doppelhäusern und eine Realschule des Bezirks, und der Bach läuft unterirdisch durch Betonrohre), und durch einen riesigen grauen Felsen fast von der Größe unseres Außenaborts geteilt wurde. Hier gab es einen hübschen ebenen Platz, grasig und weich, mit Blick über den Südlichen Arm, wie mein Dad und ich ihn nannten. Ich ging in die Hocke, warf meine Angel aus und fing fast augenblicklich eine schöne Regenbogenforelle. Sie erreichte nicht die Größe meiner Bachforelle – sie war nur ungefähr zwölf Zoll lang –, aber sie war trotzdem ein guter Fang. Ich hatte sie ausgenommen, noch bevor ihre Kiemen sich zu bewegen aufhörten, verstaute sie in meinem Fischkorb und warf meine Angel erneut aus.

Diesmal biss nicht gleich wieder eine Forelle an, deshalb lehnte ich mich zurück und sah zu dem Streifen blauen Himmels auf, den ich entlang des Bachlaufs sehen konnte. Dort trieben Wolken vorbei, von West nach Ost, und ich versuchte zu erkennen, was sie darstellten. Ich sah ein Einhorn, dann einen Gockel, dann einen Hund, der ein wenig wie Candy Bill aussah. Während ich Ausschau nach der nächsten Wolke hielt, döste ich ein.

Vielleicht schlief ich auch. Das kann ich nicht bestimmt sagen. Ich weiß nur, dass ein so starker Zug an meiner Leine, der mir fast die Bambusrute aus der Hand riss, mich in den Nachmittag zurückholte. Ich setzte mich auf, umklammerte die Rute und spürte dabei plötzlich, dass etwas auf meiner Nase saß. Ich schielte auf die Stelle und sah eine Biene. Mein Herz schien in meiner Brust stillstehen zu wollen, und ich fürchtete eine schreckliche Sekunde lang, ich könnte mir die Hose nass machen.

Der Zug an meiner Leine wiederholte sich, diesmal sogar stärker, aber obwohl ich weiter das Ende der Bambusrute umklammert hielt, um nicht in den Bach gerissen und vielleicht abgetrieben zu werden (ich denke, ich besaß sogar die Geistesgegenwart, mir die straffe Leine um den Zeigefinger zu wickeln), machte ich keinen Versuch, meinen Fang anzulanden. Meine entsetzte Aufmerksamkeit galt einzig und allein dem dicken schwarz-gelben Insekt, das sich meine Nase als Rastplatz ausgesucht hatte.

Ich schob langsam meine Unterlippe vor und blies nach oben. Die Biene plusterte sich leicht auf, blieb aber auf ihrem Platz. Ich blies erneut, und sie plusterte sich wieder auf … diesmal schien sie sich jedoch auch ungeduldig zu bewegen, und ich wagte nicht, noch einmal zu blasen, weil ich fürchtete, sie könnte ganz die Beherrschung verlieren und mich stechen. Sie war zu nahe, als dass ich ihre Bewegungen

62

genau hätte erkennen können, aber es war leicht, sich vorzustellen, wie sie ihren Stachel in eines meiner Nasenlöcher rammte und ihr Gift nach oben in meine Augen spritzte. Und in mein Gehirn.

Mir kam eine schreckliche Idee: Dies war genau die Biene, die meinen Bruder getötet hatte. Ich wusste, dass das nicht stimmte, und das nicht nur, weil Honigbienen wahrscheinlich nicht länger als ein einziges Jahr lebten (außer vielleicht die Königinnen; was sie betraf, war ich mir meiner Sache nicht ganz sicher). Das konnte nicht stimmen, denn Bienen starben, wenn sie stachen – das wusste ich sogar schon als Neunjähriger. Ihr Stachel hatte Widerhaken, und wenn sie nach dem Stich wegzufliegen versuchten, rissen sie ihn sich aus dem Leib. Trotzdem setzte dieser Gedanke sich in mir fest. Dies war eine spezielle Biene, eine Teufelsbiene, die zurückgekommen war, um auch den zweiten Jungen von Albion und Loretta zu erledigen.

Und noch etwas anderes: Ich war schon früher von Bienen gestochen worden, und obwohl die Stiche vielleicht ungewöhnlich stark angeschwollen waren (das kann ich nicht wirklich beurteilen), war ich nicht daran gestorben. Dieses Schicksal war nur meinem Bruder bestimmt gewesen – eine schreckliche Falle, die Bestandteil seines Erbguts war, eine Falle, der ich irgendwie entgangen war. Aber während ich schielte, bis meine Augen schmerzten, und versuchte, die Biene scharf zu erkennen, war an Logik nicht zu denken. Für mich existierte nur die *Biene*, nichts anderes, die Biene, die meinen Bruder getötet hatte, ihn so zugerichtet hatte, dass mein Vater die Träger seines Overalls abgestreift hatte, damit er sein Hemd ausziehen und Dans geschwollenes, verfärbtes Gesicht damit bedecken konnte. Sogar in seinem tiefen Schmerz hatte er das noch getan, um seiner Frau den schrecklichen Anblick ihres Erstgeborenen zu ersparen. Jetzt war die Biene zurückgekommen, jetzt würde sie *mich* töten. Sie würde mich stechen, und ich würde zuckend am Bachufer sterben, mich wild umherwerfen, wie eine Bachforelle sich umherwirft, nachdem man ihr den Angelhaken aus dem Maul gezogen hat.

Während ich, einer Panik nahe, zitternd dasaß – kurz davor, einfach aufzuspringen und irgendwohin wegzurennen – hörte ich hinter mir einen Knall. Er war scharf und gebieterisch wie ein Pistolenschuss, aber ich wusste, dass das kein Pistolenschuss war; dort hatte jemand in die Hände geklatscht. Nur einmal. Im selben Augenblick kullerte die Biene von meiner Nase und landete in meinem Schoß. Sie blieb mit nach oben gereckten Beinen und ihrem Stachel, der sich als ungefährliche schwarze Faser von dem abgewetzten braunen Cordsamt abhob, auf meiner Hose liegen. Sie war mausetot, das sah ich sofort. Im selben Augenblick zerrte wieder etwas an der Leine – stärker als zuvor –, und ich hätte meine Bambusrute fast verloren.

Ich packte sie mit beiden Händen und zog so dämlich kräftig daran, dass mein Vater sich mit beiden Händen den Kopf gehalten hätte, wenn er das gesehen hätte. Eine Regenbogenforelle, ein gutes Stück größer als die eine, die ich schon gefangen hatte, stieg wie ein nasser, sich windender Blitz aus dem Wasser auf, versprühte einen Regen feiner Wassertropfen von ihrer fast durchsichtigen Schwanzflosse und nahm so die romantisch verklärten Anglerbilder vorweg, die in den vierziger und fünfziger Jahren die Titelseiten von Männermagazinen wie *True* und *Man's Adventure* zieren würden. In diesem Augenblick war das Anlanden eines großen Fangs jedoch ziemlich das Letzte, was mich interessierte, und als die Leine riss und der Fisch in den Bach zurückklatschte, nahm ich das kaum wahr. Ich blickte über meine Schulter, um zu sehen, wer in die Hände geklatscht hatte. Am Waldrand über mir stand ein Mann. Sein Gesicht war auffällig lang und blass. Sein schwarzes Haar war glatt zurückgekämmt und auf der linken Seite seines schmalen Kopfs streng gescheitelt. Er war sehr groß. Er trug einen schwarzen Anzug mit Weste, und ich wusste gleich, dass er kein Mensch war, weil seine Augen im Orangerot von Flam-

men in einem Holzofen leuchteten. Damit meine ich nicht
nur die Iris, denn sie *hatten* keine Iris, auch keine Pupillen
und erst recht keine weißen Augäpfel. Seine Augen waren
vollständig orangerot – ein Orangerot, das waberte und flackerte. Und es ist eigentlich längst zu spät, um nicht genau
zu sagen, was ich meine, nicht wahr? Er stand in seinem Inneren in Flammen, und seine Augen glichen kleinen Gucklöchern mit Glimmereinsatz, die man manchmal in Ofentüren
sieht.

Meine Blase entleerte sich, und das abgewetzte Braun, auf
dem die tote Biene lag, wurde zu einem Dunkelbraun. Ich
war mir dessen kaum bewusst; ich hatte nur Augen für den
Mann, der oben am Ufer stand und auf mich herabsah – für
diesen Mann, der in einem eleganten schwarzen Anzug und
schmalen Schuhen aus glänzend poliertem Leder dreißig
Meilen unwegsamer Wälder in Maine hinter sich gelassen
hat. Ich konnte die Uhrkette, die sich in einem Bogen über
seine Weste spannte, im Sommersonnenschein glitzern sehen. An seinem Anzug haftete nicht mal eine einzige Tannennadel. Und er lächelte auf mich herab.

»Na, das ist doch ein Fischerjunge!«, rief er mit weicher,
angenehmer Stimme aus. »Stellt euch das vor! Freust du
dich, meine Bekanntschaft zu machen, Fischerjunge?«

»Hallo, Sir«, sagte ich. Die Stimme, die aus meiner Kehle
kam, zitterte nicht, aber sie klang auch nicht wie meine Stimme. Sie klang älter. Wie Dans Stimme. Oder sogar wie die
meines Vaters. Und ich konnte nur daran denken, dass er
mich vielleicht laufen lassen würde, wenn ich so tat, als sähe
ich nicht, was er war. Wenn ich vorgab, nicht zu sehen, dass
dort, wo seine Augen hätten sein sollen, Flammen glühten
und tanzten.

»Ich habe dich vielleicht vor einem hässlichen Stich bewahrt«, sagte er und kam dann zu meinem Entsetzen zu der
Stelle herunter, wo ich mit der toten Biene auf meinem nassen Schoß und einer Bambusrute in meinen kraftlosen Händen saß. Seine glatt besohlten Stadtschuhe hätten auf dem

niedrigen, grünen Unkraut der steilen Uferböschung ausrutschen müssen, aber das taten sie nicht; wie ich sah, hinterließen sie auch keine Spuren. Wo seine Füße den Boden berührt hatten – ihn scheinbar berührt hatten –, war kein einziger zerbrochener Zweig, kein zertretenes Blatt, kein Fußabdruck zu sehen.

Schon bevor er mich erreichte, erkannte ich den Duft, der von seiner Haut unter dem Anzug hochflimmerte – den Geruch von verbrannten Streichhölzern. Schwefelgeruch. Der Mann in dem schwarzen Anzug war der Teufel. Er war aus der Tiefe der Wälder zwischen Motton und Kashwakamak gekommen und stand jetzt hier neben mir. Aus dem Augenwinkel heraus konnte ich eine Hand sehen, die blass wie die einer Schaufensterpuppe war. Die Finger waren grässlich lang.

Er ging neben mir in die Hocke, wobei seine Knie knackten, genau wie die eines gewöhnlichen Mannes hätten knacken können, aber als er seine Hände so nach vorn brachte, dass sie zwischen seinen Knien baumelten, sah ich, dass jeder dieser langen Finger nicht mit einem Fingernagel, sondern mit einer langen gelben Kralle endete.

»Du hast meine Frage nicht beantwortet, Fischerjunge«, sagte er mit seiner weichen Stimme. Wenn ich's mir recht überlege, hatte er eine Stimme wie die Rundfunkansager, die viele Jahre später die Shows der Big Bands ankündigten und für Geritol und Serutan und Ovomaltine und Pfeifen der Marke Dr. Grabow warben. »Freust du dich, meine Bekanntschaft zu machen?«

»Bitte, tun Sie mir nichts«, flüsterte ich mit so leiser Stimme, dass ich sie kaum selbst hörte. Ich war verängstigter, als ich je niederschreiben könnte, verängstigter, als ich mich je erinnern möchte ... aber ich tue es. Ich tue es. Mir fiel nicht einmal ein zu hoffen, dies sei nur ein Traum, obwohl ich darauf hätte kommen können, wenn ich älter gewesen wäre. Aber ich war nicht älter; ich war neun, und ich erkannte die Wahrheit, wenn sie in die Hocke gegangen neben mir kauerte. Ich konnte einen Habicht von einer Handsäge unterscheiden, wie mein Vater gesagt hätte. Der Mann, der an diesem Samstagnachmittag im Hochsommer aus den Wäldern gekommen war, war der Teufel, und hinter seinen leeren Augenhöhlen stand sein Gehirn in Flammen.

»Oh, rieche ich da etwas?«, fragte er, als habe er mich nicht gehört ... obwohl ich wusste, dass er mich verstanden hatte. »Rieche ich etwas ... Feuchtes?«

Er beugte sich mit vorgestreckter Nase zu mir hinüber wie jemand, der an einer Blume riechen will. Und ich beobachtete etwas Schreckliches: Als der Schatten seines Kopfs über das Bachufer glitt, vergilbte das Gras darunter und starb ab. Er senkte seinen Kopf über meine Hose und schnüffelte. Seine grell leuchtenden Augen schlossen sich halb, als atme er einen köstlichen Duft ein und wolle sich ausschließlich darauf konzentrieren.

»Oh, schlimm!«, rief er aus. »Herrlich schlimm!« Und dann skandierte er: »Opal! Diamant! Saphir! Jade! Ich rieche Garys Limonade!« Dann warf er sich auf der kleinen ebenen Fläche auf den Rücken und lachte wild. Das war die Lache eines Wahnsinnigen.

Ich dachte ans Weglaufen, aber meine Beine schienen zwei Counties weit von meinem Gehirn entfernt zu sein. Ich weinte jedoch nicht; ich hatte mir wie ein Baby in die Hose gemacht, aber ich weinte nicht. Ich war zu verängstigt, um zu weinen. Ich wusste plötzlich, dass ich sterben würde, wahrscheinlich qualvoll sterben würde, aber das Schlimmste daran war, dass das vielleicht nicht das Schlimmste sein würde.

Das Schlimmste würde vielleicht erst kommen. *Nach* meinem Tod.

Er richtete sich plötzlich auf, wobei der Geruch nach verbrannten Schwefelhölzern aus seinem Anzug quoll und in meiner Kehle einen Brechreiz auslöste. Er betrachtete mich ernst mit seinem schmalen weißen Gesicht und den brennenden Augen, aber irgendwie umgab ihn auch ein heimliches Lachen. Dieses heimliche Lachen umgab ihn ständig.

»Traurige Nachrichten, Fischerjunge«, sagte er.»Ich komme mit traurigen Nachrichten.«

Ich konnte ihn nur anstarren – den schwarzen Anzug, die eleganten schwarzen Schuhe, die langen weißen Finger, die nicht in Fingernägel, sondern in Krallen ausliefen.

»Deine Mutter ist tot.«

»Nein!«, rief ich. Ich sah sie vor mir, wie sie Brotteig geknetet hatte, wie ihr eine Locke in die Stirn gefallen war und eben ihre Augenbraue berührt hatte, wie sie in der hellen Morgensonne dagestanden hatte, und wurde wieder von Entsetzen erfasst ... diesmal jedoch nicht um meinetwillen. Dann dachte ich daran, wie sie ausgesehen hatte, als ich mit meiner Angelrute aufgebrochen war, wie sie mit einer Hand über den Augen an der Küchentür gestanden hatte und wie sie mir in diesem Augenblick wie eine Fotografie von jemandem erschienen war, den man nie wiederzusehen erwartete.

»Nein, Sie lügen!«, kreischte ich.

Er lächelte das betrübte, geduldige Lächeln eines Mannes, der schon oft fälschlich beschuldigt worden ist. »Leider nicht«, sagte er. »Es war wie bei deinem Bruder, Gary. Eine Biene hat sie gestochen.«

»Nein, das ist nicht wahr«, sagte ich, und nun *begann* ich zu weinen. »Sie ist alt, sie ist Mitte dreißig, wenn sie wie Danny von einem Bienenstich sterben könnte, wäre sie längst tot, und Sie sind ein verdammter Lügner!«

Ich hatte den Teufel einen verdammten Lügner genannt. Auf irgendeiner Ebene war ich mir dessen bewusst, aber den gesamten Vordergrund meines Bewusstseins nahm die Ungeheuerlichkeit dessen ein, was er gesagt hatte. Meine Mutter tot? Er hätte mir ebenso gut erzählen können, die Rockies seien in einem neu entstandenen Meer verschwunden. Aber ich glaubte ihm. Auf irgendeiner Ebene glaubte ich ihm völlig, wie wir auf irgendeiner Ebene stets das Schlimmste glauben, was unser Herz sich vorstellen kann.

»Ich verstehe deinen Schmerz, kleiner Fischerjunge, aber gerade dieses Argument ist nicht stichhaltig, fürchte ich.« Er sprach in geheuchelt tröstendem Tonfall, der grässlich, unerträglich, ohne Mitleid oder Erbarmen war. »Ein Mann kann durchs ganze Leben gehen, ohne je eine Spottdrossel zu sehen, weißt du, aber heißt das, dass es keine Spottdrosseln gibt? Deine Mutter …«

Unter uns sprang ein Fisch aus dem Wasser. Der Mann in dem schwarzen Anzug runzelte die Stirn, dann zeigte er mit einem Finger darauf. Die Forelle krümmte sich in der Luft, verdrehte ihren Leib so krampfhaft, dass sie für eine Zehntelsekunde nach ihrem eigenen Schwanz zu schnappen schien, und als sie in den Castle Stream zurückfiel, trieb sie leblos, verendet davon. Sie prallte an den großen grauen Felsen, wo der Bach sich teilte, kreiselte zweimal in dem Wirbel, der dort entstand, und trieb dann in Richtung Castle Rock weiter. Unterdessen richtete der schreckliche Fremde seinen brennenden Blick wieder auf mich und zog seine schmalen Lippen zu einem Kannibalenlächeln zurück, das zwei Reihen winziger scharfer Zähne sehen ließ.

»Deine Mutter ist einfach durch ihr ganzes Leben gegangen, ohne jemals von einer Biene gestochen worden zu sein«, sagte er. »Aber dann – tatsächlich vor weniger als einer Stunde – ist eine durchs Küchenfenster hereingeflogen, als sie das Brot aus dem Backofen geholt und zum Abkühlen auf die Arbeitsplatte gestellt hat.«

»Nein, ich will's nicht hören, ich will's nicht hören, ich *will* nicht!«

Ich riss meine Hände hoch und hielt mir die Ohren zu. Er spitzte die Lippen, als wollte er pfeifen, und blies mich sanft an. Das war nur ein Hauch, aber der Gestank war unerhört ekelhaft – verstopfte Gullys, Außenaborte, in die niemals ungelöschter Kalk gestreut worden ist, verendete Hühner nach einer Überschwemmung.

Meine Hände sanken kraftlos herab.

»Gut«, sagte er. »Du musst diese Geschichte hören, Gary; du musst sie hören, mein kleiner Fischerjunge. Es war deine Mutter, die diese verhängnisvolle Schwäche an deinen Bruder Dan weitergegeben hat; auch du hast etwas davon abbekommen, aber du hast von deinem Vater auch etwas Schutz geerbt, den der arme Dan irgendwie nicht mitbekommen hat.« Er spitzte erneut die Lippen, aber statt mich wieder mit seinem Pesthauch anzublasen, machte er diesmal grausam komisch *ts, ts.* »Obwohl ich einer Toten nichts Schlechtes nachsagen will, war das also fast ein Akt ausgleichender Gerechtigkeit, nicht wahr? Schließlich hat sie deinen Bruder Dan ebenso sicher ermordet, als hätte sie ihm eine Pistole an den Kopf gesetzt und abgedrückt.«

»Nein«, flüsterte ich. »Nein, das ist nicht wahr.«

»Ich versichre dir, dass es wahr ist«, sagte er. »Eine Biene ist durchs Fenster hereingeflogen und hat sich auf ihren Hals gesetzt. Sie hat danach geschlagen, bevor sie recht wusste, was sie tat – *du* warst klüger, Gary, nicht wahr? –, und die Biene hat sie gestochen. Sie hat sofort gespürt, wie ihr Hals zuschwoll. Das passiert Leuten, weißt du, die gegen Bienengift allergisch sind. Ihr Hals schwillt zu, und sie ersticken, weil sie keine Luft mehr bekommen. Deshalb war Dans Gesicht so geschwollen und purpurrot. Deshalb hat dein Vater es mit seinem Hemd bedeckt.«

Ich starrte ihn an, brachte jetzt kein Wort mehr heraus. Tränen liefen mir übers Gesicht. Ich wollte ihm nicht glauben, und ich wusste aus der Sonntagsschule, dass der Teufel der Vater aller Lügen ist, aber ich *glaubte* ihm trotzdem. Ich glaubte, er habe auf unserem Hof gestanden, durchs Küchenfenster hineingesehen und beobachtet, wie meine Mutter auf die Knie sank und mit beiden Händen panisch nach ihrem geschwollenen Hals griff, während Candy Bill schrill kläffend um sie herumtanzte.

»Sie hat die wundervollsten Schreckenslaute von sich gegeben«, sagte der Mann in dem schwarzen Anzug nachdenklich, »und sie hat sich ihr Gesicht ziemlich schlimm zerkratzt, fürchte ich. Ihre Augen sind wie Froschaugen hervorgequollen. Sie hat geweint.« Er machte eine Pause, dann fügte er hinzu: »Sie hat geweint, als sie starb, ist das nicht süß? Und jetzt kommt das Allerschönste. Als sie tot war ... nachdem sie ungefähr eine Viertelstunde lang in der Küche gelegen hatte, in der nur das Ticken des abkühlenden Backofens zu hören war, während der kleine schwarze Dorn des Bienenstachels noch immer seitlich aus ihrem Hals ragte – so klein, so klein –, weißt du, was Candy Bill da getan hat? Dieser kleine Schlingel hat ihre Tränen abgeleckt. Erst auf einer Seite ... dann auf der anderen.«

Er blickte einige Sekunden lang mit betrübter, nachdenklicher Miene über den Bach hinaus. Dann wandte er sich wieder mir zu, und sein kummervoller Gesichtsausdruck verflüchtigte sich augenblicklich. Sein Gesicht war schlaff und gierig wie das Gesicht eines Toten, der hungrig gestorben ist. Seine Augen glühten. Ich konnte seine spitzen kleinen Zähne zwischen seinen blassen Lippen sehen.

»Ich bin ausgehungert«, sagte er plötzlich. »Ich werde dich töten und dich ausweiden und dein Gedärm essen, kleiner Fischerjunge. Was hältst du davon?«

Nein, versuchte ich zu sagen, *nein, bitte nicht*, aber ich brachte keinen Ton heraus. Das war sein Ernst, das sah ich. Das wollte er wirklich tun.

»Ich bin nur so hungrig«, sagte er gereizt und frotzelnd zugleich. »Und du willst ohnehin nicht ohne deine kostbare Mommy leben, das kannst du mir glauben. Denn dein Vater gehört zu der Sorte von Männern, die irgendein warmes Loch brauchen, um ihn reinstecken zu können, glaub mir, und wenn nur du zur Verfügung stehst, wirst eben du dafür herhalten müssen. Ich werde dir all diese Beschwerden und Unannehmlichkeiten ersparen. Außerdem kommst du in den Himmel, das musst du auch bedenken. Ermordete kommen immer *direkt* in den Himmel. Also werden wir heute Nachmittag beide Gott dienen, Gary. Ist das nicht nett?«

Als er wieder seine langen, blassen Hände nach mir ausstreckte, klappte ich, ohne darüber nachzudenken, was ich tat, den Deckel meines Fischkorbs auf, griff bis tief zum Boden hinein und zog die riesige Bachforelle heraus, die ich zuvor gefangen hatte – die eine, mit der ich mich hätte zufrieden geben sollen. Ich hielt sie ihm blindlings hin, meine Finger in dem roten Schlitz in ihrem Leib, den ich ausgenommen hatte, so wie der Mann in dem schwarzen Anzug gedroht hatte, mich auszuweiden. Das glasige Auge des Fischs starrte mich verträumt an, der goldene Ring um die schwarze Pupille erinnerte mich an den Ehering meiner Mutter. Und in diesem Augenblick sah ich sie in ihrem Sarg liegen, während ihr Ehering in der Sonne blitzte, und wusste, dass alles wahr war – sie war von einer Biene gestochen worden, sie war in der warmen, nach frischem Brot duftenden Luft ihrer Küche erstickt, und Candy Bill hatte ihr die Tränen von ihrem geschwollenen Gesicht geleckt.

»Großer Fisch!«, rief der Mann in dem schwarzen Anzug mit kehliger, gieriger Stimme. »Oh, *grooßer Fiiisch*!«

Er riss ihn mir aus der Hand und stopfte ihn sich in seinen Mund, der sich weiter öffnete, als irgendein Menschenmund sich hätte öffnen können. Viele Jahre später, als ich fünfundsechzig war (ich weiß, dass ich fünfundsechzig war, weil das im Sommer des Jahres war, in dem ich als Lehrer pensioniert wurde), besuchte ich das New England Aquarium und sah dort zum ersten Mal in meinem Leben einen Hai. Der Mund des Mannes in dem schwarzen Anzug glich einem Haifischrachen, als er ihn aufriss, nur glühte sein Rachen innen hellrot, in der gleichen Farbe wie seine schrecklichen Augen, und ich spürte daraus Hitze hervorschlagen, die mir fast das Gesicht versengte, so wie einem eine plötzliche Hitzewelle aus einem Ofen entgegenschlägt, wenn ein trockenes Stück Holz Feuer fängt. Und ich bildete mir diese Hitze nicht nur ein; ich weiß, dass das keine Einbildung war, denn kurz bevor er den Kopf meiner 19-zölligen Bachforelle in seinen Rachen schob, sah ich, wie die Schuppen auf dem Rücken des Fischs sich aufwölbten und sich dann kräuselten wie Papierfetzen, die über einem offenen Verbrennungsofen schweben.

Der Mann in dem schwarzen Anzug ließ den Fisch in seine Kehle gleiten, wie ein Artist auf dem Jahrmarkt ein Schwert schluckt. Er kaute nicht, und seine feurigen Augen quollen von der Anstrengung des Schluckens hervor. Der Fisch glitt tiefer und tiefer, der Hals des Mannes schwoll an, als er in seinen Schlund hinabglitt, und nun begann auch er, Tränen zu weinen ... nur waren seine Tränen aus Blut, scharlachrot und dickflüssig.

Ich glaube, es war der Anblick dieser Tränen, der mir die Gewalt über meinen Körper zurückgab. Ich weiß nicht, warum das so gewesen sein sollte, aber ich denke, dass es so war. Ich sprang auf wie ein Schachtelteufel, dessen Kasten geöffnet wird, warf mich mit meiner Bambusrute in einer Hand herum, flüchtete weit nach vorn gebeugt die Uferböschung hinauf und bahnte mir mit meiner freien Hand einen Weg durch das in Büscheln wachsende Unkraut, um schneller voranzukommen.

Er ließ einen wütenden, halb erstickten Laut hören – das Geräusch jedes Mannes mit zu vollem Mund –, und ich sah mich nach ihm um, als ich eben den oberen Rand der Uferböschung erreichte. Er war hinter mir her, wobei seine Rockschöße flatterten und seine dünne Uhrkette in der Sonne blitzte und glitzerte. Der Fischschwanz ragte ihm noch aus dem Mund, und ich konnte riechen, wie der Rest des Fischs im Backofen seines Schlundes briet.

Der Mann in dem schwarzen Anzug griff nach mir, streckte seine Krallen nach mir aus, und ich hetzte das Ufer entlang davon. Nach etwa hundert Metern fand ich meine Stimme wieder und begann zu kreischen; ich schrie natürlich vor Angst – aber ich schrie auch aus Trauer um meine tote schöne Mutter.

Er verfolgte mich. Ich konnte brechende Zweige und peitschende Büsche hören, aber ich sah mich nicht wieder um. Ich senkte meinen Kopf, kniff meine Augen zum Schutz gegen die Büsche und tief hängenden Zweige am Bachufer zusammen und rannte, so schnell ich nur konnte. Und ich rechnete bei jedem Schritt damit, seine Hände auf meinen

Schultern zu fühlen und zu spüren, wie ich in eine verderbliche heiße Umarmung zurückgerissen wurde. Das geschah nicht. Irgendwann später – nach längstens fünf bis zehn Minuten, vermute ich, die mir jedoch wie eine Ewigkeit erschienen – sah ich durch Laub und Tannenzweige die Brücke vor mir. Noch immer schreiend, aber jetzt außer Atem, sodass ich wie ein fast leer gekochter Teekessel klang, erreichte ich diese zweite, steilere Böschung und stürmte sie hinauf.

Auf halber Strecke rutschte ich aus, sank auf die Knie, warf einen Blick über die Schulter und sah, dass der Mann in dem schwarzen Anzug, dessen weißes Gesicht von Wut und Gier verzerrt war, mir dicht auf den Fersen war. Seine Wangen waren mit blutigen Tränen bespritzt, und sein Haifischmaul hing wie an einem Scharnier heruntergeklappt offen. »*Fischerjunge!*«, knurrte er, kam hinter mir her die Böschung herauf und bekam mit einer langen Hand meinen linken Fuß zu fassen. Ich riss mich los, drehte mich um und warf meine Bambusrute nach ihm. Er schlug sie mühelos beiseite, aber sie geriet ihm irgendwie zwischen die Füße, sodass er auf die Knie sank. Ich wartete nicht, bis er sich wieder aufgerappelt hatte; ich wandte mich ab und hetzte weiter die Böschung hinauf. Ganz oben wäre ich beinahe ausgerutscht, konnte mich aber noch retten, indem ich einen der Stützbalken der Brücke ergriff und mich daran festhielt.

»Du entkommst mir nicht, Fischerjunge!«, rief er hinter mir. Das klang wütend, aber er schien zugleich zu lachen. »Um *mich* satt zu machen, braucht's mehr als einen Mund voll Fisch!«

»Lassen Sie mich in Ruhe!«, kreischte ich als Antwort. Ich packte das Brückengeländer, wälzte mich mit einem unbeholfenen Purzelbaum darüber, bei dem ich zahlreiche Splitter in die Hände bekam, und schlug mit dem Kopf voraus so schwer auf den Brückenbohlen auf, dass ich Sterne vor den Augen sah. Ich wälzte mich auf den Bauch und begann zu kriechen. Kurz vor dem Ende der Brücke rappelte ich mich wieder auf, stolperte einmal, fand meinen Rhythmus und begann zu rennen. Ich rannte, wie nur neunjährige Jungen rennen können – wie der Wind. Ich hatte das Gefühl, meine Füße berührten nur bei jedem dritten oder vierten Schritt den Boden, und meines Wissens stimmte das auch. Ich rannte geradeaus in der rechten Fahrspur weiter, rannte, bis meine Schläfen pochten und meine Augen in ihren Höhlen pulsierten, rannte, bis ich heißes Seitenstechen vom unteren Rippenbogen bis zur Achsel hinauf spürte, rannte, bis ich den kupfrigen Geschmack von Blut in meiner Kehle spürte. Als ich nicht mehr rennen konnte, machte ich stolpernd Halt und sah mich wie ein ausgepumptes Pferd keuchend und schnaubend über meine Schulter um. Ich war überzeugt, dass er in seinem eleganten schwarzen Anzug dicht hinter mir stehen würde – die Uhrkette als glitzernder Bogen über seiner Weste und jedes Haar auf seinem Kopf am richtigen Platz.

Aber er war fort. Die Straße, die sich hinter mir zwischen den dunkel zusammengedrängten Tannen und Kiefern zum Castle Stream erstreckte, war leer. Und trotzdem spürte ich ihn irgendwo in meiner Nähe in diesen Wäldern, aus denen er mich, nach verbrannten Schwefelhölzern und gebratenem Fisch riechend, mit seinen Buschbrandaugen beobachtete.

Ich machte kehrt und begann so schnell zu gehen, wie ich leicht hinkend konnte – ich hatte Muskelzerrungen in beiden Beinen, und als ich am nächsten Morgen aufstand, konnte ich vor Schmerzen kaum gehen. Aber davon spürte ich in diesem Augenblick nichts. Ich sah mich nur immer wieder um, weil ich mich gelegentlich vergewissern musste, dass die Straße hinter mir leer war. Das war sie jedes Mal, wenn ich mich umsah, aber diese Blicke nach rückwärts schienen meine Angst eher zu steigern, als sie zu vermindern. Die Kiefern wirkten dunkler, massiger, und ich stellte mir immer wieder vor, was jenseits der Bäume lag, die neben der Straße hermarschierten – lange, gewundene Waldschneisen, Bruchholzhaufen, in denen man sich die Beine brechen konnte, Schluchten, in denen alles Mögliche lauern mochte. Bis zu diesem Samstag im Jahr 1914 hatte ich geglaubt, Bären seien die größte Gefahr, der man in diesen Wäldern begegnen konnte.

Jetzt wusste ich es besser.

Nach etwa einer weiteren Meile die Straße entlang, kurz hinter der Stelle, wo sie aus dem Wald kam und in die Geegan Flat Road einmündete, sah ich meinen Vater auf mich zukommen und hörte ihn »The Old Oaken Bucket« pfeifen. Er trug seine eigene Angelrute, die mit der raffinierten Rolle von Monkey Ward. In seiner anderen Hand hielt er seinen Fischkorb, den mit dem Band, das meine Mutter damals, als Dan noch lebte, in den Griff eingeflochten hatte. Jesus zu Ehren, stand auf diesem Band. Ich war gegangen, aber als ich ihn sah, begann ich wieder zu rennen, schrie aus voller Kehle *Dad! Dad! Dad!* und schwankte auf meinen müden, geschundenen Beinen wie ein betrunkener Seemann von einer Seite zur anderen. Sein überraschter Gesichtsausdruck, als er mich erkannte, hätte unter anderen Umständen komisch sein können, aber nicht unter diesen. Er ließ Rute und Korb auf die Straße fallen, ohne sie noch eines Blickes zu würdigen, und kam auf mich zugerannt. So schnell sah ich meinen Dad in seinem ganzen Leben nicht mehr rennen; als wir uns trafen, war es ein Wunder, dass wir von dem Zusammenprall nicht beide bewusstlos liegen blieben, und ich knallte mit dem Gesicht heftig genug an seine Gürtelschnalle, um etwas Nasenbluten zu bekommen. Aber das nahm ich erst später wahr. Im Augenblick streckte ich nur meine Arme aus und klammerte mich an ihn, so fest ich konnte. Ich hielt ihn umarmt und rieb mein erhitztes Gesicht an seinem Bauch und bedeckte sein altes blaues Arbeitshemd mit Blut und Tränen und Rotz.

»Gary, was hast du? Was ist passiert? Alles in Ordnung mit dir?«

»Ma ist tot«, schluchzte ich. »Ich bin im Wald einem Mann begegnet, und er hat's mir gesagt! Ma ist tot! Sie ist

von einer Biene gestochen worden, und sie ist davon angeschwollen wie damals Dan, und sie ist tot! Sie liegt auf dem
Küchenfußboden, und Candy Bill ... hat ihr die T-T-Trä-
nen ... von ihrem ... von ihrem Gesicht ...«

Geleckt, war das letzte Wort, das ich hatte sagen wollen,
aber inzwischen war ich so außer Atem, dass ich es nicht her-
ausbrachte. Meine Tränen flossen wieder, und das erschro-
ckene, verängstigte Gesicht meines Dads war zu drei Bildern
verschwommen, die sich überlagerten. Ich begann zu heulen –
nicht wie ein kleiner Junge, der sich das Knie aufgeschlagen
hat, sondern wie ein Hund, der bei Mondschein etwas Un-
heimliches gewittert hat –, und mein Vater drückte meinen
Kopf wieder an seinen harten, flachen Bauch. Ich schlüpfte
jedoch unter seiner Hand hervor und sah mich erneut um. Ich
wollte mich vergewissern, dass der Mann in dem schwarzen
Anzug nicht etwa herankam. Er war nirgends zu sehen, und
die Straße, die sich hinter mir in die Wälder schlängelte, war
völlig leer. Ich versprach mir selbst, ich würde nie wieder diese Straße entlanggehen, niemals wieder, unter gar keinen Umständen, und ich vermute heute, dass Gottes größtes Geschenk an seine Geschöpfe die Tatsache ist, dass sie nicht in
die Zukunft sehen können. Hätte ich gewusst, dass ich diese
Straße wieder entlanggehen *würde*, und das keine zwei Stunden später, hätte mich das den Verstand kosten können. Vorerst war ich jedoch nur erleichtert, als ich sah, dass wir weiterhin allein waren. Dann dachte ich an meine Mutter – meine
tote schöne Mutter – und drückte mein Gesicht wieder an den
Bauch meines Vaters und flennte wieder.

»Gary, hör mir zu«, sagte er kurze Zeit später. Ich heulte
weiter. Er ließ mich noch eine Weile gewähren, dann legte er
mir seine Hand unters Kinn und hob es hoch, damit er mir
ins Gesicht sehen konnte und ich zu ihm aufblicken musste.
»Deiner Mom fehlt nichts«, sagte er.

Ich konnte ihn nur anstarren, während mir Tränen übers
Gesicht liefen. Ich glaubte ihm nicht.

»Ich weiß nicht, wer dir was anderes erzählt hat, was für

ein Schweinehund einem kleinen Jungen einen solchen Schrecken einjagen würde, aber ich schwöre bei Gott, dass deiner Mutter nichts fehlt.«

»Aber ... aber er hat gesagt ...«

»Mir ist egal, *was* er gesagt hat. Ich bin früher als erwartet von Eversham zurückgekommen – er will gar keine Kühe verkaufen, das war alles nur Geschwätz – und hab mir überlegt, dass ich Zeit habe, mit dir fischen zu gehen. Ich habe meine Angel und meinen Korb rausgeholt, und deine Mutter hat uns ein paar zusammengeklappte Marmeladebrote gemacht. Mit ihrem frischen Brot. Noch warm. Also hat ihr vor einer halben Stunde nichts gefehlt, Gary, und niemand, der von dort hinten gekommen ist, kann was anderes wissen, das garantiere ich dir. Nicht in nur einer halben Stunde.« Er blickte über mich hinweg. »Wer war dieser Mann? Und wo war er? Ich werde ihn finden und windelweich prügeln!«

Ich dachte binnen zwei Sekunden an tausend Dinge – so erschien es mir jedenfalls –, aber der letzte Gedanke war am stärksten: traf mein Dad mit dem Mann in dem schwarzen Anzug zusammen, glaubte ich nicht, dass mein Dad ihn würde verprügeln können. Oder anschließend würde weggehen können.

Mir fielen immer wieder die langen weißen Finger und die Krallen an ihren Enden ein.

»Gary?«

»Ich kann mich nicht richtig erinnern«, sagte ich.

»Warst du, wo der Bach sich teilt? Beim großen Felsen?«

Ich hätte meinen Vater nie belügen können, wenn er mir eine direkte Frage stellte – nicht einmal, um sein oder mein Leben zu retten. »Ja, aber geh lieber nicht hin.« Ich packte seinen Arm mit beiden Händen und zerrte heftig daran. »Bitte nicht. Der Mann hat mir Angst gemacht.« Eine Eingebung traf mich wie ein erhellender Blitzstrahl. »Ich glaube, er hatte einen Revolver.«

Er betrachtete mich nachdenklich. »Vielleicht war dort kein Mann«, sagte er und hob seine Stimme beim letzten

Wort ein wenig an, sodass es beinahe fragend klang. »Vielleicht bist du beim Fischen eingeschlafen, Sohn, und hast einen schlechten Traum gehabt. Wie die Träume, die du letzten Winter wegen Danny gehabt hast.«

Ich *hatte* im letzten Winter viele schlechte Träume wegen Danny gehabt: Träume, in denen ich die Tür unseres Kleiderschranks oder zum dunklen, fruchtigen Inneren des Apfelweinschuppens öffnete und den Erstickten, der mich mit seinem geschwollenen, purpurroten Gesicht anstarrte, vor mir stehen sah; aus vielen dieser Träume war ich schreiend aufgewacht und hatte auch meine Eltern aufgeweckt. Tatsächlich war ich für kurze Zeit am Bachufer eingeschlafen – hatte dort zumindest gedöst –, aber ich hatte nicht geträumt und wusste bestimmt, dass ich aufgewacht war, kurz bevor der Mann in dem schwarzen Anzug die Biene nur durch ein Händeklatschen getötet hatte und sie von meiner Nase in meinen Schoß gefallen war. Ich hatte nicht von ihm geträumt, wie ich von Dan geträumt hatte, das wusste ich ziemlich bestimmt, obwohl mein Zusammentreffen mit ihm in meinen Gedanken bereits etwas Traumähnliches angenommen hatte, was bei übernatürlichen Erscheinungen wohl unvermeidlich ist. Aber es war vielleicht besser, wenn mein Dad glaubte, dieser Mann existiere nur in meinem Kopf. Besser für ihn.

»So könnte's gewesen sein, denke ich«, sagte ich.

»Nun, wir sollten zurückgehen und deine Rute und deinen Fischkorb holen.«

Er setzte sich tatsächlich in Richtung Bach in Bewegung, und ich musste verzweifelt an seinem Arm zerren, damit er stehen blieb und sich nach mir umdrehte.

»Später«, sagte ich. »Bitte, Dad? Ich will erst Mutter sehen. Ich muss sie mit eigenen Augen sehen.«

Er dachte darüber nach, dann nickte er. »Ja, das musst du vermutlich. Wir gehen erst heim, holen deine Rute und deinen Korb später.«

So gingen wir nebeneinander her zur Farm zurück, mein Vater genau wie einer meiner Freunde mit seiner Angelrute über der Schulter, ich mit seinem Fischkorb in der Hand. Beide aßen wir zusammengeklappte Scheiben vom Brot meiner Mutter mit Gelee aus schwarzen Johannisbeeren. »Hast du was gefangen?«, fragte er in Sichtweite unserer Scheune. »Ja, Sir«, sagte ich. »Eine Regenbogenforelle. Ziemlich anständige Größe.« *Und eine Bachforelle, die noch viel größer war*, dachte ich, ohne es jedoch auszusprechen. *Die größte, die ich je gesehen habe, um ehrlich zu sein, aber die kann ich dir nicht mehr zeigen. Die habe ich dem Mann in dem schwarzen Anzug gegeben, damit er mich nicht frisst. Und es hat geholfen ... mit knapper Not.*

»Das war alles? Sonst nichts?«

»Nachdem ich sie gefangen hatte, bin ich eingeschlafen.« Das war keine richtige Antwort, aber es war auch nicht richtig gelogen.

»Ein Glück, dass du deine Rute nicht verloren hast. Das hast du doch nicht, stimmt's, Gary?«

»Nein, Sir«, sagte ich mit großem Widerstreben. In diesem Punkt zu lügen, wäre zwecklos gewesen, selbst wenn mir ein Knüller eingefallen wäre – nicht wenn er entschlossen war, meinen Fischkorb zu holen, und ich sah ihm am Gesicht an, dass er das war.

Vor uns kam Candy Bill aus der Hintertür geflitzt, bellte schrill kläffend und wedelte mit seinem ganzen Hinterteil, wie es Scotchterrier tun, wenn sie aufgeregt sind. Ich konnte nicht länger warten; Hoffnung und Sorge stiegen wie Blasen in meiner Kehle hoch. Ich riss mich von der Hand meines Vaters los und rannte zum Haus: noch immer mit seinem Fischkorb in der Hand und tief im Innersten weiterhin davon überzeugt, dass ich meine Mutter tot auf dem Küchenboden auffinden würde – mit geschwollenem, purpurrotem Gesicht wie Dans Gesicht an jenem Tag, an dem mein Vater ihn weinend und den Namen Jesu ausrufend vom Westfeld hereingetragen hatte.

Aber sie stand an der Arbeitsplatte, so heil und gesund,

wie ich sie verlassen hatte, und summte ein Lied, während sie Erbsen in eine Schüssel enthülste. Sie sah sich nach mir um, erst überrascht und dann erschrocken, als sie meine weit aufgerissenen Augen und meine blassen Wangen sah.

»Gary, was hast du? Was ist los?«

Ich gab keine Antwort, lief nur zu ihr und bedeckte sie mit Küssen. Irgendwann kam auch mein Vater herein und sagte: »Keine Sorge, Lo – ihm fehlt weiter nichts. Er hat drunten am Bach nur einen seiner schlechten Träume gehabt.«

»Geb's Gott, dass dieser der letzte war«, sagte sie und drückte mich noch fester an sich, während Candy Bill schrill kläffend um unsere Füße herumtanzte.

»Du brauchst nicht mitzukommen, wenn du nicht willst, Gary«, sagte mein Vater, obwohl er bereits klar gemacht hatte, dass er dachte, ich sollte ihn begleiten – dass ich mit zurückgehen sollte, um auf diese Weise meine Angst aufzuarbeiten, wie man heute vermutlich sagen würde. Das mag bei Schreckgespenstern funktionieren, die nur in unserer Einbildung existieren, aber zwei Stunden hatten bei weitem nicht genügt, um mich von meiner Überzeugung abzubringen, der Mann in dem schwarzen Anzug sei real gewesen. Aber davon würde ich meinen Vater nicht überzeugen können. Ich glaube nicht, dass jemals ein Neunjähriger gelebt hat, der imstande gewesen wäre, seinen Vater davon zu überzeugen, dass er gesehen hat, wie der Teufel in einem eleganten schwarzen Anzug aus dem Wald getreten ist.

»Ich gehe mit«, sagte ich. Ich war aus dem Haus gekommen, um mich zu ihm zu gesellen, bevor er aufbrach, hatte allen meinen Mut zusammengenommen, um meine Füße dazu zu bringen, mir zu gehorchen, und stand jetzt mit ihm am Hackklotz neben dem auf der Rückseite des Hauses aufgestapelten Holz.

»Was hast du hinter deinem Rücken?«, fragte er.

Ich brachte meine Hand langsam zum Vorschein. Ich würde ihn begleiten, und ich würde hoffen, dass der Mann in

dem schwarzen Anzug und mit dem schnurgeraden Links-
scheitel verschwunden war ... aber falls er noch da war,
wollte ich vorbereitet sein. Wenigstens so gut vorbereitet wie
möglich. In der Hand, die hinter meinem Rücken hervor-
kam, hielt ich unsere Familienbibel. Anfangs hatte ich nur
mein Neues Testament mitnehmen wollen, das ich bei einem
der an Donnerstagabenden stattfindenden Youth-Fellow-
ship-Wettbewerbe dafür gewonnen hatte, dass ich die meisten Psalmen auswendig konnte (ich hatte acht geschafft, sie
aber bis auf den 32. Psalm binnen einer Woche wieder vergessen), aber das kleine rote Neue Testament erschien mir
nicht genug, wenn wir vielleicht dem Teufel persönlich gegenübertreten mussten, nicht einmal wenn die Worte Jesu
mit roter Tinte unterstrichen waren.

Mein Vater betrachtete die alte Bibel, die von Familienur-
kunden und Fotos überquoll, und ich dachte schon, er würde mich anweisen, sie an ihren Platz zurückzubringen, aber
das tat er nicht. Über sein Gesicht huschte ein Ausdruck, in
dem sich Trauer und Mitleid mischten, und er nickte. »Also
gut«, sagte er. »Weiß deine Mutter, dass du die mitgenommen hast?«

»Nein, Sir.«

Er nickte wieder. »Dann wollen wir hoffen, dass sie ihr
Verschwinden nicht bemerkt, bevor wir zurück sind. Komm
jetzt. Und lass sie nicht fallen.«

Ungefähr eine halbe Stunde später standen wir nebeneinander am Bachufer, sahen auf die Stelle hinunter, wo der Castle
Stream sich gabelte, und betrachteten die ebene Fläche, auf
der sich meine Begegnung mit dem Mann mit den orangeroten Augen abgespielt hatte. Ich hielt meine Bambusrute in
der Hand – ich hatte sie unterhalb der Brücke aufgesam-
melt –, und mein Fischkorb lag dort unten auf der kleinen
ebenen Fläche. Sein geflochtener Deckel war aufgeklappt.
Wir blickten lange auf ihn hinunter, mein Vater und ich, und
keiner von uns sagte etwas.

*Opal! Diamant! Saphir! Jade! Ich rieche Garys Limona-
de!* Das war sein garstiges kleines Gedicht gewesen, und
nachdem er es aufgesagt hatte, hatte er sich auf den Rücken
geworfen und wie ein Kind gelacht, das gerade entdeckt hat,
dass es den Mut hat, unanständige Wörter wie Scheiße oder
Pisse zu sagen. Die ebene Fläche dort unten war so üppig
grün, wie jede Wiese in Maine, die Anfang Juli von der Sonne erreicht wird ... bis auf die Stelle, wo der Fremde gelegen
hatte. Dort war das Gras in der Form eines Mannes gelblich
verwelkt.

Ich sah nach unten und stellte fest, dass ich unsere ausgebeulte alte Familienbibel vor meinem Körper ausgestreckt
hielt und dabei mit beiden Daumen so krampfhaft auf den
Einband drückte, dass sie weiß waren. Genauso hielt Mama
Sweets Ehemann Norville seine Weidenrute, wenn er als Ru-
tengänger versuchte, für jemanden einen Brunnen zu finden.

»Bleib hier«, sagte mein Vater schließlich und rutschte seitlich die Böschung hinunter, wobei er seine Absätze in die
schwarze, weiche Erde grub und die Arme ausstreckte, um
das Gleichgewicht zu halten. Ich blieb, wo ich war, hielt die
Bibel wie eine Wünschelrute mit steif ausgestreckten Armen
vor meinem Körper und spürte mein Herz wild hämmern. Ich
weiß nicht, ob ich dabei das Gefühl hatte, beobachtet zu werden; ich hatte zu viel Angst, um ein Gefühl für irgendetwas zu
haben, außer den Wunsch zu spüren, so weit wie nur möglich
von diesem Ort, von diesen Wäldern entfernt zu sein.

Mein Dad bückte sich, roch an dem verwelkten Gras und
verzog das Gesicht. Ich wusste, was er roch: etwas wie verbrannte Schwefelhölzer. Dann grapschte er sich meinen
Fischkorb und kam hastig wieder die Böschung herauf. Er
sah sich rasch um, als wolle er sich davon überzeugen, dass
niemand hinter ihm herkam. Hinter ihm war niemand. Als
er mir den Korb hinhielt, hing sein Deckel noch immer an
den zweckmäßigen kleinen Lederschlaufen offen. Ich warf
einen Blick hinein und sah auf seinem Boden nur zwei Hand
voll Gras.

»Ich dachte, du hättest gesagt, dass du eine Regenbogen-forelle gefangen hast«, sagte mein Vater. »Aber vielleicht hast du das auch geträumt.«

Etwas in seinem Tonfall kränkte mich. »Nein, Sir«, sagte ich. »Ich habe eine gefangen.«

»Nun, sie ist jedenfalls nicht rausgeschnellt, nicht wenn sie richtig ausgenommen und gesäubert war. Und du wür-dest keinen Fang in deinen Fischkorb legen, ohne das zu tun, nicht wahr, Gary? Das habe ich dir besser beigebracht.«

»Ja, Sir, das stimmt, aber ...«

»Wenn du nicht geträumt hast, sie gefangen zu haben, und wenn sie ausgenommen in deinem Korb gelegen hat, muss etwas vorbeigekommen sein und sie gefressen haben«, sagte mein Vater, und dann warf er mit großen Augen einen weite-ren Blick über seine Schulter, als habe er im Wald irgendeine Bewegung gehört. Ich war nicht gerade überrascht, auf sei-ner Stirn Schweißtropfen wie große, klare Edelsteine stehen zu sehen. »Komm jetzt«, sagte er. »Wir machen, dass wir von hier wegkommen.«

Das war mir nur recht, und wir gingen am Ufer entlang zur Brücke zurück: in raschem Tempo und ohne miteinan-der zu reden. Als wir sie erreichten, ließ mein Dad sich auf ein Knie nieder und untersuchte die Stelle, wo wir meine Angelrute gefunden hatten. Auch dort war das Gras ver-welkt, und der in der Nähe wachsende Frauenschuh war ganz braun und zusammengerollt, als sei er von einer Hitze-welle verkohlt worden. Während mein Vater die Stelle unter-suchte, betrachtete ich meinen leeren Fischkorb.

»Er muss zurückgegangen und auch meinen anderen Fisch gegessen haben«, sagte ich.

Mein Vater sah zu mir auf. »Deinen *anderen* Fisch?«

»Ja, Sir. Das habe ich noch nicht erzählt, aber ich habe auch eine Bachforelle gefangen. Eine richtig große. Er war schrecklich hungrig, dieser Kerl.« Ich wollte mehr sagen, und die Worte zitterten dicht hinter meinen Lippen, aber zu-letzt schwieg ich doch.

Wir stiegen zur Brücke hinauf und halfen uns gegenseitig übers Geländer. Mein Vater griff nach meinem Fischkorb, sah hinein, trat dann ans Brückengeländer und warf ihn darüber. Ich kam gerade noch rechtzeitig heran, um zu sehen, wie der Korb ins Wasser klatschte und wie ein Boot davonschwamm, wobei er stetig tiefer sank, während das Wasser durchs Weidengeflecht eindrang.

»Er hat schlecht gerochen«, sagte mein Vater, aber er sah mich nicht an, während er das sagte, und seine Stimme klang eigenartig defensiv. Dies war das einzige Mal, dass ich ihn so sprechen hörte.

»Ja, Sir.«

»Deiner Mutter erzählen wir, dass wir ihn nicht gefunden haben. Wenn sie danach fragt. Fragt sie nicht, erzählen wir ihr nichts.«

»Nein, Sir, das tun wir nicht.«

Und sie tat es nicht, und wir taten es nicht, und dabei blieb es dann.

Dieser Tag in den Wäldern liegt einundachtzig Jahre zurück, und in vielen dieser seither vergangenen Jahre habe ich niemals auch nur daran gedacht … zumindest nicht in wachen Stunden. Wie jeder andere Mensch, der je gelebt hat, kann ich nur wenig über meine Träume sagen, jedenfalls nichts Gewisses. Aber jetzt bin ich alt, und ich scheine wach zu träumen. Meine Altersbeschwerden haben sich meiner bemächtigt wie Wellen, die bald eine von Kindern erbaute Sandburg fortspülen werden, und gleichzeitig sind meine Jugenderinnerungen zurückgekehrt, die mich an ein altes Gedicht denken lassen, in dem es hieß: »Lasst sie nur allein/Und dann kehren sie heim/Mit wedelnden Schwänzen hinter sich.« Ich erinnere mich an Mahlzeiten, die ich gegessen habe, Mädchen, die ich geküsst habe, als wir in der Schulgarderobe Post Office gespielt haben, Jungen, mit denen ich dick befreundet war, den ersten Drink meines Lebens, meine erste Zigarette (aus Maishülsen hinter Dicky Hammers

Schweinestall, und ich musste mich davon übergeben). Aber von allen Erinnerungen ist die an den Mann in dem schwarzen Anzug am deutlichsten, und sie glüht in ihrem ganz eigenen geisterhaften, gespenstischen Schein. Er war real, er war der Teufel, und an jenem Tag ist er mir entweder absichtlich oder zufällig begegnet. Ich gelange immer mehr zu der Überzeugung, dass ich ihm nur mit Glück entkommen bin – nur mit *Glück*, nicht etwa durch das Eingreifen des Gottes, den ich mein Leben lang mit Gebeten und Liedern verehrt habe.

Während ich hier in meinem Zimmer im Pflegeheim und in der verfallenden Sandburg liege, die mein Körper ist, rede ich mir ein, dass ich mich nicht vor dem Teufel zu fürchten brauche – dass ich ein gutes, frommes Leben geführt habe und mich daher nicht vor dem Teufel zu fürchten brauche. Manchmal erinnere ich mich selbst daran, dass ich es war, nicht mein Vater, dem es schließlich gelang, meine Mutter später in diesem Sommer dazu zu überreden, wieder in die Kirche zu gehen. Im Dunkeln besitzen diese Gedanken jedoch nicht die Kraft, zu beruhigen oder zu trösten. Im Dunkeln höre ich eine Stimme, die mir zuflüstert, dass auch der Neunjährige, der ich damals war, nichts getan hatte, wofür er den Teufel zu Recht hätte fürchten müssen ... und trotzdem ist der Teufel zu ihm gekommen. Und im Dunkeln höre ich manchmal, wie diese Stimme noch tiefer herabsinkt – in Bereiche, die nicht mehr menschlich sind. *Großer Fisch!*, flüstert sie in einem Tonfall, aus dem kaum verhüllte Gier spricht, und alle Wahrheiten der moralischen Welt zerfallen vor diesem Heißhunger in Trümmer. *Groooßer Fiiisch!*

Der Teufel ist einst, vor langer Zeit zu mir gekommen; was wäre, wenn er wiederkäme? Ich bin jetzt zu alt, um rennen zu können; ich kann ohne meine Gehhilfe nicht einmal auf die Toilette gehen. Ich habe auch keine schöne, große Bachforelle, mit der ich ihn für einige Augenblicke besänftigen könnte; ich bin alt, und mein Fischkorb ist leer. Was wäre, wenn er zurückkäme und mich so vorfände?

Und was wäre, wenn er noch hungrig ist?

Meine Lieblingsgeschichte von Nathaniel Hawthorne ist »Young Goodman Brown«. *Für mich zählt sie zu den zehn besten Kurzgeschichten der amerikanischen Literatur.* »Der Mann im schwarzen Anzug« *ist meine Hommage an diese Geschichte. Was die Einzelheiten angeht: Eines Tages unterhielt ich mich mit einem Freund, und er erwähnte zufällig, dass sein Großvater glaubte – ja, überzeugt war –, er sei Anfang des 20. Jahrhunderts im Wald dem Teufel begegnet. Sein Opa sagte, der Teufel sei aus dem Wald gekommen und habe wie ein ganz normaler Mensch mit ihm gesprochen. Und während Opa so mit ihm plauderte, fiel ihm auf, dass der Mann aus dem Wald glühend rote Augen hatte und nach Schwefel stank. Der Opa meines Freundes war überzeugt, dass ihn der Teufel getötet hätte, hätte er gemerkt, dass Opa die Sache durchschaute, und deshalb tat er sein Bestes, sich ganz normal mit ihm zu unterhalten, bis er dann schließlich entwischen konnte. Die Geschichte meines Freundes bildete die Grundlage meiner Geschichte. Die Arbeit daran hat keinen Spaß gemacht, aber ich habe sie dennoch fertig geschrieben. Manche Geschichten fordern so lauthals, erzählt zu werden, dass man sie schreibt, bloß damit sie endlich den Rand halten. Das fertige Werk hielt ich für ein recht banales Volksmärchen, umständlich erzählt und überhaupt nicht zu vergleichen mit Hawthornes Geschichte, die ich so mag. Als der* New Yorker *bat, sie abdrucken zu dürfen, war ich entsetzt, und als ich 1996 damit den O. Henry Award für die beste Kurzgeschichte gewann, war ich überzeugt, da hätte sich irgendjemand geirrt (was mich aber nicht davon abhielt, den Preis anzunehmen). Auch den meisten Lesern gefiel die Geschichte. Sie ist der Beweis dafür, dass Autoren das, was sie geschrieben haben, oft am wenigsten beurteilen können.*

Alles, was du liebst, wird dir genommen

Es war ein Motel 6 am Interstate Highway 80, westlich von Lincoln, Nebraska. Der Schneefall, der am frühen Nachmittag eingesetzt hatte, hatte das grelle Gelb der Leuchtreklame in der Abenddämmerung dieses Januartags zu einem Pastellton gemildert. Der Wind wuchs immer mehr zu einem Getöse an, wie es das normalerweise nur im Winter in der flachen Landesmitte gab. Vorläufig brachte das nur Unannehmlichkeiten mit sich, aber wenn über Nacht schwere Schneefälle einsetzten – die Meteorologen waren sich da noch nicht ganz sicher –, war der Highway am nächsten Morgen gesperrt. Alfie Zimmer war das egal.

Er bekam seinen Schlüssel von einem Mann in roter Weste und fuhr dann ans andere Ende des lang gestreckten Gebäudes aus Ytongsteinen. Seit zwanzig Jahren war er im Mittelwesten als Vertreter unterwegs und hatte sich vier Grundregeln zurechtgelegt, die seine Nachtruhe sichern sollten. Erstens: Immer reservieren. Zweitens: Wenn möglich, nur Kettenmotels – Holiday Inn, Ramada Inn, Comfort Inn oder Motel 6. Drittens: Immer um ein Zimmer am Ende bitten. So hatte man schlimmstenfalls auf einer Seite laute Nachbarn. Und viertens: Ein Zimmer verlangen, dessen Nummer mit Eins beginnt. Alfie war vierundvierzig: zu alt, um Raststättennutten zu ficken, Chicken-fried Steak zu essen und sein Gepäck die Treppe raufzuschleppen. Heutzutage waren die Zimmer im Erdgeschoss normalerweise Nichtrauchern vorbehalten. Alfie buchte Erdgeschoss und rauchte trotzdem.

Der Parkplatz vor Zimmer 190 war schon besetzt. Vor dem ganzen Gebäude war kein einziger Platz mehr frei. Das wunderte Alfie nicht. Auch wenn man fest buchte, musste man abseits parken, wenn man spät kam (und spät war an einem solchen Tag nach sechzehn Uhr). Die Autos der Frühankömmlinge standen in langer Reihe vor der grauen Ytongmauer mit den grellgelben Zimmertüren, und auf ihren Fenstern lag schon eine dünne Schneeschicht.

Alfie bog um die Ecke und parkte seinen Chevrolet vor der weißen Einöde eines Ackers, dessen anderes Ende im grauen Dämmerlicht verschwand. In der Ferne sah er die Lichter einer Farm. Dort hatten sie es jetzt bestimmt gemütlich. Hier draußen toste der Wind und rüttelte am Auto. Schnee wirbelte vorbei und verbarg die Farmlichter für einen Moment.

Alfie war ein groß gewachsener Mann mit gerötetem Gesicht und rasselndem Raucheratem. Er trug einen Mantel, denn bei einem Vertreter sahen die Leute das gern. Nicht einfach eine Jacke. Einzelhändler verkauften an Leute, die Jacken und John-Deere-Schirmmützen trugen, aber sie kauften nicht von ihnen. Der Zimmerschlüssel lag auf dem Beifahrersitz. Er war an einem grünen Plastikdiamant befestigt. Es war ein richtiger Schlüssel, keine Schlüsselkarte. Im Radio sang Clint Black *Nothin' but the Tail Lights*. Es war ein Country-Song. In Lincoln gab es jetzt auch einen UKW-Rocksender, aber Rockmusik erschien Alfie hier draußen unpassend, wo man, wenn man auf Mittelwelle schaltete, immer noch zornige alte Männer hören konnte, die über die Qualen der Hölle predigten.

Er schaltete den Motor ab, steckte den Zimmerschlüssel ein und vergewisserte sich, dass er sein Notizbuch dabeihatte, seinen steten Begleiter. »Russische Juden sammeln«, rief er sich ins Gedächtnis. »Wertvolle Preise winken!«

Er stieg aus, und eine Böe traf ihn mit voller Wucht und warf ihn fast um. Die Hose flatterte ihm um die Beine, und er lachte verblüfft röchelnd auf.

Seine Muster lagen im Kofferraum, aber die brauchte er

heute Abend nicht mehr. Nein, die brauchte er überhaupt nicht mehr. Er nahm seinen Koffer und seine Aktentasche von der Rückbank, schloss die Tür und drückte an seinem Autoschlüssel auf den schwarzen Knopf. Der war für die Zentralverriegelung. Mit dem roten Knopf löste man den Alarm aus. Den sollte man drücken, wenn man überfallen wurde. Alfie war nie überfallen worden. Er glaubte nicht, dass Feinkostvertreter überhaupt oft überfallen wurden, und schon gar nicht in diesem Teil des Landes. Es gab in Nebraska, Iowa, Oklahoma und Kansas durchaus einen Markt für Feinkost; sogar in Nord- und Süddakota, so unglaublich es klang. Alfie hatte nicht schlecht verdient, zumal in den letzten beiden Jahren, als er den Markt besser kennen gelernt hatte – aber der würde sich nie mit dem Markt für, sagen wir mal, Dünger vergleichen lassen. Den roch er jetzt sogar im eiskalten Winterwind, der ihm auf den Wangen brannte und sie noch mehr rötete.

Er blieb dort noch einen Moment lang stehen und wartete ab, bis sich der Wind legte. Dann konnte er die Lichter wieder sehen. Das Farmhaus. War es denkbar, dass hinter diesen Lichtern eben jetzt eine Bäuerin einen Topf Erbsensuppe von Cottager warm machte oder in der Mikrowelle Shepherd's Pie oder Chicken Français von Cottager zubereitete? Durchaus. Das war sehr gut möglich. Während ihr Mann die Fernsehnachrichten schaute, sich die Schuhe ausgezogen und die bestrumpften Füße auf einem Kniekissen ausgestreckt hatte, ihr Sohn oben an seinem Game Cube PlayStation spielte und ihre Tochter in der Badewanne lag, bis zum Kinn unter duftendem Schaum versunken, das Haar hochgebunden, und *Der Goldene Kompass* von Philip Pullman las oder vielleicht eines der Harry-Potter-Bücher, die Alfies Tochter Carlene so mochte. Das alles spielte sich hinter diesen Lichtern ab, ein behagliches Familienleben, doch zwischen ihnen und dem Parkplatz lagen anderthalb Meilen freies Feld, weiß im Dämmerlicht des wolkenverhangenen Himmels und winterlich erstarrt. Alfie stellte sich kurz vor, wie er mit seinen Stadtschuhen auf diesen Acker hinausging, seine Aktentasche in der einen und den Koffer in der anderen Hand, über die gefrorenen Furchen wanderte und schließlich dort anlangte und klopfte; die Tür würde geöffnet, und er würde Erbsensuppe riechen, dieses köstliche, herzhafte Aroma, und nebenan den Meteorologen von KETV sagen hören: »Aber jetzt schaun Sie sich mal dieses Tiefdruckgebiet an, das gerade über die Rockys zieht.«

Und was würde Alfie zu der Bäuerin sagen? Dass er einfach nur so zum Abendessen vorbeikäme? Würde er ihr raten, russische Juden zu sammeln, da wertvolle Preise winkten? Würde er mit den Worten beginnen: »Ma'am, ich habe erst kürzlich wieder gelesen, dass einem alles genommen wird, was man liebt«? Das wäre ein guter Gesprächseinstieg und würde die Bäuerin bestimmt für den Reisenden einnehmen, der da quer über das Ostfeld ihres Gatten gestapft war, um an ihre Tür zu klopfen. Und wenn sie ihn hereinbat, auf dass er ihr mehr erzählte, konnte er seine Aktentasche öffnen, ihr ein paar Muster und Broschüren überreichen und erzählen, dass sie sich, wenn sie erst einmal die Feinkost-Schnellgerichte von Cottager kennen gelernt habe, ganz bestimmt auch für die erleseneren Genüsse von Ma Mère interessieren würde. Apropos: Mochte sie Kaviar? Viele Leute mochten Kaviar. Sogar in Nebraska.

Er fror. Er stand da und fror.

Er wandte sich ab von dem Acker und den Lichtern am anderen Ende und ging zum Motel, wobei er seine Schritte vorsichtig setzte, um nicht auszurutschen. Das war ihm schon oft genug passiert. Bruchlandungen auf drei Dutzend Motelparkplätzen. Ihm war eigentlich so ziemlich alles schon mal passiert, und er nahm an, dass eben das Teil seines Dilemmas war.

Unter einem Dachvorsprung kam er aus dem Schnee heraus. Dort stand ein Coca-Cola-Automat, der BITTE PASSEND ZAHLEN anzeigte. Daneben standen ein Eis- und ein Snax-Automat, der in bettfederförmigen Drahtschlingen Schokoriegel und mehrere Sorten Kartoffelchips anbot. Der Snax-Automat zeigte nicht BITTE PASSEND ZAHLEN an. Aus dem Zimmer links neben dem, in dem er sich umbringen wollte, hörte Alfie Fernsehnachrichten. In dem Farmhaus dort drüben hätten sie sich besser angehört, da war er sicher. Der Wind toste. Schnee wirbelte um seine Stadtschuhe. Alfie schloss seine Zimmertür auf. Der Lichtschalter war links. Er machte Licht und schloss die Tür. Er kannte diesen Raum; es war das Zimmer aus seinen Träumen. Es war rechteckig. Die Wände waren weiß. An einer hing ein Bild mit einem schlafenden Jungen mit Strohhut, der eine Angelrute hielt. Den Boden bedeckte grüne Auslegeware, hartes, verfilztes, synthetisches Zeug. Im Moment war es kalt hier drin, aber wenn er an der Klimaanlage unterm Fenster auf den *Hi Heat!*-Knopf drückte, würde es bald richtig warm werden. An einer Wand entlang verlief ein Bord. Darauf stand ein Fernseher. Auf dem Fernseher stand ein Pappschild mit dem Aufdruck ONE-TOUCH MOVIES!

Im Zimmer standen zwei Doppelbetten, beide mit leuchtend goldfarbenen Tagesdecken, die unter die Kissen gestopft und dann darüber gezogen waren, so dass die Kissen wie zugedeckte Kinderleichen wirkten. Zwischen den beiden Betten stand ein Tisch mit einer Gideon-Bibel, einer Liste der Fernsehkanäle und einem fleischfarbenen Telefon darauf. Hinter dem zweiten Bett war die Tür zum Badezimmer. Wenn man darin das Licht anmachte, sprang unweigerlich auch die Lüftung an. Das Licht kam von einer Neonlampe, in der tote Fliegen lagen. Auf dem Schränkchen neben dem Waschbecken stand eine Kochplatte, ein Wasserkocher von Proctor-Silex und löslicher Kaffee in Portionspäckchen. Im Bad roch es nach scharfem Reinigungsmittel und dem Schimmel am Duschvorhang. Das alles wusste Alfie. Er hatte es alles geträumt, bis hin zu dem grünen Teppichboden, aber das war auch keine große Leistung; es war ein einfacher Traum. Er überlegte, das Heizgerät anzuschalten, aber das hätte nur gerattert, und was sollte das denn auch?

Alfie knöpfte sich den Mantel auf und stellte seinen Koffer ans Fußende des Betts, das dem Badezimmer am nächsten war. Seine Aktentasche legte er auf die goldfarbene Tagesdecke. Er setzte sich, und seine Mantelschöße breiteten sich wie der Rock bei einem Kleid. Er machte seine Aktentasche auf und suchte zwischen den Broschüren, Katalogen und Bestellformularen, bis er die Waffe fand. Es war ein Revolver Kaliber 38 von Smith & Wesson. Er legte ihn aufs Kopfkissen.

Er steckte sich eine Zigarette an und griff zum Telefon. Da fiel ihm sein Notizbuch ein. Er fasste in die rechte Innentasche seines Mantels und zog es heraus. Es war ein altes mit Spiralheftung, das er mal für 1,49 in der Schreibwarenabteilung irgendeines längst vergessenen Billigladens in Omaha oder Sioux City oder vielleicht auch Jubilee, Kansas, gekauft hatte. Der Umschlag war verknickt, und von dem ursprünglichen Aufdruck war kaum noch etwas zu erkennen. Einige Seiten waren teilweise aus der Drahtspirale gerissen, die das Notizbuch zusammenhielt, aber sie waren noch vollständig. Alfie trug dieses Notizbuch seit fast sieben Jahren bei sich. Es war noch aus seiner Zeit als Vertreter für Barcode-Scanner.

Auf dem Bord unter dem Telefon stand ein Aschenbecher. Hier draußen gab es in manchen Motels tatsächlich noch Aschenbecher, sogar in Parterrezimmern. Alfie nahm ihn, legte die Zigarette darauf ab und schlug das Notizbuch auf. Er blätterte die Seiten durch, die er mit hunderten unterschiedlichen Kulis, Filz- und Bleistiften beschriftet hatte, und hielt bei einigen Einträgen inne. Einer lautete:»Ich hatte Jim Morrisons Schwanz in meiner Knabenschnute (Lawrence, Ks).« Auf öffentlichen Toiletten fanden sich überall schwule Graffiti, und die meisten waren abgeschmackt und eintönig, aber»Knabenschnute« war gar nicht mal schlecht. Ein anderer lautete:»Albert Gore lutscht mein geiles Rohr (Murdo, S Dak).«

Auf der letzten beschriebenen Seite, nach drei Vierteln des

Buchs, standen nur zwei Einträge: »Trojan-Gummis sind nicht zum Kauen (Avoca, Io)« und »*Poopie doopie you so loopy* (Papillion, Neb).« In diesen Spruch war Alfie ganz vernarrt. Erst dieses »-ie, -ie«, und dann, wumms, kam das »-y«. Es mochte einfach nur an einer Rechtschreibschwäche liegen (so hätte Maura das bestimmt gesehen), aber warum sollte man davon ausgehen? Warum sich den Spaß verderben? Nein, Alfie glaubte (auch jetzt noch), dass das »-ie, -ie« und dann das »-y« ganz bewusst so geschrieben war. Es war raffiniert und verspielt und kam einem vor wie aus einem Gedicht von E. E. Cummings.

Er wühlte sich durch die Innentasche seines Mantels, ertastete Papiere, eine alte Mautquittung, ein Röhrchen Tabletten, die er nicht mehr nahm, und fand schließlich den Kuli, der sich immer in diesem Durcheinander versteckte. Es war Zeit, die Funde des Tages zu notieren. Es waren zwei, von ein und derselben Raststätte, einer über dem Urinal, an dem er gestanden hatte, und der andere mit Filzstift auf die gerahmte Straßenkarte neben dem Hav-A-Bite-Automaten geschrieben. (Snax, die Alfies Ansicht nach ein besseres Produktsortiment verkauften, hatten aus irgendeinem Grund gut vier Jahre zuvor die Konzession für die Raststätten am I-80 verloren.) Heutzutage brachte Alfie manchmal zwei Wochen oder dreitausend Meilen hinter sich, ohne etwas Neues oder auch nur eine hübsche Variante von etwas Altem zu sehen. Und dann zwei Funde an einem Tag. An seinem letzten Tag. Es war wie ein Omen.

Auf seinem Kuli stand in Gold »COTTAGER – einfach *köstlich*!«. Daneben war das Logo zu sehen: eine strohgedeckte Hütte, aus deren schiefem Schornstein eine Rauchfahne stieg.

Dort auf dem Bett sitzend und immer noch im Mantel, beugte sich Alfie eifrig über sein altes Notizbuch, und sein Schatten fiel auf die Seiten. Unter »Trojan-Gummis sind nicht zum Kauen« und »*Poopie doopie you so loopy*« schrieb er: »Russische Juden sammeln. Wertvolle Preise winken! (Walton, Neb)« und »Alles, was du liebst, wird dir genommen (Walton, Neb)«. Er hielt inne. Er fügte selten Anmerkungen hinzu. Seine Funde sollten für sich stehen. Erläuterungen banalisierten das Exotische (fand er jedenfalls mittlerweile; früher hatte er vieles ausführlich erklärt), aber manchmal wirkte eine Fußnote doch eher erhellend als entzaubernd.

Er betrachtete seinen zweiten Eintrag – »Alles, was du liebst, wird dir genommen (Walton, Neb)« –, zog dann gut fünf Zentimeter vor dem Seitenende einen Strich und schrieb: »*Dabei muss man die Ausfahrt von der Raststätte Walton auf den Highway vor Augen haben, also die wegfahrenden Autos.«

Er steckte sich den Kuli wieder in die Tasche und fragte sich, warum er oder überhaupt jemand so kurz vor dem Ende noch mit irgendwas weitermachte. Ihm fiel darauf keine Antwort ein. Aber schließlich atmete man ja auch weiter. Damit konnte man ohne chirurgischen Eingriff nicht einfach so aufhören.

Draußen brauste eine Böe. Alfie schaute kurz zum Fenster, dessen Vorhang (ebenfalls grün, aber in einem anderen Ton als der Teppich) zugezogen war. Hätte er ihn beiseite gezogen, so hätte er die leuchtenden Perlenschnüre auf dem I-80 gesehen, und jede Perle hätte empfindungsfähige Wesen bezeichnet. Er senkte den Blick wieder auf sein Buch. Er war fest entschlossen. Das war nur ... tja ...

»Wie das Atmen«, sagte er und lächelte. Er nahm die Zigarette aus dem Aschenbecher, rauchte, legte sie wieder ab und blätterte weiter das Buch durch. Die Einträge erinnerten ihn an tausende Raststätten und Schnellrestaurants am Highway, wie einen manche Songs im Radio ganz genau daran erinnerten, wo und wann und mit wem man sie einmal gehört hatte, was man dabei getrunken und woran man gedacht hatte.

»Ich sitze hier und bin am Pissen. Bis eben hab ich noch geschissen.« Das kannte jeder, aber hier war eine interessante Variante aus einem Steakhaus in Hooker, Oklahoma:»Ich sitze hier, und gleich geht's los. Ich hab den Arsch voll Taco-Sauce.« Und aus Casey, Iowa, wo die State Road 25 den I-80 kreuzte:»Meine Mutter hat mich eine Nutte gemacht.« Worunter jemand mit einer ganz anderen Handschrift geschrieben hatte:»Macht sie mich auch eine, wenn ich ihr Wolle gebe?«

Er hatte angefangen zu sammeln, als er noch Barcode-Scanner verkaufte, hatte in dem Buch Graffiti und Klosprüche notiert, ohne zunächst zu wissen, warum. Sie waren einfach nur lustig oder ärgerlich oder beides zugleich. Doch dann hatten ihn diese Botschaften vom Highway immer mehr fasziniert, wo sonst die einzige Verständigung zwischen Menschen darin bestand, dass man abblendete, wenn einem jemand im Regen entgegenkam, oder dass einem jemand, der schlechte Laune hatte, den Stinkefinger zeigte, wenn man ihn überholte und dabei Schneeschwaden aufwirbelte. Nach und nach kam er zu der Erkenntnis – oder vielleicht war es auch nur eine Hoffnung –, dass mehr dahinter steckte. Der muntere Cummings-Tonfall von »Poopie doopie you so loopy« etwa oder auch dieser wenig wortgewandte Zornausbruch:»West Avenue 1380. Tötet meine Mutter! KLAUT IHREN SCHMUCK!«

Oder auch dieser Klassiker:»Hier ich sitz und spann die Backen und werd jetzt einen Texaner kacken.« Das war, recht bedacht, ein eigenartiges Versmaß. Es war kein Jambus, sondern eher das Gegenteil, denn jeweils die erste Silbe war betont:»Hier ich sitz und spann die Backen und werd jetzt einen Texaner kacken.« Na gut, es war etwas holprig, aber das machte es gerade so einprägsam. Er hatte sich oft vorgenommen, einen Kurs zu besuchen und endlich mal diese ganzen Versmaße zu lernen, damit er wusste, wovon er sprach, und nicht mehr so im Nebel stochern musste. Das Einzige, woran er sich aus seiner Schulzeit deutlich erinnerte, war der fünffüßige Jambus:»To be or not to be, that is the question.« Und das hatte er tatsächlich auf einem Klo

am I-70 gesehen, und jemand hatte darunter geschrieben:
»Blödsinn. Die Frage ist: Wer war dein Vater?«

Aber jetzt dieser umgekehrte Jambus. Wie nannte man das
noch? War das ein Trochäus? Er wusste es nicht. Dass er es
herausfinden konnte, erschien ihm nicht mehr wichtig, aber
er konnte es durchaus herausfinden. Das wurde an Schulen
gelehrt; es war kein großes Geheimnis.

Oder diese Variante hier, auf die Alfie ebenfalls überall im
Land gestoßen war: »Hier ich sitze auf dem Puper – und ka-
cke einen Maine State Trooper.« Es war immer Maine: Ganz
egal, wo man hinkam, war es immer ein State Trooper aus
Maine. Wieso? Weil kein anderer Bundesstaat ins Versmaß
passte. Maine hatte als Einziger der fünfzig Bundesstaaten
einen einsilbigen Namen. Und auch hier war es wieder dieser umgekehrte Jambus: »*Hier* ich *sitze auf* dem *Pu*per.«

Er hatte mit dem Gedanken gespielt, ein Buch zu schreiben. Nur ein kleines Büchlein. Der erste Titel, der ihm dafür
eingefallen war, hatte »Nicht hochgucken, sonst pisst du dir
auf die Schuhe« gelautet, aber das war nun wirklich kein Titel für ein Buch. Jedenfalls nicht, wenn man wollte, dass es
in Buchläden auslag. Und außerdem war es ein billiger, seich-
ter Titel. Er war aber im Laufe der Jahre zu der Überzeugung
gelangt, dass hier etwas vor sich ging, das alles andere als
seicht war. Der Titel, für den er sich dann schließlich entschieden hatte, war eine Abwandlung dessen, was er einmal
in einer Toilettenkabine einer Raststätte bei Fort Scott, Kansas, am Highway 54 gelesen hatte. »Ich bin Ted Bundys
Henker. Die geheimen Botschaften von Amerikas Highways.« Von Alfred Zimmer. Das klang düster-geheimnisvoll
und fast wissenschaftlich. Aber er hatte es nicht geschrieben.
Und obwohl er im ganzen Land »Macht sie mich auch eine,
wenn ich ihr Wolle gebe?« unter »Meine Mutter hat mich
eine Nutte gemacht« gefunden hatte, hatte er sich nie (zumindest nicht schriftlich) mit dem erstaunlichen Mangel an
Mitgefühl und der Herzlosigkeit der Entgegnung beschäftigt.
Und was war zum Beispiel mit »In New Jersey regiert der

Mammon«? Wie erklärte man, dass es mit New Jersey lustig klang, mit einem anderen Bundesstaat aber eher nicht? Es kam ihm fast arrogant vor, das auch nur zu versuchen. Er war schließlich nur ein kleiner Mann mit einem kleinen, bescheidenen Job. Er war Vertreter. Gegenwärtig für Tiefkühlgerichte.

Und jetzt war es natürlich auch ... jetzt war es ...

Alfie nahm noch einen tiefen Zug aus der Zigarette, drückte sie aus und rief bei sich zu Hause an. Er rechnete nicht mit Maura, und sie ging auch nicht ran. Seine eigene aufgezeichnete Stimme meldete sich und nannte zum Schluss noch die Nummer seines Mobiltelefons. Das brachte nichts. Das Handy lag defekt im Kofferraum des Chevrolet. Er hatte immer Pech mit diesem technischen Kram.

Nach dem Signalton sagte er:»Hi, ich bin's. Ich bin in Lincoln. Es schneit. Denk dran, dass du die Kasserolle zu meiner Mutter rüberbringst. Sie wartet darauf. Und sie hat nach den Red-Ball-Gutscheinen gefragt. Ich weiß, du findest, sie spinnt mit den Dingern, aber lass ihr den Willen, ja? Sie ist alt. Grüß Carlene von mir.« Er hielt kurz inne und fügte dann zum ersten Mal seit etwa fünf Jahren hinzu:»Ich liebe dich.«

Er legte auf, überlegte, noch eine zu rauchen – wegen Lungenkrebs brauchte er sich jetzt keine Sorgen mehr zu machen –, und ließ es dann bleiben. Er legte das Notizbuch mit der letzten Seite aufgeschlagen neben das Telefon. Er nahm den Revolver und klappte die Trommel heraus. Voll geladen. Mit einer Bewegung aus dem Handgelenk rastete er die Trommel wieder ein und schob sich den kurzen Lauf dann in den Mund. Er schmeckte nach Öl und Metall. Er dachte: *Hier sitze ich und bring mich um, und gleich macht die Pistole BUMM.* Er grinste um den Lauf herum. Grottenschlecht. Das hätte er nie in sein Buch aufgenommen.

Dann fiel ihm noch etwas ein, und er legte die Waffe zurück in die Kissenmulde, griff wieder zum Telefon und rief bei sich zu Hause an. Er wartete ab, bis seine Stimme die nutzlose Handynummer genannt hatte, und sagte dann: »Ich noch mal. Denk dran, dass Rambo übermorgen zum Tierarzt muss, ja? Und über Nacht braucht er einen Seegurkenwickel. Die tun seiner Hüfte wirklich gut. Tschüs.«

Er legte auf und hob wieder die Waffe. Ehe er den Lauf in den Mund nehmen konnte, fiel sein Blick auf das Notizbuch. Er runzelte die Stirn und ließ den Revolver sinken. Das Buch war bei den vier letzten Einträgen aufgeschlagen. Wenn jemand nach dem Schuss ins Zimmer kam, würde er zuerst auf Alfies Leichnam achten, der mit herabhängendem Kopf, aus dem er auf den verfilzten grünen Teppich blutete, auf dem Bett vor dem Badezimmer liegen würde. Gleich anschließend aber würde man das Notizbuch entdecken, das bei der letzten beschriebenen Seite aufgeschlagen war.

Alfie stellte sich vor, wie ein Polizist, ein Nebraska State Trooper, über den aus Gründen der Metrik nie jemand einen Klospruch verfassen würde, diese letzten Einträge las und das verknickte alte Notizbuch dabei vielleicht mit einem Kuli zu sich herdrehte. Er würde die ersten drei Einträge lesen – »Trojan-Gummis«, »Poopie doopie« und »Russische Juden sammeln« – und als geisteskrankes Geschreibsel abtun. Dann würde er die letzte Zeile lesen, »Alles, was du liebst, wird dir genommen«, und denken, Alfie habe zum Schluss eben noch genug Vernunft angenommen, um einen halbwegs sinnvollen Abschiedssatz zu formulieren.

Alfie gefiel der Gedanke nicht, dass ihn jemand für verrückt halten könnte (und eine eingehendere Untersuchung des Buchs, das auch Mitteilungen wie »Medger Evers lebt jetzt in Disneyland« enthielt, würden diesen Eindruck nur bestärken). Er war nicht verrückt, und auch das, was er da im Laufe der Jahre aufgeschrieben hatte, war nicht verrückt. Davon war er fest überzeugt. Und wenn er sich irrte, wenn es tatsächlich das Geschreibsel von Irren war, musste man sich eben noch eingehender damit beschäftigen. »Nicht hochgucken, sonst pisst du dir auf die Schuhe«, zum Beispiel: War das lustig gemeint? Oder böse?

Er überlegte, das Notizbuch im Klo runterzuspülen, und schüttelte dann den Kopf. Letztendlich würde er nur mit aufgekrempelten Ärmeln vor der Kloschüssel knien und versuchen, das verflixte Ding wieder rauszukriegen, während die Lüftung ratterte und die Neonlampe summte. Und das Wasser würde zwar einiges verwischen, aber nicht alles. Nicht genug. Und außerdem hatte ihn das Notizbuch so lange begleitet, war in der Tasche mit ihm so viele Meilen über die endlosen Ebenen des Mittelwestens gefahren. Er konnte den Gedanken nicht ertragen, es einfach wegzuspülen.

Dann nur die letzte Seite? Ja, ein zusammengeknülltes Blatt Papier ließ sich bestimmt runterspülen. Aber dann blieb immer noch der Rest, den sie (es gab immer irgendwelche »sie«) entdecken konnten, jede Menge eindeutige Beweise für seine Unzurechnungsfähigkeit. Sie würden sagen: »Was für ein Glück, dass er nicht mit einer Kalaschnikow auf einen Schulhof gegangen ist und ein paar Kinder mit sich in den Tod gerissen hat.« Das würde an Maura hängen bleiben wie eine Schnur mit Blechbüchsen am Schwanz eines Hundes. »Hast du das mit ihrem Mann gehört?«, würden sie im Supermarkt tuscheln. »Hat sich in einem Motel umgebracht. Hat ein Buch mit verrücktem Gekritzel hinterlassen. Sie kann froh sein, dass er *sie* nicht erschossen hat.« Tja, da musste sie einfach durch. Maura war schließlich erwachsen. Aber Carlene ... Carlene war ...

Alfie sah auf seine Armbanduhr. Bei ihrem Basketballspiel – da war Carlene jetzt. Ihre Mannschaftskameradinnen würden größtenteils das Gleiche sagen wie die Frauen im Supermarkt, aber so, dass sie es hören konnte, und würden dazu dieses grauenhafte Siebtklässlerinnenkichern von sich geben. Schadenfrohe und entsetzte Blicke. War das fair? Nein, natürlich nicht. Aber es war schließlich auch nicht fair, was mit ihm passiert war. Auf dem Highway sah man manchmal lange Gummikringel, die sich von den runderneuerten Reifen gelöst hatten, die selbständige Fernfahrer oft an ihren Lastern hatten. Genauso kam er sich jetzt vor: wie abgeriebenes

Profil. Die Tabletten machten es nur schlimmer. Man bekam davon gerade so weit einen klaren Kopf, dass man sah, in was für einem Riesenschlamassel man steckte.

»Aber verrückt bin ich nicht«, sagte er. »Verrückt hat mich das nicht gemacht.« Nein. Obwohl es wahrscheinlich besser gewesen wäre.

Alfie nahm das Notizbuch, klappte es genauso zu, wie er die Trommel in den Revolver geschnippt hatte, saß dann da und klopfte sich damit ans Bein. Das war doch lächerlich. Lächerlich oder nicht: Es ließ ihm keine Ruhe. Wie es ihm nachts zu Hause manchmal keine Ruhe ließ, ob eine Herdplatte noch an war, bis er schließlich aufstand und nachsah und sie kalt vorfand. Aber das hier war schlimmer. Denn er liebte das, was da in dem Notizbuch stand. Graffiti zu sammeln und über Graffiti nachzudenken, war in den vergangenen Jahren seine eigentliche Arbeit gewesen – nicht der Verkauf von Barcode-Scannern oder Tiefkühlgerichten, die eigentlich nicht viel besser schmeckten als die von Swanson oder Freezer Queen und nur in schickeren Mikrowellenschalen geliefert wurden. Der bescheuerte Überschwang von »Helen Tucker fickt ihren Macker!«. Und doch konnte sich das Notizbuch nach seinem Tod als ausgesprochen peinlich erweisen. Wie wenn man sich versehentlich im Wandschrank erhängte, während man eine neue Wichsmethode ausprobierte, und unten rum nackt und mit voll gekackten Knöcheln gefunden wurde. Manches aus dem Notizbuch würde vielleicht mit einem Bild von ihm in der Zeitung auftauchen. Früher hätte er diesen Gedanken mit einem Lachen abgetan, aber heutzutage, da sogar in den Zeitungen des strenggläubigen Mittelwestens ganz selbstverständlich über Pigmentmale am Penis des Präsidenten spekuliert wurde, war diese Möglichkeit nicht mehr von der Hand zu weisen.

Es also verbrennen? Nein, dann würde der verdammte Rauchmelder Alarm schlagen.

Es hinter dem Bild an der Wand verstecken? Das Bild des kleinen Jungen mit der Angelrute und dem Strohhut?

Alfie ließ es sich durch den Kopf gehen und nickte dann bedächtig. Gar keine schlechte Idee. Da konnte das Notizbuch jahrelang bleiben. Und eines Tages in ferner Zukunft würde es herausfallen. Irgendjemand – vielleicht ein Motelgast, wahrscheinlich aber eher eine Putzfrau – würde es neugierig aufheben und durchblättern. Wie würde er oder sie reagieren? Schockiert? Belustigt? Völlig verwirrt? Alfie hoffte sehr auf Letzteres. Denn die Dinge in seinem Notizbuch waren eben auch verwirrend. »Elvis mordete Monstermösen«, hatte jemand in Hackberry Chalk, Texas, geschrieben. »Zufriedenheit ist spießig«, hatte jemand in Rapid City, South Dakota, gemeint. Und darunter hatte jemand anderes geschrieben: »Nein, Quatsch, Zufriedenheit = $(va)^2 + b$, wobei v = Zufriedenheit, a = Befriedigung und b = sexuelles Harmonieren.«

Also hinter das Bild damit.

Alfie war schon halb durchs Zimmer, da fielen ihm die Tabletten in seiner Manteltasche ein. Und weitere hatte er im Handschuhfach seines Wagens, eine andere Marke, aber mit ähnlicher Wirkung. Es waren rezeptpflichtige Medikamente, und man bekam sie nicht verschrieben, wenn man ... tja ... wenn man gut drauf war. Wenn die Polizei das Zimmer also gründlich nach weiteren Medikamenten und Drogen absuchte, würden sie das Bild abnehmen, und das Notizbuch würde auf den grünen Teppichboden fallen. Der Inhalt würde noch verheerender, noch verrückter wirken, da sich Alfie solche Mühe gegeben hatte, das Buch zu verstecken.

Und sie würden den letzten Eintrag als Abschiedsbrief auffassen, ganz einfach, weil es der letzte Eintrag war. So würde es kommen, ganz egal, wo er das Buch deponierte. Das war so sicher wie an Amerikas Arsch Scheiße klebte, wie ein osttexanischer Highwaydichter einmal geschrieben hatte.

»Wenn sie es denn finden«, sagte er, und da fiel ihm auf einmal die Lösung ein.

Der Schneefall hatte zugenommen, und der Wind hatte noch
aufgefrischt, und die Lichter am anderen Ende des Ackers
waren nicht mehr zu sehen. Alfie stand am Rande des Parkplatzes bei seinem eingeschneiten Wagen, und sein Mantel
bauschte sich vor ihm im Wind. Auf der Farm sahen sie jetzt
bestimmt alle fern. Die ganze Familienbande. Vorausgesetzt,
es hatte ihnen nicht die Satellitenschüssel vom Stalldach ge-
weht. Bei ihm zu Hause kamen seine Frau und Tochter jetzt
von Carlenes Basketballspiel heim. Maura und Carlene lebten in einer Welt, die wenig mit den Highways zu tun hatte
und mit über den Standstreifen trudelndem Imbissmüll und
dem Dröhnen der Sattelschlepper, die einen mit ihrem Dopp-
lereffektheulen mit hundertzehn, hundertzwanzig, ja hun-
dertvierzig Sachen überholten. Er beklagte sich nicht (hoffte
jedenfalls, dass es nicht so klang); er wies nur darauf hin.
»Hier ist niemand, auch wenn's so aussieht«, hatte jemand
in Chalk Level, Missouri, an eine Scheißhauswand geschrieben; und manchmal sah man Blut auf diesen Raststättentoi-
letten, meistens nur ein paar Tropfen, aber einmal hatte er
unter einem zerkratzten Stahlspiegel ein schmieriges Waschbecken halb voller Blut gesehen. Fiel das irgendjemandem
auf? Meldete irgendjemand so etwas?

Auf manchen Raststätten wurde ständig über Lautsprecher der Wetterbericht durchgesagt, und Alfie fand, dass sich
der Sprecher wie ein Geist anhörte, der sich der Stimmbänder eines Leichnams bediente. In Candy, Kansas, an der Route 283, hatte jemand geschrieben: »Siehe, ich stehe an der
Tür und klopfe an«, und jemand anderes hatte hinzugefügt:
»Hereinspaziert, wenn's kein Drücker ist.«

Alfie stand am Parkplatzrand und keuchte etwas, weil die
Luft so kalt und voller Schneeflocken war. In der linken
Hand hielt er das Notizbuch, das er fast zusammengeknickt
hatte. Es war nun doch nicht nötig, es zu vernichten. Er würde es einfach hier, westlich von Lincoln, auf diesen Acker
werfen. Der Wind würde ihm dabei helfen. Das Notizbuch
würde vielleicht zehn Meter weit fliegen und dann noch wei-

ter trudeln, bis es schließlich in einer Furche liegen blieb und einschneite. Dort würde es den ganzen Winter unter Schnee ruhen, lange noch, nachdem man seinen Leichnam nach Hause überführt hatte. Und im Frühjahr kam dann der Farmer mit seinem Traktor, dessen Fahrerkabine erfüllt war mit der Musik von Patty Loveless oder George Jones oder vielleicht sogar Clint Black, und pflügte das Notizbuch ungesehen unter, und dann ging es im Großen Ganzen auf, wenn es so etwas denn gab. »Alles vergeht, nur das Elend besteht«, wie jemand am I-35, nahe Cameron, Missouri, neben ein Münztelefon geschrieben hatte.

Alfie holte mit dem Buch aus und ließ den Arm dann wieder sinken. Er ertrug es nicht, es wegzuwerfen – das war es im Grunde, darauf lief es im Endeffekt hinaus. Aber die Dinge standen auch wirklich schlimm. In allem sah er nur noch Highways. Er hob wieder den Arm und ließ ihn wieder sinken. In seiner verzweifelten Ratlosigkeit brach er in Tränen aus, ohne es zu merken. Der Wind toste, unterwegs nach irgendwo. Er konnte nicht mehr so weiterleben, so viel war ihm klar. Keinen einzigen Tag mehr. Und sich in den Kopf zu schießen war einfacher, als sein Leben zu ändern – auch das wusste er. Es war viel einfacher, als sich damit abzumühen, ein Buch zu schreiben, das kaum jemand (wenn denn überhaupt jemand) lesen würde. Er hob wieder den Arm, hielt sich die Hand mit dem Notizbuch wie ein Baseball-Werfer hinters Ohr und blieb dann so stehen. Ihm war etwas eingefallen. Er würde bis sechzig zählen. Wenn die Lichter der Farm bis dahin wieder auftauchten, würde er versuchen, das Buch zu schreiben.

Wenn man ein solches Buch schrieb, dachte er, erzählte man am besten erst einmal davon, wie man Entfernungen nur noch anhand der grünen Meilenschilder maß und wie unermesslich weit das Land war und wie sich der Wind anhörte, wenn man in Oklahoma oder North Dakota an einer Raststätte ausstieg. Fast wie eine Stimme. Man musste von der Stille berichten und davon, wie es auf den Toiletten im-

mer nach Pisse und den Fürzen der Abgereisten stank und
wie in dieser Stille die Stimmen an der Wand zu sprechen begannen. Die Stimmen derer, die etwas hingeschrieben hatten
und dann weitergefahren waren. Es würde Mühe kosten, das
zu erzählen, aber wenn der Wind nachließ und die Lichter
der Farm wieder auftauchten, würde er es in Angriff nehmen.

Wenn sie nicht auftauchten, würde er das Notizbuch auf
den Acker werfen, zurück ins Zimmer 190 gehen (gleich
links neben dem Snax-Automaten) und sich doch noch erschießen.

Entweder oder.

Alfie stand da, zählte in Gedanken bis sechzig und wartete ab, ob der Wind nachließ.

---

*Ich fahre gern Auto und bin geradezu süchtig nach langen
Fahrten auf dem Interstate, bei denen man rechts und links
nur Prärie sieht und alle vierzig Meilen oder so mal eine
Raststätte aus Ytongsteinen. Auf den Toiletten dieser Raststätten wimmelt es immer von Graffiti, und manche dieser
Sprüche sind äußerst eigenartig. Ich fing an, diese Mitteilungen aus dem Nirgendwo zu sammeln, schrieb sie in ein kleines Notizbuch, fand andere im Internet (es gibt zwei oder
drei Websites, die diesem Thema gewidmet sind) und hatte
schließlich auch die Geschichte, in die sie gehörten. Dies ist
sie. Ich weiß nicht, ob sie gut ist oder nicht, aber ich mochte
den einsamen Mann, von dem sie handelt, und hoffe sehr,
dass für ihn doch noch alles gut ausgegangen ist. In der ersten Fassung war dem so, aber Bill Buford vom New Yorker
schlug ein offenes Ende vor. Wahrscheinlich hatte er Recht
damit, aber wir könnten alle mal ein Gebet sprechen für die
Alfie Zimmers dieser Welt.*

Der Tod des Jack Hamilton

Eins will ich gleich mal klarstellen: Der einzige Mensch auf der ganzen Welt, der meinen Kumpel Johnnie Dillinger nicht gemocht hat, war Melvin Purvis vom FBI. Purvis war J. Edgar Hoovers rechte Rand, und er hasste Johnnie wie die Pest. Alle anderen – tja, Johnnie hatte halt einfach einen Stein im Brett bei den Leuten. Und er konnte sie zum Lachen bringen. Gott sorgt schon dafür, dass alles gut ausgeht, hat er immer gesagt. Und einen Kerl mit so einer Einstellung muss man doch einfach mögen, oder?

Aber die Leute wollen's nicht wahrhaben, wenn so ein Mann dann stirbt. Sie würden sich wundern, wie viele Leute behaupten, es wäre gar nicht Johnnie gewesen, den die Feds da am 22. Juli 1934 vor dem Biograph Theater abgeknallt haben. Denn schließlich leitete Melvin Purvis die Jagd auf Johnnie, und Purvis war nicht nur heimtückisch, sondern auch ein gottverdammter Idiot – ein Kerl, der, wenn er aus dem Fenster pinkeln will, vergisst, es vorher aufzumachen. Von mir werden Sie auch nichts Besseres über ihn hören. Dieser kleine warme Bruder, dieser Stutzer – was habe ich den gehasst! Was haben wir den alle gehasst!

Wir entkamen Purvis und den Feds bei der Schießerei in Little Bohemia, Wisconsin – wir alle! Das größte Rätsel an der ganzen Sache ist doch, warum sie den gottverdammten Homo nicht rausgeschmissen haben. Johnnie meinte mal: »Tja, so gut kriegt J. Edgar wahrscheinlich von keiner Dame einen geblasen.« Haben wir gelacht! Mannomann! Sicher,

Purvis kriegte Johnnie letztlich, aber erst, nachdem er ihn vor dem Biograph in einen Hinterhalt gelockt und ihm in den Rücken geschossen hatte. Er fiel in den Dreck und die Katzenscheiße und sagte »Na, wie gefällt euch das?« und starb. Und trotzdem glauben die Leute das nicht. Johnnie war ein hübscher Kerl, sagen sie, sah fast aus wie ein Filmstar. Und der Kerl, den die Feds vor dem Biograph erschossen haben, hatte ein breites Gesicht, ganz geschwollen und aufgedunsen, wie gekochte Wurst. Johnnie war kaum einunddreißig, sagen sie, und der Mann, den die Bullen an diesem Abend erschossen haben, sah aus wie vierzig – mindestens! Und sie sagen auch (das flüstern sie eher), alle wüssten doch, dass John Dillinger einen Prügel hatte wie 'n Baseballschläger. Und der Kerl, den Hoovers Jungs vor dem Biograph stellten, hatte nur die üblichen fünfzehn Zentimeter. Und als ob das noch nicht genug wär, sagen sie, ist da ja auch noch die Narbe auf seiner Oberlippe. Die sieht man ganz deutlich auf den Fotos aus dem Leichenschauhaus (zum Beispiel auf dem einen, auf dem irgendein Schwachkopf den Kopf von meinem alten Kumpel hält und ganz ernst guckt, als wollte er aller Welt ein für alle Mal zeigen, dass sich Verbrechen nicht lohnt.) Die Narbe durchschneidet den Schnurrbart, den sich Johnnie nach der Sache in Little Bohemia stehen ließ. Und jeder wüsste doch, dass John Dillinger nie im Leben so eine Narbe hatte, sagen die Leute; guckt euch doch die anderen Bilder von ihm an. Es gibt ja nun weiß Gott genug davon.

Es gibt sogar ein Buch, in dem steht, Johnnie hätte seine Gefährten lange überlebt, wäre schließlich in Mexiko gelandet, hätte auf einer Hazienda gelebt und mit seinem Riesenprügel jede Menge Señoras und Señoritas beglückt. Der Schreiber behauptet, mein alter Kumpel wäre am 20. November 1963 gestorben – zwei Tage vor Kennedy –, im reifen Alter von sechzig Jahren, und zwar nicht durch die Kugel eines FBIlers, sondern ganz normal an einem Herzinfarkt. Der Kerl behauptet, John Dillinger wäre im Bett gestorben.

Das ist eine hübsche Geschichte, und sie hat nur den kleinen Schönheitsfehler, dass sie nicht stimmt.

Johnnies Gesicht sieht auf diesen letzten Fotos breit aus, weil er mächtig zugenommen hatte. Manche Leute essen, wenn sie Angst haben, und Johnnie war der Typ Mensch. Und als Jack Hamilton dann in Aurora, Illinois, gestorben war, hatte Johnnie das Gefühl, dass er auch bald dran glauben würde. In der Kiesgrube, in die wir den armen, alten Jack brachten, hat er so was gesagt.

Und was sein Gemächt angeht – also, ich kannte Johnnie, seit wir uns damals in Pendleton, Indiana, in der Besserungsanstalt trafen. Ich habe ihn angezogen gesehen, und ich habe ihn nackt gesehen, und Homer Van Meter kann Ihnen sagen, dass er zwar einen *anständigen* Riemen hatte, aber keinen besonders *riesigen*. (Ich erzähle Ihnen, wer einen Riesenriemen hatte, falls Sie das interessiert: Dock Barker – dieses Muttersöhnchen! Ha!)

Womit wir bei der Narbe auf Johnnies Oberlippe wären, die seinen Schnurrbart durchschnitt, wie man es auf den Bildern sehen kann, auf denen er auf dem Aufbahrungsbrett liegt. Diese Narbe ist auf keinem anderen Bild von Johnnie zu sehen, weil er sie sich erst ganz zum Schluss geholt hat. Das ist in Aurora passiert, während Jack (Red) Hamilton, unser alter Kumpel, auf dem Sterbebett lag. Davon will ich Ihnen erzählen: Wie sich Johnnie Dillinger diese Narbe auf der Oberlippe geholt hat.

In Little Bohemia entkamen Johnnie, Red Hamilton und ich durch die Küchenfenster nach hinten raus und gingen dann am See entlang, während Purvis und die anderen Idioten immer noch Blei in die Vorderfront des Hauses pumpten. Mann, hoffentlich war der Kraut gut versichert! Der erste Wagen, zu dem wir kamen, gehörte einem älteren Ehepaar aus der Nachbarschaft und sprang nicht an. Beim zweiten hatten wir mehr Glück – es war ein Ford, der einem Tischler unten an der Straße gehörte. Johnnie sorgte dafür, dass sich der Tischler ans Steuer setzte und uns ein gutes Stück in Richtung St. Paul chauffierte. Dann bat man ihn auszusteigen – was er auch bereitwillig tat –, und ich übernahm das Steuer.

Gut zwanzig Meilen flussabwärts von St. Paul überquerten wir den Mississippi, und obwohl die örtlichen Bullen alle Ausschau hielten nach der »Dillinger-Bande«, wie sie uns nannten, wäre, glaube ich, alles glatt gegangen, wenn Jack Hamilton bei unserer Flucht nicht seinen Hut verloren hätte. Er schwitzte wie ein Schwein – wie immer, wenn er nervös war –, und fand auf der Rückbank des Wagens einen Lappen, den er sich wie einen Turban um den Kopf wickelte. Das machte die Bullen stutzig, die auf der Seite von Wisconsin an der Spiral Bridge postiert waren, als wir an ihnen vorbeifuhren, und sie folgten uns, um sich das mal näher anzusehen.

Das hätte an Ort und Stelle unser Ende sein können, aber Johnnie hatte immer ein Schweineglück –- bis zu dem Abend vor dem Biograph jedenfalls. Wir überholten einen Viehlaster, an dem die Bullen dann nicht vorbeikamen.

»Gib Gas, Homer!«, rief Johnnie mir zu. Er saß auf der Rückbank und hörte sich blendend gelaunt an. »Hol alles aus der Kiste raus!«

Und das tat ich. Wir rasten dem Viehlaster davon, und die Bullen steckten dahinter fest. Mach's gut, Mutter, ich schreibe dir, wenn ich Arbeit habe. Ha!

Und als wir dann auf der anderen Seite waren und es so aussah, als hätten wir sie abgehängt, sagte Jack: »Fahr langsamer, du Idiot, sonst kriegen sie uns noch wegen Raserei dran.«

Also bremste ich bis auf die erlaubten fünfzig Sachen ab. Gut eine halbe Stunde lang war alles in Butter. Wir redeten über Little Bohemia und darüber, ob Lester (den sie immer Baby-Face nannten) wohl entkommen war oder nicht, als mit einem Mal Gewehr- und Pistolenschüsse und Querschläger auf der Straße zu hören waren. Das waren die Dorfbullen von der Brücke. Die hatten uns eingeholt und sich bis auf hundert oder neunzig Meter an uns rangeschlichen, aber sie schossen auf unsere Reifen, weil sie sich immer noch nicht sicher waren, ob sie es mit Dillinger zu tun hatten.

Sie zweifelten aber nicht mehr lange. Johnnie schlug mit dem Griff seiner Pistole das Heckfenster raus und schoss zurück. Ich trat wieder das Gaspedal durch und holte achtzig Sachen aus dem Ford raus, was damals ein mordsmäßiges Tempo war. Auf der Straße war nicht viel Verkehr, und die paar Autos, die unterwegs waren, umkurvte ich, wie ich nur konnte – links und rechts und über den Straßenrand hinaus. Zweimal merkte ich, dass sich links die Reifen von der Straße hoben, aber wir kippten nicht um. Als Fluchtwagen ist so ein Ford unschlagbar, das kann ich Ihnen sagen. Johnnie hat das Henry Ford sogar mal geschrieben. »Mit einem Ford kann ich jedes andere Auto abhängen«, schrieb er Mr. Ford, und an diesem Tag hat sich das mal wieder gezeigt.

Aber wir zahlten einen Preis dafür. Es machte *Spink! Spink! Spink!*, die Windschutzscheibe kriegte einen Riss, und eine Kugel – ich glaube, es war eine 45er – plumpste aufs Armaturenbrett. Sie sah aus wie ein großer, schwarzer Ulmenkäfer.

Jack Hamilton saß auf dem Beifahrersitz. Er bückte sich und hob seine Maschinenpistole auf. Er überprüfte die Trommel und wollte sich wohl eben aus dem Fenster lehnen, um es ihnen so richtig zu geben, und da machte es wieder *Spink!*, und Jack sagt: »Ah! Scheiße! Ich bin getroffen!« Die Kugel muss durch das rausgeschlagene Heckfenster gekommen sein, und wie sie Johnnie verfehlen und Jack treffen konnte, weiß ich nicht.

»Alles klar mit dir?«, rief ich. Ich hing wie ein Affe über dem Lenkrad und fuhr wie ein Wahnsinniger. Dann kommt da ein Molkereilaster, und ich überhole ihn rechts, hupe dabei die ganze Zeit und schreie den Bauerndepp in seinem weißen Kittel an, er solle mir aus dem Weg gehen. »Jack! Alles klar mit dir?«

»Mir geht's gut!«, sagt er und hängt sich fast bis zur Taille aus dem Fenster. Aber erst konnte er nichts ausrichten, MP hin oder her, weil der Milchlaster im Weg war. Ich sah den Fahrer im Rückspiegel, wie er uns unter seiner weißen Kappe hervor anglotzte. Und als ich zu Jack rüberguckte, sah ich mitten in seinem Mantel ein Loch, rund und sauber wie hingezeichnet. Es war kein Blut zu sehen, nur das kleine schwarze Loch.

»Lass Jack! Fahr die Scheißkarre!«, schrie mich Johnnie an.

Und ich fuhr. Wir ließen den Milchlaster gut eine halbe Meile hinter uns, und die Bullen klemmten die ganze Zeit über dahinter, denn auf der einen Seite war eine Leitplanke und auf der anderen kam lahmer Gegenverkehr. Wir bogen um eine scharfe Kurve, und einen Moment lang waren der Milchlaster und der Streifenwagen nicht mehr zu sehen. Rechts kam eine Schotterstraße, die ziemlich zugewuchert war.

»Da rein!«, keucht Jack und lässt sich wieder auf den Sitz fallen, aber da bog ich schon ab.

Ich fuhr gut siebzig Meter einen kleinen Hügel rauf und auf der anderen Seite wieder runter. Wie sich rausstellte, führte die Straße zu einem Farmhaus, das aussah, als würde es schon seit Jahren leer stehen. Ich bog auf den Hof und würgte den Motor ab. Wir stiegen alle aus und gingen hinter dem Wagen in Deckung.

»Wenn sie kommen, zeigen wir's ihnen«, sagte Jack. »Mich kriegen die nicht auf den elektrischen Stuhl, so wie Harry Pierpont.«

Aber sie kamen nicht, und nach zehn Minuten oder so stiegen wir wieder ein und fuhren ganz langsam und vorsichtig zurück zur Hauptstraße. Etwa auf halber Strecke sah ich etwas, das mir gar nicht gefiel. »Jack«, sage ich, »du blutest aus dem Mund. Pass auf, es tropft dir aufs Hemd.«

Jack wischte sich mit dem Mittelfinger der rechten Hand über den Mund, betrachtete das Blut und schenkte mir dann ein Lächeln, das ich heute noch manchmal im Traum sehe:

breit und strahlend und todesängstlich. »Ich hab mir nur innen in die Wange gebissen«, sagt er. »Es geht mir gut.«
»Bestimmt?«, fragt Johnnie. »Du hörst dich irgendwie komisch an.«
»Ich kriege bloß noch nicht wieder richtig Luft«, sagt Jack. Er fuhr sich noch mal mit dem Mittelfinger über den Mund, und jetzt war weniger Blut dran, und das reichte ihm anscheinend. »Machen wir bloß, dass wir hier wegkommen.«

»Fahr zurück zur Spiral Bridge, Homer«, sagt Johnnie, und das tat ich dann auch. Nicht alle Geschichten über Johnnie Dillinger sind wahr, aber es gelang ihm immer, nach Hause zu finden, auch als er schon gar kein Zuhause mehr hatte, und ich habe ihm immer vertraut.

Wir fuhren wieder mit vollkommen zulässigen fünfzig Sachen, und dann ließ mich Johnnie bei einer Texaco rechts abbiegen. Bald kamen wir auf Schotterpisten, und Johnnie gab mir ohne zu zögern Anweisung, rechts oder links abzubiegen, obwohl die Straßen für mich alle gleich aussahen: Das waren alles nur ausgefurchte Feldwege zwischen kahlen Äckern, auf denen hier und da noch Schnee lag, und ab und zu sah uns irgendein Bauernjunge mit runtergeklappter Kinnlade nach. Und die ganze Zeit über wurde Jack immer stiller. Als ich ihn fragte, wie es ihm ginge, sagte er: »Mir geht's gut.«

»Tja, nun, da sollte sich aber mal jemand das Loch in deinem Rücken ansehen, wenn wir mal etwas zur Ruhe kommen«, sagte Johnnie. »Und deinen Mantel müssen wir auch flicken lassen. Mit dem Loch da drin sieht's ja aus, als hätte wer auf dich geschossen!« Er lachte, und ich lachte auch. Sogar Jack lachte. Johnnie brachte es immer wieder fertig, einen aufzuheitern.

»Ich glaube, das ging nicht tief«, sagte Jack, als wir bei der Route 43 rauskamen. »Schau mal, ich blute nicht mal mehr aus dem Mund.« Er wollte Johnnie seinen Finger zeigen, auf dem nur noch ein kleiner, rötlich brauner Schmierfleck zu sehen war, aber als er sich dazu umdrehte, kam ihm Blut aus dem Mund und der Nase.

»Ich glaube, das ging tief genug«, sagte Johnnie. »Aber wir kümmern uns um dich. Und wenn du noch reden kannst, ist es bestimmt nicht so schlimm.«

»Klar«, sagte Jack. »Mir geht's gut.« Seine Stimme klang dabei kleinlauter denn je.

»Blendend sozusagen«, sagte ich.

»Ach, sei doch still, du Blödmann«, sagte er, und da haben wir alle gelacht. Sie haben oft über mich gelacht, sie alle. Aber nur im Spaß.

Nach gut fünf Minuten auf der Route 43 wurde Jack kurz bewusstlos. Sein Kopf sank mit geschlossenen Augen ans Fenster, und aus seinem Mundwinkel tropfte Blut aufs Glas. Dieser Blutfleck sah aus, als hätte man da einen vollgesogenen Moskito geklatscht. Er hatte immer noch den Lappenturban auf dem Kopf, aber der hing schief. Johnnie nahm Jack den Turban ab und tupfte ihm damit das Blut vom Gesicht. Jack murmelte irgendwas und hob die Hände, als wollte er Johnnie wegstoßen, aber dann ließ er sie wieder in seinen Schoß sinken.

»Die Bullen haben das bestimmt per Funk gemeldet«, sagte Johnnie. »Wenn wir nach St. Paul fahren, sind wir geliefert. So sehe ich das. Was meinst du, Homer?«

»Sehe ich auch so«, sage ich. »Was bleibt da noch? Chicago?«

»Yep«, sagt er. »Genau. Aber erst müssen wir diesen Wagen loswerden. Die kennen mittlerweile unser Kennzeichen. Und auch wenn nicht: So was bringt Pech.«

»Was ist mit Jack?«, frage ich.

»Jack wird schon wieder«, sagt er, und seinem Tonfall hörte ich an, dass er über dieses Thema nichts mehr hören wollte.

Gut eine Meile weiter hielten wir, und ich schoss bei dem Ford des Tischlers vorn einen Reifen platt. Jack lehnte an der Motorhaube. Er war blass und sah krank aus.

»So«, sagt Johnnie zu mir, »mach deine Sache gut.« Dann

legte er Jack einen Arm um die Schultern, und die beiden humpelten in den Wald am Straßenrand. Wenn wir einen Wagen brauchten, war es immer an mir, einen anzuhalten. »Bei dir halten auch Leute an, die bei mir oder den anderen nie anhalten würden«, hat Johnnie mal gesagt. »Warum ist das so? Das frage ich mich wirklich.« Harry Pierpont hat ihm darauf geantwortet. Das war damals, als wir noch die Pierpont-Bande waren und noch nicht die Dillinger-Bande. »Weil er aussieht wie ein Homer, ein Bauerndepp«, sagte er. »Noch nie hat einer derart wie ein Homer ausgesehen wie Homer Van Meter.«

Tja, darüber haben wir alle gelacht, und jetzt stand ich wieder da, und diesmal kam's wirklich drauf an. Es ging wirklich um Leben oder Tod.

Drei oder vier Autos fuhren in einer Kolonne vorbei, und ich tat so, als würde ich mich an dem Reifen zu schaffen machen. Dann kam ein Pritschenwagen, aber der war zu langsam und klapprig. Außerdem hockten hinten einige Kerle drauf. Der Fahrer hält und fragt: »Brauchst du Hilfe, Amigo?«

»Nein, danke«, sage ich. »Ich verschaffe mir vor dem Essen nur ein wenig Bewegung. Fahrt ihr nur weiter.«

Er lacht und winkt und fährt wieder los. Die Kerle hinten drauf winkten auch.

Der nächste Wagen war dann genau meine Kragenweite. Auch ein Ford, und er kam ganz allein. Ich winkte, damit sie anhielten, und stellte mich so, dass sie den Plattfuß nicht übersehen konnten. Und ich schenkte ihnen ein Lächeln. Ein breites Lächeln, das besagte: Hier steht nur ein harmloser Homer ganz allein am Straßenrand.

Es funktionierte. Der Ford hielt. Es saßen drei Leute drin: Ein Mann, eine junge Frau und ein strammer kleiner Junge. Eine Familie.

»Sieht so aus, als hätten Sie einen Platten, Partner«, sagt der Mann. Er trug einen Anzug und einen Mantel, beides sauber, aber nicht gerade erste Ware.

»Tja, ich weiß nicht, ob's so schlimm ist«, sage ich. »Der Reifen ist ja nur unten platt.«

Wir lachten, als wäre das ein ganz neuer Spruch, und da kommen auch schon Johnnie und Jack mit gezogenen Waffen aus dem Wald.

»Bleiben Sie ganz ruhig, Sir«, sagt Jack. »Dann krümmen wir keinem ein Haar.«

Der Mann sah Jack an, dann Johnnie und dann wieder Jack. Dann schaute er wieder zu Johnnie, und ihm klappte die Kinnlade runter. Ich hatte das schon tausendmal gesehen, aber es amüsierte mich immer noch, wenn sie ihn erkannten. »Sie sind Dillinger!«, keuchte er und riss dann die Hände hoch. Ha!

»Freut mich, Sie kennen zu lernen, Sir«, sagt Johnnie und greift nach einer Hand, die der Mann hochhält. »Und jetzt nehmen Sie mal die Pfoten runter, ja?«

Und kurz darauf fuhren wieder zwei oder drei Autos vorbei – Landeier, die in die Stadt wollten und kerzengerade in ihren dreckigen alten Kisten saßen. Da sahen wir nur aus wie ein paar Leute, die einen Reifen wechseln wollten.

Jack ging zur Fahrerseite des neuen Fords, stellte den Motor ab und zog den Schlüssel raus. Der Himmel war weiß an diesem Tag; es sah nach Schnee oder Regen aus; aber Jacks Gesicht war noch weißer.

»Wie heißen Sie, Ma'am?«, fragte Jack die Frau. Sie trug einen langen grauen Mantel und ein neckisches Matrosenkäppi.

»Deelie Francis«, sagt sie. Ihre Augen waren so groß und dunkel wie Pflaumen. »Das ist Roy, mein Mann. Werden Sie uns umbringen?«

Johnnie schaut sie streng an und sagt: »Wir sind die Dillinger-Bande, Mrs. Francis, und wir haben noch nie jemanden umgebracht.« Darauf hat Johnnie immer Wert gelegt. Harry Pierpont hat ihn dann immer ausgelacht und gefragt, warum er sich die Spucke nicht spart, aber ich glaube, Johnnie hatte Recht damit. Das ist einer der Gründe, warum man sich auch dann noch an ihn erinnern wird, wenn die kleine Schwuchtel mit dem Strohhut längst vergessen ist.

»Das stimmt«, sagt Jack. »Wir rauben bloß Banken aus, und auch nur halb so viele, wie immer behauptet wird. Und wer ist dieser süße kleine Mann?« Er tätschelte dem Jungen das Kinn. Er war ganz schön dick; er sah aus wie W. C. Fields.

»Das ist Buster«, sagt Deelie Francis.

»Na, das ist ja ein richtiger Wonneproppen, was?«, sagte Jack und lächelte. Ich sah Blut auf seinen Zähnen. »Wie alt ist er denn? Drei oder so?«

»Gerade mal zweieinhalb«, sagte Mrs. Francis stolz.

»Tatsächlich?«

»Ja, aber er ist groß für sein Alter. Mister, geht es Ihnen nicht gut? Sie sind schrecklich blass. Und Sie haben Blut auf den –«

»Jack«, ging Johnnie dazwischen, »kannst du den da in den Wald fahren?« Er zeigte auf den klapprigen Ford des Tischlers.

»Klar«, sagt Jack.

»Auch mit 'nem Platten?«

»Und ob. Ich bin bloß ... ich hab bloß fürchterlichen Durst. Ma'am – Mrs. Francis –, haben Sie irgendwas zu trinken dabei?«

Sie drehte sich um und bückte sich – gar nicht so einfach mit diesem dicken Kind auf dem Arm – und holte eine Thermoskanne hervor.

Währenddessen zuckelten noch ein paar Autos vorbei. Die Leute winkten, und wir winkten zurück. Ich lächelte immer noch über beide Backen und gab mir Mühe, so richtig Homer-mäßig auszusehen, obwohl mir gar nicht nach Lächeln zumute war. Ich verstand nicht, wie sich Jack überhaupt auf den Beinen halten konnte und dann auch noch die Thermoskanne hob und in einem Zug austrank. Es wäre Eistee drin, sagte sie ihm, aber er schien sie gar nicht zu hören.

Als er ihr die Kanne zurückgab, liefen ihm Tränen über die Wangen. Er dankte ihr, und sie fragte ihn noch mal, ob es ihm denn auch gut ginge.

»Jetzt ja«, sagt Jack. Er setzte sich in den alten Ford und fuhr ihn ins Gestrüpp. Der Wagen ruckelte auf dem von Johnnie plattgeschossenen Reifen auf und ab.

»Wieso hast du keinen Hinterreifen platt geschossen, du verdammter Idiot?« Jack klang verärgert und war außer Atem. Dann fuhr er ihn holpernd in den Wald und außer Sicht. Kurz darauf kam er wieder. Er ging ganz langsam und sah zu seinen Füßen runter, wie ein alter Mann, der über Eis geht.

»Also gut«, sagt Johnnie. Er hängte seine Hasenpfote an den Schlüsselbund von Mr. Francis, und da wusste ich, dass sie ihren Ford nie wiedersehen würden. »Jetzt haben wir uns alle angefreundet und unternehmen eine kleine Spritztour.«

Johnnie fuhr. Jack saß auf dem Beifahrersitz. Ich zwängte mich hinten zu Familie Francis rein und versuchte ihrem kleinen Schweinchen ein Lächeln zu entlocken.

»Wenn wir in die nächste Stadt kommen«, sagt Johnnie, »setzen wir Sie ab und geben Ihnen genug Geld, damit Sie mit dem Bus weiterfahren können. Wir nehmen den Wagen. Wir werden ihn nicht beschädigen, und wenn keiner ein Loch reinschießt, kriegen Sie ihn so gut wie neu zurück. Einer von uns wird Sie anrufen und Ihnen sagen, wo er ist.«

»Wir haben noch kein Telefon«, sagt Deelie ziemlich weinerlich. Sie hörte sich an wie die Art von Frau, die alle paar Wochen mal was in die Fresse braucht, damit sie wieder weiß, wo der Hammer hängt. »Wir stehen auf der Warteliste, aber die Männer von der Telefongesellschaft sind lahm wie die Schnecken.«

»Tja, dann«, sagt Johnnie ganz freundlich und nicht die Bohne verdutzt, »rufen wir eben die Bullen an, und die melden sich dann bei Ihnen. Wenn aber die Bullen früher auftauchen, wissen wir, dass Sie sie eingeschaltet haben, verste-

hen Sie? Und dann kriegen Sie den Wagen nicht fahrtüchtig
wieder.«

Mr. Francis nickte, als glaube er jedes Wort. Und wahrscheinlich tat er das auch. Sie hatten es hier ja schließlich mit
der Dillinger-Bande zu tun.

Johnnie hielt bei einer Texaco, tankte und kaufte Limonade für alle. Jack trank seine Flasche Traubenlimo wie ein
Verdurstender in der Wüste, aber die Frau wollte dem kleinen Schweinchen keine Limo geben, obwohl der Junge die
Hände danach ausstreckte und plärrte.

»Er kann doch vor dem Mittagessen keine Limonade trinken«, sagt sie zu Johnnie. »Was denken Sie sich bloß?«

Jack lehnte seinen Kopf wieder an die Fensterscheibe und
hatte die Augen geschlossen. Ich dachte schon, er wäre wieder weggetreten, aber dann sagt er: »Stopfen Sie dem Blag
das Maul, Ma'am, sonst mach ich das für Sie.«

»Sie haben offenbar vergessen, in wessen Auto Sie sitzen«,
sagt sie so richtig von oben herab.

»Gib ihm die Limo, du Dreckstück«, sagt Johnnie. Er lächelte immer noch, aber jetzt hatte er sein anderes Lächeln
aufgesetzt. Sie sah ihn an, und aus ihren Wangen wich alle
Farbe. Und so, liebe Kinder, bekam das kleine Schweinchen
seine Limonade, Mittagessen hin oder her. Zwanzig Meilen
weiter setzten wir sie in irgendeiner Kleinstadt ab und fuhren dann weiter nach Chicago.

»Ein Mann, der so eine Frau heiratet, hat es nicht anders
verdient«, meinte Johnnie. »Und das wird er schon noch
merken.«

»Sie wird die Bullen anrufen«, sagt Jack, ohne die Augen
zu öffnen.

»Nein, wird sie nicht«, sagt Johnnie so selbstsicher wie eh
und je. »Das würde ja Geld kosten.« Und er behielt Recht.
Auf der Strecke nach Chicago sahen wir nur zwei blau ange-
strichene Abführmittel, und die kamen uns beide entgegen
und wurden nicht mal langsamer, als sie uns sahen. Das war
Johnnies Glück. Was aber Jack anging: Den musste man nur

ansehen, dann wusste man, dass ihn sein Glück gerade endgültig im Stich ließ. Als wir im Loop ankamen, delirierte er
schon und sprach zu seiner Mutter.

»Homer!«, sagt Johnnie mit großen Augen. Das war so
eine ulkige Angewohnheit von ihm. Wie ein Mädchen, das
flirtet.

»Was!«, sage ich und sehe ihn mit genauso großen Augen
an.

»Wir können nirgends hin«, sagt Johnnie. »Das ist hier
schlimmer als in St. Paul.«

»Fahr zu Murphy's«, sagt Jack, ohne die Augen aufzumachen. »Ich will ein kaltes Bier. Ich habe Durst.«

»Murphy's«, sagt Johnnie nachdenklich. »Weißt du, das
ist gar keine schlechte Idee.«

Murphy's war ein irisches Gasthaus in South Side. Säge-
mehl auf dem Boden, warmes Büfett, zwei Barkeeper, drei
Rausschmeißer. Ein paar nette Mädels am Tresen und Zimmer die Treppe rauf, wohin man sie mitnehmen konnte. Hinten raus noch ein paar Zimmer, wo sich Kerle wie wir trafen
oder ein paar Tage lang Gras über was wachsen ließen. Wir
kannten vier oder fünf solcher Etablissements in St. Paul,
aber nur ein oder zwei in Chicago.

Als wir dort ankamen, stellte ich den Ford der Familie
Francis in einer Seitenstraße ab. Johnnie saß mittlerweile mit
unserem delirierenden Freund auf der Rückbank – wir waren noch nicht so weit, ihn als unseren sterbenden Freund zu
bezeichnen –, und hielt Jacks Kopf an seiner Schulter.

»Geh rein und hol Brian Mooney aus der Bar«, sagt Johnnie.

»Und wenn der nicht da ist?«

»Dann weiß ich auch nicht weiter«, sagt Johnnie.

»Harry!«, schreit Jack und meint damit vermutlich Harry
Pierpont. »Die Nutte, die du mir besorgt hast, hat mir einen
gottverdammten Tripper angehängt!«

»Geh«, sagt Johnnie zu mir und streicht Jack dabei be-
sänftigend wie eine Mutter übers Haar.

Tja, Brian Mooney *war* da. Ich weiß nicht, ob das diesmal Johnnies Glück war oder meins. Wir kriegten ein Zimmer für die Nacht, aber es kostete uns zweihundert Dollar, was ich ganz schön happig fand, wenn man bedenkt, dass es nach hinten raus ging und die Toilette am anderen Ende des Korridors war.

»Ihr habt Glück, dass ich Dienst habe«, sagt Brian. »Mickey McClure hätte euch gleich wieder vor die Tür gesetzt. Nach euch suchen sie überall. In der Zeitung und im Radio ist nur noch von Little Bohemia die Rede.«

Jack war, zumindest vorläufig, wieder bei sich. Er saß auf dem Feldbett in der Ecke, eine Zigarette in der einen und ein kaltes Bier vom Fass in der anderen Hand. Das Bier hatte ihn wieder zum Leben erweckt; er war fast wieder der Alte.

»Ist Lester entwischt?«, fragte er Mooney. Ich schaute zu ihm rüber und sah etwas Entsetzliches. Als er einen Lungenzug aus seiner Lucky nahm, kam aus dem Loch hinten in seinem Mantel ein kleines Wölkchen – wie ein Rauchzeichen.

»Du meinst Baby-Face?«, fragte Mooney.

»So solltest du ihn nicht nennen, wenn er dich hören kann«, sagte Johnnie grinsend. Seit Jack wieder bei sich war, war er besser aufgelegt, aber er hatte ja auch nicht das Rauchwölkchen aus seinem Rücken kommen sehen. Und ich wünschte, ich hätte das auch nicht gesehen.

»Er hat ein paar Feds abgeknallt und ist entkommen«, sagte Mooney. »Mindestens ein Mann ist tot, vielleicht auch zwei. Aber das macht alles nur noch schlimmer. Heute Nacht könnt ihr hier bleiben, aber morgen Nachmittag müsst ihr weg sein.«

Er ging raus. Johnnie wartete kurz und streckte dann in Richtung Tür die Zunge raus wie ein kleiner Junge. Ich musste lachen – Johnnie brachte mich immer wieder zum Lachen. Jack versuchte auch zu lachen, hörte aber schnell damit auf. Es tat ihm zu weh.

»Jetzt ziehn wir dir mal den Mantel aus und schaun, wie schlimm es ist, Partner«, sagte Johnnie.

Es dauerte fast fünf Minuten, bis wir ihn aus dem Mantel und dem Hemd raus hatten, und als er dann im Unterhemd dasaß, waren wir alle drei schweißgebadet. Vier oder fünf Mal hielt ich Jack den Mund zu, um seine Schreie zu dämpfen. Hinterher waren meine Manschetten blutig.

Auf dem Futter seines Mantels war nur ein kleiner Blutfleck, aber sein weißes Hemd war halb rot, und sein Unterhemd war blutgetränkt. Gleich unter seinem linken Schulterblatt war eine Beule mit einem Loch mittendrin, wie ein kleiner Vulkan.

»Ich kann nicht mehr«, sagt Jack weinend. »Bitte, ich kann nicht mehr.«

»Es ist schon gut«, sagt Johnnie und streicht Jack wieder durchs Haar. »Das war's schon. Du kannst dich jetzt hinlegen. Schlaf ein wenig. Du musst dich ausruhen.«

»Ich kann nicht«, sagt er. »Es tut zu weh. O Gott, wenn ihr nur wüsstet, wie weh das tut! Und ich will noch ein Bier. Ich bin durstig. Aber macht diesmal nicht so viel Salz rein. Wo ist Harry? Wo ist Charlie?«

Vermutlich meinte er Harry Pierpont und Charlie Makley. Charlie war's, der Harry und Jack alles beigebracht hatte, als sie noch kleine Rotznasen waren.

»Jetzt geht das wieder los«, sagt Johnnie. »Er braucht einen Arzt, Homer, und du musst ihm einen holen.«

»Mensch, Johnnie, das ist hier nicht meine Stadt!«, sage ich.

»Ganz egal«, sagt Johnnie. »Dir ist doch klar, was passiert, wenn ich rausgehe. Ich schreibe dir ein paar Namen und Adressen auf.«

Es war dann aber nur ein Name und eine Adresse, und als ich dahin kam, war alles für die Katz. Der Doc (der eigentlich nur ein Pillendreher und Engelmacher war und ab und zu einem Flüchtigen mit Säure die Fingerkuppen verätzt hatte) hatte sich zwei Monate zuvor mit einer Überdosis Laudanum selbst aus dem Verkehr gezogen.

Wir blieben schließlich fünf Tage lang in diesem schäbigen Zimmer hinten im Murphy's. Mickey McClure kam und wollte uns rausschmeißen, aber Johnnie sprach mit ihm und stimmte ihn um – wenn er sich von seiner charmanten Seite zeigte, war es so gut wie unmöglich, Johnnie etwas abzuschlagen. Und außerdem zahlten wir ja. Am fünften Tag war die Zimmermiete auf vierhundert gestiegen, und wir durften uns nicht mal im Schankraum blicken lassen, weil sie Angst hatten, dass uns wer erkennt. Uns erkannte aber keiner, und soweit ich weiß, haben die Bullen nie rausgekriegt, wo wir an diesen fünf Tagen Ende April waren. Und wie viel hat Mickey McClure dabei verdient? Ich weiß es nicht genau, aber bestimmt mehr als einen Riesen. Bei manchen Banküberfällen hatten wir weniger eingesackt.

Insgesamt ging ich zu einem halben Dutzend Knochenflicker und Gesichtschirurgen. Keiner von denen wollte auch nur mitkommen und sich Jack mal ansehen. Zu heiß, sagten sie.

Das war der absolute Tiefpunkt, und ich mag gar nicht daran denken. Sagen wir einfach nur: Johnnie und ich sahen ein, wie sich Jesus gefühlt haben muss, als ihn sein Kompagnon damals im Garten Gethsemane dreimal verleugnete.

Eine Zeit lang tauchte Jack noch ab und zu aus seinem Delirium auf, aber dann fantasierte er nur noch. Er redete über seine Mutter, über Harry Pierpont und über Boobie Clark, damals in Michigan City eine berühmte Schwuchtel, die wir alle kannten.

»Boobie hat versucht, mich zu küssen«, sagte Jack eines Nachts immer wieder, bis ich schon dachte, ich werde verrückt. Johnnie aber störte sich nicht daran. Er saß bei Jack auf dem Feldbett und streichelte sein Haar. Rund um den Einschuss hatte er ein Loch in Jacks Unterhemd geschnitten und strich ständig Mercurochrom drauf, aber die Haut war schon grünlich grau geworden, und das Loch fing an zu stinken. Der Gestank war so schlimm, dass einem die Augen davon tränten.

»Das ist Wundbrand«, sagte Mickey McClure, als er wieder mal kam, um die Miete zu kassieren. »Er macht es nicht mehr lange.«

»Er macht es noch sehr lange«, sagte Johnnie.

Mickey beugte sich vor und stemmte seine dicken Hände auf seine dicken Knie. Er roch an Jacks Atem wie ein Polizist bei einem Betrunkenen und lehnte sich dann wieder zurück. »Ihr besorgt besser schnell einen Arzt. Es ist schon schlimm genug, wenn eine Wunde so riecht. Aber wenn der *Atem* so riecht ...« Mickey schüttelte den Kopf und ging raus.

»So ein Quatsch, was, Jack?«, sagte Johnnie und strich Jack das Haar aus der Schläfe. »Was weiß der denn schon?«

Aber Jack sagte nichts. Er war schon wieder eingeschlafen. Ein paar Stunden später, als Johnnie und ich auch eingeschlafen waren, weckte er uns. Jack saß auf der Bettkante und schimpfte auf Henry Claudy, den Gefängnisdirektor von Michigan City. Ich-Gott-Claudy, so nannten wir ihn, denn es hieß immer, Ich-Gott mache dies, und Ich-Gott, du machst das. Jack schrie, er würde Claudy umbringen, wenn Claudy uns nicht rauslassen würde. Da klopfte jemand an die Wand und schrie, wir sollten den Mann zum Schweigen bringen.

Johnnie setzte sich zu Jack aufs Bett, sprach mit ihm und konnte ihn bald wieder beruhigen.

»Homer?«, sagt Jack nach 'ner Weile.

»Ja, Jack«, sage ich.

»Willst du nicht den Trick mit den Fliegen machen?«, fragt er.

Ich war erstaunt, dass er sich daran noch erinnerte. »Tja«, sage ich, »das würde ich gerne, aber hier gibt's keine Fliegen, Jack. Hier in der Gegend ist es noch nicht die Jahreszeit für Fliegen.«

Mit leiser, heiserer Stimme sang er: »*There may be flies ... on some of you guys ... but there ain't no flies on me.* Stimmt's nicht, Chummah?«

Ich hatte keine Ahnung, wer Chummah war, aber ich

nickte und tätschelte ihm die Schulter. Sie glühte förmlich und klebte vor Schweiß. »Ja, das stimmt, Jack.«

Er hatte tiefe, dunkelrote Ringe unter den Augen und auf den Lippen getrocknete Spucke. Er sah aus, als hätte er abgenommen. Und ich konnte ihn auch riechen. Der Gestank von Pisse, der nicht so schlimm war, und der Gestank von Wundbrand, der schlimm war. Johnnie aber ließ sich nicht anmerken, dass er irgendwas roch.

»Geh für mich auf den Händen, John«, sagte Jack. »Wie du das früher immer gemacht hast.«

»Ja, gleich«, sagte John. Er schenkte Jack ein Glas Wasser ein. »Aber erst trink das. Feuchte dir die Kehle an. Dann werd ich mal sehn, ob ich immer noch auf den Händen quer durchs Zimmer komme. Weißt du noch, wie ich in der Hemdenfabrik auf den Händen gegangen bin? Einmal bin ich ganz bis zum Tor gegangen, und da haben sie mich dann erwischt und ins Loch gesteckt.«

»Ja, das weiß ich noch«, sagte Jack.

Doch Johnnie ging in dieser Nacht nicht auf Händen. Als er Jack das Glas Wasser an die Lippen setzte, war das arme Schwein schon wieder an Johnnies Schulter eingeschlafen.

»Er stirbt«, sagte ich.

»Nein, er stirbt nicht«, sagte Johnnie.

Am nächsten Morgen fragte ich Johnnie, was wir nun machen würden. Was wir machen könnten.

»Ich hab von McClure noch einen Namen bekommen. Joe Moran. McClure sagt, Moran war bei der Bremer-Entführung der Mittelsmann. Wenn er Jack wieder hinkriegt, ist mir das einen Tausender wert.«

»Ich hab sechshundert«, sagte ich. Und ich hätte sie ihm auch gegeben, aber nicht für Jack Hamilton. Jack brauchte keinen Arzt mehr; Jack brauchte nur noch einen Prediger. Aber ich tat es für Johnnie Dillinger.

»Danke, Homer«, sagte er. »In einer Stunde bin ich wieder da. Pass du auf den Kleinen auf.«

Aber Johnnie wirkte niedergeschlagen. Sollte Moran nicht helfen können, wusste Johnnie, dass wir aus der Stadt mussten. Ihm war klar, was eine Fahrt in einem gestohlenen Ford nach St. Paul bedeuten würde. Es war das Frühjahr 1934, und wir drei – ich, Jack und vor allem Johnnie – standen auf J. Edgar Hoovers Liste der meistgesuchten Verbrecher.

»Na dann viel Glück«, sage ich. Er ging raus. Ich hockte im Zimmer rum. Dieses Zimmer hing mir mittlerweile wirklich zum Hals raus. Es war wie in Michigan City, nur schlimmer. Denn da machten sie das Schlimmste, was sie mit einem machen konnten, wenn man irgendwas anstellte. Hier in unserem Versteck hinten im Murphy's konnte es jederzeit noch schlimmer kommen. Jack murmelte irgendwas und nickte dann wieder ein.

Am Fuß des Feldbetts stand ein Stuhl mit einem Kissen drauf. Ich nahm das Kissen und setzte mich zu Jack aufs Bett. Es würde schnell gehn, dachte ich, und wenn Johnnie wiederkam, konnte ich ihm sagen, dass der arme alte Jack seinen letzten Atemzug getan hatte. Das Kissen würde wieder auf dem Stuhl liegen. Im Grunde würde ich Johnnie damit einen Gefallen tun. Und Jack auch.

»Ich sehe dich, Chummah«, sagt Jack plötzlich. Das hat mir vielleicht einen Heidenschreck eingejagt.

»Jack!«, sage ich und stemme den Ellenbogen in das Kissen. »Wie geht's dir?«

Seine Augen fielen zu. »Mach den Trick ... mit den Fliegen«, sagt er, und dann war er schon wieder eingeschlafen. Aber er war genau im richtigen Moment aufgewacht; wenn er nicht aufgewacht wäre, hätte Johnnie bei seiner Rückkehr einen toten Mann auf dem Feldbett vorgefunden.

Als Johnnie dann endlich wiederkam, rammte er förmlich die Tür auf. Ich hatte meine Waffe gezogen. Als er das sah, lachte er. »Steck die Puste wieder weg, Kumpel, und pack deine Sorgen in deinen Seesack!«

»Was ist los?«

»Wir haun hier ab – das ist los.« Er sah fünf Jahre jünger aus. »Höchste Zeit, findest du nicht?«

»Ja.«

»War irgendwas mit ihm, während ich weg war?«

»Nein«, sagte ich und sah zu dem Kissen auf dem Stuhl hinüber. Da war AUF WIEDERSEHEN IN CHICAGO draufgestickt.

»Keine Veränderung?«

»Keine Veränderung. Wo geht's hin?«

»Aurora«, sagte Johnnie. »Das ist eine kleine Stadt im Hinterland. Wir ziehen für 'ne Weile zu Volney Davis und seiner Freundin.« Er beugte sich über das Feldbett. Jacks rotes Haar, das sich ohnehin lichtete, fiel jetzt allmählich aus. Das Kissen war voll davon, und man sah seine schneeweiße Kopfhaut. »Hast du gehört, Jack?«, ruft Johnnie. »Noch sitzen wir in der Bredouille, aber bald wird alles gut! Verstehst du?«

»Geh auf den Händen, wie Johnnie Dillinger das früher immer gemacht hat«, sagte Jack, ohne die Augen aufzuschlagen.

Johnnie lächelte einfach weiter. Er zwinkerte mir zu. »Er versteht es«, sagte er. »Er ist bloß nicht wach. Nicht wahr?«

»Klar«, sagte ich.

Während unserer Fahrt nach Aurora saß Jack ans Fenster gelehnt da, und wenn wir durch ein Schlagloch fuhren, flog sein Kopf hoch und knallte dann an die Glasscheibe. Murmelnd führte er lange Gespräche mit Menschen, die wir nicht sehen konnten. Sobald wir aus der Stadt raus waren, kurbelten Johnnie und ich unsere Fenster runter. Der Gestank wäre sonst nicht zu ertragen gewesen. Jack verweste von innen heraus, und dennoch starb er nicht. Angeblich ist das Leben ja was Zartes, Flüchtiges, aber das glaube ich nicht. Es wäre aber besser, wenn's so wär.

»Dieser Dr. Moran war eine Heulsuse«, sagte Johnnie. Da

fuhren wir schon durch den Wald, hatten die Stadt hinter uns gelassen.»Und da hab ich mir gedacht: So eine Heulsuse lass ich doch auf keinen Fall an meinen Partner ran. Aber ich wollte nicht mit ganz leeren Händen gehen, und das habe ich ihm auch gesagt.« Johnnie hatte auf Reisen immer eine 38er im Gürtel stecken. Die zog er jetzt raus und zeigte sie mir, so wie er sie wohl auch Dr. Moran gezeigt hatte.»Ich sage zu ihm: ›Wenn ich hier sonst nichts kriege, muss ich Ihnen eben das Leben nehmen, Doc.‹ Da hat er eingesehen, dass ich es ernst meine, und hat da oben wen angerufen. Volney Davis.«

Ich nickte, als würde mir dieser Name irgendwas sagen. Später kriegte ich dann mit, dass Davis ein weiteres Mitglied der Bande von Ma Barker war. Volney war ein ziemlich netter Kerl. Dock Barker auch. Und auch Volneys Freundin, die sie Rabbits nannten. Sie nannten sie Rabbits, weil sie sich ein paar Mal aus dem Gefängnis gegraben hatte. Sie war die Netteste von allen. Ein Goldstück. Die hat wenigstens versucht, dem armen, alten, lästigen Jack zu helfen. Das wollte keiner sonst – kein Pillendreher, kein Fingerabdruckätzer, kein Gesichtschirurg und schon gar nicht Dr. Joseph (Heulsuse) Moran.

Die Barkers waren nach einer vermasselten Entführung auf der Flucht. Docks Ma war schon in Florida.

Das Versteck in Aurora machte nicht viel her – vier Zimmer, kein elektrischer Strom, Außenklo –, war aber besser als das Zimmer im Murphy's. Und, wie gesagt, versuchte Volneys Freundin wenigstens, etwas zu tun. Das war an unserem zweiten Abend da.

Sie stellte rund ums Bett Petroleumlampen auf und sterilisierte dann in kochendem Wasser ein Schälmesser.»Wenn Ihnen übel wird«, sagte sie,»dann schlucken Sie es wieder runter, bis ich fertig bin.«

»Wir schaffen das schon«, sagte Johnnie.»Nicht wahr, Homer?«

Mir war schon übel, ehe sie anfing, aber ich nickte. Jack

lag auf dem Bauch, hatte den Kopf zur Seite gedreht und murmelte vor sich hin. Mittlerweile hörte er überhaupt nicht mehr auf damit. Es war, als wäre jedes Zimmer, in dem er sich aufhielt, voller Menschen, die nur er sehen konnte. »Na hoffentlich«, sagt sie. »Denn wenn ich erst mal anfange, gibt's kein Zurück mehr.« Sie blickte hoch und sah Dock in der Tür stehen. Volney Davis auch. »Geh raus«, sagt sie zu Dock. »Und nimm den großen Häuptling mit.« Volney Davis war genauso wenig Indianer wie ich, aber sie neckten ihn immer damit, dass er im Lande der Cherokee geboren war. Irgendein Richter hatte ihm drei Jahre aufgebrummt, weil er ein Paar Schuhe geklaut hatte, und so hatte seine Verbrecherlaufbahn begonnen.

Volney und Dock gingen raus. Als sie draußen waren, drehten wir Jack um. Dann schnitt Rabbits ihn x-förmig auf und stieß dabei auf eine Art und Weise zu, dass ich es kaum mit ansehen konnte. Ich hielt Jack an den Füßen fest. Johnnie saß neben seinem Kopf und versuchte ihn zu beruhigen, aber es gelang ihm nicht. Als Jack anfing zu schreien, legte ihm Johnnie ein Geschirrtuch über den Kopf und nickte Rabbits dann auffordernd zu, während er die ganze Zeit über Jacks Kopf streichelte und ihm sagte, er solle sich keine Sorgen machen, es würde alles gut werden.

Diese Rabbits! Angeblich sind Frauen ja das schwache Geschlecht, aber die hier war alles andere als schwach. Ihr zitterten nicht mal die Hände. Als sie reinschnitt, kam Blut, auch schwarzes und klumpiges, aus der eingesunkenen Wunde. Sie schnitt noch tiefer, und dann kam der Eiter. Er war weiß, aber es waren auch grüne Klumpen drin, die wie Popel aussahen. Das war schon schlimm genug, aber der Gestank wurde noch tausendmal schlimmer, als sie bei seiner Lunge ankam. Schlimmer kann es drüben in Frankreich auch nicht gewesen sein, nicht mal bei den Gasangriffen.

Jack keuchte währenddessen und hörte sich an wie ein Wasserkessel. Das Geräusch kam aus seiner Kehle und auch aus dem Loch in seinem Rücken.

»Beeilen Sie sich«, sagt Johnnie.»Er hat einen Riss in seinem Luftschlauch.«

»Was Sie nicht sagen«, sagt sie.»Die Kugel steckt in seiner Lunge. Halten Sie ihn nur gut fest.«

Aber Jack wehrte sich sowieso nicht mehr groß. Dazu war er zu schwach. Das pfeifende Geräusch, mit dem er ein- und ausatmete, wurde immer leiser. Es war höllisch heiß hier drin, mit den ganzen Lampen rund ums Bett, und es stank nach heißem Petroleum. Ich wünschte, wir hätten dran gedacht, vorher ein Fenster aufzumachen. Jetzt war es zu spät dazu.

Rabbits hatte eine Zange, kriegte sie aber nicht in das Loch rein.»Mistding!«, rief sie und warf sie in die Ecke. Sie griff mit den Fingern in das blutige Loch, tastete darin herum, bis sie die Kugel fand, zog sie raus und warf sie auf den Boden. Johnnie wollte sich schon danach bücken, aber sie sagte:»Ihr Andenken können Sie sich später holen. Jetzt halten Sie ihn erst mal fest.«

Er gehorchte. Rabbits steckte Mull in die Wunde. Johnnie hob das Geschirrtuch und schaute drunter.»Gerade noch rechtzeitig, würd ich sagen«, meinte er mit einem Grinsen.»Der gute alte Red Hamilton ist schon ein bisschen blau angelaufen.«

Draußen fuhr ein Auto vor. Das hätten durchaus die Bullen sein können, aber in diesem Moment konnten wir nichts unternehmen.

»Halten Sie das zu«, sagte sie zu mir und zeigte auf das Loch mit dem Mull drin.»Ich bin keine große Näherin, aber ein halbes Dutzend Stiche kriege ich wohl hin.«

Ich wollte dieses Loch nicht anfassen, wollte mich aber auch nicht weigern. Ich drückte die Wunde zu, und dabei kam noch ein wenig wässriger Eiter heraus. Mein ganzer Bauch krampfte sich zusammen, und ich fing an zu würgen. Ich konnte einfach nichts dagegen tun.

»Also bitte«, sagt sie und lächelt ein wenig.»Wenn Sie Manns genug sind abzudrücken, sind Sie doch wohl auch

Manns genug, mit dieser Wunde fertig zu werden.« Dann
nähte sie ihn zu. Sie machte weit ausholende Stiche, rammte
die Nadel so richtig rein, und nach dem zweiten Stich konnte ich nicht mehr hinsehen.

»Danke«, sagte Johnnie zu ihr, als sie fertig war. »Ich
möchte, dass Sie wissen, dass ich mich dafür sehr erkennt-
lich zeigen werde.«

»Machen Sie sich keine großen Hoffnungen«, sagt sie.
»Seine Chancen stehen höchstens eins zu zwanzig.«

»Jetzt kommt er durch«, sagt Johnnie.

Dann kamen Dock und Volney wieder rein. Hinter ihnen
war ein weiteres Mitglied der Bande – Buster Daggs oder
Draggs, das weiß ich nicht mehr genau. Der kam jedenfalls
von dem Telefon in der Cities-Service-Tankstelle in der Stadt,
das sie immer benutzten, und erzählte, die Feds hätten in
Chicago ganze Arbeit geleistet und jeden festgenommen, von
dem sie glaubten, er hätte irgendwas mit der Bremer-Entführung zu tun, dem letzten großen Ding der Barker-Bande. Einer der Kerle, die sie hopp genommen hatten, war John J.
(Boss) McLaughlin, in Chicago ein hohes Tier, ein wichtiger
Politiker. Ein anderer war Dr. Joseph Moran, auch bekannt
als »die Heulsuse«.

»Moran wird verraten, dass wir hier sind«, sagt Volney.
»Das ist klar wie Kloßbrühe.«

»Vielleicht stimmt das ja gar nicht«, sagt Johnnie. Jack
war wieder bewusstlos. Sein rotes Haar lag wie feines Draht-
gewirr auf dem Kissen. »Vielleicht ist das nur ein Gerücht.«

»Glaub das lieber nicht«, sagt Buster. »Ich hab das von
Timmy O'Shea.«

»Wer ist Timmy O'Shea?«, fragt Johnnie. »Der Arschab-
wischer vom Papst?«

»Er ist Morans Neffe«, sagt Dock, und das besiegelte die
Sache gewissermaßen.

»Ich weiß, was Sie jetzt denken«, sagt Rabbits zu Johnnie.
»Und das können Sie sich gleich aus dem Kopf schlagen.
Wenn Sie diesen Kerl in einen Wagen setzen und mit ihm

über holprige Landstraßen nach St. Paul fahren, ist er morgen früh tot.«

»Du könntest ihn hier lassen«, sagt Volney. »Wenn die Bullen kommen, müssen die sich um ihn kümmern.«

Johnnie saß da, und Schweiß lief ihm in Strömen übers Gesicht. Er sah müde aus, lächelte aber. Johnnie brachte immer noch ein Lächeln zustande. »Die würden sich um ihn kümmern, ja«, sagte er. »Aber in ein Krankenhaus würden sie ihn nicht bringen. Höchstwahrscheinlich würden sie ihm ein Kissen aufs Gesicht drücken und sich dann draufsetzen.« Das jagte mir einen ziemlichen Schrecken ein, das werden Sie sicher verstehen.

»Tja, überleg's dir schnell«, sagt Buster. »Denn im Morgengrauen werden sie den Laden umzingelt haben. Ich hau hier ab.«

»Ihr solltet am besten alle abhauen«, sagt Johnnie. »Du auch, Homer. Ich bleibe hier bei Jack.«

»Scheiße, was soll's«, sagt Dock. »Ich bleibe auch.«

»Wieso auch nicht?«, sagt Volney Davis.

Buster Daggs oder Draggs schaute sie an, als wären sie nicht ganz bei Trost, aber wissen Sie was? Mich wunderte das überhaupt nicht. Diese Wirkung hatte Johnnie nun mal auf Menschen.

»Ich bleibe auch«, sage ich.

»Also, ich hau ab«, sagt Buster.

»Gut«, sagt Dock. »Nimm Rabbits mit.«

»Was sagst du da?«, mischt sich Rabbits ein. »Ich wollte grade was kochen.«

»Bei dir piept's wohl«, sagt Dock. »Es ist ein Uhr nachts, und du bist bis zu den Ellenbogen mit Blut beschmiert.«

»Ist mir egal, wie spät es ist, und Blut kann man abwaschen«, sagt sie. »Ich mache euch das beste Frühstück, das ihr je gegessen habt – Eier, Speck, Brötchen, Soße, Bratkartoffeln.«

»Ich liebe dich, bitte heirate mich«, sagte Johnnie, und wir lachten alle.

»Ach, was soll's«, sagt Buster. »Wenn es Frühstück gibt, bleibe ich noch hier.«

Und so blieben wir schließlich alle in dem Farmhaus in Aurora und waren drauf und dran, für einen Mann zu sterben, dessen letzte Stunde schon geschlagen hatte – ob Johnnie das nun gefiel oder nicht. Wir verbarrikadierten die Vordertür mit einem Sofa und ein paar Stühlen, und vor die Hintertür stellten wir den Gasofen, der sowieso nicht funktionierte. Es funktionierte nur der Holzofen. Johnnie und ich holten unsere Maschinenpistolen aus dem Ford, und Dock holte auch noch ein paar vom Dachboden. Dazu eine Kiste Handgranaten und einen Minenwerfer samt Munition. Die Army war da in der Gegend bestimmt nicht so gut bewaffnet wie wir. Ha ha!

»Also mir egal, wie viele von denen wir erwischen, solange nur dieses Schwein Melvin Purvis dabei ist«, sagt Dock.

Als Rabbits das Essen dann schließlich auf den Tisch brachte, war's für die Farmer auch schon fast Zeit fürs Frühstück. Wir spachtelten in Schichten. Zwei Männer behielten immer die Auffahrt im Blick, die zur Straße führte. Einmal schlug dieser Armleuchter Buster Alarm, und wir eilten alle auf unsere Plätze, aber dann war es nur ein Milchlaster, der hinten auf der Straße vorbeifuhr. Die Feds kamen nicht. Man könnte sagen, sie waren schlecht informiert; ich aber würde sagen, das war wieder ein Beispiel für John Dillingers Glück.

Jacks Zustand verschlechterte sich währenddessen immer mehr. Am Nachmittag drauf musste selbst Johnnie einsehen, dass es nicht mehr lange gehen würde, aber ausgesprochen hat er das nicht. Die Frau tat mir Leid. Rabbits hatte zwischen ihren langen schwarzen Stichen neuen Eiter hervorsickern sehen, und sie weinte und weinte. Es war, als würde sie Jack Hamilton schon ihr ganzes Leben lang kennen.

»Na, na«, sagte Johnnie. »Kopf hoch, schönes Kind. Sie haben getan, was Sie konnten. Und außerdem kommt er ja vielleicht doch noch durch.«

»Das kommt daher, weil ich die Kugel mit den Fingern

rausgepult habe«, sagt sie. »Das hätte ich nicht tun dürfen. Und das wusste ich auch.«

»Nein«, sage ich. »Das ist es nicht. Es ist der Wundbrand. Und den Wundbrand hatte er schon vorher.«

»Quatsch«, sagte Johnnie und sah mich streng an. »Eine kleine Infektion vielleicht, aber kein Wundbrand. Er hat keinen Wundbrand.«

Tja, darauf konnte man nichts sagen, denn man roch es ja an dem Eiter.

Johnnie sah mich immer noch an. »Weißt du noch, wie Harry dich damals in Pendleton immer genannt hat?«

Ich nickte. Harry Pierpont und Johnnie waren immer die besten Freunde gewesen, aber Harry hatte mich nie gemocht. Wenn Johnnie nicht gewesen wäre, hätte er mich nie in der Bande aufgenommen, die als Pierpont-Bande begann. Er hielt mich für einen Dummkopf. Das war noch so was, was Johnnie nie zugegeben hätte und worüber er nie sprach. Johnnie wollte, dass alle Freunde waren.

»Ich möchte, dass du ein paar Fliegen fängst«, sagt Johnnie. »Genau wie damals, wenn du in Pendleton auf der Matte stehen musstest. Ein paar schöne dicke Brummer.« Als er das sagte, wusste ich, dass ihm klar war, dass es mit Jack zu Ende ging.

»Fliegenjunge« – so hat mich Harry Pierpont damals in Pendleton immer genannt, als wir alle noch kleine Jungs waren und ich mich nachts immer in den Schlaf geweint hab, mit dem Kopf unterm Kissen, damit mich die Schließer nicht hörten. Tja, Harry ist dann in Ohio State auf dem elektrischen Stuhl gelandet, also war ich da ja vielleicht nicht der einzige Dummkopf.

Rabbits war in der Küche, schnippelte Gemüse fürs Abendessen. Irgendwas köchelte auf dem Herd. Ich fragte sie, ob sie Garn hätte, und sie sagte, das wüsste ich doch wohl, hätte ich denn nicht neben ihr gestanden, als sie meinen Freund genäht hatte? Na klar, sag ich, aber das war schwarzes Garn, und ich brauche weißes. Ein halbes Dutzend Fäden, ungefähr so lang. Ich hielt meine Zeigefinger gut zwanzig Zentimeter weit auseinander. Sie wollte wissen, was ich damit vorhatte. Ich sagte ihr, wenn sie so neugierig wäre, könnte sie mir vom Fenster über der Spüle aus zusehen.

»Da ist doch nur der Abtritt«, sagt sie. »Ich muss Ihnen wirklich nicht dabei zusehen, wie Sie Ihr Geschäft erledigen, Mr. Van Meter.«

Sie ging zur anderen Seite der Küche, wo an der Tür zur Speisekammer ein Beutel hing. Sie wühlte drin rum und brachte schließlich eine Spule weißes Garn zum Vorschein, von der sie mir sechs Fäden abschnitt. Ich dankte ihr und fragte sie, ob sie Heftpflaster hätte. Sie nahm welches aus der Schublade neben der Spüle. Die lägen da, weil sie sich immer in die Finger schnitt, sagte sie. Ich nahm ein Pflaster und ging zur Tür.

Ich kam nach Pendleton, weil ich als Taschendieb auf der New-York-Central-Linie unterwegs gewesen war. Jedenfalls, wenn's drum ging, die bösen Buben zu beschäftigen, hatte die Besserungsanstalt in Pendleton, Indiana, einiges zu bieten. Sie hatten eine Wäscherei, eine Tischlerei und eine Textilfabrik, wo die Jungs Hemden und Hosen herstellten, hauptsächlich für die ganzen Gefängniswärter von Indiana. Manche sagten Hemdenladen dazu und manche Scheißladen. Da kam ich hin – und da lernte ich auch Johnnie und Harry Pierpont kennen. Johnnie und Harry hatten nie Schwierigkeiten, ihr Soll zu schaffen, aber ich hatte immer zehn Hemden oder fünf Hosen zu wenig und musste mich dann auf die Matte stellen. Die Schließer meinten, dass ich mein Soll nicht schaffte, weil ich so viel rumalberte. Harry sah das auch so. Anscheinend verstand nur Johnnie, dass ich langsam und ungeschickt war. *Deshalb* alberte ich immer rum.

Wer sein Soll nicht schaffte, musste den nächsten Tag im Arrestlokal verbringen, wo eine Schilfmatte lag, knapp einen halben Meter im Quadrat groß. Bis auf die Strümpfe musste man alles ausziehen, und dann musste man den ganzen Tag lang darauf stehen. Wenn man auch nur einmal von der Matte runterging, kriegte man den Arsch versohlt. Wenn man zweimal runterging, hielt ein Schließer einen fest und der andere schlug einen zusammen. Beim dritten Mal Runtergehen gab's eine Woche Einzelhaft. Man durfte so viel Wasser trinken, wie man wollte, aber das war ein Trick, denn man durfte im Laufe eines Tages nur ein einziges Mal Pinkelpause machen. Wenn sie einen sahen, an dessen Beinen Pisse runterlief, wurde der zusammengeschlagen *und* ins Loch gesteckt.

Es war vor allem langweilig. In Pendleton war es langweilig und auch in Michigan City, Ich-Gotts Gefängnis für große Jungs. Manche Jungs erzählten sich selber Geschichten. Manche Jungs sangen sich was vor. Manche machten lange Listen, welche Frauen sie bumsen wollten, wenn sie rauskamen.

Ich brachte mir bei, mit einem Lasso Fliegen zu fangen.

Vor einem Abort ist gut Fliegen fangen. Ich ging neben der Tür in Stellung und knüpfte Schlaufen in die Fäden, die Rabbits mir gegeben hatte. Dann musste ich nur noch still sein und mich nicht groß bewegen. Das hatte ich auf der Matte gelernt, und so was verlernt man nicht wieder.

Ich brauchte nicht lange; Anfang Mai gibt es schon Fliegen, aber sie sind träge. Und wer glaubt, es wäre unmöglich, mit einem Fadenlasso eine Pferdebremse zu fangen ... tja, der hat es wohl noch nie versucht. Wenn Sie eine Herausforderung suchen, probieren Sie es mit Mücken.

Nach drei Würfen hatte ich die Erste, und das war gar nicht schlecht; auf der Matte hatte ich manchmal einen halben Morgen gebraucht, bis ich die Erste gefangen hatte. Wenig später hörte ich Rabbits aufschreien: »Was um Gottes willen machen Sie da? Ist das Zauberei?«

Tja, aus der Ferne *wirkte* es bestimmt wie Zauberei. Sie

müssen sich mal vorstellen, wie das aus zwanzig Meter Entfernung für sie aussah. Ein Mann steht vor dem Außenklo und wirft einen kurzen Faden in die Luft – und zwar ins Nichts, soweit man das sehen kann –, doch statt zu Boden zu sinken, bleibt der Faden mitten in der Luft hängen! Die Pferdebremse, an der er hing, war ziemlich groß, und Johnnie hätte sie gesehen, aber Rabbits hatte eben nicht so gute Augen wie Johnnie.

Ich nahm das Ende des Fadens und klebte es mit dem Pflaster an die Klinke der Klotür. Dann fing ich die nächste Fliege und dann noch eine. Rabbits kam raus und sah mir zu, und ich hab ihr gesagt, sie könne bleiben, wenn sie still wäre, und sie hat sich redlich bemüht, kriegte es aber nicht hin. Schließlich sagte ich ihr, sie würde das Wild verscheuchen, und schickte sie wieder rein.

Ich blieb anderthalb Stunden lang da draußen – so lange, dass ich den Abort schon gar nicht mehr roch –, und dann wurde es kalt, und die Fliegen, die ich gefangen hatte, wurden noch träger. Ich hatte fünf gekriegt. Nach Pendleton-Maßstäben war das ein ziemlich großer Schwarm, aber für jemanden, der vor einem Scheißhaus stand, war es wahrscheinlich nichts Besonderes. Jedenfalls dachte ich, dass ich sie besser reinbringe, ehe sie vor Kälte nicht mehr fliegen konnten.

Dock, Volney und Rabbits lachten und klatschten, als ich langsam durch die Küche ging. Jacks Zimmer befand sich auf der anderen Seite des Hauses, und dort war es schummerig. Deshalb hatte ich sie um weiße Fäden gebeten und nicht um schwarze. Es sah aus, als hätte ich Fäden in der Hand, die zu unsichtbaren Ballons führten. Nur dass man die Fliegen summen hörte – ganz wild und verdattert, wie Tiere eben, die nicht verstanden, wie man sie gefangen hatte.

»Mich laust der Affe«, sagt Dock Barker. »Unglaublich, Homer. Wo hast du denn das gelernt?«

»Besserungsanstalt Pendleton«, sage ich.

»Und wer hat dir das beigebracht?«

»Keiner«, sagte ich. »Ich hab einfach eines Tages damit angefangen.«

»Und wieso verheddern die die Fäden nicht?«, fragte Volney. Er machte große Augen. Ein köstlicher Anblick, kann ich Ihnen sagen.

»Keine Ahnung«, sage ich. »Sie fliegen immer für sich allein und kommen sich kaum mal in die Quere. Es ist ein Rätsel.«

»Homer!«, ruft Johnnie aus dem Nachbarzimmer. »Wenn du sie hast, dann bring sie endlich her!«

Ich ging durch die Küche und zog die Fliegen wie ein Fliegen-Cowboy an den Schlingen hinter mir her, und Rabbits berührte meinen Arm. »Sein Sie vorsichtig«, sagt sie. »Ihr Freund stirbt, und das macht Ihren anderen Freund verrückt. Es wird sicherlich wieder besser mit ihm … hinterher … aber im Moment ist er gefährlich.«

Das wusste ich besser. Wenn Johnnie sein Herz an etwas hängte, kriegte er es normalerweise auch. Bloß nicht diesmal.

Jack hatte ein paar Kissen im Rücken, und obwohl sein Gesicht kreidebleich war, war er doch wieder klar im Kopf. Ganz zum Schluss war er noch mal zu sich gekommen, wie das manchmal so ist.

»Homer!«, sagt er so munter wie eh und je. »Wo warst du?« Dann sieht er die Fäden und lacht. Es war ein schrilles, pfeifendes Geräusch, und sofort fing er an zu husten. Er hustete und lachte gleichzeitig. Ihm kam wieder Blut aus dem Mund, und ein paar Tropfen davon landeten auf meinen Fäden. »Genau wie in Michigan City!«, sagt er und klopft sich aufs Bein. Noch mehr Blut kommt und tropft ihm vom Kinn aufs Unterhemd. »Genau wie in alten Zeiten!« Und dann hustete er wieder.

Johnnie machte ein schreckliches Gesicht. Man sah ihm an, dass er mich am liebsten angeschrien hätte, ich solle rausgehen, ehe Jack ganz den Geist aufgab; und gleichzeitig sah man ihm an, dass er dachte, das wäre nun auch schon egal, und es

wäre in Ordnung, wenn Jack beim Anblick von ein paar angeleinten Scheißhausfliegen glücklich sterben könnte.
»Jack«, sage ich. »Du musst still sein.«
»Nee, es geht mir schon besser«, sagt er und grinst und röchelt. »Bring sie her! Bring sie her, damit ich sie sehen kann!« Doch ehe er noch was sagen konnte, fing er schon wieder an zu husten, beugte sich vor und zog die Knie hoch, sodass die Bettdecke, die ganz mit Blutströpfchen bespritzt war, wie eine Schüssel zwischen seinen Beinen hing. Ich guckte Johnnie an, und er nickte. Er sah nicht mehr so verrückt aus, und ich wusste, dass er über irgendwas hinweg war. Er winkte mich heran. Ich ging langsam zu ihm und hielt dabei die Fäden fest. Sie standen aufrecht, weiße Linien im Dämmerlicht. Und Jack freute sich zu sehr, um zu merken, dass er gerade seine letzten Atemzüge tat.
»Lass sie los«, sagte er mit so belegter Stimme, dass ich ihn kaum verstand. »Ich weiß noch …«
Ich ließ die Fäden los. Ein, zwei Sekunden lang klebten sie noch an dem Schweiß auf meiner Hand, und dann zogen sie sich auseinander und hingen gerade herab. Ich musste daran denken, wie Jack nach dem Ding in Mason City auf der Straße gestanden und Johnnie, Lester und mir mit seiner MP Rückendeckung gegeben hatte, während wir die Geiseln zum Fluchtwagen brachten. Kugeln flogen ihm um die Ohren, und obwohl er sich eine Fleischwunde einfing, wirkte er, als würde er ewig leben. Und jetzt lag er da mit angezogenen Knien in einem blutigen Bett.
»Mensch, jetzt schaut euch das an!«, sagt er, als die weißen Fäden von ganz allein im Zimmer rumzuschweben schienen.
»Und das ist noch nicht alles«, sagt Johnnie. »Guck mal.« Er stand auf, ging zu der Tür, die in die Küche führte, drehte sich dann wieder um und verbeugte sich. Er lächelte. Aber es war das traurigste Lächeln, das ich in meinem ganzen Leben gesehen habe. Mehr als uns selbst konnten wir ihm nicht bieten; wir konnten ihm ja schließlich nicht ein letztes Mahl

kochen, oder?«»Weißt du noch, wie ich im Hemdenladen auf den Händen gegangen bin?«

»Ja, los! Und vergiss das Singen nicht!«, sagt Jack.

»Ladys and Gentlemen!«, sagt Johnnie, »Manege frei für John Herbert Dillinger!« Er sprach das »g« in seinem Nachnamen hart aus, nicht wie »dsch« – genau wie sein alter Herr und auch er selbst es immer ausgesprochen hatten, bevor er so berühmt wurde. Dann klatschte er einmal und sprang nach vorn auf die Hände. Buster Crabbe hätte das nicht besser hingekriegt. Die Hose rutschte ihm bis zu den Knien hoch, entblößte seine Strümpfe und Unterschenkel. Münzen fielen ihm aus den Hosentaschen und kullerten kreuz und quer über die Dielen. So ging er, gelenkig wie eh und je, auf Händen über den Boden und sang dabei aus voller Kehle: »Tra-ra-ra-*bumm*-de-ja!« Auch die Schlüssel zu dem gestohlenen Ford fielen ihm aus der Tasche. Jack lachte heiser und hustend – als hätte er Grippe –, und Dock Barker, Rabbits und Volney an der Tür lachten auch, kriegten sich gar nicht mehr ein. Rabbits klatschte und rief: »Bravo! Zugabe!« Über meinem Kopf schwebten immer noch die weißen Fäden und trieben nur sehr langsam auseinander. Ich lachte mit den anderen, doch dann sah ich es kommen und hörte auf.

»Johnnie!«, rief ich. »Johnnie, pass auf mit deiner Pistole! Pass auf mit deiner Pistole!«

Es war die verdammte 38er, die er immer im Hosenbund trug. Sie rutschte ihm aus dem Gürtel.

»Hä?«, sagte er, und dann fiel sie auf den Schlüsselbund, der auf dem Boden lag, und ging los. Eine 38er ist nicht unbedingt die lauteste Schusswaffe der Welt, aber in diesem Schlafzimmer hinten raus war sie laut genug. Und der Blitz war ganz schön grell. Dock schrie, und Rabbits kreischte. Johnnie sagte nichts, schlug nur einen Purzelbaum und landete auf dem Bauch. Fast wären seine Füße ans Fußende des Betts geknallt, in dem Jack Hamilton starb. Dann lag er reglos da. Ich lief zu ihm, schob die weißen Fäden beiseite.

Erst dachte ich, er wäre tot, denn als ich ihn umdrehte,

waren seine Wangen und sein Mund ganz blutig. Dann setzte er sich auf. Er fuhr sich mit der Hand übers Gesicht, betrachtete das Blut und sah dann mich an.

»Du liebe Scheiße, Homer – hab ich mich grade selber angeschossen?«, fragt Johnnie.

»Ich glaube, ja«, sage ich.

»Wie schlimm ist es?«

Ehe ich ihm sagen konnte, dass ich das nicht wusste, schob mich Rabbits beiseite und wischte mit ihrer Schürze das Blut weg. Sie sah ihn kurz aufmerksam an, und dann sagt sie: »Alles in Ordnung. Das ist nur ein Kratzer.« Bloß dass wir später, als sie Jod auf die Wunde tupfte, sahen, dass es eigentlich zwei Kratzer waren. Die Kugel hatte rechts die Haut über seiner Lippe durchschnitten, war dann gut fünf Zentimeter weit durch die Luft geflogen und hatte ihn nochmal am rechten Wangenknochen getroffen, direkt neben dem Auge. Hinterher war sie in die Decke geschlagen, aber vorher hatte sie noch eine meiner Fliegen getroffen. Ich weiß, wie unglaublich sich das anhört, aber ich schwöre, es ist wahr. Sie lag auf dem Boden, unter einem kleinen weißen Fadengewirr, und es waren nur noch ein paar Beinchen von ihr übrig.

»Johnnie?«, sagt Dock. »Ich glaube, ich habe schlechte Nachrichten für dich, Partner.« Aber er musste uns gar nicht sagen, was es war. Jack saß immer noch aufrecht im Bett, aber jetzt war sein Kopf so weit nach vorne gesunken, dass sein Haar die Bettdecke zwischen seinen Knien berührte. Während wir nachgesehen hatten, wie schwer Johnnie verletzt war, war Jack gestorben.

Dock sagte, wir sollten ihn in eine Kiesgrube bringen, die an derselben Straße lag und gut zwei Meilen entfernt war, schon auf dem Gebiet von Aurora. Unter der Spüle stand eine Flasche Säure, und Rabbits gab sie uns. »Sie wissen, was Sie damit tun müssen, nicht wahr?«, fragt sie.

»Klar«, sagt Johnnie. Ein Heftpflaster von ihr klebte auf

seiner Oberlippe, über der Stelle, wo dann später sein
Schnurrbart nicht wuchs. Er klang lustlos und sah sie nicht
an, und deshalb wandte sie sich an mich.

»Sorgen Sie dafür, dass er es macht, Homer«, sagt sie und
zeigte dann mit dem Daumen auf das Schlafzimmer, wo Jack
in die blutige Bettdecke gewickelt lag.»Wenn sie den finden
und identifizieren, ehe ihr weit genug weg seid, macht das
für Sie alles nur noch schlimmer. Und für uns vielleicht
auch.«

»Ihr habt uns aufgenommen, als sonst niemand uns aufnehmen wollte«, sagt Johnnie,»und das werdet ihr nie be-
reuen müssen.«

Sie lächelte ihn an. Fast alle Frauen haben sich in Johnnie
verliebt. Ich hatte gedacht, die hier wäre eine Ausnahme,
weil sie so kühl und geschäftsmäßig war, aber jetzt sah ich,
dass ich mich da getäuscht hatte. Sie war bloß so kühl zu
ihm gewesen, weil ihr klar war, dass ihr Aussehen nicht gerade viel hermachte. Und wenn Kerle mit Knarren so zusam-
mengepfercht sind wie wir, wird eine kluge Frau unter ihnen
keinen Ärger stiften.

»Wir sind weg, wenn ihr wiederkommt«, sagt Volney.
»Ma redet immer über Florida. Sie hat da ein Haus im Auge
in Lake Weir–«

»Schnauze, Vol«, sagt Dock und rammt ihm die Faust in
die Schulter.

»Jedenfalls haun wir hier ab«, sagt Volney und reibt sich
die Stelle.»Und das solltet ihr auch. Nehmt euer Gepäck
mit. Kommt auf dem Rückweg nicht noch mal hier vorbei.
Die Lage kann sich ganz schnell ändern.«

»Okay«, sagt Johnnie.

»Wenigstens ist er glücklich gestorben«, sagt Volney.»Ist
lachend gestorben.«

Ich sagte nichts. Mir wurde allmählich klar, dass Red Hamilton, mein alter Kumpan, tatsächlich tot war. Das machte
mich schrecklich traurig. Weil ich hoffte, dass es mich auf-
heitern würde, dachte ich daran, wie die Kugel Johnnie nur

gestreift und stattdessen eine Fliege getötet hatte. Aber das half nichts. Das machte mich nur noch trauriger. Dock schüttelte mir und dann Johnnie die Hand. Er war blass und bedrückt. »Ich weiß wirklich nicht, wie's mit uns so weit kommen konnte«, sagt er. »Als ich ein kleiner Junge war, wollte ich unbedingt Lokomotivführer werden.« »Tja, ich sag dir was«, meint Johnnie. »Wir müssen uns keine Sorgen machen. Gott sorgt schon dafür, dass alles gut ausgeht.«

Und so unternahmen wir noch eine letzte Fahrt mit unserem alten Kumpel. Wir wickelten ihn in die blutige Bettdecke und stopften ihn hinten in den gestohlenen Ford. Johnnie fuhr über Stock und Stein ans hintere Ende der Kiesgrube (querfeldein ist ein Terraplane um Längen besser als so ein Ford). Dann stellte er den Motor ab und betastete das Pflaster auf seiner Oberlippe. Er sagt: »Heute habe ich mein restliches Glück aufgebraucht, Homer. Jetzt kriegen sie mich.«

»Red nicht so«, sag ich.

»Warum? Es stimmt doch.« Der Himmel war weiß, und es sah nach Regen aus. Ich schätzte mal, wir würden auf der Fahrt von Aurora nach Chicago was davon abkriegen (Johnnie hatte beschlossen, dahin zurückzufahren, denn die Feds erwarteten uns in St. Paul). Irgendwo krähten Krähen. Sonst hörte man nur noch das Ticken des sich abkühlenden Motors. Ich sah immer wieder im Rückspiegel zu der eingewickelten Leiche auf der Rückbank. Über den Ellenbogen und Knien beulte sich die Decke, und an der Stelle, wo er sich zum Schluss hustend und lachend vorgebeugt hatte, sah ich dünne rote Spritzer.

»Schau sie dir an, Homer«, sagt Johnnie und zeigt auf die 38er, die er wieder im Hosenbund stecken hatte. Dann spielte Johnnie mit den Fingerspitzen – an denen, trotz all der Mühe, die er sich gab, die Fingerabdrücke nachwuchsen – an Mr. Francis' Schlüsselbund herum. Neben dem Autoschlüssel hingen da noch vier oder fünf andere Schlüssel dran. Und auch die Hasenpfote, sein Glücksbringer. »Der Griff der Pistole ist hier drauf gelandet«, sagt er. »Er ist auf meinen Glücksbringer gefallen. Und jetzt ist mein Glück futsch. Pack mit an.«

Wir schleppten Jack zum Abhang der Kiesgrube und setzten ihn da ab. Dann holte Johnnie die Säureflasche. Auf dem Etikett war ein großer brauner Totenkopf mit gekreuzten Knochen drunter. Johnnie kniete sich hin und zog die Decke weg. »Nimm seine Ringe«, sagt er, und ich zog sie ab. Johnnie steckte sie ein. In Calumet City kriegten wir dann später fünfundvierzig Dollar dafür, glaube ich, obwohl Johnnie Stein und Bein schwor, dass an dem kleinen ein echter Diamant dran wär.

»Jetzt streck seine Hände aus.«

Das tat ich, und Johnnie goss über jede Fingerspitze eine Kappe Säure aus. Diese Fingerabdrücke würde niemand mehr erkennen. Dann beugte er sich über Jacks Gesicht und küsste ihn auf die Stirn. »Ich hasse es, das zu tun, Red, aber ich weiß, dass du das auch mit mir machen würdest, wenn es andersrum gekommen wäre.«

Dann goss er Säure über Jacks Wangen, Mund und Stirn. Sie zischte und blubberte und wurde weiß. Als die Säure anfing, sich durch Jacks geschlossene Augenlider zu fressen, wandte ich mich ab. Und das alles hat natürlich nichts genützt: Gleich am nächsten Tag fand ein Farmer, der eine Ladung Kies holen wollte, die Leiche. Ein Hunderudel hatte die Steine weggeschoben, mit denen wir ihn zugedeckt hatten, und fraß gerade das, was von seinem Gesicht und seinen Händen noch übrig war. Aber er hatte so viele Narben am ganzen Leib, dass ihn die Bullen als Jack Hamilton identifizieren konnten.

Das Glück hatte Johnnie tatsächlich im Stich gelassen. Alles, was er anschließend tat – bis hin zu der Nacht, als Purvis und seine Männer ihm vor dem Biograph endlich hatten –, ging in die Hose. Hätte er nicht einfach seine Hände heben und sich ergeben können? Ich würde sagen: Nein. Purvis hätte ihn so oder so umgebracht. Deshalb hatten die Feds der Chicagoer Polizei nicht verraten, dass Johnnie in der Stadt war.

Tja, und ich – ich werde nie vergessen, wie Jack gelacht hat, als ich die Fliegen an den Fäden reinbrachte. Er war ein guter Kerl; das waren die meisten; gute Kerle, die den falschen Beruf ergriffen hatten. Und Johnnie war der beste von der ganzen Bande. Niemand hatte je einen treueren Freund. Gemeinsam raubten wir noch eine Bank aus, die Merchants National in South Bend, Indiana. Bei diesem Ding war auch Lester Nelson dabei. Als wir die Stadt verließen, kam's einem so vor, als würden uns sämtliche Hinterwäldler von ganz Indiana mit Blei eindecken, und wir kamen trotzdem weg. Aber wofür? Wir hatten mit hunderttausend Dollar gerechnet, genug, um damit nach Mexiko zu gehen und dort viele Jahre lang wie die Könige zu leben. Dann waren es aber bloß popelige zwanzig Riesen, größtenteils in Zehncentstücken und schmutzigen Eindollarscheinen.

Gott sorgt schon dafür, dass alles gut ausgeht, hat Johnnie zu Dock Barker gesagt, kurz bevor wir uns trennten, und wissen Sie, daran glaube ich. Ich bin christlich erzogen – auch wenn ich, das gebe ich gerne zu, in meinem Leben ein wenig vom rechten Weg abgekommen bin –, und ich glaube daran. Wir sind halt so, wie wir sind, aber das ist schon in Ordnung; aus Gottes Sicht ist keiner von uns mehr als eine Fliege an einem Faden, und es kommt einzig und allein darauf an, auf seinem Weg so viel Sonnenschein wie möglich zu verbreiten. Johnnie Dillinger habe ich zum letzten Mal in Chicago gesehen, und da lachte er gerade über irgendwas, das ich gesagt hatte. Mal im Ernst: Was will man mehr?

———

In meiner Kindheit und Jugend faszinierten mich Geschichten über die Banditen aus der Zeit der Weltwirtschaftskrise, ein Interesse, das seinen Höhepunkt wahrscheinlich mit Ar-

thur Penns bemerkenswertem Film Bonnie und Clyde *erreichte. Im Frühjahr 2000 las ich wieder einmal John Tolands Geschichte dieser Epoche,* The Dillinger Days, *und war besonders von seinen Schilderungen angetan, wie sich Dillingers Kumpan Homer Van Meter in der Besserungsanstalt Pendleton selbst beibrachte, mit einem kleinen Lasso Fliegen zu fangen. Der langsame Tod des Jack »Red« Hamilton ist eine belegte Tatsache; meine Schilderung dessen, was in Dock Barkers Versteck geschah, ist natürlich frei erfunden ... oder eine Legende, wenn Ihnen – wie mir – dieses Wort besser gefällt.*

Im Kabinett des Todes

Es war ein Todesraum. Fletcher erkannte seinen Zweck, sobald die Tür geöffnet wurde. Der Fußboden war mit grauen Industriefliesen belegt. Die Wände bestanden aus schmutzigweißem Mauerwerk, das hier und da dunklere Flecken aufwies, die vielleicht Blut waren – in diesem Raum war jedenfalls schon Blut vergossen worden. Die Deckenleuchten waren mit halbkugelförmigen Drahtkäfigen gesichert. Mitten im Raum stand ein langer Holztisch, hinter dem drei Personen saßen. Vor dem Tisch wartete ein leerer Stuhl auf Fletcher. Neben dem Stuhl stand ein kleiner Tisch auf Rädern. Das Objekt auf der Tischplatte war mit einem Leinentuch verhüllt, als ob ein Bildhauer ein entstehendes Werk in den Arbeitspausen abgedeckt hätte.

Fletcher wurde halb geführt, halb geschleppt, bis er den für ihn hingestellten Stuhl erreichte. Er taumelte im Griff des Bewachers und ließ sich taumeln. Wirkte er benommener, als er tatsächlich war, verschreckter und zu keinem klaren Gedanken imstande, war das umso besser. Er schätzte seine Chancen, diesen Kellerraum im Informationsministerium lebend zu verlassen, auf vielleicht eins oder zwei zu dreißig – und selbst das konnte optimistisch sein. Unabhängig davon, wie niedrig sie waren, hatte er nicht die Absicht, sie weiter zu verschlechtern, indem er auch nur halbwegs wach wirkte. Sein zugeschwollenes Auge, seine dicke Nase und die aufgeplatzte Unterlippe konnten dazu beitragen; das galt auch für die Blutkruste, die seinen Mund wie ein dunkelroter Lippen-

und Kinnbart umgab. Eines wusste Fletcher bestimmt: Falls er diesen Raum tatsächlich verließ, würden die anderen – sein Bewacher und die drei Personen des Tribunals hinter dem Tisch – tot sein. Er war ein Zeitungsreporter und hatte nie etwas viel Größeres als eine Hornisse umgebracht, aber wenn er töten musste, um aus diesem Raum herauszukommen, würde er es tun. Er dachte an seine Schwester an ihrem stillen Exerzitienort. Er dachte an seine Schwester, die in einem Fluss mit einem spanischen Namen schwamm. Er dachte an das Licht, das mittags auf dem Wasser lag: ein fließendes Glitzern, das einen blendete. Sie erreichten den Stuhl vor dem Tisch. Sein Bewacher stieß ihn so grob darauf, dass Fletcher fast mit dem Stuhl umgekippt wäre.

»Vorsicht, so geht's nicht, keine Unfälle«, sagte einer der Männer hinter dem Tisch. Das war Escobar. Er sprach Spanisch mit dem Bewacher. Links neben Escobar saß der zweite Mann. Rechts neben Escobar saß eine Frau von ungefähr sechzig Jahren. Die Frau und der zweite Mann waren mager. Escobar war dick und talgig wie eine billige Kerze. Er sah wie ein Filmmexikaner aus. Man erwartete, ihn sagen zu hören: »Fleggen? *Nebelfleggen?* Wir brauchen keine stiinkigen Nebelfleggen nich'.« Trotzdem war er der Informationsminister. Manchmal verlas er im staatlichen Fernsehen den englischen Teil des Wetterberichts. Tat er das, erhielt er unweigerlich Fanpost. In einem Anzug sah er nicht talgig, sondern nur pummelig aus. Das wusste Fletcher alles. Er hatte schon drei oder vier Storys über Escobar geschrieben. Der Mann war eine schillernde Persönlichkeit. Gerüchten nach war er auch ein begeisterter Folterer. *Ein mittelamerikanischer Himmler*, dachte Fletcher und staunte über die Entdeckung, dass Humor – rudimentär, zugegeben – selbst in diesem Stadium der Todesangst noch funktionierte.

»Handschellen?«, fragte der Bewacher, ebenfalls auf Spanisch, und hielt ein Paar dieser Plastikdinger hoch. Fletcher bemühte sich, weiter verständnislos benommen zu wirken. Legten sie ihm Handschellen an, war alles aus. Dann konnte er seine Chancen von eins zu dreißig oder eins zu dreihundert vergessen.

Escobar wandte sich kurz der Frau rechts neben ihm zu. Ihr Teint war sehr dunkel, ihr Haar pechschwarz mit auffälligen weißen Strähnen. Von ihrer Stirn aus floss es wie von stürmischem Wind verblasen nach hinten und dann hoch. Der Anblick ihres Haars erinnerte Fletcher an Elsa Lanchester in *Frankensteins Braut*. An diese Ähnlichkeit klammerte er sich mit an Panik grenzender Verbissenheit, wie er sich an die Vorstellung von Lichtreflexen auf dem Wasser oder daran, wie seine Schwester auf dem Weg zum Fluss mit ihren Freundinnen lachte, geklammert hatte. Er wollte Bilder, keine Ideen. Bilder waren jetzt Luxusartikel. Und Ideen nützten einem an einem Ort wie diesem nichts. An einem Ort wie diesem kam man nur auf falsche Ideen.

Die Frau nickte Escobar kaum merklich zu. Fletcher hatte sie schon mehrmals hier im Gebäude gesehen – immer in formlosen Kleidern wie diesem, das sie jetzt trug. Sie hatte Escobar so häufig begleitet, dass Fletcher angenommen hatte, sie sei seine Sekretärin, persönliche Assistentin, vielleicht sogar seine Biographin – Gott wusste, dass Männer wie Escobar eingebildet genug waren zu glauben, sie hätten Anspruch auf solches Beiwerk. Jetzt fragte sich Fletcher, ob er die Rollen der beiden von Anfang an falsch eingeschätzt hatte, ob sie *sein* Boss war.

Jedenfalls schien ihr Nicken Escobar zufrieden zu stellen. Escobar lächelte, als er sich wieder Fletcher zuwandte. Und er sprach plötzlich englisch: »Unsinn, tun Sie die Dinger weg. Mr. Fletcher ist nur hier, um uns mit ein paar Auskünften behilflich zu sein. Er wird bald in seine Heimat zurückkehren ...« Escobar seufzte schwer, um zu zeigen, wie tief er das bedauerte. »... aber bis dahin ist er unser Gast.«

Wir brauchen keine stiinkigen Handschellen nich', dachte Fletcher.

Die Frau, die wie Frankensteins Braut mit starker Sonnenbräune aussah, beugte sich zu Escobar hinüber und flüsterte ihm hinter vorgehaltener Hand kurz etwas zu. Escobar nickte lächelnd.

»Sollte unser Gast jedoch irgendwelche Dummheiten versuchen, Ramón, oder etwas Aggressives unternehmen, würden Sie ihn ein bisschen erschießen müssen.« Er lachte – ein pummeliges Fernsehlachen – und wiederholte seine Worte auf Spanisch, damit Ramón sie so gut verstand wie Fletcher. Ramón nickte ernsthaft, befestigte die Handschellen wieder an seinem Koppel und trat an den Rand von Fletchers Gesichtsfeld zurück.

Escobar konzentrierte sich erneut auf Fletcher. Aus einer Tasche seiner mit Papageien und Rankenwerk bestickten *Guayabera* zog er eine rot-weiße Zigarettenpackung: Marlboros, die in der gesamten Dritten Welt bevorzugte Marke.

»Zigarette, Mr. Fletcher?«

Fletcher griff nach der Packung, die Escobar an den Rand des Tischs gelegt hatte, dann zog er seine Hand zurück. Er hatte das Rauchen vor drei Jahren aufgegeben und konnte sich vorstellen, wieder damit anzufangen, falls er hier lebend rauskam – vermutlich würde er auch anfangen, Hochprozentiges zu saufen –, aber in diesem Augenblick war sein Verlangen nach einer Zigarette nicht übermächtig. Die anderen hatten nur sehen sollen, wie seine Finger zitterten, das war alles.

»Vielleicht später. Jetzt könnte eine Zigarette …«

Was könnte sie? Escobar war das gleichgültig; er nickte nur verständnisvoll und ließ die rot-weiße Packung am Tischrand liegen. Fletcher hatte plötzlich eine quälende Vision, in der er sich sah, wie er an einem Zeitungskiosk auf der 43rd Street stehen blieb und eine Packung Marlboros kaufte. Ein freier Mann, der sich das Glück verheißende Gift auf einer New Yorker Straße kaufte. Er nahm sich vor, genau das zu tun, wenn er hier lebend rauskam. Er würde es tun, wie manche Leute eine Pilgerreise nach Rom oder Jerusalem machten, nachdem sie von Krebs geheilt worden waren oder ihr Augenlicht zurückerhalten hatten.

»Die Männer, die Sie so zugerichtet haben ...« Escobar
deutete mit seiner nicht übermäßig sauberen Hand auf Fletchers Gesicht, »... sind bestraft worden. Aber nicht allzu
streng, und ich selbst mache vor einer Entschuldigung Halt,
wie Sie bemerken. Diese Männer sind Patrioten wie wir alle
hier. Wie auch Sie einer sind, Mr. Fletcher, ja?«

»Ich denke schon.« Seine Aufgabe war es, schmeichlerisch
und verängstigt zu wirken – wie ein Mann, der alles sagen
würde, um hier herauszukommen. Escobars Aufgabe war es,
beschwichtigend zu wirken und den Mann auf dem Stuhl
davon zu überzeugen, dass sein zugeschwollenes Auge, die
aufgeplatzte Lippe und seine gelockerten Zähne nichts be-
deuteten; alles sei nur ein Missverständnis, das bald aufge-
klärt sein werde, und sobald er dazu beigetragen habe, er-
halte er seine Freiheit zurück. Sie versuchten noch immer,
sich gegenseitig zu täuschen – selbst hier im Kabinett des
Todes.

Escobar wandte sich an den Bewacher Ramón und sprach
in rasend schnellem Spanisch mit ihm. Fletcher konnte nicht
genug Spanisch, um jedes Wort zu verstehen, aber andererseits konnte man nicht fünf Jahre in dieser beschissenen
Hauptstadt verbringen, ohne sich einen ziemlich großen
Wortschatz anzueignen. Spanisch war nicht die schwierigste
Sprache der Welt, wie Escobar und seine Freundin, Frankensteins Braut, zweifellos wussten.

Escobar fragte, ob Fletchers Sachen gepackt seien und er
aus dem Hotel Magnificent ausgecheckt worden sei: *Sí*.
Escobar wollte wissen, ob vor dem Informationsministerium
ein Wagen bereit stehe, um Mr. Fletcher gleich nach diesem
Verhör zum Flughafen zu bringen: *Sí*, gleich um die Ecke auf
der Straße des 5. Mai.

Escobar wandte sich erneut an Fletcher. »Sie haben verstanden, was ich ihn frage?« Bei Escobar klang *verstanden*
wie *verstannen*, und Fletcher musste wieder an seine Fern-
sehauftritte denken. *Diefdruckgebiet? Welches Diefdruckgebiet? Wir brauchen kein stiinkiges Diefdruckgebiet nich'.*

»Ich habe gefragt, ob Sie aus Ihrem Hotelzimmer ausgecheckt sind – obwohl es Ihnen nach so langer Zeit vermutlich mehr wie eine Wohnung vorgekommen ist, ja? – und ob
ein Wagen bereit steht, der Sie zum Flughafen bringt, sowie
unser Gespräch beendet ist.« Nur hatte Escobar statt »Gespräch« ein anderes Wort benützt.

»Jaaa?« Das klang, als könne er sein Glück gar nicht fassen. Fletcher hoffte es zumindest.

»Sie werden ins nächste Flugzeug der Delta Airlines nach
Miami gesetzt«, sagte Frankensteins Braut. Sie sprach englisch ohne den geringsten spanischen Akzent. »Ihren Reise-
pass bekommen Sie zurück, sobald die Maschine auf ameri-
kanischem Boden gelandet ist. Ihnen passiert nichts und Sie
werden hier nicht festgehalten, Mr. Fletcher – nicht wenn Sie
uns bei unseren Ermittlungen unterstützen –, aber Sie werden ausgewiesen, darüber wollen wir uns im Klaren sein.
Des Landes verwiesen. Rausgeschmissen, könnte man sagen.«

Sie war weit raffinierter als Escobar. Fletcher fand es amüsant, dass er sie bisher für Escobars Assistentin gehalten hatte. *Und du willst ein Reporter sein*, dachte er.

Wäre er nur ein Reporter gewesen, der für die *New York
Times* aus Mittelamerika berichtete, hätte er natürlich nicht
hier im Keller des Informationsministeriums gesessen, in
dem die Flecken an der Wand verdächtig nach Blut aussahen. Aufgehört, nur ein Reporter zu sein, hatte er vor gut
eineinviertel Jahren – etwa zu dem Zeitpunkt, als er Núñez
kennen gelernt hatte.

»Ich verstehe«, sagte Fletcher.

Escobar hatte sich eine Zigarette genommen. Er zündete
sie sich mit einem vergoldeten Zippo an. In die Vorderseite
des Feuerzeugs war ein falscher Rubin eingesetzt. Escobar
fragte: »Sind Sie bereit, uns bei unseren Ermittlungen zu helfen, Mr. Fletcher?«

»Bleibt mir eine andere Wahl?«

»Man hat immer eine Wahl«, sagte Escobar, »aber ich

denke, Sie haben unsere Geduld überstrapaziert, ja? Sagt man das, ›Geduld überstrapazieren‹?«

»Das kann man sagen«, bestätigte Fletcher. Er dachte: *Wovor du dich hüten musst, ist dein Wunsch, ihnen zu glauben. Es ist natürlich, glauben zu wollen, und vermutlich auch natürlich, die Wahrheit sagen zu wollen – vor allem nachdem man vor seinem Stammcafé aufgegriffen und von Männern, die nach aufgebratenen Bohnen gerochen haben, zusammengeschlagen worden ist –, aber ihnen zu geben, was sie verlangen, hilft dir nicht weiter. Das ist das Einzige, an das du dich klammern musst, die einzige Idee, die in einem Raum dieser Art etwas taugt. Was sie sagen, hat nichts zu bedeuten. Wichtig ist dieses Ding unter dem Laken auf dem Rolltisch. Wichtig ist dieser andere Kerl, der noch kein Wort gesagt hat. Und wichtig sind natürlich die Flecken an den Wänden.*

Escobar beugte sich nach vorn und machte ein ernstes Gesicht. »Bestreiten Sie, in den letzten vierzehn Monaten bestimmte Informationen an einen gewissen Tomás Herrera weitergegeben zu haben, der sie seinerseits an einen kommunistischen Aufständischen namens Pedro Núñez weitergeleitet hat?«

»Nein«, sagte Fletcher, »das leugne ich nicht.« Um seine Rolle in dieser Farce richtig zu spielen – in einer Farce, die durch den Unterschied zwischen den Worten *Gespräch* und *Verhör* charakterisiert wurde –, hätte er jetzt versuchen müssen, sein Verhalten zu erklären, es zu rechtfertigen. Als ob es in der Weltgeschichte schon einmal jemandem gelungen wäre, in einem Raum wie diesem hier eine politische Auseinandersetzung zu gewinnen. Aber er hatte nicht die Kraft dazu. »Allerdings hat's etwas länger gedauert. Insgesamt fast eineinhalb Jahre, glaube ich.«

»Rauchen Sie eine Zigarette, Mr. Fletcher.« Escobar zog eine Schublade auf und nahm einen Schnellhefter heraus.

»Lieber noch nicht. Vielen Dank.«

»Okay.« Bei Escobar klang das wie *ho-kay*. Trat er im

Fernsehen als Wettermann auf, überlagerten die Jungs im Regieraum die Wetterkarte manchmal mit einer Bikinischönheit. Sah Escobar das, winkte er lachend ab und klopfte sich mit beiden Händen an die Brust. Das gefiel den Leuten. Es war komisch. Es war wie der Klang von *ho-kay*. Es war wie der Klang von *stiiinkigen Nebelfleggen*.

Escobar schlug den Schnellhefter auf und hielt dabei seine Zigarette mitten im Mund eingeklemmt, sodass der Rauch ihm in die Augen stieg. So sah man hierzulande an den Straßenecken die alten Männer rauchen, die noch heute Strohhüte, Sandalen und ausgebeulte weiße Hosen trugen. Jetzt lächelte Escobar; er hielt die Lippen geschlossen, damit seine Marlboro ihm nicht aus dem Mund und auf den Tisch fiel, aber er lächelte trotzdem. Aus dem Schnellhefter nahm er ein schwarz-weißes Hochglanzfoto, das er Fletcher über den Tisch hinschob. »Hier ist Ihr Freund Tomás. Nicht allzu hübsch, was?«

Das Foto war eine kontrastreiche Porträtaufnahme. Sie erinnerte Fletcher an die Aufnahmen eines inzwischen fast berühmten Pressefotografen in den vierziger und fünfziger Jahren, der sich Weegee genannt hatte. Es war das Porträt eines Toten. Seine Augen standen offen. Das Blitzlicht spiegelte sich in ihnen und verlieh ihnen eine Art Leben. Nirgends war Blut zu sehen, nur eine äußere Verletzung und kein Blut, aber man wusste trotzdem sofort, dass der Mann tot war. Sein Haar war gekämmt, die Zahnspuren des Kamms waren noch zu sehen, und in seinen Augen glänzten diese kleinen Lichter, aber es waren reflektierte Lichter. Man wusste sofort, dass der Mann tot war.

Die äußere Verletzung befand sich an seiner linken Schläfe, ein kometenförmiges Etwas, das wie eine Schmauchspur aussah, aber man sah keine Einschusswunde, kein Blut, und der Schädel war nicht verformt. Selbst eine Kugel aus einer kleinen Pistole wie einer Kaliber 22 hätte bei einem fast aufgesetzten Schuss, der Schmauchspuren hinterließ, den Schädel verformt.

Escobar griff wieder nach dem Foto, steckte es in seinen Schnellhefter zurück, klappte ihn zu und zuckte mit den Schultern, als wolle er sagen: *Sehen Sie? Sehen Sie, was passieren kann?* Als er mit den Schultern zuckte, fiel etwas Asche von seiner Zigarette auf den Tisch. Er wischte sie mit der Kante seiner dicken Hand auf den grau gefliesten Fußboden.

»Wir wollten Sie eigentlich nicht belästigen«, sagte Escobar. »Wozu denn auch? Unser Land ist klein. Wir sind ein kleines Volk in einem kleinen Land. Die *New York Times* ist eine große Zeitung in einem großen Land. Wir haben natürlich unseren Stolz, aber wir haben auch unseren ...« Er tippte sich mit einem Zeigefinger an die Schläfe. »Sie verstehen?«

Fletcher nickte. Er hatte noch immer Tomás vor Augen. Obwohl das Foto wieder in dem Schnellhefter verschwunden war, konnte er Tomás, konnte er die Kammspuren in seinem dunklen Haar sehen. Er hatte Mahlzeiten gegessen, die Tomás' Frau gekocht hatte, und mit seiner Jüngsten, einem Mädchen von etwa fünf Jahren, auf dem Boden gesessen und sich Zeichentrickfilme angesehen. Tom-und-Jerry-Filme, deren spärliche Dialoge spanisch synchronisiert waren.

»Wir wollten Sie nicht belästigen«, sagte Escobar, während der aufsteigende Zigarettenrauch von seinem Gesicht geteilt wurde und sich um seine Ohren kräuselte, »aber wir haben Sie lange beobachtet. Sie haben uns nicht gesehen – vielleicht weil Sie so groß und wir nur klein sind –, aber wir haben Sie beobachtet. Wir wissen, dass Sie wissen, was Tomás weiß, deshalb gehen wir zu ihm. Wir versuchen ihn dazu zu bringen, dass er auspackt, damit wir Sie nicht belästigen müssen, aber er will nicht. Schließlich bitten wir Heinz hier, er möchte versuchen, ihn zum Reden zu bringen. Heinz, zeigen Sie Mr. Fletcher, wie Sie versucht haben, Tomás zum Reden zu bringen, als Tomás genau dort gesessen hat, wo Mr. Fletcher jetzt sitzt.«

»Das kann ich tun«, sagte Heinz. Er sprach Englisch mit nasalem New Yorker Akzent. Bis auf einen Haarkranz um seine Ohren war er fast völlig kahl. Er trug eine Brille mit kleinen Gläsern. Escobar sah wie ein Filmmexikaner aus, die Frau sah wie Elsa Lanchester in *Frankensteins Braut* aus, Heinz sah aus wie ein Schauspieler in einem Fernsehspot – wie der Mann, der erläutert, weshalb Excedrin das beste Mittel gegen Kopfschmerzen sei. Er kam hinter dem Tisch hervor, trat an den kleinen Rolltisch, warf Fletcher einen Blick zu, der spitzbübisch und verschwörerisch zugleich war, und zog mit einem kurzen Ruck das Laken weg.

Unter dem Laken verbarg sich eine Maschine, irgendein Gerät mit Anzeigen und Lämpchen, die jetzt alle dunkel waren. Fletcher hielt es zuerst für einen Lügendetektor – das hätte einen gewissen Sinn ergeben –, aber vor dem rudimentären Steuerpult lag ein Objekt mit einem Gummigriff, das durch ein dickes schwarzes Kabel mit einer Seite der Maschine verbunden war. Es sah wie ein Schreibstift oder eine Art Füllfederhalter aus. Es hatte jedoch keine Goldspitze wie die Schreibfeder eines Füllers. Das Ding lief einfach in eine stumpfe Stahlspitze aus.

Unter der Maschine befand sich ein Zwischenboden. Auf der Platte stand eine Autobatterie der Marke DELCO. Die Batteriepole waren mit Gummikappen abgedeckt. Aus diesen Kappen führten isolierte Kabel zur Rückseite der Maschine. Nein, das war kein Lügendetektor. Außer vielleicht in den Augen dieser Leute.

Heinz sprach lebhaft, mit dem Vergnügen eines Mannes, der gern erklärt, was er macht. »Diese Maschine ist im Prinzip sehr einfach, eine Modifizierung des Geräts, das Neurologen für die Elektroschocktherapie bei Leuten benützen, die an unipolaren Neurosen leiden. Nur erzeugt sie einen weit stärkeren Stromstoß. Der Schmerz ist allerdings sekundär, habe ich festgestellt. Die meisten Leute erinnern sich nicht einmal an den Schmerz. Was sie dazu bringt, so eifrig zu reden, ist ihre Abneigung dem Verfahren gegenüber. Die könnte man fast als Atavismus bezeichnen. Darüber hoffe ich eines Tages einen Forschungsbericht schreiben zu können.«

Heinz fasste den Metallstift an seinem isolierten Gummigriff an und hielt ihn Fletcher vors Gesicht. »Damit lassen sich die Gliedmaßen berühren … der Rumpf … natürlich die Genitalien … aber er lässt sich auch an Orten einführen, wo – entschuldigen Sie den unfeinen Ausdruck – die Sonne niemals scheint. Jemand, dessen Scheiße unter Strom gesetzt worden ist, vergisst das niemals, Mr. Fletcher.«

»Haben Sie das Tomás angetan?«

»Nein«, sagte Heinz und legte den Metallstift sorgfältig vor dem Schockgenerator ab. »Er hat einen Stromstoß mit halber Leistung auf die Hand bekommen, nur um ihm zu zeigen, was ihn erwartete, und als er sich weiterhin geweigert hat, über El Condor zu reden …«

»Lassen wir das«, sagte Frankensteins Braut.

»Entschuldigung. Als er sich weiter geweigert hat, uns zu erzählen, was wir wissen wollten, habe ich den Stab an seine Schläfe gesetzt und ihm einen weiteren dosierten Stromstoß verpasst. Sorgfältig dosiert, versichere ich Ihnen, mit halber Kraft, kein bisschen mehr. Er hat einen Anfall bekommen und ist gestorben. Ich tippe auf Epilepsie. Wissen Sie zufällig, ob er an Epilepsie gelitten hat, Mr. Fletcher?«

Fletcher schüttelte den Kopf.

»Trotzdem glaube ich, dass es sich darum gehandelt hat. Die Autopsie hat keinen Hinweis auf einen Herzfehler geliefert.« Heinz faltete seine langfingrigen Hände vor dem Körper und sah zu Escobar hinüber.

Escobar nahm seine Zigarette aus dem Mund, betrachtete sie kurz, ließ sie auf die grauen Bodenfliesen fallen und trat sie aus. Dann sah er zu Fletcher hinüber und lächelte. »Sehr traurig, versteht sich. Jetzt stelle ich Ihnen ein paar Fragen, Mr. Fletcher. Viele davon – das sage ich ganz offen – sind die Fragen, die Tomás Herrera nicht beantworten wollte. Sie werden sich hoffentlich nicht weigern, sie zu beantworten. Ich mag Sie. Sie sitzen würdevoll da, Sie weinen nicht oder bitten um Gnade oder machen sich in die Hose. Ich mag Sie.

Ich weiß, dass Sie nur tun, woran Sie glauben. Das ist Patriotismus. Deshalb sage ich Ihnen, mein Freund, dass es für Sie besser ist, meine Fragen rasch und wahrheitsgemäß zu beantworten. Sie wollen doch nicht, dass Heinz seine Maschine gebraucht.«

»Ich habe gesagt, dass ich Ihnen helfen will«, antwortete Fletcher. Der Tod war näher als die Deckenleuchten in ihren zweckmäßigen Drahtkäfigen. Schmerzen waren leider noch näher. Und wie nahe war ihm Núñez, El Condor? Näher als diese drei ahnten, aber nicht nahe genug, um ihm helfen zu können. Hätten Escobar und Frankensteins Braut zwei weitere Tage gewartet, vielleicht nur weitere vierundzwanzig Stunden … aber sie hatten es nicht getan, und nun war er hier im Kabinett des Todes. Nun würde er sehen, woraus er gemacht war.

»Ja, das haben Sie gesagt, und Sie meinen es hoffentlich ernst«, sagte die Frau sehr deutlich und nachdrücklich. »Wir ficken hier nicht rum, Gringo.«

»Ich weiß«, seufzte Fletcher mit zitternder Stimme.

»Sie wollen jetzt eine Zigarette, glaube ich«, sagte Escobar, und als Fletcher den Kopf schüttelte, nahm er sich selbst eine, zündete sie an und schien dann zu meditieren. Schließlich sah er auf. Seine Zigarette steckte wie die vorigen genau in der Mitte seines Mundes. »Núñez kommt bald?«, fragte er. »Wie Zorro in diesem Film?«

Fletcher nickte.

»Wie bald?«

»Das weiß ich nicht.« Fletcher war sehr bewusst, dass Heinz neben seiner Höllenmaschine stand, die langfingrigen Hände vor seinem Körper gefaltet hielt und bereit zu sein schien, auf ein Stichwort hin sofort über Schmerzmittel zu reden. Ihm war auch bewusst, dass Ramón am äußersten Rand seines Gesichtsfelds rechts neben ihm stand. Er konnte Ramóns Hand nicht sehen, vermutete sie jedoch auf dem Griff seines Revolvers. Und schon kam die nächste Frage.

»Wenn er kommt, greift er dann die Garnison auf dem

Hügel El Cándido oder die Garnison in Santa Teresa an – oder kommt er gleich in die Stadt?«

»Die Garnison in Santa Teresa«, sagte Fletcher.

Er kommt in die Stadt, hatte Tomás gesagt, während seine Frau und seine kleine Tochter sich Zeichentrickfilme ansahen, wobei sie nebeneinander auf dem Boden saßen und Popcorn aus einer weißen Schüssel mit blauem Rand aßen. Fletcher erinnerte sich an diesen blauen Rand. Er sah ihn ganz deutlich vor sich. Fletcher erinnerte sich an alles. *Er greift das Herz an. Keine lange Rumfickerei. Er zielt aufs Herz wie ein Mann, der einen Vampir töten will.*

»Er hat's nicht auf die Fernsehstation abgesehen?«, fragte Escobar. »Oder den staatlichen Rundfunksender?«

Erst die Radiostation auf dem Monte Civilo, hatte Tomás gesagt, während die Cartoons liefen. Unterdessen beherrschte der Roadrunner den Bildschirm – jedes Mal in einer Staubwolke verschwindend, bevor die allerneueste Falle, die der Kojote sich ausgedacht hatte, zuschnappen konnte … nur ein *piep-piep,* und weg war er!

»Nein«, antwortete Fletcher. »Ich habe gehört, dass El Condor sagt: ›Lasst sie schwatzen.‹«

»Hat er Raketen? Boden-Luft-Raketen? Hubschrauberkiller?«

»Ja.« Das stimmte.

»Viele?«

»Nicht viele.« Das stimmte nicht. Núñez hatte über sechzig. Die gesamte kümmerliche Luftwaffe des Landes bestand nur aus einem Dutzend Hubschraubern – aus uralten russischen Maschinen, die nie lange flogen.

Frankensteins Braut tippte Escobar auf die Schulter. Escobar beugte sich zu ihr hinüber. Sie flüsterte etwas, ohne ihren Mund mit einer Hand zu verdecken. Sie brauchte ihn nicht zu verdecken, weil ihre Lippen sich kaum bewegten. Das war eine Fähigkeit, die Fletcher mit Gefängnissen in Verbindung brachte. Er hatte noch nie im Gefängnis gesessen, aber diesen Trick kannte er aus Filmen. Als Escobar ihr flüsternd antwortete, hob er seine dicke Hand, um sie vor den Mund zu halten.

Fletcher beobachtete die beiden in dem Bewusstsein, dass die Frau Escobar sagte, dass er log. Bald würde Heinz weitere Versuchsdaten für seinen Forschungsbericht *Einige vorläufige Beobachtungen über Anwendung und Ergebnisse eines Verfahrens, bei Verhören die Scheiße widerspenstiger Subjekte unter Strom zu setzen* erhalten. Fletcher entdeckte, dass die Todesangst zwei neue Persönlichkeiten in ihm hatte entstehen lassen: mindestens zwei Unter-Fletcher mit ihren eigenen wertlosen, aber ziemlich vehement geäußerten Ansichten darüber, wie diese Sache ausgehen würde. Die eine war trübselig hoffnungsvoll, die andere nur trübselig. Die trübselig hoffnungsvolle Persönlichkeit war Mr. Vielleicht-tun-Sie's – wie in vielleicht lassen sie mich wirklich laufen, vielleicht steht gleich um die Ecke auf der Straße des 5. Mai wirklich ein Wagen bereit, vielleicht wollen sie mich wirklich nur rausschmeißen, vielleicht lande ich morgen früh in Miami, verängstigt, aber wenigstens lebendig und schon mit dem beginnenden Gefühl, dies sei alles nur ein schlimmer Traum gewesen.

Die andere, die nur trübselig war, war Mr. Selbst-wenn-ich's-schaffe. Fletcher war vielleicht imstande, sie durch einen plötzlichen Angriff zu überraschen – er war zusammengeschlagen worden, und sie waren arrogant, also würde er sie vielleicht überraschen können.

Aber Ramón erschießt mich, selbst wenn ich's schaffe.

Und wenn er sich auf Ramón stürzte? Wenn er es schaffte, ihm den Revolver zu entreißen? Unwahrscheinlich, aber nicht unmöglich; der Mann war dick, mindestens fünfzehn Kilo schwerer als Escobar, und schnaufte bei jedem Atemzug.

Selbst wenn ich's schaffe, fallen Escobar und Heinz über mich her, bevor ich schießen kann.

Vielleicht auch die Frau; sie sprach, ohne ihre Lippen zu bewegen; vielleicht konnte sie auch Judo oder Karate oder

Taekwondo. Und wenn er sie alle erschoss und es schaffte, aus diesem Raum zu entkommen?

Selbst wenn ich's schaffe, stehen hier überall weitere Wachen – sie hören die Schüsse und kommen angerannt.

Natürlich waren Räume dieser Art aus verständlichen Gründen im Allgemeinen schalldicht, aber selbst wenn es ihm gelang, auf die Treppe und aus dem Gebäude hinaus und auf die Straße zu kommen, war das erst der Anfang. Und Mr. Selbst-wenn-ich's-schaffe würde die ganze Zeit neben ihm herrennen, wie lange seine Flucht auch dauerte.

Das Dumme war nur, dass weder Mr. Vielleicht-tun-Sie's noch Mr. Selbst-wenn-ich's-schaffe ihm helfen konnten; sie waren nur Ablenkungen, Lügen, die sein zunehmend in Panik geratender Verstand sich selbst aufzutischen versuchte. Männern wie ihm gelang es nicht, allein mit Worten aus Räumen dieser Art freizukommen. Er konnte ebenso gut versuchen, einen dritten Unter-Fletcher, einen Mr. Vielleicht-kann-ich's zu erfinden und alles auf eine Karte zu setzen. Zu verlieren hatte er nichts mehr. Er musste nur dafür sorgen, dass die anderen nicht merkten, dass er das wusste.

Escobar und Frankensteins Braut setzten sich wieder gerade. Escobar nahm seine Zigarette wieder in den Mund und lächelte Fletcher mit geschlossenen Lippen traurig zu. »Mr. Fletcher, Sie lügen.«

»Nein«, sagte er. »Warum sollte ich? Glauben Sie nicht, dass ich hier raus will?«

»Wir haben keine *Ahnung*, warum Sie lügen«, sagte die Frau mit dem hageren, schmalen Gesicht. »Wir haben keine Ahnung, warum Sie sich überhaupt dazu entschlossen haben, Núñez zu helfen. Manche tippen auf amerikanische Naivität, und ich bezweifle nicht, dass sie eine Rolle gespielt hat, aber das kann nicht alles sein. Das braucht uns jedoch nicht zu kümmern. Ich glaube, dass eine Vorführung fällig ist. Heinz?«

Heinz wandte sich lächelnd seiner Maschine zu und betätigte einen Schalter. Die Maschine begann zu summen wie ein altmodisches Radio, während es warm wird, und am Steuerpult leuchteten drei grüne Lämpchen auf.

»Nein«, sagte Fletcher, versuchte aufzustehen und dachte dabei, er spiele den in Panik Geratenden sehr gut – und warum auch nicht? Er *befand* sich in Panik, war jedenfalls kurz davor. Natürlich war der Gedanke erschreckend, Heinz könnte ihn mit diesem Edelstahldildo für Pygmäen irgendwo berühren. Aber ein anderer Teil seines Ichs, der eiskalt und berechnend war, wusste genau, dass er mindestens einen Stromstoß würde ertragen müssen. Obwohl er sich keiner Überlegung bewusst war, die schon ein Plan gewesen wäre, musste er mindestens einen Stromstoß ertragen. Mr. Vielleicht-kann-ich's bestand darauf.

Escobar nickte Ramón zu.

»Das dürfen Sie nicht, ich bin amerikanischer Staatsbürger, ich arbeite für die *New York Times*, meine Leute wissen, wo ich bin.«

Eine schwere Hand legte sich auf seine linke Schulter und drückte ihn auf den Stuhl zurück. Im selben Augenblick bohrte sich eine Revolvermündung tief in sein rechtes Ohr. Der Schmerz kam so plötzlich, dass Fletcher wild tanzende Sterne vor seinen Augen sah. Er schrie, und es hörte sich gedämpft an. Weil ein Ohr zu war, natürlich – ein Ohr war zu.

»Strecken Sie die Hand aus, Mr. Fletcher«, sagte Escobar und lächelte dabei wieder um seine Zigarette herum.

»Rechte Hand«, sagte Heinz. Er hielt den Metallstift wie einen Bleistift an dem schwarzen Gummigriff, und seine Maschine summte.

»Tun Sie's«, sagte die Frau. Ihre Hände lagen auf dem Tisch gefaltet; sie beugte sich nach vorn. In ihren Pupillen glitzerte je ein Lichtpunkt, der ihre dunklen Augen stahlhart wirken ließ. »Tun Sie's, sonst kann ich für nichts garantieren.«

Fletcher begann seine Finger auf der Armlehne des Stuhls zu lockern, aber bevor er seine Hand heben konnte, machte Heinz einen Schritt auf ihn zu und berührte mit der stumpfen Spitze des Metallstifts Fletchers linken Handrücken. Darauf hatte er's vermutlich von Anfang an abgesehen gehabt – die linke Hand war ihm jedenfalls am nächsten.

Dabei war ein Knacken zu hören – kurz und trocken, als zerbreche ein dünner Zweig –, und Fletchers linke Hand ballte sich so krampfhaft zu einer Faust zusammen, dass seine Fingernägel sich in die Handfläche gruben. Ein waberndes, schmerzhaftes Schwindelgefühl schoss von seinem Handgelenk über Unterarm und zuckenden Ellbogen zur Schulter hinauf und pflanzte sich über die linke Halsseite bis zum Unterkiefer fort. Er spürte den Stromstoß sogar in seinen Zähnen oder vielmehr den Plomben auf dieser Seite. Ein Stöhnen entrang sich ihm. Er biss sich auf die Zunge und warf sich zuckend nach rechts. Ramón, der seinen Revolver nicht mehr in Fletchers Ohr drückte, fing ihn auf. Hätte er das nicht getan, wäre Fletcher auf den grau gefliesten Boden gekippt.

Der Metallstift wurde zurückgezogen. Wo er Fletchers linke Hand zwischen dem zweiten und dritten Fingerknöchel berührt hatte, blieb eine kleine heiße Stelle zurück. Das war der einzige wirkliche Schmerz, obwohl sein Arm noch immer kribbelte und seine Muskeln weiter zuckten. Trotzdem war es entsetzlich gewesen, so unter Strom gesetzt zu werden. Fletcher war sich bewusst, dass er ernstlich in Erwägung ziehen würde, seine eigene Mutter zu erschießen, wenn er dadurch verhindern konnte, nochmals mit dem kleinen Stahldildo berührt zu werden. Atavismus, so hatte Heinz diese Reaktion genannt. Darüber wollte er eines Tages einen Forschungsbericht schreiben.

Heinz' Gesicht erschien über ihm. Seine Augen glitzerten, seine Zähne waren zu einem idiotischen Grinsen gefletscht. »Wie würden Sie das beschreiben?«, rief er aus. »Jetzt, wo das Erlebnis noch frisch ist, wie würden Sie's beschreiben?«

»Wie sterben«, sagte Fletcher mit einer Stimme, die nicht wie seine eigene klang.

Heinz wirkte ekstatisch. »Ja! Und sehen Sie nur, er hat

sich in die Hose gemacht! Nicht viel, nur ein bisschen, aber trotzdem ... und, Mr. Fletcher ...«

»Treten Sie zur Seite«, sagte Frankensteins Braut. »Seien Sie kein Idiot. Lassen Sie uns unsere Angelegenheit zu Ende bringen.«

»Und das war nur ein Viertel der vollen Leistung«, sagte Heinz in einem Tonfall, der merkwürdig zuversichtlich klang.

»Mr. Fletcher, Sie sind unartig gewesen«, sagte Escobar vorwurfsvoll. Er nahm den Zigarettenstummel aus seinem Mund, betrachtete ihn und ließ ihn zu Boden fallen.

Die Zigarette, dachte Fletcher, *die Zigarette* ... yeah. Der Elektroschock hatte seinen Arm schwer mitgenommen, die Muskeln zuckten noch immer, und in seiner gewölbten Handfläche konnte er Blut sehen. Aber er schien sein Gehirn neu belebt, es auf Trab gebracht zu haben. Das war natürlich, was Elektroschocks bewirken sollten.

»Nein, ich will Ihnen helfen.«

Aber Escobar schüttelte den Kopf. »Wir wissen, dass Núñez in die Stadt kommen wird. Wir wissen, dass er beim Einmarsch den Radiosender besetzen wird, wenn er kann. Und er kann es vermutlich.«

»Für gewisse Zeit«, sagte Frankensteins Braut. »Nur für kurze Zeit.«

Escobar nickte. »Nur für kurze Zeit. Für ein paar Tage, vielleicht nur für ein paar Stunden. Das spielt keine Rolle. Wichtig ist nur, dass wir Sie an der langen Leine gelassen haben, um zu sehen, ob Sie sich einen Strick daraus drehen ... und das haben Sie getan.«

Fletcher setzte sich wieder auf dem Stuhl auf. Ramón war zwei Schritte zurückgetreten. Fletcher betrachtete seinen linken Handrücken und sah darauf einen kleinen Fleck wie den an Tomás' Schläfe auf dem Hochglanzfoto seines toten Gesichts. Und als er aufblickte, stand Heinz, der Fletchers Freund ermordet hatte, mit vor dem Körper gefalteten Händen neben seiner Maschine, lächelte versonnen und dachte vielleicht an den Forschungsbericht, den er schreiben würde: Wörter und Grafiken und kleine Abbildungen, die mit Abb. 1 und Abb. 2 und nach allem, was Fletcher wusste, vielleicht mit Abb. 994 bezeichnet waren.

»Mr. Fletcher?«

Fletcher sah zu Escobar hinüber und streckte die Finger seiner linken Hand. Die Muskeln dieses Arms zuckten noch immer, aber das Zucken ließ allmählich nach. Er war sich sicher, den Arm gebrauchen zu können, wenn es so weit war. Und wenn Ramón ihn erschoss, na und? Sollte Heinz doch sehen, ob seine Maschine Tote auferwecken konnte.

»Hören Sie mir zu, Mr. Fletcher?«

Fletcher nickte.

»Wozu wollen Sie diesen Núñez schützen?«, fragte Escobar. »Wieso wollen Sie leiden, um diesen Mann zu schützen? Er nimmt Kokain. Hat er mit seiner Revolution Erfolg, erklärt er sich zum Präsidenten auf Lebenszeit und überschwemmt Ihr Land mit Kokain. Er geht sonntags in die Messe und vögelt an den übrigen Wochentagen seine Kokshuren. Und wer bleibt zuletzt Sieger? Vielleicht die Kommunisten. Vielleicht United Fruit. Nicht das Volk.« Escobar sprach halblaut. Sein Blick war sanft. »Helfen Sie uns, Mr. Fletcher. Freiwillig. Zwingen Sie uns nicht dazu, Ihrem Entschluss nachzuhelfen. Zwingen Sie uns nicht dazu, schmerzhafte Mittel anzuwenden.« Er sah unter zusammengewachsenen Augenbrauen zu Fletcher auf. Er blickte mit seinen sanften Spanielaugen zu ihm auf. »Sie können noch immer in diesem Flugzeug nach Miami sitzen. Unterwegs mögen Sie einen Drink, ja?«

»Ja«, sagte Fletcher. »Ich helfe Ihnen.«

»Ah, gut.« Escobar lächelte, dann sah er zu der Frau hinüber.

»Hat er Raketen?«, fragte sie.

»Ja.«

»Viele?«

»Mindestens sechzig.«

»Russische?«

»Zum Teil. Andere sind in Kisten mit hebräischer Aufschrift angekommen, aber die Raketen selbst scheinen japanisch beschriftet zu sein.«

Sie nickte, schien zufrieden. Escobar strahlte.

»Wo sind sie?«

»Überall verteilt. Sie können nicht zuschlagen und alle auf einmal erbeuten. In Ortiz lagert vielleicht noch ein Dutzend.« Fletcher wusste, dass das nicht stimmte.

»Und Núñez?«, fragte sie. »Ist El Condor in Ortiz?«

Sie wusste, dass er nicht dort war. »Er ist im Dschungel. Zuletzt habe ich gehört, er sei in der Provinz Belém.« Das war gelogen. Bei ihrem letzten Zusammentreffen war Núñez in Cristóbal, einem Vorort der Hauptstadt, gewesen. Vermutlich hielt er sich noch immer dort auf. Hätten Escobar und die Frau das gewusst, wäre dieses Verhör überflüssig gewesen. Und weshalb sollten sie eigentlich glauben, Núñez würde Fletcher seinen genauen Aufenthaltsort anvertrauen? Weshalb sollte jemand einem Land wie diesem, in dem Escobar und Heinz und Frankensteins Braut nur drei seiner Feinde waren, einem Yankee-Reporter seine Adresse anvertrauen? *Loco!* Was hatte ein Yankee-Reporter überhaupt mit dieser Sache zu tun? Aber das fragten sie sich anscheinend nicht mehr – zumindest vorläufig nicht.

»Mit wem redet er in der Stadt?«, fragte die Frau. »Nicht mit wem er fickt, mit wem er redet.«

Dies war der Punkt, an dem er in Aktion treten musste, falls er das wollte. Die Wahrheit war nicht mehr ungefährlich, und sie würden vielleicht erkennen, dass er log.

»Es gibt da einen Mann …«, sagte er, dann machte er eine Pause. »Könnte ich jetzt die Zigarette haben?«

»Mr. Fletcher. Aber natürlich!« Escobar war einen Augenblick lang ganz zuvorkommender Gastgeber. Fletcher gestand ihm zu, dass er den nicht nur spielte. Escobar griff nach der rot-weißen Packung – eine Packung, die jeder freie Mann, jede freie Frau an jedem Zeitungskiosk wie dem kau-

fen konnte, an den Fletcher sich von der 43rd Street erinnerte –, klappte sie auf und bot Fletcher eine Zigarette an. Fletcher nahm sie in dem Bewusstsein, dass er vielleicht tot und
nicht länger Teil dieser Erde sein würde, bevor sie bis zum
Filter heruntergebrannt war. Er fühlte nichts außer dem
nachlassenden Muskelzucken in seinem linken Arm und einem seltsam überbackenen Geschmack in den Zahnfüllun-
gen auf dieser Seite seines Mundes.

Er steckte sich die Zigarette zwischen die Lippen. Escobar
beugte sich weiter nach vorn und ließ den Deckel seines vergoldeten Feuerzeugs zurückschnappen. Sein Daumen betätigte das geriffelte Rädchen. Das Feuerzeug flammte auf.
Fletcher registrierte, dass Heinz' Höllenmaschine neben ihm
wie ein altes Röhrenradio summte. Er war sich bewusst, dass
die Frau, die er bei sich ohne jeglichen Anflug von Humor
Frankensteins Braut nannte, ihn beobachtete wie der Kojote
den Roadrunner. Er erinnerte sich an das Gefühl des runden
Filtermundstücks zwischen den Lippen – »die Röhre einzig-
artiger Freuden«, wie irgendein Bühnenautor einmal gesagt
hatte – und fühlte sein Herz unglaublich langsam schlagen.
Als er letzten Monat eingeladen worden war, nach einem
Mittagessen im Club International, in dem alle ausländi-
schen Journalisten verkehrten, eine kurze Rede zu halten,
hatte sein Herz schneller geschlagen.

Jetzt war es so weit, na und? Selbst die Blinden fanden sich
hier durch; selbst seine Schwester hatte es drunten am Fluss
getan.

Fletcher beugte sich der Flamme entgegen. Das Ende der
Marlboro fing Feuer und glühte rot. Als Fletcher einen tiefen
Zug nahm, war es leicht, einen Hustenanfall zu bekommen;
nach drei Jahren ohne eine einzige Zigarette wäre es schwie-
riger gewesen, nicht zu husten. Er lehnte sich auf dem Stuhl
zurück und verstärkte sein Husten durch ein bellendes, wür-
gendes Keuchen. Er begann am ganzen Leib zu zittern,
spreizte die Ellbogen, warf seinen Kopf nach links und tram-
pelte mit den Füßen. Um dem Ganzen die Krone aufzuset-

zen, erinnerte er sich an eine Fähigkeit aus seiner Kindheit und verdrehte die Augen, bis das Weiße sichtbar wurde. Während er das alles machte, behielt er die Zigarette zwischen den Fingern.

Fletcher hatte noch nie einen richtigen epileptischen Anfall gesehen, obwohl er sich vage daran erinnerte, dass Patty Duke in *The Miracle Worker* einen gespielt hatte. Er hatte keine Ahnung, ob er tat, was Epileptiker in solchen Fällen taten, aber er hoffte, Tomás Herreras unerwarteter Tod werde die anderen dazu verleiten, etwaige Mängel seines Auftritts zu übersehen.

»Scheiße, nicht schon *wieder*!«, rief Heinz mit schriller, fast kreischend lauter Stimme aus; in einem Film hätte das komisch sein können.

»Halt ihn fest, Ramón!«, brüllte Escobar auf Spanisch. Als er aufspringen wollte, stieß er mit seinen dicken Schenkeln so heftig an die Tischkante, dass der Tisch hochgehoben wurde und wieder auf die Fliesen krachte. Die Frau machte keine Bewegung, und Fletcher sagte sich: *Sie ist misstrauisch. Ich glaube nicht, dass sie sich dessen schon bewusst ist, aber sie ist cleverer als Escobar, weit cleverer, und ist misstrauisch.*

Stimmte das? Mit nach oben verdrehten Augen sah er sie nur schemenhaft, nicht gut genug, um beurteilen zu können, ob das stimmte – aber er wusste es. Welche Rolle spielte das schon? Die Handlung war in Gang gesetzt worden und würde nun ablaufen. Sie würde sehr rasch ablaufen.

»*Ramón!*«, brüllte Escobar. »Pass auf, dass er nicht vom Stuhl kippt, du Idiot! Pass auf, dass er seine Zunge nicht ver...«

Ramón beugte sich über Fletcher und packte ihn an seinen zuckenden Schultern, vielleicht um zu verhindern, dass er vom Stuhl rutschte, vielleicht auch, um sich davon zu überzeugen, dass Fletchers Zunge weiter in Ordnung war (dabei *konnte* man seine Zunge gar nicht verschlucken, außer sie wurde einem abgeschnitten – Ramón kannte die Fernsehserie *Emergency Room* offenbar nicht). Was er vorhatte, spielte keine Rolle. Als sein Gesicht in Fletchers Reichweite kam, stieß Fletcher das glühende Ende der Marlboro in Ramóns Auge.

Ramón schrie auf und fuhr zurück. Er hob seine rechte Hand, um nach der noch immer glühenden Zigarette zu greifen, die schief in seiner Augenhöhle hing, aber seine linke Hand blieb auf Fletchers Schulter. Sie hatte sich zu einem Klammergriff verkrampft, und als Ramón zurückwich, riss er den Stuhl mit. Fletcher wurde seitlich hinuntergekippt, rollte sich ab und kam auf die Beine.

Heinz kreischte etwas, vielleicht Wörter, aber Fletcher glaubte, ein Mädchen von ungefähr zehn Jahren zu hören, das beim Anblick eines Popstars kreischte – vielleicht einem der Hansons. Escobar gab überhaupt keinen Laut von sich, und das war schlecht.

Fletcher sah nicht zum Tisch hinüber. Er brauchte nicht hinzusehen, um zu wissen, dass Escobar unterwegs war, um sich auf ihn zu stürzen. Stattdessen streckte er rasch beide Hände aus, bekam den Griff von Ramóns Revolver zu fassen und zog ihn aus dem Halfter. Ramón bekam vermutlich gar nicht mit, dass er keine Waffe mehr hatte. Er brüllte einen Strom spanischer Flüche und grapschte dabei nach seinem Gesicht. Er traf auch die Zigarette, die aber nicht herausfiel, sondern abbrach, sodass das glühende Ende weiter in seinem Auge steckte.

Fletcher drehte sich um. Escobar war unterwegs, hatte schon des Ende des langen Tisches umrundet und kam mit ausgestreckten Pranken auf ihn zu. Escobar sah nicht länger wie jemand aus, der manchmal im Fernsehen den Wettermann spielte und über *diefen Luftdruck* sprach.

»Erledigt diesen Yankee-Hundesohn!«, fauchte Frankensteins Braut.

Fletcher beförderte den umgekippten Stuhl mit einem Tritt vor Escobars Füße, und der Heranstürmende stolperte darüber. Als er zu Boden ging, zielte Fletcher mit dem in beiden Händen gehaltenen Revolver und schoss Escobar von oben in den Kopf. Escobars Haare schienen sich zu sträuben. Blut spritzte ihm in kleinen Fontänen aus Nase und Mund und der Unterseite seines Kiefers, aus dem die Kugel ausgetreten war. Escobar fiel auf sein blutendes Gesicht. Seine Füße trommelten auf die grauen Bodenfliesen. Vom Körper des Sterbenden stieg ein Geruch nach Kot und Urin auf.

Die Frau saß nicht mehr auf ihrem Stuhl, aber sie hatte nicht die Absicht, sich Fletcher zu nähern. Sie rannte zur Tür, schnellfüßig wie ein Reh in ihrem formlosen schwarzen Kleid. Ramón, der weiter laut brüllte, stand zwischen Fletcher und der Frau. Und er streckte seine Hände nach Fletcher aus, wollte ihn am Hals packen und würgen.

Fletcher traf ihn mit zwei Schüssen, einmal in die Brust und einmal ins Gesicht. Der zweite Schuss riss den größten Teil von Ramóns Nase und seiner rechten Backe weg, aber der große Mann in der braunen Uniform kam unbeirrbar weiter auf ihn zu, brüllte laut und hatte die abgebrochene Zigarette noch immer im Auge. Seine dicken Würstelfinger – an einem glänzte ein Silberring – öffneten und schlossen sich dabei krampfhaft.

Ramón stolperte über Escobar, genau wie Escobar über den Stuhl gestolpert war. Fletcher hatte einen Augenblick Zeit, um an den berühmten Cartoon zu denken, auf dem hintereinander aufgereihte Fische das Maul aufreißen, um den nächstkleineren zu verschlingen. »Nahrungskette« hieß die Zeichnung.

Ramón, der von zwei Kugeln getroffen auf dem Bauch lag, streckte eine Hand aus und umklammerte Fletchers Knöchel. Fletcher riss sich los, taumelte und gab dabei versehentlich einen vierten Schuss in die Decke ab. Staub rieselte herab. Der Raum war jetzt von beißendem Pulverdampf erfüllt. Fletcher sah zur Tür hinüber.

Die Frau stand noch dort, riss mit einer Hand am Türknopf und fummelte mit der anderen am Sicherheitsschloss herum, aber sie bekam die Tür nicht auf. Wäre sie dazu imstande gewesen, hätte sie's schon getan. Sie wäre längst den Korridor hinuntergelaufen und hätte die Treppe hinauf Zeter und Mordio geschrien.

»He«, sagte Fletcher. Er fühlte sich wie ein Typ, der wie jeden Donnerstagabend zum Kegeln geht und alle Neune schiebt. »He, du Schlampe, sieh mich an.«

Sie drehte sich um und drückte ihre Handflächen gegen die Tür, wie um sie hochzuhalten. In ihren Pupillen glitzerte noch immer je ein Lichtpunkt, der ihre Augen stahlhart wirken ließ. Sie fing an, ihm zu erklären, er dürfe ihr nichts tun. Sie begann auf Spanisch, zögerte und wiederholte das Gesagte dann auf Englisch. »Sie dürfen mir nichts tun, Mr. Fletcher, ich bin die Einzige, die Sie hier unversehrt rausbringen kann, und schwöre feierlich, Ihnen zu helfen, aber Sie dürfen mir nichts tun.«

Hinter ihnen winselte Heinz wie ein Kind, das aus Liebe oder Entsetzen wehklagt. Als Fletcher jetzt der Frau näher war – dieser Frau, die an der Tür des Todesraums stand und ihre Handflächen an die aufgeschraubte Stahlplatte gepresst hielt –, konnte er ein bittersüßes Parfüm riechen. Sie hatte mandelförmige Augen. Ihr Haar floss wie von stürmischem Wind verblasen um den Kopf. *Wir ficken hier nicht rum*, hatte sie ihm erklärt, und Fletcher dachte: *Ich auch nicht.*

Die Frau las die Botschaft von ihrem Tod in seinem Blick, begann schneller zu reden und drückte Hintern und Rücken und Handflächen immer fester gegen die Stahltür, während sie redete. Man hätte denken können, sie glaube, sie könne sich irgendwie durchs Metall quetschen und auf der anderen Seite heil rauskommen, wenn sie nur genügend Druck ausübe. Sie habe Ausweise, sagte sie, auf seinen Namen lautende Ausweise, die sie ihm geben werde. Sie besitze auch Geld, sehr viel Geld, und Gold dazu; sie habe ein Schweizer Bankkonto, auf das sie von ihrem Computer zu Hause aus zugreifen könne. Fletcher überlegte sich, letztlich gebe es vielleicht nur eine Möglichkeit, Gangster von Patrioten zu scheiden. Patrioten hielten Reden, wenn sie in den Augen ihres Gegenübers ihren eigenen Tod wie Wasser aufsteigen sahen. Gangster dagegen gaben einem die Nummern ihrer Schweizer Bankkonten und erboten sich, einen online zu bringen.

»Klappe halten!«, sagte Fletcher. War dieser Raum nicht wirklich sehr gut isoliert, marschierte jetzt vermutlich ein Dutzend Soldaten aus dem Erdgeschoss in den Keller. Er konnte sie unmöglich besiegen, aber diese eine würde ihm nicht entkommen.

Sie hielt die Klappe, blieb an der Tür stehen und presste weiter ihre Handflächen dagegen. Ihre Augen glitzerten noch immer stahlhart. Wie alt ist sie?, überlegte Fletcher. Fünfundsechzig? Und wie viele hat sie in diesem Raum oder in ähnlichen Räumen umgebracht? Wie viele sind auf ihren Befehl ermordet worden?

»Hören Sie zu«, sagte Fletcher. »Hören Sie mir zu?«

Worauf sie zweifellos horchte, waren die Geräusche näher kommender Retter. *Nur im Traum*, dachte Fletcher.

»Der Wettermann hier hat gesagt, dass El Condor kokainsüchtig ist, dass er eine Kommunisten-Tunte, eine United-Fruit-Hure und was sonst noch alles ist. Vielleicht ist er einiges oder nichts davon. Das weiß ich nicht, und es interessiert mich auch nicht. Was ich weiß und was mich interessiert, ist die Tatsache, dass er nicht die Soldaten der Patrouille befehligt hat, die im Sommer 1994 auf dem Rio Caya unterwegs war. Núñez ist damals in New York gewesen. An der Universität. Also gehörte er nicht zu der Bande, die auf die Nonnen gestoßen ist, die zu Exerzitien aus La Caya herausgekommen waren. Von drei Nonnen haben die Soldaten die Köpfe am Ufer auf Stangen gespießt. Die in der Mitte war meine Schwester.«

Fletcher schoss zweimal, dann merkte er an einem Klicken, dass Ramóns Revolver leer geschossen war. Zwei Treffer genügten. Die Frau glitt die Stahltür entlang zu Boden, ohne den Blick ihrer glitzernden Augen von Fletcher zu wenden. *Eigentlich hättest du hier sterben sollen*, besagte dieser Blick. *Ich begreife das nicht, eigentlich hättest du hier ster-*

ben sollen. Ihre Hand griff nach ihrer Kehle, einmal, zweimal, dann lag sie still. Ihr Blick blieb noch kurz auf Fletcher gerichtet – die glänzenden Augen eines alten Seebären, der eine unglaubliche Geschichte zu erzählen hat –, dann fiel ihr Kopf nach vorn.

Fletcher wandte sich ab und begann mit Ramóns Revolver in der Hand auf Heinz zuzugehen. Dabei merkte er, dass er seinen rechten Schuh nicht anhatte. Er sah zu Ramón hinüber, der in einer größer werdenden Blutlache auf dem Bauch lag. Ramóns Hand hielt noch immer Fletchers Slipper umklammert. Er glich einem verendenden Wiesel, das ein erbeutetes Huhn nicht loslassen will.

Heinz machte eine Bewegung, als wolle er flüchten. Fletcher bedrohte ihn mit dem Revolver. Die Waffe war leer geschossen, aber das schien Heinz nicht mitbekommen zu haben. Und vielleicht wurde ihm jetzt auch klar, dass es hier kein Entrinnen gab, nicht aus dem Kabinett des Todes. Heinz erstarrte und glotzte nur die näher kommende Waffe und den näher kommenden Mann dahinter an. Er weinte. »Einen Schritt zurück«, sagte Fletcher, und Heinz, dem die Tränen übers Gesicht liefen, machte einen Schritt rückwärts.

Fletcher blieb vor Heinz' Maschine stehen. Welches Wort hatte Heinz benützt? Atavismus, nicht wahr?

Für einen Mann von Heinz' Intelligenz wirkte die Maschine auf dem fahrbaren Tischchen viel zu primitiv – drei Anzeigen, ein mit EIN und AUS markierter Schalter (jetzt in AUS-Stellung) und ein Regelwiderstand, der so montiert war, dass sein weißer Strich bei ungefähr elf Uhr stand. Die Nadeln der Anzeigegeräte lagen alle flach auf ihren Nullpunkten.

Fletcher griff nach dem Metallstift und hielt ihn Heinz hin. Heinz machte ein nasses Geräusch, schüttelte den Kopf und wich noch einen Schritt zurück. Sein Gesicht hob und straffte sich zu einer kummervoll wirkenden höhnischen Grimasse und erschlaffte dann wieder. Stirn und Schläfen waren nass von Schweiß, seine Wangen von Tränen. Nach dem zweiten Schritt rückwärts stand er fast unter einer der mit Drahtkäfigen gesicherten Lampen, die seinen Schatten um seine Füße warf.

»Nehmen Sie ihn, sonst erschieße ich Sie«, sagte Fletcher. »Und beim nächsten Schritt zurück erschieße ich Sie auch.« Eigentlich hatte er keine Zeit für diese Sache, die ihm ohnehin falsch vorkam, aber Fletcher konnte nicht anders. Er sah immer wieder das Foto von Tomás vor sich – seine offenen Augen und das kleine Brandmal an der Schläfe, das von einem Schuss hätte stammen können.

Heinz griff schluchzend nach dem stumpfen füllerartigen Objekt, wobei er darauf achtete, es nur an dem isolierten Gummigriff anzufassen.

»In den Mund stecken«, wies Fletcher ihn an. »Daran saugen wie an einem Lutscher.«

»Nein!«, rief Heinz mit weinerlicher Stimme aus. Wassertropfen spritzten, als er heftig den Kopf schüttelte. Sein Gesicht durchlief weiter denselben Grimassenzyklus: Verkrampfung und Entspannung, Verkrampfung und Entspannung. An einem Nasenloch hatte sich eine grüne Rotzblase gebildet; Heinz' hechelnde Atemzüge ließen sie anschwellen und wieder schrumpfen, aber sie platzte nicht. So etwas hatte Fletcher noch nie gesehen. »*Nein, dazu können Sie mich nicht zwingen!*«

Aber Heinz wusste genau, dass Fletcher das konnte. Frankensteins Braut hatte es vielleicht nicht geglaubt, und Escobar hatte vermutlich keine Zeit gehabt, es zu glauben, aber Heinz wusste, dass er sich nicht länger weigern durfte. Er befand sich in Tomás Herreras Position, in Fletchers Position. In gewisser Hinsicht war das Rache genug, aber in anderer genügte es noch nicht. Wissen war eine Idee. Ideen taugten hier drinnen nichts. Hier musste man sehen, um zu glauben.

»In den Mund stecken, sonst kriegen Sie eine Kugel in den Kopf«, sagte Fletcher und bedrohte Heinz mit dem leer geschossenen Revolver. Heinz wich mit einem entsetzten Klagelaut zurück. Und nun hörte Fletcher, wie seine eigene Stimme tiefer wurde, wie sie vertraulich und aufrichtig klang. In gewisser Weise erinnerte sie ihn an Escobars Stimme.

Wir haben hier ein Diefdruckgebiet, dachte er. *Da gibt's natürlich stiinkige Regenschauer.* »Sie kriegen keinen Stromstoß, wenn Sie's einfach tun und sich dabei beeilen. Aber ich will, dass Sie spüren, wie das ist.«

Heinz starrte Fletcher an. Seine blauen Augen waren rot gerändert und schwammen in Tränen. Er glaubte Fletcher natürlich nicht, weil Fletchers Behauptung unsinnig war, aber Heinz wollte ihm ganz offensichtlich trotzdem glauben, weil Fletcher ihm – unabhängig von Sinn oder Unsinn des Gesagten – eine Überlebenschance bot. Heinz brauchte nur noch einen weiteren kleinen Anstoß.

Fletcher lächelte. »Tun Sie's für Ihre *Forschung*.«

Heinz war überzeugt – nicht völlig, aber so weit, dass er glaubte, Fletcher könnte doch Mr. Vielleicht-tut-er's-nicht sein. Er nahm den Metallstift in den Mund. Seine hervorquellenden Augen starrten Fletcher an. Unter ihnen und über dem aus seinem Mund ragenden Metallstift – der nicht wie ein Lutscher, sondern wie ein altmodisches Fieberthermometer aussah – schwoll die grüne Rotzblase an und schrumpfte wieder, schwoll an und schrumpfte. Fletcher, der Heinz weiter mit dem Revolver bedrohte, legte den Kippschalter am Steuerpult von AUS auf EIN um und drehte den Regelwiderstand weit nach rechts. Nun zeigte der weiße Strich an dem Knopf nicht mehr elf Uhr vormittags, sondern fünf Uhr nachmittags an.

Heinz hätte vielleicht noch Zeit gehabt, den Stift auszuspucken, aber der Schock brachte ihn dazu, ihn stattdessen mit den Lippen zu umklammern. Diesmal war das Knacken lauter – als zerbräche statt eines Zweiges ein dünner Ast. Heinz' Lippen schlossen sich noch fester. Die grüne Schleimblase an seinem Nasenloch platzte. Ein Auge quoll aus der Höhle. Heinz' gesamter Körper schien zu vibrieren. Seine Hände waren an den Handgelenken abgeknickt, die langen

Finger gespreizt. Die Farbe seiner Wangen wechselte von Weiß über Blassgrau zu einem dunklen Purpurrot. Rauch begann aus seiner Nase zu quellen. Auch das zweite Auge trat aus der Höhle. Zwei blutige Augenhöhlen starrten Fletcher an. Eine von Heinz' Wangen riss auf oder schmolz einfach weg. Aus dem Loch drangen Rauch und ein starker Geruch nach verbranntem Fleisch, und Fletcher sah kleine blaue und orangerote Flammenzungen. Heinz' Mund stand in Flammen. Seine Zunge brannte wie ein alter Teppich.

Fletchers Finger lagen noch auf dem Drehknopf des Widerstands. Er drehte ihn ganz nach links, dann kippte er den Schalter in AUS-Stellung zurück. Die Zeiger, die auf ihren kleinen Skalen alle bei +50 gestanden hatten, fielen sofort in die Null-Lage zurück. Sobald Heinz nicht mehr unter Strom stand, krachte er auf die grauen Bodenfliesen und zog dabei eine aus seinem Mund strömende Rauchfahne hinter sich her. Der Metallstift fiel heraus, und Fletcher sah, dass kleine Lippenfetzen daran klebten. In seiner Kehle stieg ein salzigbitterer Geschmack hoch, und er schluckte mühsam. Er hatte keine Zeit, sich zu übergeben; vielleicht würde er es später in Erwägung ziehen. Trotzdem blieb er noch einen Augenblick und beugte sich über Heinz, um seinen rauchenden Mund und die aus den Höhlen getretenen Augen zu betrachten. »Wie würden Sie das beschreiben?«, fragte er den Leichnam. »Jetzt, wo das Erlebnis noch frisch ist? Was, nichts zu sagen?«

Fletcher machte kehrt, hastete durch den Raum und machte dabei einen Bogen um Ramón, der noch lebte und laut stöhnte. Es klang, als habe er einen schlimmen Albtraum.

Ihm fiel ein, dass die Tür abgeschlossen war. Ramón hatte zugesperrt; der Schlüssel musste am Ring an seinem Koppel hängen. Fletcher ging zu dem Wachmann zurück, kniete neben ihm nieder und riss den Schlüsselring ab. Während er das tat, grapschte Ramóns Hand nach ihm und bekam ihn erneut am Knöchel zu fassen. Fletcher hielt noch immer den

Revolver in der Hand. Er packte ihn am Lauf und hämmerte mit dem Griff von oben auf Ramóns Schädel. Die Hand umklammerte seinen Knöchel einen Augenblick lang noch fester, dann erschlaffte sie.

Fletcher wollte aufstehen, dann sagte er sich: *Munition. Er muss irgendwo Patronen haben. Die Waffe ist leer.* Sein nächster Gedanke war, dass er keine stiinkige Munition nich' brauchte, weil Ramóns Revolver ihm nichts mehr nützen konnte. Beim ersten Schuss außerhalb dieses Raums würden die Wachen von allen Seiten zusammenlaufen.

Trotzdem tastete Fletcher Ramóns Koppel ab und öffnete die kleinen mit Druckknöpfen gesicherten Ledertaschen, bis er einen Schnell-Lader fand. Damit lud er den Revolver nach. Er wusste nicht, ob er sich wirklich dazu würde überwinden können, auf Soldaten zu schießen, Männer wie Tomás – Männer, die Familien zu ernähren hatten –, aber er konnte auf Offiziere schießen und mindestens eine Kugel für sich selbst aufsparen. Höchstwahrscheinlich würde er es nicht schaffen, aus dem Gebäude herauszukommen – das wäre wie ein zweites Mal alle Neune gewesen –, aber er würde nie zulassen, dass jemand ihn wieder in diesen Raum brachte und auf den Stuhl neben Heinz' Maschine setzte.

Er schob Frankensteins Braut mit einem Fuß von der Tür fort. Ihre Augen starrten glanzlos zur Decke. Fletcher begann allmählich zu begreifen, dass er überlebt hatte – und die anderen nicht. Sie erkalteten bereits. Auf ihrer Haut begannen schon Myriaden von Bakterien abzusterben. Das waren schlechte Gedanken für einen, der sich im Keller des Informationsministeriums befand, schlechte Gedanken im Kopf eines Mannes, der – vielleicht nur noch kurze Zeit, vermutlich jedoch für immer – ein *Disparacedo* geworden war. Trotzdem konnte er nichts gegen sie tun.

Mit dem dritten Schlüssel ließ sich die Tür aufsperren. Fletcher steckte seinen Kopf in den Flur hinaus: Wände aus Hohlblocksteinen, unten grün und oben schmutzig cremeweiß gestrichen wie die Wände eines alten Schulkorridors.

Ausgebleichtes rotes Linoleum als Bodenbelag. Der Flur war menschenleer. Ungefähr zehn Meter links vor ihm lag ein kleiner brauner Köter schlafend an der Wand. Seine Pfoten zuckten. Fletcher wusste nicht, ob der Hund im Traum jagte oder gejagt wurde, aber vermutlich hätte er gar nicht geschlafen, wenn die Schüsse – oder Heinz' Schreie – hier draußen sehr laut zu hören gewesen wären. *Falls ich jemals rauskomme*, dachte er, *schreibe ich, dass Schallisolierung der große Triumph der Diktatur ist. Das soll die ganze Welt erfahren. Natürlich komme ich wahrscheinlich nicht raus; vermutlich komme ich nicht näher an die 43rd Street heran als bis zur Treppe dort vorn rechts, aber …*

»Weiter!«, drängte Mr. Vielleicht-kann-ich's.

Fletcher trat in den Flur hinaus und zog die Tür hinter sich ins Schloss. Der kleine braune Hund hob den Kopf, sah Fletcher an und blähte seine Lefzen zu einem kaum hörbaren »Wuff!« auf. Dann ließ er den Kopf wieder sinken und schien weiterzuschlafen.

Fletcher sank auf die Knie, stützte sich mit beiden Händen (in einer hielt er noch Ramóns Revolver) vom Boden ab und küsste das Linoleum. Dabei dachte er an seine Schwester – wie sie ausgesehen hatte, als sie sechs Jahre vor ihrem Tod am Fluss ins College abgereist war. An jenem Tag hatte sie einen Schottenrock getragen. Das Rot darin war nicht exakt das Rot dieses ausgebleichten Linoleums gewesen, aber der Farbton war ziemlich ähnlich. Für staatliche Zwecke ähnlich genug, wie man so sagte.

Fletcher stand auf. Er ging den Flur entlang zur Treppe … zur Eingangshalle im Parterre, zur Straße, zur Innenstadt, der Fernstraße 4, den Militärstreifen, den Straßensperren, der Grenze, den Kontrollposten, dem Wasser. Die Chinesen sagen, auch eine Reise von tausend Meilen beginne mit dem ersten Schritt.

Mal sehen, wie weit ich komme, dachte Fletcher, als er den Fuß der Treppe erreichte. *Wer weiß, vielleicht überrasche ich mich selbst.* Aber er war schon überrascht, dass er überhaupt noch lebte. Fletcher lächelte schwach, hielt Ramóns Revolver schussbereit und begann die Treppe hinaufzusteigen.

Einen Monat später trat ein Mann an Carlo Arcuzzis Zeitungskiosk in der 43rd Street. Einen schlimmen Augenblick lang war Carlo sich fast sicher, dass der Mann ihm eine Waffe unter die Nase halten und ihn ausrauben werde. Es war erst acht Uhr abends und noch hell, massenhaft Leute unterwegs, aber konnte das einen Mann bremsen, der *patso* war?

Und dieser Mann sah reichlich *patso* aus – so ausgezehrt, dass sein weißes Hemd und seine graue Hose an ihm zu schlottern schienen, und seine Augen lagen tief in ihren großen runden Höhlen. Er wirkte wie ein Mann, der gerade aus einem Konzentrationslager oder (als Folge irgendeines schrecklichen Irrtums) aus einem Irrenhaus entlassen worden ist. Als er in die Hosentasche griff, dachte Carlo Arcuzzi: *Jetzt kommt die Pistole.*

Aber statt einer Waffe kam eine abgewetzte alte Geldbörse, und aus der Geldbörse kam ein Zehndollarschein. Dann verlangte der Mann in weißem Hemd und grauer Hose in völlig vernünftigem Tonfall eine Schachtel Marlboro. Carlo nahm sie aus dem Regal, legte ein Zündholzbriefchen dazu und schob sie über die Verkaufstheke seines Kiosks. Während der Mann die Packung öffnete, legte Carlo ihm das Rückgeld hin.

»Nein«, sagte der Mann, als er das Wechselgeld sah. Er hatte jetzt eine Zigarette zwischen den Lippen.

»Nein, was meinen Sie mit nein?«

»Ich meine, Sie sollen das Wechselgeld behalten«, sagte der Mann. Er hielt Carlo die Packung hin. »Rauchen Sie? Sie können gern eine haben.«

Carlo starrte den Mann in weißem Hemd und grauer Hose misstrauisch an. »Ich rauche nicht. Das ist eine schlechte Angewohnheit.«

»Sehr schlecht«, bestätigte der Mann, danach zündete er

sich die Zigarette an und inhalierte mit offensichtlichem Vergnügen. Er stand da und rauchte und beobachtete die Leute auf der anderen Straßenseite. Dort drüben gingen Mädchen vorbei. Männer sehen gern Mädchen in Sommerkleidern nach, das liegt in der Natur des Menschen. Carlo hielt seinen Kunden nicht mehr für verrückt, obwohl er das Rückgeld von zehn Dollar auf der schmalen Theke seines Kiosks liegen gelassen hatte.

Der hagere Mann rauchte die Zigarette ganz bis zum Filter hinunter auf. Als er sich Carlo zuwandte, schwankte er ein wenig, als sei er das Rauchen nicht gewohnt und fühle sich von der Zigarette leicht schwindlig.

»Ein schöner Abend«, sagte der Mann.

Carlo nickte. Das stimmte. Der Abend war schön. »Wir können froh sein, dass wir leben«, sagte Carlo.

Der Mann nickte. »Wir alle. Die ganze Zeit.«

Er trat an den Abfallkorb am Randstein. Er ließ die angebrochene Packung, aus der eine einzige Zigarette fehlte, in den Korb fallen. »Wir alle«, sagte er. »Die ganze Zeit.« Er ging davon.

Carlo sah ihm nach, als er wegging, und dachte, er sei vielleicht doch *patso*. Oder vielleicht auch nicht. Verrücktsein lässt sich schwer definieren.

————

Dies ist eine leicht kafkaeske Geschichte über einen Verhörraum in der südamerikanischen Version der Hölle. In solchen Geschichten plaudert der Vernommene normalerweise letztlich alles aus und wird anschließend umgebracht (oder verliert den Verstand). Ich wollte eine Geschichte mit einem besseren Ausgang schreiben, so unrealistisch dieser auch erscheinen mag. Und hier ist sie.

Die Kleinen Schwestern von Eluria

Wenn es in meinem Leben denn so etwas wie ein Hauptwerk gibt, so ist es wohl der noch nicht abgeschlossene siebenbändige Romanzyklus über Roland Deschain von Gilead und seine Suche nach dem Dunklen Turm, der den Mittelpunkt alles Existierenden bildet. 1996 oder '97 fragte mich Ralph Vicinanza (mein Agent für Auslandsrechte), ob ich nicht zu einer dicken Fantasy-Anthologie, die Robert Silverberg herausgab, eine Geschichte beisteuern könnte. Ich sagte unverbindlich zu. Dann fiel mir aber einfach nichts ein. Ich wollte es schon aufgeben, als ich eines Morgens beim Erwachen an den Talisman dachte und an den großen Pavillon, in dem Jack Sawyer zum ersten Mal die Königin der Region erblickt. Unter der Dusche (wo mir immer die besten Sachen einfallen – das liegt bestimmt daran, dass Duschen so was Gebärmutterhaftes haben) fing ich an mir vorzustellen, wie dieser Pavillon in Trümmern liegt ... dennoch aber voller flüsternder Frauen ist. Gespenster. Vampire vielleicht. Kleine Schwestern. Keine Krankenschwestern, sondern todbringende Schwestern. Es war äußerst schwierig, ausgehend von diesem zentralen Bild eine Geschichte zu konstruieren. Ich hatte viel Platz zum Austoben – Silverberg wollte Kurzromane, keine Kurzgeschichten –, aber schwierig war es dennoch. Heutzutage tendiert alles, was Roland und seine Freunde betrifft, dazu, nicht mehr nur umfangreich zu werden, sondern direkt epische Ausmaße anzunehmen. Ein Pluspunkt dieser Geschichte ist, dass man sie auch dann gut lesen kann, wenn man die Romanserie um den Dunklen Turm nicht kennt. Und übrigens, dies noch für alle DT-Fans: Band 5 ist mittlerweile fertig und neunhundert Seiten dick. Der Titel lautet Wolves of the Calla *(Wolfsmond).*

[Vorbemerkung des Autors: Die Bücher um den Dunklen Turm beginnen mit Roland von Gilead, dem letzten Revolvermann, der in einer verwahrlosten Welt, die sich »weitergedreht« hat, einen Magier in schwarzem Gewand verfolgt. Roland verfolgt Walter schon sehr lange. Im ersten Buch des Zyklus kann er ihn schließlich einholen. Diese Geschichte jedoch spielt zu einer Zeit, als Roland immer noch auf der Suche nach Walters Spur ist. S. K.]

---

1. Vollerde. Die leere Stadt. Die Glocken. Der tote Junge. Der umgestürzte Wagen. Das grüne Volk

An einem Tag in Vollerde, der so heiß war, dass er ihm die Atemluft aus der Brust zu saugen schien, bevor sein Körper sie verarbeiten konnte, kam Roland von Gilead an das Tor einer kleinen Stadt in den Desatoya Mountains. Inzwischen reiste er allein, und obendrein würde er bald zu Fuß reisen. Die ganze letzte Woche hatte er gehofft, einen Pferdedoktor zu finden, vermutete aber, dass ein solcher Mann ihm jetzt auch nichts mehr nützen würde, selbst wenn es in dieser Stadt einen geben sollte. Sein Reittier, ein zweijähriger Rotschimmel, war ziemlich am Ende.

Das Stadttor, das noch den Blumenschmuck des einen oder anderen Festes trug, stand einladend offen, aber die Stille dahinter passte ganz und gar nicht dazu. Der Revolvermann hörte kein Klipp-klapp von Pferdehufen, kein Knirschen von Wagenrädern, keine Händler, die ihre Ware auf dem Marktplatz feilboten. Die einzigen Geräusche waren das leise Zirpen der Grillen (zumindest irgendeines Insekts; es klang ein wenig melodischer als Grillen), ein seltsames Geräusch wie Klopfen auf Holz und das leise, verträumte Läuten kleiner Glocken.

Auch die Blumen, die in die schmiedeeisernen Schnörkelornamente des Stadttors geflochten waren, waren längst verdorrt.

Zwischen Rolands Knien gab Topsy zweimal ein hohles Niesen von sich – *Ki-tschah! Ki-tschah!* – und stolperte seitwärts. Roland stieg ab, teils aus Respekt vor dem Pferd, teils aus Respekt vor sich selbst – er wollte sich kein Bein unter Topsy brechen, sollte sich Topsy ausgerechnet diesen Augenblick aussuchen, um zur Lichtung am Ende seines Weges zu galoppieren.

Der Revolvermann stand in seinen staubigen Stiefeln und ausgebleichten Jeans unter der sengenden Sonne, streichelte das matte Fell am Hals des Rotschimmels, hielt immer wieder inne, um mit den Fingern durch Topsys verfilzte Mähne zu fahren, und einmal, um die Fliegen zu verscheuchen, die sich in Topsys Augenwinkeln niedergelassen hatten. Sollten sie ihre Eier dort legen, damit ihre Maden ausgebrütet werden konnten, wenn Topsy tot war, aber nicht vorher.

Auf diese Weise sorgte Roland für das Pferd, so gut er konnte, und lauschte dabei den fernen, verträumten Glocken und dem seltsamen Klopfgeräusch. Nach einer Weile hörte er mit seiner geistesabwesenden Pferdepflege auf und betrachtete nachdenklich das offene Tor.

Das Kreuz über der Mitte war ein wenig ungewöhnlich, aber ansonsten stellte das Tor ein typisches Beispiel seiner Art dar, eine Einrichtung des Westens, die nicht nützlich war, sondern auf Tradition beruhte – alle kleinen Städte, die er im Verlauf des letzten Zehnmonats besucht hatte, schienen ein derartiges Tor zu haben, durch das man kam (prunkvoll), und eines, durch das man ging (nicht so prunkvoll). Keines war erbaut worden, um Besucher fern zu halten; dieses hier ganz bestimmt nicht. Es befand sich zwischen zwei rosa Lehmziegelmauern, die sich beiderseits der Straße rund sechs Meter ins Geröll erstreckten und dann einfach aufhörten.

Selbst wenn das Tor geschlossen und mit noch so vielen Schlössern gesichert wurde, musste man nur die paar Schritte um das eine oder andere Stück Lehmziegelmauer herumgehen.

Hinter dem Tor konnte Roland etwas erkennen, das in fast jeder Hinsicht wie eine völlig normale Hochstraße aussah – ein Gasthaus, zwei Saloons (einer hieß Zum Wilden Schwein; das Schild des anderen war so verblasst, dass man es nicht lesen konnte), ein Krämerladen, eine Schmiede und eine Stadthalle. Außerdem ein kleines, aber hübsches Holzhaus mit einem bescheidenen Glockenturm auf dem Dach, einem soliden Sandsteinfundament und einem goldenen Kreuz auf der Doppeltür. Das Kreuz, das wie jenes über dem Tor aussah, kennzeichnete dieses Haus als eine Kultstätte derer, die den Jesusmann verehrten. Es war keine verbreitete Religion in Mittwelt, aber alles andere als unbekannt; dasselbe hätte man heutzutage über die meisten Formen der Anbetung sagen können, einschließlich jener von Baal, Asmodeus und hundert anderen. Der Glauben hatte sich, wie alles andere auf der Welt, auch weitergedreht. Soweit es Roland betraf, war der Gott des Kreuzes nur eine von vielen Religionen, die lehrten, dass Liebe und Mord untrennbar miteinander verbunden waren – dass Gott letzten Endes immer Blut trank.

Derweil blieb das singende Zirpen von Insekten, das sich *fast* wie das von Grillen anhörte. Das verträumte Läuten der Glocken. Und das seltsame hölzerne Pochen, als würde eine Faust auf eine Tür schlagen. Oder auf einen Sargdeckel.

Hier stimmt ganz entschieden etwas nicht, dachte der Revolvermann. *Obacht, Roland; diesem Ort haftet ein rötlicher Geruch an.*

Er führte Topsy durch das Tor mit dem Schmuck welker Blumen und die Hochstraße hinab. Auf der Veranda des Krämerladens, wo alte Männer sitzen sollten, die sich über die Ernte, Politik und die Torheit der jüngeren Generation unterhielten, stand nur eine Reihe einsamer Schaukelstühle.

Unter einem lag, wie von einer unachtsamen (und längst dahingegangenen) Hand fallen gelassen, eine verkohlte Maiskolbenpfeife. Das Pferdegatter vor dem Wilden Schwein war gleichermaßen einsam und verlassen; die Fenster des Saloons selbst waren dunkel. Eine der Schwingtüren war abgerissen worden und lehnte an der Wand des Gebäudes; die andere hing schief in den Angeln; ihre verblassten grünen Lamellen waren mit einer rostroten Substanz bespritzt, die Farbe sein konnte, aber wahrscheinlich keine war.

Die Fassade des Pferdestalls war unversehrt wie das verwüstete Gesicht einer Frau, die Zugang zu guten Kosmetika hat, aber die Scheune dahinter war ein verkohltes Skelett. Das Feuer musste an einem Regentag ausgebrochen sein, dachte der Revolvermann, sonst wäre die ganze verdammte Stadt in Flammen aufgegangen; eine große Kirmes und Volksbelustigung für alle, die es hätten sehen können.

Rechts von Roland, auf halbem Weg zu der Stelle, wo die Straße in den Dorfplatz überging, lag die Kirche. Rasenbegrenzungen auf beiden Seiten trennten das Gelände der Kirche auf einer Seite von der Stadthalle ab, auf der anderen von dem kleinen Haus des Predigers und seiner Familie (das hieß, wenn er einer Jesus-Sekte angehörte, die ihren Schamanen erlaubte, Frauen und Kinder zu haben; einige Sekten, die eindeutig von Irren beherrscht wurden, verlangten wenigstens den Anschein eines Zölibats). Blumen standen in den Rasenstreifen, die zwar verdorrt aussahen, aber zum größten Teil nicht ganz abgestorben waren. Was immer hier geschehen war und die Stadt entvölkert hatte, war also vor nicht allzu langer Zeit geschehen. Vor einer Woche vielleicht. Höchstens zweien, angesichts der Hitze.

Topsy nieste wieder – *Ki-tscha!* – und ließ müde den Kopf hängen.

Der Revolvermann sah, was das Glockenläuten verursachte. Über dem Kreuz an der Kirchentür war eine Kordel in einem langen, durchhängenden Bogen befestigt worden. Schätzungsweise zwei Dutzend kleine silberne Glöckchen hingen daran. Heute ging kaum ein Lüftchen, dennoch reichte es aus, dass die Glöckchen nie ganz verstummten ... und wenn richtiger Wind aufkam, dachte Roland, würde das Geräusch, das das Geklingel der Glöckchen erzeugte, längst nicht so angenehm sein; mehr wie das schrille Schnattern von Klatschbasen.

»Hallo!«, rief Roland und sah über die Straße, wo das große Schild einer falschen Fassade das Hotel Zum Guten Bett anpries. »Hallo, Stadt!«

Niemand antwortete, außer den Glocken, den harmonischen Insekten und dem seltsamen Klopfen auf Holz. Keine Antwort, keine Bewegung ... aber es waren Leute hier. Leute oder *irgendetwas*. Er wurde beobachtet. Die winzigen Härchen in seinem Nacken hatten sich aufgerichtet.

Roland ging weiter, führte Topsy Richtung Stadtmitte und wirbelte bei jedem Schritt den Staub der unbefestigten Hochstraße auf. Nach vierzig Schritten blieb er vor einem flachen Gebäude stehen, dessen Tür ein einziges knappes Wort zierte: GESETZ. Das Büro des Sheriffs (falls sie so etwas derart weit von den Inneren entfernt überhaupt hatten) hatte eine bemerkenswerte Ähnlichkeit mit der Kirche – Holzbretter mit unheilvollen rostroten Flecken auf einem Fundament aus Stein.

Die Glocken hinter ihm raschelten und flüsterten.

Er ließ den Rotschimmel mitten auf der Straße stehen und ging die Stufen zum Büro mit der Aufschrift GESETZ hinauf. Allzu deutlich bemerkte er die Glocken, die Sonne, die ihm in den Nacken schien, und den Schweiß, der an seinen Seiten hinablief. Die Tür war zu, aber nicht abgeschlossen. Er machte sie auf, wich zusammenzuckend zurück und hob halb die Hand, als die Hitze, die sich im Inneren gestaut hatte, mit einem lautlosen Seufzen entwich. Wenn es in sämtlichen geschlossenen Gebäuden so heiß war, überlegte Roland, würden die Scheunen für die Pferde bald nicht mehr die einzigen verbrannten Skelette sein.

Und da kein Regen den Flammen Einhalt gebot (und es mit Sicherheit keine freiwillige Feuerwehr gab, nicht mehr), würde diese Stadt nicht mehr lange auf dem Antlitz der Erde existieren.

Er trat ein und versuchte, an der heißen Luft zu nippen, statt sie in vollen Zügen einzuatmen. Das leise Summen von Fliegen hörte er sofort.

Es gab eine einzige Zelle, geräumig und leer, deren Gittertür offen stand. Ein Paar schmutzige Lederschuhe – bei einem waren die Nähte aufgeplatzt – lag unter einer Pritsche, die von derselben rostroten Substanz getränkt war, die er am Wilden Schwein bemerkt hatte. Dies war die Stelle, wo sich die Fliegen tummelten; sie krabbelten über den Fleck, taten sich daran gütlich.

Auf dem Schreibtisch lag eine Kladde. Roland drehte sie zu sich um und las, was auf dem roten Einband stand:

REGISTER VON MISSETATEN & WIEDERGUTMACHUNG
IN DEN JAHREN UNSERES HERRN
ELURIA

Nun kannte er immerhin den Namen der Stadt – Eluria. Hübsch, aber auch irgendwie verhängnisvoll. Doch unter den gegebenen Umständen, überlegte sich Roland, hätte wahrscheinlich jeder Name verhängnisvoll gewirkt. Er wollte schon wieder gehen, als er eine geschlossene, mit einem Holzriegel gesicherte Tür sah.

Er ging hin, blieb einen Moment davor stehen und zog dann einen der großen Revolver, die er tief an den Hüften trug. Er blieb noch ein wenig länger mit gesenktem Kopf stehen, dachte nach (sein alter Freund Cuthbert hatte immer gesagt, dass die Rädchen in Rolands Kopf sich langsam, aber äußerst präzise drehten) und schob den Riegel zurück. Er machte die Tür auf, trat sofort zurück, brachte den Revolver in Anschlag und rechnete damit, dass ein Toter (womöglich Elurias Sheriff) mit durchschnittener Kehle und ausgestochenen Augen herausfallen würde, Opfer einer MISSETAT, die auf WIEDERGUTMACHUNG wartete –

Nichts.

Nun, ein halbes Dutzend fleckige Overalls, vermutlich für Insassen mit längeren Haftstrafen bestimmt, zwei Bogen, ein Köcher mit Pfeilen, ein alter, staubiger Motor, ein Gewehr, das wahrscheinlich vor hundert Jahren zum letzten Mal abgefeuert worden war, und ein Mop ... aber im Denken des Revolvermanns lief das alles auf nichts hinaus. Nur eine Rumpelkammer.

Er ging zum Schreibtisch zurück, schlug das Register auf und blätterte es durch. Sogar die Seiten waren warm, als wäre das Buch gebacken worden. In gewisser Weise, dachte er, war es das auch. Wäre die Hochstraße anders angelegt gewesen, hätte er mit einer großen Zahl religiöser Vergehen in den Aufzeichnungen gerechnet, so aber überraschte ihn nicht, dass er keine fand – wenn die Kirche des Jesusmannes zusammen mit zwei Saloons existieren konnte, musste das Kirchenvolk ziemlich vernünftig gewesen sein.

Roland fand die üblichen geringfügigen Verstöße und einige nicht ganz so geringfügige – ein Mord, ein Pferdediebstahl, das Behelligen einer Lady (was wahrscheinlich Vergewaltigung bedeutete). Der Mörder war zur Hinrichtung in einen Ort namens Lexingworth gebracht worden. Roland hatte noch nie davon gehört. Ein Eintrag gegen Ende lautete: Grünes Volk von hinnen geschickt. Das sagte Roland nichts. Der letzte Eintrag war folgender:

12/Ve/99. Chas. Freeborn, Viehdieb zur Verurteilung

Die Angabe 12/Ve/99 sagte Roland nichts, aber er dachte sich, dass Ve für Vollerde stehen könnte. In jedem Fall sah die Tinte so frisch aus wie das Blut auf der Pritsche in der Zelle, und der Revolvermann hatte den begründeten Verdacht, dass Chas. Freeborn, der Viehdieb, inzwischen die Lichtung am Ende seines Weges erreicht hatte.

Er ging hinaus in die Hitze und zu dem raschelnden Klang der Glocken. Topsy sah Roland düster an und ließ den Kopf wieder sinken, als gäbe es im Staub der Hochstraße etwas zum Grasen. Als wollte er jemals wieder grasen, was das anging.

Der Revolvermann nahm die Zügel hoch, klopfte von seinen verblassten, farblosen Jeans den Staub ab und ging weiter die Straße entlang. Das hölzerne Klopfgeräusch wurde mit jedem seiner Schritte lauter (er hatte seinen Revolver nicht in das Holster gesteckt, als er das GESETZ verlassen hatte, und nun steckte er ihn auch nicht weg), und als er sich dem Dorfplatz näherte, wo sich unter normalen Umständen der Markt von Eluria befunden hätte, sah Roland endlich eine Bewegung.

Auf der gegenüberliegenden Seite des Platzes befand sich ein langer Wassertrog, wie es aussah aus Eisenholz (»Seequoiah«, wie manche hier draußen dazu sagten), den offenbar in glücklicheren Zeiten ein rostiges Stahlrohr gespeist hatte, das nun ausgetrocknet über das südliche Ende des Trogs ragte. Über einer Seite dieser städtischen Oase, etwa in der Mitte, ragte ein Bein in ausgebleichten grauen Hosen hervor, das in einem angenagten Cowboystiefel steckte.

Angenagt hatte es ein großer Hund, vielleicht zwei Schattierungen dunkler grau als die Kordhose. Unter anderen Umständen, so vermutete Roland, hätte der Köter den Stiefel längst heruntergezogen, aber vielleicht waren Fuß und Wade darin geschwollen. Jedenfalls war der Hund dabei, das Hindernis einfach durchzubeißen. Er packte den Stiefel und schüttelte ihn hin und her. Ab und zu stieß der Absatz gegen das Holz des Trogs und erzeugte ein hohles Klopfen. Offenbar hatte der Revolvermann so falsch gar nicht gelegen, als er an Sargdeckel gedacht hatte.

Warum nimmt er nicht einfach ein paar Schritte Anlauf, springt in den Trog und nimmt sich, was er will?, fragte sich Roland. *Es kommt kein Wasser aus dem Rohr; also kann er keine Angst davor haben, zu ertrinken.*

Topsy gab wieder dieses hohle, müde Niesen von sich, und als der Hund als Reaktion darauf herumwirbelte, wurde

Roland klar, warum es das Tier auf die harte Tour machte. Eine seiner Vorderpfoten war gebrochen gewesen und schief verheilt. Zu gehen musste Schwerarbeit für ihn sein, zu springen kam nicht infrage. Auf der Brust hatte der Hund einen Flecken schmutzigen weißen Fells. In diesem weißen Fleck wuchs schwarzes Fell ungefähr in der Form eines Kreuzes. Möglicherweise ein Jesus-Hund, der auf ein Stückchen nachmittäglicher Kommunion hoffte.

Allerdings hatte das Knurren, das sich der Brust des Hundes entrang, nichts besonders Religiöses an sich, so wenig wie seine Triefaugen. Er zog die Oberlippe zu einem zitternden Zähnefletschen zurück und entblößte dabei ein stattliches Gebiß.

»Verschwinde«, sagte Roland. »Solange du noch kannst.«

Der Hund wich zurück, bis er die Hinterläufe an den angenagten Stiefel drückte. Er betrachtete den Mann, der auf ihn zukam, mit furchtsamem Blick, schien aber fest entschlossen, seinen Fund zu verteidigen. Der Revolver in Rolands Hand hatte keine Bedeutung für ihn. Das überraschte den Revolvermann nicht – Roland vermutete, dass der Hund noch nie einen gesehen und somit keine Ahnung hatte, dass er etwas anderes war als eine Art Keule, die man nur einmal werfen konnte.

»Hau endlich ab«, sagte Roland, aber der Hund bewegte sich immer noch nicht.

Er hätte das Tier erschießen sollen – es war für sich genommen zu nichts mehr nütze, und ein Hund, der Geschmack an Menschenfleisch gefunden hatte, war auch keinem anderen mehr zu etwas nütze –, aber irgendwie schien Roland das nicht angebracht. Das einzige noch lebende Wesen in dieser Stadt zu töten (abgesehen von den zirpenden Insekten), *schien förmlich, als wolle man das Unglück auf sich ziehen.*

Er feuerte vor der heilen Vorderpfote des Hundes in den Staub, und der Knall donnerte in den heißen Tag und brachte die Insekten vorübergehend zum Schweigen. Es schien, als *könnte* der Hund doch laufen, aber in einem hinkenden Trott, der Roland in den Augen weh tat ... und ein wenig auch im Herzen. Auf der anderen Seite des Dorfplatzes, bei einem umgestürzten Wagen (an dessen Seite sich noch mehr getrocknete Blutspritzer zu befinden schienen), blieb das Tier stehen und warf einen Blick zurück. Es stieß ein verlorenes Heulen aus, bei dem sich Rolands Nackenhärchen noch weiter aufrichteten. Dann wandte sich der Hund ab, schlug einen Bogen um den umgestürzten Wagen herum und hinkte einen Pfad zwischen zwei Hütten entlang. Das war der Weg zum hinteren Tor von Eluria, vermutete Roland.

Der Revolvermann führte sein sterbendes Pferd weiter, ging über den Platz zu dem Trog aus Eisenholz und sah hinein.

Der angenagte Stiefel gehörte keinem Mann, sondern einem Jungen, der gerade erst zum Mann heranwuchs – und er wäre wahrlich ein großer Mann geworden, schätzte Roland, auch wenn man bedenken musste, dass sein Körper aufgebläht war, da er eine unbekannte Zeitspanne in gut zwanzig Zentimeter tiefem Wasser lag, das unter der Sommersonne zu sieden schien.

Die Augen des Jungen, jetzt nur noch milchige Kugeln, starrten blind wie die Augen einer Statue zu dem Revolvermann auf. Sein Haar schien die weiße Farbe des Alters zu haben, aber das lag am Wasser; wahrscheinlich war er ein Flachskopf gewesen. Seine Kleidung war die eines Cowboys, obwohl er kaum älter als vierzehn oder sechzehn gewesen sein konnte. Um den Hals, den man verschwommen unter Wasser erkannte, das in der Sommersonne langsam zu einem Fleischeintopf wurde, trug er ein goldenes Medaillon.

Roland streckte die Hand ins Wasser, was ihm nicht behagte, aber er verspürte eine gewisse Verpflichtung. Er legte die Finger um das Medaillon und zog. Die Kette riss, und Roland hob das tropfende Ding hoch.

Er erwartete eigentlich das *Sigul* des Jesusmannes – das Kreuz oder Kruzifix genannt wurde –, aber stattdessen hing ein kleines Rechteck an der Kette. Das Objekt schien aus reinem Gold zu sein. Folgende Inschrift war darin eingraviert:

James
Geliebt von seiner Familie. Geliebt von GOTT.

Roland, den der Ekel fast daran gehindert hatte, in das verseuchte Wasser zu greifen (als jüngerer Mann hätte er es nie und nimmer über sich gebracht), war nun doch froh, dass er es getan hatte. Vielleicht lief er nie jemandem über den Weg, der diesen Jungen geliebt hatte, aber er verstand genug von *Ka*, um zu begreifen, dass es dennoch der Fall sein mochte. Wie auch immer, es war richtig gewesen. Und es war richtig, dem Jungen ein anständiges Begräbnis zuteil werden zu lassen ... das hieß, vorausgesetzt, er konnte den Leichnam aus dem Trog hieven, ohne dass er in der Kleidung zerfiel.

Roland überlegte noch und versuchte, seine mögliche Pflicht unter diesen Umständen gegen den stärker werdenden Wunsch abzuwägen, aus dieser Stadt zu verschwinden, als Topsy schließlich tot umfiel.

Der Rotschimmel sackte mit einem Knirschen des Sattelzeugs und einem letzten wiehernden Stöhnen zusammen und prallte auf den Boden. Roland drehte sich um und sah acht Leute auf der Straße, die in einer Reihe auf ihn zukamen wie Treiber, die versuchen, Vögel oder Niederwild aufzuscheuchen. Ihre Haut sah grün und wächsern aus. Leute mit solcher Haut würden wahrscheinlich in der Dunkelheit leuchten wie Gespenster. Ihr Geschlecht war schwer zu schätzen, aber was für eine Rolle hätte es auch gespielt – für sie oder einen anderen? Sie waren Langsame Mutanten, und sie schritten mit der gebückten Zielstrebigkeit von Leichen dahin, die ein geheimnisvoller Zauber wiederbelebt hatte.

Der Staub hatte ihre Schritte wie ein Teppich gedämpft. Nachdem der Hund vertrieben war, hätten sie gut und gern in Angriffsreichweite gelangen können, wenn Topsy Roland nicht den Gefallen getan hätte, in einem derart passenden

Augenblick zu sterben. Schußwaffen konnte Roland keine sehen; sie waren mit Keulen bewaffnet. Es handelte sich vorwiegend um Tisch- und Stuhlbeine, aber Roland sah eine Keule, die mehr gemacht als zweckentfremdet aussah – eine Anzahl rostiger Nägel ragte daraus hervor, und Roland vermutete, dass sie sich einmal im Besitz eines Rausschmeißers im Saloon befunden hatte, möglicherweise desjenigen, der im Wilden Schwein das Sagen hatte.

Roland hob die Pistole und richtete sie auf den Burschen in der Mitte der Reihe. Nun konnte er das Schlurfen ihrer Füße und das feuchte Schniefen ihres Atems hören. Als hätten sie alle einen schlimmen Brustkatarrh.

Sind wahrscheinlich aus den Minen gekommen, dachte Roland. *Irgendwo hier in der Gegend gibt es Radiumminen. Das würde die Haut erklären. Mich wundert, dass die Sonne sie nicht tötet.*

Vor seinen Augen starb dann tatsächlich einer von ihnen, zumindest brach er zusammen – eine Kreatur mit einem Gesicht wie geschmolzenes Kerzenwachs. Er (Roland war ziemlich sicher, dass es sich um einen Mann handelte) fiel mit einem leisen, blubbernden Aufschrei auf die Knie und tastete nach der Hand des Dings, das neben ihm ging – etwas mit einem knotigen Kahlkopf und roten, nässenden Schwären am Hals. Diese Kreatur schenkte ihrem gestürzten Gefährten keine Beachtung, sondern hielt den Blick ihrer trüben Augen auf Roland gerichtet und schlurfte ungefähr im Gleichschritt mit seinen verbliebenen Gefährten weiter.

»Bleibt stehen, wo ihr seid!«, sagte Roland. »Nehmt euch in Acht vor mir, wenn ihr den Abend noch erleben wollt! Nehmt euch sehr in Acht vor mir!«

Er sagte es vor allem zu dem in der Mitte, der uralte rote Hosenträger über einem zerfetzten Hemd trug und einen schmutzigen Bowler aufhatte. Dieser Herr hatte nur ein gutes Auge und betrachtete Roland mit einer Gier, die ebenso grauenerregend wie unmissverständlich war. Die Gestalt neben Bowler (Roland dachte, dass dies eine Frau sein könnte, mit verkümmerten Hängebrüsten unter der Jacke) warf das Stuhlbein, das sie in der Hand hielt. Die Richtung stimmte, aber der Wurf war zehn Meter zu kurz.

Roland spannte den Hahn seines Revolvers und feuerte. Diesmal prasselte der Sand, den das Geschoss aufgewirbelt hatte, auf die zerfetzten Überreste der Schuhe von Bowler statt auf die Pfote eines lahmen Hundes.

Das grüne Volk nahm nicht Reißaus wie der Hund, aber sie blieben stehen und sahen Roland mit ihrer dumpfen Gier an. Waren die verschwundenen Bewohner von Eluria in den Mägen dieser Kreaturen gelandet? Roland konnte es nicht glauben ... obgleich er sehr wohl wusste, dass solche wie sie keinerlei Skrupel vor Kannibalismus hatten. (Und vielleicht war es gar nicht wirklich Kannibalismus; wie konnte man derartige Wesen als Menschen betrachten, was auch immer sie einmal gewesen sein mochten?) Sie waren zu langsam, zu dumm. Wenn sie es gewagt hätten, in die Stadt zurückzukehren, nachdem der Sheriff sie verjagt hatte, wären sie verbannt oder zu Tode gesteinigt worden.

Ohne darüber nachzudenken, was er tat, steckte Roland das Medaillon, das er dem toten Jungen abgenommen hatte, und die Kette in die Tasche seiner Jeans, weil er seine andere Hand frei haben wollte, um den zweiten Revolver zu ziehen, falls die Erscheinungen nicht zur Vernunft kamen.

Sie standen da und starrten ihn an, während ihre seltsam verzerrten Schatten sich hinter ihnen auf dem Boden abzeichneten. Was nun? Sollte er ihnen sagen, dass sie dorthin zurückkehren sollten, woher sie gekommen waren? Roland wusste nicht, ob sie das tun würden, und er hatte ohnehin beschlossen, dass er sie lieber irgendwo hatte, wo er sie sehen konnte. Wenigstens hatte sich die Frage, ob er hier bleiben und den Jungen namens James begraben sollte, erledigt; dieses Rätsel war gelöst worden.

»Keine Bewegung«, sagte er in der Niedersprache und begann seinen Rückzug. »Der Erste, der sich bewegt –«

Bevor er zu Ende sprechen konnte, machte einer von ih-

nen – ein Troll mit tonnenförmiger Brust und dem Schmoll-
mund einer Kröte, der offenbar Kiemen auf beiden Seiten
seiner Halswülste hatte – einen Sprung vorwärts und schnat-
terte mit einer schrillen und seltsam kraftlosen Stimme. Es
hätte sich um eine Form von Gelächter handeln können. Er
schwang etwas, das wie das Bein eines Klaviers aussah.

Roland schoss. Die Brust von Mr. Kröte stürzte ein wie
ein baufälliges Dach. Er taumelte mehrere Schritte rückwärts, versuchte, das Gleichgewicht wiederzuerlangen, und
griff sich mit der freien Hand an die Brust. Er stolperte über
seine eigenen Füße, die in schmutzigen roten Samtslippern
mit aufwärts gekrümmten Spitzen steckten, fiel hin und gab
ein eigentümliches und irgendwie einsames Röcheln von
sich. Er ließ seine Keule los, rollte sich auf die Seite, versuchte aufzustehen und sackte in den Staub zurück. Die grelle
Sonne schien ihm in die offenen Augen, und vor Roland stiegen weiße Rauchwölkchen von seiner Haut empor, die ihren
grünen Farbton rasch verlor. Außerdem war ein Zischen zu
hören, als hätte jemand auf eine heiße Herdplatte gespuckt.

Spart wenigstens eine Erklärung, dachte Roland und ließ
den Blick über die anderen schweifen. »Na gut; er war der
Erste, der sich bewegt hat. Wer möchte der Zweite sein?«

Offenbar keiner. Sie standen nur da, beobachteten ihn,
kamen nicht näher ... wichen aber auch nicht zurück. Er
dachte (wie bei dem Kruzifix-Hund), dass er sie töten sollte,
wie sie da standen, dass er einfach seinen zweiten Revolver
ziehen und sie niedermähen sollte. Es wäre eine Frage von
Sekunden und mit seinen geübten Händen ein Kinderspiel,
selbst wenn einige wegliefen. Aber er konnte es nicht. Nicht
kaltblütig, einfach so. So ein Killer war er nicht ... jedenfalls
noch nicht.

Sehr langsam trat er den Rückzug an, indem er sich erst
um den Wassertrog herumtastete und ihn dann zwischen
sich und sie brachte. Als Bowler einen Schritt nach vorn
machte, ließ Roland den anderen in der Reihe keine Zeit,
seinem Beispiel zu folgen; er feuerte zwei Zentimeter vor

dem Fuß von Bowler eine Kugel in den Staub der Hochstraße.

»Das war die letzte Warnung«, sagte er, immer noch in der Niedersprache. Er hatte keine Ahnung, ob sie ihn verstanden, und es kümmerte ihn auch nicht weiter. Er nahm an, dass sie die Melodie dieses Liedes nur zu gut verstanden. »Die nächste Kugel, die ich abfeuere, frisst das Herz von jemandem. Es läuft so ab, dass ihr bleibt und ich gehe. Ihr habt nur diese eine Chance. Folgt ihr mir, sterbt ihr alle. Es ist zu heiß für Spiele, und ich habe mein –«

»Buh!«, rief eine raue, verschleimte Stimme hinter ihm. Sie drückte unzweifelhaft Freude aus. Roland sah einen Schatten aus dem Schatten des umgestürzten Wagens wachsen, den er fast erreicht hatte, und hatte gerade noch Zeit zu begreifen, dass sich ein anderer vom grünen Volk dahinter versteckt haben musste.

Als er sich umdrehte, landete eine Keule auf Rolands Schulter und machte seinen rechten Arm bis zum Handgelenk taub. Er hielt die Waffe fest und schoss einmal, aber die Kugel bohrte sich in eines der Wagenräder, zertrümmerte eine hölzerne Speiche und versetzte das Rad mit einem hohen Quietschen in Bewegung. Hinter sich hörte Roland das grüne Volk auf der Straße heisere, kläffende Schreie ausstoßen, als sie losstürmten.

Das Ding, das sich hinter dem umgestürzten Wagen versteckt hatte, war ein Monster mit zwei Köpfen, die aus einem Hals wuchsen, von denen einer das verkümmerte, schlaffe Gesicht eines Toten hatte. Der andere war zwar genauso grün, aber lebendiger. Wulstige Lippen formten ein fröhliches Grinsen, als er die Keule hob, um erneut zuzuschlagen.

Roland zog mit der linken Hand – die nicht taub und gelähmt war. Ihm blieb gerade noch Zeit, eine Kugel in das Grinsen des Hinterwäldlers zu schießen, sodass der in einem Sprühregen von Blut und Zähnen rückwärts geschleudert wurde und ihm die Keule aus den erschlaffenden Fingern fiel. Dann waren die anderen bei ihm und schlugen und knüppelten auf ihn ein.

Es gelang dem Revolvermann, den ersten paar Schlägen auszuweichen, und einen Augenblick glaubte er, es könnte ihm gelingen, sich schnell hinter den umgestürzten Wagen zurückzuziehen, sich zurückzuziehen, umzudrehen und seine Revolver sprechen zu lassen. Ganz bestimmt würde ihm das gelingen. Ganz bestimmt sollte seine Suche nach dem Dunklen Turm nicht auf der sonnenversengten Straße einer kleinen, entlegenen Stadt im Westen namens Eluria enden, wo ihm ein halbes Dutzend Langsame Mutanten mit grüner Haut den Tod brachten. Sicher konnte *Ka* nicht so grausam sein.

Aber Bowler erwischte ihn mit einem bösartigen Schlag von der Seite, und Roland prallte gegen das langsam kreisende Hinterrad des Wagens. Als er auf Hände und Knie ging, davonkroch und dabei versuchte, sich zu drehen und den Hieben auszuweichen, die auf ihn niederprasselten, sah er, dass es inzwischen viel mehr als ein halbes Dutzend waren. Mindestens dreißig grüne Männer und Frauen kamen auf den Dorfplatz zu. Dies war kein Klan, sondern ein verdammter *Stamm*. Und das im hellen, heißen Tageslicht! Langsame Mutanten waren seiner Erfahrung nach Kreaturen, die die Dunkelheit liebten, fast so etwas wie große Pilze mit Gehirn, und solche wie diese hatte er noch nie gesehen. Sie –

Die Kreatur in der roten Jacke war eine Frau. Ihre bloßen Brüste, die unter der schmutzigen roten Jacke baumelten, waren das Letzte, das er klar und deutlich sah, als die Meute sich um ihn drängte und mit Knüppeln auf ihn einschlug. Die Keule mit den Nägeln landete auf seiner rechten Wade, die dummen rostigen Fangzähne bohrten sich tief hinein. Er versuchte wieder, einen seiner großen Revolver zu heben (seine Sehkraft schwand, aber das würde ihnen nichts nützen, wenn er zu schießen anfing; er war schon immer der Begabteste von allen gewesen; Jamie DeCurry hatte einmal behauptet, dass Roland mit verbundenen Augen schießen könnte, weil er Augen in den Fingern hätte), aber er wurde ihm aus der Hand in den Staub getreten. Obwohl er den glatten Sandelholzgriff des anderen noch spüren konnte, dachte er dennoch, dass die Waffe so gut wie weg war.

Er konnte sie riechen – den durchdringenden, fauligen Geruch von verwesendem Fleisch. Oder waren das nur seine Hände, die er im kläglichen und vergeblichen Bemühen hob, seinen Kopf zu schützen? Seine Hände, die er in das verseuchte Wasser getaucht hatte, wo Fetzen und Streifen der Haut des toten Jungen geschwommen waren?

Die Keulen prasselten auf ihn herab, überall, als wollte das grüne Volk ihn nicht nur erschlagen, sondern dabei gleich noch weichklopfen. Und als er in die Dunkelheit sank und überzeugt war, dass er sterben müsste, hörte er die Insekten singen, den Hund bellen, den er verschont hatte, und die Glocken läuten, die über der Kirchentür hingen. Diese Geräusche verschmolzen zu einer seltsam lieblichen Musik. Dann war auch sie verklungen; die Dunkelheit verschlang alles.

II. Aufstieg. In der Schwebe. Weiße Schönheit.
Zwei andere. Das Medaillon.

Der Revolvermann kehrte nicht in die Welt zurück wie nach einem Schlag, wenn man das Bewusstsein langsam wiedererlangte (das hatte er schon mehrmals erlebt), und auch nicht wie beim Erwachen aus dem Schlaf. Seine Rückkehr glich einem Aufstieg.

Ich bin tot, dachte er einmal im Verlauf dieses Vorgangs ... als sein Denkvermögen zumindest teilweise wiederhergestellt worden war. *Ich bin tot und steige in das Leben nach dem Tod empor: So muss es sein. Der Gesang, den ich höre, ist der Gesang der toten Seelen.*

Völlige Schwärze wich dem dunklen Grau von Regenwolken, dann dem helleren Grau von Nebel. Dieses hellte sich zur einförmigen Klarheit von Morgennebel auf, durch den Augenblicke später die Sonne bricht. Und über allem lag dieses Gefühl des *Aufstiegs*, als wäre er in einem milden, aber unentrinnbaren Aufwind gefangen.

Als das Gefühl des Aufsteigens nachließ und die Helligkeit vor seinen Augen zunahm, begann Roland schließlich zu glauben, dass er noch lebte. Der Gesang überzeugte ihn. Keine toten Seelen, keine himmlischen Heerscharen der Engel, wie sie manchmal von den Predigern des Jesusmanns beschrieben wurden, sondern nur diese Insekten. Ein bisschen wie Grillen, aber lieblicher. Wie er sie in Eluria gehört hatte.

Mit diesem Gedanken schlug er die Augen auf.

Sein Glaube, dass er noch am Leben war, wurde auf eine harte Probe gestellt, denn Roland hing in der Schwebe in einer Welt weißer Schönheit – sein erster, verwirrter Gedanke war, dass er sich im Himmel befand und in einer Schönwetterwolke schwebte. Ringsum ertönte das zirpende Singen der Insekten. Und nun konnte er auch die Glocken läuten hören.

Er versuchte, den Kopf zu drehen, und schwankte in einer Art Harnisch. Er konnte ihn knirschen hören. Der leise Gesang der Insekten, der sich anhörte wie Grillen im Gras am Ende eines Tages daheim in Gilead, geriet ins Stocken, der Rhythmus wechselte. In diesem Augenblick schienen Schmerzen wie ein Baum in Rolands Rücken zu wachsen. Er hatte keine Ahnung, woraus die brennenden Äste bestehen mochten, aber der Stamm war ganz sicher seine Wirbelsäule. Weitaus schlimmere Schmerzen pochten in einem seiner Beine – in seiner Verwirrung konnte der Revolvermann nicht feststellen, in welchem. *Da hat mich die Keule mit den Nägeln getroffen*, dachte er. Und weitere Schmerzen in seinem Kopf. Sein Schädel fühlte sich wie eine aufgeschlagene Eierschale an. Er schrie auf und konnte kaum glauben, dass das heisere Krächzen, das er hörte, aus seiner eigenen Kehle kam. Außerdem bildete er sich ein, dass er in weiter Ferne den Kreuzhund bellen hören konnte.

Liege ich im Sterben? Bin ich wieder einmal ganz am Ende aufgewacht?

Eine Hand strich über seine Stirn. Er konnte sie spüren, aber nicht sehen – Finger wanderten über seine Haut und verweilten hier und da, um einen Knoten oder eine Falte zu massieren. Köstlich, wie ein Schluck kühlen Wassers an einem heißen Tag. Er wollte die Augen schließen, doch da kam ihm ein schrecklicher Gedanke: Angenommen, diese Hand wäre grün, und die Frau, der sie gehörte, trüge eine zerrissene rote Jacke über ihren Hängebrüsten?

Und wenn es so ist? Was könntest du tun?

»Psst, Mann«, sagte die Stimme einer jungen Frau ... vielleicht war es auch die Stimme eines Mädchens. Mit Sicherheit war die erste Person, an die Roland dachte, Susan, das Mädchen aus Mejis, die ihn mit *Ihr* angesprochen hatte.

»Wo ... wo ...«

»Psst, nicht bewegen! 's ist viel zu früh.«

Der Schmerz in seinem Rücken klang ab, aber das Bild des Schmerzes in Form eines Baums blieb bestehen, denn seine Haut selbst schien sich zu bewegen wie Laub in einer sanften Brise. Wie konnte das sein?

Er ließ die Frage auf sich beruhen – ließ alle Fragen auf sich beruhen – und konzentrierte sich auf die kleine, kühle Hand, die seine Stirn streichelte.

»Psst, hübscher Mann. Gottes Liebe sei mit dir. Aber schwer verwundet bist du. Sei still. Werde gesund.«

Der Hund hatte aufgehört zu bellen (wenn das nicht sowieso Einbildung gewesen war), und Roland bemerkte wieder dieses leise Knirschen. Es erinnerte ihn an Pferdezaumzeug oder etwas

(*Henkerstrick*)

woran er jetzt nicht denken wollte. Er bildete sich ein, dass er einen Druck unter seinen Oberschenkeln, seinen Pobacken und möglicherweise ... ja, seinen Schultern spüren konnte.

Ich bin gar nicht im Bett. Ich glaube, ich bin über einem Bett. Kann das sein?

Er fragte sich, ob er in einer Schlinge sein konnte. Er glaubte sich zu erinnern, wie einmal ein Bursche, als er selbst noch ein Junge gewesen war, im Zimmer des Pferdedoktors hinter dem Großen Saal ähnlich aufgehängt gewesen war. Ein Stallbursche, der sich so schlimme Petroleumverbrennungen zugezogen hatte, dass man ihn nicht in ein Bett legen konnte. Der Mann war gestorben, aber nicht schnell genug; zwei Nächte waren seine schrillen Schreie durch die duftende sommerliche Luft über dem Versammlungsfeld gehallt.

Bin ich demnach verbrannt, nichts weiter als ein Stück Schlacke mit Beinen, das in einer Schlinge hängt?

Die Finger berührten seine Stirn in der Mitte und rieben das Stirnrunzeln weg, das sich dort bildete. Und es war, als hätte die Stimme, die zu der Hand gehörte, seine Gedanken gelesen und mit den Spitzen der empfindsamen, besänftigenden Finger aufgesogen.

»Du wirst wieder gesund, wenn Gott will, Sai«, sagte die Stimme, die zu der Hand gehörte. »Aber die Zeit gehört Gott, nicht dir.«

Nein, hätte er gesagt, wenn er dazu imstande gewesen wäre. *Die Zeit gehört dem Turm.*

Dann sank er wieder so unbeschwert, wie er aufgestiegen war, nach unten, weg von der Hand und den traumhaften Geräuschen von Insekten und läutenden Glocken. Es folgte ein Intervall, der Schlaf gewesen sein konnte oder vielleicht Bewusstlosigkeit, aber bis ganz nach unten sank er nicht mehr.

Einmal glaubte er, die Stimme des Mädchens zu hören, aber sicher war er nicht, weil die Stimme diesmal vor Wut oder Angst, oder beidem, verzerrt klang. »Nein!«, schrie sie. »Ihr könnt es ihm nicht wegnehmen, und das wisst ihr! Geht eures Weges und redet nicht mehr davon, los!«

Als er zum zweiten Mal das Bewusstsein wiedererlangte, war er körperlich nicht kräftiger, aber geistig ein wenig mehr er selbst. Als er die Augen aufschlug, sah er nicht das Innere einer Wolke, sondern als Erstes fiel ihm wieder derselbe Ausdruck ein – *weiße Schönheit*. In gewisser Weise war es der schönste Ort, den Roland je in seinem Leben besucht hatte ... was teilweise natürlich daran lag, dass er noch ein Leben *hatte*, aber überwiegend daran, dass es hier so elfenhaft und friedlich war.

Es war ein riesiges Zimmer, hoch und lang. Als Roland schließlich den Kopf drehte – vorsichtig, so vorsichtig –, um seine Größe abzuwägen, schätzte er, dass der Raum von einem Ende zum anderen mindestens zweihundert Meter lang sein musste. Er war schmal, aber seine Höhe vermittelte den Eindruck einer immensen Geräumigkeit.

Es gab keine Wände oder Decken in dem Sinne, wie er sie kannte, obwohl es ein wenig so war, als befände er sich in einem großen Zelt. Über ihm schien die Sonne auf bauschige Bahnen dünner weißer Seide, die das Licht dämpften und es in die hellen Wölbungen verwandelte, die er zunächst für Wolken gehalten hatte. Unter diesem Seidenbaldachin war der Raum so grau wie die Dämmerung. Die Wände, ebenfalls aus Seide, warfen Falten wie Segel in einer leichten Brise. An jeder Bahn befand sich ein durchhängendes Seil mit kleinen Glöckchen. Diese berührten den Stoff, und wenn sich die Wände bauschten, läuteten sie in einem leisen und bezaubernden Einklang wie ein Glockenspiel.

Ein Gang verlief in der Mitte des langen Raumes; auf beiden Seiten standen Betten, jedes mit sauberen weißen Laken bezogen und gestärkten weißen Kissen am Kopf. Rund vierzig standen jenseits des Mittelgangs, alle leer, und vierzig auf Rolands Seite. Hier waren zwei weitere Betten belegt, eines rechts von Roland. Dieser Bursche –

Es ist der Junge. Der in dem Trog gelegen hat.

Bei dem Gedanken bekam Roland eine Gänsehaut auf den Armen, und ein hässlicher abergläubischer Schrecken durchfuhr ihn. Er betrachtete den schlafenden Jungen genauer.

Kann nicht sein. Du bist nur verwirrt, das ist alles; es kann nicht sein.

Aber auch nach eingehender Betrachtung konnte er den Gedanken nicht abschütteln. Es sah zumindest so aus, als sei es der Junge aus dem Trog, wahrscheinlich krank (weshalb hätte er sich sonst an diesem Ort befinden sollen?), aber längst nicht tot; Roland konnte sehen, wie sich seine Brust langsam hob und senkte und die Finger, die über die Bettkante hingen, gelegentlich zuckten.

Du hast ihn nicht gut genug sehen können, um wirklich sicher zu sein, und nach ein paar Tagen in diesem Trog hätte ihn seine eigene Mutter nicht mehr mit Sicherheit erkennen können.

Aber Roland, der eine Mutter gehabt hatte, wusste es besser. Und er wusste auch, dass er das goldene Medaillon am Hals des Jungen gesehen hatte. Kurz vor dem Angriff des grünen Volks hatte er es dem Leichnam des Jungen abgenommen und in die Tasche gesteckt. Nun hatte es jemand – wahrscheinlich die Besitzer dieses Ortes, die das unterbrochene Leben des Burschen, der James hieß, auf wundersame Weise wiederhergestellt hatten – Roland abgenommen und dem Jungen wieder um den Hals gelegt.

Hatte das Mädchen mit der wunderbar kühlen Hand es getan? Hielt sie Roland infolgedessen für einen Ghul, der die Toten bestahl? Der Gedanke gefiel ihm nicht. Tatsächlich machte ihn diese Vorstellung nervöser als der Gedanke, dass der aufgeblähte Leichnam des jungen Cowboys irgendwie seine normale Größe wiedererhalten hatte und wiederbelebt worden war.

Weiter unten auf dieser Seite des Mittelgangs, rund ein Dutzend freie Betten von dem Jungen und Roland Deschain entfernt, sah der Revolvermann den dritten Insassen dieses seltsamen Lazaretts. Dieser Bursche sah aus, als wäre er mindestens viermal so alt wie der Junge, doppelt so alt wie der Revolvermann. Er hatte einen langen Bart, mehr grau als schwarz, der ihm in zwei verfilzten Strähnen auf die Brust reichte. Das zugehörige Gesicht war sonnenverbrannt, runzlig und aufgedunsen unter den Augen. Ein dicker, dunkler Wulst, den Roland für eine Narbe hielt, verlief von seiner linken Wange über den Nasenrücken. Der bärtige Mann schlief entweder oder war bewusstlos – Roland konnte ihn schnarchen hören –, und er hing neunzig Zentimeter über seinem Bett, von einer komplexen Anordnung weißer Gurte gehalten, die in der trüben Luft schimmerten. Die Gurte überkreuzten sich und bildeten eine Reihe von Achten um den ganzen Körper des Mannes herum. Er sah aus wie ein Insekt in einem exotischen Spinnennetz. Er trug ein gazeartiges weißes Nachthemd. Einer der Gurte verlief unter seinen Pobacken und hob seinen Schritt in einer Weise an, als würde er die Wölbung seiner Genitalien der grauen und verträumten Luft darbieten. Weiter unten konnte Roland die dunklen Schattenrisse seiner Beine sehen. Sie wirkten verkrümmt wie uralte, abgestorbene Bäume. Roland mochte gar nicht daran denken, an wie vielen Stellen sie gebrochen sein mussten, um so auszusehen. Und doch schienen sie sich zu *bewegen*. Wie konnte das sein, wenn der bärtige Mann bewusstlos war? Vielleicht eine Täuschung durch das Licht oder die Schatten … vielleicht bewegte sich das gazeartige Nachthemd des Mannes in der leichten Brise oder …

Roland wandte den Blick ab, sah zu den bauschigen Seidenbahnen hoch über sich empor und versuchte, seinen rasenden Herzschlag unter Kontrolle zu bringen. Was er gesehen hatte, war nicht von Wind oder den Schatten oder sonst etwas verursacht worden. Die Beine des Mannes bewegten sich irgendwie, ohne sich zu bewegen … wie sich Rolands Rücken deutlich fühlbar bewegt hatte, ohne sich zu bewegen. Er wusste nicht, was ein derartiges Phänomen verursachen konnte – und wollte es auch nicht wissen, jedenfalls noch nicht.

»Ich bin nicht bereit«, flüsterte er. Seine Lippen fühlten sich sehr trocken an. Er machte die Augen wieder zu, wollte schlafen, wollte nicht darüber nachdenken, was die verkrümmten Beine des Mannes über seinen eigenen Zustand aussagen mochten. Aber –

Aber du solltest dich besser bereit machen.

Das war die Stimme, die sich stets zu melden schien, wenn

er versuchte, sich durchzumogeln oder eine Arbeit aufzugeben oder den einfachsten Weg um ein Hindernis herum zu
suchen. Es war die Stimme von Cort, seinem alten Lehrmeis-
ter. Der Mann, dessen Stock sie als Jungs alle gefürchtet hatten. Aber seinen Stock hatten sie nicht so sehr gefürchtet wie
seinen Mund. Seinen Spott, wenn sie schwach waren, seine
Verachtung, wenn sie sich beschwerten oder versuchten,
über ihr Los zu jammern.

*Bist du ein Revolvermann, Roland? Wenn ja, dann soll-
test du dich besser bereit machen.*

Roland schlug die Augen wieder auf und drehte den Kopf
nach links. Dabei spürte er, wie sich etwas an seiner Brust
verschob.

Sehr langsam nahm er die rechte Hand aus der Schlinge.
Die Schmerzen in seinem Rücken erwachten murmelnd. Er
verharrte reglos, bis er sicher war, dass sie nicht mehr schlimmer werden würden (jedenfalls wenn er vorsichtig war),
dann schob er die Hand das restliche Stück bis zur Brust. Er
berührte fein gesponnenes Tuch. Baumwolle. Er presste das
Kinn auf das Brustbein und sah, dass er das gleiche Nachthemd trug wie das, von dem der Körper des bärtigen Mannes verhüllt wurde.

Roland schob die Hand unter die Halsöffnung des Nachthemds und fühlte eine feine Kette. Ein Stück weiter unten
stießen seine Finger auf ein rechteckiges Stück Metall. Er
glaubte zu wissen, was es war, musste aber Gewissheit haben. Er zog es heraus, wobei er sich immer noch mit großer
Vorsicht bewegte und versuchte, seine Rückenmuskulatur
nicht zu belasten. Ein goldenes Medaillon. Er riskierte
Schmerzen und hob es hoch, bis er die Gravur lesen konnte:

James
Geliebt von seiner Familie. Geliebt von GOTT.

Er steckte es in das Nachthemd zurück und sah wieder zu
dem schlafenden Jungen im Nachbarbett – *im Bett*, nicht

darüber aufgehängt. Die Decke war nur bis zu den Rippen des Jungen hochgezogen, das Medaillon lag auf seiner Brust, auf dem makellosen Weiß des Nachthemds. Dasselbe Medaillon, das Roland nun trug. Außer ...

Roland glaubte, dass er verstand, und dieses Verstehen war eine Erleichterung.

Er sah wieder zu dem bärtigen Mann und bemerkte etwas höchst Seltsames: Der dicke, schwarze Wulst der Narbe auf Wange und Nase des bärtigen Mannes war verschwunden. Wo er gewesen war, befand sich nun das rosarote Mal einer heilenden Wunde ... möglicherweise einer Schnitt- oder Hiebverletzung.

Ich habe es mir eingebildet.

Nein, Revolvermann, entgegnete Corts Stimme. *Deinesgleichen ist nicht mit Einbildungskraft bedacht. Wie du sehr wohl weißt.*

Die wenigen Bewegungen hatten ihn wieder müde gemacht ... vielleicht war es aber auch das Denken gewesen, das ihn wirklich müde gemacht hatte. Die singenden Insekten und läutenden Glocken taten sich zusammen und ließen eine Art Schlummerlied erklingen, dem er sich nicht entziehen konnte. Als Roland diesmal die Augen zumachte, schlief er.

III. Fünf Schwestern. Jenna. Die Ärzte von Eluria. Das Medaillon. Ein Schweigegelübde.

Als Roland wieder erwachte, war er zunächst sicher, dass er immer noch schlief. Träumte. Einen Albtraum hatte.

Einst, zu der Zeit, als er Susan Delgado getroffen und sich in sie verliebt hatte, hatte er eine Hexe namens Rhea gekannt – die erste echte Hexe von Mittwelt, der er je begegnet war. Sie war schuld an Susans Tod, auch wenn Roland selbst dabei eine Rolle gespielt hatte. Als er nun die Augen aufschlug und Rhea nicht nur einmal, sondern fünfmal sah, dachte er: *Das kommt davon, wenn man sich an alte Zeiten erinnert.*

*Als ich Susan heraufbeschworen habe, da habe ich auch
Rhea vom Coos heraufbeschworen. Rhea und ihre Schwestern.*

Die fünf trugen wallende Gewänder so weiß wie die Wände und Deckenbahnen. Ihre steinalten Vettelgesichter wurden von ebenfalls weißen Hauben eingerahmt, und im Vergleich dazu wirkte ihre Haut so grau und runzlig wie
ausgetrocknete Erde. Von den Seidenbändern, die ihr Haar
gefangen hielten (wenn sie denn tatsächlich Haare hatten),
hingen wie Gebetsriemen Kordeln mit winzigen Glöckchen,
die läuteten, wenn sie sich bewegten oder redeten. In Brust-
höhe war eine blutrote Rose auf ihre schneeweißen Gewänder gestickt ... das *Sigul* des Dunklen Turms. Als er das sah,
dachte Roland: *Ich träume nicht. Diese Hexen sind real.*

»Er wacht auf!«, rief eine mit einer grausig koketten Stimme.

»Oooo!«

»Ooooh!«

»Ah!«

Sie flatterten herum wie Vögel. Die in der Mitte trat vor,
und dabei schienen ihre Gesichter alle zu wabern wie die Seidenwände der Station. Er sah, dass sie doch nicht alt waren –
vielleicht in mittlerem Alter, aber nicht alt.

Doch. Sie sind alt. Sie haben sich verändert.

Diejenige, die nun das Kommando übernahm, war größer
als die anderen und hatte eine breite, leicht gewölbte Stirn.
Sie beugte sich über Roland, und die Glöckchen, die ihr Gesicht umrahmten, klingelten. Irgendwie wurde Roland bei
dem Geräusch übel, und er fühlte sich schwächer als noch
einen Augenblick zuvor. Ihre hellbraunen Augen waren ste-
chend. Möglicherweise gierig. Sie berührte seine Wange einen Moment, und ein taubes Gefühl schien sich von der Stelle auszubreiten. Dann sah sie nach unten, worauf ein
Ausdruck, den man beunruhigt hätte nennen können, ihr
Gesicht verzerrte. Sie nahm die Hand weg.

»Du wachst auf, hübscher Mann. Das tust du. 's ist gut.«

»Wer seid ihr? Wo bin ich?«

»Wir sind die Kleinen Schwestern von Eluria«, sagte sie. »Ich bin Schwester Mary. Hier sind Schwester Louise, Schwester Michela, Schwester Coquina –«

»Und Schwester Tamra«, sagte die letzte. »Ein hübsches Mädchen von eins-und-zwanzig Jahren.« Sie kicherte. Ihr Gesicht flimmerte, und einen Moment sah sie wieder so alt wie die Welt aus. Hakennase, graue Haut. Roland musste wieder an Rhea denken.

Sie kamen näher, umringten den komplizierten Harnisch, in dem er frei schwebend hing, und als Roland zurückschreckte, loderten die Schmerzen in seinem Rücken und dem verletzten Bein wieder auf. Er stöhnte. Die Bänder, die ihn festhielten, ächzten.

»Ooooo!«

»Es tut weh!«

»Tut ihm weh!«

»So schrecklich weh!«

Sie drängten sich noch näher, als faszinierten die Schmerzen sie. Und nun konnte er sie riechen, einen trockenen, erdigen Geruch. Die namens Schwester Michela streckte die Hand aus –

»Geht weg! Lasst ihn in Ruhe! Hab ich es euch nicht schon mal gesagt?«

Sie sprangen erschrocken zurück, als die Stimme ertönte. Schwester Mary sah besonders erbost aus. Aber sie zog sich mit einem letzten finsteren Blick (Roland hätte es beschworen) auf das Medaillon zurück, das auf seiner Brust lag. Als er das letzte Mal erwacht war, hatte er es unter das Nachthemd geschoben, aber nun war es wieder draußen.

Eine sechste Schwester erschien und zwängte sich grob zwischen Mary und Tamra hindurch. Diese hier war vielleicht tatsächlich erst eins-und-zwanzig und hatte rosige Wangen, glatte Haut und dunkle Augen. Ihre weiße Tracht bauschte sich wie ein Traum. Die rote Rose auf ihrer Brust zeichnete sich ab wie ein Fluch.

»Geht! Lasst ihn in Ruhe!«

»Oooo, meine *Liebe*!«, rief Schwester Louise mit einer lachenden und zugleich wütenden Stimme. »Da ist Jenna, das Baby – und hat sie sich nicht in ihn verliebt?«

»Das hat sie!«, lachte Tamra. »Baby gehört ihm mit ganzem Herzen!«

»Oh, so *ist* es!«, stimmte Schwester Coquina zu.

Mary drehte sich zu dem Neuankömmling um und schürzte die Lippen zu einem verkniffenen Lächeln. »Du hast hier nichts zu suchen, unverschämtes Mädchen.«

»Wenn ich es sage, dann doch«, entgegnete Schwester Jenna.

Nun schien sie selbstbewusster zu sein. Eine schwarze Haarlocke war unter ihrer Haube hervorgerutscht und lag auf ihrer Stirn wie ein Komma. »Geht jetzt! Er ist nicht in der Verfassung für eure Scherze und euer Gelächter.«

»Gib uns keine Befehle«, sagte Schwester Mary, »denn wir machen niemals Scherze. Das weißt du, Schwester Jenna.«

Das Gesicht des Mädchens wurde etwas sanfter, und Roland sah, dass sie sich fürchtete. Da bekam er Angst um sie. Und auch um sich. »Geht«, wiederholte sie. »'s ist nicht die Zeit. Gibt es keine anderen zu versorgen?«

Schwester Mary schien zu überlegen. Die anderen beobachteten sie. Schließlich nickte sie und sah lächelnd auf Roland herab. Wieder schien ihr Gesicht zu wabern, wie etwas, das man hinter Hitzeflimmern sieht. Was er darunter sah (oder zu sehen glaubte), war grässlich und argwöhnisch. »Gehab dich wohl, hübscher Mann«, sagte sie zu Roland. »Bleib ein Weilchen bei uns, und wir werden dich heilen.«

Habe ich eine andere Wahl?, dachte Roland.

Die anderen lachten, ein Vogelzwitschern, das im Halbdunkel aufstieg wie Girlanden: Schwester Michela warf ihm tatsächlich eine Kusshand zu.

»Kommt, meine Damen!«, rief Schwester Mary. »Wir lassen Jenna bei ihm im Andenken an ihre Mutter, die wir über alles geliebt haben!« Und damit führte sie die anderen weg, fünf weiße Vögel, die den Mittelgang hinunterschwebten, sodass ihre Röcke hierhin und dorthin nickten.

»Danke«, sagte Roland und sah zu dem Mädchen auf, dem die kühle Hand gehörte ... denn er wusste, daß sie es war, die ihn getröstet hatte.

Sie nahm seine Finger, als wollte sie es ihm beweisen, und liebkoste sie. »Sie wollen dir nichts Böses«, sagte sie ... aber Roland sah, dass sie kein Wort davon glaubte, und er auch nicht. Er steckte hier in Schwierigkeiten, in großen Schwierigkeiten.

»Was ist das für ein Haus?«

»Unser Haus«, sagte sie nur. »Das Heim der Kleinen Schwestern von Eluria. Unser Kloster, wenn du so willst.«

»Dies ist kein Kloster«, sagte Roland und betrachtete die freien Betten hinter ihr. »Es ist ein Lazarett. Oder nicht?«

»Ein Hospital«, sagte sie und streichelte weiter seine Finger. »Wir dienen den Ärzten ... und sie dienen uns.« Roland faszinierte die Haarlocke auf ihrer milchweißen Stirn – er hätte sie gestreichelt, wenn er gewagt hätte, die Hand zu heben. Nur um zu spüren, wie sie sich anfühlte. Er fand sie wunderschön, weil sie das einzige Dunkle in dem ganzen Weiß war. Das Weiß hatte seinen Reiz für ihn verloren. »Wir sind Krankenschwestern ... oder waren es, bevor die Welt sich weitergedreht hat.«

»Gehört ihr zu dem Jesusmann?«

Einen Moment sah sie überrascht aus, fast erschrocken, dann lachte sie herzlich. »Nein, wir doch nicht!«

»Wenn ihr Krankenschwestern seid ... Pflegerinnen – wo sind die Ärzte?«

Sie sah ihn an und biss sich auf die Lippe, als müsste sie eine Entscheidung treffen. Roland fand ihre Zweifel über die Maßen bezaubernd und stellte fest, dass er, krank hin oder her, zum ersten Mal eine Frau als Frau ansah, seit Susan Delgado gestorben war, und das war lange her. Seitdem hatte sich die ganze Welt verändert, und das nicht zum Besseren.

»Möchtest du das wirklich wissen?«

»Ja, natürlich«, sagte er ein wenig überrascht. Und ein wenig beunruhigt. Er erwartete, dass ihr Gesicht flimmern und sich verändern würde wie die Gesichter der anderen. Aber dazu kam es nicht. Und sie hatte auch nicht diesen unangenehmen Geruch nach toter Erde an sich. *Warte*, ermahnte er sich. *Traue nichts hier, am allerwenigsten deinen Sinnen. Noch nicht.*

»Ich schätze, du musst es wissen«, sagte sie seufzend. Dabei läuteten die Glöckchen an ihrer Stirn, die dunkler waren als jene, die die anderen trugen – nicht schwarz, so wie ihr Haar, aber irgendwie verkohlt, als hätten sie im Rauch eines Lagerfeuers gehangen. Ihr Klang freilich war reinstes Silber.

»Versprich mir, dass du nicht schreien und den Pube in jenem Bett dort wecken wirst.«

»Den Pube?«

»Den Jungen. Versprichst du es?«

»Aye«, sagte er und verfiel in den halbvergessenen Dialekt des Äußeren Bogens, ohne es zu merken. Susans Dialekt. »Es ist lange her, dass ich zum letzten Mal geschrien habe, meine Hübsche.«

Daraufhin errötete sie eindeutig, natürlichere und lebendigere Rosen als die auf ihrer Brust stiegen in ihre Wangen.

»Nenne nicht hübsch, was du nicht richtig sehen kannst«, sagte sie.

»Dann nimm die Haube ab, die du trägst.«

Ihr Gesicht konnte er deutlich sehen, aber mehr als alles andere wollte er ihr Haar sehen – sehnte sich fast verzweifelt danach. Eine schwarze Flut in all diesem verträumten Weiß. Natürlich konnte es geschoren sein, weil alle in ihrem Orden es so trugen, aber irgendwie glaubte er das nicht.

»Nein, 's ist verboten.«

»Von wem?«

»Der großen Schwester.«

»Die sich Mary nennt?«

»Aye, sie.« Sie wandte sich ab, hielt inne, sah über die

Schulter. Bei einem anderen Mädchen ihres Alters, das ebenso hübsch war, hätte dieser Blick frivol gewirkt. Bei diesem Mädchen war er nur ernst.

»Denk an dein Versprechen.«

»Aye, kein Schrei.«

Sie ging mit schwingendem Rock zu dem bärtigen Mann. Im Halbdunkel warf sie nur den Hauch eines Schattens auf die freien Betten, an denen sie vorbeischritt. Als sie den Mann erreichte (der bewusstlos war, dachte Roland, und nicht nur schlief), drehte sie sich noch einmal zu Roland um. Er nickte.

Schwester Jenna trat auf der anderen Seite des Betts dicht an den hängenden Mann heran, sodass Roland sie durch die Schlingen und Schlaufen aus gewobener weißer Seide sah. Sie legte die Hand behutsam auf die linke Seite seiner Brust, beugte sich über ihn … und schüttelte den Kopf von einer Seite auf die andere, als würde sie heftig etwas verneinen. Die Glöckchen an ihrer Stirn läuteten hell, und Roland verspürte erneut seltsame Regungen in seinem Rücken, gefolgt von einer sanften Aufwallung von Schmerz. Es war, als wäre er erschauert, ohne richtig zu erschauern, oder wie in einem Traum.

Was als Nächstes geschah, entlockte ihm fast *doch* einen Schrei; er musste die Zähne zusammenbeißen. Wieder schienen sich die Beine des bewusstlosen Mannes zu bewegen, ohne sich zu bewegen … weil sich das bewegte, was *auf* ihnen war. Die haarigen Schienbeine, Knöchel und Füße des Mannes ragten unter dem Saum seines Nachthemds hervor. Eine schwarze Welle von Käfern glitt an ihnen entlang. Sie zirpten heftig, wie eine Kolonne, die beim Marschieren singt.

Roland erinnerte sich an die schwarze Narbe auf Wange und Nase des Mannes – die Narbe, die verschwunden war. Das waren natürlich auch solche Käfer gewesen. Und sie waren auch auf *ihm*. So konnte er zittern, ohne zu zittern. Sie waren überall auf seinem Rücken. *Labten* sich an ihm.

Nein, es war nicht so leicht, wie er gedacht hatte, einen Schrei zu unterdrücken.

Die Käfer liefen zu den Zehenspitzen des schwebenden Mannes und sprangen in Wellen von ihm herunter wie Geschöpfe, die von einem Ufer in einen Tümpel sprangen. Sie sammelten sich rasch und unproblematisch auf dem blütenweißen Laken darunter und marschierten als rund dreißig Zentimeter breites Bataillon auf den Boden hinunter. Roland konnte sie nicht richtig sehen, die Entfernung war zu groß und das Licht zu schwach, dachte aber, dass sie ungefähr doppelt so groß wie Ameisen waren und etwas kleiner als die dicken Honigbienen, die zu Hause über die Blumenbeete geschwirrt waren.

Sie sangen, während sie marschierten.

Der bärtige Mann sang nicht. Als die Schwärme der Käfer, die seine verkrümmten Beine bedeckt hatten, sich zurückzogen, erschauerte er und stöhnte. Die junge Frau legte ihm die Hand auf die Stirn und tröstete ihn, was Roland trotz des Ekels, den er empfand, ein wenig eifersüchtig machte.

Aber war das, was er sah, wirklich so grässlich? In Gilead waren Egel bei gewissen Leiden zur Anwendung gekommen – vorwiegend bei Schwellungen am Gehirn, an Achselhöhlen und Lenden. Was das Gehirn betraf, waren die Egel, so hässlich sie waren, unbedingt der nächsten Stufe vorzuziehen, die in einer Schädelbohrung bestand.

Und doch *hatten* sie etwas Abstoßendes an sich, vielleicht nur, weil er sie nicht sehen konnte und es schrecklich war, sich vorzustellen, dass sie über seinen ganzen Rücken wuselten, während er hier hilflos hing. Aber nicht sangen. Warum nicht? Weil sie fraßen? Schliefen? Beides gleichzeitig?

Das Stöhnen des bärtigen Mannes klang ab. Die Käfer marschierten auf dem Boden zu einer der sanft wallenden Seidenwände. Roland verlor ihre Spur in den Schatten.

Jenna kam mit besorgten Blicken zu ihm zurück. »Hast dich gut gehalten. Aber ich sehe, wie du dich fühlst; es steht dir im Gesicht geschrieben.«

»Die Ärzte«, sagte er.

»Ja. Ihre Macht ist sehr groß, aber …« Sie senkte die Stimme. »Ich fürchte, dem Alten können sie nicht mehr helfen. Seine Beine sind ein bisschen besser, und die Wunden in seinem Gesicht sind fast verheilt, aber er hat Verletzungen, wo die Ärzte nicht hinkommen.« Sie strich mit einer Hand über ihre Leibesmitte, womit sie die verletzten Stellen andeutete, wenn schon nicht die Art der Verletzungen.

»Und ich?«, fragte Roland.

»Bist vom grünen Volk geschnappt worden«, sagte sie. »Musst sie mächtig geärgert haben, dass sie dich nicht gleich getötet haben. Stattdessen haben sie dich mit Seilen gefesselt und verschleppt. Tamra, Michela und Louise waren draußen und haben Kräuter gesammelt. Sie haben gesehen, wie das grüne Volk mit dir gespielt hat, und ihm Einhalt geboten, aber –«

»Machen die Muties immer, was ihr sagt, Schwester Jenna?«

Sie lächelte, vielleicht weil sie sich freute, dass er sich an ihren Namen erinnerte. »Nicht immer, aber meistens. Diesmal haben sie es, sonst hättest du schon deine Lichtung am Ende des Weges gefunden.«

»Das nehme ich an.«

»Die Haut auf deinem Rücken war fast völlig abgezogen – rot warst du vom Nacken bis zur Taille. Die Narben wirst du immer tragen, aber die Ärzte haben dich schon gut wiederhergestellt. Und ihr Gesang ist recht schön, oder nicht?«

»Ja«, sagte Roland, aber der Gedanke, dass diese schwarzen Biester über seinen Rücken krabbelten und auf seinem rohen Fleisch saßen, stieß ihn immer noch ab. »Ich schulde dir Dank und spreche ihn freimütig aus. Wenn ich etwas für dich tun kann –«

»Dann sag mir deinen Namen. Tu das.«

»Ich bin Roland von Gilead. Ein Revolvermann. Ich hatte Revolver, Schwester Jenna. Hast du sie gesehen?«

»Ich habe keine Schießeisen gesehen«, sagte sie, wandte aber den Blick ab. Die Rosen erblühten wieder auf ihren

Wangen. Sie mochte eine gute Krankenschwester sein, und hübsch, aber Roland fand, dass sie eine schlechte Lügnerin war. Das freute ihn. Gute Lügner gab es viele. Ehrlichkeit, auf der anderen Seite, war Mangelware.

Lass die Unwahrheit vorerst durchgehen, sagte er zu sich. *Ich fürchte, sie sagt sie aus Furcht.*

»Jenna!« Der Ruf ertönte aus den dunkleren Schatten am anderen Ende des Lazaretts – das dem Revolvermann heute länger denn je vorkam –, und Schwester Jenna zuckte schuldbewusst zusammen. »Komm her! Du hast genug Worte gewechselt, um zwanzig Männer zu unterhalten! Lass ihn schlafen!«

»Aye!«, rief sie und drehte sich zu Roland um. »Verrate nicht, dass ich dir die Ärzte gezeigt habe.«

»Meine Lippen sind versiegelt, Jenna.«

Sie verharrte, biss sich wieder auf die Lippe und schob plötzlich ihre Haube zurück. Die Haube fiel unter leisem Glockengeläut auf ihren Rücken. Das aus seinem Gefängnis befreite Haar umspielte ihre Wangen wie Schatten.

»*Bin* ich hübsch? *Bin* ich es? Sag mir die Wahrheit, Roland von Gilead – keine Schmeichelei. Schmeichelei ist nur eine Kerzenlänge lang gütig.«

»Hübsch wie eine Sommernacht.«

Was sie in seinem Gesicht sah, schien sie mehr zu erfreuen als seine Worte, denn sie lächelte strahlend. Sie zog die Haube wieder auf und steckte das Haar mit blitzschnellen, knappen Bewegungen ihrer Finger darunter. »Sehe ich anständig aus?«

»So anständig wie hübsch«, sagte er, dann hob er vorsichtig einen Arm und zeigte auf ihre Stirn. »Eine Locke schaut heraus ... genau da.«

»Aye, es ist immer diese eine, die mir einen Streich spielt.« Mit einer komischen kurzen Grimasse schob sie die Locke zurück. Roland überlegte sich, wie gern er ihre rosigen Wangen geküsst hätte ... und vielleicht obendrein auch ihren rosigen Mund.

»Alles an seinem Platz«, sagte er.

»*Jenna!*« Der Ruf klang ungeduldiger denn je. »Meditation!«

»Ich komme sofort!«, rief sie zurück und raffte ihre voluminösen Röcke, um zu gehen. Aber sie wandte sich noch einmal um, und nun war ihr Gesicht sehr streng und ernst. »Eines noch«, sagte sie mit einer Stimme, die nur ein Hauch lauter als ein Flüstern war. Sie warf hastig einen Blick hinter sich. »Das goldene Medaillon, das du trägst – das trägst du, weil es deins ist. Hast du verstanden ... James?«

»Ja.« Er drehte den Kopf ein wenig und sah den schlafenden Jungen an. »Das ist mein Bruder.«

»Wenn sie dich fragen, ja. Alles andere würde Jenna in große Schwierigkeiten bringen.«

In wie große, fragte er nicht, aber sie hatte sich ohnehin schon entfernt und schien mit dem gerafften Rock in einer Hand an den freien Betten vorbei durch den Mittelgang zu schweben. Die Rosen waren aus ihrem Gesicht verschwunden, sodass ihre Wangen und Stirn wie Asche wirkten. Er erinnerte sich an die gierigen Mienen der anderen, wie sie sich immer enger um ihn geschart hatten ... und wie ihre Gesichter geflimmert hatten.

Sechs Frauen, fünf alt und eine jung.

Ärzte, die sangen und auf dem Boden davonkrabbelten, wenn sie von läutenden Glöckchen verscheucht wurden.

Und eine merkwürdige Krankenstation mit rund hundert Betten, eine Station mit Decke und Wänden aus Seide ...

... und alle Betten leer, bis auf drei.

Roland wusste nicht, weshalb Jenna das Medaillon des toten Jungen aus seiner Hosentasche genommen und es ihm um den Hals gelegt hatte, vermutete aber, wenn sie es herausfanden, würden die Kleinen Schwestern von Eluria sie dafür töten.

Roland machte die Augen zu, und der leise Gesang der Ärzte-Insekten lullte ihn wieder in den Schlaf.

IV. Ein Teller Suppe. Der Junge im Nachbarbett.
Die Nachtschwestern.

Roland träumte, dass ein sehr großer Käfer (möglicherweise
ein Ärzte-Käfer) um seinen Kopf flog und mehrfach gegen
seine Nase stieß – Zusammenstöße, die eher ärgerlich als
schmerzhaft waren. Er schlug wiederholt nach dem Käfer,
und obwohl seine Hände unter normalen Umständen un-
heimlich schnell waren, verfehlte er ihn immer. Und jedes
Mal, wenn er ihn verfehlte, kicherte der Käfer.
Ich bin langsam, weil ich krank war, dachte er.
Nein, in einen Hinterhalt geraten bin. Von Langsamen
Mutanten über die Erde geschleift, von den Kleinen Schwestern von Eluria gerettet.
Plötzlich sah Roland deutlich das Bild vom Schatten eines
Mannes vor sich, der aus dem Schatten eines umgestürzten
Wagens wuchs; hörte eine hämische Stimme rufen: »Buh!«
Er erwachte und zuckte so heftig zusammen, dass sein
ganzer Körper in der Verflechtung von Schlingen schwankte, und die Frau, die neben seinem Kopf gestanden und geki-
chert hatte, während sie ihm leicht mit einem Holzlöffel auf
die Nase schlug, so hastig zurückwich, dass ihr der Teller in
der anderen Hand aus den Fingern glitt.
Rolands Hände schossen vor, und sie waren so schnell wie
eh und je – seine vergeblichen Versuche, den Käfer zu fangen, waren nur ein Teil seines Traums gewesen. Er fing den
Teller, bevor mehr als ein paar Tropfen verschüttet werden
konnten. Die Frau – Schwester Coquina – sah ihn mit großen, runden Augen an.
Die plötzliche Bewegung hatte Schmerzen in seinem ganzen Rücken ausgelöst, aber sie waren längst nicht mehr so
schlimm wie zuvor, und er verspürte auch keine Bewegung
mehr auf der Haut. Vielleicht schliefen die »Ärzte« nur, aber
er hatte den Verdacht, dass sie fort waren.
Er streckte die Hand nach dem Löffel aus, mit dem Coquina ihn geneckt hatte (ihn überraschte nicht im Gerings-

ten, stellte er fest, dass jemand wie sie einen kranken und schlafenden Mann derart necken konnte; es hätte ihn nur überrascht, wenn es Jenna gewesen wäre), und sie gab ihm den Löffel – immer noch mit großen Augen.

»Wie schnell du bist!«, sagte sie. »'s war wie ein Zaubertrick, und dabei warst du noch gar nicht richtig wach!«

»Vergiss es nie, Sai«, sagte er und kostete die Suppe. Winzige Stücke Hühnerfleisch schwammen darin. Unter anderen Umständen wäre sie ihm wahrscheinlich fad vorgekommen, aber unter diesen schmeckte sie wie Ambrosia. Er schlang sie gierig hinunter.

»Was meinst du damit?«, fragte sie. Das Licht war jetzt sehr gedämpft, die Wandbespannung auf der anderen Seite rosa-orange getönt, was auf Sonnenuntergang schließen ließ. In diesem Licht sah Coquina recht jung und hübsch aus ... aber Roland war sicher, dass es eine Täuschung war; eine Art von zauberischem Make-up.

»Ich meine nichts im Besonderen.« Roland legte den Löffel weg, weil es zu langsam damit ging, und führte stattdessen den ganzen Teller zum Mund. Auf diese Weise verschlang er die Suppe in vier großen Schlucken. »Ihr seid gütig zu mir gewesen –«

»Aye, das *waren* wir!«, sagte sie leicht verschnupft.

»– und ich hoffe, es gibt keine versteckten Motive für eure Güte. Falls doch, Schwester, denken Sie daran, dass ich schnell bin. Und was mich selbst betrifft, ich bin nicht immer gütig gewesen.«

Sie antwortete nicht, nahm nur den Teller, den Roland ihr reichte. Ganz zaghaft, vielleicht weil sie seine Finger nicht berühren wollte. Ihr Blick fiel auf die Stelle, wo das Medaillon wieder unter seinem Nachthemd verborgen lag. Er sagte nichts mehr, weil er seine Drohung nicht abschwächen wollte, indem er sie daran erinnerte, dass der Mann, der sie ausgesprochen hatte, unbewaffnet war, so gut wie nackt, und in der Luft hing, weil sein Rücken das Gewicht seines Körpers noch nicht tragen konnte.

»Wo ist Schwester Jenna?«, fragte er.

»Ooooo«, sagte Schwester Coquina und zog die Brauen hoch. »Wir mögen sie, nicht wahr? Sie lässt unser Herz …« Sie legte die Hand auf die Rose an ihrer Brust und bewegte sie schnell auf und ab.

»Keineswegs, keineswegs«, sagte Roland, »aber sie war gütig. Ich bezweifle, dass sie mich mit einem Löffel geneckt hätte, wie einige das gerne tun.«

Schwester Coquinas Lächeln erlosch. Sie sah wütend und besorgt zugleich aus. »Sag nichts davon zu Schwester Mary, wenn sie später vorbeischaut. Ich könnte Ärger bekommen.«

»Was geht mich das an?«

»Ich könnte mich an jemand rächen, der mich in Schwierigkeiten bringt, indem ich die kleine Jenna in Schwierigkeiten bringe«, sagte Schwester Coquina. »Sie steht sowieso schon im schwarzen Buch der Großen Schwester. Schwester Mary hat gar nicht gefallen, wie Jenna deinetwegen mit ihr gesprochen hat … und noch weniger gefällt ihr, dass Jenna die Dunklen Glocken trug, als sie zu uns zurückgekommen ist.«

Kaum waren diese Worte aus ihrem Mund, schlug Schwester Coquina eine Hand vor dieses vorlaute Organ, als wäre ihr klar geworden, dass sie zu viel gesagt hatte.

Roland faszinierte, was sie gerade gesagt hatte, aber er wollte es ihr nicht gerade jetzt zeigen, daher antwortete er nur: »Ich werde nichts über Sie verraten, wenn Sie Schwester Mary nichts über Jenna verraten.«

Coquina wirkte erleichtert. »Aye, dann sind wir uns einig.« Sie beugte sich verschwörerisch nach vorn. »Sie ist im Haus der Besinnung. Dorthin müssen wir zum Meditieren, wenn die Große Schwester meint, dass wir unartig gewesen sind. Jenna muss dort bleiben und über ihre Unverschämtheit nachdenken, bis Schwester Mary sie herauslässt.« Nach einer Pause fügte sie unvermittelt hinzu: »Wer ist das da neben dir? Kennst du ihn?«

Roland drehte den Kopf und sah, dass der junge Mann

erwacht war und zugehört hatte. Seine Augen waren so dunkel wie die von Jenna.

»Ob ich ihn kenne?«, fragte Roland mit dem, wie er hoffte, angemessenen Anflug von Verachtung in der Stimme. »Sollte ich meinen eigenen Bruder nicht kennen?«

»Ist er das wirklich, wo du so alt bist und er so jung?« Eine weitere Schwester schälte sich aus der Dunkelheit: Schwester Tamra, die sich als eins-und-zwanzig bezeichnet hatte. Kurz bevor sie an Rolands Bett trat, war ihr Gesicht das einer Vettel, die die Achtzig längst überschritten hatte ... oder die Neunzig. Dann flimmerte es und war wieder das feiste, gesunde Antlitz einer dreißigjährigen Matrone. Abgesehen von den Augen. Ihre Netzhäute blieben gelblich, die Augenwinkel verklebt, der Blick wachsam.

»Er ist der Jüngste, ich der Älteste«, sagte Roland. »Zwischen uns liegen sieben andere und zwanzig Jahre im Leben unserer Eltern.«

»Wie süß! Und wenn er dein Bruder ist, wirst du seinen Namen kennen, oder nicht? Wirst ihn sehr gut kennen.«

Bevor der Revolvermann herumstottern konnte, sagte der junge Mann: »Sie denken, du hättest einen einfachen Namen wie John Norman vergessen. Was sind sie doch für Herzblättchen, was, Jimmy?«

Coquina und Tamra sahen den blassen Jungen im Bett neben Roland sichtlich wütend an ... Sie waren eindeutig übertrumpft worden, zumindest vorerst.

»Ihr habt ihm eure Brühe gegeben«, sagte der Junge (dessen Medaillon ihn zweifellos als *John, Geliebt von seiner Familie. Geliebt von GOTT* auswies). »Warum geht ihr nicht und lasst uns ein Schwätzchen halten?«

»Nun!«, schnaufte Schwester Coquina. »Mir gefällt die Dankbarkeit hier in der Gegend, das tut sie!«

»Ich bin dankbar für das, was mir gegeben wurde«, antwortete Norman und sah sie unverwandt an. »Aber nicht für das, was die Leute nehmen wollen.«

Tamra schnaubte durch die Nase, drehte sich so brüsk

um, dass ihr wirbelnder Rock Roland einen Luftzug ins Gesicht schickte, und rauschte davon. Coquina blieb noch einen Moment.

»Seid artig, und vielleicht kommt jemand, den ihr lieber mögt als mich, schon am Morgen aus seiner Klausur statt erst in einer Woche.«

Ohne eine Antwort abzuwarten, drehte sie sich um und folgte Schwester Tamra.

Roland und John Norman warteten, bis beide fort waren, dann drehte sich Norman zu Roland um und fragte mit leiser Stimme: »Mein Bruder. Tot?«

Roland nickte. »Ich habe das Medaillon mitgenommen, falls ich einem seines Volkes begegnen sollte. Es gehört rechtmäßig dir. Ich bedaure deinen Verlust.«

»Danke-Sai.« John Normans Unterlippe bebte ein wenig, beruhigte sich wieder. »Ich wusste, dass ihn die grünen Männer erledigt hatten, auch wenn es mir die alten Hühnchen hier nicht sagen wollten. Sie haben viele erledigt und den Rest verwundet.«

»Vielleicht wussten es die Schwestern nicht mit Sicherheit.«

»Sie wussten es. Zweifle nicht daran. Sie sagen nicht viel, aber sie wissen eine *Menge*. Die Einzige, die anders ist, ist Jenna. Sie hat die alte Streitaxt gemeint, als sie von ›deiner Freundin‹ gesprochen hat. Aye?«

Roland nickte. »Und sie hat etwas von Dunklen Glocken gesagt. Darüber würde ich gern mehr erfahren, wenn möglich.«

»Sie ist etwas Besonderes, das ist Jenna. Mehr wie eine Prinzessin – jemand, der sich durch seine Abstammung eine Stellung verdient hat, die man ihr nicht verwehren kann – und nicht wie die anderen Schwestern. Ich liege hier und sehe so aus, als schliefe ich – ich glaube, das ist sicherer –, aber ich habe sie reden hören. Jenna ist erst kürzlich zu ihnen zurückgekehrt, und diese Dunklen Glocken haben etwas Besonderes zu bedeuten … aber Mary ist nach wie vor diejenige, die das

Kommando hat. Ich glaube, die Dunklen Glocken sind nur etwas Zeremonielles, wie die Ringe, die die alten Barone vom Vater an den Sohn weitergegeben haben. War sie es, die dir Jimmys Medaillon um den Hals gelegt hat?«

»Ja.«

»Nimm es nicht ab, was immer du auch tust.« Sein Gesicht sah verkniffen und grimmig aus. »Ich weiß nicht, ob es am Gold oder an dem Gott liegt, aber sie kommen nicht gern in seine Nähe. Ich glaube, das ist der einzige Grund, warum ich noch hier bin.« Nun senkte er die Stimme zu einem Flüstern. »Sie sind keine Menschen.«

»Nun, vielleicht ein bisschen zauberhaft und magisch, aber ...«

»Nein!« Der Junge stützte sich unter sichtlicher Anstrengung auf einen Ellbogen. Er sah Roland ernst an. »Du denkst an Haberfrauen und Hexen. Das sind keine Haber und auch keine Hexen. *Sie sind keine Menschen!*«

»Was sind sie dann?«

»Weiß nicht.«

»Wie bist du hierher gekommen, John?«

John Norman erzählte Roland mit leiser Stimme, was ihm seines Wissens zugestoßen war. Er, sein Bruder und vier weitere junge Männer, die schnell waren und gute Pferde besaßen, waren als Scouts angeheuert worden, um Erkundungsritte durchzuführen und einen Zug von sieben Wagen zu beschützen, die Handelsware – Saatgut, Nahrungsmittel, Werkzeug, Post und vier bestellte Bräute – zu einem nicht eingemeindeten kleinen Ort namens Tejuas, etwa zweihundert Meilen westlich von Eluria, transportieren sollten. Die Scouts ritten abwechselnd vor und hinter dem Wagenzug; ein Bruder ritt jeweils mit einer Gruppe, denn wenn sie zusammen waren, stritten sie sich wie ... nun ...

»Wie Brüder«, schlug Roland vor.

John Norman brachte ein kurzes, gequältes Lächeln zustande. »Aye«, sagte er.

Das Trio, zu dem John gehörte, war als Nachhut geritten,

etwa zwei Meilen hinter der Wagenkolonne, als die grünen Mutanten in Eluria ihren Hinterhalt gelegt hatten.

»Wie viele Wagen hast du gesehen, als du dort warst?«, fragte er Roland.

»Nur einen. Umgekippt.«

»Wie viele Tote?«

»Nur deinen Bruder.«

John Norman nickte grimmig. »Ich glaube, sie haben ihn wegen des Medaillons nicht genommen.«

»Die Muties?«

»Die Schwestern. Die Muties kümmert weder Gold noch Gott. Diese Weiber dagegen ...« Er sah in die Dunkelheit, die mittlerweile fast undurchdringlich war. Roland spürte wieder, wie Müdigkeit über ihn kam, aber ihm wurde erst später klar, dass ein Schlafmittel in der Suppe gewesen war.

»Die anderen Wagen?«, fragte Roland. »Die nicht umgekippt wurden?«

»Die Muties werden sie mitgenommen haben, und die Waren dazu«, sagte Norman. »Sie kümmert weder Gold noch Gott, die Schwestern machen sich nichts aus Handelsware. Wahrscheinlich haben sie ihre eigenen Nahrungsquellen, an die ich lieber nicht denken will. Schlimme Sachen ... wie diese Käfer.«

Er und die anderen Reiter der Nachhut galoppierten nach Eluria, aber als sie dort eintrafen, war der Kampf vorbei. Männer lagen überall, manche tot, aber viele noch am Leben. Wenigstens zwei der bestellten Bräute waren ebenfalls noch am Leben gewesen. Überlebende, die noch gehen konnten, wurden vom grünen Volk zusammengetrieben – John Norman erinnerte sich sehr gut an den mit dem Bowler und an die Frau mit der zerlumpten roten Jacke.

Norman und die anderen beiden hatten versucht zu kämpfen. Er hatte gesehen, wie einer seiner Partner einen Pfeil in den Bauch bekam, danach hatte er nichts mehr gesehen – jemand hatte ihm von hinten eins über den Schädel geschlagen, und dann waren die Lichter ausgegangen.

Roland überlegte, ob der Täter »Buh!« gerufen hatte, bevor er zuschlug, fragte aber nicht.

»Als ich wieder erwachte, war ich hier«, sagte Norman. »Ich sah, dass einige der anderen – die *meisten* – diese verfluchten Käfer auf sich hatten.«

»Die anderen?« Roland betrachtete die freien Betten. In der zunehmenden Dunkelheit leuchteten sie wie weiße Inseln. »Wie viele wurden hierher gebracht?«

»Mindestens zwanzig. Sie wurden gesund … die Käfer haben sie geheilt … und dann verschwanden sie einer nach dem anderen. Du bist eingeschlafen, und wenn du aufgewacht bist, war wieder ein Bett frei. Einer nach dem anderen, bis nur noch ich und der da unten übrig waren.«

Er sah Roland ernst an.

»Und jetzt du.«

»Norman.« Rolands Kopf schwirrte. »Ich –«

»Ich schätze, ich weiß, was mit dir nicht stimmt«, sagte Norman. Er schien aus weiter Ferne zu sprechen … möglicherweise von jenseits der Erdkrümmung. »Es liegt an der Suppe. Aber ein Mann muss essen. Eine Frau auch. Jedenfalls wenn sie eine normale Frau ist. Die hier sind nicht normal. Nicht mal Schwester Jenna ist normal. Nett heißt nicht unbedingt normal.« Immer weiter entfernt. »Und am Ende wird sie wie die anderen sein. Denk an meine Worte.«

»Kann mich nicht bewegen.« Selbst das auszusprechen kostete gewaltige Anstrengung. Als müsste er Felsen verrücken.

»Nein.« Norman lachte plötzlich. Es war ein schockierendes Geräusch und hallte in der zunehmenden Schwärze, die Rolands Kopf ausfüllte. »Was sie dir in die Suppe getan haben, ist nicht nur Schlafmedizin, es ist auch Kann-mich-nicht-bewegen-Medizin. Mit mir ist eigentlich alles in Ordnung, Bruder … was meinst du also, warum ich noch hier bin?«

Norman sprach jetzt nicht mehr von jenseits der Erdkrümmung, sondern vielleicht vom Mond. Er sagte: »Ich glaube nicht, dass einer von uns jemals wieder die Sonne auf ein flaches Fleckchen Erde scheinen sehen wird.«

Da irrst du dich, versuchte Roland zu antworten, und wollte noch mehr hinzufügen, aber nichts kam heraus. Er segelte zur dunklen Seite des Mondes und verlor sämtliche Worte in der Leere, die er dort vorfand.

Aber völlig verlor er nie das Bewusstsein. Vielleicht war die Dosis »Medizin« in Schwester Coquinas Suppe zu knapp bemessen gewesen, vielleicht hatten sie auch nur noch nie einen Revolvermann gehabt, mit dem sie ihren Schabernack treiben konnten, und wussten nicht, dass sie es jetzt mit einem zu tun hatten.

Abgesehen natürlich von Schwester Jenna – *die* wusste es.

Irgendwann in der Nacht holten ihn flüsternde, kichernde Stimmen und das leise Klingeln von Glöckchen aus der Dunkelheit zurück, wo er weder ganz schlafend noch völlig bewusstlos gewesen war. Um ihn herum sangen die »Ärzte« so konstant, dass er es kaum registrierte.

Roland schlug die Augen auf. Er sah blasses, erratisches Licht in der Dunkelheit tanzen. Das Kichern und Flüstern war näher. Roland versuchte, den Kopf zu drehen, und konnte es zuerst nicht. Er ruhte sich aus, konzentrierte seine ganze Willenskraft zu einem harten blauen Ball und versuchte es noch einmal. Diesmal *konnte* er den Kopf drehen, nur ein wenig, aber ein wenig war genug.

Es waren fünf der Kleinen Schwestern – Mary, Louise, Tamra, Coquina, Michela. Sie kamen gemeinsam den langen Mittelgang des Lazaretts entlang, lachten miteinander wie Kinder über einen Streich und trugen lange Wachskerzen in silbernen Haltern; die Glöckchen an den Stirnbändern ihrer Hauben ließen kurze silberne Tonfolgen erklingen. Sie versammelten sich um das Bett des bärtigen Mannes. Aus ihrem Kreis schien Kerzenlicht als flackernde Säule auf, die abbrach, bevor sie die halbe Strecke bis zur Seidendecke zurückgelegt hatte.

Schwester Mary sprach knapp. Roland erkannte ihre Stim-

me, verstand aber die Worte nicht – es war weder Nieder-
noch Hochsprache, sondern eine vollkommen andere Sprache. Ein Ausdruck fiel ihm auf – *can de lach, mi him en tow* –,
aber er hatte keine Ahnung, was das bedeuten konnte.

Ihm fiel auf, dass er nur noch das Klingeln der Glöckchen
hören konnte – die Ärzte-Käfer waren verstummt.

»*Ras me! On! On!*«, rief Schwester Mary mit einer rauen,
kräftigen Stimme. Die Kerzen erloschen. Das Licht, das hinter ihren Hauben geleuchtet hatte, als sie sich um den bärtigen Mann versammelten, erlosch ebenfalls, und alles wurde
wieder dunkel.

Roland, dem kalt war, wartete darauf, was als Nächstes
passieren würde. Er versuchte, Hände oder Füße zu beugen,
konnte es aber nicht. Es war ihm gelungen, den Kopf um
etwa fünfzehn Grad zu drehen; sonst war er gelähmt wie
eine Fliege, die fein säuberlich eingesponnen in einem Spinnennetz hing.

Das leise Klingeln der Glöckchen in der Schwärze ... und
dann saugende Geräusche. Kaum hörte er sie, wurde Roland
klar, dass er darauf gewartet hatte. Ein Teil von ihm hatte
die ganze Zeit gewusst, was die Kleinen Schwestern von Eluria waren.

Hätte Roland die Hände heben können, er hätte sie auf
die Ohren gepresst, um die Geräusche nicht hören zu müssen. So aber konnte er nur reglos liegen, zuhören und warten, bis sie aufhörten.

Lange Zeit – die ihm wie eine Ewigkeit vorkam – hörten
sie nicht auf. Die Frauen schlürften und grunzten wie
Schweine, die halbflüssige Nahrung aus einem Trog fraßen.
Einmal war sogar ein herzhafter Rülpser zu vernehmen, gefolgt von neuerlichem flüsterndem Kichern (das verstummte, als Schwester Mary ein einziges barsches Wort ausstieß –
»*Hais!*«). Und einmal hörte man einen leisen, stöhnenden
Schrei – von dem bärtigen Mann, da war Roland ganz sicher. Wenn ja, war es sein letzter auf dieser Seite der Lichtung.

Nach einiger Zeit ließen die Geräusche ihrer Nahrungs-
aufnahme nach. Die Käfer fingen wieder an zu singen – zuerst zögernd, dann selbstsicherer. Das Flüstern und Kichern
fing wieder an. Die Kerzen wurden angezündet. Roland hatte inzwischen den Kopf in die andere Richtung gedreht. Sie
sollten nicht wissen, was er gesehen hatte, aber das war nicht
alles; er verspürte ohnehin nicht den Wunsch, noch mehr zu
sehen. Er hatte genug gesehen und gehört.

Aber das Kichern und Flüstern kam nun in seine Richtung. Roland machte die Augen zu und konzentrierte sich
auf das Medaillon auf seiner Brust. *Ich weiß nicht, ob es am
Gold oder an dem Gott liegt, aber sie kommen nicht gern in
seine Nähe,* hatte John Norman gesagt. Es war gut, sich daran zu erinnern, als die Kleinen Schwestern näher kamen und
in ihrer seltsamen anderen Zunge tuschelten und flüsterten,
aber in der Dunkelheit schien das Medaillon einen schwachen Schutz zu bieten.

Leise, in weiter Ferne, hörte Roland den Kreuzhund bellen.

Als die Schwestern ihn umringten, stellte der Revolvermann fest, dass er sie riechen konnte. Es war ein unter-
schwelliger übler Geruch, wie von verdorbenem Fleisch.
Aber wonach sollten sie auch sonst riechen, Wesen ihrer Art?

»So ein hübscher Mann ist er.« Schwester Mary. Sie sagte
es in einem tiefen, nachdenklichen Tonfall.

»Aber so ein hässliches *Sigul* trägt er.« Schwester Tamra.

»Wir nehmen es ihm ab!« Schwester Louise.

»Und dann bekommen wir unsere Küsse!« Schwester Coquina.

»Küsse für alle!«, rief Schwester Michela so fieberhaft en-
thusiastisch, dass sie alle lachten.

Roland stellte fest, dass er doch nicht *ganz* gelähmt war.
Ein Teil von ihm war tatsächlich aus seinem Schlaf erwacht,
als er ihre Stimmen gehört hatte, und ragte steil empor. Eine
Hand wurde unter das Nachthemd geschoben, das er trug,
berührte das steife Glied, umfasste es, liebkoste es. Roland

lag stumm vor Entsetzen da und tat, als schliefe er, während sich fast augenblicklich eine feuchte Wärme aus ihm ergoss. Die Hand blieb einen Moment, wo sie war, der Daumen glitt auf dem erschlaffenden Schaft auf und ab. Dann ließ sie los und wanderte ein wenig höher. Fand die feuchte Pfütze auf seinem Bauch.

Kichern, sanft wie der Wind.

Läutende Glöckchen.

Roland machte die Augen einen winzigen Spalt auf und betrachtete die uralten Gesichter, die im Licht ihrer Kerzen auf ihn herabsahen – funkelnde Augen, gelbe Wangen, vorstehende Zähne, die über die Unterlippen ragten. Schwester Michela und Schwester Louise schienen Ziegenbärtchen gewachsen zu sein, aber das war natürlich nicht dunkles Haar, sondern das Blut des bärtigen Mannes.

Mary hielt die hohle Hand hoch. Sie hielt sie einer Schwester nach der anderen hin; jede leckte im Kerzenschein von der Handfläche.

Roland machte die Augen ganz zu und wartete darauf, dass die Schwestern verschwanden. Schließlich waren sie fort.

Ich werde nie wieder schlafen, dachte er, und fünf Minuten später hatte er sich und die Welt vergessen.

V. Schwester Mary. Eine Nachricht.
Ein Besuch von Ralph. Normans Schicksal.
Noch einmal Schwester Mary.

Als Roland erwachte, war helllichter Tag, das Seidendach über ihm erstrahlte weiß und wogte in einer sanften Brise. Die Ärzte-Käfer sangen zufrieden. Links von ihm schlief Norman tief und fest und hatte dabei den Kopf so weit auf eine Seite gedreht, dass seine stoppelige Wange auf der Schulter ruhte.

Roland und John Norman waren die Einzigen. Das Bett,

wo der bärtige Mann gelegen hatte, war leer, die Decke hochgezogen und ordentlich eingesteckt, das Kissen frisch bezogen und gestärkt. Das Geflecht von Schlingen, in dem sein Körper gehangen hatte, war fort.

Roland erinnerte sich an die Kerzen – wie ihr Leuchten sich vereint hatte, wie eine Säule zur Decke emporgestiegen war und die Schwestern beleuchtet hatte, als sie sich um den bärtigen Alarm versammelten. Kicherten. Während ihre verdammten Glöckchen läuteten.

Nun kam Schwester Mary, als hätte er sie mit seinen Gedanken gerufen, und glitt mit Schwester Louise im Schlepptau hastig auf ihn zu. Louise trug ein Tablett und sah nervös aus. Mary runzelte die Stirn und war offenbar übellaunig.

Mürrisch zu sein, nachdem du so gut gegessen hast?, dachte Roland. *Pfui, Schwester.*

Sie kam ans Bett des Revolvermanns und sah auf ihn herab. »Ich habe keinen Grund, dir zu danken, Sai«, sagte sie ohne Umschweife.

»Habe ich um einen Dank gebeten?«, antwortete er mit einer Stimme, die sich so staubig und kaum benutzt anhörte wie die Seiten eines alten Buches.

Sie ging nicht darauf ein. »Du hast eine, die lediglich frech und unzufrieden mit ihrem Platz war, zur regelrechten Rebellin gemacht. Nun, ihre Mutter war genauso und ist, nicht lange nachdem sie Jenna an ihren angestammten Platz zurückgebracht hat, daran gestorben. Heb die Hand, undankbarer Mann!«

»Ich kann nicht. Ich kann mich überhaupt nicht bewegen.«

»Oh, du Falscher! Kennst du nicht das Sprichwort: ›Halt deine Mutter nicht zum Narren, es sei denn, sie ist außer Sicht‹? Ich weiß sehr genau, was du kannst und was nicht. Jetzt heb die Hand!«

Roland hob die rechte Hand und versuchte, mehr Anstrengung vorzutäuschen, als es tatsächlich kostete. Er glaubte, dass er heute morgen kräftig genug war, um sich aus den Schlingen zu befreien ... aber was dann? Bis er richtig gehen konnte, würden noch Stunden vergehen, auch ohne eine weitere Dosis »Medizin« ... und hinter Schwester Mary hob Schwester Louise den Deckel von einem frischen Teller Suppe. Als Roland sie sah, knurrte sein Magen.

Die Große Schwester hörte es und lächelte schmal. »Ein kräftiger Mann bekommt auch im Bett Appetit, wenn er nur lange genug drin liegt. Findest du nicht auch, Jason, Bruder von John?«

»Mein Name ist James. Wie du sehr gut weißt, Schwester.«

»Wirklich?« Sie lachte wütend. »Oh, la! Und wenn ich deine kleine Herzallerliebste fest und lange genug auspeitschen lassen würde – sagen wir, bis ihr das Blut wie Schweißtropfen ans dem Rücken quillt –, würde ich nicht einen anderen Namen aus ihr herausprügeln? Oder hast du ihn ihr während eurer kurzen Unterhaltung nicht anvertraut?«

»Wenn ihr ein Leid geschieht, töte ich dich.«

Sie lachte wieder. Ihr Gesicht flimmerte; ihr fester Mund verwandelte sich in etwas, das wie eine sterbende Qualle aussah. »Sprich uns nicht vom Töten, Hübscher, auf dass wir nicht zu dir davon sprechen.«

»Schwester, wenn du und Jenna einander nicht ausstehen könnt, warum entbindest du sie dann nicht von ihrem Gelübde und lässt sie ihres Weges ziehen?«

»Solche wie uns kann man niemals von ihrem Gelübde entbinden oder gehen lassen. Ihre Mutter hat es versucht und ist zurückgekommen, sie sterbend und ihr Kind krank. Wir waren es, die Jenna gesund gepflegt haben, als ihre Mutter nichts weiter war als Staub im Wind, der Richtung Endwelt weht, und wie wenig sie es uns dankt! Außerdem trägt sie die Dunklen Glocken, das Sigul unserer Schwesternschaft. Unseres *Ka-tet*. Und nun iss – dein Bauch sagt, dass du hungrig bist!«

Schwester Louise hielt ihm die Schüssel hin, aber ihr Blick wanderte immer wieder zu dem Umriss des Medaillons auf seiner Brust, unter dem Nachthemd. *Gefällt dir nicht, was?*, dachte Roland, und dann fiel ihm Louise bei Kerzenschein ein, das Blut des Frachtzugführers am Kinn, ihre uralten Augen gierig, als sie sich nach vorn beugte, um seine Flüssigkeit von Schwester Marys Hand zu lecken.

Er wandte den Kopf ab. »Ich will nichts.«

»Aber du hast Hunger!«, wandte Louise ein. »Wenn du nicht isst, James, wie willst du wieder zu Kräften kommen?«

»Schickt Jenna. Ich esse, was sie bringt.«

Schwester Marys Stirnrunzeln war pechschwarz. »Du wirst sie nicht mehr sehen. Sie ist nur aus dem Haus der Besinnung entlassen worden, nachdem sie feierlich versprochen hat, die Zeit für ihre Meditation zu verdoppeln … und sich vom Lazarett fern zu halten. Nun iss, James, oder wer immer du bist. Nimm zu dir, was in der Suppe ist, oder wir schneiden dich mit Messern auf und reiben es dir mit Flanelltüchern hinein. Uns ist es so oder so einerlei. Oder nicht, Louise?«

»Ganz recht«, sagte Louise. Sie hielt ihm immer noch den Teller hin. Dampf und der köstliche Duft von Huhn stiegen davon auf.

»Aber dir dürfte es nicht einerlei sein.« Schwester Mary grinste humorlos und entblößte ihre unnatürlich großen Zähne. »Fließendes Blut ist gefährlich hier drinnen. Die Ärzte mögen es nicht. Es regt sie auf.«

Nicht nur die Käfer wurden beim Anblick von Blut erregt, das wusste Roland. Er wusste auch, er hatte keine andere Wahl, was die Suppe betraf. Er nahm Louise den Teller ab und aß langsam. Er hätte viel darum gegeben, den zufriedenen Gesichtsausdruck von Schwester Marys Gesicht wischen zu können.

»Gut«, sagte er, als er ihr den Teller zurückgegeben und sie sich vergewissert hatte, dass er ganz leer war. Seine Hand wurde ihm zu schwer und sank auf die Schlinge zurück, die für sie gerichtet worden war. Er konnte spüren, wie sich die Welt wieder von ihm zurückzog.

Schwester Mary beugte sich nach vorne, sodass das wallende Oberteil ihrer Tracht die Haut seiner linken Schulter berührte. Er konnte sie riechen, ein überreifes und trockenes Aroma, und hätte gewürgt, wenn er die Kraft dazu gehabt hätte.

»Nimm dieses widerliche Goldding ab, wenn du wieder ein wenig bei Kräften bist – wirf es in den Pisstopf unter dem Bett. Wo es hingehört. Ich bekomme Kopfschmerzen, und mein Hals ist wie zugeschnürt, wenn ich auch nur in der Nähe davon bin.«

Unter immenser Anstrengung sagte Roland: »Wenn du es willst, nimm es weg. Wie könnte ich dich daran hindern, du Miststück?«

Wieder verwandelte das Stirnrunzeln ihr Gesicht in so etwas wie eine Gewitterwolke. Er glaubte, sie hätte ihn geohrfeigt, wenn sie gewagt hätte, ihn so nahe bei dem Medaillon zu berühren. Aber die Fähigkeit, ihn anzufassen, schien an der Gürtellinie zu enden.

»Ich finde, du hättest diesen Punkt ein bisschen gründlicher durchdenken sollen«, sagte sie. »Ich kann Jenna immer noch auspeitschen lassen, wenn ich will. Sie trägt die Dunklen Glocken, aber ich bin die Große Schwester. Daran solltest du immer denken.«

Sie ging. Schwester Louise folgte ihr und warf im Weggehen einen Blick – eine seltsame Mischung aus Furcht und Lust – über die Schulter zurück.

Roland dachte: *Ich muss hier raus – ich muss einfach.*

Stattdessen schwebte er an jenen dunklen Ort zurück, der nicht ganz Schlaf war. Vielleicht schlief er auch; jedenfalls eine Weile; vielleicht träumte er. Wieder liebkosten Finger seine Finger, küssten Lippen erst sein Ohr und flüsterten dann hinein: »Schau unter dein Kissen, Roland ... aber lass niemand wissen, dass ich hier gewesen bin.«

Irgendwann danach schlug Roland wieder die Augen auf und rechnete halb damit, Schwester Jennas hübsches Gesicht über sich schweben zu sehen. Und die dunkle Haarlocke, die

wieder unter ihrer Haube hervorlugte. Aber es war niemand
da. Die Seidenbahnen über ihm leuchteten hell, und obwohl
es unmöglich war, hier drinnen die Zeit einigermaßen akku-
rat zu schätzen, vermutete Roland, dass es gegen Mittag sein
musste. Vielleicht drei Stunden, seit er den zweiten Teller
Suppe von den Schwestern bekommen hatte.

An seiner Seite schlief John Norman und atmete mit einem pfeifenden, nasalen Schnarchen.

Roland versuchte, die Hand zu heben und unter das Kissen zu schieben. Die Hand ließ sich nicht bewegen. Er konnte mit den Fingerspitzen wackeln, aber das war alles. Er wartete, beruhigte seinen Geist, so gut er konnte, und nahm alle
Geduld zusammen. Es war nicht leicht, sich in Geduld zu
fassen. Er musste immerzu daran denken, was Norman gesagt hatte – dass es siebenundzwanzig Überlebende des Hin-
terhalts gegeben hatte … jedenfalls anfänglich. *Dann verschwanden sie einer nach dem anderen, bis nur noch ich und
der da unten übrig waren. Und jetzt du.*

Das Mädchen war nicht da. Sein Verstand sprach mit der
leisen, kummervollen Stimme Alains, eines seiner alten
Freunde, der jetzt schon so viele Jahre tot war. *Sie würde es
nicht wagen, während sie von den anderen beobachtet wird.
Das war nur ein Traum, den du gehabt hast.*

Aber Roland glaubte, dass es vielleicht mehr als ein Traum
gewesen war.

Nach einer gewissen Zeitspanne später – die langsame
Verschiebung der Helligkeit über ihm ließ ihn vermuten,
dass es eine Stunde gewesen war – versuchte Roland wieder,
die Hand zu bewegen. Diesmal gelang es ihm, sie unter das
Kissen zu schieben. Es war aufgeschüttelt und weich und
ordentlich in die breite Schlinge gesteckt, die den Hals des
Revolvermanns hielt. Zuerst fand er nichts, tastete aber
langsam mit den Fingern tiefer und berührte schließlich
etwas, das sich wie ein steifes Bündel dünner Stangen anfühlte.

Er wartete, sammelte noch etwas Kraft (jede Bewegung

bereitete ihm so viel Mühe, als würde er in Leim schwimmen) und tastete noch tiefer. Fühlte sich wie ein Strohblumenstrauß an. Etwas wie ein Band war darumgewickelt.

Roland sah sich um und vergewisserte sich, dass die Station noch verlassen war und Norman schlief, dann zog er hervor, was sich unter dem Kissen befand. Es waren sechs verblassende trockene Halme mit rotbraunen Rispen. Sie verströmten einen seltsamen Hefeduft, bei dem Roland an frühmorgendliche Ausflüge denken musste, die er als Kind in die Küche hinter dem Großen Saal unternommen hatte, um zu betteln – Ausflüge, die er für gewöhnlich mit Cuthbert unternommen hatte. Die Halme waren mit einem breiten Band aus weißer Seide zusammengebunden und rochen wie verbrannter Toast. Unter dem Band befand sich eine Lage Tuch. Es schien, als wäre das Tuch, wie alles andere an diesem verfluchten Ort, aus Seide.

Roland atmete schwer und konnte Schweißperlen auf seiner Stirn spüren. Er war immer noch allein – gut. Er nahm das Stück Tuch und faltete es auseinander. In verwischten, sorgfältig ausgeführten Kohlebuchstaben stand folgende Botschaft darauf:

RISPEN KNABBERN. NUR EINMAL JEDE STUNDE.
ZU VIEL, KRÄMPFE ODER TOD.
MORGEN NACHT. KANN NICHT FRÜHER.
SEI VORSICHTIG!

Keine Erklärung, aber Roland hielt auch keine für erforderlich. Und er hatte auch keine Alternative; wenn er hier blieb, würde er sterben. Sie mussten ihm nur das Medaillon abnehmen, und er war davon überzeugt, dass Schwester Mary schlau genug war, das irgendwie zu bewerkstelligen.

Er knabberte an einer der trockenen Rispen. Der Geschmack erinnerte nicht im Geringsten an den Toast, den sie als Kinder in der Küche erbettelt hatten; er war bitter im Hals und heiß im Magen. Keine Minute nachdem Roland daran geknabbert hatte, verdoppelte sich sein Herzschlag. Seine Muskeln erwachten, aber nicht auf angenehme Weise wie nach einem gesunden Schlaf; sie fühlten sich zuerst zittrig an und dann ganz hart, als wären sie völlig verkrampft. Das Gefühl ließ rasch wieder nach, und bevor sich Norman rund eine Stunde später regte, hatte sich sein Herzschlag wieder normalisiert, aber er begriff, warum Jenna ihn in ihrer Notiz gewarnt hatte, nicht mehr als einmal daran zu knabbern – es war ein starkes Zeug.

Er schob das Bukett der Halme wieder unter das Kissen und achtete sorgfältig darauf, die wenigen Pflanzenkrümel wegzuwischen, die auf das Laken gefallen waren. Dann verwischte er mit den Daumenballen die fein säuberlichen Kohleworte auf dem Stück Seide. Als er fertig war, hatte er nur noch ein quadratisches Stück Stoff mit sinnlosen schwarzen Schlieren darauf. Auch dieses Quadrat steckte er unter das Kissen.

Als Norman erwachte, sprachen er und der Revolvermann kurz über die Heimat des jungen Scouts – Delain, das manchmal scherzhaft als Drachenhort oder Lügnerhimmel bezeichnet wurde. Alle Ammenmärchen hatten angeblich ihren Ursprung in Delain. Der Junge bat Roland, sein Medaillon und das seines Bruders zu ihren Eltern nach Hause zu bringen, wenn Roland dazu in der Lage wäre, und so gut wie möglich zu erklären, was James und John, den Söhnen von Jesse, zugestoßen war.

»Das wirst du alles selbst machen«, sagte Roland.

»Nein.« Norman versuchte, die Hand zu heben, um sich vielleicht in der Nase zu kratzen, brachte aber nicht einmal das fertig. Er konnte die Hand etwa fünfzehn Zentimeter anheben, dann fiel sie mit einem leisen Plumps auf die Platte zurück. »Ich glaube nicht. Jammerschade, dass wir uns auf diese Weise begegnet sind, weißt du – ich mag dich.«

»Und ich dich auch, John Norman. Ich wünschte, wir hätten uns unter günstigeren Umständen kennen gelernt.«

»Aye. Nicht in Gesellschaft so faszinierender Damen.«

Kurz danach schlief er wieder ein. Roland sprach nie wieder mit ihm ... allerdings sollte er noch von ihm hören. Ja. Roland hing über seinem Bett und gab vor zu schlafen, als John Norman seinen letzten Schrei ausstieß.

Schwester Michela kam mit der abendlichen Suppe, als Roland gerade Muskelzittern und rasenden Herzschlag überwand, nachdem er zum zweiten Mal an dem braunen Riedgras geknabbert hatte. Michela betrachtete sein gerötetes Gesicht mit einiger Sorge, musste aber seine Beteuerungen akzeptieren, dass er sich nicht fiebrig fühlte; sie brachte es nicht über sich, ihn zu berühren und selbst die Temperatur seiner Haut zu überprüfen – das Medaillon hielt sie ab.

Diesmal gab es eine Pastete zur Suppe. Das Brot war wie Leder und das Fleisch darin zäh, aber Roland verschlang es dennoch gierig. Michela beobachtete es mit einem beifälligen Lächeln, hatte die Hände vor sich gefaltet und nickte von Zeit zu Zeit. Als er mit der Suppe fertig war, nahm sie ihm den Teller weg, achtete aber sorgfältig darauf, dass sich ihre Finger nicht berührten.

»Du wirst gesund«, sagte sie. »Bald gehst du wieder deiner Wege, und uns bleibt nur die Erinnerung an dich, Jim.«

»Ist das wahr?«, fragte er ruhig.

Sie sah ihn nur an, fuhr sich mit der Zunge über die Oberlippe, kicherte und entfernte sich. Roland schloss die Augen, ließ sich in das Kissen zurücksinken und spürte, wie erneut Lethargie über ihn kam. Ihr berechnender Blick ... ihre vorwitzige Zunge. Er hatte Frauen Brathühnchen und Hammelkeulen auf dieselbe Weise betrachten sehen, wenn sie abschätzten, wann das Fleisch gar sein würde.

Sein Körper wollte unbedingt schlafen, aber Roland blieb noch schätzungsweise eine Stunde wach, dann holte er einen der Halme unter dem Kissen hervor. Mit der frischen Infusion ihrer Kann-mich-nicht-bewegen-Medizin in seinem Körper kostete ihn das größte Anstrengung, und er war nicht sicher, ob es ihm überhaupt gelungen wäre, hätte er nicht in weiser Voraussicht diesen einen Halm aus dem Band herausgezogen gehabt, das die anderen zusammenhielt. Morgen Nacht, hatte in Jennas Nachricht gestanden. Wenn das Flucht bedeutete, war allein die Vorstellung lächerlich. Wie er sich im Augenblick fühlte, hätte er bis ans Ende der Zeit in diesem Bett liegen bleiben können.

Er kaute. Energie strömte in seinen Körper, verkrampfte seine Muskeln und beschleunigte seinen Herzschlag, aber der Anfall von Vitalität verflog fast so schnell, wie er gekommen war, und wurde unter der stärkeren Droge der Schwestern begraben. Er konnte nur hoffen ... und schlafen.

Als er erwachte, war es völlig dunkel, und er stellte fest, dass er Arme und Beine fast normal in dem Netz der Schlingen bewegen konnte. Er zog einen Halm unter dem Kissen hervor und kaute bedächtig. Sie hatte ihm ein halbes Dutzend dagelassen, und die ersten beiden waren inzwischen fast völlig verzehrt.

Der Revolvermann schob den Stiel wieder unter das Kissen und fing an zu erschauern wie ein nasser Hund in einem Wolkenbruch. *Ich habe zu viel genommen, dachte er: Ich kann mich glücklich schätzen, wenn ich keine Krämpfe –*

Sein Herz raste wie ein überdrehter Motor. Und um alles noch schlimmer zu machen, sah er Kerzenschein am anderen Ende des Mittelgangs. Einen Moment später hörte er das Rascheln ihrer Gewänder und das Wischen ihrer Schuhe auf dem Boden.

Götter, warum jetzt? Sie werden mich zittern sehen, sie werden merken –

Roland beschwor jedes Quäntchen Willenskraft und Selbstbeherrschung, das er mobilisieren konnte, schloss die Augen und konzentrierte sich darauf, seine zuckenden Gliedmaßen zu beruhigen. Wenn er nur im Bett gewesen wäre, statt in diesen verdammten Schlingen, die bei jeder seiner Bewegungen wie aus eigenem Antrieb zu beben schienen!

Die Kleinen Schwestern rückten näher. Das Licht ihrer Kerzen erblühte rötlich hinter Rolands geschlossenen Lidern. Heute Nacht kicherten sie nicht, tuschelten nicht miteinander. Erst als sie fast bei ihm waren, fiel Roland der Fremde in ihrer Mitte auf – ein Geschöpf, das mit tiefen, verschleimten Atemzügen Luft durch den Rotz in seiner Nase sog.

Der Revolvermann hielt die Augen geschlossen und hatte das schlimmste Zucken seiner Arme und Beine unter Kontrolle, aber seine Muskeln waren immer noch knotig und verkrampft und pulsierten unter der Haut. Jeder, der ihn aus der Nähe ansah, würde sofort bemerken, dass etwas nicht mit ihm stimmte. Sein Herzschlag raste unkontrolliert wie ein Pferd unter der Peitsche, sie mussten doch bestimmt sehen –

Aber sie sahen nicht ihn an – jedenfalls noch nicht.

»Nimm es ihm ab«, sagte Mary. Sie sprach in einer verballhornten Version der Niedersprache, die Roland kaum verstehen konnte. »Dann 'em annern. Los doch, Ralph.«

»Sach, hasse Whik-sky?«, fragte der Verschleimte in einem noch unverständlicheren Dialekt als Mary. »Sach, hasse 'backy?«

»Ja, ja, Menge Whiskey und Menge zu rauchen, aber erst, wenn du diese vermaledeiten Dinger abgenommen hast!« Ungeduldig. Vielleicht auch ängstlich.

Roland drehte vorsichtig den Kopf nach links und öffnete die Augen einen Spalt.

Fünf der sechs Kleinen Schwestern von Eluria scharten sich auf der anderen Seite von John Normans Bett und hielten die Kerzen hoch, damit ihr Licht auf ihn fiel. Die Kerzen warfen auch Licht auf ihre eigenen Gesichter, die dem stärksten Mann Albträume verschafft hätten. In der Schwärze der Nacht hatten sie jedem äußeren Anschein abgeschworen und waren nichts weiter als uralte Kadaver in wallenden Gewändern.

Schwester Mary hatte einen von Rolands Revolvern in der Hand. Als er sah, dass sie ihn hielt, verspürte Roland lodernden Hass auf sie und schwor sich, dass sie für ihre Anmaßung bezahlen würde.

So seltsam es war, aber das Ding, das am Fußende des Betts stand, sah im Vergleich zu den Schwestern fast normal aus. Es war einer vom grünen Volk. Roland erkannte Ralph sofort. Es würde lange Zeit dauern, bis er diesen Bowler vergaß.

Nun ging Ralph langsam um Normans Bett herum und nahm Roland vorübergehend die Sicht auf die Schwestern. Der Mutie ging jedoch bis zu Normans Kopf, sodass Roland die Vetteln wieder durch die kaum geöffneten Lider sehen konnte.

Normans Medaillon war entblößt – möglicherweise war der Junge so weit wach geworden, dass er es aus dem Nachthemd gezogen hatte, weil er hoffte, dass es ihn auf diese Weise besser schützen würde. Ralph nahm es in seine Hände, die wie geschmolzenes Wachs aussahen. Die Schwestern verfolgten im Schein ihrer Kerzen erwartungsvoll, wie der grüne Mann es bis ans Ende der Kette zog ... und dann wieder hinlegte. Ihre Gesichter wurden lang vor Enttäuschung.

»So was kann ich nich' brauchen«, sagte Ralph mit seiner verschleimten Stimme. »Will Whik-sky! Will 'backy!«

»Wirst du bekommen«, sagte Schwester Mary. »Genug für dich und deinen ganzen verlausten Klan. Aber zuerst musst du ihm dieses grässliche Ding abnehmen! Ihnen beiden! Hast du verstanden? Und du sollst uns nicht verspotten.«

»Oder was?«, fragte Ralph. Er lachte. Es war ein ersticktes und gurgelndes Geräusch, das Lachen eines Mannes, der an einer schrecklichen Hals- und Lungenkrankheit zugrunde geht, aber Roland gefiel es trotzdem besser als das Kichern der Schwestern. »Oder was, Schwessa Mary, sonst wirsde mein Bluid trinken? Mit mei'm Bluid würsde tot umfall'n wode stehs un im Dunkeln leuchten!«

Mary hob den Revolver des Revolvermanns und richtete ihn auf Ralph. »Nimm das vermaledeite Ding ab, oder du wirst tot umfallen, wo *du* stehst.«

»Und wahrscheinlich sowieso sterben, wenn ich getan hab, wasde wills.«

Darauf sagte Schwester Mary nichts. Die anderen sahen ihn mit ihren schwarzen Augen an.

Ralph senkte den Kopf und schien nachzudenken. Roland vermutete, dass sein Freund Bowler auch tatsächlich denken *konnte*. Schwester Mary und ihre Kohorten mochten das nicht glauben, aber Ralph *musste* gerissen sein, wenn er so lange überlebt hatte. Doch als er hierher kam, hatte er natürlich nicht an Rolands Waffen gedacht.

»War falsch von Klopfer, euch die Schießer zu geb'n«, sagte er schließlich. »Ohne mir was zu sag'n. Habter ihm Whiksky dafür geben? Und 'backy?«

»Geht dich nix an«, antwortete Schwester Mary. »Du nimmst sofort dieses Goldding vom Hals des Jungen, oder ich schieße dir eine von den Kugeln jenes Mannes in den verkümmerten Rest deines Gehirns.«

»Na gut«, sagte Ralph. »Wie du willst, Sai.«

Wieder griff er nach unten und nahm das Goldmedaillon in seine geschmolzene Faust. Das machte er langsam; was danach geschah, geschah schnell. Er zerrte daran, zerriss die Kette und warf das Gold achtlos in die Dunkelheit. Mit der anderen Hand stieß er nach unten, schlug die langen und abgebrochenen Fingernägel in John Normans Hals und riss ihn auf.

Blut, das im Licht der Kerzen mehr schwarz als rot aussah, spritzte im Rhythmus des Herzschlags als kräftiger Strahl aus der Wunde des unglückseligen Jungen, der einen einzigen blubbernden Schrei ausstieß. Die Frauen schrien – aber nicht vor Entsetzen. Sie schrien wie Frauen in rasender Erregung. Der grüne Mann war vergessen; Roland war vergessen; alles war vergessen, abgesehen von dem Blut, das aus John Normans Hals spritzte.

Sie ließen ihre Kerzen fallen. Mary warf Rolands Revolver auf dieselbe achtlose Weise weg. Als Letztes sah der Revolvermann, während Ralph sich in die Schatten flüchtete (Whiskey und Tabak ein andermal, schien sich der gerissene Ralph zu denken; heute Nacht konzentrierte er sich am besten ganz darauf, sein eigenes Leben zu retten), wie die Schwestern sich vorbeugten, um so viel wie möglich von dem Strahl abzubekommen, bevor er versiegte.

Roland lag mit bebenden Muskeln und klopfendem Herzen in der Dunkelheit und hörte den Harpyien zu, wie sie sich an dem Jungen labten, der im Bett neben ihm lag. Es schien ewig zu dauern, aber schließlich waren sie mit ihm fertig. Die Schwestern zündeten ihre Kerzen wieder an und entfernten sich murmelnd.

Als die Droge in der Suppe wieder die Oberhand über die Droge im Riedgras gewann, war Roland dankbar ... aber zum ersten Mal, seit er hierher gekommen war, wurde sein Schlaf von Albträumen heimgesucht.

In seinem Traum sah er auf den aufgeblähten Leichnam im Trog in der Stadt hinunter und dachte an einen Eintrag in dem Buch mit der Aufschrift REGISTER VON MISSETA-TEN & WIEDERGUTMACHUNG. *Grünes Volk von hinnen geschickt*, hatte da gestanden, und möglicherweise war das grüne Volk von hinnen geschickt worden, aber dann war ein schlimmerer Stamm gekommen. Die Kleinen Schwestern von Eluria nannten sie sich selbst. Und in einem Jahr mochten sie die Kleinen Schwestern von Tejuas oder von Kambero oder von einem anderen entlegenen Kaff im Westen sein. Sie kamen mit ihren Glöckchen und Käfern ... von wo? Wer wusste es? Spielte es eine Rolle?

Ein Schatten fiel neben seinem auf das Brackwasser in dem Trog. Roland versuchte, sich nach ihm umzudrehen. Er konnte es nicht; er war erstarrt. Dann packte ihn eine grüne Hand an der Schulter und wirbelte ihn herum. Es war Ralph. Den Bowler hatte er auf dem Kopf nach hinten geschoben; John Normans Medaillon, das jetzt blutrot war, hing ihm um den Hals.

»Buh!«, schrie Ralph und formte mit den Lippen ein zahnloses Grinsen. Er hob den großen Revolver mit den abgenutzten Sandelholzgriffen. Er spannte den Hahn –

– und Roland erwachte zusammenzuckend, zitterte am

ganzen Körper, und seine Haut war nass und eiskalt. Er warf einen Blick auf das Bett zu seiner Linken. Es war leer, die Decke ordentlich hochgezogen und fein säuberlich eingesteckt, das Kissen mit seinem schneeweißen Bezug darüber. Von John Norman fehlte jede Spur. Es hätte seit Jahren unbenutzt sein können, dieses Bett.

Jetzt war Roland allein. Götter steht ihm bei, er war der letzte Patient der Kleinen Schwestern von Eluria, dieser reizenden und geduldigen Krankenschwestern. Der letzte lebende Mensch an diesem grauenhaften Ort, der letzte, in dessen Adern warmes Blut floss.

Roland, der in der Schwebe hing, umklammerte das Goldmedaillon mit der Faust und betrachtete über den Mittelgang hinweg die lange Reihe freier Betten. Nach einer kleinen Weile holte er einen der Halme unter seinem Kissen hervor und knabberte daran.

Als Mary fünfzehn Minuten später kam, nahm Roland die Suppe und heuchelte eine Schwäche, die er gar nicht verspürte. Diesmal gab es Haferbrei statt Suppe ... aber er zweifelte nicht daran, dass die Zutat, auf die es ankam, noch dieselbe war.

»Wie gut du heute Morgen aussiehst, Sai«, sagte die Große Schwester. Sie sah ebenfalls gut aus – kein Flimmern verriet den uralten *Vampir*, der sich in ihr verbarg. Sie hatte gut gegessen, und das Mahl hatte sie gefestigt. Roland drehte sich bei dem Gedanken der Magen um. »Ich wette, du bist im Handumdrehen wieder auf den Beinen.«

»Das ist Quatsch«, sagte Roland mit einem übellaunigen Knurren. »Stell mich auf die Beine, und du kannst mich im nächsten Augenblick vom Boden aufheben. Ich frage mich allmählich, ob ihr nicht etwas in das Essen tut.«

Darüber lachte sie herzlich. »Ach, ihr Jungs! Stets bereit, eure Schwäche auf ein ränkeschmiedendes Weib zu schieben! Welche Angst ihr vor uns habt – aye, tief drinnen in euren Kleinjungenherzen, welche Angst ihr habt!«

»Wo ist mein Bruder? Ich habe geträumt, dass es seinetwegen einen Aufruhr in der Nacht gab, und jetzt ist sein Bett leer.«

Ihr Lächeln wurde verkniffen. Ihre Augen funkelten. »Er bekam Fieber und einen schlimmen Anfall. Wir haben ihn zum Haus der Besinnung gebracht, das schon häufiger ein Heim für Träger ansteckender Krankheiten gewesen ist.«

Ins Grab habt ihr ihn gebracht, dachte Roland. *Das ist vielleicht ein Haus der Besinnung, aber davon verstehst du so oder so nichts, Sai.*

»Ich weiß, dass du nicht der Bruder dieses Jungen bist«, sagte Mary und sah ihm beim Essen zu. Roland konnte bereits spüren, wie das Mittel in dem Haferbrei ihm die Kraft raubte. »Sigul hin, Sigul her, ich weiß, dass du nicht sein Bruder bist. Warum lügst du? 's ist eine Sünde gegen Gott.«

»Wie kommst du auf so einen Gedanken, Sai?«, fragte Roland und war neugierig, ob sie die Revolver erwähnen würde.

»Die Große Schwester weiß, was sie weiß. Warum gibst du's nicht zu, Jimmy? Ein Geständnis ist gut für die Seele, sagt man.«

»Schick mir Jenna, um die Zeit zu vertreiben, und vielleicht erzähle ich dir viel«, sagte Roland.

Der winzige Ansatz von Schwester Marys Lächeln verschwand wie Kreideschrift in einem Regenschauer. »Warum möchtest du mit ihresgleichen reden?«

»Sie ist ziemlich schön«, sagte Roland. »Im Gegensatz zu anderen.«

Sie zog die Lippen von ihren übergroßen Zähnen zurück. »Du wirst sie nicht mehr sehen, Hübscher. Du hast ihr Flausen in den Kopf gesetzt, das hast du, und so etwas dulde ich nicht.«

Sie wandte sich ab und wollte gehen. Roland versuchte immer noch, Schwäche zu heucheln, und hoffte, dass er nicht übertrieb (die Schauspielerei war nie seine Stärke gewesen), als er ihr die leere Haferbreischüssel entgegenstreckte. »Möchtest du das nicht mitnehmen?«

»Setz sie auf und trag sie als Nachthaube, mir egal. Oder schieb sie dir in den Arsch. Du wirst reden, bevor ich mit dir fertig bin, Hübscher – reden, bis ich dir befehle zu schweigen, und dann wirst du betteln, dass du weiterreden darfst!«

Mit dieser Drohung rauschte sie wie eine Königin davon und raffte mit beiden Händen ihren Rocksaum vom Boden hoch. Roland hatte gehört, dass Wesen von ihrer Art nicht im hellen Tageslicht existieren konnten, und dieser Teil der alten Geschichten war offenbar eine Lüge. Aber anscheinend stimmte ein anderer Teil fast völlig: Ein verschwommener, amorpher Schemen hielt mit ihr Schritt und wanderte über die Reihe freier Betten rechts von ihr, aber sie warf überhaupt keinen richtigen Schatten.

VI. Jenna. Schwester Coquina. Tamra, Michela, Louise. Der Kreuzhund. Was im Salbei geschah.

Es war einer der längsten Tage in Rolands Leben. Er döste, aber nie tief, die Rispen taten ihre Wirkung, und langsam glaubte er, dass er mit Jennas Hilfe tatsächlich hier herauskommen würde. Blieb die Frage seiner Revolver – aber vielleicht konnte sie ihm auch dabei behilflich sein.

Er verbrachte die langen Stunden damit, dass er an alte Zeiten dachte – an Gilead und seine Freunde, an den Rätselwettbewerb, den er einmal auf dem Jahrmarkt von Weite Erde fast gewonnen hätte. Am Ende hatte ein anderer die Gans mit nach Hause genommen, aber er hatte seine Chance gehabt, aye. Er dachte an seine Mutter und seinen Vater; er dachte an Abel Vannay, der hinkend durch ein Leben sanftmütiger Güte gegangen war, und an Eldred Jonas, der hinkend durch ein Leben des Bösen gegangen war ... bis Roland ihn eines schönen Tages in der Wüste aus dem Sattel gepustet hatte.

Er dachte, wie immer, an Susan.

Wenn du mich liebst, dann liebe mich, hatte sie gesagt ... und das hatte er getan.

Das hatte er getan.

Auf diese Weise verging die Zeit. Ungefähr in stündlichen Intervallen holte er einen der Halme unter seinem Kissen hervor und kaute darauf. Nun zitterten seine Muskeln nicht mehr so heftig, wenn der Wirkstoff in seinen Kreislauf gelangte, und auch sein Herz schlug nicht mehr so schnell. Die Medizin in den Rispen musste nicht mehr so erbittert gegen die Medizin der Schwestern kämpfen, dachte Roland; die Rispen blieben siegreich.

Die diffuse Helligkeit der Sonne wanderte über die weiße Seidendecke der Station, und schließlich erhob sich wieder das Halbdunkel, das stets auf der Höhe der Betten zu lauern schien. An der Westwand erblühte die rosa, ins Orange spielende Farbe des Sonnenuntergangs.

An diesem Abend brachte ihm Schwester Tamra das Essen – Suppe und wieder eine Pastete. Außerdem legte sie eine Wüstenlilie neben seine Hand. Sie lächelte, als sie das tat. Ihre Wangen leuchteten. Sie alle leuchteten heute, wie Egel, die sich vollgesogen hatten, bis sie fast platzten.

»Von deiner Freundin, Jimmy«, sagte sie. »Sie ist so nett zu dir! Die Lilie bedeutet: ›Vergiss mein Versprechen nicht.‹ Was hat sie dir denn versprochen, Jimmy, Bruder von Johnny?«

»Dass sie mich wiedersehen wird und wir uns unterhalten.«

Tamra lachte so sehr, dass die Glöckchen an ihrer Stirn läuteten. Sie schlug vor ekstatischer Wonne die Hände zusammen. »Süß wie Honig! O ja!« Sie bückte sich und sah Roland lächelnd an. »Traurig, dass so ein Versprechen niemals eingehalten werden kann. Du wirst sie nie wiedersehen, hübscher Mann.« Sie nahm die Schüssel. »Die Große Schwester hat's entschieden.« Sie stand lächelnd auf. »Warum nimmst du dieses hässliche goldene *Sigul* nicht ab?«

»Lieber nicht.«

»Dein Bruder hat es abgenommen – schau!« Sie zeigte in den Mittelgang, und Roland erblickte das Goldmedaillon weit hinten, wo es gelandet war, als Ralph es weggeworfen hatte.

Schwester Tamra sah ihn, immer noch lächelnd, an.

»Er hat sich zu der Überzeugung durchgerungen, dass es ein Teil dessen ist, was ihn krank macht, und es weggeworfen. Du solltest dasselbe tun, wenn du schlau bist.«

Roland wiederholte: »Lieber nicht.«

»So«, sagte sie abweisend und ließ ihn allein mit den freien Betten, die im dunkler werdenden Raum leuchteten.

Roland hielt trotz seiner zunehmenden Müdigkeit durch, bis die heißen Farben, die auf der Westwand der Krankenstation bluteten, zu Asche erkaltet waren. Dann kaute er an einer der Rispen und fühlte Stärke in seinem Körper erblühen – echte Stärke, keinen zappelnden, herzklopfenden Ersatz. Er sah zu dem Medaillon, das im letzten Lichtschein glänzte, und leistete einen letzten Schwur für John Norman: Er würde es zusammen mit dem anderen zu Normans Familie bringen, wenn *Ka* wollte, dass er im Lauf seiner Reise auf sie stieß.

Der Revolvermann döste und fühlte sich zum ersten Mal an diesem Tag wirklich unbeschwert. Als er erwachte, war es dunkel. Die Ärzte-Käfer sangen ungewöhnlich schrill. Er hatte einen der Halme unter dem Kissen hervorgeholt und knabberte daran, als eine kalte Stimme sagte: »Aha – die Große Schwester hat Recht gehabt. Du hast Geheimnisse vor uns.«

Roland schien das Herz in der Brust stehen zu bleiben. Er drehte sich um und sah Schwester Coquina, die sich aufrichtete. Sie hatte sich hereingeschlichen, während er döste, und sich unter dem Bett rechts neben ihm versteckt, um ihn zu beobachten.

»Woher hast du das?«, fragte sie. »War es –«

»Er hat es von mir.«

Coquina wirbelte herum. Jenna kam den Mittelgang entlang auf sie zu. Sie hatte ihre Tracht abgelegt. Die Haube mit dem Band der Glöckchen an der Stirn trug sie noch, aber ihr

Saum ruhte auf den Schultern eines schlichten karierten Hemdes. Darunter trug sie Jeans und zerkratzte Wüstenstiefel. Sie hielt etwas in der Hand. Es war so dunkel, dass Roland es nicht deutlich sehen konnte, aber er glaubte –

»Du«, flüsterte Schwester Coquina, von grenzenlosem Hass erfüllt. »Wenn ich das der Großen Schwester sage –«

»Du wirst niemandem etwas sagen«, sagte Roland.

Hätte er seine Flucht aus den Schlingen, die ihn gefangen hielten, geplant, wäre es zweifellos zu einer Katastrophe gekommen, aber der Revolvermann machte wie immer seine Sache am besten, wenn er am wenigsten nachdachte. Er hatte die Arme binnen eines Augenblicks befreit; ebenso sein linkes Bein. Aber mit dem rechten verfing er sich am Knöchel, sodass es sich verdrehte und er sich mit den Schultern auf dem Bett befand und mit dem Bein in der Luft hing.

Coquina drehte sich zischend wie eine Katze zu ihm um. Sie fletschte die Lippen und entblößte Zähne, die spitz wie Nadeln waren. Sie rannte mit gespreizten Fingern auf ihn zu. Die Nägel an den Enden sahen scharf und gezackt aus.

Roland packte das Medaillon und hielt es ihr entgegen. Sie schrak, immer noch zischend, davor zurück und wirbelte mit einem Rauschen weißer Röcke zu Schwester Jenna herum. »Dir werd ich's zeigen, du Unruhe stiftende Hure!«, schrie sie mit tiefer, schroffer Stimme.

Roland bemühte sich, sein Bein zu befreien, konnte es aber nicht. Es hing fest in der beschissenen Schlinge, in der sich sein Knöchel irgendwie verstrickt zu haben schien.

Jenna hob die Hände, und Roland sah, dass er Recht gehabt hatte: Sie hatte seine Revolver mitgebracht, in den Holstern an den beiden alten Revolvergurten, die er nach dem letzten Brand aus Gilead mitgenommen hatte.

»Erschieß sie, Jenna! Erschieß sie!«

Stattdessen schüttelte Jenna, die immer noch die Revolvergurte hochhielt, nur den Kopf, wie an dem Tag, als Roland sie überredet hatte, ihre Haube abzunehmen, damit er ihr Haar sehen konnte. Die Glöckchen läuteten so schrill, dass sich das Geräusch wie ein Dorn in den Kopf des Revolvermanns zu bohren schien.

Die Dunklen Glocken. Das Sigul *ihres Ka-tet. Was –*

Das Geräusch der Ärzte-Käfer schwoll zu einem schrillen, pfeifenden Schrei an, der unheimliche Ähnlichkeit mit dem Klingeln der Glöckchen hatte, die Jenna trug. Nun hatten sie nichts Liebliches mehr an sich. Schwester Coquinas Hände, die sich um Jennas Kehle legen wollten, begannen zu zittern; Jenna selbst war nicht einmal zusammengezuckt, noch hatte sie geblinzelt.

»Nein«, flüsterte Coquina. »Das *kannst* du nicht tun!«

»Ich *habe* es getan«, sagte Jenna, und da sah Roland die Käfer. Als sie von den Beinen des bärtigen Mannes herunter geklettert waren, hatte Roland ein Bataillon gesehen. Was nun aus den Schatten herauskam, war die größte aller Armeen; wären es Männer statt Insekten gewesen, hätten es gut und gern mehr sein können als alle Männer zusammen, die in der langen und blutigen Geschichte von Mittwelt jemals Waffen getragen hatten.

Aber es war nicht der Anblick, wie sie auf den Dielen des Mittelgangs heranrückten, an den Roland sich immer erinnern und der ihn ein Jahr oder länger in seinen Albträumen heimsuchen würde; es war die Art und Weise, wie sie die *Betten* bedeckten. Sie wurden schwarz auf beiden Seiten des Mittelgangs, immer zwei auf einmal, wie trübe rechteckige Lichter, die paarweise abgeschaltet wurden.

Coquina kreischte und schüttelte ihrerseits den Kopf, um mit ihren eigenen Glocken zu läuten. Ihr Klang war dünn und sinnlos im Vergleich zum schrillen Läuten der Dunklen Glocken.

Immer noch rückten die Käfer an, verdunkelten den Boden, schwärzten die Betten.

Jenna rannte an der kreischenden Schwester Coquina vorbei, ließ Rolands Waffen neben ihm zu Boden gleiten und richtete die verdrehte Schlinge mit einer einzigen ruckartigen Bewegung zurecht. Roland zog sein Bein heraus.

»Komm«, sagte sie. »Ich habe sie gerufen – sie hier festzuhalten dürfte mir nicht so leicht fallen.«

Nun stieß Schwester Coquina keine Angstschreie mehr
aus, sondern Schmerzensschreie. Die Käfer hatten sie gefunden.

»Nicht hinsehen«, sagte Jenna und half Roland auf die
Füße. Er dachte, dass er noch nie in seinem Leben so glücklich gewesen war, auf ihnen zu stehen. »Komm. Wir müssen
uns beeilen – sie wird die anderen aufwecken. Ich habe deine
Stiefel und Kleidungsstücke an dem Pfad versteckt, der von
hier wegführt – ich habe getragen, so viel ich konnte. Wie
geht es dir? Bist du kräftig genug?«

»Dank deiner Hilfe.« Roland wusste nicht, wie lange er
bei Kräften bleiben würde ... was im Augenblick auch keine
Frage war, die eine Rolle spielte. Er sah, wie sich Jenna zwei
der Halme schnappte – in seinem Bemühen, aus den Schlingen zu entkommen, waren sie auf dem ganzen Bett verstreut
worden –, und dann liefen sie den Mittelgang entlang, weg
von den Käfern und Schwester Coquina, deren Schreie allmählich verstummten.

Roland schnallte seine Revolver um und band sie fest,
ohne stehen zu bleiben.

Sie passierten nur drei Betten auf beiden Seiten, bevor sie
die Zeltklappe erreichten ... und es *war* ein Zelt, wie er nun
sah, kein riesiger Pavillon. Die Seidenwände und die Decke
bestanden aus fadenscheinigen Segeltuchplanen, die dünn
genug waren, um das Licht eines Dreiviertel-Kussmonds
durchzulassen. Und die Betten waren gar keine Betten, sondern nur eine Doppelreihe schäbiger Pritschen.

Er drehte sich um und sah einen schwarzen, zuckenden
Wulst, wo Schwester Coquina gewesen war. Als er sie sah,
kam Roland ein unangenehmer Gedanke.

»Ich habe John Normans Medaillon vergessen!« Ein starkes Gefühl des Bedauerns – fast der Trauer – durchfuhr ihn
wie ein Windstoß.

»Ich habe es vom Boden aufgehoben.«

Er wusste nicht, was ihn glücklicher machte – der Anblick des Medaillons oder die Tatsache, dass sie es in der Hand hielt. Es bedeutete, dass sie nicht wie die anderen war.

Aber als wollte sie ihm den Gedanken austreiben, bevor er richtig Fuß fassen konnte, sagte sie: »Nimm es, Roland – ich kann es nicht mehr halten.« Und als er es nahm, sah er unmissverständliche Brandmale an ihren Fingern.

Er nahm ihre Hand und küsste jede Brandblase.

»Danke-Sai«, sagte sie, und er stellte fest, dass sie weinte. »Danke, Liebster. So geküsst zu werden ist wunderbar und rechtfertigt alle Schmerzen. Jetzt …«

Roland sah, wie sie sich abwandte, und folgte ihrem Blick. Lichter kamen wippend einen Pfad herunter. Dahinter sah er das Gebäude, in dem die Kleinen Schwestern wohnten – kein Kloster, sondern eine halbverfallene *Hazienda*, die aussah, als wäre sie tausend Jahre alt. Es waren drei Kerzen; als sie näher kamen, sah Roland, dass es nur drei Schwestern waren; Mary war nicht bei ihnen.

Er zog die Waffen.

»Oooo, er ist ein Revolvermann, das ist er!« Louise.

»Ein *Furcht einflößender* Mann!« Michela.

»Und er hat seine Liebste und seine Schießeisen gefunden!« Tamra.

»Seine Hurenschlampe!« Louise.

Sie lachten wütend. Hatten keine Angst. Jedenfalls nicht vor *seinen* Waffen.

»Steck sie weg«, sagte Jenna, und als sie hinsah, stellte sie fest, dass er es bereits getan hatte.

Derweil waren die anderen näher gekommen.

»Ooo, seht nur, sie weint!« Tamra.

»Und hat ihre Tracht abgelegt!« Michela. »Vielleicht weint sie um ihr gebrochenes Gelübde.«

»Warum die Tränen, Hübsche?« Louise.

»Weil er meine Finger geküsst hat, wo sie verbrannt waren«, sagte Jenna. »Ich bin bisher noch nie geküsst worden. Darum musste ich weinen.«

»Ooooo!«

»*Rei-zend!*«

»Als Nächstes wird er ihr sein Ding reinstecken. Noch *reizender!*«

Jenna ertrug ihren Spott ohne eine Spur von Zorn. Als sie fertig waren, sagte sie: »Ich gehe mit ihm. Geht beiseite!«

Sie glotzten sie an, und ihr falsches Lachen wich Entsetzen. »Nein!«, flüsterte Louise. »Bist du verrückt? Du weißt, was passieren wird!«

»Nein, und ihr auch nicht«, sagte Jenna. »Außerdem ist es mir egal.« Sie wandte sich halb ab und streckte die Hand zum Eingang des uralten Lazarettzelts aus. Im Mondschein hatte es einen verblassten Olivfarbton, ein altes rotes Kreuz war auf das Dach gemalt. Roland fragte sich, wie viele Städte die Schwestern mit diesem Zelt besucht hatten, das von außen so klein und schlicht und von innen so riesig und grandios wirkte. Wie viele Städte in wie vielen Jahren?

Nun drängten sich die Ärzte-Käfer am Mund der Zelttür wie eine schwarze, glänzende Zunge. Sie hatten aufgehört zu singen. Ihr Schweigen war irgendwie schrecklich.

»Geht beiseite, oder ich hetze sie auf euch«, sagte Jenna.

»Das würdest du nicht tun!«, rief Schwester Michela mit leiser, erschrockener Stimme.

»Aye. Ich habe sie schon auf Schwester Coquina losgelassen. Sie ist jetzt Bestandteil ihrer Medizin.«

Ihr Stöhnen war wie ein kalter Wind, der durch abgestorbene Bäume weht. Und das Missbehagen galt nicht nur ihrer eigenen Haut. Was Jenna getan hatte, war eindeutig völlig unvorstellbar für sie.

»Dann bist du verdammt«, sagte Schwester Tamra.

»Solche eures Schlags sollten nicht von Verdammnis sprechen! Geht beiseite!«

Sie gehorchten. Roland ging an ihnen vorbei, und sie wichen vor ihm zurück ... aber vor ihr wichen sie mehr zurück.

»Verdammt?«, fragte er, als sie die *Hazienda* umrundet und den Pfad dahinter erreicht hatten. Der Kussmond leuchtete über einem wilden Geröll von Felsbrocken. In seinem Licht konnte Roland eine kleine schwarze Öffnung tief unten am Hang erkennen. Er vermutete, dass es die Höhle war, die die Schwestern Haus der Besinnung nannten. »Was haben sie damit gemeint, verdammt?«

»Vergiss es. Wir müssen uns jetzt nur um Schwester Mary Sorgen machen. Mir gefällt nicht, dass wir sie nicht gesehen haben.«

Sie versuchte, schneller zu gehen, aber er packte sie am Arm und drehte sie um. Er konnte immer noch die Käfer singen hören, aber leise; sie ließen die Heimat der Schwestern hinter sich. Und Eluria auch, wenn der Kompass in seinem Kopf noch richtig funktionierte; er glaubte, dass die Stadt in der anderen Richtung lag. Die leere Hülle der Stadt, verbesserte er sich.

»Sag mir, was sie gemeint haben.«

»Vielleicht nichts. Frag mich nicht, Roland – was würde es nützen? 's ist geschehen, die Brücke ist verbrannt. Ich kann nicht zurück. Und wollte es auch nicht, wenn ich es könnte.« Sie senkte den Blick, biss sich auf die Lippen, und als sie wieder aufschaute, sah Roland frische Tränen über ihre Wangen rollen. »Ich habe mit ihnen gespeist. Es gab Zeiten, da konnte ich nicht anders, so wenig wie du dich weigern konntest, ihre widerliche Suppe zu essen, obwohl du gewusst hast, was darin ist.«

Roland erinnerte sich, wie John Norman gesagt hatte: *Ein Mann muss essen … eine Frau auch.* Er nickte.

»Ich wollte so nicht weitermachen. Wenn es eine Verdammnis gibt, dann soll es die meiner Wahl sein, nicht ihrer. Meine Mutter hat es gut gemeint, als sie mich zu ihnen zurückbrachte, aber sie hat sich geirrt.« Sie sah ihn schüchtern und furchtsam an … aber direkt in die Augen. »Ich werde dich auf deinem Weg begleiten, Roland von Gilead. Solange ich darf oder solange du mich haben willst.«

»Du kannst mich gern auf meinem Weg begleiten«, sagte er. »Und deine –«

Gesellschaft wird ein Segen für mich sein, hatte er fortfahren wollen, aber bevor er es sagen konnte, meldete sich eine Stimme aus dem Geflecht der Mondschatten vor ihnen zu Wort, wo der Weg aus dem felsigen, unfruchtbaren Tal hinausführte, wo die Schwestern ihren Zauber ausgeübt hatten.

»Es ist eine traurige Pflicht, eine so einverständige Flucht zu unterbrechen, aber unterbrechen muß ich sie dennoch.«

Schwester Mary kam aus den Schatten. Ihre feine weiße Tracht mit der roten Rose darauf war zu dem geworden, was sie in Wirklichkeit war: das Leichentuch einer Toten. In den schmutzigen Falten der Haube war ein runzliges, teigiges Gesicht gefangen, aus dem zwei schwarze Augen starrten. Sie sahen wie verfaulte Datteln aus. Darunter funkelten, durch das Lächeln des Dings bloßgelegt, vier riesige Fangzähne.

Über der straffen Haut von Schwester Marys Stirn läuteten Glöckchen ... aber nicht die Dunklen Glocken, dachte Roland. Immerhin.

»Gib den Weg frei«, sagte Jenna. »Oder ich hetze die *can tam* auf dich.«

»Nein«, sagte Schwester Mary und kam näher, »das wirst du nicht. Sie entfernen sich nicht so weit von den anderen. Du kannst den Kopf schütteln und diese verdammten Glocken läuten, bis die Klöppel herausfallen, und sie werden nicht kommen.«

Jenna ließ es darauf ankommen und schüttelte den Kopf heftig von einer Seite auf die andere. Die Dunklen Glocken läuteten durchdringend, aber ohne diesen zusätzlichen, fast übersinnlichen Ton, der sich wie ein Dorn in Rolands Kopf gebohrt hatte. Und die Ärzte-Käfer – die Jenna *can tam* genannt hatte – kamen nicht.

Die Leichenfrau, die noch breiter grinste (Roland hatte den Verdacht, dass Mary selbst nicht sicher gewesen war, wie das Experiment ausgehen würde, bis die Probe aufs Exempel gemacht worden war), kam weiter auf sie zu und schien dabei über dem Boden zu schweben. Ihr Blick fiel auf Roland.

»Und steck das weg«, sagte sie.

Roland schaute an sich hinab und sah, daß er einen seiner Revolver in der Hand hielt. Er konnte sich nicht erinnern, dass er ihn gezogen hatte.

»Wenn's nicht gesegnet oder in das heilige Nass einer Sekte getaucht worden ist – Blut, Wasser, Samen –, kann dieses Ding solchen wie mir nichts anhaben, Revolvermann. Denn ich bin mehr Schemen als Substanz ... aber solchen wie dir trotzdem ebenbürtig.«

Sie dachte, dass er trotzdem versuchen würde, sie zu erschießen; er sah es ihren Augen an. *Diese Schießeisen sind alles, was du hast*, sagten ihre Augen. *Ohne sie könntest du genauso gut noch in dem Zelt sein, das wir für dich geträumt haben, in den Schlingen hängen und darauf warten, dass wir uns an dir laben.*

Anstatt zu schießen, steckte er den Revolver wieder ins Holster und warf sich mit ausgestreckten Armen auf sie. Schwester Mary stieß einen Schrei aus, der vorwiegend ihrer Überraschung entsprang, aber nicht lang war; Rolands Finger schlossen sich um ihren Hals und würgten das Geräusch ab, ehe es richtig angefangen hatte.

Ihr Fleisch fühlte sich obszön an – es schien nicht nur zu leben, sondern sich unter seinen Händen zu *verändern*, als wollte es von ihm fortkriechen. Er konnte spüren, dass es wie Flüssigkeit floss, *strömte*, und dieses Gefühl war unbeschreiblich grässlich. Und doch verstärkte er seinen Klammergriff und war fest entschlossen, das Leben aus ihr herauszuwürgen.

Dann zuckte der blaue Blitz (nicht in der Luft, sollte er später denken; der Blitz fand in seinem Kopf statt, ein einziger Blitzschlag, als sie einen kurzen, aber heftigen Sturm in seinem Gehirn auslöste), und seine Hände flogen von ihrem Hals weg. Einen Moment sahen seine geblendeten Augen große, feuchte Vertiefungen in ihrem grauen Fleisch – Vertiefungen in Form seiner Hände. Dann wurde er nach hinten geschleudert, landete mit dem Rücken auf dem Geröll, rutschte ein Stück und stieß mit dem Kopf so heftig an einen vorstehenden Felsen, dass er einen zweiten, nicht ganz so grellen Blitz sah.

»Nee, mein hübscher Mann«, sagte sie, verzog das Gesicht zu einer Grimasse und lachte mit ihren schrecklichen stumpfen Augen. »Solche wie mich erwürgt man nicht, und ich werde dich für diese Frechheit ganz langsam nehmen – dich an hundert Stellen schneiden, aber nicht tief, und meinen Durst stillen. Aber vorher muss ich mich um dieses abtrünnige Mädchen kümmern ... und dabei werde ich ihr auch gleich diese verdammten Glocken abnehmen.«

»Komm her und sieh, ob du das kannst!«, schrie Jenna mit bebender Stimme und schüttelte den Kopf von einer Seite auf die andere. Die Dunklen Glocken läuteten spöttisch und provozierend.

Marys Grimasse eines Lächelns verschwand. »Oh, ich kann es«, schnaufte sie. Ihr Mund klaffte auf. Im Mondschein funkelten ihre Fangzähne im Zahnfleisch wie Nadeln aus Knochen in einem blutroten Nadelkissen. »Ich kann und ich –«

Über ihnen ertönte ein Knurren. Es schwoll an und zersplitterte zu einer Salve fauchenden Bellens. Mary wandte sich nach links, und in dem Augenblick, bevor das fauchende Ding von dem Felsen sprang, auf dem es stand, konnte Roland deutlich Schrecken und Bestürzung im Gesicht der Großen Schwester sehen.

Es stürzte sich auf sie, ein dunkler Schatten vor den Sternen, Beine ausgestreckt, wodurch es wie eine unheimliche Fledermaus aussah, aber noch bevor es mit der Frau zusammenstieß, über den halb erhobenen Armen auf ihrer Brust landete und die eigenen Zähne in ihren Hals grub, wusste Roland genau, worum es sich handelte.

Als der Schemen sie auf den Rücken warf, stieß Schwester Mary ein schnatterndes Kreischen aus, das in Rolands Kopf schmerzte wie die Dunklen Glocken selbst. Er sprang keuchend auf die Füße. Das schattenhafte Ding zerriss Schwester Mary, Vorderpfoten auf beiden Seiten ihres Kopfes, Hinterpfoten auf das Leichentuch über ihrer Brust gestemmt, wo die Rose gewesen war.

Roland packte Jenna, die in einer Art von starrer Faszination auf Schwester Mary hinabsah.

»Komm schon!«, brüllte er. »Bevor er beschließt, dass er von dir auch ein Stück abbeißen will!«

Der Hund schenkte ihnen keine Beachtung, als Roland Jenna an ihm vorbeizog. Er hatte den größten Teil von Schwester Marys Kopf abgerissen.

Ihr Fleisch schien sich irgendwie zu verändern – wahrscheinlich verweste es sehr schnell –, aber was immer passierte, Roland wollte es nicht sehen. Und er wollte auch nicht, dass Jenna es sah.

Halb gehend, halb laufend schafften sie es zur Kuppe des Hangs, und als sie dort angekommen waren, machten sie beide im Mondschein eine Pause, ließen die Köpfe hängen, hielten einander an den Händen und atmeten keuchend.

Das Knurren und Fauchen unter ihnen war ein wenig abgeklungen, aber immer noch deutlich zu hören, als Schwester Jenna den Kopf hob und ihn fragte: »Was war es? Du weißt es – das habe ich deinem Gesicht angesehen. Und wie konnte es sie angreifen? Wir haben alle Macht über Tiere, aber sie hat – hatte – die größte.«

»Nicht über dieses.« Roland musste an den unglücklichen Jungen im Bett neben seinem denken. Norman hatte nicht gewusst, warum das Medaillon die Schwestern auf Armeslänge fernhielt – ob es am Gold oder am Gott lag. Nun kannte Roland die Antwort. »Es war ein Hund. Nur ein Stadtköter. Ich habe ihn auf dem Platz gesehen, bevor das grüne Volk mich niedergeschlagen und zu den Schwestern gebracht hat. Ich nehme an, die anderen Tiere, die weglaufen konnten, *sind* weggelaufen, aber der nicht. Er hatte von den Kleinen Schwestern von Eluria nichts zu fürchten, und ich glaube, irgendwie wusste er das. Er trägt das Zeichen des Jesusmannes auf der Brust. Schwarzes Fell auf weißem. Nur eine Laune der Natur, nehme ich an. Wie auch immer, er hat sie be-

siegt. Ich wusste, dass er in der Nähe herumstreunt. Ich habe
ihn ein- oder zweimal bellen hören.«

»Warum?«, flüsterte Jenna. »Warum kam er? Warum
blieb er? Und warum hat er sich so auf sie gestürzt?«

Roland von Gilead antwortete wie immer, wenn derart
nutzlose, rätselhafte Fragen gestellt wurden: »*Ka*. Komm
jetzt! Gehen wir so weit weg von hier, wie wir können, ehe
wir uns den Tag über verkriechen.«

So weit sie konnten – das waren höchstens acht Meilen,
wie sich herausstellte ... wahrscheinlich sogar, dachte Roland, als die beiden sich auf einem Fleckchen duftenden Salbeis unter einem Felsüberhang niederließen, ein gutes Stück
weniger. Vielleicht fünf. Er selbst war es, der sie bremste;
besser gesagt, die Reste des Gifts in der Suppe. Als ihm klar
wurde, dass er ohne Hilfe nicht weitergehen konnte, bat er
sie um einen der Halme. Sie weigerte sich und sagte, dass das
Mittel darin und die ungewohnte Anstrengung dazu führen
konnten, dass sein Herz barst.

»Außerdem«, sagte sie, als sie sich an die Wand der kleinen Nische lehnten, die sie gefunden hatten, »werden sie uns
nicht folgen. Die Übriggebliebenen – Michela, Louise, Tamra – werden zusammenpacken und weiterziehen. Sie wissen,
wann es Zeit wird zu verschwinden; darum konnten die
Schwestern so lange überleben. Konnten *wir* so lange überleben. In mancher Hinsicht sind wir stark, aber in anderer
schwach. Das hat Schwester Mary vergessen. Ich glaube,
ihre Arroganz wurde ihr ebenso zum Verhängnis wie der
Kreuzhund.«

Sie hatte nicht nur seine Stiefel und Kleidungsstücke jenseits der Kuppe des Grats versteckt, sondern auch die kleine-
re seiner beiden Taschen. Als sie sich dafür entschuldigen
wollte, dass sie die größere Tasche und seinen Schlafsack
nicht mitgebracht hatte (sie hatte es versucht, sagte sie, aber
sie waren einfach zu schwer gewesen), brachte Roland sie
zum Schweigen, indem er ihr einen Finger an die Lippen hielt.
Er hielt es für ein Wunder, dass er überhaupt so viel zurück-

bekommen hatte. Und außerdem (das sagte er nicht, aber vielleicht wusste sie es trotzdem) waren die Revolver das Einzige, worauf es wirklich ankam. Die Revolver seines Vaters, und dessen Vaters, bis zu den Tagen von Arthur Eld zurück, als Träume und Drachen noch auf Erden gewandelt waren.

»Ist mit dir alles in Ordnung?«, fragte er, als sie sich hinlegten. Der Mond war untergegangen, aber bis zur Dämmerung würden mindestens noch drei Stunden vergehen. Der liebliche Duft von Salbei umgab sie. Ein purpurner Duft, dachte er dann ... und auch später. Er konnte bereits spüren, wie der Duft eine Art Zauberteppich unter ihnen wob, auf dem er bald in den Schlaf schweben würde. Er dachte, dass er noch nie so müde gewesen war.

»Roland, ich weiß es nicht.« Aber er glaubte, dass sie es da schon gewusst hatte. Ihre Mutter hatte sie einmal zurückgebracht; noch einmal würde sie keine Mutter zurückbringen. Und sie hatte mit den anderen gegessen, hatte die Kommunion der Schwestern empfangen. *Ka* war ein Rad; es war auch ein Netz, aus dem keiner je entkam.

Aber da war er zu müde, um viel darüber nachzudenken ... und was hätte das Nachdenken auch genutzt? Wie sie gesagt hatte, die Brücke war verbrannt. Selbst wenn sie in das Tal zurückkehrten, dachte Roland, würden sie nichts anderes finden als die Höhle, die die Schwestern Haus der Besinnung genannt hatten. Die überlebenden Schwestern würden ihr Zelt der schlimmen Träume zusammengepackt haben und weitergezogen sein – nur ein Geräusch von Glocken und singenden Insekten, die in der nächtlichen Brise entschwanden.

Er sah sie an, hob eine Hand (die sich schwer anfühlte) und berührte die Locke, die ihr wieder in die Stirn hing.

Jenna lachte verlegen. »Die entkommt mir immer. Sie ist eigensinnig. Wie ihre Herrin.«

Sie hob eine Hand, um sie wieder zurückzustecken, aber Roland hielt ihre Finger, bevor sie es konnte. »Sie ist wunderschön«, sagte er. »Schwarz wie die Nacht und schön wie die Ewigkeit.«

Er richtete sich auf – was Anstrengung kostete; Müdigkeit zerrte wie sanfte Hände an seinem Körper. Er küsste die Locke. Sie machte die Augen zu und seufzte. Er spürte, wie sie unter seinen Lippen zitterte. Die Haut ihrer Stirn war sehr kalt; die dunkle Kurve der eigensinnigen Locke wie Seide.

»Schieb deine Haube zurück, wie du es schon mal getan hast«, sagte er.

Sie gehorchte wortlos. Einen Augenblick sah er sie nur an. Jenna erwiderte den Blick ernst, ohne den Blick von seinem abzuwenden. Er strich mit den Händen durch ihr Haar und spürte sein sanftes Gewicht (wie Regen, dachte er, Regen mit Gewicht), dann nahm er sie an den Schultern und küsste beide Wangen. Er wich einen Moment zurück.

»Würdest du mich küssen, wie ein Mann eine Frau küsst, Roland? Auf den Mund?«

»Aye.«

Und er küsste ihre Lippen, woran er schon gedacht hatte, als er noch in dem Seidenzelt des Lazaretts lag. Sie erwiderte den Kuss so bezaubernd unbeholfen wie jemand, der vorher noch nie geküsst hat, außer vielleicht im Traum. Da überlegte Roland, ob er mit ihr schlafen sollte – es war lange, lange her, und sie war wunderschön –, aber stattdessen schlief er ein, während er sie noch küsste.

Er träumte von dem Kreuzhund, der bellend durch eine weite, offene Landschaft lief. Er folgte ihm, weil er den Grund für seine Aufregung erfahren wollte, was auch bald geschah. Am gegenüberliegenden Rand der Ebene stand der Dunkle Turm, dessen rußige Mauersteine sich vor dem düsteren orangeroten Ball einer untergehenden Sonne abzeichneten und dessen Furcht einflößende Fenster spiralförmig aufwärts verliefen. Bei diesem Anblick hörte der Hund auf zu bellen und fing an zu heulen.

Glocken – besonders schrill und schrecklich wie ein Weltuntergang – ertönten. Dunkle Glocken, das wusste er, aber ihr Klang war hell wie Silber. Als sie zu läuten anfingen, glomm ein tödliches rotes Licht in den dunklen Fenstern des

Turms – das Rot vergifteter Rosen. Ein Schrei unerträglicher Schmerzen hallte in die Nacht.

Der Traum verwehte binnen eines Augenblicks, aber der Schrei blieb und ging in ein Stöhnen über. Dieser Teil war real – so real wie der Turm, der düster an seinem Platz am äußersten Ende von Endwelt wartete. Roland erwachte in der Helligkeit der Dämmerung und dem milden Purpurduft von Wüstensalbei. Er hatte beide Revolver gezogen und stand auf den Füßen, noch ehe ihm völlig klar wurde, dass er wach war.

Jenna war fort. Ihre Stiefel lagen leer neben seiner Tasche. Ein Stück davon entfernt lag ihre Jeans so flach wie abgestreifte Schlangenhäute. Über ihnen ihr Hemd. Zu seinem Erstaunen stellte Roland fest, dass es noch in der Hose steckte. Dahinter lag ihre leere Haube mit dem Band der Glocken auf dem pulverförmigen Sand. Einen Augenblick dachte er, dass sie läuteten, weil er das Geräusch, das er hörte, zuerst falsch einschätzte.

Keine Glöckchen, sondern Insekten. Die Ärzte-Käfer. Sie sangen im Salbei und hörten sich ein wenig wie Grillen an, nur weitaus lieblicher.

»Jenna?«

Keine Antwort … es sei denn, die Käfer antworteten. Denn ihr Gesang verstummte plötzlich.

»Jenna?«

Nichts. Nur der Wind und der Duft von Salbei.

Ohne nachzudenken, was er tat (wie die Schauspielerei gehörte auch logisches Denken nicht zu seinen Stärken), bückte er sich, hob die Haube auf und schüttelte sie. Die Dunklen Glocken ertönten.

Einen Augenblick geschah nichts. Dann kamen tausend winzige Geschöpfe aus dem Salbei gekrochen und versammelten sich auf dem rissigen Erdboden. Roland dachte an das Bataillon, das am Bett des alten Mannes heruntergekrabbelt war, und wich einen Schritt zurück. Dann hielt er die Stellung. Wie die Käfer ihre.

Er glaubte zu verstehen. Teilweise beruhte dieses Verstehen darauf, wie sich Schwester Marys Fleisch unter seinen Händen angefühlt hatte ... wie es sich *veränderlich* angefühlt hatte, nicht eins, sondern viele. Teilweise beruhte es auf dem, was sie gesagt hatte: *Ich habe mit ihnen gespeist.* Solche wie sie starben vielleicht nie ... aber sie konnten sich *verändern.*

Die Insekten erschauerten, eine dunkle Wolke, die die weiße, feine Erde bedeckte.

Roland schüttelte die Glocken wieder.

Ein Erschauern lief wie eine feine Welle durch die Käfer, und dann bildeten sie einen Umriss. Sie zögerten, als wüssten sie nicht, wie sie weitermachen sollten, zogen sich zurück, fingen von vorn an. Was sie schließlich auf dem weißen Sand zwischen den wehenden Büscheln fliederfarbenen Salbeis formten, war einer der großen Buchstaben: der Buchstabe C.

Aber es war gar kein Buchstabe, sah der Revolvermann; es war eine Locke.

Sie fingen an zu singen, und für Roland hörte es sich an, als würden sie seinen Namen singen.

Die Glocken fielen aus seiner kraftlosen Hand, und als sie auf den Boden prallten und dort läuteten, löste sich die Masse der Käfer auf und zerstob in alle Richtungen. Er überlegte, ob er sie zurückrufen sollte – wenn er mit den Glocken läutete, könnte es ihm gelingen –, aber zu welchem Zweck? Mit welchem Sinn?

Frag mich nicht, Roland. 's ist geschehen, die Brücke ist verbrannt.

Trotzdem war sie ein letztes Mal zu ihm gekommen und hatte ihre Willenskraft auf tausend verschiedene Teile ausgedehnt, die die Fähigkeit zu denken verloren haben sollten, als das Ganze den Zusammenhalt verlor ... und doch *hatte* sie irgendwie gedacht – ausreichend, um den Umriss zu formen. Wie viel Anstrengung mochte das gekostet haben?

Sie schwärmten weiter und weiter aus, manche verschwanden im Salbei, manche krabbelten an den Wänden des Felsüberhangs hinauf und verschwanden in Ritzen, wo sie vielleicht abwarten würden, bis die Hitze des Tages vorüber war.

Alle waren fort. *Sie* war fort.

Roland setzte sich auf den Boden und schlug die Hände vor das Gesicht. Er glaubte, er müsse weinen, aber der Drang ließ zur rechten Zeit nach; als er den Kopf wieder hob, waren seine Augen so trocken wie die Wüste, in die er dereinst gelangen sollte, immer noch auf der Spur von Walter, dem Mann in Schwarz.

Wenn es eine Verdammnis gibt, hatte sie gesagt, *dann soll es die meiner Wahl sein, nicht ihrer.*

Er wusste selbst ein wenig über die Verdammnis ... und er hatte den Verdacht, dass ihre Lektionen längst nicht beendet waren, sondern gerade erst angefangen hatten.

Sie hatte ihm die Tasche gebracht, in der sein Tabak war. Er drehte sich eine Zigarette und rauchte sie, auf die Knie gekauert. Er rauchte sie bis auf eine winzige Kippe, während er ihre leere Kleidung betrachtete und an den festen Blick ihrer dunklen Augen dachte. An die Brandwunden an ihren Fingern von der Kette des Medaillons. Und dennoch hatte sie es aufgehoben, weil sie gewusst hatte, dass er es haben wollte; hatte die Schmerzen in Kauf genommen, und nun trug Roland beide um den Hals.

Als die Sonne ganz aufgegangen war, zog der Revolvermann weiter nach Westen. Mit der Zeit würde er ein anderes Pferd finden, oder ein Maultier, aber im Augenblick war er damit zufrieden, zu laufen. Den ganzen Tag quälte ihn ein klingelndes, singendes Geräusch in den Ohren, ein Geräusch wie das der Glocken. Mehrmals blieb er stehen und drehte sich um, überzeugt, dass er einen dunklen Umriss sehen würde, der über den Boden strömte, ihm folgte, wie uns die Schatten unserer besten und schlimmsten Erinnerungen folgen, aber es war nie ein Umriss da. Er war allein im flachen Hügelland westlich von Eluria. Ganz allein.

Alles endgültig

Eines Tages stand mir wie aus dem Nichts das Bild eines jungen Mannes vor Augen, der vor einem kleinen, vorstädtischen Haus, in dem er wohnt, Münzen in einen Gully schüttet. Weiter hatte ich nichts, aber das Bild war derart klar – und auf so bestürzende Weise seltsam –, dass ich eine Geschichte darüber schreiben musste. Sie schrieb sich fast von selbst, was meine Theorie untermauert, dass Geschichten gewissermaßen Artefakte sind: nicht etwas, das man selbst erschafft (und wofür man Anerkennung einheimsen kann), sondern längst vorhandene Dinge, die man nur ausgräbt.

I

Ich hab jetzt einen guten Job und keinen Grund, mies drauf zu sein. Nix mehr mit Rumhängen da mit den Dumpfbacken im Supr Savr, nix mehr mit Einkaufswagen rangieren und sich von Arschlöchern wie Skipper nerven lassen. Skipper sieht die Radieschen jetzt von unten, aber wenn ich in meinen neunzehn Jahren auf dem Planeten Erde eins gelernt habe, dann das: Immer schön aufpassen, denn Typen wie Skipper gibt es überall.

Und auch nix mehr mit Pizza ausfahren nachts durch den Regen, wo ich mir in meinem alten Ford mit dem mackenden Auspuff fast den Arsch abgefroren hab, weil auf der Fahrerseite das Fenster runtergekurbelt war und an einem

Draht eine kleine italienische Fahne raushing. Als ob da in Harkerville irgendwer salutieren würde. Pizza Roma. Einen Vierteldollar Trinkgeld von Leuten, die einen gar nicht sehen, weil sie meist nur das Footballspiel im Fernsehen im Kopf haben. Das Ausfahren für Pizza Roma war der Tiefpunkt, glaube ich. Seither bin ich sogar schon mal in einem Privatjet geflogen. Wie könnte es mir also schlecht gehen?

»Das kommt davon, wenn man keinen Schulabschluss macht«, hat meine Mama immer gesagt, als ich noch Pizzabote war. »Und so was machst du jetzt *bis an dein Lebensende.*« Die gute, alte Mama. Immer am Mosern. Bis ich tatsächlich schon überlegt hab, ihr einen von diesen Spezialbriefen zu schreiben. Wie gesagt: Das war der Tiefpunkt. Wissen Sie, was Mr. Sharpton damals in seinem Auto zu mir gesagt hat? »Das ist nicht nur ein Job, Dink, das ist ein *Abenteuer.*« Und da hatte er Recht. Vieles, was er sagte, hat nicht gestimmt, aber damit hatte er Recht.

Sie fragen sich bestimmt, was man bei diesem fabelhaften Job so verdient. Tja, und ich muss Ihnen sagen, viel Geld kommt dabei nicht rum. Das will ich gleich mal klarstellen. Aber bei 'nem Job geht's nicht nur um Geld und Karriere. Das hat mir jedenfalls Mr. Sharpton gesagt. Mr. Sharpton sagte, bei einem richtigen Job ginge es vor allem um die zusätzlichen Leistungen. Das wäre der Knackpunkt dabei, meinte er.

Ich habe Mr. Sharpton nur einmal gesehen. Er saß am Steuer seines großen, alten Mercedes. Aber manchmal ist einmal auch genug.

Das können Sie jetzt herzlich gerne so verstehen, wie Sie wollen.

II

Ich habe ein Haus, klar? Ein eigenes Haus ganz für mich allein. Das ist schon mal die zusätzliche Leistung Nummer eins. Manchmal rufe ich Mama an, frage sie, wie's ihrem schlimmen Bein geht und quatsche mit ihr, aber ich habe sie noch nie hierher eingeladen, obwohl's von Harkerville hierher nur siebzig Meilen sind oder so und ich weiß, dass sie förmlich platzt vor Neugier. Ich muss sie nicht mal besuchen, wenn ich nicht will, und meistens will ich nicht. Wenn Sie meine Mutter kennen würden, ginge es Ihnen genauso. Mit ihr im Wohnzimmer zu hocken und sich anzuhören, wie sie von ihren ganzen Verwandten erzählt und wegen ihrem geschwollenen Bein rumjammert. Und bis ich ausgezogen bin, ist mir nie aufgefallen, dass es im ganzen Haus immer nach Katzenscheiße stank. Ich werde mir nie ein Haustier anschaffen. Haustiere sind echt die Pest.

Meistens bin ich hier. Das Haus hat zwar nur ein Schlafzimmer, ist aber trotzdem klasse. *Endgültig*, wie Pug immer gesagt hat. Er war mein einziger Freund bei Supr Savr. Wenn Pug etwas richtig gut fand, sagte er nicht »toll« oder »prima«, wie die meisten Leute; nein, er sagte: »Das ist endgültig.« Komisch, was? Ach ja, der alte Pugmeister. Wie's ihm wohl geht? Gut, nehm ich mal an. Aber ich darf ihn nicht anrufen und fragen. Ich darf meine Mama anrufen, und dann habe ich noch eine Notfallnummer, falls mal irgendwas schief geht oder ich glaube, dass irgendwer seine Nase in was reinsteckt, was ihn nichts angeht, aber bei meinen alten Freunden darf ich nicht anklingeln (aber von Pug mal abgesehen, ist denen Dinky Earnshaw sowieso schnurzpiepegal). Das sind Mr. Sharptons Regeln.

Aber weiter im Text. Zurück zu meinem Haus hier in Columbia City. Wie viele neunzehnjährige Schulabbrecher kennen Sie, die ein eigenes Haus haben? Und einen neuen Wagen? Ja, gut, es ist nur ein Honda, aber die ersten drei Stellen auf dem Kilometerzähler stehen noch bei Null, und darauf kommt's doch an. Er hat ein Radio mit Kassettenteil und CD-Player, und wenn ich mich ans Steuer setze, muss ich mich nicht fragen, ob das Scheißding überhaupt anspringt, wie's bei dem Ford immer war, über den sich Skipper so oft lustig gemacht hat. »Arschlochmobil« hat er den Wagen genannt. Wieso gibt es so viele Skippers auf dieser Welt? Das frage ich mich wirklich.

Ich kriege übrigens auch etwas Geld. Mehr als genug für meine Bedürfnisse. Und das geht so: Beim Mittagessen gucke ich jeden Tag *Jung und leidenschaftlich*, und jeden Donnerstag höre ich so gegen Mitte der Sendung den Briefschlitz klappern. Ich darf aber nicht gleich aufstehen und hingehen. Mr. Sharpton hat gesagt: »Das sind die Regeln, Dink.«

Ich gucke einfach die Folge zu Ende. In den Serien passieren die spannenden Dinge immer ums Wochenende rum – freitags wird gemordet, und montags wird gefickt –, aber trotzdem gucke ich das jeden Tag zu Ende. Und donnerstags seh ich zu, dass ich auf jeden Fall bis zum Ende der Sendung im Wohnzimmer bleibe. Donnerstags hol ich mir nicht mal ein Glas Milch aus der Küche. Wenn die Serie dann vorbei ist, schalte ich den Fernseher erst mal ab – hinterher kommt Oprah Winfrey, und ich hasse ihre Sendung, das ewige Rumgehocke und dumme Gequatsche ist was für die Mamas dieser Welt – und gehe zur Haustür.

Unter dem Briefschlitz liegt dann immer ein verschlossener weißer Umschlag. Es steht nichts drauf. Es sind entweder vierzehn Fünfdollarscheine oder sieben Zehndollarscheine drin. Das ist mein Geld für die Woche. Und das mache ich damit: Ich gehe zweimal ins Kino, immer nachmittags, wenn es nur vier Dollar fünfzig kostet. Macht neun Dollar. Samstags tanke ich meinen Honda voll, und das kostet normalerweise so um die sieben Dollar. Ich fahre nicht viel. Ich bin nicht drauf abonniert, wie Pug sagen würde. Dann sind wir also bei sechzehn Dollar. Etwa viermal die Woche esse ich bei McDoof, entweder Frühstück (McMuffin mit Ei, Kaffee, Bratkartoffeln) oder Mittagessen (einen Hamburger Royal TS). Einmal die Woche ziehe ich mir eine gute Hose und ein Oberhemd an und schaue mal, wie die andere Hälfte so lebt – leiste mir ein schickes Essen im Adam's Ribs oder Chuck Wagon. Das kostet mich alles zusammen etwa fünfundzwanzig Dollar, und jetzt sind wir also bei einundvierzig. Dann gehe ich vielleicht noch in den Zeitschriftenladen und kaufe mir ein oder zwei Sexhefte, nichts richtig Scharfes, nur das Übliche, *Variations* oder *Penthouse*. Versuchsweise habe ich diese Zeitschriften auch schon auf DINKYS LISTE gesetzt, aber ohne Erfolg. Ich kann sie mir selber kaufen, und sie verschwinden auch nicht etwa am Reinemachtag, aber sie werden nicht *geliefert* wie fast alles andere. Ich schätze mal, Mr. Sharptons Putzkolonne rührt – Achtung, Wortspiel! – diesen Dreck nicht an. Ich komme auch im Internet nicht auf Sex-Seiten. Ich hab's probiert, aber das ist irgendwie gesperrt. Normalerweise kriegt man so was hin und umgeht die Sperre auf die eine oder andere Tour, aber hier funktioniert das nicht.

Ich will das Thema ja nicht breittreten, aber ich kann von hier aus auch keine 0190er-Nummern anrufen. Das Telefon funktioniert natürlich, und wenn ich irgendeinen Wildfremden anrufe, um nur mal mit wem zu quatschen, dann geht das. Das funktioniert. Aber die 0190er-Nummern funktionieren nicht. Da kommt immer nur das Besetztzeichen. Und das ist wahrscheinlich auch besser so. Meiner Erfahrung nach ist an Sex denken wie Windpocken aufkratzen. Man macht es nur schlimmer. Und außerdem ist Sex keine große Sache, jedenfalls nicht für mich. Es gibt das, aber es ist nicht *endgültig*. Aber wenn man bedenkt, was ich so mache, ist diese prüde Anwandlung schon eigenartig. Fast schon komisch … bloß dass ich bei diesem Thema anscheinend meinen Sinn für Humor verloren habe. Wie auch bei einigen anderen.

Aber na ja. Zurück zum Thema Geld.

Wenn ich mir ein *Variations* kaufe, macht das vier Dollar, und dann sind wir bei fünfundvierzig. Von dem Geld, das übrig bleibt, kaufe ich mir manchmal eine CD, obwohl ich das gar nicht muss, oder ein paar Schokoriegel (ich weiß, das sollte ich nicht, denn ich hab immer noch eine üble Pickelfresse, obwohl ich schon fast zwanzig bin). Manchmal überlege ich, ob ich mir eine Pizza oder was vom Chinesen kommen lasse, aber das wäre gegen die Regeln von TransCorp. Außerdem käme ich mir komisch dabei vor, wie so ein richtiger Ausbeuter. Schließlich habe ich selber mal Pizza ausgefahren. Ich weiß, was das für ein Scheißjob ist. Aber wenn ich mir eine bestellen könnte, würde der Pizzabote dieses Haus nicht mit einem Vierteldollar Trinkgeld verlassen. Ich würde ihm einen Fünfer geben und zusehen, wie seine Augen aufleuchten.

Aber allmählich verstehen Sie, was ich damit meine, ich bräuchte nicht viel Bargeld, oder? Donnerstagmorgens habe ich normalerweise noch mindestens acht Dollar übrig und manchmal sogar fast zwanzig. Die Münzen werfe ich in den Gully vorm Haus. Klar, die Nachbarn würden ausrasten, wenn sie mich dabei sehen würden (ich habe zwar die Schule geschmissen, aber dumm bin ich nicht, das brauchen Sie nicht zu glauben), und deshalb schnappe ich mir die blaue Altpapiertonne mit den Zeitungen (manchmal stecke ich auch ein *Variations* oder *Penthouse* mit rein, den Kram behalte ich natürlich nicht lange), und wenn ich sie am Bordstein abstelle, lasse ich die Münzen aus der Hand in den Gully fallen. Klimper-klimper-klimper-platsch. Wie ein Zaubertrick. Gerade waren sie noch da, und schon sind sie weg. Wenn das Kanalrohr eines Tages mal verstopft ist, werden sie einen Typ da runterschicken, und der wird glauben, er hätte im Lotto gewonnen. Es sei denn, es gibt mal eine Überschwemmung oder so, die die ganzen Münzen bis zum Klärwerk spült, oder wo auch immer die Kanalisation hinführt. Aber dann bin ich längst weg. Ich habe nicht vor, mein ganzes Leben in Columbia City zu verbringen, das kann ich Ihnen verraten. Ich gehe hier weg, und zwar bald. So oder so.

Mit den Geldscheinen ist es einfacher. Die stecke ich in den Müllschredder in der Küche. Noch so ein Zaubertrick, Abrakadabra, aus Geld wird Konfetti. Sie finden es wahrscheinlich abartig, Geld durch den Schredder zu jagen. Ging mir erst auch so. Aber nach 'ner Weile gewöhnt man sich an so ziemlich alles, und außerdem kommen ja immer wieder siebzig Dollar durch den Briefschlitz. Die Regel ist ganz einfach: Ich darf kein Geld horten. Muss am Ende der Woche immer pleite sein. Und außerdem geht's ja hier nicht um Millionen, sondern nur um acht oder zehn Mäuse die Woche. Peanuts.

III

DINKYS LISTE. Das ist eine weitere zusätzliche Leistung. Im Laufe der Woche schreibe ich alles auf, was ich haben will, und das bekomme ich dann auch alles (bis auf Sexhefte, wie gesagt). Vielleicht wird mir das irgendwann langweilig, aber im Moment ist es eher so, als wäre das ganze Jahr Weihnachten. Ich schreibe vor allem Lebensmittel auf, wie bei einem ganz normalen Einkaufszettel, aber eben nicht nur Lebensmittel.

Ich könnte beispielsweise »Neues Bruce-Willis-Video« hinschreiben oder »Neue Weezer-CD« oder so was in der Art. Und apropos: Das mit der Weezer-CD war wirklich eigenartig. Eines Freitags bin ich nach dem Kino zu Toones XPress gegangen (ich gehe freitags immer in die Nachmittagsvorstellung, auch wenn ich eigentlich gar keinen Bock auf den Film habe, denn freitagnachmittags kommt die Putzkolonne), um die Zeit totzuschlagen, weil es regnete und ich nicht in den Park gehen konnte, und als ich mir die Neuerscheinungen ansah, hat sich ein Junge beim Verkäufer nach der neuen Weezer-CD erkundigt. Der Verkäufer meinte, die käme erst in etwa zehn Tagen raus, aber ich hatte sie schon seit einer Woche.

Zusätzliche Leistungen, wie gesagt.

Wenn ich »Freizeithemd« auf die LISTE schreibe, ist eins da, wenn ich freitagabends nach Hause komme, und zwar immer in den hübschen erdigen Farbtönen, die ich so mag. Wenn ich »neue Jeans« oder »Chinohose« aufschreibe, bekomme ich eine. Immer von Gap, wo ich auch einkaufen würde, wenn ich so was machen müsste. Wenn ich ein bestimmtes Rasierwasser oder Parfum haben möchte, schreibe ich den Namen auf DINKYS LISTE, und wenn ich dann nach Hause komme, steht es auf der Ablage im Bad. Ich gehe nicht mit Mädchen aus, trage aber immer Parfum. Da werd mal einer draus schlau.

Jetzt kommt was, worüber Sie lachen werden, jede Wette. Einmal habe ich »Rembrandt-Gemälde« auf die LISTE geschrieben. Dann war ich den ganzen Nachmittag lang im Kino und bin im Park spazieren gegangen, habe den Pärchen beim Knutschen zugesehen und den Hunden beim Frisbee fangen, und habe die ganze Zeit gedacht, wie endgültig es wäre, wenn mir die Putzkolonne tatsächlich einen Rembrandt besorgen würde. Stellen Sie sich das mal vor: Ein echter alter Meister an der Wand eines Hauses in Sunset Knoll, Columbia City. Wie endgültig wäre *das* denn wohl?

Und so kam es dann auch – gewissermaßen. Mein Rembrandt hing im Wohnzimmer an der Wand, als ich nach Hause kam, über dem Sofa, wo vorher die Samtclowns gehangen hatten. Mein Herz pochte wie wild, als ich darauf zuging. Als ich näher kam, sah ich aber, dass es nur eine Kopie war … Sie wissen schon: ein Kunstdruck. Ich war enttäuscht, aber nicht sehr. Denn schließlich *war* es ja ein Rembrandt. Nur eben kein *echter* Rembrandt.

Ein andermal schrieb ich »Handsigniertes Foto von Nicole Kidman« auf die LISTE. Ich finde, sie ist heutzutage die bestaussehende Schauspielerin überhaupt; o Mann, sie macht mich so an. Und als ich an diesem Tag nach Hause kam, hing ein Autogrammfoto von ihr an der Kühlschranktür, von ein paar kleinen Magneten in Gemüseform festgehalten. Sie saß auf der Schaukel aus *Moulin Rouge*. Und diesmal war es ein Original. Das erkannte ich an der Widmung. »Für Dinky Earnshaw. Alles Liebe & Küsse von Nicole.«

O Baby. O Süße.

Ich sag Ihnen was, mein Freund: Wenn ich mir Mühe geben und es mir wirklich wünschen würde, könnte eines Tages ein *echter* Rembrandt bei mir an der Wand hängen. Aber klar doch. Bei einem Job wie dem hier kann es nur aufwärts gehen. Das ist in gewisser Hinsicht das Erschreckende daran.

IV

Normale Lebensmittel muss ich nicht aufschreiben. Die Putzkolonne weiß, was ich mag: Tiefkühlgerichte von Stouffer's, vor allem so Kochbeutelkram wie das Rindergeschnetzelte in Sahnesoße, das meine Mama immer nur Dreck in Tüten genannt hat, tiefgefrorene Erdbeeren, Vollmilch, vorgeformte Hamburgerscheiben, die man nur in eine heiße Pfanne klatschen muss (ich hasse es, rohes Fleisch anzufassen), Dole-Pudding in Plastikbechern (schlecht für meinen Teint, aber superlecker) – halt ganz normales Essen. Wenn ich etwas Besonderes möchte, schreibe ich es auf DINKYS LISTE.

Einmal habe ich mir einen selbst gebackenen Apfelkuchen gewünscht, einen *nicht* aus dem Supermarkt, und als ich an diesem Abend bei Einbruch der Dunkelheit nach Hause kam, stand mein Kuchen mit den übrigen Lebensmitteln für die Woche im Kühlschrank. Und er war nicht verpackt, sondern stand da auf einem blauen Teller. Daran konnte ich sehen, dass er selbst gebacken war. Erst habe ich ein wenig gezögert, ihn zu essen; ich wusste ja nicht, wo er herkam und so; aber dann habe ich mir gedacht: das ist doch dumm. Man weiß ja schließlich auch nicht, wo das Essen im *Supermarkt* herkommt, nicht wahr? Man geht zwar davon aus, dass es einwandfrei ist, weil es in Plastik verpackt, in Dosen oder »hygienisch doppelt versiegelt« ist, aber *bevor* es doppelt versiegelt wurde, hätte jeder mit schmutzigen Fingern dran rumtatschen, einen Riesenpopel drauf schnäuzen oder sich sogar den Arsch damit abwischen können. Ich will ja nicht, dass Ihnen jetzt schlecht wird, aber das stimmt doch, oder? Die Welt ist voller Fremder, und viele von denen »führen nichts Gutes im Schilde«. Das weiß ich aus eigener Erfahrung, glauben Sie mir.

Wie auch immer: Ich habe den Kuchen probiert, und er war köstlich. Die Hälfte habe ich am Freitagabend gegessen und den Rest am Samstagmorgen, während ich mich per E-Mail um Cheyenne, Wyoming kümmerte. Den Samstagabend habe ich größtenteils auf dem Klo verbracht und mir fast die Seele aus dem Leib geschissen – von den ganzen Äpfeln, nehme ich mal an –, aber das war es wert. »Wie von Muttern«, heißt es immer so schön, aber meine Mama kann damit nicht gemeint sein. Meine Mama würde sogar Wasser anbrennen lassen.

V

Unterhosen muss ich auch nie auf die LISTE setzen. Etwa alle fünf Wochen verschwinden die alten und liegen nagelneue von Hanes in meiner Kommode, zwölf Stück, noch in der Originalverpackung. Hygienisch doppelt versiegelt, har har. Toilettenpapier, Waschmittel, Geschirrspülmittel – den ganzen Kram muss ich auch nicht aufschreiben. Das ist einfach da.

Ziemlich endgültig, finden Sie nicht?

VI

Ich habe die Putzkolonne nie gesehen, genauso wenig wie den Typ (oder vielleicht ist es ja auch eine Frau), der oder die donnerstags während *Jung und leidenschaftlich* meine siebzig Dollar bringt. Ich *will* sie auch nicht sehen. Zum einen *muss* ich sie ja auch nicht sehen. Und zum anderen – na gut, ich geb's zu – habe ich Angst vor ihnen. So wie ich auch vor Mr. Sharpton in seinem großen grauen Mercedes Angst hatte, als ich mich damals mit ihm traf. Na und? Arschfassen.

Freitagmittags esse ich nicht zu Hause. Ich gucke *Jung und leidenschaftlich*, setze mich dann in meinen Wagen und fahre in die Stadt. Ich esse bei McDoof einen Burger, gehe dann ins Kino und bei gutem Wetter hinterher in den Park. Ich bin gern im Park. Das ist ein guter Ort zum Nachdenken, und in letzter Zeit habe ich wirklich eine Menge Stoff zum Nachdenken.

Bei schlechtem Wetter gehe ich ins Einkaufszentrum. Jetzt, wo die Tage kürzer werden, überlege ich, wieder mit dem Bowling anzufangen. Dann hätte ich freitagnachmittags wenigstens was zu tun. Früher bin ich immer mit Pug bowlen gegangen.

Pug fehlt mir irgendwie. Ich wollte, ich könnte ihn anrufen, einfach nur mal mit ihm quatschen, ihm erzählen, was in letzter Zeit so passiert ist. Die Sache mit diesem Neff zum Beispiel.

Na ja. Was nicht ist, ist nicht.

Während ich weg bin, macht die Putzkolonne mein Haus von oben bis unter sauber. Sie waschen das Geschirr ab (obwohl ich das auch ganz gut selber könnte), wischen die Böden, waschen die Wäsche, beziehen mein Bett neu, hängen frische Handtücher hin, füllen den Kühlschrank auf und besorgen den Kram, der auf der LISTE steht. Es ist, als würde ich in einem Hotel wohnen, das den tüchtigsten (und natürlich endgültigsten) Zimmerservice der Welt hat.

Bloß um das Arbeitszimmer hinterm Esszimmer kümmern sie sich nicht groß. Da lasse ich die Jalousien immer zu, und sie haben sie noch nie hochgezogen, um ein wenig Tageslicht reinzulassen, wie sie es sonst überall im Haus machen. Da drin riecht es auch nie nach Möbelpolitur, obwohl es freitagabends in allen anderen Zimmern förmlich danach stinkt. Manchmal ist es so schlimm, dass ich Niesanfälle davon kriege. Das ist keine Allergie, sondern eher ein Protest-Niesen.

Irgendwer saugt da drin den Boden und leert den Mülleimer aus, aber keiner hat je die Papiere auf meinem Schreibtisch angerührt, auch wenn da noch so ein Chaos herrschte. Einmal habe ich ein kurzes Stück durchsichtiges Klebeband über die Ritze zwischen der Tischplatte und der mittleren Schublade geklebt, aber als ich dann abends nach Hause kam, war es nicht durchgerissen. Ich bewahre nichts streng Geheimes in dieser Schublade auf; nein, das nicht; ich wollte es bloß wissen.

Und wenn ich den Rechner und das Modem beim Weggehen anlasse, sind sie immer noch an, wenn ich wiederkomme, und auf dem Monitor läuft ein Bildschirmschoner (normalerweise der, bei dem sich hinter den Jalousien eines Hochhauses irgendwelche Szenen abspielen, denn den mag ich am liebsten). Wenn meine Geräte beim Weggehen abgeschaltet sind, sind sie auch aus, wenn ich wiederkomme. In Dinkys Arbeitszimmer rühren sie nichts an.

Vielleicht hat die Putzkolonne auch ein wenig Angst vor mir.

VII

Den Anruf, der mein Leben veränderte, bekam ich, als ich gerade dachte, die Kombination Mama und Pizza Roma würde mich in den Wahnsinn treiben. Ich weiß, wie melodramatisch das klingt, aber in diesem Fall stimmt es. Der Anruf kam an meinem freien Abend. Mama war mit ihren Freundinnen im Reservation Bingo spielen. Sie rauchten bestimmt wie die Schlote und gackerten jedes Mal, wenn der Ausrufer »B-12« zog und meinte: »Zeit für Ihre Vitamine, meine Damen!« Ich guckte auf TNT einen Film mit Clint Eastwood und wünschte mir, irgendwo anders zu sein, weit weg, meinetwegen sogar in der kanadischen Prärie.

Das Telefon klingelt, und ich denke: Ah, schön, das muss Pug sein, und deshalb nehm ich ab und sage mit säuselnder Stimme: »Hier ist die Kirche der allgemeinen Endgültigkeit, Zweigstelle Harkerville, Reverend Dink am Apparat.«

»Hallo, Mr. Earnshaw«, antwortet eine Stimme. Ich hatte sie noch nie gehört, aber der Mann am anderen Ende schien über meinen Quatsch weder verärgert noch verblüfft zu sein. Ich aber erschrak genug für uns beide. Ist Ihnen schon mal aufgefallen, dass in solchen Situationen – wenn man mit einem richtig coolen Spruch ans Telefon geht –, nie derjenige dran ist, den man erwartet? Ich habe mal von einem Mädchen gehört, das den Hörer abnahm und sagte: »Hi, hier ist Helen. Ich will, dass du mich wund fickst.« Sie war sicher, dass ihr Freund anrief, aber dann war's ihr Vater. Diese Geschichte ist wahrscheinlich ebenso frei erfunden wie die mit den Alligatoren in der New Yorker Kanalisation (oder wie die Briefe im *Penthouse*), aber Sie verstehen schon, was ich meine.

»Oh, tut mir Leid«, sage ich und bin viel zu verdattert, um mich darüber zu wundern, dass der fremde Anrufer weiß, dass Reverend Dink eigentlich Mr. Earnshaw heißt, Richard Ellery Earnshaw mit vollem Namen. »Ich dachte, Sie wären jemand anderer.«

»Ich *bin* jemand anderer«, sagt die Stimme. Ich lachte nicht darüber, aber später dann schon. Mr. Sharpton war tatsächlich jemand anderer. Jemand absolut endgültig anderer.

»Was kann ich für Sie tun?«, fragte ich. »Wenn Sie meine Mutter sprechen wollen, kann ich ihr was ausrichten, denn sie –«

»– ist zum Bingo, ich weiß. Nein, ich möchte mit Ihnen sprechen, Mr. Earnshaw. Ich möchte Ihnen einen Job anbieten.«

Für einen Moment war ich zu verblüfft, um etwas zu sagen. Dann kam ich auf eine Idee: Das war irgendeine Verarsche am Telefon. »Ich habe einen Job«, sage ich. »Tut mir Leid.«

»Pizza ausfahren?«, meint er belustigt. »Nun, das mag wohl sein. Wenn Sie das als Job bezeichnen.«

»Wer sind Sie?«, frage ich.

»Mein Name ist Sharpton. Und nun lassen Sie mich bitte

ohne weitere Umschweife zum Punkt kommen, Mr. Earnshaw. Dink? Darf ich Sie Dink nennen?«

»Klar«, sagte ich. »Darf ich Sie Sharpie nennen?«

»Nennen Sie mich, wie Sie möchten, aber hören Sie mir zu.«

»Ich höre«, sagte ich. Und ich war wirklich ganz Ohr. Und wieso auch nicht? In der Glotze lief *Coogans Bluff*, nicht unbedingt Clints bester Film.

»Ich möchte Ihnen das beste Stellenangebot unterbreiten, das Sie in ihrem Leben vermutlich je erhalten werden. Und es ist nicht nur ein Job, Dink, es ist ein Abenteuer.«

»Ey, wo hab ich das schon mal gehört?« Ich hatte eine Schüssel Popcorn auf dem Schoß und warf mir eine Hand voll in den Mund. Die Sache fing irgendwie an, Spaß zu machen.

»Andere machen Versprechungen, ich halte sie auch. Aber dieses Gespräch sollten wir von Angesicht zu Angesicht führen. Würden Sie sich mit mir treffen?«

»Sind Sie 'n Schwuler?«, fragte ich.

»Nein.« Ein Fünkchen Belustigung war ihm anzuhören. Gerade genug, um es glaubwürdig klingen zu lassen. Und ich steckte sozusagen ein bisschen in der Klemme, weil ich mich am Telefon so klugscheißerisch gemeldet hatte. »Meine sexuelle Orientierung hat nichts damit zu tun.«

»Und wieso verarschen Sie mich dann? Ich kenne *niemanden*, der mich abends um halb zehn anrufen würde, um mir einen Job anzubieten.«

»Tun Sie mir bitte einen Gefallen. Legen Sie den Hörer hin und gehen Sie zur Haustür.«

Das wurde ja immer verrückter. Aber was hatte ich zu verlieren? Ich tat, was er wollte, und da lag ein Briefumschlag. Irgendwer hatte ihn durch den Briefschlitz geschoben, während ich zugeguckt hatte, wie Clint Eastwood Don Stroud durch den Central Park verfolgte. Der erste Umschlag von vielen, aber das wusste ich damals natürlich nicht. Ich riss ihn auf, und sieben Zehndollarscheine fielen mir in die Hand. Und ein Zettel.

Das kann der Anfang einer großen Karriere sein!
Ich ging zurück ins Wohnzimmer und guckte dabei immer noch das Geld an. Können Sie sich vorstellen, wie dermaßen neben der Kappe ich war? Fast hätte ich mich auf die Popcornschale gesetzt. Ich sah sie noch im letzten Augenblick, stellte sie weg und ließ mich wieder aufs Sofa plumpsen. Ich griff zum Hörer und rechnete schon halbwegs damit, dass Sharpton nicht mehr dran war, aber als ich »Hallo« sagte, meldete er sich.

»Was soll das alles?«, fragte ich ihn. »Wofür sind die siebzig Piepen? Die behalte ich, aber nicht, weil ich glaube, Sie wären mir irgendwas schuldig. Ich habe Sie um nichts *gebeten*, Mann.«

»Das Geld gehört in jedem Fall Ihnen«, sagte Sharpton. »Daran sind keinerlei Bedingungen geknüpft. Aber ich werde Ihnen ein kleines Geheimnis verraten, Dink: Bei einem Job geht es nicht nur um das Geld, das man damit verdienen kann. Bei einem richtigen Job geht es um die zusätzlichen Leistungen. Das ist der Knackpunkt dabei.«

»Wenn Sie meinen.«

»Unbedingt. Und ich bitte Sie lediglich, sich mit mir zu treffen und mir kurz zuzuhören. Ich werde Ihnen ein Angebot unterbreiten, das Ihr Leben verändern wird, wenn Sie es annehmen. Ja, es wird Ihnen die Tür zu einem *neuen* Leben aufstoßen. Und wenn ich Ihnen dieses Angebot gemacht habe, können Sie mir so viele Fragen stellen, wie Sie nur wollen. Ich sage Ihnen bloß ehrlicherweise, dass ich Ihnen wahrscheinlich nicht alle diese Fragen beantworten kann.«

»Und wenn ich stattdessen einfach wieder gehe?«

»Dann schüttle ich Ihnen die Hand, klopfe Ihnen auf die Schulter und wünsche Ihnen viel Glück.«

»Wann wollen Sie mich denn treffen?« Ein Teil von mir – der größte Teil – hielt das alles immer noch für einen Scherz, aber mittlerweile bildete sich eine Minderheitsmeinung. Da waren zum einen die siebzig Dollar: Bei Pizza Roma das Trinkgeld von zwei Wochen, und das auch nur, wenn die

Geschäfte gut liefen. Aber vor allem lag es daran, wie Sharpton redete. Er hörte sich gebildet an. Und was konnte mir schon passieren? Seit Skippers Unfall gab es auf dem Planeten Erde niemanden mehr, der mir irgendwie ans Leder wollte. Außer Mama vielleicht, aber deren einzige Waffe war ihr Mundwerk ... und die brachte keine derart ausgeklügelten Scherze. Und ich konnte mir auch nicht vorstellen, dass sie freiwillig siebzig Dollar rausrückte. Nicht, wenn irgendwo in der Nähe noch Bingo gespielt wurde.

»Heute Abend«, sagte er. »Genauer gesagt: Jetzt gleich.«

»Na gut, warum nicht. Kommen Sie rüber. Wenn Sie einen Umschlag voller Zehner bei mir durch den Briefschlitz stecken können, muss ich Ihnen ja vermutlich nicht sagen, wo ich wohne.«

»Nicht bei Ihnen daheim. Wir treffen uns bei Supr Savr auf dem Parkplatz.«

Das Herz rutschte mir in die Hose wie ein Fahrstuhl, dessen Seile gekappt waren, und die ganze Sache war nun gar nicht mehr lustig. Vielleicht war das eine Falle. Vielleicht waren sogar die Bullen im Spiel. Ich sagte mir, dass niemand außer Gott von der Sache mit Skipper wissen konnte, am allerwenigsten die Bullen. Da war der Brief, ja; Skipper hatte ihn vielleicht irgendwo rumliegen lassen. Niemand hätte mit dem, was drin stand, etwas anfangen können (abgesehen vom Namen seiner Schwester, aber es gibt schließlich Millionen Debbies auf der Welt), wie auch niemand etwas mit dem anfangen konnte, was ich auf den Bürgersteig vor Mrs. Bukowskis Garten geschrieben hatte ... das hatte ich jedenfalls bis zu diesem verdammten Anruf geglaubt. Aber wer konnte sich da schon hundertprozentig sicher sein? Und Sie wissen ja, was man über ein schlechtes Gewissen sagt. Ich hatte nicht gerade Schuldgefühle wegen Skipper, damals noch nicht, aber ...

»Der Supr Savr ist aber ein eigenartiger Ort für ein Vorstellungsgespräch, finden Sie nicht? Vor allem, weil er schon seit acht Uhr geschlossen hat.«

»Das ist ja gerade das Gute daran, Dink. Privatsphäre an einem öffentlichen Ort. Ich werde direkt vor dem Kart Korral parken. Sie werden den Wagen erkennen. Es ist ein großer grauer Mercedes.«

»Ich werde ihn schon daran erkennen, dass er der einzige Wagen dort ist«, sagte ich, aber da hatte er schon aufgelegt.

Ich legte auch auf und steckte das Geld ein, ohne mir so richtig bewusst zu sein, was ich da eigentlich tat. Ich war am ganzen Körper schweißgebadet. Der Mann am Telefon wollte sich mit mir beim Kart Korral treffen, wo Skipper mich so oft gepeinigt hatte. Wo er mir einmal die Finger zwischen zwei Einkaufswagen eingeklemmt und noch gelacht hatte, als ich schrie. Es tut höllisch weh, wenn einem die Finger gequetscht werden. Zwei Fingernägel waren schwarz geworden und abgefallen. Da hatte ich beschlossen, es mit dem Brief zu versuchen. Und das Ergebnis war unglaublich gewesen. Aber wenn der Geist von Skipper Brannigan irgendwo umging, dann höchstwahrscheinlich beim Kart Korral, wo er sich neue Opfer suchte, die er quälen konnte. Der Mann am Telefon konnte sich diesen Ort unmöglich zufällig ausgesucht haben. Ich versuchte mir einzureden, das wäre Quatsch und solche Zufälle kämen ständig vor, konnte es aber einfach nicht glauben. Mr. Sharpton wusste von Skipper. Er hatte irgendwie davon erfahren.

Ich hatte Angst davor, mich mit ihm zu treffen, sah aber keine andere Möglichkeit. Wenigstens konnte ich so rausfinden, was er noch wusste. Und wem er es vielleicht verraten würde.

Ich stand auf, zog meinen Mantel an (es war Frühlingsanfang und nachts noch kalt – es kommt mir so vor, als wären die Nächte im westlichen Pennsylvania immer kalt), ging zur Tür, überlegte noch mal und schrieb meiner Mama dann einen Zettel. »Treffe mich noch mit ein paar Jungs«, schrieb ich. »Bin so um zwölf wieder da.« Ich hatte nicht vor, so lange wegzubleiben, aber es schien mir eine gute Idee, diesen Zettel zu schreiben. Damals mochte ich nicht näher darüber nachdenken, *wieso* ich das für eine gute Idee hielt, aber jetzt kann ich es eingestehen: Falls mir etwas zugestoßen wäre, wollte ich dafür sorgen, dass Mama die Polizei rief.

VIII

Es gibt zwei Arten von Angst – das ist jedenfalls meine Theorie. Es gibt Fernseh-Angst und echte Angst. Ich glaube, meistens empfinden wir bloß Fernseh-Angst. Wenn man beispielsweise darauf wartet, dass einem der Arzt die Ergebnisse einer Blutuntersuchung schickt, oder wenn man abends im Dunkeln von der Bücherei nach Hause geht und sich vorstellt, es würden einem irgendwelche bösen Buben im Gebüsch auflauern. Wegen so einem Quatsch empfindet man keine echte Angst, denn im Grunde seines Herzens weiß man, dass bei dem Bluttest nichts Schlimmes rauskommen wird und einem niemand im Gebüsch auflauert. Und wieso? Weil so was nur den Leuten im Fernsehen passiert.

Als ich den großen, grauen Mercedes sah, das einzige Auto auf dem riesigen, verlassenen Parkplatz, bekam ich zum ersten Mal seit der Sache mit Skipper Brannigan im Abstellraum wieder echte Angst. Damals waren wir drauf und dran gewesen, so richtig aufeinander loszugehen.

Mr. Sharptons Wagen stand im gelben Licht der Quecksilberdampflampen des Parkplatzes – eine dicke, alte Teutonenkutsche, mindestens ein Vierhundertfünfziger und wahrscheinlich eher ein Fünfhunderter, ein Auto, das heutzutage hundertzwanzig Riesen kostet. Es stand da neben dem Kart Korral (der über Nacht fast leer war; bis auf ein altes Schrottteil mit nur drei Rädern waren alle Einkaufswagen im Supermarkt eingeschlossen), das Standlicht brannte, und weiße Auspuffgase waberten in die Luft. Der Motor schnurrte wie eine schläfrige Katze.

Ich fuhr darauf zu, mein Herz schlug nicht schnell, aber heftig, und ich hatte einen metallischen Geschmack im

Mund. Am liebsten hätte ich das Gaspedal meines Ford (in dem es damals immer nach Pepperonipizza roch) durchgetreten und wäre schnellstens verduftet, aber ich bekam die Idee, dass der Mann von der Sache mit Skipper wusste, einfach nicht aus dem Kopf. Ich konnte mir immer wieder sagen, dass es da gar nichts zu wissen gab, dass Charles »Skipper« Brannigan entweder verunglückt war oder Selbstmord begangen hatte, was von beidem, wussten die Bullen nicht so recht (wenn sie ihn auch nur ein wenig besser gekannt hätten, hätten sie die Theorie mit dem Selbstmord gleich wieder abgehakt – Typen wie Skipper knipsen sich nicht selber aus, jedenfalls nicht mit dreiundzwanzig, nee nee), aber das brachte die innere Stimme nicht zum Verstummen, die mir jammernd einredete, dass ich in Schwierigkeiten steckte, dass jemand dahinter gekommen war, dass jemand den Brief gefunden und die Sache durchschaut hatte.

Diese Stimme hatte die Logik nicht auf ihrer Seite, aber das war auch gar nicht nötig. Sie hatte eine gute Lunge und brüllte die Logik einfach nieder. Ich hielt neben dem Mercedes, der im Leerlauf wartete, und kurbelte mein Fenster runter. In diesem Moment senkte sich auch bei dem Benz das Fahrerfenster. Wir, Mr. Sharpton und ich, sahen einander an wie zwei alte Freunde, die sich im Autokino begegneten.

Ich weiß kaum mehr, wie er aussah. Das ist seltsam, wenn man bedenkt, wie oft ich seither an ihn gedacht habe, aber es ist die Wahrheit. Ich weiß nur noch, dass er schlank war und einen Anzug trug. Einen guten Anzug, glaube ich, obwohl es nicht gerade meine Stärke ist, so was zu beurteilen. Dennoch beruhigte mich der Anzug ein wenig. Ich schätze mal, ich dachte unwillkürlich: ein Anzug bedeutet Geschäftsmann, Jeans und T-Shirt bedeuten Zoff.

»Hallo, Dink«, sagt er. »Ich bin Mr. Sharpton. Kommen Sie rüber und steigen Sie ein.«

»Wieso bleiben wir nicht einfach, wo wir sind«, fragte ich. »Wir können uns von Fenster zu Fenster unterhalten. Das machen die Leute ständig.«

Er sah mich nur an und sagte nichts. Nach ein paar Sekunden stellte ich den Motor ab und stieg aus. Ich weiß eigentlich nicht warum, aber ich tat es. Ich hatte Angst wie nie, das kann ich Ihnen sagen. Echte Angst. Echte, richtige Scheißangst. Vielleicht brachte er mich deshalb dazu zu tun, was er wollte.

Ich stand eine ganze Weile zwischen Mr. Sharptons Auto und meinem, sah zum Kart Korral hinüber und dachte an Skipper. Er war groß gewesen. Sein welliges blondes Haar trug er aus der Stirn gekämmt. Er hatte Pickel und rote Lippen wie ein Mädchen mit Lippenstift. »Hey, Dinky, zeig mal deinen Dinky«, sagte er immer. Oder: »Hey, Dinky, willst du meinen Dinky lutschen?« Echt witzige Scheiße so in der Richtung. Wenn wir die Einkaufswagen zusammensuchten, jagte er mich manchmal mit einem, rammte ihn mir in die Hacken und machte dabei »Rmmmm! Rmmmm! Rmmmm!« wie ein Rennwagen. Ein paar Mal bin ich dabei gestürzt. Wenn ich in der Mittagspause mein Essen auf dem Schoß hatte, rempelte er mich an, damit es runterfiel. Sie wissen bestimmt, wovon ich spreche. Es war, als wäre er nie über das hinweggekommen, was gelangweilte Fünfklässler in der letzten Reihe lustig finden.

Ich trug bei der Arbeit einen Pferdeschwanz – wenn man langes Haar hatte, musste man einen Pferdeschwanz tragen, Vorschrift des Supermarkts –, und manchmal kam Skipper von hinten an und riss mir das Gummiband aus den Haaren. Manchmal verfing es sich dabei in meinem Haar, und manchmal riss es und schnippte mir in den Nacken. Es ging so weit, dass ich mir, bevor ich zu Arbeit ging, zwei oder drei Ersatzgummibänder in die Hosentasche steckte. Ich versuchte nicht daran zu denken, wieso ich das machte, warum ich mir das gefallen ließ, denn sonst hätte ich mich wahrscheinlich dafür gehasst.

Als er das wieder mal machte, drehte ich mich auf dem Absatz um, und er muss etwas auf meinem Gesicht gesehen haben, denn sein spöttisches Grinsen verschwand, und er grinste auf einmal anders. Bei seinem spöttischen Grinsen sah man seine Zähne, und bei diesem Grinsen sah man sie nicht. Das war im Abstellraum, wo die Wand nach Norden immer kalt ist, weil sich auf der anderen Seite die Kühlhalle befindet. Er hob die Hände und ballte sie zu Fäusten. Die anderen Jungs saßen mit ihrem Mittagessen da und sahen uns zu, und ich wusste, keiner von ihnen würde mir helfen. Nicht mal Pug, der nur eins sechzig groß ist und gerade mal fünfzig Kilo oder so auf die Waage bringt. Skipper hätte in null Komma nichts Hackfleisch aus ihm gemacht, und Pug wusste das.

»Komm doch her, du Arschgesicht«, sagte Skipper mit diesem anderen Grinsen. Das gerissene Gummiband, das er mir aus den Haaren gezerrt hatte, baumelte zwischen seinen Fingerknöcheln und sah aus wie die rote Zunge einer kleinen Eidechse. »Du willst dich mit mir schlagen? Aber gern doch! Dich mach ich platt!«

Ich wollte ihn eigentlich bloß fragen, warum er ausgerechnet mich herausgepickt hatte, warum ich es war, der ihm irgendwie gegen den Strich ging, warum er so was *überhaupt* machte. Aber er hätte nicht darauf geantwortet. Typen wie Skipper antworten nicht auf so was. Die wollen einem bloß die Zähne einschlagen. Deshalb setzte ich mich wieder hin und hob mein Sandwich auf. Hätte ich mich mit Skipper geschlagen, dann wäre ich wahrscheinlich im Krankenhaus gelandet. Ich aß weiter, obwohl ich eigentlich keinen Appetit mehr hatte. Er sah mich noch einmal kurz an, und ich dachte schon, er würde mir trotzdem eine knallen, aber dann entspannte er die Fäuste. Das zerrissene Gummiband fiel neben einer zertrümmerten Salatkiste auf den Boden. »Du bist Dreck«, sagte Skipper. »Elender, langhaariger Hippiedreck.« Dann ging er. Ein paar Tage später quetschte er mir im Korral die Finger zwischen zwei Einkaufswagen ein, und wiederum ein paar Tage später lag Skipper in der Methodistenkirche auf Satin, und die Orgel spielte. Und das hatte er sich selbst zuzuschreiben. So dachte ich jedenfalls damals.

»Eine kleine Reise in die Erinnerung?«, fragte Mr. Sharpton, und das holte mich abrupt in die Gegenwart zurück. Ich stand zwischen seinem und meinem Wagen, stand vor dem Kart Korral, in dem Skipper nie wieder jemandem die Finger einquetschen würde.

»Ich weiß nicht, was Sie meinen.«

»Und es spielt ja auch keine Rolle. Steigen Sie ein, Dink, und lassen Sie uns ein wenig plaudern.«

Ich machte die Beifahrertür auf und stieg ein. Mann, dieser Geruch. Das war das Leder, aber nicht nur das Leder. Wissen Sie: Beim Monopoly gibt es ja eine »du kommst aus dem Gefängnis frei«-Karte. Wenn man einen Wagen hat, in dem es wie in Mr. Sharptons grauem Mercedes riecht, muss das so sein, als hätte man eine »du kommst aus allem frei«-Karte.

Ich atmete tief durch und sagte: »Das ist endgültig.«

Mr. Sharpton lachte, und seine glatt rasierten Wangen schimmerten im Licht der Armaturen. Er fragte nicht, was ich damit meinte; er wusste es. »Alles ist endgültig, Dink«, sagte er. »Jedenfalls kann es das für den richtigen Menschen sein.«

»Glauben Sie?«

»Ich *weiß* es.« Keine Spur von Zweifel in seiner Stimme.

»Schicke Krawatte«, sagte ich. Ich sagte das nur, um irgendwas zu sagen, aber es stimmte. Die Krawatte war nicht unbedingt endgültig, aber sie war schön. Kennen Sie diese Schlipse, auf denen Totenschädel, Dinosaurier, Golfschläger oder so aufgedruckt sind? Mr. Sharptons Krawatte war ganz mit Schwertern bedruckt, die von starken Händen hochgehalten wurden.

Er lachte und strich mit der Hand darüber, streichelte sie förmlich. »Das ist meine Glückskrawatte«, sagte er. »Wenn ich die trage, fühle ich mich wie König Artus.« Sein Lächeln verschwand allmählich, und mir wurde klar, dass er nicht scherzte. »König Artus, der die besten Männer aller Zeiten um sich schart. Ritter, die mit ihm an der Tafelrunde sitzen und die Welt verändern.«

Da bekam ich eine Gänsehaut, versuchte aber, mir nichts anmerken zu lassen. »Und was wollen Sie von mir, Art? Soll ich Ihnen helfen, den Heiligen Gral zu finden oder wie das Ding heißt?«

»Eine Krawatte macht einen Mann nicht zum König«, sagte er. »Das ist mir bewusst, falls Sie sich das gefragt haben.«

Ich rutschte unbehaglich hin und her. »Hey, ich wollte Sie nicht kränken –«

»Das macht nichts, Dink. Wirklich nicht. Die Antwort auf Ihre Frage lautet: Ich bin zu einem Viertel Headhunter, zu einem Viertel Talentsucher und zu zwei Vierteln das wandelnde Schicksal. Zigarette?«

»Ich rauche nicht.«

»Das ist gut. Dann leben Sie länger. Zigaretten bringen einen um. Wieso würde man sie auch sonst als Sargnägel bezeichnen?«

»Sie haben mich überzeugt«, sagte ich.

»Das hoffe ich«, sagte Mr. Sharpton und steckte sich eine an. »Das hoffe ich wirklich. Sie sind erste Klasse, Dink. Das glauben Sie wahrscheinlich nicht, aber es ist so.«

»Was ist das für ein Angebot, von dem Sie gesprochen haben?«

»Erzählen Sie mir, was mit Skipper Brannigan passiert ist.«

Rumms. Meine schlimmste Befürchtung hatte sich bestätigt. Er konnte das nicht wissen, *niemand* konnte das wissen, und trotzdem wusste er es. Ich saß nur da wie gelähmt, hatte pochende Kopfschmerzen, und meine Zunge klebte mir am Gaumen, als wäre sie da festgeleimt.

»Erzählen Sie schon.« Seine Stimme schien aus weiter Ferne zu kommen, wie wenn man nachts einen Kurzwellensender hört.

Es gelang mir, meine Zunge zu lösen. Es kostete Mühe, aber ich schaffte es. »Ich habe nichts getan.« Jetzt schien auch meine Stimme über diesen beschissenen Kurzwellensender zu kommen. »Skipper hatte einen Unfall, weiter nichts. Er ist nach Hause gefahren und von der Straße abgekommen. Sein Wagen hat sich überschlagen und ist in den Lockerby Stream gestürzt. Man hat Wasser in seiner Lunge gefunden, also ist er streng genommen wohl ertrunken, aber in der Zeitung stand, dass er wahrscheinlich so oder so gestorben wäre. Er hat sich fast den Kopf abgerissen, als sein Wagen sich überschlug – sagen jedenfalls die Leute. Und manche Leute meinen, es wäre kein Unfall gewesen, sondern er hätte sich umgebracht, aber das glaube ich nicht. Skipper war … er hatte zu viel Spaß am Leben, um sich umzubringen.«

»Ja. Und Sie haben auch zu diesem Spaß beigetragen, nicht wahr?«

Ich sagte nichts, aber meine Lippen bebten, und ich hatte Tränen in den Augen.

Mr. Sharpton legte mir seine Hand auf den Arm. Das war genau das, was man von einem alten Kerl wie ihm erwartet hätte, wenn man mit ihm in seiner großen deutschen Karosse auf einem sonst leeren Parkplatz saß, aber als er mich berührte, wusste ich, dass er mich nicht anbaggern wollte. Es tat gut, so von ihm berührt zu werden. Bis dahin hatte ich gar nicht gewusst, wie traurig ich war. Manchmal merkt man das nicht, weil es, ich weiß auch nicht, einfach so allgegenwärtig ist. Ich ließ den Kopf hängen. Ich fing nicht an zu heulen oder so, aber Tränen liefen mir über die Wangen. Die Schwerter auf seiner Krawatte verdoppelten und verdreifachten sich.

»Falls du dir Sorgen machst, ich könnte von der Polizei sein: Das musst du nicht. Außerdem habe ich dir Geld gegeben – das macht jede sich eventuell hieraus ergebende Strafverfolgung hinfällig. Aber selbst wenn dem nicht so wäre, würde doch ohnehin niemand glauben, was dem jungen Mr. Brannigan tatsächlich zugestoßen ist. Nicht einmal, wenn du es im Fernsehen gestehen würdest. Oder?«

»Nein«, murmelte ich. Und dann, lauter: »Ich hab ’ne

Menge einstecken müssen. Und irgendwann konnte ich es nicht mehr ertragen. Er hat mich dazu gebracht, hat es sich selber eingebrockt.«

»Erzähl mir, was passiert ist«, sagte Mr. Sharpton.

»Ich habe ihm einen Brief geschrieben«, sagte ich. »Einen Spezialbrief.«

»Ja, wahrhaftig, einen Spezialbrief. Und was hast du hineingeschrieben, das nur bei ihm wirkte?«

Ich wusste, was er meinte, aber da steckte noch mehr dahinter. Wenn man die Briefe persönlich gestaltete, verlieh man ihnen mehr Macht. Dann wurden sie tödlich und waren nicht bloß gefährlich.

»Den Namen seiner Schwester«, sagte ich. Ich glaube, in diesem Moment gab ich es endgültig auf, mich zu sträuben. »Seiner Schwester Debbie.«

IX

Ich hatte immer schon etwas Besonderes, eine Art Gabe, und irgendwie wusste ich das auch, aber nicht, wie ich das nutzen sollte, wie es hieß und was es zu bedeuten hatte. Und irgendwie wusste ich auch, dass ich es verschweigen musste, denn andere Menschen hatten es nicht. Ich dachte, sie würden mich in einen Zirkus stecken, wenn sie das rauskriegten. Oder ins Gefängnis.

Ich erinnere mich vage – ich muss so drei oder vier gewesen sein, es ist eine meiner ersten Erinnerungen –, wie ich einmal an einem schmutzigen Fenster stand und in den Garten guckte. Da war ein Hackklotz und ein Postkasten mit einem roten Wimpel dran, also muss das wohl bei Tante Mabel draußen auf dem Land gewesen sein. Da wohnten wir, nachdem mein Vater abgehauen war. Als ich dann fünf war oder so, bekam Mama einen Job in einer Bäckerei in Harkerville, und wir zogen zurück in die Stadt. Wir lebten in der Stadt, als ich eingeschult wurde, das weiß ich. Ich weiß das wegen

Mrs. Bukowskis Hund. Fünf Tage die Woche musste ich auf meinem Schulweg an diesem verfluchten vierbeinigen Monster vorbei. Diesen Hund werde ich nie vergessen. Es war ein Boxer, und er hatte ein weißes Ohr. Ja ja, eine Reise in die Erinnerung.

Jedenfalls: Ich guckte also nach draußen, und oben am Fenster surrten Fliegen rum, Sie kennen das ja. Mich störte das Geräusch, aber ich kam nicht hoch genug, um nach ihnen zu schlagen oder sie zu verscheuchen. Nicht mal mit einer zusammengerollten Zeitschrift. Also zeichnete ich stattdessen mit der Fingerspitze zwei Dreiecke auf die staubige Fensterscheibe und dazu noch eine andere Form, eine spezielle Kreisform, die die beiden Dreiecke verband. Kaum hatte ich das getan, kaum hatte ich diesen Kreis geschlossen, fielen die Fliegen – es waren vier oder fünf – tot aufs Fensterbrett. Sie waren so groß wie Geleebonbons – wie die schwarzen, die nach Lakritze schmecken. Ich hob eine auf und guckte sie mir an, aber sie war nicht sehr interessant, und deshalb ließ ich sie auf den Boden fallen und schaute weiter aus dem Fenster.

So was passierte dann von Zeit zu Zeit wieder, aber nie absichtlich, nie, weil ich es darauf abgesehen hätte. Soweit ich mich erinnere, habe ich es zum ersten Mal absichtlich getan – ich meine vor der Sache mit Skipper –, als ich mein Was-es-auch-ist bei Mrs. Bukowskis Hund anwandte. Mrs. Bukowski wohnte bei uns an der Ecke, als wir noch zur Miete in der Dugway Avenue wohnten. Ihr Hund war fies und gefährlich, und alle Kinder der Gegend hatten Angst vor diesem weißohrigen Scheißvieh. Sie hielt ihn angeleint im Garten, und er bellte jeden an, der vorbeikam. Das war kein harmloses Kläffen wie bei manchen anderen Hunden, nein, dieses Bellen besagte: *Wenn ich dich hier reinlocken oder zu dir rauskommen könnte, würde ich dir die Eier abbeißen, Bübchen.* Einmal hatte sich der Hund tatsächlich losgerissen und den Zeitungsjungen gebissen. Jeder andere Hund hätte dafür wahrscheinlich Gas geschnuppert, aber Mrs. Bukowskis Sohn war der Polizeichef, und der regelte das irgendwie.

Ich habe diesen Hund genauso gehasst, wie ich Skipper gehasst habe. In gewisser Weise, glaube ich, *war* er Skipper. Ich musste auf meinem Schulweg bei Mrs. Bukowski vorbei, wenn ich nicht einen Umweg um den ganzen Block in Kauf nehmen und als Memme verspottet werden wollte, und es jagte mir fürchterliche Angst ein, wenn der Köter bis ans Ende seiner Leine rannte und so heftig bellte, dass ihm Schaum von den Zähnen und Lefzen spritzte. Manchmal rannte er mit solcher Wucht ans Ende seines Seils, dass es ihn von den Pfoten riss, *boi-oi-oinng*, was manche Leute vielleicht lustig gefunden hätten, was ich aber nie lustig fand. Ich hatte einfach nur Angst, das Seil (es war keine Kette, sondern nur ein schlichtes, altes Seil) könnte eines Tages reißen, der Hund würde über den niedrigen Lattenzaun zwischen Mrs. Bukowskis Garten und der Dugway Avenue springen und mir die Kehle zerfleischen.

Und dann wachte ich eines Tages auf und hatte eine Idee. Sie war einfach so da. Ich wachte damit auf, wie ich an anderen Tagen manchmal mit einer Morgenlatte aufwachte. Es war ein Samstag und noch sehr früh, und ich hätte nicht mal in die Nähe von Mrs. Bukowskis Garten gemusst, wenn ich nicht gewollt hätte, aber an diesem Tag *wollte* ich. Ich stand auf und zog mich so schnell an, wie ich konnte. Ich beeilte mich so, weil ich diese Idee nicht wieder vergessen wollte. Ich habe sie dann später wieder vergessen – wie man auch die Träume vergisst, aus denen man erwacht (und wie auch Morgenlatten irgendwann wieder vergehen, um's mal krass auszudrücken) –, aber in diesem Moment hatte ich die ganze Sache glasklar vor Augen: Worte mit Dreiecken drumherum und darum Kringel, die die ganze Chose zusammenhielten ... zwei oder drei davon, die einander überlappten, was ihnen besondere Macht verlieh.

Ich flog förmlich durchs Wohnzimmer und in die Küche (Mama schlief noch, ich hörte sie schnarchen, und ihr rosafarbener Bäckereikittel hing im Bad über der Stange des Duschvorhangs). Mama hatte neben dem Telefon eine kleine

Schiefertafel, auf der sie sich Telefonnummern aufschrieb und Sachen, die sie sich merken musste – sozusagen MAMAS LISTE statt DINKYS LISTE –, und da bremste ich kurz und schnappte mir das rosafarbene Stück Kreide, das an einer Schnur daneben hing. Ich steckte es ein und lief aus dem Haus. Ich weiß noch, was für ein schöner Morgen es war; kühl, aber nicht kalt; und der Himmel war so blau, dass er aussah, als hätte ihn jemand durch die Autowaschanlage gefahren. Es waren noch nicht viele Leute unterwegs. Die meisten schliefen aus, wie man das samstags gerne macht, wenn man kann.

Mrs. Bukowskis Hund schlief nicht aus. Nee, von wegen. Der schob wie immer pflichtbewusst Wache. Als er mich durch den Lattenzaun kommen sah, stürmte er an seiner Leine auf mich zu, noch verbissener als sonst, als wüsste sein dummes kleines Hundehirn irgendwie, dass es Samstag war und ich dort nichts zu suchen hatte. Er kam am Ende des Seils an, *boi-oi-oinng*, und überschlug sich regelrecht. In Sekundenschnelle hatte er sich aber wieder aufgerappelt, stand am Ende seiner straff gespannten Leine und bellte würgend à la: »Ich ersticke gleich, aber das ist mir scheißegal.« Mrs. Bukowski war vermutlich an diesen Lärm gewöhnt, vielleicht *mochte* sie es sogar, aber ich habe mich immer gefragt, wie zum Teufel die Nachbarn das ausgehalten haben.

An diesem Tag aber achtete ich überhaupt nicht darauf. Ich war viel zu aufgeregt, um Angst zu haben. Ich zog die Kreide aus der Tasche und kniete mich hin. Einen Moment lang glaubte ich, ich hätte die ganze Formel wieder vergessen, und das war schlimm. Ich spürte Verzweiflung und Traurigkeit in mir aufsteigen und dachte: Nein, lass das nicht zu, Dinky, wehr dich dagegen. Schreib irgendwas, und sei es auch nur: VERFICKTER SCHEISSKÖTER.

Aber das schrieb ich nicht. Vielmehr zeichnete ich eine Form, ich glaube, es war ein Sankofit. Ein eigenartiges Zeichen, aber es war das *richtige* Zeichen, denn es setzte alles andere frei. Es strömte nur so in meinen Kopf ein. Es war wunderbar, aber auch sehr Furcht einflößend, denn da kam so unglaublich viel. Die nächsten fünf Minuten kniete ich auf dem Bürgersteig, schwitzte wie ein Schwein und schrieb wie ein Irrer. Ich schrieb Wörter, die ich noch nie gehört hatte, und malte Zeichen, die ich noch nie gesehen hatte – Zeichen, die *niemand* je gesehen hatte –: nicht nur Sankofiten, sondern auch Jappen und Vauder und Mirke. Ich schrieb und zeichnete, bis mir der rosafarbene Kreidestaub fast bis zum Ellenbogen ging und Mamas Kreidestück nur noch ein kleines Klümpchen zwischen meinem Daumen und Zeigefinger war. Mrs. Bukowskis Hund starb nicht wie die Fliegen, sondern bellte mich die ganze Zeit über an, und wahrscheinlich zog er sich auch noch mindestens ein, zwei Mal zurück und rannte dann bis ans Ende seiner Leine, aber das bekam ich gar nicht mit. Ich war in völliger Raserei. Ich könnte Ihnen das auch in einer Million Jahren nicht beschreiben, aber ich wette, so fühlen sich große Musiker wie Mozart oder Eric Clapton, wenn sie komponieren, oder Maler, wenn sie ihr Meisterwerk auf die Leinwand bannen. Wenn jemand vorbeigekommen wäre, hätte ich ihn gar nicht beachtet. Ja, wenn Mrs. Bukowskis Hund schließlich seine Leine durchgerissen hätte, über den Zaun gesprungen wäre und sich in meinen Arsch verbissen hätte, hätte ich *das* vermutlich auch nicht beachtet.

Es war endgültig, Mann. Ich kann gar nicht beschreiben, wie unglaublich endgültig es war.

Es *kam* aber niemand vorbei. Nur ein paar Autos fuhren vorüber, und die Leute fragten sich vielleicht, was der Junge da machte, was er da auf den Bürgersteig malte, und Mrs. Bukowskis Hund bellte immer weiter. Am Ende wurde mir klar, dass ich es noch stärker machen musste, und das konnte ich tun, indem ich es nur auf den Hund bezog. Weil ich seinen Namen nicht kannte, schrieb ich mit dem letzten Kreidekrümel BOXER hin, zog einen Kreis drumherum und zeichnete unten dran einen Pfeil, der auf den Rest zeigte. Mir war schwindelig, und ich hatte pochende Kopfschmerzen, als hätte ich gerade eine superschwierige Klassenarbeit geschrieben oder zu lange ferngesehen. Mir war, als würde mir gleich schlecht ... und trotzdem fühlte ich mich absolut endgültig.

Ich sah den Hund an. Er war immer noch quicklebendig, bellte und tänzelte förmlich auf den Hinterbeinen, wenn er am Ende seiner Leine angekommen war. Aber das kümmerte mich nicht. Ich ging frohgemut nach Hause. Ich wusste, dass Mrs. Bukowskis Hund geliefert war. Ich schätze mal, mir ging es wie einem guten Maler, der weiß, dass er ein gutes Bild gemalt hat, oder wie einem guten Schriftsteller, der weiß, dass er eine gute Geschichte geschrieben hat. Wenn alles stimmt, weiß man das einfach, glaube ich. Es sitzt einem im Kopf und summt.

Drei Tage später biss der Hund ins Gras. Das erfuhr ich aus der besten Quelle, die es gab, wenn es um fiese Scheißköter ging: von Mr. Shermerhorn, unserem Postboten. Mr. Shermerhorn erzählte, der Boxer sei aus irgendeinem Grund immer um den Baum gelaufen, an dem er angeleint war, und als sich seine Leine aufgewickelt hatte, konnte er nicht mehr zurück. Mrs. Bukowski war gerade einkaufen und konnte ihm nicht helfen. Als sie nach Hause kam, lag ihr Hund erdrosselt am Baum in ihrem Garten.

Die Schrift auf dem Bürgersteig hielt sich noch etwa eine Woche lang. Dann kam ein Regenguss, und hinterher waren nur noch rosafarbene Schlieren davon übrig. Aber bis es regnete, blieb es deutlich zu sehen. Und solange es deutlich zu sehen war, trat niemand darauf. Das habe ich selbst gesehen. Die Leute – Kinder auf dem Schulweg, Damen auf dem Weg in die Stadt, Mr. Shermerhorn, der Postbote – machten alle einen Bogen darum. Und anscheinend merkten sie es nicht einmal. Und es sprach auch niemand darüber. Niemand fragte je: »Was soll denn dieser wirre Scheiß da auf dem Bürgersteig?« oder »Wie nennt man eigentlich etwas, das so aussieht?« (Das ist ein Vauder, du Blödmann.) Es war, als würden sie es gar nicht sehen. Aber irgendwie müssen sie

es doch gesehen haben. Wieso haben sie denn sonst einen
Bogen darum gemacht?

X

Das erzählte ich Mr. Sharpton nicht alles, aber ich erzählte
ihm, was er über Skipper wissen wollte. Ich hatte beschlossen, dass ich ihm vertrauen konnte. Vielleicht sagte mir meine geheime Gabe, dass ich ihm vertrauen konnte, aber das
glaube ich nicht. Ich glaube, es lag einfach daran, wie er seine Hand auf meinen Arm gelegt hatte – wie der eigene Vater
es tun würde. Ich habe zwar keinen Vater, kann mir das aber
vorstellen.

Und außerdem war es so, wie er gesagt hatte: Selbst wenn
er ein Bulle war, der mich festnehmen wollte – welcher Richter und welche Geschworenen hätten denn schon geglaubt,
dass Skipper Brannigan mit seinem Wagen von der Straße
abgekommen war, weil ich ihm einen Brief geschrieben hatte? Und dann auch noch einen voller sinnloser Worte und
Symbole, die sich ein Pizzabote ausgedacht hatte, der auf der
Highschool in Geometrie durchgerasselt war. Und zwar
zweimal.

Als ich zu Ende erzählt hatte, herrschte lange Schweigen.
Schließlich sagte Mr. Sharpton: »Er hatte es verdient. Das ist
dir klar, oder?«

Und aus irgendeinem Grund brach der Damm, als er das
sagte, und ich heulte wie ein Kleinkind. Ich muss eine Viertelstunde oder noch länger geweint haben. Mr. Sharpton legte einen Arm um mich und zog mich an seine Brust, und ich
weinte das Revers seines Jacketts nass. Wenn jemand vorbei-
gefahren wäre und uns so gesehen hätte, hätte der uns bestimmt für zwei Schwuchteln gehalten, aber es kam niemand
vorbei. Da waren nur er und ich im gelben Licht der Quecksilberdampflampen vor dem Kart Korral. »Jippie-ti-ji-joh!
Komm schon her, kleiner Einkaufswagen!«, hat Pug immer

gesungen. »Du weißt doch, dass der Supr Savr dein neues Zuhause ist!« Wir haben Tränen gelacht.

Irgendwann konnte ich dann endlich aufhören zu flennen. Mr. Sharpton gab mir ein Taschentuch, und ich wischte mir damit die Augen trocken. »Woher wissen Sie das?«, fragte ich. Meine Stimme klang ganz tief und eigenartig, wie ein Nebelhorn.

»Als wir dich aufgespürt hatten, war nur noch ein klein wenig normale Detektivarbeit nötig.«

»Ja, aber wie haben Sie mich aufgespürt?«

»Wir haben da gewisse Leute – insgesamt gut ein Dutzend –, die Ausschau halten nach Jungs und Mädchen wie dir«, sagte er. »Sie können Jungs und Mädchen wie dich regelrecht sehen, Dink, so wie bestimmte Satelliten vom All aus Kernkraftwerke sehen können. Leute wie du erscheinen gelb. Wie Streichholzflammen, so hat es mir einer unserer Späher mal beschrieben.« Er schüttelte den Kopf und lächelte kurz ironisch. »Einmal im Leben möchte ich auch so etwas sehen. Oder das können, was du kannst. Natürlich hätte ich auch gern einen Tag geschenkt – einer würde mir schon reichen –, an dem ich malen könnte wie Picasso oder schreiben wie Faulkner.«

Ich starrte ihn an. »Ist das wahr? Es gibt Menschen, die das *sehen* können?«

»Ja. Das sind unsere Spürhunde. Sie fahren kreuz und quer durchs Land – und alle anderen Länder – und suchen dieses hellgelbe Leuchten. Suchen nach Streichholzflammen in der Dunkelheit. In diesem Fall war die junge Frau auf der Route 90 unterwegs. Sie wollte nach Pittsburgh und dann nach Hause in den Urlaub fliegen, und da hat sie dich gesehen. Oder wahrgenommen. Oder was auch immer die tun. Das wissen die Späher im Grunde selber nicht, genauso wenig, wie du im Grunde weißt, was du mit Skipper gemacht hast. Habe ich nicht Recht?«

»Was –«

Er hob eine Hand. »Ich habe dir ja gesagt, dass du nicht

auf alle deine Fragen eine Antwort erhalten wirst – bei dieser
Sache musst du dich gefühlsmäßig entscheiden und nicht
nach dem, was du weißt –, aber ein paar Dinge kann ich dir
verraten. Zunächst einmal, Dink, arbeite ich für ein Unternehmen namens Trans Corporation. Unsere Aufgabe besteht
darin, die Skipper Brannigans dieser Welt zu beseitigen – die
großen Skipper Brannigans, die in großem Maße Schaden
anrichten. Der Firmensitz ist in Chicago, und wir haben ein
Ausbildungszentrum in Peoria ... wo du eine Woche verbringen wirst, wenn du meinem Vorschlag zustimmst.«

Ich sagte noch nichts, wusste aber schon, dass ich seinem
Vorschlag zustimmen würde. Was es auch war – ich würde
Ja sagen.

»Du bist ein Tranny, mein junger Freund. An diesen Gedanken solltest du dich besser gewöhnen.«

»Was ist das?«

»Das ist jemand mit einer bestimmten Gabe. Manche Leute in unserem Unternehmen halten das, was du hast ... was
du kannst ... für ein Talent, eine Fähigkeit oder gar eine Stö-
rung, aber sie irren sich. Talente und Fähigkeiten gehen aus
einer Gabe hervor. Die Gabe ist das Grundlegende, Talente
und Fähigkeiten nur ihre Ausprägungen.«

»Das müssen Sie mir einfacher erklären. Vergessen Sie
nicht: Ich hab die Schule geschmissen.«

»Ich weiß«, sagte er. »Und ich weiß auch, dass du die
Schule nicht abgebrochen hast, weil du etwa zu dumm gewesen wärst; du hast sie abgebrochen, weil du da nicht hin-
passtest. In dieser Hinsicht bist du genau wie jeder andere
Tranny, den ich je kennen gelernt habe.« Er lachte schroff
und wenig belustigt. »Alle einundzwanzig. Und jetzt hör mir
gut zu, und stell dich nicht dumm. Kreativität ist wie eine
Hand. Aber eine Hand hat viele Finger, nicht wahr?«

»Tja, mindestens fünf.«

»Stell dir diese Finger als Fähigkeiten vor. Ein kreativer
Mensch mag nun dichten, malen, bildhauern oder mathema-
tische Formeln ersinnen; er oder sie tanzt vielleicht oder singt

oder spielt ein Musikinstrument. Das sind die einzelnen Finger, aber die Kreativität ist die Hand, die ihnen Leben verleiht. Und wie sich alle Hände im Grunde gleichen – die Funktion bestimmt die Form –, gleichen sich auch alle kreativen Menschen bis zu dem Punkt, von dem die Finger ausgehen.

Auch Trans gleicht einer Hand. In manchen Fällen nennt man ihre Finger Präkognition – die Fähigkeit, in die Zukunft zu sehen. In anderen Fällen ist es Postkognition – die Fähigkeit, in die Vergangenheit zu sehen. Wir haben da beispielsweise jemanden, der weiß, wer John F. Kennedy ermordet hat, und Lee Harvey Oswald war es nicht; nein, in Wahrheit war es eine Frau. Da gibt es Telepathie, Pyrokinese, Telempathie und wer weiß, was noch alles. *Wir* wissen es ganz bestimmt nicht; das ist eine ganz neue Welt; und wir haben gerade erst angefangen, den ersten Kontinent darauf zu erforschen. Das Trans unterscheidet sich jedoch in einer entscheidenden Hinsicht von der Kreativität: Es kommt viel seltener vor. Auf achthundert Menschen kommt nur einer, den die Psychologie als ›begabt‹ bezeichnet. Wir glauben, dass auf acht *Millionen* Menschen jeweils nur ein Tranny kommt.«

Da blieb mir die Luft weg. Aber bei dem Gedanken, dass man einer unter acht Millionen ist, wäre wohl *jedem* die Luft weggeblieben, oder?

»Das macht etwa hundertzwanzig pro *Milliarde* gewöhnlicher Menschen«, sagte er. »Wir glauben, dass es auf der ganzen Welt höchstens dreitausend so genannte Trannys gibt. Und wir finden sie, einen nach dem anderen. Das ist eine langwierige Arbeit. Die Fähigkeit, sie aufzuspüren, ist nichts groß Besonderes, aber trotzdem haben wir nur ein knappes Dutzend Späher, und jeder braucht eine aufwändige Ausbildung. Das ist eine schwere Aufgabe … aber gleichwohl eine ungeheuer lohnende. Wir finden Trannys und geben ihnen etwas zu tun. Das möchten wir auch mit dir tun, Dink – dir etwas zu tun geben. Wir möchten dir dabei helfen, deine Begabung zu bündeln, zu schärfen und zum Wohle der Menschheit einzusetzen. Du wirst deine alten Freunde nicht wiedersehen – wir mussten feststellen, dass alte Freunde das größte Sicherheitsrisiko darstellen, das es überhaupt gibt –, und es springt auch nicht sehr viel Geld dabei heraus, jedenfalls anfangs nicht, aber es bietet eine Menge Befriedigung, und was ich dir anbiete, ist lediglich die erste Sprosse einer Leiter, die sich als sehr lang erweisen könnte.«

»Vergessen Sie nicht die zusätzlichen Leistungen«, sagte ich und betonte das letzte Wort, sodass es, wenn er es so verstehen wollte, wie eine Frage klang.

Er grinste und klopfte mir auf die Schulter. »Ja, das stimmt«, sagte er. »Die berühmten zusätzlichen Leistungen.«

Mittlerweile war ich ziemlich aufgeregt. Meine Zweifel waren zwar nicht völlig ausgeräumt, schwanden aber dahin. »Na, dann schießen Sie mal los«, sagte ich. Mein Herz pochte, aber nicht vor Angst. Nicht mehr. »Machen Sie mir ein Angebot, das ich nicht ablehnen kann.«

Und genau das tat er.

XI

Drei Wochen später sitze ich zum ersten Mal in meinem Leben in einem Flugzeug – und was für eine Art, seine Jungfräulichkeit zu verlieren! Als einziger Passagier eines Learjet 35 höre ich, mit einer Cola in der Hand, die Counting Crows aus Quadro-Boxen dröhnen und sehe zu, wie der Höhenmesser auf 42 000 Fuß steigt. Das ist über eine Meile höher, als die meisten Verkehrsflugzeuge fliegen, hat mir der Pilot gesagt. Und der Flug ist so glatt wie der Schritt eines Damenslips.

Ich blieb eine Woche in Peoria und hatte Heimweh. *Richtiges* Heimweh. Das war eine Scheißüberraschung für mich. Ein paar Mal habe ich mich nachts sogar in den Schlaf geweint. Es ist mir peinlich, das zu sagen, aber ich war bisher aufrichtig und will jetzt nicht anfangen zu lügen oder irgendwas zu verschweigen.

Meine Mama habe ich noch am wenigsten vermisst. Man sollte ja meinen, wir hätte uns nahe gestanden, »wir zwei gegen den Rest der Welt«, wie man so sagt, aber meine Mama war nie besonders liebevoll oder fürsorglich. Sie hat mich nicht geschlagen und auch keine Zigaretten in meinen Achselhöhlen ausgedrückt, aber na und? Also echt: ganz toll. Da ich selber keine Kinder habe, kann ich das wohl nicht mit Bestimmtheit sagen, aber irgendwie glaube ich, dass man nicht allein deshalb schon ein guter Vater oder eine gute Mutter ist, weil man seinen kleinen Bälgern irgendwas *nicht* antut. Mama hat sich immer mehr für ihre Freundinnen interessiert als für mich, für ihre allwöchentlichen Besuche im Schönheitssalon und für die Freitagabende im Reservation. Ihr höchstes Ziel im Leben war es, groß beim Bingo zu gewinnen und dann mit einem nagelneuen Monte Carlo nach Hause zu fahren. Das ist jetzt keine Mitleidstour von mir. Ich sage Ihnen nur, wie es war.

Mr. Sharpton rief meine Mutter an und sagte ihr, man habe mich dazu auserwählt, an einer Computerfortbildungs- und Berufsförderungsmaßnahme der Trans Corporation teilzunehmen, einem Sonderprogramm für begabte Jugendliche ohne Schulabschluss. Diese Story klang sogar ziemlich glaubwürdig. In Mathe war ich schon immer eine Niete gewesen, und in Fächern wie Englisch, wo man auch mal was sagen musste, hockte ich immer nur starr vor Angst da, aber mit den Computern der Schule war ich immer prima klargekommen. Ich will ja nicht damit prahlen (und habe dieses kleine Geheimnis nie einem Lehrer verraten), aber Mr. Jacubois und Mrs. Wilcoxen konnte ich in Grund und Boden programmieren. Computerspiele haben mich nie groß interessiert – meiner bescheidenen Meinung nach ist das nur was für Schwachköpfe –, aber Code schreiben konnte ich wie ein Weltmeister. Manchmal kam sogar Pug vorbei, um mir dabei zuzusehen.

»Ich fasse es nicht«, sagte er einmal. »Mann, das Ding qualmt ja schon richtig.«

Ich zuckte mit den Achseln. »Jeder Blödmann kann einen Mac bedienen«, sagte ich. »Aber nur ein ganzer Kerl kann ihn auch verapplen.«

Und deshalb glaubte Mama ihm (hätte sie gewusst, dass mich die Trans Corporation in einem Privatjet nach Illinois fliegt, dann hätte sie bestimmt noch ein paar Fragen gestellt, aber das wusste sie ja nicht), und ich habe sie nicht sonderlich vermisst. Pug hat mir gefehlt und auch John Cassiday, unser Freund aus Supr-Savr-Tagen. John spielt Bass in einer Punkband, trägt einen Goldring in der linken Augenbraue und besitzt so ziemlich sämtliche Subpop-Platten, die jemals rausgekommen sind. Als Kurt Cobain ins Gras biss, hat er geweint. Und er hat auch nicht versucht, es zu verbergen oder auf irgendeine Allergie zu schieben. Er hat nur gesagt: »Ich bin traurig, weil Kurt gestorben ist.« John ist endgültig drauf.

Auch Harkerville hat mir gefehlt. Bescheuert, aber wahr. Der Aufenthalt in dem Ausbildungszentrum in Peoria war wie eine Neugeburt, und geboren zu werden, tut wohl immer weh, schätze ich mal.

Ich hatte gedacht, ich würde dort Leute kennen lernen, die so sind wie ich – wenn es ein Roman oder ein Film (oder auch nur eine *Akte X*-Folge) gewesen wäre, hätte ich dort eine süße Biene mit kecken kleinen Titten kennen gelernt, die quer durchs Zimmer Türen zumachen konnte –, aber dem war nicht so. Ich bin mir ziemlich sicher, dass zur gleichen Zeit auch noch andere Trannys in Peoria waren, aber Dr. Wentworth und die anderen Leute, die das Zentrum leiteten, waren sehr darauf bedacht, uns getrennt zu halten. Einmal fragte ich warum, aber da kriegte ich nur Ausflüchte zu hören. Da wurde mir dann allmählich klar, dass nicht jeder, der einen TRANSCORP-Aufdruck auf dem Hemd oder ein TransCorp-Klemmbrett in der Hand hatte, mein Freund war oder meinen lange verschollenen Vater ersetzen wollte.

Und es ging darum, Menschen zu töten; dazu wurde ich ausgebildet. Die Leute in Peoria sprachen zwar nicht dauernd darüber, aber es versuchte auch niemand, diese Tatsache zu beschönigen. Ich konnte mich bloß immer wieder daran erinnern, dass die Opfer schlechte Menschen waren, Diktatoren und Spione und Serienmörder, und wie Mr. Sharpton sagte: im Krieg ist so was ganz normal. Und außerdem musste ich es ja nicht persönlich tun. Keine Schusswaffen, keine Messer, keine Drahtschlingen. Ich würde nie einen Blutspritzer abbekommen.

Wie ich schon sagte, sah ich Mr. Sharpton nie wieder – jedenfalls bis jetzt nicht –, aber während meiner Woche in Peoria telefonierte ich jeden Tag mit ihm, und das machte mein Leid und die ganze Fremdheit doch einigermaßen erträglich. Mit ihm zu sprechen war, als legte einem jemand ein kühles Tuch auf die Stirn. Als wir uns an dem Abend damals in seinem Mercedes unterhielten, gab er mir seine Telefonnummer und sagte, ich könnte ihn jederzeit anrufen – wenn ich etwas auf dem Herzen hätte, sogar nachts um drei. Einmal habe ich genau das auch getan. Fast hätte ich beim zweiten Klingeln aufgelegt, denn auch wenn die Leute sagen, man könne sie jederzeit, selbst nachts um drei, anrufen, erwarten sie doch eigentlich nicht, dass man es auch tut. Aber dann legte ich doch nicht auf. Ich hatte Heimweh, ja, aber es war nicht nur das. Das Zentrum war nicht so, wie ich es mir vorgestellt hatte, und das wollte ich Mr. Sharpton sagen. Ich wollte sehen, wie er reagierte.

Er nahm beim dritten Klingeln ab und hörte sich zwar verschlafen an (na, was für eine Überraschung), aber nicht im Geringsten genervt. Ich sagte ihm, dass einige Sachen, die sie dort machten, schon sehr eigenartig wären. Zum Beispiel der Test mit den Blitzlichtern. Angeblich war das ein Epilepsietest, aber –

»Ich bin mittendrin eingeschlafen«, sagte ich. »Und als ich wieder aufwachte, hatte ich Kopfschmerzen, und das Denken fiel mir schwer. Wissen Sie, wie ich mich gefühlt habe? Wie ein Aktenschrank, in dem jemand rumgewühlt hat.«

»Worauf willst du hinaus, Dink?«, fragte Mr. Sharpton.

»Ich glaube, die haben mich hypnotisiert«, sagte ich.

Kurzes Schweigen. Dann: »Vielleicht haben sie das. *Wahr-scheinlich* haben sie das.«

»Aber wieso? Was sollte das? Ich mache doch alles, was sie sagen. Warum müssen sie mich da noch hypnotisieren?«

»Ich kenne ihre Routineverfahren und Tests nicht alle, vermute aber, dass du programmiert wirst. Sie legen grund-legendes Material auf den unteren Regionen deines Verstan-des ab, damit sie dein Bewusstsein nicht damit behelligen müssen ... und dabei möglicherweise deine spezielle Gabe beeinträchtigen. Das ist wirklich nichts anderes als das Spei-chern von Programmen auf der Festplatte eines Computers und keinen Deut unheimlicher.«

»Aber mit Sicherheit wissen Sie das nicht?«

»Nein. Wie ich schon sagte: Ausbildung und Tests fallen nicht in mein Ressort. Aber ich werde einige Anrufe tätigen, und Dr. Wentworth wird mit dir sprechen. Vielleicht ist da sogar eine Entschuldigung fällig. Wenn dem so ist, Dink, kannst du dich darauf verlassen, dass sie auch ausgespro-chen wird. Unsere Trannys sind zu selten und wertvoll, um sie unnötig zu ängstigen. Ist sonst noch etwas?«

Ich überlegte und sagte dann nein. Ich dankte ihm und leg-te auf. Es hatte mir schon auf der Zunge gelegen zu sagen, dass ich glaubte, sie hätten mich auch unter Drogen ge-setzt ... hätten mir irgendeinen Stimmungsaufheller verab-reicht, um mir über das schlimmste Heimweh hinwegzuhel-fen, aber dann beschloss ich, ihn nicht damit belämmern. Es war schließlich drei Uhr nachts, und wenn sie mir tatsäch-lich irgendwas gegeben hatten, war es wahrscheinlich zu meinem eigenen Besten.

XII

Dr. Wentworth – er war der große Zampano da – kam am nächsten Tag zu mir und entschuldigte sich tatsächlich. Er war die Liebenswürdigkeit in Person, guckte aber, ich weiß auch nicht, als hätte ihn Mr. Sharpton zwei Minuten nach unserem Telefongespräch angerufen und so richtig zur Sau gemacht.

Dr. Wentworth ging mit mir auf dem Rasen spazieren – auf dieser wunderschönen, großen, grünen Rasenfläche – und sagte, es täte ihm Leid, dass er mich nicht »auf dem Laufenden gehalten« habe. Der Epilepsietest sei wirklich ein Epilepsietest gewesen, sagte er (und dazu noch eine Computertomographie), aber da er bei den meisten Menschen einen hypnotischen Zustand auslöse, nutze man das normalerweise dazu, ein paar »grundlegende Instruktionen« zu geben. In meinem Fall seien das Instruktionen über die Computerprogramme gewesen, die ich in Columbia City benutzen würde. Dr. Wentworth fragte mich, ob ich sonst noch irgendwelche Fragen hätte. Ich log und sagte nein.

Sie finden das wahrscheinlich eigenartig, aber das ist es nicht. Schließlich hatte ich eine lange, äußerst ungeile Schullaufbahn hinter mir, die drei Monate vor dem Abschluss geendet hatte. Ich hatte Lehrer gehabt, die ich mochte, und Lehrer, die ich hasste, aber keinem von denen hatte ich über den Weg getraut. Ich war der Typ Junge, der, wenn die Sitzordnung nicht alphabetisch war, immer in der letzten Reihe saß und sich nie am Gespräch beteiligte. Wenn ich aufgerufen wurde, sagte ich meistens nur »Hä?«, und keine zehn Pferde hätten mir eine Frage entlocken können. Mr. Sharpton war der einzige Mensch, den ich je kennen gelernt habe, dem es gelungen war, in mein Innerstes vorzudringen, und der olle Doc Wentworth – mit seinem Kahlkopf und dem stechenden Blick hinter der kleinen, randlosen Brille – war eben kein Mr. Sharpton. Eher konnte ich mir vorstellen, dass Schweine im Winter in den Süden flogen, als dass ich mir vorstellen konnte, mich diesem Typ gegenüber zu öffnen, geschweige denn, an seiner Schulter zu weinen.

Ja und Scheiße, ich wusste ja sowieso nicht, was ich noch fragen sollte. Größtenteils gefiel es mir in Peoria, und ich fand aufregend, was mir bevorstand – ein neuer Job, ein

neues Haus, eine neue Stadt. Die Leute in Peoria waren alle
sehr nett zu mir. Sogar das Essen war klasse: Fleischkäse,
Brathähnchen, Milchshakes und alles, was mein Herz be-
gehrte. Okay, die diagnostischen Tests gingen mir auf den
Zeiger, der Schwachsinn, den ich mit einem IBM-Bleistift an-
stellen musste, und manchmal fühlte ich mich auch benebelt,
als hätten sie mir irgendwas in den Kartoffelbrei getan (oder
aufgekratzt – manchmal war ich auch richtig aufgekratzt),
und ein paar Mal – mindestens zweimal – war ich mir ziemlich sicher, dass sie mich wieder hypnotisiert hatten. Aber na
und? Ich meine: Was war schon so schlimm daran, nachdem
man schon von einem lachenden, Rennwagengeräusche ma-
chenden Wahnsinnigen mit einem Einkaufswagen über einen
Supermarktparkplatz gejagt worden war?

XIII

Ich hatte noch ein Telefongespräch mit Mr. Sharpton, das ich
wohl erwähnen sollte. Das war am Tag vor dem zweiten Flug
meines Lebens, der mich nach Columbia City brachte, wo
schon jemand mit den Schlüsseln zu meinem neuen Haus auf
mich wartete. Da wusste ich schon über die Putzkolonne
Bescheid und kannte die Grundregel, was das Geld anging –
jede Woche pleite anfangen, jede Woche pleite beenden –,
und ich wusste auch, wen ich vor Ort anrufen musste, wenn
es Schwierigkeiten gab (bei größeren Problemen musste ich
Mr. Sharpton anrufen, der streng genommen mein »Kontrol-
leur« war). Ich hatte einen Stadtplan, eine Liste von Restaurants und Wegbeschreibungen zum Kino und zum Einkaufszentrum. Ich war mir über alles im Klaren, bloß nicht über
das Wichtigste.
»Mr. Sharpton, ich weiß nicht, was ich *tun* soll«, sagte ich.
Ich telefonierte vor der Cafeteria mit ihm. Ich hatte zwar
auch auf meinem Zimmer ein Telefon, war aber zu nervös,
um mich ruhig hinzusetzen, geschweige denn aufs Bett zu le-

gen. Wenn sie mir immer noch irgendwas ins Essen mixten, wirkte es an diesem Tag nicht.

»Da kann ich dir nicht weiterhelfen, Dink«, sagte er so ruhig wie eh und je. »Tut mil sehl Leid, mein Fleund.«

»Was soll das heißen? Sie *müssen* mir helfen! Sie haben mich doch schließlich *angeworben*, Herrgott noch mal!«

»Ich werde es dir anhand eines hypothetischen Vergleichs erklären. Stell dir vor, ich wäre der Rektor eines üppig mit Mitteln ausgestatteten Colleges. Verstehst du, was das bedeutet?«

»Jede Menge Kohle. Ich bin nicht dumm; das habe ich Ihnen schon mal gesagt.«

»Ja, das hast du. Entschuldige bitte. Nehmen wir mal an, ich, Rektor Sharpton, nutze die viele Kohle meines Colleges dazu, einen berühmten Schriftsteller als Professor zu engagieren oder einen berühmten Pianisten als Musiklehrer. Hätte ich dann das Recht, dem Schriftsteller zu sagen, was er schreiben soll, oder dem Musiker zu sagen, was er komponieren soll?«

»Wahrscheinlich nicht.«

»*Auf keinen Fall.* Aber nehmen wir mal an, ich täte es doch. Wenn ich nun zu dem Schriftsteller sagte: ›Schreiben Sie mir einen lustigen Roman darüber, wie Betsy Ross im schönen Paris mit George Washington rumvögelt‹ – meinst du, er könnte das?«

Da musste ich lachen. Ich konnte es mir nicht verkneifen. Mr. Sharpton bringt das einfach immer wieder fertig.

»Vielleicht schon«, sagte ich. »Vor allem, wenn für ihn eine Prämie dabei rausspringt.«

»Ja, gut, aber selbst wenn er das mit zugehaltener Nase hinschusterte, käme dabei doch wahrscheinlich ein grottenschlechter Roman heraus. Denn kreative Menschen wissen nicht immer, was sie tun. Und wenn sie ihre größten Werke schaffen, wissen sie *meistens* nicht, was sie da tun. Sie laufen gewissermaßen mit geschlossenen Augen herum und rufen *Juchuu!*«

»Und was hat das alles mit mir zu tun? Hören Sie, Mr. Sharpton: Wenn ich versuche, mir vorzustellen, was ich in Columbia City machen soll, sehe ich nur ein riesengroßes Nichts. Den Menschen helfen, haben Sie gesagt. Die Welt verbessern. Leute wie Skipper beseitigen. Das hört sich alles fabelhaft an, aber *ich weiß nicht, wie ich das machen soll!*«

»Du wirst es wissen«, sagte er. »Wenn die Zeit gekommen ist, wirst du es wissen.«

»Sie haben gesagt, Wentworth und seine Leute würden meine Begabung schärfen. Sie bündeln. Sie haben aber vor allem eine Menge blöde Tests mit mir angestellt und mir das Gefühl gegeben, ich wäre wieder in der Schule. Ist *alles* in meinem Unterbewusstsein? Ist *alles* auf der Festplatte?«

»Vertrau mir, Dink«, sagte er. »Vertrau mir und dir selbst.«

Und das habe ich. Aber in letzter Zeit läuft es nicht so gut. Ganz und gar nicht gut.

Dieser gottverdammte Neff – mit dem hat der ganze Ärger angefangen. Ich wünschte, ich hätte nie das Foto von ihm gesehen. Und wenn es schon sein *musste,* dann wenigstens eins, auf dem er nicht lächelte.

XIV

In der ersten Woche in Columbia City tat ich gar nichts. Wirklich absolut nichts. Ich ging nicht mal ins Kino. Als die Putzkolonne kam, ging ich einfach nur in den Park, setzte mich auf eine Bank und kam mir vor, als würde die ganze Welt mich beobachten. Als es dann am Donnerstag Zeit wurde, das restliche Geld loszuwerden, steckte ich über fünfzig Dollar in den Müllschredder. Dabei müssen Sie bedenken, dass das alles noch neu für mich war. Mann, Sie glauben ja nicht, wie *seltsam* ich mir vorkam. Als ich da stand und zuhörte, wie der Schreddermotor unter der Spüle knirschte, dachte ich an meine Mama. Wenn Mama gesehen hätte, was ich da machte, wäre sie wahrscheinlich mit einem Fleischermesser auf mich losgegangen, um mich davon abzuhalten. Denn da wanderten ein Dutzend Bingospiele in den Müllschredder.

In dieser Woche schlief ich beschissen. Ab und zu ging ich in das kleine Arbeitszimmer. Ich wollte das nicht, aber meine Füße trugen mich einfach dahin. So wie Mörder angeblich wieder zum Schauplatz ihrer Tat zurückkehren, schätze ich mal. Jedenfalls: ich stand da, betrachtete den dunklen Schirm des Monitors und das Global-Village-Modem und schwitzte vor Schuldgefühlen, Verlegenheit und Angst. Allein schon, dass der Schreibtisch so sauber und aufgeräumt war und kein einziges Blatt Papier darauf lag, brachte mich ins Schwitzen. Ich hörte die Wände förmlich flüstern: »Ach was, hier tut sich nichts, das ist nur eine Abstellkammer« oder »Wer ist denn *der* Knallkopf da? Der Elektriker?«

Ich hatte Albträume. In einem davon klingelt es an der Tür, und als ich aufmache, steht Mr. Sharpton da. Er hat Handschellen dabei. »Streck die Arme aus«, sagt er. »Wir dachten, du wärst ein Tranny, aber offenbar haben wir uns da geirrt. So was kommt vor.«

»Nein, ich *bin* einer«, sage ich. »Ich *bin* ein Tranny. Ich brauche bloß noch etwas mehr Zeit zum Eingewöhnen. Ich war doch noch nie von zu Hause weg.«

»Du hattest jetzt fünf Jahre«, sagt er.

Ich bin baff. Ich kann es nicht glauben. Aber irgendwas sagt mir, dass es stimmt. Mir kommt es vor wie ein paar Tage, aber in Wirklichkeit sind es *fünf verdammte Jahre* gewesen, und ich habe den Rechner in dem kleinen Arbeitszimmer kein einziges Mal eingeschaltet. Wenn die Putzkolonne nicht wäre, hätten sich mittlerweile zehn Zentimeter Staub auf dem Schreibtisch angesammelt.

»Streck die Hände aus, Dink. Mach es uns beiden nicht noch schwerer.«

»Da mache ich nicht mit«, sage ich. »Sie können mich nicht dazu zwingen.«

Er guckte sich um, und wer kommt da die Treppe rauf? Skipper Brannigan natürlich. Er hatte seinen roten Nylonkittel an, aber statt SUPR SAVR war da jetzt TRANSCORP draufgestickt. Er war blass, sah aber sonst okay aus. Nicht tot, meine ich. »Du hast gedacht, du hättest mir was angetan, aber das hast du nicht«, sagt Skipper. »Du kannst niemandem was antun. Du bist weiter nichts als Hippiedreck.«

»Ich lege ihm jetzt diese Handschellen an«, sagt Mr. Sharpton zu Skipper. »Wenn er sich wehrt, überfahren Sie ihn mit einem Einkaufswagen.«

»Total endgültig«, sagt Skipper, und in diesem Moment wache ich schreiend auf und hänge schon halb aus dem Bett.

XV

Dann, etwa zehn Tage nach meinem Einzug, hatte ich einen anderen Traum. An den Traum selbst kann ich mich nicht erinnern, aber er muss schön gewesen sein, denn als ich aufwachte, lächelte ich. Ich spürte es auf meinem Gesicht: ein breites, glückliches Lächeln. Es war wie damals, als ich mit der Idee aufgewacht war, was mit Mrs. Bukowskis Hund zu tun sei. Fast genauso.

Ich zog mir eine Jeans an und ging ins Arbeitszimmer. Ich schaltete den Rechner an und öffnete den Ordner TOOLS. Darin befand sich ein Programm namens DINKYS NOTIZBUCH. Ich startete es, und da waren meine ganzen Symbole: Kreise, Dreiecke, Jappen, Mirke, Rhomboide, Beus, Smime, Vauder und noch hunderte mehr. Tausende mehr. Vielleicht gar Millionen mehr. Es war irgendwie so, wie Mr. Sharpton gesagt hatte: eine neue Welt, und ich stand an der Küste des ersten Kontinents.

Ich weiß nur, dass plötzlich alles für mich da war: Ich hatte einen großen, schnellen Macintosh und nicht nur ein kleines Stück rosafarbene Kreide, und musste nur die Namen der Symbole eintippen, und schon standen sie da. Ich war völlig aus dem Häuschen. Ich meine: Mein Gott! Es war, als würde mitten in meinem Kopf ein Fluss aus Feuer brennen. Ich schrieb, rief Symbole auf und zog mit der Maus alles an die richtige Stelle. Und als ich fertig war, hatte ich einen Brief. Einen Spezialbrief.

Aber einen Brief an wen?

Einen Brief wohin?

Dann wurde mir klar, dass das keine Rolle spielte. Mit ein paar kleinen Änderungen konnte dieser Brief an eine Menge Leute gehen … nur dass er in diesem Fall für einen Mann bestimmt war, nicht für eine Frau. Keine Ahnung, woher ich das wusste. Ich wusste es einfach. Ich beschloss, mit Cincinnati anzufangen, einfach nur weil Cincinnati die erste Stadt war, die mir einfiel. Genauso gut hätte es auch Zürich oder Waterville/Maine sein können.

Im TOOLS-Ordner versuchte ich ein Programm namens DINKYMAIL zu starten, aber der Rechner forderte mich erst auf, das Modem anzuschalten. Als das Modem lief, wählte der Mac eine Nummer mit der Vorwahl 312. 312 ist die Vorwahl von Chicago, und ich nehme mal an, was die Abrechnung angeht, lief alles über die Zentrale von TransCorp. Das war mir aber egal; das war deren Angelegenheit. Ich hatte meine Aufgabe gefunden und kümmerte mich nur darum.

Als das Modem eine Verbindung nach Chicago hatte, kam die Meldung:

DINKYMAIL BEREIT

Ich klickte auf ZIELORT. Mittlerweile war ich schon fast seit drei Stunden im Arbeitszimmer, war nur einmal kurz pinkeln gegangen. Ich schwitzte wie ein Schwein und stank wie ein Affe im Tropenhaus. Aber das machte mir nichts. Ich mochte den Geruch. Mir ging es so gut wie nie. Es war ein unglaubliches Hochgefühl.

Ich tippte CINCINNATI ein und drückte die Eingabe-
taste.

KEIN EINTRAG FÜR CINCINNATI

meldete der Rechner. Okay, kein Problem. Probieren wir's
mit Columbus – das ist sowieso näher. Und da war es, Leute!
Volltreffer!

ZWEI EINTRÄGE FÜR COLUMBUS

Da standen zwei Telefonnummern. Ich klickte die obere an
und wartete gespannt und auch ein wenig ängstlich, was zum
Vorschein kommen würde. Aber es war kein Dossier, Profil
oder – gottbewahre! – Foto. Da stand nur ein einziges Wort:

MUFFIN.

Wie bitte?
Doch dann kam ich drauf. Muffin war das Haustier von
Mr. Columbus. Höchstwahrscheinlich eine Katze. Ich rief
wieder meinen Spezialbrief auf, stellte zwei Symbole um und
löschte ein drittes. Dann fügte ich ganz oben MUFFIN hinzu und zog von dort einen Pfeil nach unten. Na also. Perfekt.
Fragte ich mich, wer Muffins Besitzer war, warum er die
Aufmerksamkeit von TransCorp erregt hatte oder was genau mit ihm passieren würde? Nein. Und es kam mir auch
nie in den Sinn, dass meine Konditionierung in Peoria teilweise schuld an diesem Desinteresse gewesen sein könnte.
Ich machte einfach nur mein Ding, weiter nichts. Ich machte
nur mein Ding und war dabei so froh wie der Mops im Ha-
ferstroh.
Ich wählte die Nummer auf dem Monitor an. Der Modem-
Lautsprecher war eingeschaltet, aber es kam kein »Hallo«,
sondern nur der pfeifende Paarungsruf eines anderen Mo-
dems. Das war mir nur recht so. Das Leben ist einfacher,

wenn man das menschliche Element weglässt. Dann ist es wie in diesem Film *Der Kommandeur*: Man kurvt in seiner treuen B-25 über Berlin, guckt durch das Visier des Bombenzielgeräts und wartet auf genau den richtigen Moment, um auf den Knopf zu drücken. Man sieht vielleicht Schornsteine oder Fabrikdächer, aber keine Menschen. Die Jungs, die aus ihren treuen B-25ern Bomben abwarfen, mussten die Schreie der Mütter nicht hören, deren Kinder gerade zu glibbrigen Eingeweiden geworden waren, und ich musste nicht mal jemanden »Hallo« sagen hören. Ein ausgezeichnetes Arrangement.

Wenig später stellte ich den Lautsprecher sowieso aus. Er lenkte mich ab.

MODEM GEFUNDEN,

meldete der Monitor, und dann:

SUCHE NACH E-MAIL-ADRESSE J/N.

Ich tippte »J« und wartete. Diesmal dauerte es länger. Ich glaube, der Rechner schaltete nach Chicago zurück und holte sich dort, was er brauchte, um die E-Mail-Adresse von Mr. Columbus zu entschlüsseln. Keine halbe Minute später meldete der Monitor:

E-MAIL-ADRESSE GEFUNDEN
DINKYMAIL SENDEN J/N.

Ohne zu zögern tippte ich »J« ein. Der Rechner meldete:

DINKYMAIL WIRD GESENDET

und dann:

ÜBERTRAGUNG VON DINKYMAIL
ABGESCHLOSSEN.

Das war alles. Kein Feuerwerk.

Ich frage mich, was mit Muffin passiert ist.

Sie wissen schon. Hinterher.

XVI

An diesem Abend rief ich Mr. Sharpton an und sagte: »Ich arbeite.«

»Das ist gut, Dink, das sind fabelhafte Neuigkeiten. Fühlst du dich jetzt besser?« So ruhig wie eh und je. Mr. Sharpton ist wie das Wetter auf Tahiti.

»Ja«, sagte ich. Und das stimmte: Ich war im siebten Himmel. Es war der schönste Tag meines Lebens. Zweifel hin, Zweifel her, Sorgen hin, Sorgen her – das würde ich immer noch so sagen. Der absolut endgültigste Tag meines Lebens. Es war wie ein Fluss aus Feuer in meinem Kopf, *ein verdammter Fluss aus Feuer*, verstehen Sie das? »Fühlen *Sie* sich besser, Mr. Sharpton? Sind Sie erleichtert?«

»Ich freue mich für dich, aber ich kann nicht sagen, dass ich erleichtert wäre, denn –«

»– Sie haben sich nie Sorgen gemacht.«

»Du sagst es«, sagte er.

»Mit anderen Worten: Alles endgültig.«

Darüber lachte er. Er lacht immer, wenn ich das sage. »Ja, das stimmt, Dink. Alles endgültig.«

»Mr. Sharpton?«

»Ja?«

»Eine E-Mail ist nicht gerade vertraulich, wissen Sie. Jeder, der wirklich will, kann sich da reinhacken.«

»Zu dem, was du sendest, gehört doch auch die Aufforderung, der Empfänger solle diese Nachricht aus allen Dateien löschen, oder?«

»Ja, aber ich kann nicht hundertprozentig garantieren, dass er das auch macht. Oder sie.«

»Und selbst wenn nicht, kann jemandem, der zufällig auf

so eine Nachricht stößt, nichts passieren, habe ich nicht
Recht? Weil sie ... personalisiert ist.«

»Tja, er könnte Kopfschmerzen davon kriegen, aber mehr
auch nicht.«

»Und die Nachricht würde aussehen wie wirrer Blödsinn.«

»Oder wie ein Code.«

Darüber lachte er herzlich. »Dann sollen sie mal versuchen, diesen Code zu knacken, was, Dinky? Das sollen sie
mal versuchen!«

Ich seufzte. »Tja, wahrscheinlich haben Sie Recht.«

»Sprechen wir über etwas Wichtigeres, Dink ... Wie hat
es sich *angefühlt*?«

»Absolut *wunderbar*.«

»Gut. Stell ein Wunder niemals in Frage, Dink. Stell ein
Wunder niemals in Frage.«

Und damit legte er auf.

XVII

Manchmal muss ich auch richtige Briefe verschicken – die
Sachen, die ich in DINKYS NOTIZBUCH zusammenstelle,
ausdrucken, in einen Umschlag stecken, eine Briefmarke
draufkleben und an irgendwen verschicken. Professorin Ann
Tevitch, Universität von Neumexiko, Las Cruces. Mr. Andrew Neff, c/o *The New York Post*, New York. Billy Unger,
postlagernd, Stovington, Vermont. Es waren nur Namen,
aber es war trotzdem viel beunruhigender als die Telefonnummern. Es war *persönlicher* als die Telefonnummern. Es
war, als tauchten für einen Moment Gesichter im Visier auf.
Ich meine: echt zum Ausrasten, oder? Man ist auf achttau-
send Meter und kann von da oben gar keine Gesichter sehen, aber manchmal taucht dennoch für einen Moment eins
auf.

Ich fragte mich, wie eine Uniprofessorin ohne Modem

durchs Leben kam (oder ein Typ, dessen Post sogar an eine New Yorker Zeitung ging), aber ich zerbrach mir nie den Kopf darüber. Das war nicht nötig. Wir leben zwar in einer modernen Welt, aber Briefe *müssen* ja nicht unbedingt per Computer verschickt werden. Es gibt immer noch die Post. Und das, was ich wirklich brauchte, fand ich immer in der Datenbank. Dass Unger einen Thunderbird Baujahr 1957 besaß beispielsweise. Oder dass Ann Tevitch einen geliebten Menschen hatte – vielleicht ihren Mann, vielleicht ihren Sohn, vielleicht ihren Vater –, der Simon hieß.

Aber Leute wie Tevitch und Unger sind die Ausnahme. Die meisten Leute, mit denen ich da draußen zu tun habe, sind wie der Erste damals in Columbus – bestens gerüstet für das 21. Jahrhundert. DINKYMAIL WIRD GESENDET, ÜBERTRAGUNG VON DINKYMAIL ABGESCHLOSSEN, sehl gut, leb wohl, mein Fleund.

Ich hätte noch sehr lange so weitermachen können, vielleicht bis an mein Lebensende – in der Datenbank rumstöbern (ich muss keinen Zeitplan einhalten, und es gibt keine Liste, welche Städte und Zielpersonen zuerst dran sind; ich kann tun und lassen, was ich will … es sei denn, diese ganze Scheiße ist auch in meinem Unterbewusstsein, auf meiner Festplatte gespeichert), nachmittags ins Kino gehen, die Mama-freie Stille in meinem kleinen Haus genießen und von der nächsten Sprosse auf meiner Karriereleiter träumen, aber dann wachte ich eines Morgens auf und war geil. Ich arbeitete etwa eine Stunde lang und schaute mich in Australien um, aber es brachte nichts – mein Schwanz kam mir sozusagen immer wieder dazwischen. Ich schaltete den Rechner ab und ging zum Zeitschriftenladen, um mal zu sehen, ob ich da nicht ein Magazin mit hübschen Damen in Spitzenunterwäsche fand.

Als ich dort ankam, kam gerade ein Mann aus dem Laden, der den *Columbus Dispatch* las. Ich lese nie Zeitung. Warum sollte ich? Da steht doch tagaus, tagein immer nur die gleiche Scheiße drin: Diktatoren dreschen auf Leute ein, die schwächer sind als sie, Männer in Trikots dreschen auf Fußbälle ein, Politiker küssen Babys und kriechen in Ärsche. Mit anderen Worten: größtenteils Berichte über die Skipper Brannigans dieser Welt. Und ich hätte den Artikel nicht mal gesehen, wenn ich drinnen zufällig ins Zeitungsregal geguckt hätte, denn er stand unten auf der ersten Seite, unter dem Knick. Aber dann kommt da diese Dumpfbacke mit der aufgeschlagenen Zeitung vor der Nase aus dem Geschäft.

In der rechten unteren Ecke sah man auf einem Foto einen weißhaarigen Mann, der Pfeife rauchte und lächelte. Er sah aus wie ein gutmütiger Kerl, wahrscheinlich irischstämmig, mit Lachfältchen um die Augen und buschigen, weißen Augenbrauen. Und die Schlagzeile über dem Foto – sie war nicht groß, aber man konnte sie lesen – lautete: NEFFS SELBSTMORD FÜR SEINE TRAUERNDEN KOLLEGEN IMMER NOCH EIN RÄTSEL.

Einen kurzen Moment lang überlegte ich, nicht in den Zeitschriftenladen zu gehen. Mir war mit einem Mal gar nicht mehr nach Damen in Reizwäsche zumute, und vielleicht ginge ich wirklich besser nach Hause und machte ein Nickerchen. Wenn ich reinginge, würde ich mir wahrscheinlich einen *Dispatch* nehmen, würde es mir nicht verkneifen können, und ich war nicht sicher, ob ich mehr über den irisch aussehenden Typ wissen wollte, als ich ohnehin schon wusste … und das war so gut wie nichts, redete ich mir ganz schnell ein. Neff konnte doch eigentlich kein seltener Name sein, er hatte nur vier Buchstaben, nicht so wie Shittendookus oder Horecake, es musste tausende Neffs im ganzen Land geben. Dieser Neff musste nicht der sein, den ich kannte, der Neff, der so gerne Frank Sinatra hörte.

Es wäre auf jeden Fall besser, einfach zu gehen und morgen wiederzukommen, sagte ich mir. Morgen ist das Foto von dem Typ mit der Pfeife nicht mehr da. Morgen ist ein anderes Foto unten rechts auf der ersten Seite. Es sterben doch ständig Leute, nicht wahr? Leute, die keine Superstars sind oder so, aber berühmt genug, dass ihr Foto unten rechts auf der ersten Seite abgedruckt wird. Und manchmal finden andere Leute diese Todesfälle eben rätselhaft, wie es die Leute damals in Harkerville auch rätselhaft fanden, als Skipper umkam – kein Alkohol im Blut, klare Nacht, trockene Straße, nicht der selbstmordgefährdete Typ.

Aber die Welt steckt voller derartiger Rätsel, und manchmal ist es besser, sie nicht zu lösen. Manchmal wäre diese Lösung nicht besonders, na, Sie wissen schon ... endgültig.

Aber Willenskraft war noch nie meine starke Seite. Ich kann die Finger nicht von Schokolade lassen, obwohl ich weiß, dass sie nicht gut für meine Haut ist, und an diesem Tag damals konnte ich die Finger nicht vom *Columbus Dispatch* lassen. Ich ging rein und kaufte mir einen. Ich hielt mich nicht mal mit den Damen in Reizwäsche auf – die hatte ich vollkommen vergessen.

Ich wollte schon nach Hause gehen, aber dann kam mir ein komischer Gedanke. Ich wollte keine Zeitung mit einem Foto von Andrew Neff auf der ersten Seite in meinem Altpapier haben. Die Müllmänner kommen in einem städtischen Wagen und haben ganz bestimmt nichts mit TransCorp zu tun, das *konnte* einfach nicht sein, aber ...

Es gab da diese Fernsehserie, die Pug und ich mal gesehen haben, als wir noch kleine Jungs waren. *Golden Years* hieß die. Sie erinnern sich wahrscheinlich nicht daran. Jedenfalls hat einer der Typen in dieser Serie immer gesagt: »Vollkommene Paranoia ist vollkommener Durchblick.« Das war so sein Motto. Und irgendwie glaubte ich das auch.

Ich ging jedenfalls in den Park und nicht nach Hause. Ich setzte mich auf eine Bank und las den Artikel, und als ich fertig war, warf ich die Zeitung in einen Mülleimer da im Park. Sogar dabei war mir nicht so ganz wohl, aber hey – wenn Mr. Sharpton jemanden hat, der mir folgt und alles überprüft, was ich wegwerfe, bin ich doch sowieso total am Arsch.

Es bestand kein Zweifel, dass Andrew Neff, 62, seit 1970 Kolumnist bei der *Post*, Selbstmord begangen hatte. Er hatte eine Menge Tabletten geschluckt, was wahrscheinlich schon gereicht hätte, hatte sich dann noch in die Badewanne gesetzt, sich eine Plastiktüte über den Kopf gezogen und sich zur Krönung des Abends auch noch die Pulsadern aufgeschnitten. Das war doch mal jemand, der auf Biegen und Brechen keine Therapie wollte.

Er hatte aber keinen Abschiedsbrief hinterlassen, und bei der Obduktion fand man keine Anzeichen für eine Krankheit. Seine Kollegen hielten überhaupt nichts von der Idee, er habe etwa an Alzheimer gelitten oder sei senil gewesen. »Er war der klügste Kerl, der mir je begegnet ist, und zwar bis zu dem Tag, an dem er starb«, sagte ein gewisser Pete Hamill. »Wenn er bei *Jeopardy* mitgespielt hätte, hätte er problemlos gewonnen. Ich habe keine Ahnung, warum Andy so etwas getan hat.« Hamill sagte weiter, eine von Neffs »charmanten Absonderlichkeiten« sei es gewesen, dass er sich rundheraus geweigert habe, mit der Computerrevolution irgendwas zu tun zu haben. Er besaß kein Modem, keinen Laptop, keine automatische Rechtschreibprüfung. In seiner Wohnung hatte er nicht einmal einen CD-Spieler, sagte Hamill; Neff habe, wohl halb im Scherz, behauptet, CDs seien Teufelswerk. Er liebte seinen Frankieboy, aber nur auf Vinyl.

Dieser Hamill und ein paar andere behaupteten, Neff sei stets bester Laune gewesen, und zwar bis zu dem Nachmittag, an dem er seine letzte Kolumne abgab, nach Hause fuhr, ein Glas Wein trank und sich dann ausknipste. Liz Smith, eine Klatschkolumnistin der *Post*, sagte, sie habe noch ein Stück Kuchen mit ihm gegessen, kurz bevor er an seinem letzten Tag nach Hause fuhr, und Neff habe »ein klein wenig zerstreut, aber sonst ganz normal« gewirkt.

Zerstreut, na klar. Wenn man den Kopf voller Vauder, Beus und Smime hatte, war es ja wohl kein Wunder, dass man zerstreut wirkte.

Neff, so der Artikel weiter, sei eine Art Ausnahmeerscheinung bei der *Post* gewesen, die sonst eher konservativ eingestellt sei – ich schätze mal, sie schlagen nicht frei heraus vor,

Sozialhilfeempfänger, die länger als drei Jahre arbeitslos
sind, auf den elektrischen Stuhl zu schicken, deuten aber an,
dass es nicht die allerdümmste Idee wäre. Neff war mehr
oder weniger der Alibi-Liberale der Zeitung. In seiner Kolumne setzte er sich dafür ein, dass die Stadt New York min-
derjährige allein erziehende Mütter besser behandelte, deutete an, Abtreibung sei vielleicht nicht in jedem Fall Mord,
und vertrat die Ansicht, die Armenviertel am Stadtrand würden ganz automatisch gesellschaftlichen Sprengstoff produ-
zieren. Gegen Ende seines Lebens hatte er Kolumnen über
die Größe der Streitkräfte geschrieben und gefragt, warum
unser Land immer noch so viel Geld da reinpumpte, wenn
wir doch gegen niemanden mehr kämpfen mussten, außer
gegen Terroristen. Er hatte gesagt, mit dem vielen Geld solle
man besser Arbeitsplätze schaffen. Und die Leser der *Post*,
die jeden anderen für solche Aussagen gekreuzigt hätten, la-
sen es gern, wenn Neff damit rüberkam. Weil er witzig war.
Weil er charmant war. Vielleicht auch, weil er Ire war und
den Stein von Blarney geküsst hatte.

Das war's so ziemlich. Ich machte mich auf den Heimweg.
Aber irgendwo unterwegs bog ich dann ab und landete
schließlich in der Innenstadt. Ich ging kreuz und quer, an
Boulevards entlang und über Parkplätze, und dachte die ganze Zeit daran, wie sich Andrew Neff in seine Badewanne gesetzt und eine Tüte über den Kopf gezogen hatte. Eine extra
große, vier Liter, hält Ihre Reste frisch wie im Supermarkt.

Er war witzig. Er war charmant. Und ich hatte ihn umgebracht. Neff hatte meinen Brief geöffnet, und das Zeug darin war irgendwie in seinen Kopf gelangt. Nach dem zu
schließen, was ich in der Zeitung gelesen hatte, hatten ihn
die speziellen Worte und Symbole binnen drei Tagen so mürbe gemacht, dass er die Tabletten schluckte und in die Badewanne stieg.

Er hatte es verdient.

Das hatte Mr. Sharpton über Skipper gesagt, und vielleicht
hatte er damit Recht gehabt ... in diesem Fall. Aber hatte

Neff es verdient? Hatte er vielleicht eine dunkle Seite, von
der ich nichts wusste? Hatte er kleine Mädchen belästigt
oder Drogen vertickt oder sich über Leute hergemacht, die
zu schwach waren, um sich zu wehren, so wie Skipper damals, als er mich mit dem Einkaufswagen gejagt hatte?

*Wir möchten Ihnen dabei helfen, Ihre Begabung zum
Wohle der Menschheit einzusetzen,* hatte Mr. Sharpton ge-
sagt, und das bedeutete doch sicherlich nicht, dass ich einen
Mann in den Selbstmord treiben sollte, weil er der Meinung
war, das Verteidigungsministerium würde zu viel Geld für
Lenkwaffen ausgeben. So einen paranoiden Quatsch gibt es
doch nur in Filmen mit Steven Segal oder Jean-Claude Van
Damme.

Dann hatte ich eine schreckliche Idee – eine Furcht einflößende Idee.

Vielleicht wollte ihn TransCorp gar nicht aus dem Weg
räumen, weil er solche Sachen schrieb.

Vielleicht wollten sie ihn aus dem Weg räumen, weil manche Leute – die falschen Leute – darüber *nachdachten,* was
er schrieb.

»Das ist verrückt«, sagte ich laut, und eine Frau, die bei
Columbia City, Oh so Pretty ins Schaufenster sah, drehte
sich um und sah mich scheel an.

Gegen zwei Uhr saß ich dann schließlich in der Stadtbibliothek. Mir taten die Beine weh, und ich hatte dröhnende
Kopfschmerzen. Ich sah immer noch den Mann in der Badewanne vor mir, runzlige Altmännertitten und weiße Brustbehaarung, und sein nettes Lächeln war verschwunden, und
stattdessen guckte er wie irgendein Außerirdischer. Ich sah
ihn vor mir, wie er sich eine Plastiktüte über den Kopf zog
und dann ein Lied von Frank Sinatra summte (vielleicht *My
Way*), während er sie festzurrte, dann hindurchguckte wie
durch eine beschlagene Fensterscheibe und sich die Pulsadern aufschnitt. Ich wollte das alles nicht sehen, konnte
aber nichts dagegen machen. Mein Visier hatte sich in ein
Teleskop verwandelt.

Sie hatten einen Computerraum in der Bibliothek, und da kam man sehr preiswert ins Internet. Ich musste mir erst einen Bibliotheksausweis besorgen, aber das war okay. Es ist immer gut, einen Bibliotheksausweis zu haben. Ausweise hat man nie genug.

Es kostete mich drei Piepen, etwas über Ann Tevitch zu finden. Der Artikel begann, das sah ich niedergeschlagen, in der unteren rechten Ecke der ersten Seite, wo immer die Todesmeldungen stehen, und ging dann auf der Seite mit den Nachrufen weiter. Professorin Tevitch war eine hübsche Dame gewesen, blond, siebenunddreißig. Auf dem Foto hielt sie ihre Brille in der Hand, als wollte sie zeigen, dass sie zwar eine trug ... aber auch schöne Augen hatte. Das machte mich traurig, und ich bekam ein ganz schlechtes Gewissen.

Ihr Tod hatte erstaunliche Ähnlichkeit mit dem von Skipper: Sie war kurz nach Einbruch der Dunkelheit an der Universität von Neumexiko aufgebrochen, war vielleicht etwas in Eile gewesen, weil sie dran war, Abendessen zu machen, aber was soll's, astreine Straßenverhältnisse und gute Sicht. Ihr Auto – das, wie ich zufällig wusste, DNA FAN auf dem Nummernschild hatte – war von der Straße abgekommen, hatte sich überschlagen und war in einem trockenen Bachbett gelandet. Sie war noch am Leben, als jemand das Scheinwerferlicht sah und sie fand, aber es hatte keine Hoffnung mehr bestanden; ihre Verletzungen waren zu schwer.

Sie hatte keinen Alkohol im Blut, und ihre Ehe war intakt (wenigstens hatte sie Gott sei Dank keine Kinder), und ein Selbstmord kam eigentlich nicht in Frage. Sie hatte große Zukunftspläne, hatte sogar davon gesprochen, sich von einem neuen Forschungsstipendium einen Computer anzuschaffen. Seit 1988 oder so hatte sie sich geweigert, mit einem PC zu arbeiten; bei einem Systemabsturz hatte sie einmal wertvolle Daten verloren und traute den Dingern seither nicht mehr. Sie benutzte die Rechner ihrer Fakultät, aber auch nur, wenn es unbedingt sein musste.

Das Urteil der Rechtsmedizin: Unfalltod.

Professorin Ann Tevitch, eine klinische Biologin, hatte an der Westküste an vorderster Front in der Aidsforschung gearbeitet. Ein anderer Wissenschaftler, einer aus Kalifornien, sagte, ihr Tod hätte die Suche nach einem Heilmittel möglicherweise um fünf Jahre zurückgeworfen. »Sie spielte eine entscheidende Rolle«, sagte er. »Sie war klug, ja, aber mehr als nur das – jemand hat sie mal als ›geborene Vermittlerin‹ bezeichnet, und das trifft es wirklich gut. Ann war jemand, der die Menschen zusammenhielt. Ihr Tod ist für dutzende Menschen, die sie kannten und liebten, ein schwerer Verlust, aber ein noch größerer Verlust ist er für die Forschung.«

Billy Unger war auch nicht schwer zu finden. Sein Foto prangte im *Stovington Weekly Courant* oben auf der ersten Seite und nicht unten in der Totenecke, aber das mochte daran liegen, dass es in Stovington nicht viele berühmte Leute gab. General William Unger war im Koreakrieg mit dem Silbernen und Goldenen Stern ausgezeichnet worden und war unter Kennedy Staatssekretär im Verteidigungsministerium und einer der übelsten Kriegstreiber der damaligen Zeit gewesen. Tötet die Russen, trinkt ihr Blut, schützt Amerika, so die Richtung.

Und dann, etwa zu der Zeit, als Lyndon B. Johnson den Krieg in Vietnam eskalieren ließ, änderte Billy Unger seine Meinung. Er fing an, Leserbriefe zu schreiben. Seine Karriere als politischer Kommentator begann er, indem er schrieb, wir würden den Krieg falsch anpacken. Dann ging er zu der Ansicht über, dass wir in Vietnam überhaupt nichts zu suchen hätten. So um 1975 herum war er dann so weit, Kriege generell abzulehnen. Bei den meisten Vermontern kam er damit gut an.

Von 1978 an wurde er siebenmal ins Regionalparlament von Vermont gewählt. Als ihn 1996 eine Gruppe fortschrittlicher Demokraten bat, für den US-Senat zu kandidieren, sagte er, er wolle »noch ein wenig mehr lesen und über seine Möglichkeiten nachdenken«. Damit wollte er andeuten, dass er 2000, spätestens aber 2002 bereit sei, in die Bundespolitik einzusteigen. Er wurde alt, aber Vermonter mögen anscheinend alte Männer. 1996 verging, ohne dass Unger für irgendwas kandidierte (möglicherweise, weil seine Frau an Krebs starb), und bevor 2002 anbrach, biss er dann mit Schmackes ins Gras.

Eine kleine, treue Anhängerschar in Stovington behauptete, Unger sei verunglückt, denn Silbersternträger würden nicht vom Dach springen, nicht mal, wenn ihre Frau im Jahr zuvor an Krebs gestorben war, aber die anderen wiesen darauf hin, dass der Mann doch wohl kaum Dachziegel ausgewechselt hatte – nicht im Nachhemd und nicht um zwei Uhr morgens.

Das Urteil lautete: Selbstmord.

Aber klar doch.

XVIII

Ich verließ die Bibliothek und wollte nach Hause gehen. Doch stattdessen ging ich zurück zu der Parkbank. Ich saß da, bis die Sonne schon fast unterging und kaum noch Kinder und Frisbees fangende Hunde im Park waren. Obwohl ich schon seit drei Monaten in Columbia City wohnte, war ich noch nie so spät unterwegs gewesen. Ziemlich traurig, schätze ich mal. Ich hatte mir eingebildet, ich würde hier, fern von Mama, endlich ein eigenes Leben führen, doch dabei hatte ich weiter nichts getan, als einen Schatten zu werfen.

Wenn mich irgendjemand überwachte, fragte der sich möglicherweise, warum ich mit meinen Gewohnheiten brach. Deshalb stand ich auf, ging nach Hause, machte mir Dreck in der Tüte warm und schaltete den Fernseher an. Ich habe Kabel, das volle Paket mit allen Pay-TV-Spielfilmkanälen, und ich habe nie auch nur eine einzige Rechnung gesehen. Endgültige Sache, oder? Ich schaltete auf Cinemax. Rutger Hauer spielte einen blinden Karatekämpfer. Ich setzte mich unter dem falschen Rembrandt aufs Sofa und sah es mir an. Ich bekam nichts mit, aß nur mein Futter und guckte hin.

Ich dachte über vieles nach. Über einen Zeitungskolumnisten mit liberalen Ansichten und einer konservativen Leserschaft. Über eine Wissenschaftlerin, die in der Aidsforschung eine wichtige Verbindungsfunktion hatte. Über einen alten General, der es sich anders überlegt hatte. Ich dachte daran, dass ich diese drei nur deswegen namentlich kannte, weil sie kein Modem und keinen E-Mail-Anschluss hatten.

Und es gab noch mehr Stoff zum Nachdenken. Dass man zum Beispiel einen begabten Typen so hypnotisieren oder unter Drogen setzen konnte, dass er keine falschen Fragen stellte und nichts Falsches tat. Wie man sicherstellte, dass der begabte Typ nicht weglaufen konnte, wenn er die Wahrheit erkannte. Das machte man, indem man ihn zu einem Leben praktisch ohne Bargeld zwang ... zu einem Leben, in dem die Grundregel die war, keine überzählige Knete zu horten, nicht mal Kleingeld. Wer würde auf so was reinfallen? Ein naiver Kerl, der nur wenige Freunde und kaum Selbstbewusstsein hat. Ein Typ, der sich seine begabte Seele für ein paar Lebensmittel und siebzig Dollar die Woche abkaufen ließ, weil er glaubte, eh nicht mehr wert zu sein.

Ich wollte über das alles nicht nachdenken. Ich versuchte mich auf Rutger Hauer zu konzentrieren, der blind diesen ganzen lustigen Karate-Quatsch abzog (Pug hätte sich totgelacht, wenn er das gesehen hätte, das können Sie mir glauben), damit ich bloß nicht darüber nachdenken musste.

Zweihundert zum Beispiel. Über diese Zahl wollte ich nicht nachdenken. Zweihundert. Zehn mal zwanzig, vierzig mal fünf. CC bei den alten Römern. Mindestens zweihundert Mal hatte ich auf die Schaltfläche geklickt, die auf dem Monitor die Meldung DINKYMAIL WIRD GESENDET auslöste.

Mir wurde klar – zum ersten Mal, als würde ich endlich erwachen –, dass ich ein Mörder war. Ein *Massenmörder*.

Ja, tatsächlich. Darauf lief es hinaus.

Zum Wohle der Menschheit? Zum Schaden der Menschheit? Wer entschied denn das? Mr. Sharpton? Seine Bosse? *Deren* Bosse? Und spielte das überhaupt eine Rolle?

Ich fand, dass es absolut scheißegal war. Ich fand auch, dass ich nicht allzu lange darüber jammern sollte (nicht mal im Stillen), dass man mich unter Drogen gesetzt, hypnotisiert oder einer Gehirnwäsche unterzogen hatte. Die Wahrheit war doch: Ich hatte das getan, weil ich das Gefühl liebte, das ich empfand, wenn ich diese Spezialbriefe verfasste, das Gefühl, als würde ein Fluss aus Feuer mitten durch meinen Kopf strömen.

Ich hatte es vor allem getan, weil ich es tun konnte.

»Nein, das stimmt nicht«, sagte ich ... aber nur ganz leise. Ich flüsterte es. Wahrscheinlich haben sie hier im Haus keine Wanzen versteckt, nein, ganz bestimmt nicht, aber lieber kein Risiko eingehen.

Ich fing an, das hier zu schreiben ... was ist das überhaupt? Vielleicht ein Bericht. An diesem Abend fing ich an, diesen Bericht zu schreiben ... gleich nachdem der Rutger-Hauer-Film zu Ende war. Aber ich schreibe ihn in ein Notizbuch und nicht an meinem Computer, und ich schreibe ganz normales Englisch. Keine Sankofiten, keine Beus, keine Smime. Unter der Tischtennisplatte im Keller ist eine Kachel lose. Da verstecke ich meinen Bericht. Ich habe gerade mal nachgesehen, wie er anfängt. *Ich habe jetzt einen guten Job*, habe ich geschrieben, *und keinen Grund, mies drauf zu sein*. Idiotisch. Aber natürlich kann sich jeder Schwachkopf mit etwas Phantasie auch noch den größten Mist schönreden.

Als ich in dieser Nacht ins Bett ging, träumte ich, ich wäre auf dem Parkplatz vor dem Supr Savr. Pug war da. Er trug seinen roten Kittel und hatte eine Kappe auf dem Kopf wie Mickymaus in *Fantasia* – das ist der Film, in dem Micky den Zauberlehrling spielt. Mitten auf dem Parkplatz standen Einkaufswagen aufgereiht. Pug hob die Hand und ließ sie wieder sinken. Und jedes Mal, wenn er das machte, fuhr ein

Einkaufswagen ganz von alleine los, wurde immer schneller, sauste über den Parkplatz und knallte schließlich an die Ziegelsteinmauer des Supermarkts. Da türmten sie sich schon, ein funkelnder Schrotthaufen aus Metall und Rädern. Und dieses eine Mal lächelte Pug nicht. Ich wollte ihn fragen, was er da machte und was das sollte, aber ich wusste es natürlich.

»Er war gut zu mir«, sagte ich in diesem Traum zu Pug. Damit meinte ich natürlich Mr. Sharpton. »Er war wirklich so richtig endgültig.«

Pug drehte sich zu mir um, und da sah ich, dass es gar nicht Pug war. Es war Skipper, und sein Kopf war bis zu den Augenbrauen eingeschlagen. Schädelsplitter ragten im Kreis heraus, sodass es aussah, als hätte er eine Krone auf.

»Du schaust nicht durch das Visier eines Bombers«, sagte Skipper und grinste. »Du *bist* das Visier. Wie gefällt dir das, Dinkster?«

Ich wachte schwitzend in meinem dunklen Schlafzimmer auf und hielt mir beide Hände vor den Mund, um einen Schrei zu unterdrücken, also gefiel es mir anscheinend nicht so besonders.

XIX

Das hier zu schreiben war eine lehrreiche und traurige Erfahrung, das kann ich Ihnen sagen. So was wie: Hallo, Dink, willkommen in der Wirklichkeit. Wenn ich darüber nachdenke, was mit mir passiert ist, habe ich meistens das Bild vor Augen, wie ich in der Küche Dollarscheine in den Müllschredder stecke, aber ich weiß, das liegt nur daran, dass es einfacher ist, daran zu denken, wie man Geld vernichtet (oder in den Gully wirft), als daran zu denken, wie man Menschen vernichtet. Manchmal hasse ich mich, manchmal habe ich Angst um meine unsterbliche Seele (wenn ich denn eine habe), und manchmal schäme ich mich einfach nur. Vertrau mir, hat Mr. Sharpton gesagt, und das habe ich getan. O Mann, wie kann man nur so blöde sein? Ich sage mir immer wieder, dass ich im Grunde noch ein Kind bin, im gleichen Alter wie die Jungs in ihren B-25ern, an die ich manchmal denke, und dass Kinder dumm sein dürfen. Aber ich frage mich, ob das auch gilt, wenn es um Menschenleben geht. Und ich mache es natürlich immer noch.

Ja.

Erst dachte ich, ich könnte es nicht mehr, so wie die Kinder in *Mary Poppins* nicht mehr durchs Haus fliegen konnten, als sie ihre glücklichen Gedanken verloren hatten … aber ich konnte es. Und als ich erst mal vor dem Monitor saß und der Fluss aus Feuer floss, war ich verloren. Sie verstehen doch (wenigstens glaube ich, dass Sie das verstehen), dass ich nur dafür geboren bin. Kann man mir vorwerfen, dass ich das mache, was für mich das Allergrößte ist?

Antwort: Ja. Auf jeden Fall.

Aber ich kann nicht damit aufhören. Manchmal sage ich mir, dass ich damit weitergemacht habe, weil sie, wenn ich auch nur einen Tag damit aufhören würde, wüssten, dass ich es durchschaut habe, und mir dann die Putzkolonne einen unangemeldeten Besuch abstatten würde. Und diesmal werden sie *mich* wegräumen. Aber das ist nicht der Grund. Ich mache das, weil ich süchtig bin, genau wie einer, der in einer dunklen Gasse Crack raucht, oder wie eine Tussi, die sich eine Spritze setzt. Ich mache es wegen dem verhassten Rausch, ich mache es, weil alles endgültig ist, wenn ich mit DINKYS NOTIZBUCH arbeite. Es ist, als wäre ich in einer Zuckerfalle gefangen. Und schuld daran ist ganz allein der Blödmann, der mit dem verdammten *Dispatch* vor der Nase aus dem Zeitschriftenladen kam. Wäre der nicht gewesen, dann würde ich im Fadenkreuz immer noch nur verschwommene Gebäude sehen. Keine Menschen, nur Ziele.

Du bist *das Visier,* hat Skipper in dem Traum zu mir gesagt. *Du* bist *das Visier, Dinkster.*

Ja, das ist stimmt. Ich weiß es. Es ist erniedrigend, aber

wahr. Ich bin auch nur ein Werkzeug, bin nur die Linse, durch die der wahre Bombenschütze schaut. Nur der Knopf, den er drückt.

Was denn für ein Bombenschütze, fragen Sie?

Also echt, jetzt wachen Sie doch mal auf.

Ich habe überlegt, ihn anzurufen. Ist das nicht völlig verrückt? Aber vielleicht ja auch nicht. »Du kannst mich jederzeit anrufen, Dink, auch nachts um drei.« Das hat er gesagt, und ich bin mir ziemlich sicher, dass er es auch so meinte – wenigstens in der Hinsicht hat Mr. Sharpton nicht gelogen.

Ich habe überlegt, ihn anzurufen und ihm zu sagen: »Wissen Sie, was mir am meisten wehtut, Mr. Sharpton? Dass Sie gesagt haben, ich würde die Welt verbessern, indem ich Leute wie Skipper beseitige. Und in Wahrheit sind *Sie* Skipper.«

Klar. Und ich bin der Einkaufswagen, mit dem sie Menschen jagen, und dabei lachen sie und johlen und machen Rennwagengeräusche. Und meine Dienste sind auch noch billig ... ich arbeite zu Schleuderpreisen. Ich habe bereits über zweihundert Menschen umgebracht, und was hat TransCorp das gekostet? Ein kleines Haus in einer drittklassigen Stadt in Ohio, siebzig Dollar die Woche, und einen Honda. Und Kabelfernsehen – das wollen wir nicht vergessen.

Ich stand eine Weile da und sah das Telefon an, und dann legte ich den Hörer wieder auf. Ich konnte das nicht sagen. Dann hätte ich mir genauso gut gleich eine Plastiktüte über den Kopf ziehen und mir die Pulsadern aufschneiden können.

Also: Was mache ich jetzt?

O Gott, was mache ich nur?

XX

Es ist jetzt zwei Wochen her, dass ich dieses Notizbuch zum letzten Mal unter der Kachel im Keller hervorgeholt und darin geschrieben habe. Zweimal habe ich donnerstags, während *Jung und leidenschaftlich* lief, den Briefschlitz klappern hören und bin anschließend zur Tür gegangen, um mein Geld zu holen. Viermal war ich im Kino, immer nachmittags. Zweimal habe ich Geldscheine in den Müllschredder gesteckt und Münzen in den Gully geworfen, während ich den blauen Altpapierbehälter an den Straßenrand stellte. Einmal bin ich zum Zeitschriftenladen gegangen, weil ich mir eine *Variations* oder ein *Forum* holen wollte, aber dann war da vorn auf dem *Dispatch* eine Schlagzeile, die mir alle geilen Gedanken ausgetrieben hat. PAPST STIRBT BEI FRIEDENSMISSION AN HERZANFALL, stand da.

Ob ich das war? Nee, da stand, er wäre in Asien gestorben, und ich hatte mich in den vergangenen Wochen auf den Nordwesten Amerikas beschränkt. Aber ich hätte gut derjenige sein können. Wenn ich in der vergangenen Woche in Pakistan herumgestöbert hätte, wäre ich es höchstwahrscheinlich gewesen.

Zwei Wochen lang ein Leben wie in einem Albtraum.

Und dann war heute Morgen etwas in der Post. Es war kein Brief (ich habe in der ganzen Zeit nur drei oder vier Briefe bekommen, alle von Pug, aber jetzt schreibt er mir nicht mehr, und dabei fehlt er mir so), sondern ein K-Mart-Prospekt. Als ich ihn in den Müll werfen wollte, klappte er auf, und etwas flatterte heraus. Ein Zettel, in Blockbuchstaben beschrieben. WILLST DU AUSSTEIGEN?, stand da. WENN JA, SCHICK DIE NACHRICHT: »DON'T STAND SO CLOSE TO ME« IST DER BESTE SONG VON POLICE.

Mein Herz pochte wie an dem Tag, als ich nach Hause gekommen war und das Rembrandt-Gemälde über dem Sofa gesehen hatte.

Unter die Nachricht hatte jemand einen Vauder gezeichnet. So ganz alleine war er harmlos, aber trotzdem kriegte ich einen trockenen Mund, als ich ihn sah. Die Botschaft war kein Scherz, das bewies der Vauder, aber von wem kam sie? Und woher wusste der Absender von mir?

Ich ging ganz langsam, mit gesenktem Kopf, ins Arbeits-

zimmer und dachte nach. Eine Botschaft, die in einer Rekla-
mebroschüre steckte. Von Hand geschrieben und dann in
eine Postwurfsendung gesteckt. Das bedeutete, dass sie von
jemandem aus der Nähe kam. Von jemandem hier aus der
Stadt.

Ich schaltete den Rechner und das Modem ein. Ich wählte
mich bei der Stadtbibliothek von Columbus City ein, wo
man billig und ziemlich anonym surfen kann. Alles, was ich
verschickte, ging über TransCorp in Chicago, aber das spielte jetzt keine Rolle. Sie würden keinen Verdacht schöpfen.
Nicht, wenn ich vorsichtig war.

Und natürlich nur, wenn es da wirklich jemanden gab.

Es gab ihn. Mein Rechner stellte eine Verbindung mit dem
Computer der Stadtbibliothek her, und auf meinem Monitor
tauchte ein Menü auf. Und für einen kurzen Moment war da
noch etwas anderes zu sehen.

Ein Smim.

Unten rechts in der Ecke. Es flackerte nur kurz auf.

Ich verschickte die Nachricht über den Police-Song und
fügte unten in der Totenecke noch eine kleine persönliche
Note hinzu: einen Sankofit.

Ich könnte noch mehr schreiben – die Dinge sind ins Rollen gekommen, und ich glaube, es wird sich bald etwas Ent-
scheidendes tun –, aber ich glaube, das wäre zu gefährlich.
Bisher habe ich nur von mir erzählt, aber wenn das so wei-
terginge, müsste ich auch von anderen Leuten erzählen. Aber
zwei Dinge möchte ich noch loswerden.

Erstens: Es tut mir Leid, was ich getan habe – sogar das
mit Skipper. Ich würde es gerne rückgängig machen, wenn
ich könnte. Ich wusste nicht, was ich da tat. Ich weiß, das ist
eine sehr armselige Entschuldigung, aber eine bessere habe
ich nicht.

Zweitens: Ich habe vor, noch einen Spezialbrief zu schreiben … den speziellsten aller Spezialbriefe.

Ich habe Mr. Sharptons E-Mail-Adresse. Und ich habe etwas noch Besseres: Die Erinnerung daran, wie er damals sei-

ne Glückskrawatte gestreichelt hatte, als wir in seiner großen, teuren Teutonenkarosse saßen. Wie liebevoll er über die
Schwerter auf dem Seidenstoff gestrichen hatte. Ich weiß
also genug über ihn. Ich weiß ganz genau, was ich in diesen
Brief aufnehmen muss, damit er endgültig wird. Wenn ich
die Augen schließe, sehe ich ein Wort vor mir – es schwebt
da wie schwarzes Feuer, so tödlich wie ein direkt ins Hirn
geschossener Pfeil, und es ist das einzige Wort, auf das es
ankommt:

EXCALIBUR.

L.T.s Theorie der Kuscheltiere

Wenn ich in dieser Sammlung eine Lieblingsgeschichte habe, dann ist es wohl »L.T.«. Der Ursprung dieser Geschichte war, wenn ich mich recht erinnere, eine »Liebe Abby«-Kolumne, in der Abby die Ansicht vertrat, ein Haustier sei das schlechteste Geschenk, das man überhaupt machen könne. Dieses Geschenk beruhe beispielsweise auf der Annahme, dass sich das Haustier und sein neuer Besitzer auf Anhieb prima verstehen werden. Es beruhe auch auf der Annahme, dass ein Tier zweimal täglich zu füttern und seinen Dreck wegzumachen (drinnen wie draußen) genau das ist, wonach man sich immer gesehnt hat. Soweit ich mich erinnere, bezeichnete sie das Verschenken von Haustieren als »Übung in Arroganz«. Ich finde das ein bisschen übertrieben. Meine Frau hat mir zum vierzigsten Geburtstag einen Hund geschenkt, und Marlowe – ein Corgi, der mittlerweile vierzehn ist und nur ein Auge hat – ist seither ein geachtetes Mitglied unserer Familie. Gleichzeitig hatten wir fünf Jahre lang auch eine ziemlich durchgeknallte Siamkatze namens Pearl. Und während ich zusah, wie Marlowe und Pearl miteinander umgingen – was sie mit einem gewissen vorsichtigen Respekt taten –, kam mir die Idee zu einer Geschichte, in der die Haustiere eines Ehepaars sich nicht ihrem nominellen Besitzer anschließen, sondern dem jeweils anderen. Es war ein großes Vergnügen, daran zu arbeiten, und jedes Mal, wenn ich eine Geschichte vorlesen soll, wähle ich diese – immer vorausgesetzt, man lässt mir die dafür nötigen fünfzig Minu-

ten. Diese Geschichte bringt die Leute zum Lachen, und das mag ich. Noch mehr mag ich den Tonwechsel gegen Ende – kein Humor mehr, sondern Trauer und Entsetzen. Dieser Tonwechsel erwischt den Leser unerwartet und daher in wehrlosem Zustand und verleiht der Geschichte so eine stärkere emotionale Wirkung. Diese emotionale Wirkung ist es, worauf es mir ankommt. Ich will, dass Sie lachen oder weinen, wenn Sie eine Geschichte lesen ... oder beides zugleich. Mit anderen Worten: Ich will Ihr Herz erreichen. Wenn Sie etwas lernen wollen, gehen Sie zur Schule.

———————

Mein Freund L.T. redet kaum jemals darüber, wie seine Frau verschwunden oder dass sie wahrscheinlich tot ist, womöglich ein weiteres Opfer des Axtmörders, aber er erzählt gern die Geschichte, wie sie ihm weggelaufen ist. Das tut er mit genau dem richtigen Augenrollen, als wollte er sagen: »Sie hat mich reingelegt, Jungs – echt, klasse und blitzsauber!« Manchmal erzählt er die Geschichte vor ein paar Männern, die auf einer der Laderampen hinter der Fabrik sitzen und ihren Lunch essen, wobei auch er seinen Lunch isst, den er sich selbst zubereitet hat – bei ihm zu Hause gibt's keine Lulubelle mehr, die das für ihn täte. Gewöhnlich lachen sie, wenn er die Geschichte erzählt, die immer mit L.T.s Theorie der Kuscheltiere endet. Teufel, *ich* lache gewöhnlich mit. Es ist eine komische Geschichte, auch wenn man weiß, wie sie ausgeht. Nicht, dass einer von uns das wirklich wüsste, nicht genau.

»Ich hab um vier Uhr Schicht gemacht, wie immer«, pflegt L.T. zu sagen, »bin dann zu Deb's Den rübergefahren, um ein paar Bierchen zu trinken, genau wie an den meisten Tagen. Hab eine Runde geflippert, bin dann heimgefahren. Da hat die Sache aufgehört, genau wie immer zu sein. Steht man frühmorgens auf, hat man nicht die geringste Ahnung, wie viel sich in seinem Leben verändert haben kann, bis man sich an diesem Abend zur Ruhe legt. ›Ihr kennt weder Tag noch

Stunde‹, sagt die Bibel. Dieser spezielle Vers bezieht sich aufs Sterben, glaub ich, aber er passt auch auf alles andere, Jungs. Alles andere auf dieser Welt. Man weiß einfach nie, wann einem eine Fiedelsaite reißen wird.

Als ich in die Einfahrt abbiege, sehe ich, dass das Garagentor offen steht und der kleine Subaru, den sie mit in die Ehe gebracht hat, nicht da ist, aber das kommt mir nicht sofort merkwürdig vor. Sie ist immer irgendwo hingefahren – zu Wohnungsauflösungen oder sonst wohin – und hat das gottverdammte Garagentor offen gelassen. Ich hab ihr immer gesagt: ›Lulu, wenn du das lange genug machst, bedient irgendwer sich aus unserer Garage. Kommt rein und nimmt einen Rechen oder einen Sack Torfmull oder sogar den Rasenmäher mit. Teufel, sogar ein Adventist, der frisch vom College kommt und seine Runde als Klinkenputzer macht, um sich Verdienste zu erwerben, würde klauen, wenn die Versuchung groß genug ist, und bei diesen Leuten ist's am gemeinsten, sie in Versuchung zu führen, weil sie die mehr spüren als wir anderen.‹ Jedenfalls hat sie immer gesagt: ›Ich werd mich bessern, L.T., ich werd's zumindest versuchen, ich tu's echt, Schatz.‹ Und sie *hat* sich gebessert, ist nur manchmal rückfällig geworden, genau wie jeder andere normale Sünder auch.

Ich parke an der Seite, damit sie ihren Wagen reinfahren kann, wenn sie von irgendwoher zurückkommt, aber ich mache das Garagentor zu. Dann gehe ich durch die Küchentür ins Haus. Ich sehe in den Briefkasten, aber der ist leer, die Post liegt drinnen auf der Arbeitsplatte, also muss sie nach elf Uhr weggefahren sein, weil er frühestens um diese Zeit kommt. Der Postbote, meine ich.

Nun, Lucy ist an der Tür, schreit in der Art, die Siamkatzen an sich haben – mir gefällt dieses Schreien, ich find's irgendwie niedlich, aber Lulu hat es immer gehasst, vielleicht weil es wie Babygeschrei klingt, und sie wollte nichts mit Babys zu schaffen haben. ›Was täte ich mit einem Teppichmonster?‹, hat sie immer gesagt.

Dass Lucy an der Tür gewartet hat, war auch nichts Ungewöhnliches. Diese Katze hat mich geliebt. Tut sie noch immer. Sie ist jetzt zwei Jahre alt. Wir haben sie am Anfang des letzten Jahres bekommen, in dem wir verheiratet waren. Genau am Anfang. Wirklich kaum zu glauben, dass Lulu jetzt ein Jahr fort ist, und dabei waren wir ohnehin nur drei zusammen. Aber Lulubelle war der Typ, der einen schwer beeindruckt. Lulubelle hatte, was ich als Starqualitäten bezeichnen muss. Wisst ihr, an wen sie mich immer erinnert hat? Lucille Ball. Wenn ich's mir recht überlege, hab ich die Katze vermutlich deshalb Lucy genannt, obwohl ich mich nicht daran erinnern kann, gleich daran gedacht zu haben. Vielleicht war das etwas, das man als unbewusste Assoziation bezeichnen würde. Ist sie in ein Zimmer gekommen – Lulubelle, meine ich, nicht die Katze – hat sie's einfach irgendwie heller gemacht. Ein Mensch dieser Art, ist der einmal fort, kann man's kaum glauben und wartet immer darauf, dass er zurückkommt.

Aber zurück zu der Katze. Sie hieß eigentlich Lucy, aber Lulubelle hat ihr Benehmen so gehasst, dass sie angefangen hat, sie Spinnerlucy zu nennen, und das ist irgendwie an ihr hängen geblieben. Aber Lucy war nicht verrückt, sie wollte nur geliebt werden. Mehr geliebt werden als jedes andere Haustier, das ich in meinem Leben gehabt habe, und ich hab etliche gehabt.

Ich gehe also rein und hebe die Katze hoch und streichle sie ein bisschen, und sie klettert auf meine Schulter und sitzt da, schnurrt und redet ihr Siamesengerede. Ich überfliege die Post auf der Arbeitsplatte, lege die Rechnungen in den Drahtkorb, gehe dann zum Kühlschrank, um Lucy etwas zu fressen zu geben. Ich habe immer eine mit einem Stück Alufolie abgedeckte offene Büchse Katzenfutter drin stehen. So vermeide ich, dass Lucy sich aufregt und ihre Krallen in meine Schulter schlägt, wenn sie den Dosenöffner hört. Katzen sind klug, wisst ihr. Viel klüger als Hunde. Und sie unterscheiden sich auch in anderer Hinsicht. Vielleicht besteht der größte Unterschied auf der Welt nicht zwischen Männern und Frauen, sondern zwischen Leuten, die Katzen mögen, und Leuten, die Hunde mögen. Hat einer von euch Fleischpackern sich das jemals überlegt?

Lulu hat ständig darüber gemeckert, dass im Kühlschrank eine offene Büchse Katzenfutter stand, selbst eine mit einem Stück Folie abgedeckte, weil davon angeblich alles nach altem Thunfisch schmeckte, aber in diesem Punkt hab ich nicht nachgegeben. In den meisten Dingen hab ich mich nach ihr gerichtet, aber diese Sache mit dem Katzenfutter gehörte zu den wenigen Bereichen, für die ich auf die Barrikaden gegangen bin. Es hatte ohnehin nichts mit dem Katzenfutter zu tun. Es hatte mit der *Katze* zu tun. Sie konnte Lucy einfach nicht leiden, das war alles. Lucy war ihre Katze, aber sie konnte sie nicht leiden.

Ich gehe also an den Kühlschrank, und ich sehe, dass dort ein Zettel hängt, der mit einem der Magneten in Gemüseform befestigt ist. Ein Abschiedsbrief von Lulubelle. Soviel ich mich erinnere, lautete er folgendermaßen:

›Lieber L.T. – ich verlasse dich, Schatz. Falls du nicht früher heimkommst, bin ich schon lange weg, wenn du diese Zeilen liest. Ich glaube nicht, dass du früher heimkommen wirst, du bist in all der Zeit unserer Ehe nie früher heimgekommen, aber ich weiß zumindest, dass du diesen Brief gleich nach dem Reinkommen sehen wirst, denn wenn du heimkommst, kommst du nicht als Erstes zu mir und sagst:»Hi, Süße, ich bin wieder da« und gibst mir einen Kuss, sondern gehst an den Kühlschrank und holst raus, was sich noch in der scheußlichen Büchse Calo befindet, die du da drin aufbewahrst, und fütterst Spinnerlucy. So weiß ich zumindest, dass du nicht nach oben gehen und einen Schock bekommen wirst, wenn du siehst, dass mein Bild vom *Letzten Abendmahl* mit Elvis verschwunden und meine Kleiderschrankhälfte weitgehend ausgeräumt ist, und denken wirst, wir hätten einen Einbrecher gehabt, der auf Frauenkleidung steht (im Gegensatz zu manchen, die nur interessiert, was unter ihnen ist).

Ich ärgere mich manchmal über dich, Schatz, aber ich finde dich noch immer süß und lieb und nett, und du wirst immer mein Herzblatt und mein kleiner Zuckerkloß bleiben, wohin unsere Wege uns auch führen werden. Die Sache ist nur, dass ich zu der Einsicht gelangt bin, dass ich nie dafür bestimmt war, die Frau eines Frühstücksfleischpackers zu sein. Das meine ich auch keineswegs irgendwie eingebildet. Ich habe letzte Woche sogar die Psychologische Hotline angerufen, als ich mit dieser Entscheidung gerungen und Nacht für Nacht schlaflos dagelegen habe (und dich schnarchen gehört habe, Mann, ich will dir nicht zu nahe treten, aber du *schnarchst* vielleicht!), und folgenden Ratschlag bekommen: »Ein zerbrochener Löffel kann eine Gabel werden.« Das habe ich nicht gleich verstanden, aber ich habe nicht aufgegeben. Ich bin nicht clever wie manche Leute (oder wie manche Leute *denken*, dass sie clever sind), aber ich arbeite daran, Dinge zu verstehen. Die besten Mühlen mahlen langsam, aber äußerst fein, hat meine Mutter immer gesagt, und ich habe mich darüber hergemacht wie eine Pfeffermühle in einem Chinarestaurant und nachts darüber nachgedacht, während du geschnarcht und bestimmt davon geträumt hast, wie viele Schweineschnauzen du in eine Dose Frühstücksfleisch packen kannst. Und mir ist klar geworden, dass dieser Ausspruch, dass ein zerbrochener Löffel eine Gabel werden kann, einfach schön ist. Weil eine Gabel Zinken hat. Und diese Zinken müssen vielleicht getrennt sein, wie du und ich uns jetzt trennen müssen, aber sie behalten trotzdem denselben Griff. Genau wie wir. Wir sind beide Menschen, L.T., die einander lieben und respektieren können. Denk an all den Streit, den es wegen Frank und Spinnerlucy gegeben hat – und trotzdem sind wir meistens miteinander ausgekommen. Aber ich muss jetzt mein Glück in anderen Bereichen als du suchen, den großen Braten des Lebens von einer anderen Seite als du anschneiden. Außerdem habe ich Sehnsucht nach meiner Mutter.‹

(Ich weiß nicht bestimmt, ob all dieses Zeug wirklich in

der Mitteilung gestanden hat, die L.T. an seinem Kühlschrank fand; das klingt nicht sehr wahrscheinlich, muss ich
zugeben, aber die Männer, die seine Geschichte hörten, wälzten sich zu diesem Zeitpunkt schon vor Lachen auf den Gängen – oder wenigstens über die Laderampe –, und es *klang*
nach Lulubelle, das kann ich bestätigen.)

›Versuch bitte nicht, mir zu folgen, L.T., und obwohl ich
bei meiner Mutter sein werde, deren Nummer du hast, wäre
ich dir dankbar, wenn du nicht anrufen, sondern auf meinen
Anruf warten würdest. Ich werde irgendwann anrufen, aber
vorerst muss ich über vieles nachdenken, und obwohl ich
dabei schon ziemlich vorangekommen bin, bin ich mir noch
nicht darüber im Klaren, was ich tun werde. Ich nehme an,
dass ich letzten Endes die Scheidung verlangen werde, und
halte es nur für fair, dir das zu sagen. Ich habe nie jemandem
falsche Hoffnungen gemacht, weil ich's für besser halte, »die
Wahrheit zu sagen und den Teufel auszuräuchern«. Bitte
denk daran, dass mich bei alledem Liebe, nicht Hass oder
Groll leitet. Und bitte denk daran, was mir gesagt worden ist
und was ich jetzt dir sage: Ein zerbrochener Löffel kann eine
getarnte Gabel sein. Mit all meiner Liebe, Lulubelle Simms.‹«

An dieser Stelle machte L.T. immer eine Pause, um sie die
Tatsache verdauen zu lassen, dass Lulu wieder ihren Mädchennamen angenommen hatte, und mit seinen Augen ein
paar Mal auf L.T. DeWitts patentierte Art zu rollen. Dann
erzählte er ihnen von der Nachschrift, die sie angehängt hatte:

»›Ich habe Frank mitgenommen und dir Spinnerlucy hier
gelassen. Ich dachte, das wäre dir wahrscheinlich am liebsten. In Liebe, Lulu.‹«

War die Familie DeWitt eine Gabel, stellten Spinnerlucy
und Frank die beiden anderen Zinken dar. Falls sie keine war
(und aus meiner Sicht gleicht eine Ehe mehr einem Messer –
von der gefährlichen Art mit zwei Schneiden), könnte man
sagen, Spinnerlucy und Frank verkörperten trotzdem alles,
was in L.T.s und Lulubelles Ehe schief gelaufen war. Bezeich

nend war doch: Obwohl Lulubelle Frank für L.T. kaufte (zum ersten Hochzeitstag) und L.T. Lucy, bald in Spinnerlucy umgetauft, für Lulubelle kaufte (zum zweiten Hochzeitstag), behielten beide letztlich das Haustier des jeweils anderen, als Lulu ihren Ehemann verließ.

»Sie hat mir diesen Hund gekauft, weil mir der in *Frasier* gefallen hat«, sagte L.T. immer. »Dieser Hund ist irgendeine Art Terrier, aber mir fällt gerade nicht ein, wie die Rasse heißt. Jack irgendwas. Jack Sprat? Jack Robinson? Jack Shit? Ihr wisst, wie das ist, wenn einem ein Wort auf der Zunge liegt?«

Irgendwer erklärte ihm, der Hund in *Frasier* sei ein Jack-Russell-Terrier, und L.T. nickte nachdrücklich.

»Richtig!«, rief er aus. »Klar! Genau! Ja, das war Frank, ein Jack-Russell-Terrier. Aber wollt ihr die kalte, bittere Wahrheit hören? In einer Stunde weiß ich das nicht mehr – es bleibt in meinem Gehirn, aber wie irgendwas, das hinter einem Felsen versteckt ist. In einer Stunde werde ich mich fragen: › *Was* hat dieser Kerl gleich wieder gesagt, was Frank war? Ein Jack-Handle-Terrier? Ein Jack-Rabbit-Terrier? Das ist dicht dran, ich weiß, dass es dicht dran ist …‹ Und so weiter. Warum? Ich glaube, das kommt davon, dass ich den kleinen Scheißer so gehasst hab. Diese kläffende Ratte. Diese mit Pelz überzogene Scheißmaschine. Ich hab Frank vom ersten Augenblick an gehasst. So! Jetzt ist's raus, und ich bin froh. Und wisst ihr was? Frank ist's umgekehrt nicht anders ergangen. Es war Hass auf den ersten Blick.

Ihr wisst, wie manche Männer ihren Hund so abrichten, dass er ihnen ihre Pantoffeln bringt? Frank hat mir meine Pantoffeln nicht gebracht, aber er hat in sie *reingekotzt*. Ja. Als er's zum ersten Mal getan hat, hab ich nichts ahnend meinen rechten Fuß reingesteckt. Das war, als hätte man seinen Fuß in warme Tapioka mit extragroßen Brocken gesteckt. Obwohl ich ihn nicht gesehen habe, geht meine Theorie dahin, dass er vor der Schlafzimmertür gewartet hat, bis er mich kommen gesehen hat – Scheiße, vor der Schlafzimmertür *gelauert* hat –, dann reingelaufen ist, in meinen rechten Pantoffel gekotzt und sich dann unter dem Bett versteckt hat, um den Spaß zu beobachten. Das schließe ich daraus, dass die Kotze noch warm war. Scheißköter. Der beste Freund des Menschen, dass ich nicht lache! Danach wollte ich ihn ins Tierheim bringen, hatte die Leine rausgeholt und alles, aber Lulu hat einen absoluten Anfall gekriegt. Man hätte glauben können, sie wäre in die Küche gekommen und hätte mich dabei überrascht, dass ich versuche, dem Hund einen Einlauf mit Rohrreiniger zu machen.

›Wenn du Frank ins Tierheim bringst, kannst du mich auch gleich ins Tierheim bringen‹, sagt sie und fängt zu heulen an. ›Das ist alles, was du von ihm hältst, und das ist alles, was du von mir hältst. Schatz, für dich sind wir nur Plagen, die du gern loswürdest. Das ist die kalte, bittere Wahrheit.‹ Ich meine, o meine blutenden Hämorrhoiden, weiter und weiter.

›Er hat in meine Pantoffel gekotzt‹, sage ich.

›Der Hund hat in seine Pantoffel gekotzt, also runter mit seinem Kopf‹, sagt sie. »Oh, Süßer, wenn du dich nur *hören* könntest!«

›He‹, sage ich, ›versuch mal, *deinen* nackten Fuß in einen Pantoffel voller Hundekotze zu stecken und zu sehen, wie *dir* das gefällt.‹ Ich werde allmählich wütend, wisst ihr.

Aber über Lulu wütend zu werden hat nie etwas genützt. Hatte man den König, hatte sie meistens das Ass. Hatte man das Ass, hatte sie einen Trumpf. Außerdem hat die Frau sich in alles so gottverdammt reingesteigert. War ich wegen irgendeiner Sache gereizt, war sie gleich sauer. Wurde ich sauer, wurde sie wütend. Wurde ich wütend, rief sie die gottverdammte Alarmstufe Rot aus und leerte die Raketensilos. Ich rede von gottverdammter verbrannter Erde. Meistens war's die Sache nicht wert. Nur vergaß ich das fast jedes Mal, wenn wir in Streit gerieten.

Sie sagt: ›Ach, du liebe Güte. Herzblatt hat sein tleines Füßchen in ein tleines bisschen Aufgestoßenes gesteckt.‹ Ich versuche, sie zu unterbrechen, ihr zu sagen, dass das nicht stimmt, dass Aufgestoßenes wie Sabber ist, dass Aufgestoßenes nicht diese verdammt großen *Brocken* enthält, aber sie lässt mich nicht zu Wort kommen. Inzwischen ist sie auf der Überholspur, richtig in Fahrt, völlig aufgeputscht und nicht mehr zu bremsen.

›Ich will dir was sagen, Schatz‹, sagt sie, ›ein bisschen Spucke in deinem Pantoffel ist nicht der Rede wert. Ihr Männer macht mich fertig. Versuch gelegentlich, eine Frau zu sein, okay? Versuch mal, immer die zu sein, die jedes Mal mit ihrem Kreuz in dem Samenfleck liegt, oder die mitten in der Nacht aufs Klo geht, und der Kerl hat die gottverdammte Klobrille hochgeklappt gelassen, und man klatscht mit seinem Hintern direkt ins kalte Wasser. Ein kleiner Tauchgang um Mitternacht. Wahrscheinlich ist auch nicht abgezogen worden, weil Männer glauben, dass gegen zwei Uhr morgens die Urin-Fee vorbeikommt und das für sie erledigt, und da sitzt man schlitztief in Pisse und merkt plötzlich, dass man auch mit den *Füßen* drin ist, weil die meisten Kerle sich zwar einbilden, mit ihrem Ding verdammt zielsicher zu sein, aber in Wirklichkeit beschissen zielen; ob nüchtern oder betrunken, sie müssen den gottverdammten Fußboden rund ums Klo einnässen, bevor sie überhaupt zur Sache kommen können. Das habe ich mein ganzes Leben lang aushalten müssen, Schatz – ein Vater, vier Brüder, ein Ex plus ein paar Zimmergenossen, die dich zu diesem späten Zeitpunkt nichts mehr angehen –, und du willst den armen Frank in die Gaskammer abschleppen, bloß weil er ein einziges Mal zufällig ein bisschen Sabber in deinen Pantoffel gespuckt hat.«

»Meinen *pelzgefütterten* Pantoffel«, erkläre ich ihr, aber das ist nur noch eine kleine Schlussbemerkung. Für mein Leben mit Lulu war typisch – vielleicht zu meiner Ehre –, dass ich immer wusste, wann ich geschlagen war. Verlor ich, war es verdammt eindeutig. Eines wollte ich ganz bestimmt nicht erzählen – obwohl ich wusste, dass das eine Tatsache war –, dass der Hund absichtlich in meinen Pantoffel gekotzt

hatte, genau wie er absichtlich auf meine Unterwäsche pinkelte, wenn ich vergaß, sie in den Wäschekorb zu tun, bevor
ich zur Arbeit fuhr. Sie konnte ihre Slips und BHs von hier
bis Harvard rumliegen lassen – und tat es auch –, aber wenn
ich auch nur ein paar Sportsocken in der Ecke liegen ließ,
musste ich beim Heimkommen feststellen, dass dieser verdammte Jack-Shit-Terrier ihnen eine gelbe Dusche verpasst
hatte. Aber ihr das erzählen? Sie hätte mich bei einem Psy-
chiater zur Behandlung angemeldet. Das hätte sie getan, *obwohl sie wusste, dass es wahr war*. Denn sonst hätte sie das
Zeug, das ich sagte, ernst nehmen müssen, und das wollte
sie nicht. Sie liebte Frank, wisst ihr, und Frank liebte sie. Sie
waren wie Romeo und Julia oder Rocky und Adrian.

Frank ist immer zu ihrem Sessel gekommen, wenn wir
fernsahen, hat sich auf dem Teppich neben ihr ausgestreckt
und seine Schnauze auf ihren Schuh gelegt. So hat er den
ganzen Abend dagelegen und zu ihr aufgesehen, ganz seelen-
und liebevoll, und mit seinem Hintern in meine Richtung,
damit ich die volle Ladung abkriegen würde, falls er mal fur-
zen musste. Er liebte sie, und sie liebte ihn. Warum? Weiß
der Teufel. Liebe ist für jeden, der kein Dichter ist, ein Rätsel, denke ich, und kein vernünftiger Mensch kann verstehen, was die darüber schreiben. Ich glaube nicht, dass die
meisten von ihnen es selbst verstehen – außer bei den selte-
nen Gelegenheiten, bei denen sie aufwachen und den Kaffee
riechen.

Aber Lulubelle hat mir diesen Hund keineswegs geschenkt, damit sie ihn haben konnte, das möchte ich ganz
deutlich feststellen. Ich weiß, dass manche Leute solche Geschenke machen – ein Kerl schenkt seiner Frau eine Reise
nach Miami, weil er dorthin möchte, oder eine Frau schenkt
ihrem Ehemann einen Nordic Track, weil sie findet, er sollte
was gegen seinen Bauch tun –, aber diese Art Deal war das
nicht. Wir waren anfangs wie verrückt ineinander verliebt;
ich weiß, dass ich's in sie war, und ich würde mein Leben
verwetten, dass sie's in mich war. Nein, sie kaufte diesen

Hund für mich, weil ich immer so schallend über den in *Frasier* lachte. Sie wollte mich glücklich machen, das war alles. Sie konnte weder wissen, dass Frank auf sie stehen würde oder sie auf ihn, noch dass der Hund mich so wenig würde leiden können, dass es für ihn der Höhepunkt des Tages sein würde, wenn er in einen meiner Pantoffeln kotzen oder den unteren Rand der Vorhänge auf meiner Seite des Betts anfressen konnte.«

L.T. sah dann immer von einem der grinsenden Männer zum anderen, ohne selbst zu grinsen, aber er verdrehte seine Augen mit diesem leidenden, schwer geprüften Ausdruck, und sie lachten wieder, schon im Voraus. Ich meistens auch, trotz allem, was ich über den Axtmann wusste.

»Ich bin noch nie gehasst worden«, sagte er dann, »weder von Mensch noch Tier, und das brachte mich echt durcheinander. Das brachte mich *gewaltig* durcheinander. Ich versuchte, mich mit Frank anzufreunden – erst um meinetwillen, dann um ihretwillen, die ihn mir geschenkt hatte –, aber das funktionierte nicht. Wer weiß, vielleicht hat er sogar versucht, sich mit mir anzufreunden ... wer kann das bei einem Hund beurteilen? Falls er das getan hat, hat's bei ihm auch nicht funktioniert. Dann habe ich mal gelesen – in der Antwort einer Briefkastentante, glaub ich –, dass ein Haustier ungefähr das schlimmste Geschenk ist, das man einem Menschen machen kann, und das finde ich auch. Ich meine, selbst wenn man das Tier mag und das Tier einen mag, muss man bedenken, was diese Art Geschenk sagt: ›Hör zu, Liebling, ich mache dir dieses wundervolle Geschenk, es ist eine Maschine, die an einem Ende frisst und am anderen Ende scheißt, sie läuft fünfzehn Jahre lang, mehr oder weniger, fröhliche beschissene Weihnachten.‹ Aber das ist die Art Sache, auf die man meistens erst *hinterher* kommt. Ihr wisst, was ich meine?

Ich denke, wir haben beide unser Bestes versucht, Frank und ich. Denn obwohl wir uns auf den Tod nicht leiden konnten, liebten wir beide Lulubelle. Das war der Grund

dafür, glaub ich, dass er mich zwar manchmal angeknurrt
hat, wenn ich mich bei *Murphy Brown* oder einem Film oder
sonst was zu ihr auf die Couch gesetzt habe, aber mich nie
wirklich gebissen hat. Trotzdem hat mich das fast wahnsinnig gemacht. Allein die gottverdammte Unverschämtheit,
dass dieses kleine Knäuel aus Fell und Augen mich anzu-
knurren wagte.

›Hör dir den an‹, sagte ich dann, ›er knurrt mich an.‹

Sie streichelte seinen Kopf, wie sie meinen kaum jemals
streichelte, außer sie hatte ein paar intus, und sagte, das sei
eigentlich nur eine Hundeversion von Schnurren. Dass er nur
glücklich sei, bei uns zu sein und einen ruhigen Abend zu
Hause zu verleben. Aber ich will euch sagen, ich hab nie versucht, ihn zu tätscheln, wenn sie nicht in der Nähe war. Ich
hab ihn manchmal gefüttert, und ich hab ihm nie einen Tritt
gegeben (obwohl ich ein paar Mal in Versuchung war, ich
wäre ein Lügner, wenn ich was anderes behaupten wollte),
aber ich hab nie versucht, ihn zu tätscheln. Ich denke, er hätte
nach mir geschnappt, und dann hätten wir uns in die Wolle
gekriegt. Fast wie zwei Kerle, die mit demselben hübschen
Mädchen zusammenleben. Dreiecksverhältnis, so nennen
sie's im ›Forum‹ von *Penthouse*. Wir lieben sie beide, und sie
liebt uns beide, aber im Lauf der Zeit beginne ich zu merken,
dass die Waagschale sich zu meinen Ungunsten neigt und sie
anfängt, Frank etwas mehr zu lieben als mich. Vielleicht weil
Frank nie widerspricht und nie in *ihre* Pantoffeln kotzt, und
bei Frank ist die gottverdammte Klobrille nie ein Thema, weil
er dazu rausgeht. Es sei denn, ich lasse aus Versehen meine
Unterhose in der Ecke oder unter dem Bett liegen.«

An dieser Stelle trank L.T. meistens den Rest Eiskaffee aus
seiner Thermosflasche oder knackte mit den Fingerknöcheln
oder tat beides. Das war seine Art, das Ende des ersten Akts
und den Beginn des zweiten Akts anzukündigen.

»Eines Tages, an einem Samstag, sind Lulu und ich dann
im Einkaufszentrum. Wir gehen nur so herum, wie's die Leute machen. Ihr wisst schon. Und wir kommen oben bei J.C.

Penney an Pet Notions vorbei, und da stehen jede Menge Leute vor dem Schaufenster. ›Oh, das müssen wir uns ansehen‹, sagt Lulu, also gehen wir rüber und arbeiten uns nach vorn durch.

Im Schaufenster sehen wir einen künstlichen Baum mit kahlen Zweigen und Kunstgras – Astroturf – drum herum. Und diese jungen Siamkätzchen, ein halbes Dutzend von ihnen, die sich gegenseitig jagen, auf den Baum klettern, sich eins auf die Ohren geben.

›Oh, sin die nich die *Niiied-lichs-ten*!‹, sagt Lulu. ›Sin die nich die niiiedlichsten tleinen *Babys*! Sieh nur, Schatz, sieh nur!‹

›Ich sehe sie‹, sage ich, und was ich mir dabei denke, ist, dass ich gerade gefunden habe, was ich Lulu zum Hochzeitstag schenken konnte. Und das war eine Erleichterung. Ich wollte was Extraspezielles für sie, etwas, das sie wirklich umhauen würde, weil unsere Beziehung im abgelaufenen Jahr erheblich weniger als großartig gewesen war. Ich dachte an Frank, aber der machte mir keine allzu großen Sorgen; in Cartoons kämpfen Hunde und Katzen immer miteinander, aber im richtigen Leben kommen sie meistens miteinander aus, das ist meine Erfahrung. Sie kommen meistens besser miteinander aus als Menschen. Vor allem, wenn's draußen kalt ist.

Um eine lange Geschichte ein kleines bisschen kürzer zu machen: Ich kaufte eine von ihnen und schenkte sie ihr zum Hochzeitstag. Kaufte ihr ein Samthalsband und steckte ein Kärtchen darunter. ›HALLO, ich bin LUCY!‹, stand auf der Karte. »Ich komme mit Liebe von L.T.! Alles Gute zum zweiten Hochzeitstag!‹

Ihr ahnt vermutlich, was ich euch erzählen werde, nicht wahr? Klar. Es war genau wie eine Neuauflage von Frank, dem gottverdammten Terrier – bloß umgekehrt. Mit Frank war ich anfangs glücklich wie ein Schwein im Mist, und mit Lucy war Lulubelle anfangs glücklich wie ein Schwein im Mist. Hielt sie über ihren Kopf hoch, redete in dieser Babysprache mit ihr: ›Oh, wen ham wir denn da, oh, da bistu ja, mein tleines Schatzilein, wie niiiedlich du bist« und so weiter und so weiter ... bis Lucy maunzte und nach Lulubelles Nasenspitze schlug. Noch dazu mit ausgefahrenen Krallen. Dann lief sie weg und versteckte sich unter dem Küchentisch. Lulu tat das mit einem Lachen ab, als sei es das Komischste, was ihr jemals passiert sei, und ungefähr das Niiiedlichste, was ein Kätzchen tun könnte, aber ich konnte sehen, dass sie eingeschnappt war.

Im nächsten Augenblick kam Frank herein. Er hatte oben in unserem Zimmer geschlafen – am Fußende auf ihrer Seite des Betts –, aber Lulu hatte einen kleinen Schrei ausgestoßen, als das Kätzchen nach ihrer Nase geschlagen hatte, deshalb kam er herunter, um zu sehen, was dieses Theater bedeutete.

Er sah Lucy sofort unter dem Tisch sitzen und ging auf sie zu, während er das Linoleum beschnüffelte, wo sie gesessen hatte.

›Halt sie auf, Schatz, halt sie auf, L.T., gleich kriegen sie sich in die Wolle‹, sagt Lulubelle. ›Frank beißt sie tot.‹

›Lass sie nur einen Augenblick allein‹, sage ich. ›Wart ab, was passiert.‹

Lucy machte einen Buckel, wie es Katzen tun, aber sie wich nicht zurück, sondern beobachtete, wie Frank herankam. Lulu setzte sich in Bewegung, ohne darauf zu achten, was ich gesagt hatte (auf jemanden zu hören, war nicht gerade eine von Lulus Stärken), und wollte sich zwischen die beiden werfen, aber ich fasste sie am Handgelenk und hielt sie zurück. Es ist immer besser, sie sich möglichst selbst einigen zu lassen. Immer besser. Vor allem schneller.

Nun, Frank erreichte den Rand des Küchentischs, steckte seine Schnauze darunter und fing an, ganz hinten in seiner Kehle tief zu knurren. ›Lass mich los, L.T., ich muss sie holen‹, sagt Lulubelle. ›Frank knurrt sie an.‹

›Nein, das tut er nicht‹, sage ich, ›er schnurrt nur. Das kenne ich von all den Malen, die er mich angeschnurrt hat.‹

Sie warf mir einen Blick zu, der vermutlich Wasser hätte zum Kochen bringen können, sagte aber nichts. Bei den einzigen Malen, in denen ich in unseren drei Ehejahren das letzte Wort hatte, ging es immer um Frank und Spinnerlucy. Merkwürdig, aber wahr. Bei jedem anderen Thema konnte Lulu mich in Grund und Boden reden. Aber wenn es um die Haustiere ging, schien ihr immer gerade keine passende Antwort einzufallen. Machte sie ganz verrückt.

Frank steckte seinen Kopf noch etwas weiter unter den Küchentisch, und Lucy schlug ihm auf die Nase, so wie sie nach Lulabelles Nase geschlagen hatte – nur dass sie bei Frank ihre Krallen nicht ausfuhr. Ich glaubte, Frank würde sie anfallen, aber das tat er nicht. Er stieß nur eine Art *Wuff!* aus und wandte sich ab. Nicht ängstlich, sondern mehr, als dächte er: ›Oh, okay, *darum* geht's hier also.‹ Ging wieder ins Wohnzimmer und legte sich vor den Fernseher.

Und das war alles, was es zwischen den beiden je an Konfrontation gab. Sie teilten sich das Territorium ziemlich genau so auf, wie Lulu und ich es uns in diesem letzten gemeinsamen Jahr aufteilten, als unsere Beziehung sich verschlechterte: Das Schlafzimmer gehörte Frank und Lulu, die Küche gehörte mir und Lucy – nur nannte Lulubelle sie spätestens ab Weihnachten Spinnerlucy –, und das Wohnzimmer war neutrales Gebiet. Wir vier verbrachten dort in diesem letzten Jahr viele gemeinsame Abende, Spinnerlucy auf meinem Schoß, Frank mit seiner Schnauze auf Lulus Schuh, Lulubelle ein Buch lesend und ich am Fernseher mit *Wheel of Fortune* oder *Lifestyles of the Rich and Famous,* was Lulubelle immer mit *Lifestyle der Reichen und Busenfreien* übersetzte.

Die Katze wollte nichts mit ihr zu schaffen haben, gleich vom ersten Tag an nicht. Was Frank betraf, konnte man manchmal glauben, Frank versuche wenigstens, mit mir auszukommen. Aber letzten Endes setzte sich immer sein wahrer Charakter durch, und er zerkaute einen meiner Laufschuhe oder pinkelte wieder auf meine Unterwäsche, doch zwischendurch schien er sich immer mal wieder Mühe zu geben. Leckte mir die Hand, schien mich anzugrinsen. Allerdings meistens nur, wenn ich etwas auf dem Teller hatte, von dem er ein Stück wollte.

Katzen sind jedoch anders. Eine Katze schmeichelt sich nicht ein, selbst wenn das in ihrem besten Interesse wäre. Eine Katze kann keine Heuchlerin sein. Wären mehr Prediger wie Katzen, wäre dieses Land wieder religiös. Mag eine Katze einen, weiß man's. Mag sie einen nicht, weiß man's auch. Spinnerlucy mochte Lulu nicht, nicht im Geringsten, und das machte sie von Anfang an klar. Machte ich mich daran, Lucy zu füttern, strich sie mir schnurrend um die Beine, während ich Futter aus der Dose in ihre Schüssel löffelte. Fütterte Lulu sie, saß Lucy ganz auf der anderen Seite der Küche an der Tür und beobachtete sie. Und ging erst an ihre Schüssel, wenn Lulu das Feld geräumt hatte. Das machte Lulu verrückt. ›Diese Katze hält sich für die Königin von Saba‹, sagte sie immer. Unterdessen hatte sie aufgehört, in der Babysprache zu reden. Auch aufgehört, Lucy hochheben zu wollen. Solche Versuche brachten ihr meistens nur ein zerkratztes Handgelenk ein.

Nun, ich gab vor, Frank zu mögen, und Lulu gab vor, Lucy zu mögen, aber Lulu gab das Theaterspielen sehr viel früher auf als ich. Ich vermute, dass keine der beiden, weder die Katze noch die Frau, es ertragen konnte, eine Heuchlerin zu sein. Ich glaube nicht, dass Lucy der einzige Grund für Lulus Verschwinden war – Teufel, ich *weiß*, dass sie das nicht war –, aber ich bin mir sicher, dass Lucy Lulubelle half, ihre endgültige Entscheidung zu treffen. Haustiere können lange leben, wisst ihr. Deshalb war das Geschenk, das ich ihr zu unserem zweiten Hochzeitstag kaufte, tatsächlich der Strohhalm, der dem Kamel den Rücken brach. Erzählt *das* mal der Briefkastentante!

Aus Lulus Sicht war das dauernde Reden der Katze vielleicht das Schlimmste. Sie konnte es nicht ertragen. Eines Abends sagt Lulubelle zu mir: ›Ich glaube, wenn diese Katze nicht zu jaulen aufhört, L.T., werfe ich ihr ein Lexikon hinterher.‹

›Sie jault nicht‹, sage ich, ›sie schwatzt nur.‹

›Nun‹, sagt Lulu, ›ich wollte, sie würde zu schwatzen aufhören.‹

Und im nächsten Augenblick sprang Lucy auf meinen Schoß und hielt die Klappe. Das tat sie immer, wenn sie dort lag, bis auf ein leises kleines Schnurren tief hinten in ihrer Kehle. Ein Schnurren, das wirklich ein *Schnurren* war. Ich kraulte sie zwischen den Ohren, wie sie's mag, und sah dabei zufällig auf. Lulu senkte den Blick wieder in ihr Buch, aber bevor sie das tat, sah ich echten Hass. Nicht auf mich. Auf Spinnerlucy. Ihr ein Lexikon nachwerfen? Ich hatte den Eindruck, sie hätte die Katze am liebsten zwischen *zwei* Bände gesteckt und einfach totgeklatscht.

Manchmal kam Lulu in die Küche und erwischte die Katze auf dem Küchentisch und beförderte sie mit einem Klaps herunter. Ich fragte sie einmal, ob sie jemals gesehen habe, dass ich Frank auf diese Weise vom Bett beförderte – er sprang nämlich hinauf, wisst ihr, immer auf ihrer Seite, und hinterließ hässliche Büschel weißer Haare. Als ich das sagte, bedachte Lulu mich mit einer Art Grinsen. Jedenfalls waren ihre Zähne sichtbar. ›Würdest du's je versuchen, hättest du wahrscheinlich einen Finger oder drei weniger‹, sagt sie.

Manchmal war Lucy *wirklich* Spinnerlucy. Katzen sind launisch und drehen manchmal durch; das kann jeder bestätigen, der jemals eine gehabt hat. Ihre Augen werden groß und irgendwie starr, ihr Schwanz sträubt sich, sie rasen durchs ganze Haus; manchmal richten sie sich auf den Hinterpfoten auf, stolzieren so herum und teilen Boxhiebe ins Leere aus, als kämpften sie mit etwas, das nur sie, aber nicht wir Menschen sehen können. Als Lucy ungefähr ein Jahr alt war, verfiel sie eines Abends in eine Stimmung dieser Art – das kann nicht länger als drei Wochen vor dem Tag gewesen sein, an dem Lulubelle bei meiner Heimkehr fort war.

Jedenfalls kam Lucy aus der Küche hereingerast, legte auf

dem Holzboden eine Art Powerslide hin, sprang über Frank hinweg und tobte die Wohnzimmervorhänge hinauf, Pfote nach Pfote. Hinterließ dabei ein paar ziemlich große Löcher, aus denen Fäden heraushingen. Dann hockte sie einfach oben auf der Vorhangstange und starrte mit ihren großen blauen Augen wild durch den Raum, während ihre Schwanzspitze erregt hin und her peitschte.

Frank zuckte nur leicht zusammen und legte seine Schnauze dann wieder auf Lulubelles Schuh, aber die Katze jagte Lulubelle, die in ihr Buch vertieft gewesen war, einen Heidenschreck ein, und als sie zu Lucy hochsah, erkannte ich wieder diesen unverfälschten Hass in ihrem Blick.

›So, jetzt reicht's!‹, sagt sie. ›Alle raus aus dem gottverdammten Pool. Wir suchen einen guten Platz für dieses kleine blauäugige Miststück, und wenn wir nicht clever genug sind, einen Platz für eine reinrassige Siamkatze zu finden, bringen wir sie ins Tierheim. Ich hab die Nase voll!‹

›Wie meinst du das?‹, frage ich sie.

›Bist du blind?‹, fragt sie. »Sieh dir an, was sie mit meinen *Vorhängen* angestellt hat! Sie sind voller Löcher!«

›Willst du Vorhänge mit Löchern sehen‹, sage ich, ›gehst du am besten rauf und siehst dir die Vorhänge auf meiner Bettseite an. Die sind unten überall angefressen. Weil *er* darauf rumkaut.«

›Das ist was anderes‹, sagt sie und funkelt mich an. ›Das ist was anderes, das weißt du genau.‹

Nun, das wollte ich nicht stehen lassen. Das wollte ich auf gar keinen Fall so stehen lassen. ›Das hältst du nur deshalb für was anderes, weil du den Hund magst, den du mir geschenkt hast, und die Katze nicht magst, die ich dir geschenkt habe‹, sage ich. ›Aber ich will dir was sagen, Mrs. DeWitt: Bringst du am Dienstag die Katze ins Tierheim, weil sie Löcher in den Wohnzimmervorhang gerissen hat, garantiere ich dir, dass ich am Mittwoch den Hund ins Tierheim bringe, weil er den Schlafzimmervorhang angefressen hat. Kapiert?‹

Sie starrte mich an und begann zu heulen. Sie warf das Buch nach mir und nannte mich einen Dreckskerl. Einen *gemeinen* Dreckskerl. Ich versuchte sie festzuhalten, sie dazu zu bringen, lange genug zu bleiben, damit ich wenigstens *versuchen* konnte, mich wieder mit ihr zu vertragen – falls das möglich war, ohne einen Rückzieher zu machen, was ich diesmal nicht vorhatte –, aber sie zog ihren Arm aus meiner Hand und rannte aus dem Zimmer. Frank lief hinter ihr her. Sie verschwanden nach oben, und die Schlafzimmertür wurde zugeknallt.

Ich ließ ihr ungefähr eine halbe Stunde Zeit, sich abzukühlen, dann ging ich selbst hinauf. Die Schlafzimmertür war noch immer geschlossen, und als ich sie zu öffnen begann, stieß sie gegen Frank. Ich konnte ihn wegschieben, aber das ging nur langsam, weil er sich einkrallte, und laut war es auch noch. Er ließ ein Knurren hören. Und ich meine ein *Knurren*, meine Freunde, das war kein gottverdammtes *Schnurren*. Wäre ich dort reingegangen, hätte er bestimmt sein Möglichstes getan und versucht, mir meine Männlichkeit abzubeißen. In dieser Nacht schlief ich auf der Couch. Zum ersten Mal.

Ungefähr einen Monat später war sie fort.«

Hatte L.T. seine Geschichte richtig getimt (das tat er fast immer; Übung macht den Meister), schrillte in diesem Augenblick die Glocke, die das Ende der Mittagspause in der W.S. Hepperton Processed Meats Plant in Ames, Iowa, signalisierte und ihm Fragen von den neuen Männern ersparte (die alten Kollegen wussten Bescheid ... und waren clever genug, um nicht zu fragen), ob L.T. und Lulubelle sich wieder ausgesöhnt hatten, ob er wisse, wo sie jetzt sei, oder – die beliebteste 64 000-Dollar-Frage – ob sie noch mit Frank zusammen sei. Nichts geht über die Glocke, die wieder zur Arbeit ruft, als Mittel gegen die peinlicheren Fragen des Lebens.

»Nun«, sagte L.T. immer, während er seine Thermosflasche einpackte und dann aufstand und sich reckte. »Das al-

les hat mich dazu gebracht, etwas zu entwickeln, das ich als
›L.T. DeWitts Theorie der Kuscheltiere‹ bezeichne.«

Sie sahen ihn erwartungsvoll an, genau wie ich's getan
hatte, als ich zum ersten Mal diesen großartigen Ausdruck
hörte, aber das endete unweigerlich damit, dass sie – genau
wie ich immer – enttäuscht waren; eine so gute Geschichte
hatte eine bessere Pointe verdient, aber L.T. blieb stur bei
seiner.

»Vertragen euer Hund und eure Katze sich besser als ihr
und eure Frau«, sagt er immer, »wird's allmählich Zeit, dass
ihr damit rechnet, eines Abends heimzukommen und einen
Abschiedsbrief am Kühlschrank vorzufinden.«

Er erzählte diese Geschichte wie gesagt oft, und als er eines
Abends bei uns zum Essen eingeladen war, erzählte er sie für
meine Frau und die Schwester meiner Frau. Meine Frau hatte Holly eingeladen, die schon fast zwei Jahre geschieden
war, damit die Boys und Girls zahlenmäßig gleich waren. Ich
bin sicher, dass dahinter nichts anderes steckte, denn Roslyn
hatte L.T. DeWitt noch nie leiden können. Die meisten Leute
können ihn gut leiden, die meisten Leute finden ihn auf Anhieb sympathisch, aber Roslyn ist anders als die meisten Leute. Ihr gefiel auch die Geschichte von dem Abschiedsbrief am
Kühlschrank und den Haustieren nicht – das merkte ich ihr
an, obwohl sie an den richtigen Stellen leise glucksend lachte. Holly … Scheiße, ich weiß nicht. Ich habe nie rauskriegen
können, was diese Frau denkt. Meistens sitzt sie einfach nur
mit in den Schoß gelegten Händen da und lächelt wie die
Mona Lisa. Das Ganze war allerdings meine Schuld, das
gebe ich zu. L.T. wollte sie nicht erzählen, und ich stachelte
ihn ein bisschen dazu an, weil es am Esstisch so still war, nur
das Klicken von Besteck und das Klirren von Gläsern, und
ich fast spüren konnte, wie meine Frau L.T. nicht leiden
konnte. Das schien sie geradezu in Wellen abzustrahlen. Und
wenn L.T. imstande gewesen war, zu spüren, dass der kleine
Jack-Russell-Terrier ihn nicht leiden konnte, würde er ver-

mutlich auch spüren können, dass meine Frau das ebenfalls
tat. Das rechnete ich mir jedenfalls aus.

Also erzählte er sie, hauptsächlich mir zu Gefallen, denke
ich, und rollte an den richtigen Stellen die Augen, als wollte
er sagen: »Gott, sie hat mich echt, klasse und blitzsauber
reingelegt, nicht wahr?«, und meine Frau lachte hier und da
leise glucksend – in meinen Ohren klang das so unecht, wie
Monopolygeld aussieht –, und Holly lächelte mit niederge-
schlagenem Blick ihr Mona-Lisa-Lächeln. Ansonsten verlief
das Abendessen ganz gut, und als es vorbei war, bedankte
L.T. sich bei Roslyn für »ein splendides Mahl« (was immer
das ist), und sie lud ihn ein, jederzeit wieder vorbeizukom-
men, weil sie und ich ihn gern bei uns sähen. Was sie betraf,
war das gelogen, aber ich bezweifle, dass es in der Geschichte dieser Welt jemals eine Abendgesellschaft gegeben hat, bei
der nicht ein paar Lügen erzählt wurden. So verlief alles ganz
gut – zumindest bis ich ihn nach Hause fuhr. Unterwegs fing
L.T. davon an, dass es in nur ungefähr einer Woche ein Jahr
her sei, dass Lulubelle fort sei, zugleich wäre es ihr vierter
Hochzeitstag, an dem es Blumen gäbe, wenn man altmodisch ist, oder elektrische Haushaltsgeräte, wenn man mit
der Zeit ginge. Dann erzählte er, Lulubelles Mutter – bei der
Lulubelle nie aufgekreuzt war –, werde auf dem dortigen
Friedhof einen Gedenkstein für Lulubelle errichten lassen.
»Mrs. Simms sagt, dass wir sie als tot erachten müssen«, sagte L.T., und dann fing er zu flennen an. Ich war so schockiert,
dass ich fast von der gottverdammten Straße abgekommen
wäre.

Er weinte so heftig, dass ich, sobald ich mich von meinem
Schock erholt hatte, zu fürchten begann, dieser ganze aufge-
staute Kummer könnte ihn mit einem Schlaganfall oder einem platzenden Blutgefäß oder sonst was umbringen. Er
schaukelte auf dem Sitz vor und zurück und klatschte mit
seinen flachen Händen aufs Handschuhfach. Es war, als sei
in seinem Inneren ein Tornado losgebrochen. Ich hielt
schließlich am Straßenrand und begann ihm auf die Schulter

zu klopfen. Ich konnte die Hitze seiner Haut sogar durchs Hemd spüren; er war heiß wie ein Backofen.

»Na, na, L.T.«, sagte ich. »Jetzt reicht's aber.«

»Sie fehlt mir bloß«, sagte er mit so tränenerstickter Stimme, dass ich kaum verstehen konnte, was er sagte. »Bloß so gottverdammt *sehr*. Ich komme heim, und da ist niemand außer der Katze, deren Geschrei wie Weinen klingt, und bald heule ich auch, wir weinen beide, während ich ihre Schüssel mit diesem gottverdammten Dreck fülle, den sie frisst.«

Er wandte mir sein gerötetes, tränenüberströmtes Gesicht zu. In dieses Gesicht zu sehen war fast mehr, als ich ertragen konnte, aber ich *ertrug* es; hatte das Gefühl, ich *müsste* es ertragen. Wer hatte ihn schließlich dazu angestiftet, heute Abend die Geschichte von Lucy und Frank und dem Abschiedsbrief am Kühlschrank zu erzählen? Weder Mike Wallace noch Dan Rather, das stand fest. Also erwiderte ich seinen Blick. Ich wagte nicht recht, ihn zu umarmen, weil ich fürchtete, dieser Tornado könnte irgendwie von ihm auf mich überspringen, aber ich tätschelte weiter seinen Arm.

»Ich denke, sie ist irgendwo am Leben, das ist's, was ich denke«, sagte er. Seine Stimme klang noch heiser und schwankend, aber in ihr lag auch ein gewisser Mitleid erregender leiser Trotz. Er erzählte mir nicht, was er glaubte, sondern was er sich wünschte, glauben zu können. Dessen bin ich mir ziemlich sicher.

»Nun«, sagte ich, »das kannst du glauben. Das ist nicht verboten, stimmt's? Und es ist nicht so, als wäre ihre *Leiche* gefunden worden oder sonst was.«

»Ich stelle mir gern vor, wie sie dort draußen in Nevada in irgendeinem kleinen Casinohotel singt«, sagte er. »Nicht in Vegas oder Reno, in einer der großen Städte hätte sie's nicht geschafft, aber ich bin mir ziemlich sicher, dass sie in Winnemucca oder Ely durchkäme. In irgendeinem Nest dieser Art. Sie hat einfach ein Schild SÄNGERIN GESUCHT gesehen und die Idee aufgegeben, zu ihrer Mutter heimzufahren. Teufel, die beiden sind sowieso beschissen miteinander ausgekommen, das hat Lu immer selbst gesagt. Und sie *konnte* singen, weißt du. Ich weiß nicht, ob du sie jemals gehört hast, aber das konnte sie. Ich glaub nicht, dass sie großartig war, aber sie war gut. Als ich sie zum ersten Mal gesehen habe, hat sie in der Lounge vom Marriott gesungen. Das war in Columbus, Ohio. Möglich wäre auch ...«

Er zögerte, dann sprach er mit leiserer Stimme weiter.

»Dort draußen in Nevada ist Prostitution legal, weißt du. Nicht in allen Counties, aber in den meisten. Sie könnte in einem dieser Green Lantern Trailer oder auf der Mustang Ranch arbeiten. Viele Frauen haben ein bisschen was von einer Hure in sich. Lu hatte die Anlage dazu. Damit meine ich nicht, dass sie mich betrogen oder *herumgeschlafen* hat, deshalb kann ich nicht sagen, warum ich das denke, aber ich denke es. Sie ... ja, sie könnte irgendwo dort arbeiten.«

Er verstummte, starrte in die Ferne, stellte sich Lulubelle vielleicht auf einem Bett im rückwärtigen Raum eines als Absteige dienenden Wohnwagens in Nevada vor. Lulubelle, nur mit Nylonstrümpfen bekleidet, die den steifen Schwanz irgendeines unbekannten Cowboys bearbeitete, während aus dem anderen Raum die Stimmen von Steve Earle und den Dukes kamen, die »Six Days on the Road« sangen, oder der Ton eines Fernsehers, in dem *Hollywood Squares* lief. Lulubelle, die hurte, aber nicht tot war, sodass der Wagen am Straßenrand – der kleine Subaru, den sie mit in die Ehe gebracht hatte – nichts bedeutete. Ähnlich wie der Blick eines Tiers, scheinbar so aufmerksam, meistens nichts bedeutet.

»Das kann ich glauben, wenn ich will«, sagte er und fuhr sich mit den Innenseiten seiner Handgelenke über seine geschwollenen Augen.

»Klar«, sagte ich, »klar doch, L.T.« Und ich fragte mich, was die grinsenden Männer, die sich seine Geschichte anhörten, während sie ihren Lunch aßen, von diesem L.T., diesem zitternden Mann mit blassem Gesicht und roten Augen und heißer Haut, halten würden.

»Teufel«, sagte er, »das glaube ich *wirklich*.« Er zögerte, dann sagte er's noch mal: »Das glaube ich *wirklich*.«

Als ich zurückkam, lag Roslyn mit einem Buch in der Hand und hochgezogener Decke im Bett. Holly war heimgefahren, während ich L.T. nach Hause gebracht hatte. Roslyn war schlecht gelaunt, und den Grund dafür erfuhr ich bald genug. Die Frau hinter dem Mona-Lisa-Lächeln war sehr von meinem Freund eingenommen. Hatte sich vielleicht in ihn verknallt. Und meine Frau missbilligte das ganz entschieden.

»Wie hat er seinen Führerschein verloren?«, fragte sie, und bevor ich antworten konnte: »Betrunken, stimmt's?«

»Betrunken, ja. Trunkenheit am Steuer.« Ich setzte mich auf meine Seite des Betts und streifte meine Schuhe ab. »Aber das war vor fast einem halben Jahr, und wenn er sich weitere zwei Monate nichts zuschulden kommen lässt, kriegt er ihn zurück. Ich denke, dass er's schafft. Er geht zu den AA, weißt du.«

Meine Frau grunzte, offenbar nicht beeindruckt. Ich zog mein Hemd aus, schnüffelte an den Achseln und hängte es in den Schrank zurück. Ich hatte es nur ein, zwei Stunden getragen, nur zum Abendessen.

»Weißt du«, sagte meine Frau, »ich denke, es ist ein Wunder, dass die Polizei sich nicht etwas eingehender mit *ihm* befasst hat, nachdem seine Frau verschwunden war.«

»Sie haben ihm ein paar Fragen gestellt«, sagte ich, »aber nur, um möglichst viele Informationen zu bekommen. Dass er der Täter sein könnte, hat nie zur Diskussion gestanden, Ros. Die Polizei hat ihn nie verdächtigt.«

»Oh, du bist dir so sicher.«

»Richtig, das bin ich. Ich weiß einiges über den Fall. Lulubelle hat ihre Mutter an dem Tag, an dem sie abgehauen ist, aus einem Hotel im Osten von Colorado angerufen, und sie hat sie am nächsten Tag noch mal aus Salt Lake City angerufen. Da war sie gesund und munter. Das waren zwei Werktage, an denen L.T. in der Fabrik war. Und an dem Tag, an dem ihr Wagen an dieser Ranchstraße bei Caliente geparkt aufgefunden wurde, war er auch in der Fabrik. Wenn er sich nicht durch Zauberkraft blitzschnell von einem Ort zum anderen versetzen kann, hat er sie nicht ermordet. Außerdem hätte er's nie getan. Er hat sie geliebt.«

Sie grunzte. Das ist dieser abscheulich skeptische Laut, den sie manchmal von sich gibt. Auch nach fast dreißig Ehejahren bewirkt dieser Laut noch immer, dass ich sie anfahren, sie anbrüllen möchte, sie solle damit aufhören, sie solle entweder zu Potte kommen oder es sein lassen, entweder sagen, was sie meint, oder die Klappe halten. Diesmal überlegte ich, ob ich ihr erzählen sollte, wie L.T. geweint hatte; wie es gewesen war, als wüte in seinem Inneren ein Tornado, der alles losriss, was nicht niet- und nagelfest war. Ich dachte daran, aber ich tat es nicht. Frauen trauen Männertränen nicht. Sie sagen vielleicht etwas anderes, aber tief in ihrem Innersten trauen sie Männertränen nicht.

»Vielleicht solltest du selbst die Polizei anrufen«, sagte ich. »Ihr als Expertin ein bisschen Unterstützung anbieten. Sie auf Dinge aufmerksam machen, die sie übersehen hat, genau wie Angela Lansbury in *Murder, She Wrote*.«

Ich schwang meine Beine ins Bett. Sie knipste das Licht aus. Wir lagen in der Dunkelheit nebeneinander. Als sie wieder sprach, klang ihre Stimme sanfter.

»Ich mag ihn nicht. Das ist alles. Ich mag ihn nicht, habe ihn nie gemocht.«

»Yeah«, sagte ich. »Ich schätze, das ist klar.«

»Und mir hat nicht gefallen, wie er Holly angesehen hat.«

Was bedeutete, wie ich schließlich herausbekam, dass ihr nicht gefallen hatte, wie Holly *ihn* angesehen hatte. Das heißt, wenn sie nicht auf ihren Teller hinabsah.

»Mir wär's lieber, wenn du ihn nicht wieder zum Abendessen einladen würdest«, sagte sie.

Ich hielt den Mund. Es war spät. Ich war müde. Ich hatte einen anstrengenden Tag, einen noch anstrengenderen Abend hinter mir, und ich war müde. Das wirklich Letzte, was ich wollte, war ein Streit mit meiner Frau, wenn ich müde und sie besorgt war. Das ist die Art Auseinandersetzung, die dazu führt, dass einer von euch beiden die Nacht auf der Couch verbringt. Und die einzige Methode, einen Streit dieser Art zu vermeiden, ist, den Mund zu halten. In einer Ehe sind Worte wie Regen. Und das Land der Ehe ist voller Wadis und Arroyos, die sich fast augenblicklich in reißende Flüsse verwandeln können. Die Therapeuten glauben an Gespräche, aber die meisten von ihnen sind entweder geschieden oder schwul. Nein, Schweigen ist der beste Freund der Ehe.

Schweigen.

Nach einer Weile drehte meine beste Freundin sich auf die Seite, von mir weg, und verschwand an den Ort, an den sie geht, wenn sie endlich den Tag aufgibt. Ich lag noch etwas länger wach, dachte an einen staubigen kleinen Wagen, vielleicht ehemals weiß, der mit der Motorhaube voraus im Straßengraben neben einer Ranchstraße draußen in der Wüste von Nevada nicht weit von Caliente entfernt stand. Die Fahrertür weit offen, der Rückspiegel aus seiner Halterung gerissen auf dem Boden, der Vordersitz mit Blut getränkt und mit Spuren von Tieren übersät, die hereingekommen waren, um nachzusehen und vielleicht zu kosten.

Es gab einen Mann – die Polizei ging von einem Täter aus, das war fast immer der Fall –, der draußen in jenem Teil der Welt fünf Frauen abgeschlachtet hatte, fünf in drei Jahren, hauptsächlich in der Zeit, in der L.T. mit Lulubelle zusammengelebt hatte. Vier der fünf Frauen waren auf der Durchreise gewesen. Er brachte sie irgendwie dazu anzuhalten, zerrte sie dann aus ihrem Wagen, vergewaltigte sie, zerstückelte sie mit einer Axt, ließ sie auf dem nächsten oder übernächsten Hügel für die Bussarde und Krähen und Wiesel zurück. Das fünfte Opfer war die ältliche Frau eines Ranchers gewesen. Die Polizei nennt diesen Killer den Axtmann. Während ich dies schreibe, ist der Axtmann noch immer nicht gefasst. Er hat auch nicht wieder gemordet; falls Cynthia Lulubelle Simms-DeWitt das sechste Opfer des Axtmanns war, war sie auch sein letztes – zumindest bisher. Andererseits ist weiterhin ungeklärt, ob sie sein sechstes Opfer *war* oder nicht. Wenn auch nicht in den meisten Köpfen, so existieren diese Zweifel doch weiterhin in dem Teil von L.T.s Verstand, der noch hoffen darf.

Das Blut auf dem Sitz war kein Menschenblut, müssen Sie wissen; das Kriminallabor der Nevada State Police brauchte keine fünf Stunden, um das festzustellen. Der Farmarbeiter, der Lulubelles Subaru entdeckte, sah in einer halben Meile Entfernung einen Raubvogelschwarm kreisen, und als er diese Stelle erreichte, fand er dort keine zerstückelte Frau, sondern einen zerstückelten Hund. Außer Zähnen und Knochen war nicht viel von ihm übrig; die Raubtiere und Aasfresser hatten ganze Arbeit geleistet, und an einem Jack-Russell-Terrier ist ohnehin nicht viel dran. Der Axtmann hatte Frank erwischt, das ist klar; Lulubelles Schicksal ist wahrscheinlich, aber keineswegs sicher.

Vielleicht, dachte ich, lebt sie *doch* noch. Singt »Tie a Yellow Ribbon« im The Jailhouse in Ely oder »Take a Message to Michael« im The Rose of Santa Fé in Hawthorne. Von einer Dreimanncombo begleitet. Alte Männer, die mit roten Westen und schwarzen schmalen Krawatten jung auszusehen versuchen. Oder vielleicht bläst sie GM-Cowboys in Austin oder Wendover einen – beugt sich unter einem Kalender mit holländischen Tulpenfeldern so weit nach vorn, dass ihre Brüste auf ihren Oberschenkeln flach gedrückt werden; umfasst mit ihren Händen ein Paar schlaffer Gesäßbacken nach dem anderen und denkt darüber nach, was sie sich heute Abend nach Schichtende im Fernsehen ansehen soll. Vielleicht hat sie einfach am Straßenrand gehalten und ist davongegangen. Das tun manche Leute. Ich weiß es, und Sie wissen's vermutlich auch. Manchmal sagen Leute einfach »Scheiß drauf!« und gehen davon. Vielleicht hat sie Frank zurückgelassen, weil sie dachte, jemand würde vorbeikommen und ihm ein gutes Zuhause geben, nur war es der Axtmann, der vorbeikam, und …

Aber nein. Ich habe Lulubelle gekannt und kann mir beim besten Willen nicht vorstellen, dass sie einen Hund im Ödland zurücklassen würde, wo er sehr wahrscheinlich zu Tode geröstet worden oder verhungert wäre. Vor allem keinen Hund, den sie liebte, wie sie Frank liebte. Nein, in dieser Beziehung hatte L.T. nicht übertrieben; ich habe sie zusammen gesehen, und ich weiß, wovon ich rede.

Sie könnte noch immer irgendwo leben. Zumindest theoretisch, in diesem Punkt hat L.T. Recht. Dass ich mir nur kein Szenario vorstellen kann, das von diesem Wagen, dessen Tür offen hängt, und dem Rückspiegel auf dem Boden und dem auf dem übernächsten Hügel von Krähen sauber gepickt liegenden Hundekadaver aus weiterführt, dass ich mir nur kein Szenario vorstellen kann, das von diesem Ort in der Nähe von Caliente zu irgendeinem anderen Ort führt, an dem Lulubelle Simms singt, näht oder Truckern einen bläst, sicher und unbekannt, nun, das bedeutet nicht, dass kein Szenario dieser Art existiert. Wie ich L.T. gesagt habe, ist schließlich ihre *Leiche* nicht gefunden worden; man hat nur ihr *Auto* und in einiger Entfernung davon die Überreste des Hundes gefunden. Lulubelle selbst könnte überall sein. Das kann jeder erkennen.

Ich konnte nicht schlafen, und ich hatte Durst. Ich stand auf, ging ins Bad und nahm die Zahnbürsten aus dem Glas, das bei uns am Waschbecken steht. Ich füllte das Glas mit Wasser. Dann setzte ich mich auf den geschlossenen WC-Deckel und trank das Wasser und dachte über die Laute nach, die Siamkatzen von sich geben, dieses merkwürdige Geschrei, und wie gut es klingen muss, wenn man sie liebt, und wie es klingen muss, als ob man heimkommt.

Der Straßenvirus
zieht nach Norden

Ich besitze das Bild, das in dieser Geschichte beschrieben wird, tatsächlich. Bizarr, oder? Meine Frau hat es entdeckt, und da sie glaubte, es würde mir gefallen (oder wenigstens irgendwas in mir auslösen), hat sie es mir geschenkt. Zum Geburtstag? Zu Weihnachten? Das weiß ich nicht mehr. Ich weiß aber durchaus noch, dass es keinem meiner drei Kinder gefiel. Ich hängte es in meinem Arbeitszimmer auf, und sie behaupteten, der Blick des Fahrers würde ihnen folgen, wenn sie durchs Zimmer gingen (als ganz kleiner Junge hatte mein Sohn Owen ähnliche panische Angst vor einem Foto von Jim Morrison). Ich mag Geschichten über Bilder, die sich verändern, und schrieb schließlich die hier über mein Bild. Die einzige andere Gelegenheit, an die ich mich erinnere, bei der ich mich von einem realen Bild zu einer Geschichte inspirieren ließ, war »Das Haus in der Maple Street«, *die auf einer Schwarzweißzeichnung von Chris Van Allsburg beruht. Diese Geschichte findet sich in der Sammlung* Albträume. *Ich habe auch einen Roman über ein Bild geschrieben, das sich verändert. Er heißt* Das Bild – Rose Madder *und ist von allen meinen Romanen wahrscheinlich der lesenswerteste (und übrigens auch noch nicht verfilmt). In diesem Roman heißt der Straßenvirus Norman.*

Richard Kinnell bekam es nicht gerade mit der Angst zu tun, als er das Bild auf dem Flohmarkt in Rosewood zum ersten Mal sah.

Er war davon eher fasziniert, und er hatte irgendwie das Gefühl, mit Glück etwas gefunden zu haben, das sich als etwas ganz Besonderes herausstellen könnte, aber Angst? Nein. Erst später (»Erst als es zu spät war«, wie er in einem seiner unglaublich erfolgreichen Romane geschrieben haben könnte) kam ihm der Gedanke, dass sich ihm als junger Mann so ziemlich dasselbe Gefühl bei bestimmten illegalen Drogen eingestellt hatte.

Er war nach Boston gefahren, um an einer Konferenz des PEN-Clubs von Neuengland teilzunehmen, die unter dem Motto »Gefahren der Popularität« stand. Wie Kinnell festgestellt hatte, konnte man sich darauf verlassen, dass der PEN-Club solche Themen aufs Tapet brachte, und in gewisser Weise war das tröstlich. Er legte die zweihundertsechzig Meilen von Derry lieber mit dem Auto als im Flugzeug zurück, weil er mit dem Plot seines letzten Romans feststeckte und eine Zeit lang ungestört über einen möglichen Ausweg aus dieser Sackgasse nachdenken wollte.

Auf der Konferenz nahm er an einer Podiumsdiskussion teil, bei der Leute, die es hätten besser wissen sollen, ihn fragten, woher er seine Ideen nahm und ob ihn die eigenen Geschichten gruselten. Er verließ die Stadt über die Tobin Bridge und fuhr dann auf der Route 1 weiter. Er nahm nie den Highway, wenn er irgendwelche Probleme wälzen wollte; das Fahren auf dem Highway lullte ihn immer ein, bis er gleichsam mit offenen Augen und traumlos wegnickte. Das war zwar erholsam, aber dafür nicht sehr kreativitätsfördernd. Der Stop-and-go-Verkehr auf der Küstenlandstraße war für ihn jedoch wie Sand in einer Auster – erzeugte ein beträchtliches Maß an geistiger Aktivität ... und manchmal sogar eine Perle.

Einen solchen Vergleich würden seine Kritiker allerdings kaum auf ihn anwenden. In einem *Esquire*-Heft vom vergangenen Jahr hatte Bradley Simons seine Rezension von *Nightmare City* mit dem Satz begonnen: »Richard Kinnell, der so schreibt wie Jeffery Dahmer kocht, hat einen neuerlichen

Anfall impulsiven Erbrechens erlitten. Seinem jüngst erschienenen Auswurfbrocken hat er den Titel *Nightmare City* gegeben.«

Die Route 1 führte ihn durch Revere, Malden, Everett und weiter die Küste hoch nach Newburyport. Hinter Newburyport und knapp südlich der Grenze zwischen Massachusetts und New Hampshire liegt das nette Städtchen Rosewood. Etwa eine Meile hinter dem Stadtzentrum fiel sein Blick auf eine Ansammlung billig aussehender Hausratsgegenstände, die auf dem Rasen vor einem zweistöckigen, für Cape Cod typischen Haus ausgebreitet waren. Gegen einen avocadofarbenen Elektroherd gelehnt, stand ein Schild mit der Aufschrift HAUSHALTSAUFLÖSUNG. Auf beiden Seiten der Straße waren Wagen geparkt, wodurch einer jener Engpässe entstand, die Autofahrer, die gegen den Zauber von privaten Flohmärkten immun sind, nur fluchend überwinden. Kinnell war in dieser Hinsicht alles andere als immun, besonders die Kisten mit alten Büchern hatten es ihm angetan, die man dort manchmal finden konnte. Er fuhr durch den Engpass, parkte seinen Audi ganz vorn in der Reihe, die nach Maine und New Hampshire wies, und ging dann die Straße zurück.

Rund ein Dutzend Leute zogen zwischen den verstreut auf dem Rasen liegenden Habseligkeiten ihre Bahnen. Ein großer Fernsehapparat stand links neben dem zementierten Fußweg mit den Füßen auf vier Papieraschenbechern, die allerdings absolut nichts zum Schutz des Rasens beitrugen. Obendrauf lag ein Schild mit der Botschaft: MACHEN SIE EIN ANGEBOT – SIE WERDEN STAUNEN. Ein Elektrokabel, das in eine Verlängerungsschnur überging, schlängelte sich hinter dem Fernseher hervor und verschwand durch die offene Haustür. Davor saß eine dicke Frau auf einem Gartenstuhl im Schatten eines Sonnenschirms, auf dessen farbenfrohen Segeltuchsektoren der CINZANO-Schriftzug zu lesen war. Neben ihr stand ein Kartentisch, auf dem eine Zigarrenkiste, ein Schreibblock und ein weiteres handgeschriebenes Schild lagen. Dieses Schild verkündete: NUR GEGEN BAR – UM-

TAUSCH AUSGESCHLOSSEN. Im Fernseher lief eine nachmittägliche Familienserie, in der zwei wunderschöne junge Menschen den Eindruck erweckten, als ständen sie ganz nah am Rand eines Geschlechtsverkehrs ohne Netz und doppelten Boden. Die dicke Frau streifte Kinnell mit einem Blick und wandte sich wieder dem Fernseher zu. Sie sah einen Moment hin und schaute dann wieder zu Kinnell hinüber. Diesmal hatte sie den Mund leicht geöffnet.

Ah, dachte Kinnell und blickte sich suchend nach der mit Taschenbüchern gefüllten Schnapskiste um, die hier irgendwo stehen musste, *ein Fan von mir*.

Er konnte keine Taschenbücher entdecken, aber er sah das Bild, das an einem Bügelbrett lehnte und von zwei Plastikwäschekörben an Ort und Stelle gehalten wurde, und ihm blieb die Luft weg. Er wollte es haben, sofort.

Er ging mit einer Beiläufigkeit hinüber, die ihm übertrieben vorkam, und ließ sich vor dem Bild auf ein Knie nieder. Es war ein Aquarell und in technischer Hinsicht sehr gut gemacht. Aber das war Kinnell egal. Technik interessierte ihn nicht (eine Tatsache, die die Rezensenten seiner Bücher gebührend vermerkt hatten). Was ihm an Kunstwerken gefiel, war der *Inhalt*, und je beunruhigender der war, umso besser. Und auf dieser Skala lag das Bild weit oben. Er kniete zwischen den zwei Wäschekörben, die mit einem wilden Durcheinander kleiner Gerätschaften gefüllt waren, und fuhr mit den Fingern über die Verglasung. Er warf einen kurzen Blick in die Runde, ob noch andere solche Bilder herumstanden, konnte aber keines entdecken – nur die für Flohmärkte übliche Ansammlung von Kunstgegenständen: weinende Clowns, betende Hände und Karten spielende Hunde.

Er betrachtete wieder das gerahmte Aquarell und malte sich in Gedanken schon aus, wie er seine Reisetasche auf den Rücksitz des Audi verfrachtete, um das Bild problemlos im Kofferraum verstauen zu können.

Es zeigte einen jungen Mann am Steuer eines Sportwagens – vielleicht ein Pontiac Grand Am, vielleicht ein GTX, jedenfalls ein Wagen mit einem T-Top –, der bei Sonnenuntergang über die Tobin Bridge fuhr. Das Verdeck war offen, wodurch aus dem schwarzen Wagen so halbwegs ein Cabrio wurde. Der linke Arm des jungen Mannes lag in der Fensteröffnung der Fahrertür, die rechte Hand hing lässig über dem Lenkrad. Der Himmel hinter ihm war eine blutergussfarbene Masse verschiedener Gelb- und Grautöne, die von rosaroten Adern durchzogen wurde. Der junge Mann hatte dünnes blondes Haar, das ihm in die niedrige Stirn fiel. Er grinste, und hinter seinen geöffneten Lippen kamen Zähne zum Vorschein, die keine normalen Zähne waren, sondern regelrechte Reißzähne.

Vielleicht sind sie ja nur spitz geschliffen worden, dachte Kinnell. *Vielleicht soll er einen Kannibalen darstellen?*

Das gefiel ihm. Ihm gefiel die Vorstellung, ein Kannibale führe bei Sonnenuntergang über die Tobin Bridge. In einem Grand Am. Er wusste, was die meisten Zuhörer bei der Podiumsdiskussion des PEN-Clubs gedacht hätten – *O ja, tolles Bild für Rich Kinnell, er braucht es vermutlich zur Inspiration, als Feder, um aus seiner müden alten Kehle einen weiteren Anfall impulsiven Erbrechens herauszukitzeln* –, aber die meisten dieser Leute waren sowieso Ignoranten, zumindest was seine Bücher anging. Und was hinzukam: Sie bildeten sich auch noch was auf ihre Ignoranz ein, hätschelten sie auf eine Weise, wie manche Leute aus unerfindlichen Gründen diese blöden, übellaunigen kleinen Hunde hätschelten, die Besucher ankläfften und sich manchmal in den Waden des Zeitungsjungen verbissen. Er war von diesem Gemälde nicht angezogen worden, weil er Horrorgeschichten schrieb; er schrieb Horrorgeschichten, weil er von Dingen wie diesem Gemälde angezogen wurde. Seine Fans schickten ihm alle möglichen Sachen – hauptsächlich Bilder –, und er warf sie meistenteils auf den Müll, nicht weil sie schlecht gemalt, sondern weil sie langweilig und vorhersehbar waren. Ein Leser aus Omaha hatte ihm allerdings mal eine kleine Keramik geschickt, einen schreienden, zu Tode erschrockenen Affen, dessen Kopf aus einem Kühlschrank herausschaut, und das Stück hatte er behalten. Die Ausführung ließ zu wünschen übrig, aber das Ergebnis hatte etwas an sich, ein unerwartetes Nebeneinander, das eine bestimmte Saite in ihm zum Klingen brachte. Dieses Gemälde hier hatte etwas von derselben Qualität, aber es war noch besser. *Viel* besser sogar.

Er griff gerade danach, wollte es aufheben, es sich unter den Arm klemmen und seine Absichten kundtun, als hinter ihm eine Stimme ertönte: »Sind Sie nicht Richard Kinnell?«

Er zuckte zusammen und drehte sich um. Die dicke Frau stand dicht hinter ihm und verdeckte den größten Teil der unmittelbaren Umgebung. Sie hatte in der Zwischenzeit wohl frischen Lippenstift aufgetragen, denn ihr Mund hatte die Form eines blutenden Grinsens angenommen.

»Ja, der bin ich«, sagte er und lächelte ebenfalls.

Ihr Blick senkte sich auf das Bild. »Das hätte ich mir denken können, dass Sie direkt darauf zusteuern«, sagte sie und grinste dabei einfältig. »Es ist ja wie für Sie *gemacht.*«

»Es hat ganz den Anschein«, sagte er und lächelte sein gewinnendstes Lächeln. »Wie viel wollen Sie dafür haben?«

»Fünfundvierzig Dollar«, sagte sie. »Ich will Ihnen nichts vormachen: Zunächst sollte es siebzig kosten, aber es gefällt niemandem, und deswegen bin ich mit dem Preis runtergegangen. Wenn Sie morgen wiederkommen, können Sie es wahrscheinlich für dreißig bekommen.« Das Grinsen hatte beängstigende Ausmaße angenommen. Kinnell konnte kleine graue Speichelbläschen in den auseinander gezogenen Mundwinkeln sehen.

»Ich glaube, darauf will ich es nicht ankommen lassen«, sagte er. »Ich stelle Ihnen jetzt gleich einen Scheck aus.«

Das Grinsen wurde noch gedehnter; die Frau sah inzwischen wie eine groteske John-Waters-Parodie aus. Divine macht einen auf Shirley Temple. »Ich soll eigentlich keine Schecks annehmen, aber *okay*«, sagte sie im Tonfall eines Mädchens, das sich schließlich zum Geschlechtsverkehr mit seinem neuen Freund bereit erklärt. »Wenn Sie nun schon Ihren Füller rausnehmen, könnten Sie mir dann auch ein Autogramm für meine Tochter schreiben? Ihr Name ist Michela.«

»Was für ein schöner Name«, sagte Kinnell automatisch. Er nahm das Bild und folgte der dicken Frau zu dem Kartentisch. Im Fernseher daneben hatte das lüsterne Pärchen einer älteren Frau Platz gemacht, die Kleieflocken in sich hineinschaufelte.

»Michela liest alle Ihre Bücher«, sagte die dicke Frau. »Wo kriegen Sie nur all diese verrückten Ideen her?«

»Keine Ahnung«, sagte Kinnell und lächelte breiter denn je. »Sie fallen mir einfach in den Schoß. Ist das nicht erstaunlich?«

Die mit der Haushaltsauflösung beauftragte Frau hieß Judy Diment, und sie wohnte in dem Haus nebenan. Als Kinnell sie fragte, ob sie wisse, wer der Künstler sei, antwortete sie, na klar, Bobby Hastings habe es verbrochen, und Bobby Hastings sei auch der Grund dafür, dass sie hier die Sachen der Hastingsens verkaufen dürfe. »Das ist das einzige Bild, das er nicht verbrannt hat«, sagte sie. »Arme Iris! Sie tut mir richtig Leid. Ich glaube, George hat es nicht so viel ausgemacht. Und ich *weiß* mit Sicherheit, dass er nicht versteht, warum sie das Haus verkaufen will.« Sie verdrehte die Augen in ihrem großen, verschwitzten Gesicht – der bekannte Können-Sie-sich-das-vorstellen-Blick. Kinnell riss den Scheck aus dem Heftchen, sie nahm ihn entgegen und gab ihm dann den Block, auf dem sie all die Sachen notiert hatte, die schon verkauft worden waren, nebst den dabei erzielten Einnahmen. »Einfach nur ›Für Michela‹«, sagte sie. »Oder lassen Sie sich was Nettes einfallen, ja?« Das Grinsen erschien wieder, wie ein alter Bekannter, von dem man gehofft hatte, dass er längst tot war.

»Mhm«, sagte Kinnell und schrieb, was er in solchen Fällen immer schrieb: Meiner Leserin … mit herzlichem Dank für ihre Treue. Er musste nicht auf seine Handbewegung achten oder auch nur darüber nachdenken, was er da genau tat, nicht nach fünfundzwanzig Jahren Autogrammeschreiben. »Erzählen Sie mir von dem Bild und den Hastingsens.«

Judy Diment faltete ihre Patschhände wie eine Frau, die glücklicherweise wieder einmal ihre Lieblingsgeschichte zum Besten geben darf.

»Bobby war erst dreiundzwanzig, als er sich im Frühjahr umgebracht hat. Ist das nicht unglaublich? Er war so der Typ verquältes Genie, nicht, aber er lebte noch bei seinen Eltern.« Wieder verdrehte sie die Augen und stellte Kinnell damit die unausgesprochene Frage, ob er sich das vorstellen könne. »Er muss an die siebzig, achtzig Bilder gehabt haben, und dazu noch die ganzen Skizzenbücher. Und zwar alles im Souterrain.« Sie wies mit dem Kinn zum Nachbarhaus hinüber und sah dann auf das Bild des teuflischen jungen Mannes, der bei Sonnenuntergang über die Tobin Bridge fuhr. »Iris – Bobbys Mutter – hat gesagt, die meisten davon sind richtig übel gewesen, viel schlimmer als das hier. Wenn man die ansah, kräuselten sich einem die Zehennägel.« Sie warf einen Blick zu einer Frau hinüber, die sich das zusammengewürfelte Tafelsilber der Hastingsens und eine ziemlich vollständige Sammlung alter McDonald's-Plastikbecher mit einem *Liebling-ich-habe-die-Kinder-geschrumpft*-Motiv ansah, und senkte die Stimme zu einem Flüstern. »Auf den meisten war Sexkram drauf.«

»O nein«, sagte Kinnell.

»Die schlimmsten waren aus der Zeit, als er drogenabhängig wurde«, fuhr Judy Diment fort. »Nach seinem Tod – er hat sich im Souterrain aufgehängt, da, wo er auch gemalt hat – hat man mehr als hundert dieser kleinen Flaschen gefunden, in denen Crack verkauft wird. Sind Drogen nicht furchtbar, Mr. Kinnell?«

»Das sind sie allerdings.«

»Jedenfalls nehme ich an, mit Verlaub, dass er schließlich in den Seilen hing. Er hat alle seine Zeichnungen und Gemälde nach hinten in den Hof gebracht – bis auf das eine hier vermutlich – und verbrannt. Er hat einen Zettel an sein Hemd geheftet, auf dem stand: ›Ich kann nicht mehr ertragen, was mit mir geschieht.‹ Ist das nicht furchtbar, Mr. Kinnell? Ist das nicht das Furchtbarste, was Sie je gehört haben?«

»Ja«, sagte Kinnell, nicht ganz unehrlich. »Das ist es so ziemlich.«

»Wie schon gesagt, ich glaube, George wäre lieber weiter in dem Haus wohnen geblieben, wenn er die Wahl gehabt hätte«, sagte Judy Diment. Sie nahm das Blatt Papier mit dem Autogramm für Michela, hielt es neben Kinnells Scheck und schüttelte den Kopf, als fände sie die Ähnlichkeit der Unterschriften verblüffend. «Aber Männer sind halt nicht so.«

»Wie sind sie denn?«

»Nun ja, viel weniger sensibel. Am Ende seines Lebens war Bobby Hastings nur noch Haut und Knochen, die ganze Zeit schmutzig – er stank vor Dreck –, und er hat tagaus, tagein dasselbe T-Shirt getragen. Vorn drauf war ein Bild von den Led Zeppelin. Seine Augen waren immer rot, er hatte einen kratzigen Flaum auf den Wangen, der die Bezeichnung Bart nicht verdient hätte, und er bekam Pickel, als wäre er wieder in der Pubertät. Aber sie hat ihn geliebt, weil die Liebe einer Mutter über all das hinwegsieht.«

Die Frau, die sich das Tafelsilber und die Plastikbecher angeschaut hatte, kam mit einem Satz *Star-Wars*-Platzdeckchen herüber. Mrs. Diment nahm fünf Dollar dafür, notierte den Verkauf unter EIN DTZD. GEMISCHTE TOPFLAPPEN auf ihrem Block und wandte sich dann wieder Kinnell zu.

»Sie sind nach Arizona gefahren«, sagte sie, »zu Iris' Familie. Ich weiß, dass sich George dort in Flagstaff nach einer Arbeit umsieht – er ist technischer Zeichner –, aber ich weiß nicht, ob er schon was gefunden hat. Falls ja, werden wir sie hier in Rosewood vermutlich nicht mehr zu Gesicht bekommen. Sie hat all die Sachen ausgezeichnet, die ich in ihrem Auftrag verkaufen soll – Iris meine ich –, und hat gesagt, ich könnte zwanzig Prozent für meine Mühe behalten. Für das, was übrig bleibt, werde ich ihr einen Scheck schicken. Viel wird nicht dabei rauskommen.« Sie seufzte.

»Das Bild ist großartig«, sagte Kinnell.

»Ja, zu schade, dass er den Rest verbrannt hat, weil das meiste von dem andern Zeug hier der übliche Flohmarktscheiß ist, wenn Sie den Ausdruck entschuldigen wollen. Was ist das?«

Kinnell hatte das Bild herumgedreht. Auf die Rückseite war ein Stück Kreppband geklebt.

»Der Titel wahrscheinlich.«

»Wie lautet er denn?«

Er packte das Bild seitlich am Rahmen und hielt es hoch, sodass sie den Titel selbst lesen konnte. Das brachte das Bild auf seine Augenhöhe, und er studierte es begierig, aufs Neue hingerissen von der unverhüllten Bösartigkeit seines Gegenstands: Junge am Steuer eines tiefer gelegten Sportwagens, ein Junge mit einem gemeinen, wissenden Grinsen, das die angefeilten Spitzen eines noch gemeineren Gebisses preisgab.

Er passt, dachte er. *Kaum jemals wird ein Titel zu einem Gemälde so gut gepasst haben wie dieser hier.*

»*Der Straßenvirus zieht nach Norden*«, las sie. »Ist mir nicht aufgefallen, als meine Söhne das Zeug rausgeholt haben. Ist das Ihrer Ansicht nach wirklich der Titel?«

»Das wird er wohl sein.« Kinnell konnte den Blick nicht vom Grinsen des blonden Jungen losreißen. *Ich weiß etwas*, sagte dieses Grinsen. *Ich weiß etwas, was du nie wissen wirst.*

»Nun ja, man kann annehmen, dass der Kerl, der das hier gemalt hat, vermutlich völlig zugedröhnt war.« Sie klang entrüstet – aufrichtig entrüstet, dachte Kinnell. »Kein Wunder, dass so einer seiner Mama einfach das Herz bricht, indem er sich umbringt.«

»Ich muss jetzt selbst nach Norden ziehen«, sagte Kinnell und klemmte sich das Bild unter den Arm. »Vielen Dank für …«

»Mr. Kinnell?«

»Ja?«

»Darf ich Ihren Führerschein sehen?« Sie fand diese Bitte offenbar weder seltsam noch lächerlich. »Ich sollte die Nummer auf der Rückseite Ihres Schecks vermerken.«

Kinnell stellte das Bild ab, um nach seiner Brieftasche graben zu können. »Klar. Unbedingt.«

Die Frau, die die *Star-Wars*-Platzdeckchen gekauft hatte, war auf dem Weg zu ihrem Wagen stehen geblieben, um ein bisschen in die Familienserie hineinzusehen, die sich auf dem Vorgarten-Fernseher abspielte. Jetzt warf sie einen Blick auf das Bild, das Kinnell an seine Schienbeine gelehnt hatte.

»Bah«, sagte sie. »Wer kann nur so ein hässliches Ding haben wollen? Ich würde jedes Mal dran denken müssen, wenn ich das Licht ausmache.«

»Was ist daran falsch?«, fragte Kinnell.

Kinnells Tante Trudy wohnte in Wells, das ungefähr sechs Meilen nördlich der Grenze zwischen Maine und New Hampshire liegt. Kinnell nahm die Ausfahrt, die im Kreis um den hellgrünen Wasserturm von Wells herumführte, der mit dem komischen Schild drauf (SORG DAFÜR DASS MAINE GRÜN BLEIBT – JEDER BETRAG ZÄHLT in brusthohen Buchstaben), und fünf Minuten später bog er in die Zufahrt zu ihrem hübschen kleinen Einfamilienhaus ein. Hier war kein Fernsehapparat zu sehen, der durch Papieraschenbecher in den Rasen einsank, nur Tante Trudys wunderbare Blumen in Hülle und Fülle. Kinnell musste pinkeln, was er nicht auf einem Rastplatz an der Straße hatte erledigen wollen, wo er doch einen Abstecher hierher machen konnte. Außerdem wollte er sich auch auf den neuesten Stand bringen lassen, was den Familienklatsch anging. Tante Trudy war in diesem Fach nicht zu schlagen; sie war unter Klatschtanten das, was Paul Bocuse für die Nouvelle Cuisine war. Außerdem wollte er ihr natürlich seine Neuerwerbung vorführen.

Sie kam vor die Tür, um ihn zu begrüßen, umarmte ihn

und bedeckte sein Gesicht mit ihren patentierten kleinen Vogelküssen, die ihm als Kind immer eine Gänsehaut über den ganzen Körper gejagt hatten.

»Soll ich dir mal was zeigen?«, fragte er sie. »Es wird dir die Strumpfhose ausziehen.«

»Was für ein bezaubernder Gedanke«, sagte Tante Trudy, umfasste ihre Ellbogen mit den Händen und sah ihn amüsiert an.

Er machte den Kofferraum auf und nahm sein neues Bild heraus. Es berührte sie allerdings, aber nicht auf die Weise, mit der er gerechnet hatte. Die Farbe fiel regelrecht in einer fließenden Bewegung aus ihrem Gesicht – in seinem ganzen Leben hatte er noch nie etwas Ähnliches gesehen. »Es ist grauenhaft«, sagte sie mit einer gepressten, um Beherrschung bemühten Stimme. »Ich mag das nicht. Ich kann irgendwie verstehen, weshalb du dich zu dem Bild hingezogen fühlst, Richie, aber womit du nur herumspielst, das geschieht da wirklich. Sei ein guter Junge und leg es wieder in deinen Kofferraum. Und wenn du zum Saco River kommst, dann stellst du den Wagen auf der Standspur ab und wirfst es einfach rein.«

Er starrte sie mit offenem Mund an. Tante Trudy hatte die Lippen fest zusammengepresst, damit sie nicht zitterten, und mit ihren langen, schmalen Hände umfasste sie nicht mehr nur die Ellbogen, sondern umklammerte sie regelrecht, als wollte sie verhindern, dass sie abhob. In diesem Augenblick sah sie nicht wie einundsechzig aus, sondern wie einundneunzig.

»Tantchen?« Kinnell sprach etwas zögerlich, weil er nicht genau wusste, was los war. »Tantchen, was ist denn mit dir?«

»*Das hier*«, sagte sie, öffnete den Klammergriff ihrer rechten Hand und zeigte auf das Bild. »Ich bin überrascht, dass du es selbst nicht stärker spürst, ein Bursche mit deiner Einbildungskraft.«

Nun, *etwas* spürte er schon, hatte er offensichtlich gespürt, weil er andernfalls sein Scheckheft gar nicht erst herausgekramt hätte. Tante Trudy spürte jedoch offenbar etwas anderes ... oder etwas *mehr*. Er drehte das Bild herum, damit er es sehen konnte (er hatte es ihr so hingehalten, dass ihm die Seite mit dem Klebeband zugewandt war), und betrachtete es erneut. Was er sah, traf ihn in Brust und Bauch wie eine Schlagkombination.

Das Bild hatte sich *verändert*, das war Schlag Nummer eins. Nicht viel, aber es hatte sich eindeutig verändert. Das Lächeln des jungen blonden Mannes war breiter geworden, enthüllte jetzt noch mehr dieser spitz gefeilten Kannibalenzähne. Und die Augen waren etwas weiter zusammengekniffen, was dem Gesicht irgendwie einen Ausdruck verlieh, der wissender und noch niederträchtiger war als zuvor.

Das Ausmaß des Lächelns ... der sich minimal ausweitende Anblick geschärfter Zähne ... die Neigung und Öffnung der Augen ... alles ziemlich subjektiv. Man konnte sich in diesen Punkten irren, und natürlich hatte er sich das Gemälde nicht *so* genau angesehen, bevor er es gekauft hatte. Außerdem hatte ihn Mrs. Diment abgelenkt, die wahrscheinlich einem Messingaffen den Schwanz abschwatzen konnte.

Aber es gab ja auch noch den Schlag Nummer zwei, und der war *nicht* subjektiv. In der Dunkelheit des Audi-Kofferraums hatte der blonde junge Mann den linken Arm gedreht, den, der aus dem Seitenfenster hing, sodass Kinnell jetzt eine Tätowierung sehen konnte, die vorher verborgen war. Es war ein umrankter Dolch mit einer blutigen Spitze. Darunter standen Worte. Kinnell konnte LIEBER TOT ALS ausmachen, und er vermutete, man musste nicht unbedingt ein großer Bestsellerautor sein, um das Wort zu erraten, das immer noch verborgen war. LIEBER TOT ALS EHRLOS war schließlich exakt die Parole, die ein Unglücksbote wie dieser hier auf seinem Arm tragen würde. *Und ein Pik-Ass oder eine Topfpflanze auf dem anderen*, dachte Kinnell.

»Du magst es also nicht, Tantchen?«, sagte er.

»Ja«, sagte sie, und jetzt bemerkte er etwas noch Erstaunlicheres: Sie hatte sich von ihm abgewandt und tat so, als würde sie auf die Straße schauen (die in der heißen Nachmittagssonne vor sich hin döste und völlig verlassen dalag), damit sie das Bild nicht ansehen musste. »Tantchen ekelt es sogar zutiefst an. Jetzt leg's schon endlich weg, und komm ins Haus. Ich wette, du musst aufs Klo.«

Tante Trudy gewann ihre Contenance fast im selben Moment wieder, als das Aquarell im Kofferraum verschwand. Sie plauderten über Kinnells Mutter (in Pasadena), seine Schwester (in Baton Rouge) und seine Exfrau Sally (in Nashua). Sally war besessen von Ufos, betrieb ein Tierheim von einem übergroßen Wohnwagen aus und publizierte zwei Infobriefe pro Monat. *Überlebende* war voller astraler Nachrichten und angeblich wahrer Geschichten aus der Geisterwelt; *Besucher* dagegen enthielt Berichte von Leuten, die mehr oder weniger unheimliche Begegnungen mit Wesen aus dem Weltraum erlebt hatten. Kinnell ging nicht mehr zu Fan-Treffen, die auf Fantasy und Horror spezialisiert waren. Eine Sally im Leben war genug, sagte er sich manchmal.

Als Tante Trudy ihn wieder zum Wagen begleitete, war es schon halb fünf, weshalb er die obligatorische Essenseinladung abgelehnt hatte. »Wenn ich jetzt losfahre, schaffe ich den Großteil nach Derry noch im Hellen.«

»Na gut«, sagte sie. »Es tut mir übrigens Leid, dass ich so heftig auf das Bild reagiert habe. Natürlich gefällt dir so was, du hattest schon immer diese … diese absonderliche Neigung. Ich hab's einfach in den falschen Hals gekriegt. So ein grässliches *Gesicht* aber auch.« Sie schüttelte sich. »Als ob wir ihn ansehen würden … und er schaut geradewegs zurück.«

Kinnell lächelte und küsste sie auf die Nasenspitze. »Deine Einbildungskraft ist aber auch nicht schlecht, liebste Tante.«

»Natürlich nicht, das liegt doch in der Familie. Bist du dir sicher, dass du nicht noch mal aufs Klo willst, bevor du ins Auto steigst?«

Er schüttelte den Kopf. »Aber das war auch nicht der einzige Grund, warum ich hier angehalten habe.«

»Ach? Was denn sonst?«

Er grinste. »Weil du weißt, wer nett ist und wer nicht. Und du hast keine Angst, andere an deinem Wissen teilhaben zu lassen.«

»Los, mach, dass du fortkommst.« Sie gab ihm einen Schubs gegen die Schulter, war aber offensichtlich geschmeichelt. »An deiner Stelle wäre ich gern so schnell wie möglich zu Hause. Ich würde diesen grässlichen Kerl nicht gern im Dunkeln hinter *mir* im Auto haben wollen, auch nicht eingesperrt im Kofferraum. Nun ja, hast du nicht seine Zähne gesehen? *Bäh!*«

Er nahm diesmal den Highway, tauschte schöne Aussicht gegen hohe Geschwindigkeit, und schaffte es bis zur Raststätte in der Nähe von Gray, wo er beschloss, noch einmal einen Blick auf das Bild zu werfen. Etwas vom Unbehagen seiner Tante hatte sich wie ein Keim in ihm festgesetzt, aber irgendwie glaubte er, dass das nicht das eigentliche Problem war. Das eigentliche Problem war das Gefühl, dass sich das Bild verändert hatte.

Die Raststätte bot den üblichen Gourmet-Fraß – Hamburger und Softeis – und besaß am hinteren Ende einen kleinen, abfallübersäten Picknickbereich plus Hundeauslauf. Kinnell parkte neben einem Kleinbus mit Nummernschild aus Missouri, holte tief Luft und stieß sie wieder aus. Er war nach Boston gefahren, um ein paar störende Kobolde im Plot seines neuen Buchs umzubringen, was im Nachhinein wie ein schlechter Witz klang. Den Hinweg hatte er damit verbracht, sich zu überlegen, was er bei der Podiumsdiskussion sagen würde, falls ihm bestimmte harte Fragen an den Kopf geknallt würden, aber es waren letzten Endes keine solchen gestellt worden – als man erst mal begriffen hatte, dass er wirklich nicht wusste, wo er seine Ideen hernahm, und, tja, manchmal gruselten sie ihn tatsächlich, wollte man von ihm nur noch wissen, wie man eigentlich an einen Agenten kam.

Und jetzt, auf dem Rückweg, konnte er an nichts anderes denken als an das verdammte Bild.

Hatte es sich verändert? Falls ja, falls der Arm des blonden Jungen sich so weit bewegt hatte, dass er, Kinnell, eine Tätowierung lesen konnte, die vorher zum Teil verborgen gewesen war, dann konnte er einen Einspalter für einen von Sallys Infobriefen schreiben. Teufel noch mal, eine vierteilige Serie. Falls es sich andererseits *nicht* verändert hatte, dann … was? War er das Opfer einer Halluzination? Erlitt er einen Nervenzusammenbruch? Das war Quatsch. Seine Lebensumstände waren ziemlich geordnet, und er fühlte sich gut. *Hatte* sich jedenfalls gut gefühlt, bis die Faszination, die das Bild auf ihn ausübte, allmählich etwas anderem wich, etwas Dunklerem.

»Ach Scheiße, du hast es dir beim Kauf einfach nicht richtig angeguckt«, sagte er laut, als er aus dem Wagen stieg. Nun ja, vielleicht. Vielleicht. Es wäre nicht das erste Mal, dass sein Kopf seiner Wahrnehmung einen Streich gespielt hätte. Das war ebenfalls ein Teil dessen, was er tat. Manchmal nahm seine Einbildungskraft ein bisschen … nun ja …

»Überhand«, sagte Kinnell und machte den Kofferraum auf. Er nahm das Bild heraus und sah es an, und während dieses Zeitraums von zehn Sekunden, in denen er es ansah und zu atmen vergaß, bekam er wirklich Angst vor dem Ding, die Art Angst, die man bekam, wenn es plötzlich im Gebüsch trocken raschelte oder wenn man ein Insekt sah, das einen wahrscheinlich stechen würde, wenn man es provozierte.

Der blonde Fahrer grinste ihn jetzt mit irrem Blick an – ja, *ihn* grinste er an, dessen war sich Kinnell sicher –, und die abgefeilten Kannibalenzähne waren entblößt bis hin zum Zahnfleisch. Die Augen funkelten und lachten zugleich. Und die Tobin Bridge war verschwunden. Die Skyline von Boston ebenfalls. Und der Sonnenuntergang. Es war jetzt fast dunkel in dem Gemälde, der Wagen und sein wilder Reiter von einer einzelnen Straßenlaterne beleuchtet, die einen weichen

Glanz über die Straße und die Chromverzierungen des Wagens warf. Kinnell hatte den Eindruck, als ob der Wagen (er war sich jetzt ziemlich sicher, dass es sich um einen Grand Am handelte) sich am Rand einer kleinen Stadt an der Route 1 befände, und er glaubte zu wissen, welche Stadt es war – er war selbst nur ein paar Stunden zuvor hindurchgefahren. »Rosewood«, murmelte er. »Das ist Rosewood. Da gibt es kein Vertun.«

Der Straßenvirus zog allerdings nach Norden, und er nahm die Route 1, ganz wie Kinnell selbst. Der linke Arm des Blonden hing immer noch aus dem Fenster, aber er war in seine ursprüngliche Position zurückgedreht worden, sodass Kinnell die Tätowierung nicht mehr sehen konnte. Aber er wusste, dass sie da war, oder nicht? Doch, jede Wette.

Der blonde Junge sah aus wie ein Metallica-Fan, der aus der Sicherungsverwahrung für gemeingefährliche Irre ausgebrochen war.

»Herrgott«, flüsterte Kinnell, und das Wort schien von anderswo herzukommen, nicht von ihm. Plötzlich verließ alle Kraft seinen Körper, lief gleichsam aus wie Wasser aus einem löchrigen Eimer, und er setzte sich schwerfällig auf den Randstein, der die Grenze zwischen dem Parkplatz und dem Gelände für den Hundeauslauf bildete. Er begriff auf einmal, dass dies die Wahrheit war, die er in all seinen Geschichten verfehlt hatte: So reagierten Leute, wenn sie mit etwas konfrontiert wurden, das sich einer rationalen Erklärung entzog. Man hatte den Eindruck, als verblutete man innerlich, an einer geplatzten Ader im Kopf.

»Kein Wunder, dass der Kerl, der das gemalt hat, sich umgebracht hat«, krächzte er, während er das Bild anstarrte, das wilde Grinsen, die Augen, die zugleich gerissen und dumm aussahen.

Er hat einen Zettel an sein Hemd geheftet, hatte Mrs. Diment gesagt. *›Ich kann nicht mehr ertragen, was mit mir geschieht.‹ Ist das nicht furchtbar, Mr. Kinnell?*

Ja, das war allerdings furchtbar.

Äußerst furchtbar.

Er stand auf, packte das Bild oben am Rahmen und ging mit ausgreifenden Schritten über den Rasen. Er hatte die Augen unverwandt vor sich auf den Boden gerichtet und hielt nach von Hunden gelegten Landminen Ausschau. Er warf keinen Blick mehr auf das Bild. Seine Beine fühlten sich zittrig und nicht sehr vertrauenswürdig an, aber sie schienen ihn ganz gut zu tragen. Vor ihm, in der Nähe der Baumreihe am hinteren Ende des Rastplatzes, stand ein hübsches junges Mädchen in weißen Shorts und einem roten Trägerhemd. Sie hatte einen Cockerspaniel an der Leine. Sie lächelte Kinnell an, sah dann aber etwas in seinem Gesicht, was ihr Lächeln im Nu wieder ausradierte. Sie machte ihren Abgang nach links, ziemlich hastig. Weil der Spaniel nicht so schnell gehen wollte, zerrte sie den röchelnden Köter hinter sich her.

Die verkrüppelten Kiefern hinter dem Rastplatz standen an einem Abhang, der in einen nach pflanzlicher und tierischer Verwesung stinkendem Morast mündete. Der Teppich aus Kiefernnadeln bildete regelrecht eine Niederschlagszone für Straßenabfälle: Hamburger-Schachteln, Limonaden-Pappbecher, Papierservietten, Bierdosen, leere Plastikflaschen, Zigarettenstummel. Er sah ein benutztes Kondom, das wie eine tote Schnecke neben einem zerrissenen Slip lag, auf den das Wort DIENSTAG in einer kursiven Kleinmädchenhandschrift gestickt worden war.

Jetzt, wo er hier war, riskierte er noch einmal einen Blick auf das Bild. Er machte sich auf weitere Veränderungen gefasst – rechnete sogar mit der Möglichkeit, dass sich das Gemälde in Bewegung befand, wie ein Film in einem Rahmen –, aber es gab keine. Das war auch nicht nötig, wie Kinnell bewusst wurde; das Gesicht des blonden Jungen sagte alles. Dieses irrsinnige Grinsen. Diese angespitzten Zähne. Das Gesicht sagte: *He, alter Mann, weißt du eigentlich, was hier abgeht? Ich bin fertig mit den Zivilisationsspielchen. Ich bin ein Mitglied der* wahren *Generation X. Das nächste*

Jahrtausend beginnt genau hier, hinter dem Steuer von diesem scharfen Superschlitten.

Tante Trudys spontane Reaktion auf das Gemälde hatte in dem Rat an Kinnell bestanden, das Bild in den Saco River zu werfen. Tantchen hatte Recht gehabt. Der Saco lag jetzt fast zwanzig Meilen hinter ihm, aber ...

»Das hier reicht«, sagte er. »Ich glaube, das hier reicht völlig.«

Er hob das Bild über den Kopf wie ein Sportler, der den Fotografen nach dem Wettkampf seinen Pokal präsentiert, und warf es den Abhang hinunter. Es überschlug sich zweimal, wobei im Rahmen das Licht der dunstigen Abendsonne aufblitzte, und prallte gegen einen Baum. Die Verglasung zersplitterte. Das Bild fiel zu Boden und glitt den trockenen Nadelteppich des Abhangs hinunter wie über eine Sprungschanze. Es landete im Sumpf, und eine Ecke des Rahmens ragte schließlich mitten aus einigen dicht stehenden Schilfrohren hervor. Sonst war nichts mehr davon zu sehen, bis auf die verstreuten Glassplitter, und Kinnell fand, dass das ganz gut zu dem übrigen Abfall passte.

Als er sich umdrehte und zurück zu seinem Wagen ging, hatte er seine geistige Kelle bereits in der Hand. Diesen Vorfall würde er in einer eigenen Spezialnische einmauern, dachte er ... und ihm kam der Gedanke, dass die *meisten* Leute vermutlich so reagierten, wenn ihnen etwas Ähnliches zustieß. Lügner und Möchtegern-Übersinnliche schrieben ihre Phantasien für Mitteilungsblättchen wie *Überlebende* auf und nannten sie Wahrheit; die Leute, die in wirkliche okkulte Phänomene hineingerieten, hielten ihren Mund und benutzten diese Maurerkellen. Wenn im Leben eines Menschen derartige Risse auftraten, musste er nämlich etwas dagegen unternehmen; falls er das nicht tat, wurden sie vermutlich breiter und tiefer, und früher oder später würde alles hineinstürzen.

Kinnell hob den Kopf und sah, wie das hübsche Mädchen ihn aus einer Distanz, die sie wahrscheinlich für sicher hielt, argwöhnisch beobachtete. Als sie merkte, dass er sie ansah, drehte sie sich um und marschierte auf das Restaurant zu, wobei sie den Cockerspaniel wieder hinter sich herzog und versuchte, das Schwingen ihrer Hüften auf ein Minimum zu beschränken.

Du denkst, ich bin verrückt, nicht wahr, hübsches Kind? dachte Kinnell. Er stellte fest, dass er den Kofferraum hatte offen stehen lassen. Er sah aus wie ein aufgerissenes Maul. Kinnell knallte den Deckel zu. *Du und die Hälfte der romanlesenden Bevölkerung Nordamerikas, schätze ich. Aber ich bin nicht verrückt. Absolut nicht. Ich hab nur gerade einen kleinen Fehler gemacht, das ist alles. Hab bei einer Haushaltsauflösung angehalten, die ich besser hätte links liegen lassen. Jeder hätte das tun können. Du hättest es tun können. Und das Bild ...*

»Welches *Bild*?«, fragte Rich Kinnell den warmen Sommerabend und versuchte sich an einem Lächeln. »*Ich* sehe nirgends ein Bild.«

Er schlüpfte hinter das Lenkrad seines Audi und ließ den Motor an. Er warf einen Blick auf die Kraftstoffanzeige und stellte fest, dass der Tank schon halb leer war. Er würde noch mal tanken müssen, aber er beschloss, dass das noch etwas Zeit hatte. Im Moment hatte er nur den Wunsch, ein Polster von Meilen – so dick wie irgend möglich – zwischen sich und das weggeworfene Bild zu legen.

Wenn sie die eigentliche Stadtgrenze von Derry hinter sich lässt, wird aus der Kansas Street die Kansas Road. Zur Kansas Lane wird sie, wenn sie sich der Grenze des Landkreises nähert (einer Gegend, wo keine Häuser mehr stehen). Kurz danach führt die Kansas Lane zwischen zwei Pfosten aus Feldsteinen hindurch. Die Teerdecke macht dem Kies Platz. Eine der geschäftigsten Straßen in Derrys Innenstadt ist acht Meilen weiter östlich zu einer Auffahrt geworden, die einen kleinen Hügel hinaufführt und in mondhellen Sommernächten schimmert wie etwas aus einem Gedicht von Alfred

Noyes. Auf dem Gipfel der Anhöhe steht ein rechteckiges, hübsches scheunenähnliches Gebäude mit Spiegelfenstern neben einem Stall, der in Wirklichkeit eine Garage ist, und einer den Sternen zugewandten Satellitenschüssel. Ein schelmischer Reporter der *Derry News* nannte es einmal das *Haus, auf Schmutz und Schund gebaut.* Richard Kinnell nannte es einfach sein Zuhause, und als er an diesem Abend davor parkte, empfand er eine Art erschöpfter Genugtuung. Er hatte das Gefühl, als wäre er eine Woche lang ununterbrochen auf den Beinen gewesen, seitdem er an diesem Morgen um neun Uhr im Boston Harbour Hotel aus dem Bett gestiegen war.

Nie wieder Flohmarkt, dachte er und schaute zum Mond hoch. *Nie, nie wieder Flohmarkt.*

»Amen«, sagte er und ging auf das Haus zu. Wahrscheinlich wäre es ja besser, den Wagen in die Garage zu stellen, aber zum Teufel damit. Was er jetzt dringend brauchte, war ein Drink, ein leichtes Essen – irgendwas Mikrowellengeeignetes – und Schlaf. Am liebsten einer ohne Träume. Er konnte es nicht erwarten, diesen Tag abzuhaken.

Er steckte den Schlüssel ins Schloss, drehte ihn um und tippte 3817 ein, um den Warnton des Einbruchsalarms auszuschalten. Er knipste das Licht in der Eingangsdiele an, trat ins Haus, schob die Tür hinter sich zu, drehte sich um, sah, was dort an der Wand hing, wo vor zwei Tagen seine Sammlung gerahmter Schutzumschläge gehangen hatte, und schrie auf. In seinem *Kopf* schrie er auf. Aus seinem Mund kam im Grunde kein Laut, bis auf ein heftiges Ausatmen. Er hörte einen dumpfen Ton und ein unmelodisches leises Klingeln; der Schlüsselbund war ihm aus der erschlaffenden Hand gefallen und zwischen seinen Füßen auf dem Teppich gelandet.

Der Straßenvirus zieht nach Norden lag nicht mehr im Gebüsch hinter der Highway-Raststätte bei Gray.

Das Bild hing an der Wand in seiner Eingangsdiele.

Aber es hatte sich wieder verändert. Der Wagen stand nun in der Zufahrt des Cape-Cod-Hauses in Rosewood. Die Sachen waren immer noch überall ausgebreitet – Gläser und Mobiliar und keramischer Nippes (pfeiferauchende Scotchterrier, nacktärschige Kleinkinder, augenzwinkernde Fische), aber nun badeten sie im Schein desselben Totenkopfmondes, der im Himmel über Kinnells Haus dahinritt. Der Fernseher war auch noch da, und er lief noch und warf seinen blassen Glanz auf das Gras und auf das, was vor ihm lag, neben einem umgekippten Gartenstuhl. Judy Diment lag auf dem Rücken, und sie war nicht mehr vollständig. Nach einem Moment sah Kinnell den Rest. Er lag auf dem Bügelbrett, und tote Augen glühten wie Silbermünzen im Mondlicht.

Die Rücklichter des Grand Am waren ein verschwommener rosaroter Wasserfarbenklecks. Zum ersten Mal sah Kinnell den Wagen von hinten. Quer über das Heck waren zwei Wörter in altenglischen Lettern geschrieben: DER STRASSENVIRUS.

Wie passend, dachte Kinnell. *Nicht er selbst, sein Wagen. Nur macht es bei so einem Kerl vermutlich keinen großen Unterschied.*

»Das geschieht nicht wirklich«, flüsterte er, aber das tat es doch. Vielleicht wäre es mit jemand anderem, der nicht so offen für diese Dinge war, *nicht* geschehen, aber es geschah, wirklich. Und während er das Gemälde anstarrte, erinnerte er sich auf einmal an das kleine Schild auf Judy Diments Kartentisch. NUR GEGEN BAR hatte draufgestanden (obwohl sie dann doch seinen Scheck genommen und, nur zur Sicherheit, die Seriennummer seines Führerscheins notiert hatte). Und noch etwas hatte draufgestanden

UMTAUSCH AUSGESCHLOSSEN.

Kinnell ging an dem Bild vorbei ins Wohnzimmer. Er fühlte sich im eigenen Körper wie ein Fremder, und er spürte, dass ein Teil seines Verstands nach der Kelle tastete, die er schon zuvor benutzt hatte. Er schien sie verlegt zu haben.

Er schaltete erst den Fernseher an und dann den Satellitentuner, der obendrauf stand. Er stellte ihn auf V-14 ein, und die ganze Zeit konnte er fühlen, wie das Bild draußen in der Diele gegen seinen Hinterkopf stieß. Das Bild, das irgendwie schneller hier angekommen war als er.

»Hat wohl eine Abkürzung gekannt«, sagte Kinnell und musste lachen.

Er hatte nicht viel von dem Blonden in der momentanen Version des Bildes sehen können, aber da war irgendwie ein verschwommener Fleck hinter dem Lenkrad gewesen, und Kinnell hatte angenommen, dass es sich dabei um den Jungen gehandelt hatte. Der Straßenvirus hatte sein Geschäft in Rosewood erledigt. Es war Zeit, weiter nach Norden zu fahren. Nächster Halt …

Er schlug eine schwere Stahltür vor diesem Gedanken zu, schnitt ihn ab, bevor er alles sehen konnte. »Schließlich könnte ich mir das alles auch nur einbilden«, erzählte er dem leeren Wohnzimmer. Anstatt ihn zu trösten, erschreckte ihn der raue, zittrige Klang seiner Stimme nur noch mehr. »Das könnte …« Aber er konnte nicht weitersprechen. Alles, was ihm in den Sinn kam, war ein alter Song, der im pseudohippen Stil eines Sinatra-Klons der frühen Fünfziger vorgetragen wurde: *This could be the start of something BIG …*

Die Melodie, die aus den Stereolautsprechern des Fernsehers sickerte, war nicht Sinatra, sondern Paul Simon, mit Streichern unterlegt. Die weiße Computerschrift auf dem blauen Bildschirm verkündete WILLKOMMEN BEIM NACHRICHTENKANAL NEUENGLAND. Darunter standen die Bestellinformationen, aber Kinnell brauchte sie nicht mehr zu lesen: Er war ein Nachrichtenkanal-Junkie und kannte das Verfahren auswendig. Er wählte den Sender an, gab seine MasterCard-Nummer ein und dann 508.

»Sie haben den Nachrichtenkanal für (kurze Pause) das mittlere und nördliche Massachusetts bestellt«, sagte die Automatenstimme. »Vielen Da…«

Kinnell legte das Telefon wieder auf die Basisstation und betrachtete das Signet des Nachrichtenkanals Neuengland, während er nervös mit den Fingern schnippte. »Mach schon«, sagte er. »Mach schon, mach schon.«

Dann flackerte der Bildschirm, und der blaue Hintergrund wurde grün. Wörter rollten in Zeilen über den Bildschirm, etwas über den Brand eines Hauses in Taunton. Dem folgten die neuesten Entwicklungen in einem Skandal beim Hunderennen, dann das Wetter am Abend – klar und mild. Kinnell entspannte sich allmählich, begann sich zu fragen, ob er wirklich an der Wand der Diele gesehen hatte, was er glaubte dort gesehen zu haben, oder ob es lediglich eine Art reisebedingter Wahnvorstellung gewesen war, als der Fernseher einen schrillen Piepton von sich gab und die Wörter LETZTE MELDUNG erschienen. Er stand da und sah zu, wie die Blockbuchstaben über den Bildschirm rollten:

NENph 19.8./20.40 EINE FRAU AUS ROSEWOOD WURDE HEUTE ABEND BRUTAL ERMORDET. JUDITH DIMENT, 38, WURDE IM GARTEN IHRES NACHBARHAUSES AUF BARBARISCHE WEISE ZU TODE GEHACKT. SIE FÜHRTE GERADE IM NAMEN IHRER VERREISTEN NACHBARIN EINE HAUSHALTSAUFLÖSUNG DURCH. NIEMAND HÖRTE MRS. DIMENT SCHREIEN, SODASS SIE ERST UM 20 UHR GEFUNDEN WURDE, ALS EIN NACHBAR VON DER ANDEREN STRASSENSEITE HERÜBERKAM, UM SICH ÜBER DEN LÄRM ZU BESCHWEREN, DEN DER IM FREIEN AUFGESTELLTE FERNSEHER MACHTE. DER NACHBAR, DAVID GRAVES, BERICHTETE, DASS MRS. DIMENT ENTHAUPTET WORDEN SEI. »IHR KOPF LAG AUF DEM BÜGELBRETT«, SAGTE ER. »DAS WAR DER FURCHTBARSTE ANBLICK MEINES LEBENS.« ER HABE KEINE GERÄUSCHE GEHÖRT, SO GRAVES, DIE AUF EINEN KAMPF HÄTTEN SCHLIESSEN LASSEN, NUR DEN FERNSEHER UND, KURZ BEVOR ER DIE LEICHE FAND, EINEN AUFFÄLLIGEN, MÖGLICHERWEISE MIT EINEM SCHALLDÄMPFER AUSGERÜSTETEN WAGEN, DER SICH ÜBER DIE ROUTE 1 MIT ZUNEHMENDER GESCHWINDIGKEIT AUS DER UNMITTELBAREN UMGEBUNG DES TATORTS ENTFERNTE. DIE VERMUTUNG, DASS ES SICH DABEI UM DAS FLUCHTFAHRZEUG DES MÖRDERS HANDELTE ...

Das hatte allerdings nichts mit Vermutung zu tun; das war eine simple Tatsache.

Kinnell eilte heftig schnaufend, wenn auch noch nicht keuchend, in die Diele zurück. Das Bild hing noch da, aber es hatte sich wieder verändert. Jetzt zeigte es zwei blendende weiße Kreise – Scheinwerfer –, hinter denen sich der dunkle Umriss des Wagens abzeichnete.

Er ist wieder unterwegs, dachte Kinnell, und urplötzlich stand Tante Trudy im Zentrum seines Denkens – die liebe Tante Trudy, die immer wusste, wer nett war und wer nicht. Tante Trudy, die in Wells wohnte, nicht mehr als vierzig Meilen von Rosewood entfernt.

»Lieber Gott, bitte, lass ihn die Küstenstraße nehmen«, sagte Kinnell zu sich und griff nach dem Bild. Kam es ihm nur so vor, oder standen die Scheinwerfer jetzt tatsächlich weiter auseinander, so als ob sich der Wagen wirklich vor seinen Augen in seine Richtung bewegte … Wenn auch heimtückisch langsam wie der Minutenzeiger auf einer Taschenuhr? »Lass ihn bitte die Küstenstraße nehmen.«

Er riss das Bild von der Wand und lief damit zurück ins Wohnzimmer. Natürlich stand das Kamingitter noch vor dem offenen Kamin; es würde mindestens noch zwei Monate dauern, bevor hier drin ein Feuer gebraucht wurde. Kinnell fegte das Gitter beiseite und warf das Bild in den Kamin, wobei die Verglasung – die schon einmal in der Raststätte bei Gray zerbrochen war – an den Kaminböcken zerbrach. Dann lief er in die Küche. Er fragte sich, was er tun sollte, wenn auch das nicht funktionierte.

Es muss funktionieren, dachte er. *Es wird funktionieren, weil es funktionieren muss, und damit basta.*

Er öffnete alle Küchenschränke und durchsuchte sie hastig, verschüttete dabei die Haferflocken, verschüttete Salz, verschüttete Essig. Die Flasche brach auf dem Tresen entzwei, und der scharfe Geruch drang ihm in Nase und Augen.

Hier nicht. Was er brauchte, war nicht hier.

Er lief in die Speisekammer, schaute hinter die Tür – da

stand nur ein Plastikeimer und ein Wischmop – und dann in das Regal neben dem Wäschetrockner. Da war es, neben der Grillkohle.

Feuerzeugbenzin.

Er schnappte sich die Spritzflasche und lief zurück. Als er die Küche durchquerte, warf er einen Blick auf das Telefon an der Wand. Er wollte stehen bleiben, wollte Tante Trudy anrufen. Glaubwürdigkeit war nicht das Problem; wenn ihr Lieblingsneffe anrief und ihr sagte, sie solle ihr Haus verlassen, und zwar *sofort*, würde sie es tun ... aber was geschah, wenn der blonde Junge ihr folgte? Sich an ihre Fersen heftete?

Und das würde er tun. Kinnell *wusste* es einfach.

Er lief durch das Wohnzimmer und blieb dann vor dem Kamin stehen.

»Herrgott«, flüsterte er. »Herrgott, nein.«

Das Bild unter dem gesplitterten Glas zeigte keine näher kommenden Scheinwerfer mehr. Jetzt zeigte es den Grand Am in einer scharfen Kurve, die nur zu einer Highway-Ausfahrt gehören konnte. Der Mondschein lag wie flüssige Seide auf der dunklen Seite des Wagens. Im Hintergrund stand ein Wasserturm, und die Worte darauf waren im Licht des Mondes leicht zu lesen. SORG DAFÜR DASS MAINE GRÜN BLEIBT, stand da. JEDER BETRAG ZÄHLT.

Mit dem ersten Spritzer Feuerzeugbenzin verfehlte Kinnell das Bild; die Hände zitterten stark, und die aromatische Flüssigkeit lief einfach am intakten Teil der Verglasung hinunter, wodurch das Heck des Straßenvirus verschwamm. Kinnell atmete tief durch, zielte jetzt sorgfältig und drückte erneut. Diesmal traf der Strahl des Feuerzeugbenzins das gezackte Loch, wo einer der Kaminböcke die Verglasung durchstoßen hatte, lief direkt über die bemalte Leinwand, rann über die Farbe, sodass sie verlief und aus einem Goodyear-Breitreifen eine rußige Träne wurde.

Kinnell nahm eines der großen Zündhölzer vom Sims, strich es am Kamin an und steckte es durch das Loch in der

Verglasung. Das Gemälde fing sofort Feuer, die Flammen breiteten sich nach oben und unten über den Grand Am und den Wasserturm aus. Das im Rahmen verbliebene Glas wurde schwarz und brach dann in einem Schauer brennender Splitter nach außen. Kinnell zertrat sie mit einem knirschenden Geräusch unter seinen Turnschuhen, löschte sie, bevor sie den Teppich in Brand stecken konnten.

Er ging zum Telefon und wählte Tante Trudys Nummer, ohne zu merken, dass er weinte. Beim dritten Klingeln meldete sich der Anrufbeantworter. »Hallo«, sagte Tante Trudy, »ich weiß, Einbrecher hören es gern, wenn man so etwas sagt, aber ich bin nach Kennebunk gefahren, um mir den neuen Film mit Harrison Ford anzusehen. Falls Sie vorhaben, bei mir einzubrechen, dann lassen Sie bitte meine Porzellanschweinchen stehen. Falls Sie eine Nachricht hinterlassen wollen, warten Sie auf den Piepton.«

Kinnell wartete und sagte dann mit möglichst gleichmütiger Stimme: »Hier ist Richie, Tante Trudy. Ruf mich sofort an, wenn du nach Hause kommst, okay? Egal, wie spät es ist.«

Er legte den Hörer auf, schaute auf die Mattscheibe und wählte dann wieder den Nachrichtenkanal an, tippte diesmal aber am Schluss die Kennziffer für Maine ein. Während die Computer am andern Ende seinen Auftrag weiterbearbeiteten, ging er zurück und rückte dem geschwärzten, schmurgelnden Ding im Kamin mit einem Schüreisen zu Leibe. Der Gestank war grauenhaft – verglichen damit roch der verschüttete Essig wie ein Blumenbeet –, aber Kinnell musste feststellen, dass es ihm nichts ausmachte. Das Bild war völlig verschwunden, zu Asche geworden, und dafür nahm man schon einiges in Kauf.

Und was machst du, wenn es noch einmal wiederkommt?

»Es kommt nicht wieder«, sagte er, legte das Schüreisen wieder an seinen Platz und ging zum Fernseher zurück. »Da bin ich ganz sicher.«

Aber jedes Mal, wenn der Nachrichtentext auf den neusten Stand gebracht wurde, ging er hin, um nachzusehen. Das Bild war nur noch Asche im Kamin ... und in den Nachrichten war nichts von älteren Frauen zu lesen, die in der Wells-Saco-Kennebunk-Gegend ermordet worden waren. Kinnell blieb vor dem Bildschirm, rechnete fast damit zu lesen: EIN PONTIAC GRAND AM KRACHTE HEUTE ABEND MIT HOHER GESCHWINDIGKEIT IN EIN KINO IN KENNEBUNK UND TÖTETE DABEI MINDESTENS ZEHN PERSONEN, aber nichts dergleichen erschien.

Um Viertel vor elf klingelte das Telefon. Kinnell schnappte sich den Hörer. »Hallo.«

»Hier ist Trudy, mein Lieber. Wie geht es dir?«

»Prima.«

»Du *hörst* dich aber gar nicht so prima an«, sagte sie. »Deine Stimme klingt zittrig und ... irgendwie komisch halt. Was ist passiert? Was ist los?« Und dann jagte sie ihm einen kalten Schauer über den Rücken, ohne ihn wirklich zu überraschen: »Es hängt mit dem Bild zusammen, das dir so gut gefallen hat, oder? Diesem gottverdammten Bild!«

Es beruhigte ihn irgendwie, dass sie von selbst darauf gekommen war ... und er war natürlich erleichtert zu erfahren, dass sie in Sicherheit war.

»Nun ja, vielleicht«, sagte er. »Ich habe auf dem ganzen Rückweg irgendwie unter Strom gestanden, drum hab ich es verbrannt. Im Kamin.«

Sie wird bestimmt von der Geschichte mit Judy Diment erfahren, schrillte eine Stimme in seinem Kopf. *Sie hat keine Satellitenanlage für zwanzigtausend Dollar, aber sie hat den Union-Leader abonniert, und das wird auf der Titelseite stehen. Sie wird zwei und zwei zusammenzählen. Sie ist alles andere als blöd.*

Ja, das stimmte zweifellos, aber genauere Erklärungen konnten bis morgen früh warten, wenn er vielleicht ein bisschen weniger durcheinander war ... wenn er vielleicht eine Methode gefunden hatte, über den Straßenvirus nachzudenken, ohne den Verstand zu verlieren ... und wenn er allmählich davon überzeugt war, dass es wirklich vorüber war.

»Gut!«, sagte sie mit Nachdruck. »Du solltest auch die Asche zerstreuen!« Sie schwieg einen Moment, und als sie wieder sprach, war ihre Stimme auf einmal leiser. »Du hast dir um mich Sorgen gemacht, ja? Weil du es mir gezeigt hast.«

»Ein bisschen, ja.«

»Aber jetzt fühlst du dich besser?«

Er lehnte sich zurück und machte die Augen zu. Das war richtig, er fühlte sich besser. »Mhm. Wie war der Film?«

»Gut. Harrison Ford sieht in Uniform einfach wunderbar aus. Wenn er sich bloß noch diesen kleinen Knubbel am Kinn wegmachen ließe ...«

»Gute Nacht, Tante Trudy. Wir sprechen morgen miteinander.«

»Tun wir das?«

»Ja«, sagte er. »Ich glaube schon.«

Er legte auf, ging wieder zum Kamin und stocherte mit dem Schüreisen in der Asche herum. Er konnte den Fetzen eines Kotflügels und einen gezackten kleinen Lappen Straße sehen, aber das war auch alles. Offensichtlich war die ganze Zeit über nur Feuer erforderlich gewesen. War das nicht auch die Methode, mit der man normalerweise die übernatürlichen Abgesandten des Bösen tötete? Aber ja doch. Er hatte sie selbst ein paar Mal benutzt, am wirkungsvollsten vielleicht in *Abschied*, dem Roman über den Spukbahnhof.

»Ja, allerdings«, sagte er. »*Burn, Baby, burn.*«

Er dachte gerade daran, sich den Drink zu machen, den er sich versprochen hatte, als ihm auf einmal wieder der verschüttete Essig einfiel (der mittlerweile vermutlich die verschütteten Haferflocken aufgeweicht hatte – grässlicher Gedanke). Er beschloss, stattdessen einfach nach oben zu gehen. In einem Buch – einem von Richard Kinnell zum Beispiel – wäre jetzt der Gedanke an Schlaf, nach allem, was er gerade durchgemacht hatte, völlig abwegig. Im wirklichen Leben, dachte er, würde er wohl ganz vorzüglich schlafen.

Er döste allerdings schon in der Dusche ein, mit Shampoo in den Haaren an der Rückwand lehnend, während das Wasser auf seine Brust prasselte. Er war wieder in dem Vorgarten in Rosewood, und der auf den Papieraschenbechern stehende Fernseher präsentierte Judy Diment. Ihr Kopf war wieder am alten Platz, aber Kinnell konnte die primitive gewerbsmäßige Näharbeit des Gerichtsmediziners sehen; sie umwand die Kehle wie ein grausiges Halsband. »Hier ist der Nachrichtenkanal Neuengland mit dem Neuesten vom Tage«, sagte sie, und Kinnell, der schon immer lebhaft geträumt hatte, konnte tatsächlich sehen, wie die Nähte an ihrem Hals straffer und wieder lockerer wurden, während sie sprach. »Bobby Hastings hat *alle* seine Bilder verbrannt, Ihres inklusive, Mr. Kinnell … und es *gehört* Ihnen, wie Sie mit Sicherheit wissen. Umtausch ausgeschlossen, Sie haben das Schild gesehen. Eigentlich sollten Sie froh sein, dass ich Ihren Scheck genommen habe.«

Hat alle seine Bilder verbrannt, ja, natürlich hat er das getan, dachte Kinnell in seinem wasserreichen Traum. *Er konnte nicht mehr ertragen, was mit ihm geschah, so lautete seine Botschaft, und wenn man bei den Festivitäten erst mal bis zu diesem Punkt gekommen ist, dann macht man keine Pause, um nachzusehen, ob man einem bestimmten Liebhaberstück den Scheiterhaufen ersparen möchte. Du hast ganz einfach eine besondere Qualität in* Der Straßenvirus zieht nach Norden *eingefangen, was, Bobby? Und wahrscheinlich vollkommen zufällig. Du hast Talent, das konnte ich sofort sehen, aber Talent hat nichts damit zu tun, was in diesem Bild vor sich geht.*

»Manche Dinge sind einfach gut im Überleben«, sagte Judy Diment im Fernseher. »Sie kommen immer wieder, egal, wie sehr man sich bemüht, sie loszuwerden. Sie kommen immer wieder – wie Viren.«

Kinnell hob die Fernbedienung und wechselte den Sender, aber offenbar lief auf allen Kanälen ausschließlich *Die Judy Diment-Show.*

»Man könnte sagen, er hat ein Loch ins Kellergeschoss des Universums geöffnet«, sagte sie jetzt. »Bobby Hastings, meine ich. Und das hier ist rausgefahren. Nett, oder?«

Kinnell rutschte mit den Füßen ein wenig nach vorn, nicht so weit, dass er den Halt verloren hätte, aber genug, um ihn mit einem Ruck wach werden zu lassen.

Er machte die Augen auf, zuckte zusammen, weil ihm das Haarwaschmittel im selben Moment in die Augen stach (das Zeug war ihm in dicken weißen Rinnsalen das Gesicht hinuntergelaufen, während er döste), und fing deshalb mit den Händen Duschwasser auf, um es sich ins Gesicht zu spritzen. Er tat das und streckte gerade die Hände aus, um es zu wiederholen, als er etwas hörte. Ein abgehacktes dröhnendes Brummen.

Hör auf mit dem Blödsinn, sagte er sich. *Du hörst nur die Dusche. Der Rest ist Einbildung.*

Aber es war keine.

Kinnell stellte das Wasser ab.

Das Brummen hielt an. Tief und kraftvoll. Es kam von draußen.

Er verließ die Dusche und ging triefnass quer durch sein Schlafzimmer im ersten Stock. Es war noch so viel Shampoo in seinen Haaren, dass es aussah, als wären sie weiß geworden, während er gedöst hatte – als hätte sein Traum mit Judy Diment sie ergrauen lassen.

Warum habe ich nur bei dieser Haushaltsauflösung angehalten? fragte er sich, aber darauf hatte er keine Antwort. Er nahm an, niemand an seiner Stelle hätte jetzt eine.

Das Brummen wurde lauter, während er sich dem Fenster näherte, von dem aus man die Zufahrt einsehen konnte – die Zufahrt, die im sommerlichen Mondschein schimmerte wie etwas aus einem Gedicht von Alfred Noyes.

Als er den Vorhang beiseite schob und hinausschaute, musste er unwillkürlich an seine Exfrau Sally denken, die er auf der World Fantasy Convention 1978 kennen gelernt hatte. Sally, die jetzt zwei Infobriefe von ihrem Wohnwagen aus verschickte, einen namens *Überlebende*, einen namens *Besucher*. Als Kinnell auf die Zufahrt hinunterschaute, verbanden sich die beiden Titel in seinem Kopf wie zwei Teilbilder in einem Stereoskop.

Er hatte einen Besucher, der ganz bestimmt ein Überlebender war.

Der Grand Am stand vor dem Haus, der Motor grummelte im Leerlauf, und der weiße Dampf aus den verchromten Zwillingsauspuffrohren stieg in der stillen Nachtluft senkrecht nach oben. Die altenglischen Lettern auf dem Heck waren mühelos zu entziffern. Die Fahrertür stand offen, aber das war nicht alles: Das Licht, das sich über die Stufen der Eingangstreppe ergoss, legte den Verdacht nahe, dass Kinnells Haustür ebenfalls geöffnet war.

Hab nicht dran gedacht, sie abzuschließen, schoss es Kinnell durch den Kopf. Er wischte sich mit einer Hand, die völlig taub war, Seife von der Stirn. *Hab auch nicht dran gedacht, den Einbrecheralarm wieder einzuschalten ... was bei diesem Kerl aber wahrscheinlich keinen großen Unterschied gemacht hätte.*

Nun, vielleicht hatte Kinnell ja dafür gesorgt, dass das Virus einen Bogen um Tante Trudy gemacht hatte, und das war immerhin etwas, obwohl dieser Gedanke jetzt im Moment nichts Tröstliches an sich hatte.

Überlebende.

Das leise Grummeln des starken Motors, wahrscheinlich zumindest ein 442er mit Doppelvergaser, aufgebohrten Ventilen und Einspritzpumpe.

Er drehte sich langsam um, auf Beinen, die ihm nicht mehr recht gehorchen wollten, ein nackter Mann mit Shampoo in den Haaren, und erblickte das Bild über seinem Bett, ganz wie er es erwartet hatte. Darauf war der Grand Am mit offener Fahrertür in seiner Einfahrt zu sehen, und aus den verchromten Auspuffrohren stiegen zwei Abgaswolken. Aus seinem jetzigen Blickwinkel konnte Kinnell auch seine Haustür sehen, die weit offen stand, und einen langen Schatten mit menschlichen Umrissen, der die ganze Eingangsdiele einnahm.

Überlebende.

Überlebende und *Besucher*.

Jetzt konnte er hören, wie Schritte die Treppe heraufkamen. Sie hatten einen festen Tritt, und er wusste, ohne hinsehen zu müssen, dass der blonde Junge Motorradstiefel trug. Leute, die LIEBER TOT ALS EHRLOS auf ihre Arme tätowiert hatten, trugen immer Motorradstiefel, genauso wie sie immer Camel ohne Filter rauchten. Das waren ungeschriebene Gesetze.

Und das Messer. Er würde ein langes, scharfes Messer mit sich führen – eigentlich eher eine Machete, die Art Messer, mit der man einem Menschen mit einem einzigen schwungvollen Hieb den Kopf von den Schultern schlagen konnte.

Und grinsen würde er, und diese abgefeilten Kannibalenzähne zeigen.

Kinnell *wusste* das einfach. Er war schließlich ein Mann mit Phantasie.

Er brauchte niemanden, der ihm eine Zeichnung machte.

»Nein«, flüsterte er, und auf einmal wurde ihm seine vollständige Nacktheit bewusst, auf einmal fror er am ganzen Körper. »Nein, bitte, geh weg.« Aber die Schritte kamen näher, natürlich taten sie das. Man konnte einem Kerl wie dem hier nicht einfach sagen, dass er verschwinden solle. Das funktionierte nicht; auf diese Weise würde die Geschichte nicht enden.

Kinnell konnte hören, wie sich die Schritte dem oberen Treppenabsatz näherten. Draußen bullerte immer noch der Grand Am im Mondlicht vor sich hin.

Die Schritte kamen jetzt durch den Gang auf ihn zu, abgelaufene Stiefelabsätze pochten auf poliertes Parkett.

Eine schreckliche Lähmung hatte von Kinnell Besitz ergriffen. Er schüttelte sie mit einem Ruck von sich ab und schoss auf die Schlafzimmertür zu, um sie abzuschließen, bevor das Ding eindringen konnte, aber er rutschte in einer

Pfütze Seifenwasser aus, und dieses Mal ging er *wirklich* zu Boden, lag auf den Eichendielen flach auf dem Rücken, und als die Tür aufging und die Motorradstiefel durch das Zimmer auf die Stelle zugingen, wo er lag, nackt und die Haare voller Shampoo, sah er das Bild an der Wand über seinem Bett, das Bild des Straßenvirus mit laufendem Motor und offener Fahrertür vor seinem Haus.

Der Schalensitz auf der Fahrerseite war voller Blut, wie er feststellte. *Ich glaube, ich werde mal nach draußen gehen*, dachte Kinnell und schloss die Augen.

Lunch im Gotham Café

Als ich eines Tages in New York war, kam ich an einem sehr hübschen Restaurant vorbei. Drinnen führte eben der Oberkellner ein Paar zu seinem Tisch. Das Paar stritt sich. Der Oberkellner sah mich und bedachte mich mit dem zynischsten Augenzwinkern, das mir je untergekommen ist. Ich ging zurück ins Hotel und schrieb diese Geschichte. Während der drei Tage, die ich daran arbeitete, nahm sie mich völlig gefangen. Ich finde, der besondere Reiz dabei ist nicht der verrückte Oberkellner, sondern die gespenstische Beziehung zwischen den in Trennung lebenden Eheleuten. Auf ihre Weise sind sie verrückter als er. Viel verrückter.

Eines Tages kam ich aus der Maklerfirma, bei der ich arbeitete, nach Hause und fand auf dem Tisch im Esszimmer einen Brief – eigentlich mehr eine kurze Notiz – von meiner Frau vor. Sie teilte mir mit, sie verlasse mich, sie werde die Scheidung einreichen, und ich würde von ihrem Anwalt hören. Ich saß auf dem Stuhl am Küchenende des Tischs, las diese Mitteilung wieder und wieder durch und konnte sie einfach nicht glauben. Nach einiger Zeit stand ich auf, ging ins Schlafzimmer und sah in den Kleiderschrank. Alle ihre Sachen waren verschwunden bis auf eine Jogginghose und ein Witz-T-Shirt, das jemand ihr geschenkt hatte, auf dem REICHE BLONDINE in Glitzerschrift quer über der Brust stand.

Ich ging an den Tisch im Esszimmer zurück (das in Wirklichkeit eine Ecke des Wohnzimmers war; wir hatten nur eine Vierzimmerwohnung) und las die sechs Sätze noch einmal. Sie hatten sich nicht verändert, aber seit ich im Schlafzimmer einen Blick in den halb leeren Kleiderschrank geworfen hatte, begann ich allmählich zu glauben, was sie besagten. Ein frostiges kleines Machwerk, diese Notiz. Ganz unten stand nicht »Liebe Grüße« oder »Alles Gute« oder wenigstens »Beste Grüße«. »Pass auf dich auf«, herzlicher wurde sie nicht. Gleich darunter hatte sie ihren Namen gekritzelt: Diane.

Ich ging in die Küche und goss mir ein Glas Orangensaft ein; dann stieß ich es von der Arbeitsplatte, als ich es in die Hand zu nehmen versuchte. Der Saft verteilte sich in die unteren Schubladen, und das Glas zersplitterte. Ich wusste, dass ich mich schneiden würde, wenn ich die Scherben aufzusammeln versuchte – meine Hände zitterten –, aber ich sammelte sie trotzdem ein und schnitt mich dabei. An zwei Stellen, beide Male nicht tief. Ich dachte immer noch, dies sei ein Scherz, aber dann wurde mir klar, dass es keiner war. Diane hatte nicht viel Sinn für Humor. Aber der springende Punkt war, dass ich nichts geahnt hatte. Ich hatte keinen blassen Schimmer. Ich wusste nicht, ob das hieß, dass ich dumm oder unsensibel war. Als die Tage vergingen und ich über die letzten sechs bis acht Monate unserer zweijährigen Ehe nachdachte, erkannte ich, dass ich beides gewesen war.

Am selben Abend rief ich ihre Eltern in Pound Ridge an und fragte, ob Diane dort sei. »Sie ist hier, und sie will nicht mir dir reden«, sagte ihre Mutter. »Ruf nicht wieder an.« Am anderen Ende wurde aufgelegt.

Zwei Tage später bekam ich im Büro einen Anruf von Dianes Anwalt, der sich als William Humboldt vorstellte. Nachdem er sich vergewissert hatte, dass er tatsächlich mit Steven Davis sprach, begann er mich Steve zu nennen. Das klingt ein bisschen unglaubwürdig, nehme ich an, aber so war es. Anwälte sind so bizarr.

Humboldt teilte mir mit, ich würde Anfang kommender

Woche »vorläufige Unterlagen« erhalten, und schlug vor, ich solle »in Vorbereitung der Auflösung unserer ehelichen Kapitalgesellschaft eine Kontenübersicht« erstellen. Außerdem empfahl er mir, keine »plötzlichen Treuhandgeschäfte« vorzunehmen, und riet mir, in dieser »finanziell schwierigen Übergangszeit« sämtliche Kaufquittungen – auch über kleinste Beträge – sorgfältig aufzubewahren. Zuletzt schlug er mir vor, ich solle mir einen Anwalt suchen.

»Hören Sie mir kurz zu, ja?«, forderte ich ihn auf. Ich saß mit gesenktem Kopf an meinem Schreibtisch und hielt meine Stirn mit der linken Hand. Meine Augen waren geschlossen, damit ich nicht ins helle Grau der Bildfläche des Monitors sehen musste. Ich hatte viel geweint, und meine Augen fühlten sich an, als seien sie voller Sand.

»Natürlich«, sagte er. »Höre Ihnen gern zu, Steve.«

»Ich will Ihnen zweierlei sagen. Erstens meinen Sie ›als Vorbereitung zur Auflösung unserer Ehe‹, nicht ›in Vorbereitung der Auflösung unserer ehelichen Kapitalgesellschaft‹ ... und wenn Diane glaubt, ich wolle sie um das betrügen, was ihr zusteht, täuscht sie sich.«

»Ja«, sagte Humboldt – nicht zustimmend, aber um anzudeuten, dass er mein Argument verstand.

»Zweitens sind Sie *ihr* Anwalt, nicht meiner. Dass Sie mich mit meinem Vornamen anreden, finde ich gönnerhaft und unsensibel. Tun Sie's noch mal am Telefon, lege ich einfach auf. Tun Sie's im persönlichen Gespräch, verpasse ich Ihnen wahrscheinlich einen Kinnhaken.«

»Steve ... Mr. Davis ... Ich glaube kaum, dass ...«

Ich legte wortlos auf. Dies war das Erste, was mich irgendwie vergnügte, seit ich Dianes Notiz unter ihren drei Wohnungsschlüsseln auf dem Esstisch gefunden hatte.

An diesem Nachmittag sprach ich mit einem Freund in unserer Rechtsabteilung, der mir einen seiner Freunde empfahl, der auf Scheidungen spezialisiert war. Der Scheidungsanwalt hieß John Ring, und ich vereinbarte für den nächsten Tag einen Gesprächstermin mit ihm. Ich kam so spät wie irgend möglich aus dem Büro nach Hause, ging einige Zeit in der Wohnung auf und ab, beschloss ins Kino zu gehen, konnte keinen Film finden, den ich sehen wollte, versuchte es mit dem Fernseher, fand auch dort nichts, was mich interessierte, und tigerte erneut auf und ab. Irgendwann fand ich mich im Schlafzimmer wieder, wo ich vierzehn Stockwerke hoch über der Straße am offenen Fenster stand und alle meine Zigaretten hinauswarf, sogar die Viceroys in der uralten Packung aus dem hintersten Winkel meiner oberen Schreibtischschublade – eine Packung, die dort vermutlich zehn oder mehr Jahre gelegen hatte ... mit anderen Worten, bevor ich überhaupt gewusst hatte, dass es auf der Welt ein Wesen namens Diane Coslaw gab.

Obwohl ich seit zwanzig Jahren zwanzig bis vierzig Zigaretten pro Tag geraucht hatte, kann ich mich an keinen impulsiven Entschluss, das Rauchen aufzugeben, aber auch an keinen Widerspruch einer inneren Stimme erinnern – nicht einmal an den berechtigten Einwand, dass zwei Tage nachdem einem die Ehefrau weggelaufen ist, dies vielleicht nicht der optimale Zeitpunkt ist, das Rauchen aufzugeben. Ich warf einfach den vollen Karton, den halben Karton und die zwei oder drei angebrochenen Packungen, die ich in der Wohnung herumliegen sah, aus dem Fenster ins Dunkel hinaus. Dann schloss ich das Fenster (ich kam niemals auf die Idee, es wäre effizienter gewesen, statt des Produkts den Verbraucher aus dem Fenster zu kippen; in *dieser* Situation befand ich mich nie), legte mich aufs Bett und schloss die Augen. Während ich eindöste, fiel mir ein, dass morgen wahrscheinlich einer der schlimmsten Tage meines Lebens sein würde. Und ich vermutete, dass ich spätestens gegen Mittag wieder rauchen würde. Ich behielt Recht, was den ersten Punkt betraf, und Unrecht, was den zweiten anging.

Die folgenden zehn Tage – die Zeit, in der ich die schlimmsten körperlichen Symptome des Nikotinentzugs durchlebte –

waren schwierig und oft unangenehm, aber vielleicht nicht ganz so schlimm, wie ich befürchtet hatte. Und obwohl ich dutzende – nein, hunderte – von Malen dicht davor war, wieder zu rauchen, tat ich es nie. Es gab Augenblicke, in denen ich fürchtete, den Verstand zu verlieren, wenn ich keine Zigarette bekam, und wenn ich auf der Straße an Leuten vorbeiging, die eine Zigarette rauchten, hätte ich sie am liebsten angeschrien: *Her damit, Mutterficker, die gehört mir!*, aber ich tat es nicht.

Für mich waren die schlimmsten Zeiten immer spät nachts. Ich glaube (aber ich weiß es nicht bestimmt; alle meine Denkprozesse aus der Zeit, unmittelbar nachdem Diane mich verlassen hatte, sind mir nur sehr verschwommen in Erinnerung), ich hatte die Idee, ich würde besser schlafen, wenn ich das Rauchen aufgäbe, aber das stimmte nicht. Ich lag manchmal bis morgens um drei Uhr wach, hielt die Hände unter meinem Kopfkissen gefaltet, sah zur Zimmerdecke auf und horchte auf Sirenen und das Rumpeln der Lastwagen, die in die Innenstadt fuhren. Bei diesen Gelegenheiten dachte ich an den Tag und Nacht geöffneten koreanischen Lebensmittelmarkt gegenüber auf der anderen Straßenseite. Ich dachte an die grellweiße Neonbeleuchtung des Ladens – so gleißend hell, dass sie fast wie eine Nah-Todeserfahrung nach Kübler-Ross war – und wie das Licht auf den Gehsteig zwischen die schrägen Auslageflächen fiel, die zwei junge Koreaner mit Papiermützen in einer Stunde mit Obst zu füllen beginnen würden. Ich dachte an den älteren Mann hinter der Theke – ebenfalls ein Koreaner, ebenfalls mit einer Papiermütze – und die imposanten Zigarettenregale hinter ihm, so groß wie die Steintafeln, die Charlton Heston in dem Film *Die zehn Gebote* vom Berg Sinai herunterbrachte. Ich stellte mir vor, wie ich aufstand, mich anzog, dort hinüberging, eine Packung Zigaretten (oder vielleicht gleich neun oder zehn Packungen) kaufte und dann am Fenster saß und eine Marlboro nach der anderen rauchte, während der Himmel im Osten hell wurde und die Sonne aufging. Ich tat es nie, aber an vielen frühen Morgen schlief ich ein, wenn ich statt Schäfchen Zigarettenmarken zählte: Winston ... Winston Hundreds ...Virginia Slims ... Doral ... Merit ... Merit Hundreds ... Camel ... Camel Filters ... Camel Lights ...

Später – ehrlich gesagt etwa ab dem Zeitpunkt, als ich anfing, die letzten drei oder vier Monate unserer Ehe klarer zu sehen – begann ich zu verstehen, dass mein Entschluss, das Rauchen zu diesem bestimmten Zeitpunkt aufzugeben, vielleicht nicht so unüberlegt gewesen war, wie er zunächst gewirkt hatte – und keineswegs unklug. Ich bin kein brillanter Mann, auch kein tapferer, aber diese Entscheidung konnte beides gewesen sein. Das ist durchaus denkbar; manchmal wachsen wir über uns selbst hinaus. Jedenfalls gab das meinem Verstand etwas Konkretes, auf das er sich in den Tagen nach Dianes Weggang stürzen konnte; es gab meinem Schmerz ein Vokabular, das er sonst nicht gehabt hätte, wenn Sie wissen, was ich meine. Höchstwahrscheinlich wissen Sie das nicht, aber ich kann's nicht anders beschreiben.

Natürlich habe ich Vermutungen darüber angestellt, ob die Tatsache, dass ich damals das Rauchen aufgab, sich auf das ausgewirkt haben könnte, was an jenem Tag im Gotham Café geschah, und ich bin mir sicher, dass es einen gewissen Zusammenhang gab. Aber wer kann solche Dinge voraussehen? Keiner von uns kann die letzten Konsequenzen unseres Tuns vorhersagen, und nur wenige versuchen es überhaupt; die meisten von uns tun lediglich etwas, um das Vergnügen eines Augenblicks zu verlängern oder damit der Schmerz aufhört. Und selbst wenn wir aus den edelsten Motiven handeln, tropft vom letzten Glied der Handlungskette nur allzu oft das Blut eines anderen.

Zwei Wochen nach dem Abend, an dem ich die West 83rd Street mit meinen Zigaretten bombardiert hatte, rief Humboldt mich erneut an und achtete diesmal darauf, mich als »Mr. Davis« anzureden. Er bedankte sich für die Fotokopien verschiedener Dokumente, die ich ihm über Mr. Ring hatte zukommen lassen, und sagte, nun werde es Zeit, dass »wir uns alle vier« zum Lunch träfen. *Alle vier* bedeutete: mit Diane. Ich hatte sie seit dem Morgen des Tages, an dem sie mich verlassen hatte, nicht mehr gesehen – und auch da hatte ich sie nicht richtig gesehen; sie hatte mit ihrem Gesicht im Kopfkissen vergraben geschlafen. Ich hatte nicht einmal mit ihr gesprochen. Mein Herz begann in meiner Brust zu hämmern, und ich konnte das Pochen meines Herzschlags im Handgelenk der Hand spüren, die den Telefonhörer hielt.

»Es gibt verschiedene Details zu klären, und wir müssen verschiedene zweckmäßige Vereinbarungen besprechen, und nun scheint der Zeitpunkt gekommen zu sein, diesen Prozess einzuleiten«, sagte Humboldt. Er lachte sein fettes glucksendes Lachen wie ein widerlicher Erwachsener, der einem Kind eine belanglose kleine Freude bereitet. »Es ist immer am besten, einige Zeit verstreichen zu lassen, bevor man die Hauptakteure zusammenbringt, eine kleine Abkühlperiode, aber meiner Einschätzung nach würde ein persönliches Zusammentreffen zu diesem Zeitpunkt manches erleichtern, das ...«

»Augenblick, das will ich richtig verstehen«, sagte ich. »Sie reden von ...«

»Lunch«, sagte er. »Übermorgen? Können Sie das in Ihrem Terminkalender unterbringen?« *Klar können Sie das*, besagte sein Tonfall. *Nur um sie wieder zu sehen ... um die leichteste Berührung ihrer Hand zu spüren. Was, Steve?*

»Ich habe am Donnerstag zum Lunch ohnehin nichts vor, das ist also kein Problem. Und sollte ich meinen Anwalt mitbringen?«

Sein fettes glucksendes Lachen schwabbelte wieder gegen mein Ohr wie etwas, das eben aus einer Wackelpuddingform gestürzt worden ist. »Ich denke, Mr. Ring würde mit dabei sein wollen, ja.«

»Denken Sie an ein bestimmtes Lokal?« Ich fragte mich einen Augenblick, wer diesen Lunch bezahlen würde, und musste dann über meine eigene Naivität lächeln. Ich griff in meine Jackentasche, um eine Zigarette herauszuholen, und stieß mir stattdessen die Spitze eines Zahnstochers unter den Daumennagel. Ich zuckte zusammen, holte den Zahnstocher heraus, sah nach, ob seine Spitze blutig war, fand kein Blut und nahm ihn zwischen die Lippen.

Humboldt hatte etwas gesagt, aber ich hatte es nicht mitbekommen. Der Anblick des Zahnstochers hatte mich plötzlich wieder daran erinnert, dass ich zigarettenlos auf den Wogen der Welt dahintrieb.

»Wie bitte?«

»Ich habe gefragt, ob Sie das Gotham Café in der 53rd Street kennen«, sagte er in jetzt leicht ungeduldigem Tonfall. »Zwischen Madison und Park.«

»Nein, aber ich finde es bestimmt.«

»Zwölf Uhr?«

»Zwölf Uhr ist gut«, sagte ich und überlegte, ob ich ihn bitten sollte, Diane auszurichten, sie solle das grüne Kleid mit den kleinen schwarzen Tupfen und dem Seitenschlitz tragen. »Ich muss das nur mit meinem Anwalt abstimmen.« Mir fiel auf, was für ein aufgeblasener, abscheulicher kleiner Satz das war; ich konnte es kaum noch erwarten, ihn nicht mehr benützen zu müssen.

»Tun Sie das, und rufen Sie mich zurück, falls es ein Problem gibt.«

Ich rief John Ring an, der lange genug herumdruckste, um sein Honorar (nicht unverschämt hoch, aber beträchtlich) zu rechtfertigen, bevor er meinte, ein Gespräch sei »zu diesem Zeitpunkt« wohl angebracht.

Ich legte auf, setzte mich wieder vor meinem Computer zurecht und fragte mich, wie um Himmels willen ich imstande sein sollte, Diane wieder zu begegnen, ohne zuvor wenigstens eine Zigarette geraucht zu haben.

Am Vormittag des Tages, an dem wir zum Lunch verabredet waren, rief John Ring mich an und erklärte mir, er könne nicht kommen, er müsse absagen. »Wegen meiner Mutter«, sagte er, hörbar unter Druck stehend. »Sie ist die verdammte Treppe runtergefallen und hat sich die Hüfte gebrochen. Oben in Babylon. Ich bin zur Grand Central Station unterwegs. Ich muss mit dem Zug fahren.« Er sprach im Tonfall eines Mannes, der sagt, er müsse die Wüste Gobi auf einem Kamel durchqueren.

Ich überlegte kurz, während ich einen neuen Zahnstocher zwischen meinen Fingern hin- und herdrehte. Zwei gebrauchte lagen schon mit ausgefransten Enden neben meinem Computer. Damit würde ich vorsichtig sein müssen; ich konnte mir nur allzu leicht vorstellen, wie mein Magen sich mit nadelspitzen kleinen Holzsplittern füllte. Dass eine schlechte Angewohnheit durch eine andere ersetzt wird, scheint unvermeidbar zu sein, habe ich bemerkt.

»Steven? Sind Sie noch da?«

»Ja«, sagte ich. »Das mit Ihrer Mutter tut mir Leid, aber ich halte diese Verabredung zum Lunch ein.«

Er seufzte, und als er weitersprach, klang seine Stimme nicht nur angespannt, sondern auch mitfühlend. »Ich verstehe, dass Sie sie sehen wollen, und aus genau diesem Grund müssen Sie sehr vorsichtig sein und dürfen keinen Fehler machen. Sie sind nicht Donald Trump, und sie ist nicht Ivana, aber dies ist auch keine einvernehmliche Scheidung, bei der Sie das Urteil per Einschreiben zugeschickt bekommen. Sie sind finanziell recht erfolgreich gewesen, Steven, vor allem in den letzten fünf Jahren.«

»Ich weiß, aber ...«

»Und für *dreii* dieser Jahre«, unterbrach Ring mich, indem er seine Gerichtsstimme wie eine Anwaltsrobe anlegte, »ist Diane Davis nicht Ihre Ehefrau, nicht Ihre bei Ihnen wohnende Lebensgefährtin und selbst bei phantasievollster Auslegung nicht Ihre Gehilfin gewesen. Sie ist nur Diane Coslaw aus Pound Ridge gewesen; sie ist nicht vor Ihnen hergegangen und hat Blütenblätter gestreut oder ein Kornett geblasen.«

»Nein, aber ich will sie sehen.« Und was ich dabei dachte,

hätte ihn zur Weißglut gebracht: Ich wollte sehen, ob sie das grüne Kleid mit den schwarzen Tupfen trug, weil sie verdammt genau wusste, dass es mein Lieblingskleid war.

Er seufzte wieder. »Ich kann nicht mit Ihnen diskutieren, sonst verpasse ich meinen Zug. Der Nächste fährt erst um ein Uhr eins.«

»Sehen Sie zu, dass Sie Ihren Zug erwischen.«

»Das tue ich auch, aber erst will ich Ihnen noch klarmachen, worauf Sie sich einlassen. Ein Treffen dieser Art ist wie ein Turnier. Die Anwälte sind die Ritter; ihre Mandanten sind vorläufig zu Knappen degradiert, die Sir Barristers Lanze in der einen Hand und die Zügel seines Pferdes in der anderen halten.« Sein Tonfall suggerierte, dies sei ein alter Vergleich, den er gern benützte. »Was Sie mir erzählen, ist Folgendes: Da ich nicht dabei sein kann, wollen Sie sich auf meinen Klepper schwingen und gegen den anderen Kerl angaloppieren – ohne Lanze, ohne Rüstung, ohne Visier, vermutlich sogar ohne ein Suspensorium.«

»Ich will sie sehen«, sagte ich. »Ich will sehen, wie's ihr geht. Wie sie aussieht. Und vielleicht will Humboldt, wenn Sie nicht da sind, überhaupt nicht mit mir reden.«

»Ach, wäre das nicht nett«, sagte er und ließ ein kleines zynisches Lachen hören. »Ich kann Ihnen das nicht ausreden, stimmt's?«

»Nein.«

»Also gut, dann verlange ich, dass Sie sich an bestimmte Anweisungen halten. Stelle ich fest, dass Sie das nicht getan und damit alles vermasselt haben, gelange ich vielleicht zu dem Schluss, es sei einfacher, dieses Mandat niederzulegen. Haben Sie mich verstanden?«

»Ja, ich verstehe.«

»Gut. Schreien Sie sie nicht an, Steven. Das ist die große Nummer eins. Haben Sie *das* verstanden?«

»Ja.« Ich würde sie nicht anschreien. Wenn ich zwei Tage nach ihrem Verschwinden das Rauchen aufgeben und diesen Entschluss durchhalten konnte, traute ich mir zu, hundert

Minuten und drei Gänge lang durchzuhalten, ohne sie eine Schlampe zu nennen.

»Schreien Sie ihn nicht an, das ist Nummer zwei.«

»Okay.«

»Sagen Sie nicht bloß okay. Ich weiß, dass Sie ihn nicht mögen, und er kann Sie auch nicht besonders leiden.«

»Er kennt mich überhaupt nicht persönlich. Wie kann er da eine bestimmte Meinung von mir haben?«

»Seien Sie nicht begriffsstutzig«, sagte er. »Er wird dafür *bezahlt*, eine Meinung zu haben, deshalb. Sagen Sie also okay, als meinten Sie's ernst.«

»Okay, als meinte ich's ernst.«

»Schon besser.« Aber das sagte er nicht, als meinte *er's* ernst; er sagte es wie ein Mann, der auf seine Uhr sieht.

»Werden Sie auf keinen Fall konkret«, sagte er. »Diskutieren Sie nicht über finanzielle Vereinbarungen, nicht einmal auf der Grundlage von ›Was würden Sie davon halten, wenn ich folgenden Vorschlag machte?‹. Wird er sauer und will wissen, warum Sie zum Lunch gekommen sind, wenn Sie nicht über konkrete Dinge reden wollen, erzählen Sie ihm einfach, was Sie mir gesagt haben – dass Sie Ihre Frau wieder sehen wollten.«

»Okay.«

»Und können Sie damit leben, wenn die beiden daraufhin gehen?«

»Ja.« Ich wusste nicht, ob ich's konnte oder nicht, aber ich traute es mir zu, und ich wusste, dass Ring seinen Zug erwischen wollte.

»Als Anwalt – als *Ihr* Anwalt – sage ich Ihnen, dass das eine beschissene Idee ist, und wenn dieser Schuss vor Gericht nach hinten losgeht, beantrage ich eine Verhandlungspause, nur damit ich Sie mit auf den Korridor hinausziehen und Ihnen sagen kann, dass ich Sie gewarnt habe. Haben Sie das verstanden?«

»Ja. Grüßen Sie Ihre Mutter von mir.«

»Vielleicht heute Abend«, sagte Ring, und ich glaubte zu

hören, wie er dabei die Augen verdrehte. »Vorher kann ich bestimmt kein Wort einwerfen. Ich hab's eilig, Steven.«

»Okay.«

»Hoffentlich werden Sie von Diane versetzt.«

»Ich weiß, dass Sie das hoffen.«

Er legte auf und machte sich auf den Weg zu seiner Mutter nach Babylon. Als wir uns ein paar Tage später wiedersahen, stand zwischen uns etwas, über das wir nicht richtig reden konnten, obwohl ich glaube, dass wir darüber gesprochen hätten, wenn wir uns etwas besser gekannt hätten. Ich sah es in seinem Blick, und Ring sah es vermutlich auch in meinem – das Wissen, dass, wäre seine Mutter nicht die Treppe hinuntergefallen und hätte sich die Hüfte gebrochen, er genauso hätte tot sein können, wie es William Humboldt war.

Ich ging zu Fuß zum Gotham Café, verließ mein Büro um 11.15 Uhr und traf um 11.45 Uhr gegenüber vom Restaurant ein. Ich war um meines Seelenfriedens willen frühzeitig da – mit anderen Worten, um mich zu vergewissern, dass der Laden dort war, wo er nach Humboldts Beschreibung sein sollte. Das ist einfach meine Art; so bin ich schon immer gewesen. In der ersten Zeit unserer Ehe nannte Diane das meinen »zwanghaften Zug«, aber ich glaube, dass sie es später besser wusste. Mir fällt es einfach schwer, der Kompetenz anderer zu vertrauen, das ist alles. Ich weiß, dass das eine verdammt lästige Eigenschaft ist, und ich weiß, dass sie Diane verrückt machte, aber was sie nie zu erkennen schien, war die Tatsache, dass mir diese Eigenschaft selbst nicht sonderlich gefiel. Aber manche Dinge brauchen eben länger, bis sie sich ändern lassen. Und manche Dinge kann man niemals ändern, auch wenn man sich noch so sehr darum bemüht.

Das Restaurant befand sich genau dort, wo Humboldt gesagt hatte – es war an einer grünen Markise mit den Worten GOTHAM CAFÉ zu erkennen. Auf die hohen Spiegelglasscheiben zum Gehsteig hin war eine weiße Skyline gemalt. Es sah wie ein New Yorker In-Lokal aus. Gleichzeitig

sah es ziemlich unauffällig aus, nur eines der ungefähr achthundert teuren Restaurants, die sich in Midtown New York
zusammendrängten.

Nachdem der Treffpunkt lokalisiert und ich vorläufig beruhigt war (zumindest in diesem Punkt; ich war verdammt
nervös, weil ich Diane wieder sehen würde, und verzehrte
mich nach einer Zigarette), ging ich zur Madison weiter und
sah mich eine Viertelstunde lang in einem Koffer- und Leder-
warengeschäft um. Ein bloßer Schaufensterbummel hätte
nicht genügt; falls Diane und Humboldt von Uptown kamen, hätten sie mich sehen können. Diane hätte mich wahrscheinlich sogar von hinten an meiner Schulterhaltung und
am Sitz meines Jacketts erkannt, und das wollte ich nicht.
Sie sollten nicht wissen, dass ich zu früh gekommen war. Ich
dachte, das könnte irgendwie armselig wirken. Also ging ich
hinein.

Ich kaufte einen Schirm, den ich nicht brauchte, und verließ das Geschäft pünktlich um zwölf, weil ich wusste, dass
ich dann das Gotham Café um 12.05 Uhr betreten konnte.
Eine Maxime meines Vaters: Musst *du* dort sein, komm fünf
Minuten zu früh. Brauchen andere *dich* dort, komm fünf
Minuten zu spät. Ich hatte einen Punkt erreicht, an dem ich
nicht mehr wusste, wer was oder warum oder wie lange
brauchte, aber die Maxime meines Vaters erschien mir als
der sicherste Kurs. Hätte ich mich nur mit Diane getroffen,
wäre ich auf die Minute pünktlich gekommen, glaube ich.

Nein, das ist wahrscheinlich gelogen. Hätte ich mich nur
mit Diane getroffen, wäre ich vermutlich gleich um 11.45
Uhr reingegangen und hätte drinnen auf sie gewartet.

Ich blieb kurz unter der Markise stehen und sah ins Lokal
hinein. Es war hell beleuchtet, was ich als Pluspunkt ver-
buchte. Ich habe eine starke Abneigung gegen dunkle Restaurants, in denen man kaum sieht, was man isst oder trinkt.
An den weiß gestrichenen Wänden hingen ausdrucksvolle
abstrakte Gemälde. Was sie darstellten, war nicht zu erkennen, aber das spielte keine Rolle; mit ihren leuchtenden

Grundfarben und den breiten, kraftvollen Pinselstrichen wirkten sie auf den Betrachter wie visuelles Koffein. Ich suchte Diane und sah eine Frau, die sie hätte sein können, etwa in der Mitte des langen Raums an einem Wandtisch sitzen. Das war schwer zu beurteilen, weil sie mir den Rücken zudrehte und ich nicht ihr Talent dafür besitze, Menschen unter erschwerten Bedingungen zu erkennen. Aber der an ihrem Tisch sitzende stämmige Mann mit beginnender Glatze sah genau so aus, wie ich mir Humboldt vorstellte. Ich atmete tief durch, zog die Tür auf und betrat das Restaurant.

Die Entwöhnung von Tabak verläuft in zwei Phasen, und meiner Überzeugung nach bewirkt die zweite Phase die meisten Rückfälle. Der körperliche Entzug dauert zehn bis vierzehn Tage, nach denen die meisten Symptome – Schweißausbrüche, Kopfschmerzen, Muskelzucken, pochende Augenschmerzen, Schlaflosigkeit, Reizbarkeit – verschwinden. Danach folgt eine weit längere Periode geistigen Entzugs. Zu seinen Symptomen können leichte bis mäßige Depressionen, Melancholie, eine gewisse Anhedonie (mit anderen Worten: die Unfähigkeit, Freude zu empfinden), Vergesslichkeit und sogar eine Art vorübergehender Leseschwäche gehören. Das alles weiß ich, weil ich es nachgelesen habe. Nach den Ereignissen im Gotham Café erschien es mir sehr wichtig, das zu tun. Vermutlich müsste man sagen, mein Interesse an diesem Thema sei irgendwo zwischen dem Land der Hobbys und dem Königreich der Obsessionen angesiedelt.

Das üblichste Symptom der zweiten Phase des Entzugs ist ein Gefühl leichter Irrealität. Nikotin beschleunigt den Synapsentransfer und fördert die Konzentration – mit anderen Worten verbreitert es die Datenautobahnen des Gehirns. Seine Wirkung ist nicht stark und für erfolgreiches Denken nicht wirklich notwendig (auch wenn die meisten chronisch Nikotinsüchtigen das Gegenteil glauben), aber wenn man sie unterbindet, bleibt ein Gefühl zurück – in meinem Fall ein *beherrschendes* Gefühl –, die Welt habe entschieden traumartige Züge angenommen. Bei vielen Gelegenheiten hatte ich den Eindruck, als glitten Menschen und Autos und die kleinen Gehsteigvignetten, die ich beobachtete, in Wirklichkeit auf einer bewegten Leinwand an mir vorbei – ein von verborgenen Bühnenarbeitern, die gewaltige Kurbeln drehten und riesige Trommeln in Bewegung setzten, in Gang gehaltenes Geschehen. Das war auch ein wenig so, als sei man ständig leicht bekifft, weil mit dieser Empfindung ein Gefühl von Hilflosigkeit und moralischer Erschöpfung einherging, ein Gefühl, alles müsse einfach auf Gedeih und Verderb wie bisher weiterlaufen, weil man (allerdings rede ich natürlich von mir) mit dem *Nichtrauchen* viel zu sehr ausgelastet sei, um noch zu viel mehr fähig zu sein.

Ich bin mir nicht sicher, wie sehr sich das alles auf die Ereignisse auswirkte, aber ich weiß, dass es eine *gewisse* Bedeutung hatte. Und so war ich mir ziemlich sicher, dass mit dem Oberkellner irgendetwas nicht stimmte, sobald ich ihn sah, aber sobald er mich angesprochen hatte, wusste ich es.

Er war groß, ungefähr Mitte vierzig, schlank (zumindest in seinem Smoking; in gewöhnlicher Kleidung wäre er hager gewesen), schnurrbärtig. In einer Hand hielt er eine in Leder gebundene Speisekarte. Mit anderen Worten sah er aus wie Bataillone von Oberkellnern in Bataillonen von New Yorker Luxusrestaurants. Bis auf seine Fliege, die schief saß, und etwas auf seinem Hemd, ein Klecks, unmittelbar über der Stelle, wo sein Jackett zugeknöpft war. Dieser Fleck sah wie Sauce oder ein Klacks von irgendeinem dunklen Gelee aus. Außerdem standen mehrere Haarbüschel widerborstig von seinem Hinterkopf weg und erinnerten mich unwillkürlich an Alfalfa aus den alten Stummfilmen *Die kleinen Strolche*. Das hätte fast einen Lachanfall ausgelöst – ich war sehr nervös, wie Sie wissen –, und ich musste mir auf die Unterlippe beißen, um nicht damit rauszuplatzen.

»Yes, Sir?«, fragte er, als ich an das kleine Empfangspult trat. Das klang ungefähr wie *Yais, Sair?* Alle Oberkellner in

New York City sprechen mit einem Akzent, aber es ist nie einer, den man eindeutig identifizieren kann. Ein Mädchen, mit dem ich Mitte der achtziger Jahre befreundet war, eine junge Frau, die Humor *besaß* (und leider auch ziemlich drogenabhängig war), erzählte mir einmal, sie wüchsen alle auf derselben kleinen Insel auf und sprächen deshalb alle dieselbe Sprache.

»Welche Sprache ist das?«, fragte ich sie.

»Renommisti«, sagte sie, und ich bekam einen Lachanfall.

Daran erinnerte ich mich wieder, als ich an seinem Pult vorbei zu der Frau hinübersah, die ich von draußen gesehen hatte – ich war mir jetzt fast sicher, dass sie Diane war –, und ich musste mir erneut von innen auf die Unterlippe beißen. Das bewirkte, dass Humboldts Name aus meinem Mund wie ein halb unterdrücktes Niesen klang.

Die hohe, blasse Stirn des Oberkellners zog sich zu einem Runzeln zusammen. Seine Augen bohrten sich in meine. Als ich an seine Theke trat, hatte ich sie für braun gehalten, aber jetzt sahen sie schwarz aus.

»Pardon, Sir?«, fragte er. Das klang ungefähr wie *Padun, Sair?* und sah wie *Fuck you, Jack* aus. Seine langen Finger, blass wie seine Stirn – Konzertpianistenfinger, so erschienen sie mir –, trommelten nervös auf dem Einband der Speisekarte herum. Die wie ein geschmackloses Lesezeichen aus der Karte heraushängende Troddel schwankte hin und her.

»Humboldt«, sagte ich. »Vier Personen.« Ich merkte, dass ich meinen Blick nicht von seiner Fliege wenden konnte, die so schief saß, dass ihre linke Hälfte fast seinen Unterkiefer streifte, und auch nicht von dem Klecks auf seinem schneeweißen Smokinghemd. Aus der Nähe betrachtet sah der Fleck nicht wie Sauce oder Gelee aus; er sah wie teilweise angetrocknetes Blut aus.

Während er in seinem Reservierungsbuch nachsah, wedelten die vom Hinterkopf abstehenden Haarbüschel über seinem sonst glatt zurückgekämmten Haar vor und zurück. Ich konnte in den Furchen, die sein Kamm hinterlassen hatte, seine Kopfhaut sehen – und dass die Schultern seines Smokings mit Schuppen gesprenkelt waren. Dabei überlegte ich mir, dass ein guter Oberkellner einen Angestellten, der in so schlampiger Aufmachung erschien, vielleicht rausgeschmissen hätte.

»Ah, yes, *Monsieur*« *(Ah, yais, Messuu.)* Er hatte den Namen gefunden. »Die Herrschaften sind ...« Er begann den Kopf zu heben. Dann machte er abrupt Halt, und sein Blick wurde noch strenger, falls das überhaupt möglich war, als er an mir vorbei zu Boden sah. »Sie dürfen diesen Hund hier nicht mit reinbringen«, sagte er scharf. »Wie oft habe ich Ihnen schon gesagt, dass Sie diesen *Hund* hier nicht mit reinbringen dürfen!«

Er schrie nicht gerade, sprach aber doch so laut, dass mehrere der Gäste, die seinem kanzelartigen Pult am nächsten saßen, zu essen aufhörten und sich neugierig umsahen.

Ich sah mich ebenfalls um. Er hatte so nachdrücklich gesprochen, dass ich erwartete, *irgendjemandes* Hund zu sehen, aber hinter mir war niemand und ganz bestimmt kein Hund. Ohne recht zu wissen, warum, vermutete ich plötzlich, er spreche von meinem Schirm, als sei auf der Insel der Oberkellner »Hund« ein Slangausdruck für Regenschirm – vor allem wenn ein Gast ihn an einem Tag trug, an dem Regen offenbar wenig wahrscheinlich war.

Ich drehte mich wieder nach dem Oberkellner und sah, dass er sich bereits mit meiner Speisekarte in der Hand von seinem Platz entfernt hatte. Er musste gespürt haben, dass ich ihm nicht folgte, denn er sah sich mit leicht hochgezogenen Augenbrauen über die Schulter hinweg nach mir um. Auf seinem Gesicht stand jetzt nur eine höfliche Frage – *Kommen Sie, Messuu?* –, also kam ich mit. Ich konnte weder die Zeit noch die Mühe aufwenden, mich darum zu kümmern, was dem Oberkellner eines Restaurants, in dem ich noch nie gewesen war und in das ich vermutlich nie wieder gehen würde, fehlen mochte; ich musste mich mit Humboldt und Diane auseinander setzen, ich musste es schaffen, ohne zu rauchen, und der Oberkellner im Gotham Café würde seine Probleme – auch die Sache mit dem Hund – selbst lösen müssen.

Diane drehte sich um, und anfangs sah ich auf ihrem Gesicht und in ihren Augen nichts als eine Art eisiger Höflichkeit. Dann erkannte ich gleich darunter Zorn ... oder bildete mir ein, ihn zu sehen. In unseren letzten drei oder vier gemeinsamen Monaten hatten wir viel gestritten, aber ich konnte mich nicht daran erinnern, jemals diese Art verdeckter Wut gesehen zu haben, die ich jetzt in ihr spürte – einen Zorn, den das Make-up und das neue Kleid (blau, keine Tupfen, kein Seitenschlitz) und die neue Frisur tarnen sollten. Der stämmige Mann, mit dem sie da war, sagte etwas, und sie streckte ihre Hand aus und berührte seinen Arm. Als er sich mir zuwandte und aufzustehen begann, sah ich noch etwas anderes auf ihrem Gesicht: Sie war nicht nur zornig auf mich, sondern hatte auch Angst vor mir. Und obwohl sie noch kein Wort gesagt hatte, war ich bereits wütend auf sie. Alles auf ihrem Gesicht und in ihrem Blick war negativ; sie hätte genauso gut ein Schild Bis auf weiteres geschlossen an der Stirn tragen können. Ich fand, ich hätte Besseres verdient. Denkbar ist natürlich, dass das ausdrücken soll, dass ich auch nur ein Mensch bin.

»Monsieur«, sagte der Oberkellner und zog mir den Stuhl links neben Diane heraus. Ich hörte kaum, was er sagte, und jeglicher Gedanke an sein exzentrisches Benehmen und seine schief sitzende Fliege war verflogen. Ich glaube sogar, dass das Thema Tabak mich zum ersten Mal, seit ich das Rauchen aufgegeben hatte, für kurze Zeit nicht mehr beschäftigte. Ich konnte nur den sorgfältig arrangierten gelassenen Ausdruck ihres Gesichts betrachten und darüber staunen, wie ich auf sie wütend sein und sie trotzdem noch immer so begehren konnte, dass es mir wehtat, sie anzusehen. Abwesenheit mag das Herz liebevoller machen oder auch nicht, aber sie schärft jedenfalls den Blick.

Ich fand auch Zeit, mich zu fragen, ob ich wirklich alles
gesehen hatte, was ich vermutete. Zorn? Ja, das war möglich, sogar wahrscheinlich. Wäre sie nicht bis zu einem gewissen Grad wütend auf mich gewesen, hätte sie mich wohl
nicht verlassen. Aber Angst? Weshalb um Himmels willen
sollte Diane Angst vor mir haben? Ich hatte sie niemals auch
nur mit einem Finger angerührt. Gewiss, ich hatte bei einigen unserer Auseinandersetzungen die Stimme erhoben, aber
das hatte sie auch getan.

»Wünsche gut zu speisen, Monsieur«, sagte der Oberkellner aus irgendeinem anderen Universum – in jenem anderen, in dem dienstbare Geister sich gewöhnlich aufhalten
und ihren Kopf nur in unseres stecken, wenn wir sie rufen,
weil wir etwas brauchen oder uns über etwas beschweren
wollen.

»Mr. Davis, ich bin Bill Humboldt«, sagte Dianes Begleiter. Er streckte mir eine Pranke hin, deren Haut gerötet und
rissig aussah. Ich schüttelte sie kurz. Der Rest seines Körpers
war so groß wie seine Hand, und auf seinem breiten Gesicht
stand die leichte Röte, die bei Gewohnheitstrinkern oft nach
dem ersten Drink des Tages auftritt. Ich schätzte ihn auf
Mitte vierzig, ungefähr zehn Jahre von dem Zeitpunkt entfernt, an dem seine jetzt schon schlaffen Wangen zu Hänge-
backen würden.

»Angenehm«, sagte ich, ohne über das, was ich sagte,
groß nachzudenken. Ich wollte nur die Sache mit dem Hän-
deschütteln hinter mich bringen, damit ich mich wieder der
hübschen Blondine mit dem rosig-weißen Teint, den blassro-
sa Lippen und der straffen, schlanken Figur zuwenden konnte. Der Frau, die mir vor nicht allzu langer Zeit gern ins Ohr
geflüstert hatte »Mach's mir mach's mir mach's mir«, während sie sich an meinem Hintern wie an einem Sattel mit zwei
Knäufen festgeklammert hatte.

»Wo ist Mr. Ring?«, fragte Humboldt und sah sich um
(etwas theatralisch, wie ich fand).

»Mr. Ring ist nach Long Island unterwegs. Seine Mutter

ist die Treppe runtergefallen und hat sich eine Hüfte gebrochen.«

»Oh, wunderbar«, sagte Humboldt. Er griff nach dem vor ihm stehenden halben Martini und leerte das Glas, bis die Olive mit dem Zahnstocher an seiner Oberlippe anlag. Er ließ sie zurückgleiten, stellte dann das Glas ab und sah mich an. »Und ich wette, dass ich erraten kann, was er Ihnen aufgetragen hat.«

Ich hörte, was er sagte, achtete aber nicht darauf. Humboldt war im Augenblick nicht wichtiger als kleine atmosphärische Störungen bei einer Rundfunksendung, die man unbedingt hören will. Stattdessen betrachtete ich Diane. Wirklich erstaunlich, dass sie cleverer und hübscher aussah als je zuvor. Als habe sie Dinge gelernt – ja, selbst nach nur zweiwöchiger Trennung von mir und während sie bei Ernie und Dee Dee Coslaw in Pound Ridge gelebt hatte –, die ich niemals wissen würde.

»Wie geht's dir, Steve?«, fragte sie.

»Gut«, sagte ich. Dann: »In Wirklichkeit nicht so gut. Du hast mir gefehlt.«

Darauf reagierte die Lady nur mit wachsamem Schweigen. Diese großen blau-grünen Augen beobachteten mich, das war alles. Jedenfalls keine Ballrückgabe, kein *Du hast mir auch gefehlt*.

»Und ich habe das Rauchen aufgegeben. Auch das hat meinem Seelenfrieden schwer zugesetzt.«

»Du hast's endlich getan? Gratuliere.«

Ihr höflich abweisender Tonfall bewirkte, dass mich wieder Ärger durchzuckte, diesmal wirklich hässlicher. Als ob ich vielleicht nicht die Wahrheit sagte, wobei es eigentlich unwichtig war, ob ich schwindelte oder nicht. Sie hatte zwei Jahre lang tagtäglich wegen der Zigaretten an mir herumgenörgelt – dass ich davon Krebs bekommen würde, dass *sie* davon Krebs bekommen würde, dass sie nicht einmal daran denken würde, ein Kind zu bekommen, bevor ich damit aufhörte, sodass ich mir alle Überredungskunst sparen könne, die ich vielleicht für *dieses* Thema hätte aufwenden wollen –, und nun spielte das alles plötzlich keine Rolle mehr, weil ich keine mehr spielte.

»Wir haben ein paar geschäftliche Dinge zu erledigen«, sagte Humboldt. »Wenn's Ihnen recht ist, meine ich.«

Neben ihm auf dem Boden stand einer der großen, kastenförmigen Aktenkoffer, die Anwälte bevorzugen. Er hob ihn mit einem Grunzen hoch und stellte ihn auf den Stuhl, auf dem mein Anwalt gesessen hätte, wenn seine Mutter sich nicht die Hüfte gebrochen hätte. Humboldt fing an, die Schlösser aufschnappen zu lassen, aber ich achtete nicht mehr auf ihn. Was er vorhatte, war mir tatsächlich *nicht* recht. Das war übrigens keine Frage der Vorsicht, sondern eine der Prioritäten. Ich war dem Schicksal einen Augenblick dafür dankbar, dass Ring verhindert war. Das hatte die Fragen, um die es hier ging, jedenfalls geklärt.

Ich sah zu Diane hinüber und sagte: »Ich will's noch mal versuchen. Können wir uns nicht versöhnen? Siehst du dafür eine Chance?«

Der absolute Horror, der sich auf ihrem Gesicht ausbreitete, ließ Hoffnungen zerschellen, von denen ich nicht einmal gewusst hatte, dass ich sie hegte. Statt zu antworten, sah sie an mir vorbei zu Humboldt hinüber.

»Sie haben gesagt, darüber würden wir auf keinen Fall reden müssen!« Ihre zitternde Stimme klang vorwurfsvoll. »Sie haben gesagt, Sie würden nicht mal zulassen, dass davon geredet wird!«

Humboldt wirkte leicht verwirrt. Er zuckte mit den Schultern und blickte kurz auf sein leeres Martiniglas hinunter, bevor er wieder zu Diane hinübersah. Ich glaube, er wünschte sich, er hätte einen doppelten Martini bestellt. »Ich habe nicht gewusst, dass Mr. Davis ohne seinen Anwalt zu diesem Gespräch kommen würde. Sie hätten mich anrufen müssen, Mr. Davis. Da Sie's nicht getan haben, fühle ich mich verpflichtet, Ihnen mitzuteilen, dass Diane keineswegs an eine Versöhnung gedacht hat, als sie grünes Licht für dieses Treffen gegeben hat. Ihr Entschluss, eine Scheidung anzustreben, ist endgültig.«

Er warf ihr einen fragenden Blick zu, als erwarte er eine Bestätigung, und erhielt sie auch. Diane nickte nachdrücklich. Ihr Gesicht war im Vergleich zu vorhin lebhaft gerötet, aber dies war kein Erröten, das ich mit Verlegenheit in Verbindung gebracht hätte. »Darauf können Sie *wetten*«, sagte sie, und ich sah wieder diesen zornigen Ausdruck auf ihrem Gesicht.

»Diane, warum?« Ich verabscheute den klagenden Unterton, den ich in meiner Stimme hörte – ein Laut, der fast wie das Blöken eines Schafs klang –, aber ich konnte nichts gegen diesen gottverdammten Klang tun. » *Warum?* «

»O Jesus!«, sagte sie. »Willst du mir erzählen, dass du's wirklich nicht weißt?«

»Ja ...«

Ihre Wangen waren noch hektischer gerötet, und die Röte stieg fast bis zu ihren Schläfen auf. »Nein, wahrscheinlich weißt du's nicht. Ist das nicht wieder *typisch?* « Sie griff nach ihrem Wasserglas und verschüttete ein gutes Drittel des Inhalts auf dem Tisch, weil ihre Hand zitterte. Ich dachte sofort – ich meine, *peng!* – an den Tag, an dem sie mich verlassen hatte, und erinnerte mich daran, wie ich in der Küche ein Glas Orangensaft von der Arbeitsplatte gestoßen und mich angehalten hatte, die Scherben erst aufzusammeln, wenn meine Hände sich beruhigt hatten, und wie ich es trotzdem getan und mich als Dank für meine Mühe geschnitten hatte.

»Schluss damit, das ist kontraproduktiv«, sagte Humboldt. Er sprach wie eine Spielplatzaufsicht, die eine Balgerei verhindern will, bevor sie entstehen kann, aber sein Blick suchte den rückwärtigen Teil des Lokals nach unserem Ober, nach irgendeinem Ober ab, dessen Aufmerksamkeit er auf sich lenken konnte. In diesem speziellen Augenblick interessierten wir ihn weit weniger, als er sich dafür interessierte, das zu erhalten, was die Briten gern als »die andere Hälfte« bezeichnen.

»Ich will nur wissen …«, begann ich.

»Was Sie *wissen* wollen, hat nichts damit zu tun, weshalb wir *hier* sind«, sagte Humboldt und wirkte dabei einen Augenblick lang so clever und hellwach, wie er vermutlich gewesen war, als er damals mit seinem Diplom in der Hand aus dem Gebäude der juristischen Fakultät getreten war.

»Ja, richtig, *endlich*«, sagte Diane. Sie sprach mit brüchiger, drängender Stimme. »Endlich geht's nicht mehr darum, was du willst, was du *brauchst*.«

»Ich weiß nicht, was das heißen soll, aber ich bin bereit zuzuhören«, sagte ich. »Wir könnten zur Eheberatung gehen. Ich habe nichts dagegen, wenn es vielleicht …«

Sie hob beide Hände bis auf Schulterhöhe. »O Gott, Mr. Macho ist im New Age angekommen«, sagte sie, dann ließ sie die Hände wieder in den Schoß fallen. »Nach all diesen Tagen, an denen du stolz im Sattel sitzend in den Sonnenuntergang davongeritten bist. Sag mir, dass das nicht stimmt, Joe.«

»Schluss damit«, forderte Humboldt sie auf. Er sah von seiner Mandantin zu dem künftigen Exmann seiner Mandantin hinüber (dazu würde es tatsächlich kommen; sogar die durch mein *Nichtrauchen* bewirkte leichte Irrealität konnte diese selbstverständliche Tatsache jetzt nicht mehr vor mir verbergen). »Noch ein Wort von einem von Ihnen beiden, dann erkläre ich diesen Lunch für beendet.« Er bedachte uns mit einem kleinen Lächeln, das so offensichtlich aufgesetzt war, dass ich es pervers liebenswert fand. »Und dabei haben wir noch nicht mal gehört, was auf der Tageskarte steht.«

Das – die erste Erwähnung von Essen, seit ich mich zu den beiden gesellt hatte – war kurz bevor die schlimmen Dinge zu passieren begannen, und ich weiß noch, dass mir von einem der Nachbartische ein Duft von Lachs in die Nase stieg. In den vierzehn Tagen, seit ich das Rauchen aufgegeben hatte, war mein Geruchssinn unglaublich geschärft geworden, aber das erscheint mir nicht gerade als Segen – vor allem nicht, wenn es um Lachs geht. Früher mochte ich ihn gern, aber nun kann ich seinen Geruch nicht mehr ertragen, von seinem Geschmack ganz zu schweigen. Für mich riecht er nach Schmerz und Angst und Blut und Tod.

»Er hat damit angefangen«, sagte Diane schmollend.

Du *hast damit angefangen, schließlich bist* du *abgehauen*, dachte ich, aber ich behielt das für mich. Humboldt meinte offensichtlich, was er sagte; er würde Diane an der Hand nehmen und mit ihr das Restaurant verlassen, wenn wir wie auf dem Schulhof mit diesem Scheiß, mit *Nein-ich-war's-nicht* und *Doch-du-warst's* anfingen. Nicht einmal die Aussicht auf einen weiteren Drink würde ihn hier halten können.

»Okay«, sagte ich nachsichtig ... und glauben Sie mir, ich musste mich anstrengen, um diesen milden Tonfall zu schaffen. »Ich habe damit angefangen. Was kommt als Nächstes?« Das wusste ich natürlich: Papiere, Papiere, Papiere. Und die einzige Befriedigung, die ich in dieser traurigen Situation erwarten konnte, würde vermutlich daraus bestehen, dass ich ihnen erklärte, dass ich auf Anraten meines Anwalts nichts unterschreiben oder mir auch nur ansehen würde. Ich sah wieder zu Diane hinüber, aber sie hatte ihren Kopf gesenkt, und ihr Haar verbarg ihr Gesicht. Ich fühlte den starken Drang, sie an den Schultern zu packen und in ihrem neuen blauen Kleid wie ein Steinchen in einem Flaschenkürbis zu schütteln. *Glaubst du, dass es hier nur um dich geht?,* würde ich sie anbrüllen. *Glaubst du, dass es hier nur um dich geht? Nun, der Marlboro-Mann hat Neuigkeiten für dich, Sweetheart – du bist eine dickköpfige, selbstsüchtige kleine Schlam...*

»Mr. Davis?«, fragte Humboldt höflich.

Ich sah zu ihm hinüber.

»Da sind Sie ja«, sagte er. »Ich dachte, Sie hätten sich wieder ausgeklinkt.«

»Keineswegs«, sagte ich.

»Gut. Wunderbar.«

Er hielt mehrere Bündel Papier in seinen Händen. Sie wurden von diesen Büroklammern zusammengehalten, die es in verschiedenen Farben gibt – Rot, Blau, Gelb, Purpur. Sie passten gut zu den abstrakten Gemälden an den Wänden des Gotham Cafés. Auf einmal wurde mir klar, wie bodenlos unvorbereitet ich zu diesem Treffen gekommen war – und das nicht etwa nur, weil mein Anwalt im Zwölf-Uhr-dreiunddreißig-Zug nach Babylon saß. Diane hatte ihr neues Kleid; Humboldt hatte seinen Brinks-Laster von einem Aktenkoffer sowie Schriftstücke, die von farbigen Büroklammern zusammengehalten wurden; ich dagegen hatte nur einen Regenschirm an einem sonnigen Tag. Ich blickte auf ihn neben meinem Stuhl hinunter (ich hatte überhaupt nicht daran gedacht, ihn an der Garderobe abzugeben) und sah an seinem Griff noch das Preisschild baumeln. Plötzlich kam ich mir wie Minnie Pearl vor.

Hier roch es wundervoll wie in den meisten Restaurants, seit Rauchverbot herrscht – nach Blumen und Wein und frischem Kaffee und Schokolade und Kuchen –, aber was ich am deutlichsten roch, war der Lachs. Ich erinnere mich, dass ich dachte, er rieche sehr gut, und dass ich ihn wahrscheinlich auch bestellen würde. Ich weiß auch noch, dass ich mir überlegte, wenn ich bei diesem Treffen essen könne, könne ich vermutlich überall essen.

»Ich habe hier eine Anzahl Vordrucke, die Ihnen und Ms. Davis erlauben werden, finanziell mobil zu bleiben, während gleichzeitig sichergestellt ist, dass keiner von Ihnen beiden unfairen Zugang zu den Geldmitteln hat, die Sie in gemeinsamer harter Arbeit angesammelt haben«, sagte Humboldt. »Außerdem habe ich hier verschiedene Vollmachten, die Sie unterschreiben müssen, und Vordrucke, die uns gestatten, Ihre Anleihen und Schatzwechsel auf ein Treuhandkonto zu übertragen, bis Ihre jetzige Situation vom Gericht geregelt wird.«

Ich öffnete den Mund, um ihm zu sagen, ich würde nichts unterschreiben, und wenn das heiße, dass unser Gespräch beendet sei, sei das leider nicht zu ändern, aber ich bekam kein einziges Wort heraus. Bevor ich sprechen konnte, wurde ich von dem Oberkellner unterbrochen. Er redete nicht nur, sondern kreischte auch, was ich versucht habe, lautmalerisch anzudeuten, aber eine Aneinanderreihung von i-Lauten kann die Eigenart dieses Geräuschs nicht wirklich wiedergeben. Es war, als sei sein Bauch voller Dampf und in seinem Hals stecke eine Teekesselpfeife.

»*Dieser Hund … Iiiiiii! … Ich hab dich wieder und wieder auf diesen Hund angesprochen … Iiiiiii! … Die ganze Zeit kann ich nicht schlafen … Iiiiiii! … Sie sagt, schneid dir die Kehle durch, diese Fotze … Iiiiiii! … Wie du mich peinigst! … Iiiiiii! … Und jetzt bringst du diesen Hund hier mit rein! … Iiiiiii!*«

Im Lokal herrschte natürlich sofort Schweigen, und die Gäste sahen erstaunt von ihrem Essen oder ihrer Unterhaltung auf, als die hagere, blasse Gestalt in Schwarz durch den Raum stakste – mit vorgerecktem Kopf und langen Storchenbeinen, die sich scherenartig bewegten. Die Fliege des Oberkellners war nun um volle neunzig Grad aus ihrer Normallage gedreht, sodass sie nun an Uhrzeiger erinnerte, die sechs Uhr anzeigen. Er hielt seine Hände auf dem Rücken zusammengelegt, während er durch den Raum schritt, und seine in der Taille leicht nach vorn abgeknickte Haltung erinnerte mich an eine Illustration in dem Literaturkundebuch, das ich in der sechsten Klasse gehabt hatte: eine Zeichnung von Washington Irvings unglücklichem Lehrer Ichabod Crane.

Ich war's, den er ansah; ich war's, auf den er zukam. Ich starrte ihn an, kam mir beinahe hypnotisiert vor – das Ganze glich einem dieser Träume, in denen man entdeckt, dass man für das Anwaltsexamen, das man ablegen soll, nichts gelernt hat, oder dass man unbekleidet an einem zu seinen Ehren im Weißen Haus gegebenen Dinner teilnimmt – und hätte mich wohl nicht von der Stelle gerührt, wenn Humboldt nicht eingegriffen hätte.

Ich hörte, wie er seinen Stuhl scharrend zurückschob, und sah zu ihm hinüber. Er stand auf, wobei er seine Serviette locker in einer Hand hielt. Er wirkte überrascht, sah aber auch wütend aus. Ich erkannte plötzlich zweierlei: dass er betrunken, sogar ziemlich betrunken war, und dass er dies als Schandfleck auf seiner Gastfreundschaft und seiner Kompetenz betrachtete. Schließlich hatte er dieses Restaurant ausgesucht, und jetzt *das* hier – der Zeremonienmeister war übergeschnappt.

»*Iiiiii! ... Ich lehr's dich! Ich lehr's dich zum letzten Mal* ...«

»O Gott, er hat sich in die Hose gemacht«, murmelte eine Frau an einem der Tische in unserer Nähe. Ihre Stimme war leise, aber in der Stille, während der Oberkellner tief Luft holte, um wieder zu kreischen, war sie ausgezeichnet zu hören, und ich sah, dass sie Recht hatte. Der Schritt der Smokinghose des hageren Mannes war völlig durchnässt.

»Hören Sie mal, Sie Idiot«, sagte Humboldt, indem er sich ihm zuwandte, und der Oberkellner zog seine linke Hand hinter dem Rücken hervor. In ihr hielt er das größte Schlachtermesser, das ich je gesehen habe. Es schien über einen halben Meter lang zu sein, und seine Klinge war am vorderen Ende wie ein Entermesser in einem alten Piratenfilm leicht nach oben gebogen.

»*Vorsicht!*«, rief ich Humboldt zu, und an einem der Wandtische schrie ein hagerer Mann mit randloser Brille auf und spuckte dabei zerkaute braune Essensreste auf die Tischdecke vor sich.

Humboldt schien weder meinen Warnruf noch den Schrei des anderen Mannes zu hören. Er starrte den Oberkellner mit gebieterischem Stirnrunzeln an. »Sie brauchen nicht zu erwarten, mich jemals wieder hier zu sehen, wenn das die Art ist, wie Sie ...«, begann Humboldt.

»*Iiiiii! IIIIIIII!*«, kreischte der Oberkellner gellend laut und schwang das Schlachtermesser in einem flachen Bogen. Dabei war ein sausendes Zischen zu hören, das wie ein geflüsterter Satz klang. Der Punkt war das Geräusch, mit dem die Klinge sich in William Humboldts rechte Backe grub.

Aus der Wunde explodierte Blut in einem Schwall winziger Tröpfchen. Sie verzierten die Tischdecke mit einem fächerförmigen Tupfenmuster, und ich sah deutlich (das werde ich nie vergessen), wie ein hellroter Tropfen in mein Wasserglas fiel und mit einem rosaroten Kometenschweif zum Boden des Glases hinabtauchte. Er sah wie eine blutige Kaulquappe aus.

Humboldts Backe sprang auf, sodass seine Zähne zu sehen waren, und als er seine Hand auf die klaffende Wunde drückte, sah ich auf der Schulter seines anthrazitgrauen Anzugs etwas rosig Weißes liegen. Erst als alles vorüber war, wurde mir klar, dass das sein Ohrläppchen gewesen sein musste.

»*Erzähl das deinen Ohren!*«, kreischte der Oberkellner Dianes blutenden Anwalt, der eine Hand auf seine Backe gepresst hielt, mit sich überschlagender Stimme an. Bis auf das Blut, das ihm über die Finger lief und zwischen ihnen hervorquoll, sah Humboldt geradezu unheimlich wie Jack Benny in einer seiner berühmten vertrottelten Nummern aus. »*Ruf's deinen widerlichen Klatschmaulfreunden auf der Straße zu ... du elender ... Iiiiii! ... HUNDEFREUND!*«

Jetzt kreischten auch andere Leute, hauptsächlich wegen des Bluts, glaube ich. Humboldt war ein großer Kerl, und er blutete wie ein abgestochenes Schwein. Ich konnte hören, wie Blut auf den Boden platschte wie Wasser aus einer geplatzten Leitung, und seine weiße Hemdbrust war jetzt blutrot. Seine Krawatte, die zuvor rot gewesen war, war jetzt schwarz.

»Steve?«, sagte Diane. »*Steven?*«

An einem Tisch halb links hinter ihr hatten ein Mann und eine Frau beim Lunch gesessen. Der Mann – ungefähr dreißig und gut aussehend wie früher George Hamilton – sprang plötzlich auf und spurtete zum Ausgang des Restaurants. »*Troy, geh nicht ohne mich!*«, kreischte seine Begleiterin, aber Troy sah sich nicht einmal um. Er hatte anscheinend ganz vergessen, dass er dringend ein Bibliotheksbuch zurückgeben musste oder vielleicht versprochen hatte, jemandem das Auto zu waschen und zu wachsen.

Falls die anderen Gäste wie gelähmt gewesen waren – ich weiß tatsächlich nicht, ob das der Fall war oder nicht, obwohl ich viel gesehen zu haben und mich an alles zu erinnern scheine –, fiel diese Lähmung jetzt von ihnen ab. Weitere Schreie waren zu hören, und andere Leute standen auf. Mehrere Tische wurden umgestürzt. Geschirr und Gläser zerschellten auf dem Boden. Ich sah einen Mann, der seinen Arm um die Taille seiner Begleiterin gelegt hatte, hinter dem Oberkellner vorbeihasten; ihre Hand umklammerte seine Schulter wie eine Klaue. Als unsere Blicke sich kurz begegneten, war ihrer leer wie der einer griechischen Büste. Ihr Gesicht war leichenblass, vor Todesangst alt und hässlich.

All das kann sich in zehn Sekunden, vielleicht auch in zwanzig abgespielt haben. Die Szenen stehen mir wie Serien von Fotos oder kurze Filmstreifen vor Augen, aber eine eingeblendete Zeit fehlt. Für mich hörte die Zeit in dem Augenblick zu existieren auf, in dem Alfalfa der Oberkellner seine Linke hinter dem Rücken hervorzog und ich das Schlachtermesser sah. In dieser ganzen Zeit spuckte der Mann im Smoking weiter einen wirren Wortschwall in seiner speziellen Oberkellnersprache aus, die meine damalige Freundin Renommisti genannt hatte. Einiges davon brachte er tatsächlich in einer Fremdsprache vor, einiges war Englisch, aber völlig sinnlos, und einiges davon war verblüffend … fast anrührend. Haben Sie jemals die langen, wirren Erklärungen gelesen, die Dutch Schultz auf dem Totenbett abgegeben hat? Ganz ähnlich klangen diese hier. An vieles kann ich mich nicht mehr erinnern. Aber was mir davon im Gedächtnis geblieben ist, werde ich wohl nie vergessen.

Humboldt taumelte rückwärts, wobei er sich weiter seine aufgeschlitzte Backe hielt. Seine Kniekehlen stießen an die Kante seines Stuhlsitzes, und er ließ sich schwerfällig darauf nieder. *Er sieht wie jemand aus, der gerade erfahren hat, dass er enterbt ist*, dachte ich. In seinen weit aufgerissenen Augen stand Entsetzen, als er begann, sich Diane und mir zuzuwenden. Ich hatte noch Zeit zu sehen, dass ihm Tränen aus den Augen liefen, dann umklammerte der Oberkellner den Griff des Schlachtermessers mit beiden Händen und vergrub die Klinge mitten in Humboldts Schädel. Das machte ein Geräusch, als schlage jemand mit einem Rohrstock auf einen Stapel Handtücher.

»*Butt!*«, rief Humboldt aus. Ich bin mir ganz sicher, dass dies sein letztes Wort auf dem Planeten Erde war – »*Butt.*« Dann verdrehte er seine weinenden Augen, bis das Weiße zu sehen war, sackte nach vorn auf seinen Teller und wischte mit einer ausgestreckten Hand die Gläser vom Tisch auf den Boden. Während das passierte, riss der Oberkellner – von seinem Hinterkopf stand jetzt alles Haar ab, nicht nur einzelne Büschel – das lange Messer aus seinem Schädel. Aus der Kopfwunde spritzte Blut in einer Art senkrechtem Vorhang und klatschte vorne an Dianes Kleid. Sie hob ihre Hände wieder in Schulterhöhe, aber aus dieser Geste sprach jetzt nicht Wut, sondern blankes Entsetzen. Sie kreischte, dann schlug sie ihre blutbespritzten Hände vors Gesicht und hielt sich die Augen zu. Der Oberkellner achtete nicht auf sie. Stattdessen wandte er sich an mich.

»Dieser Hund, den du hast«, sagte er fast im Gesprächston. Er ließ keinerlei Interesse an den entsetzt schreienden Menschen erkennen, die hinter ihm zu den Ausgängen flüchteten; er nahm sie anscheinend nicht einmal wahr. Seine Augen waren sehr groß, sehr dunkel. Sie kamen mir wieder braun vor, aber die Iris schienen von einem schwarzen Ring umgeben zu sein. »Dieser Hund, den du hast, ist ein verdammter Kläffer. Nicht einmal die Radios von Coney Island können mit diesem Hund mithalten, du Mutterficker.«

Ich hielt den Schirm in meiner Hand, und das Einzige, woran ich mich trotz angestrengten Nachdenkens nicht erinnern kann, ist der Augenblick, in dem ich nach ihm gegriffen habe. Ich glaube, dass das gewesen sein muss, als Humboldt durch die Erkenntnis, dass sein Mund um mindestens eine Handbreit vergrößert worden war, wie gelähmt dastand, aber ich kann mich einfach nicht daran erinnern. Ich erinnere mich, dass der Mann, der wie George Hamilton aussah, zum Ausgang spurtete, und weiß, dass er Troy hieß, weil seine Begleiterin ihm diesen Namen nachrief, aber ich kann mich nicht daran erinnern, nach dem Schirm gegriffen zu haben, den ich in dem Koffergeschäft gekauft hatte. Ich hielt ihn jedoch so in der Hand, dass das Preisschild unter meiner Faust herausbaumelte, und als der Oberkellner eine Bewegung machte, die einer Verbeugung glich, und dabei sein Messer gegen mich schwang – mit der Absicht, denke ich, mir die Kehle aufzuschlitzen –, hob ich meinen Schirm und schlug auf sein Handgelenk wie ein Lehrer aus grauer Vorzeit, der einem aufsässigen Schüler einen Schlag mit seinem Hickorystock versetzte.

»Ud!«, grunzte der Oberkellner, als seine Hand kraftvoll nach unten ging und die für meine Kehle bestimmte Schneide sich stattdessen in die rosa durchfeuchtete Tischdecke grub. Er hielt das Schlachtermesser jedoch fest und zog es wieder heraus. Hätte ich versucht, seine Messerhand erneut zu treffen, hätte ich sie bestimmt verfehlt, aber das versuchte ich gar nicht erst. Ich holte gegen sein Gesicht aus und versetzte ihm einen ausgezeichneten Schlag – jedenfalls einen so ausgezeichneten Schlag, wie man ihn mit einem Schirm führen kann – gegen die rechte Kopfseite. Und während ich das tat, sprang der Schirm auf, als sei das die visuelle Pointe einer Klamauknummer.

Mir kam das überhaupt nicht komisch vor. Der aufgespannte Schirm verbarg ihn völlig vor mir, während er zurückstolperte und sich mit seiner freien Hand hastig nach der Stelle griff, wo ich ihn getroffen hatte, und ich mochte es nicht, ihn nicht sehen zu können. Ich mochte es nicht? Es ängstigte mich fast zu Tode. Nicht, dass ich nicht schon in Todesangst geschwebt hätte.

Ich packte Diane am Handgelenk und riss sie hoch. Sie

kam wortlos auf die Beine, machte einen Schritt auf mich zu, stolperte dann auf ihren hohen Absätzen und fiel mir unbeholfen in die Arme. Ich fühlte, wie ihre Brüste sich gegen mich drängten, und spürte die nasse, warme Klebrigkeit, mit der sie bedeckt waren.

»*Iiiii! Du Boinker!*«, schrie der Oberkellner – oder vielleicht nannte er mich einen »Boinger«. Das spielt vermutlich keine Rolle, das weiß ich, aber trotzdem kommt es mir oft so vor, als sei das wichtig. Spät nachts verfolgen diese kleinen Fragen mich ebenso wie die großen. »*Du boinkiger Hundesohn! All diese Radios! Pst-do-baba! Scheiß auf Cousin Brucie! Scheiß auf DICH!*«

Er kam um den Tisch herum auf uns zu (der Raum hinter ihm war jetzt menschenleer und sah aus wie ein Saloon nach einer Massenschlägerei). Mein Schirm lag noch so auf dem Tisch, dass sein aufgespanntes Dach über die andere Tischkante hinausragte, und der Oberkellner stieß mit seiner Hüfte dagegen. Der Schirm fiel ihm vor die Füße, und während er ihn mit einem Tritt zur Seite beförderte, stellte ich Diane wieder auf die Füße und zerrte sie in den rückwärtigen Teil des Lokals mit. Zum Ausgang konnten wir nicht; er war vermutlich ohnehin zu weit entfernt, aber selbst wenn wir ihn hätten erreichen können, wäre er noch immer durch angstvoll schreiende Menschen versperrt gewesen. Hatte er's auf mich – oder auf uns beide – abgesehen, konnte er uns mühelos einholen und wie zwei Truthähne abschlachten.

»*Wanzen! Ihr Wanzen ... Iiiiiii! ... So viel zu deinem Hund, was? So viel zu deinem kläffenden Hund!*«

»*Halt ihn auf!*«, kreischte Diane. »*O Jesus, er bringt uns beide um, halt ihn auf!*«

»*Ich verwese euch, ihr Scheußlichkeiten!*« Er war wieder näher heran. Mein Schirm hatte ihn nicht lange aufgehalten, das stand fest. »*Ich verwese euch alle!*«

Ich sah drei Türen, von denen zwei sich in einer kleinen Nische gegenüberlagen, in der auch ein Münztelefon hing. Sie führten zu den Toiletten. Untauglich. Selbst wenn sich dahinter jeweils mehrere WC-Kabinen mit Schlössern an den Türen befanden, waren sie untauglich. Ein Verrückter wie der Kerl hinter uns würde keine Mühe haben, die Tür einer WC-Kabine einzutreten, und dann wäre uns jeglicher Fluchtweg abgeschnitten gewesen.

Ich schleppte Diane hinter mir her zur dritten Tür, stieß sie auf und betrat eine Welt aus sauberen grünen Kacheln, hellem Neonlicht, blitzblankem Edelstahl und dampfenden Essensgerüchen. Der Geruch nach Lachs überwog. Humboldt hatte nie eine Chance bekommen, nach den Tagesgerichten zu fragen, aber ich glaubte zu wissen, was zumindest eines davon gewesen wäre.

Vor uns stand ein Ober, der auf einer erhobenen Hand ein volles Tablett balancierte, und starrte uns mit offenem Mund und weit aufgerissenen Augen an. Er sah aus wie Gimpel der Narr in der bekannten Story von Isaac Singer. »Was …«, sagte er, dann stieß ich ihn beiseite. Sein Tablett flog davon, und Teller und Gläser zerschellten an der Wand.

»Ai!«, brüllte ein anderer Mann. Er war riesig und trug eine weiße Jacke und eine weiße Kochmütze, die seinen Kopf wie eine Wolke umgab. Um seinen Hals hatte er ein rotes Tuch und in einer Hand hielt er einen Schöpflöffel, von dem irgendeine braune Sauce tropfte. »Ai, Sie könna hier nich' so reinplatzen!«

»Wir müssen raus!«, sagte ich. »Er ist verrückt. Er …«

Dann hatte ich eine Idee, wie sich alles erklären ließ, ohne dass ich es erklären musste: Ich legte meine Hand für einen Augenblick über Dianes linke Brust, auf den mit Blut getränkten Stoff ihres Kleids. Dies war das allerletzte Mal, dass ich sie intim berührte, und ich weiß nicht mehr, ob es angenehm war oder nicht. Dann hielt ich dem Küchenchef meine Hand hin, zeigte ihm die mit Humboldts Blut befleckte Handfläche.

»Jessas Maria!«, sagte er. »Hier. Nach hinta durch.«

In diesem Augenblick flog die Tür, durch die wir gekommen waren, wieder auf, und der Oberkellner stürmte herein – mit wildem Blick und nach allen Seiten abstehenden Haarbüscheln – und erinnerte an einen Igel, der sich zu einer Kugel zusammengerollt hat. Er sah sich um, sah den Ober, achtete nicht weiter auf ihn, sah mich und stürmte auf mich los.

Ich flüchtete weiter, schleppte Diane mit und stieß die weichbäuchige Fülle des Küchenchefs blindlings beiseite. Als wir uns an ihm vorbeizwängten, hinterließ das Vorderteil von Dianes Kleid eine verschmierte Blutspur auf seiner weißen Jacke. Ich sah, dass er nicht mitkam, dass er sich stattdessen dem Oberkellner zuwandte, und wollte ihn warnen, wollte ihm sagen, dass das nicht funktionieren würde, dass das die schlechteste Idee der Welt sei und wahrscheinlich die letzte Idee sein würde, die er jemals gehabt hatte, aber dazu war keine Zeit mehr.

»Ai!«, rief der Küchenchef. »Ai, Guy, was solla das?« Er sprach den Namen des Oberkellners französisch aus, sodass er sich auf *nie* reimte, und dann sagte er gar nichts mehr. Es gab einen dumpfen Schlag, der mich an das Geräusch erinnerte, mit dem das Messer sich in Humboldts Schädel gegraben hatte, und dann schrie der Küchenchef. Es klang wässrig. Dann war ein dickflüssiges Platschen zu hören, das mich noch im Traum verfolgt. Ich weiß nicht, was das war, und ich will es auch nicht wissen.

Ich zerrte Diane durch einen schmalen Gang zwischen zwei Gasherden, aus denen uns starke gleichmäßige Hitze entgegenschlug. Am Ende dieses Ganges standen wir vor einer Tür, die mit zwei massiven Stahlbolzen verriegelt war. Als ich nach dem oberen Riegel griff, hörte ich Guy, den Oberkellner aus der Hölle, brabbelnd hinter uns herkommen.

Ich wollte weiter an den Bolzen zerren, wollte glauben, ich könnte die Tür öffnen und mit Diane ins Freie verschwinden, bevor er nahe genug heran war, um uns gefährlich werden zu können, aber ein Teil meines Ichs – der Teil, der unbedingt überleben wollte – wusste es besser. Ich stieß Diane gegen die Tür, baute mich in Beschützermanier, die vermutlich noch aus der Steinzeit stammte, vor ihr auf und blickte ihm ins Auge.

Er kam den schmalen Gang zwischen den Gasherden entlanggerannt, hielt das Messer mit der linken Hand umklammert und schwang es hoch über seinem Kopf. Sein offener Mund mit den zurückgezogenen Lippen gab den Blick auf verfärbte, kariöse Zähne frei. Falls ich auf Hilfe von Gimpel dem Narren gehofft hatte, schwand diese Hoffnung jetzt. Er hockte an der Wand neben der Verbindungstür zum Restaurant. Seine Finger waren tief in seinem Mund vergraben, und er sah mehr denn je wie ein Dorftrottel aus.

»Meiner vergessen, das hättest du nicht dürfen!«, kreischte Guy mit einer Stimme, die an Yoda aus dem Film *Krieg der Sterne* erinnerte. *»Dein verhasster Hund! ... Deine laute Musik, so unharmonisch! ... Iiiii! ... Wie du jemals ...«*

Auf einem der vorderen Brenner des linken Gasherds stand ein großer Kochtopf. Ich griff danach und wollte ihn dem Anstürmenden vor die Füße werfen. Es dauerte über eine Stunde, bis ich merkte, wie schwer ich mir dabei die Hand verbrannt hatte; meine ganze Handfläche war mit kleinen Brandblasen bedeckt, und ich hatte weitere Blasen an den drei mittleren Fingern. Der Topf rutschte von seinem Brenner, kippte und überschüttete Guy von der Taille abwärts mit Mais, Reis und ungefähr acht Litern kochendem Wasser.

Er schrie auf, taumelte rückwärts und legte die Hand, die nicht das Messer umklammerte, auf den anderen Herd, fast genau in die blau-gelbe Gasflamme unter einer Kasserolle, in der sich Champignons allmählich in Holzkohle verwandelten. Er kreischte wieder, diesmal so hoch, dass mir die Ohren schmerzten, hob die Hand und hielt sie vor seine Augen, als könne er nicht glauben, dass sie zu ihm gehörte.

Ich blickte nach rechts und sah neben der Tür eine kleine Ansammlung von Putz- und Reinigungsmitteln: Glass-X, Clorox und Janitor In A Drum auf einem Regal, ein Besen, auf dessen Stiel ein Kehrblech wie ein Hut steckte, und ein Mopp in einem Metalleimer mit seitlich angebrachtem Auswringer.

Als Guy wieder auf mich zukam, wobei er das Messer in der Hand hielt, die nicht rot war und wie ein Autoschlauch anschwoll, packte ich den Stiel des Mopps, benützte ihn dazu, den Eimer auf seinen kleinen Rollen vor mir herzuziehen, und stieß dann damit nach ihm. Guy wich mit dem Oberkörper zurück, behauptete aber seine Stellung. Auf seinen zuckenden Lippen stand ein seltsames kleines Lächeln. Er sah wie ein Hund aus, der – zumindest vorläufig – vergessen hat, wie man die Zähne fletscht. Er hielt das Messer vor seinem Gesicht hoch und vollführte damit einige mystische Bewegungen. Das Neonlicht der Deckenleuchten glitzerte verschwommen auf der Klinge ... das heißt, wo sie nicht mit Blut verkrustet war. Er schien in seiner verbrannten Hand keine Schmerzen zu fühlen – auch in seinen Beinen nicht, obwohl sie mit kochendem Wasser verbrüht waren und seine Smokinghose mit Reis besprenkelt war.

»Verfluchter Scheißkerl«, sagte Guy und vollführte weiter seine mystischen Bewegungen. Er glich einem Kreuzritter, der sich darauf vorbereitet, in den Kampf zu ziehen. Das heißt, falls man sich einen Kreuzritter in einem mit Reis besprenkelten Smoking vorstellen kann. »Ich bring dich um wie deinen widerlich kläffenden Hund.«

»Ich habe keinen Hund«, sagte ich. »Ich *darf* keinen Hund halten. Das steht im Mietvertrag.«

Ich glaube, das war das Einzige, was ich während des gesamten Albtraums zu ihm sagte, und ich bin mir nicht völlig sicher, ob ich es *laut* sagte. Vielleicht war das nur ein Gedanke. Hinter ihm konnte ich sehen, wie der Küchenchef sich aufrappelte. Er klammerte sich mit einer Hand am Türgriff des Kühlraums fest und hielt die andere auf seine blutverschmierte Jacke gedrückt, die über der Wölbung seines Bauchs zu einem großen purpurroten Grinsen aufgefetzt war. Er tat sein Bestes, um seine Innereien zurückzuhalten, aber das war ein Kampf, den er verlor. Eine Schlinge seiner Eingeweide – glänzend und in den Farben einer Prellung schillernd – lag auf seiner linken Bauchseite wie eine grässliche Uhrkette.

Guy führte mit seinem Messer einen Scheinangriff gegen mich. Ich konterte, indem ich ihm den Moppeimer entgegenstieß, und er wich zurück. Ich zog den Eimer wieder zu mir heran, stand mit beiden Händen am Holzstiel des Mopps da und hielt mich bereit, ihm den Eimer vor die Beine zu stoßen, sobald er sich bewegte. Meine eigene Hand pochte schmerzhaft, und ich spürte, dass mir Schweißtropfen wie heißes Öl übers Gesicht liefen. Hinter Guy hatte der Küchenchef es jetzt geschafft, ganz auf die Beine zu kommen. Er watschelte langsam wie ein Invalide im ersten Stadium der Genesung nach einer schweren Operation hinter den Herden auf Gimpel den Narren zu. Ich wünschte ihm alles Gute.

»Zieh die Riegel auf«, sagte ich zu Diane.

»Was?«

»Die Riegel an der *Tür*. Zieh sie auf!«

»Ich kann mich nicht rühren«, sagte Diane. Sie weinte so laut, dass ich sie kaum verstehen konnte. »*Du zerquetschst mich.*«

Ich trat etwas vor, damit sie Platz hatte. Guy fletschte seine Zähne. Täuschte einen Stoß mit dem Messer vor, zog es wieder zurück und grinste sein nervöses, zähnebleckendes kleines Grinsen, als ich ihm wieder den Eimer auf seinen quietschenden Rollen vor die Füße stieß.

»Verwanzter Stinktopf«, sagte Guy. Er sprach im Tonfall eines Mannes, der die Chancen der Mets in der bevorstehenden Saison abwägt. »Lass sehen, wie laut du dein Radio jetzt wieder aufdrehst, Stinktopf. Das verändert deine Denkweise, nicht wahr? *Boink!*«

Er stieß zu. Ich rollte. Aber dieses Mal wich er weniger weit zurück, und ich merkte, dass er seinen Mut zusammennahm. Er wollte alles riskieren – und das bald. Ich konnte spüren, wie Dianes Brüste meinen Rücken streiften, während sie keuchend nach Atem rang. Ich hatte ihr Platz gelassen, aber sie hatte sich nicht umgedreht, um die Riegel aufzuziehen. Sie stand einfach nur da.

»Mach die Tür auf«, wies ich sie an und sprach dabei wie ein Zuchthäusler aus dem Mundwinkel heraus. »Zieh die gottverdammten Bolzen zurück, Diane.«

»Ich kann nicht«, schluchzte sie. »Ich kann nicht, ich hab keine Kraft in den Händen. Mach, dass er aufhört, Steven, steh nicht da und *red* mit ihm … mach, dass er *aufhört*!«

Sie machte mich wahnsinnig. Ich glaubte wirklich, sie war es. »Dreh dich um und zieh die Riegel auf, Diane, sonst trete ich einfach beiseite und lasse ihn …«

»*IIIIIIII!*«, kreischte er und griff an, indem er das Messer schwang und damit zustieß.

Ich rammte den Moppeimer mit aller Kraft, die ich aufringen konnte, nach vorn und holte ihn so von den Beinen. Er heulte auf und ließ das Messer in einem langen, verzweifelten Schwung herabsausen. Nur wenig näher, dann hätte es mir die Nasenspitze abgesäbelt. Er landete schwerfällig auf weit gespreizten Knien, und sein Gesicht befand sich nur knapp über dem Auswringer an der Seite des Metalleimers. Perfekt! Ich stieß ihm den Mopp ins Genick. Die Stoffstreifen baumelten wie eine Hexenperücke über die Schultern seines schwarzen Jacketts herab. Sein Gesicht knallte auf den Auswringer. Ich bückte mich, packte mit meiner freien Hand den Verstellgriff und drückte ihn zu. Guy jaulte vor Schmerzen auf, aber der Mopp dämpfte seine Schreie.

»Zieh die Bolzen zurück!«, kreischte ich Diane an. »Zieh die Bolzen zurück, du nutzlose Schlampe! Zieh …«

Rums! Etwas Hartes und Spitzes knallte in meine linke Gesäßbacke. Ich stolperte mit einem Aufschrei vorwärts – mehr aus Überraschung als aus Schmerz, glaube ich, obwohl das *ziemlich* wehgetan hatte. Ich sank auf ein Knie und konnte den Griff nicht mehr festhalten. Guy wich zurück, schlüpfte gleichzeitig unter den Stoffstreifen des Mopps hervor und atmete dabei so laut, dass sein Keuchen fast wie ein Bellen klang. Aber das hatte ihn nicht viel langsamer gemacht; er schlug mit dem Messer nach mir, sobald er sich aus dem Eimer befreit hatte. Ich wich zurück und spürte den Luftzug, mit dem die Klinge die Luft neben meiner Backe zerteilte.

Erst als ich mich dann aufrappelte, wurde mir klar, was geschehen war, was sie getan hatte. Ich sah mich rasch über meine Schulter hinweg nach ihr um. Sie stand mit dem Rücken an die Tür gepresst da und erwiderte trotzig starrend meinen Blick. Das brachte mich auf eine verrückte Idee: Sie *wollte*, dass ich ermordet wurde. Hatte vielleicht sogar alles geplant, die ganze Sache. Sie hatte einen verrückten Oberkellner aufgetrieben und ...

Sie bekam große Augen. »*Vorsicht!*«

Ich warf mich gerade noch rechtzeitig herum, um zu sehen, dass er wieder angriff. Seine Backen waren hochrot bis auf die großen weißen Flecken, die von den Entwässerungslöchern in den Gummiwalzen des Auswringers stammten. Ich rammte ihm den Mopp entgegen, zielte auf die Kehle und traf ihn stattdessen an der Brust. Das stoppte seinen Angriff und warf ihn sogar einen Schritt zurück. Was dann passierte, war reines Glück. Er rutschte in der Wasserlache aus dem umgekippten Eimer aus, ging schwer zu Boden und knallte mit dem Kopf auf die Fliesen. Ohne zu denken und mir nur vage bewusst, dass ich laut schrie, riss ich die Kasserolle mit den Champignons vom Herd und schlug sie mit aller Kraft in sein nach oben gewandtes Gesicht. Einem dumpfen Aufprall folgte ein grässliches (aber Gott sei Dank nur kurzes) Zischen, mit dem die Haut seiner Stirn und seiner Wangen verbrannte.

Ich drehte mich um, stieß Diane beiseite und zog die Bolzen zurück. Ich öffnete die Tür, und das hereinfallende Sonnenlicht traf mich wie ein Hammerschlag. Und der Geruch der Luft. Ich kann mich nicht daran erinnern, dass Luft jemals besser gerochen hat, nicht einmal in meiner Kindheit am ersten Tag der Sommerferien.

Ich packte Diane am Arm und zog sie auf eine schmale

Gasse hinaus, die auf beiden Seiten von mit Vorhängeschlössern gesicherten Müllbehältern gesäumt war. Am anderen Ende dieser engen Steinschlucht war wie eine Vision des Paradieses die 53rd Street mit ihrem unaufhörlich hin und her flutenden Verkehr zu sehen. Ich blickte über meine Schulter und durch die offene Küchentür. Guy lag auf dem Rücken, und die verkohlten Champignons umgaben seinen Kopf wie ein existenzialistisches Diadem. Die Kasserolle war zur Seite gerutscht und ließ sein rot geschwollenes Gesicht sehen, auf dem sich Brandblasen bildeten. Ein Auge stand offen, aber es starrte blicklos zu den Neonröhren hinauf. Hinter ihm war die Küche leer. Auf dem Fußboden stand eine Blutlache, und das weiße Email der Kühlraumtür wies blutige Handabdrücke auf, aber der Küchenchef und Gimpel der Narr waren beide verschwunden.

Ich knallte die Küchentür zu und deutete die Gasse entlang. »Verschwinde.«

Sie machte keine Bewegung, sah mich nur an.

Ich versetzte ihrer linken Schulter einen leichten Stoß. »Hau ab!«

Sie hob ihre Hand wie ein Verkehrspolizist, schüttelte den Kopf und zeigte dann mit einem Finger auf mich. »Rühr mich nicht an.«

»Was machst du sonst? Mir deinen Anwalt auf den Hals hetzen? Ich glaube, er ist tot, Sweetheart.«

»Deine gönnerhafte Art kannst du dir sparen. Die hab ich schon *lange* satt. Und rühr mich nicht an, Steven, ich warne dich!«

Die Küchentür flog auf. Ich reagierte, dachte nicht erst nach, sondern reagierte automatisch und knallte sie wieder zu. Ich hörte einen erstickten Aufschrei – ob aus Zorn oder Schmerz, wusste ich nicht, aber das war mir egal –, kurz bevor sie ins Schloss fiel. Ich lehnte mich mit dem Rücken dagegen. »Willst du hier rumstehen und darüber diskutieren?«, fragte ich sie. »Dem Geräusch nach ist er noch ziemlich lebendig.« Er warf sich noch mal gegen die Tür. Ich gab etwas nach, dann knallte ich sie wieder zu. Ich wartete darauf, dass er's erneut versuchen würde, aber das tat er nicht.

Diane musterte mich mit einem langen Blick, wütend und unsicher, und ging dann mit so tief gesenktem Kopf, dass ihr herabhängendes Haar ihr Gesicht verbarg, in Richtung 53rd Street davon. Ich blieb mit dem Rücken an die Küchentür gelehnt stehen, bis Diane etwa zwei Drittel des Weges bis zur Straße zurückgelegt hatte, trat dann von der Tür weg und beobachtete sie wachsam. Niemand kam heraus, aber ich fand, das könne mir noch keine Seelenruhe garantieren. Ich zerrte einen der Müllbehälter vor die Küchentür, dann trabte ich hinter Diane her.

Als ich das Ende der Gasse erreichte, war Diane nicht mehr da. Ich blickte nach rechts, in Richtung Madison, und sah sie nicht. Ich blickte nach links und sah, wie sie die 53rd Street langsam schräg überquerte – noch immer mit gesenktem Kopf und ihrem Haar wie Vorhängen an den Seiten ihres Gesichts. Niemand achtete auf sie; die Leute vor dem Gotham Café gafften durch die Spiegelglasscheiben, wie die Besucher im New England Aquarium sich zur Fütterungszeit vor dem Haifischbecken drängen. Sirenen heulten heran, jede Menge Sirenen.

Ich ging über die Straße, streckte eine Hand nach Dianes Schulter aus, überlegte mir die Sache dann aber anders. Stattdessen begnügte ich mich damit, ihren Namen zu rufen.

Sie drehte sich um. Ihre Augen waren vor Schock und Entsetzen glanzlos. Das Vorderteil ihres Kleids hatte sich in einen grausigen purpurroten Latz verwandelt. Sie stank nach Blut und verbrauchtem Adrenalin.

»Lass mich in Ruhe«, sagte sie. »Ich will dich nie wieder sehen, Steven.«

»Du hast mich dort drinnen in den Arsch getreten«, sagte ich. »Du hast mich in den Arsch getreten und mich damit fast umgebracht. Uns beide umgebracht. Ich versteh dich einfach nicht, Diane.«

»Ich wollte dich seit vierzehn Monaten in den Arsch treten«, sagte sie. »Wenn's um die Erfüllung unserer Träume
geht, können wir uns den Zeitpunkt nicht immer aussuchen,
nicht w...«

Ich holte aus und knallte ihr eine. Ich dachte nicht darüber nach, sondern tat es einfach, und nur wenige Dinge in
meinem Erwachsenenleben haben mir so viel Spaß gemacht.
Ich schäme mich dafür, aber ich bin mit dieser Story schon
zu weit gekommen, um eine Lüge zu erzählen – auch nicht
durch Auslassen.

Ihr Kopf flog in den Nacken. Ihre Augen weiteten sich vor
Schock und Schmerz, verloren ihren glanzlosen, traumati-
sierten Blick.

»Du Schwein!«, rief sie, während sie sich mit einer Hand
ihre Wange hielt. In ihren Augen standen plötzlich Tränen.
»Oh, du *Schwein!*«

»Ich hab dir das Leben gerettet«, sagte ich. »Ist dir das
nicht klar? Kapierst du das nicht? *Ich hab dir dein gottverdammtes Leben gerettet!*«

»Du Hundesohn«, flüsterte sie. »Du herrschsüchtiger,
voreingenommener, klein karierter, eingebildeter, selbstgefäl-
liger Hundesohn. Ich hasse dich.«

»Hast du überhaupt mitgekriegt, was ich gesagt habe?
Wäre dieser eingebildete, klein karierte Hundesohn nicht
gewesen, wärst du jetzt tot.«

»Wärst du nicht gewesen, wäre ich nie dort hingegan-
gen«, sagte sie, als die ersten drei Streifenwagen auf der 53rd
Street heranheulten und vor dem Gotham Café hielten. Cops
sprangen heraus wie Clowns in einer Zirkusnummer. »Fasst
du mich jemals wieder an, kratz ich dir die Augen aus, Steven«, sagte sie. »Rühr mich nie wieder an!«

Ich musste meine Hände unter den Achseln verstecken. Sie
wollten Diane erwürgen, wollten nach ihr greifen und sich
um ihren Hals schließen und sie einfach erwürgen.

Sie ging sieben oder acht Schritte weiter, dann drehte sie
sich nach mir um. Jetzt lächelte sie. Es war ein grausiges Lä-

cheln, schrecklicher als jeder Ausdruck, den ich auf dem Gesicht von Guy dem dämonischen Oberkellner gesehen hatte. »Ich habe Liebhaber gehabt«, sagte sie und lächelte dabei ihr schreckliches Lächeln. Aber sie log. Die Lüge stand ihr im Gesicht geschrieben, aber das machte sie nicht weniger schmerzhaft. Sie *wünschte* sich, das wäre wahr; auch das las ich auf ihrem Gesicht. »In den letzten zwölf, dreizehn Monaten insgesamt drei. Du hast im Bett nichts getaugt, also habe ich mir Männer gesucht, die was taugen.«

Sie wandte sich ab und ging die Straße hinunter – wie eine Frau von fünfundsechzig statt von siebenundzwanzig Jahren. Ich stand da und sah ihr nach. Kurz bevor sie die nächste Ecke erreichte, rief ich es wieder. Das war das Einzige, das ich nicht verwinden konnte; es steckte in meiner Kehle wie ein Hühnerknochen. »Ich hab dir das *Leben* gerettet! Dein gottverdammtes *Leben*!«

Sie machte an der Ecke Halt und drehte sich nach mir um. Auf ihrem Gesicht stand noch immer das schreckliche Lächeln. »Nein«, sagte sie. »Das hast du nicht.«

Dann verschwand sie um die Ecke. Ich habe sie seit jenem Tag nicht mehr gesehen, obwohl ich annehme, dass ich sie wieder sehen werde. Wir sehen uns vor Gericht wieder, wie man so sagt.

Ich fand im nächsten Block einen Lebensmittelmarkt und kaufte eine Packung Marlboro. Als ich an die Ecke Madison/53rd Street zurückkam, war die 53rd mit diesen blauen Sägeböcken abgesperrt, mit denen die Cops Tatorte und die Routen von Umzügen sichern. Ich konnte jedoch das Restaurant sehen. Ich konnte es tadellos sehen. Ich setzte mich auf den Randstein, zündete mir eine Zigarette an und beobachtete die weiteren Entwicklungen. Ein halbes Dutzend Krankenwagen traf ein – ein Geheul von Ambulanzen, hätte man wohl sagen können. Der Küchenchef wurde in den ersten geladen: bewusstlos, aber anscheinend noch lebend. Nach seinem kurzen Auftritt vor seinen Fans auf der 53rd

Street folgte ein Leichensack auf einer Tragbahre – Humboldt. Als Nächster kam Guy, der auf einer Tragbahre festgeschnallt war und wild um sich starrte, während er hinten in einen Krankenwagen geschoben wurde. Ich glaubte, unsere Blicke seien sich flüchtig begegnet, aber das bildete ich mir vermutlich nur ein.

Als Guys Krankenwagen anfuhr und durch eine von zwei uniformierten Cops geschaffene Lücke in der Absperrung rollte, warf ich die Zigarette, die ich geraucht hatte, in den Rinnstein. Ich hatte diesen Tag nicht überstanden, nur um wieder anzufangen, mich mit Tabak umzubringen, beschloss ich.

Ich sah dem davonfahrenden Krankenwagen nach und versuchte mir vorzustellen, ob der darin Liegende dort lebte, wo Oberkellner immer leben – Queens oder Brooklyn, vielleicht sogar in Rye oder Mamaroneck. Ich versuchte mir vorzustellen, wie sein Esszimmer aussehen mochte, welche Bilder an den Wänden hängen würden. Das gelang mir nicht, aber ich stellte fest, dass ich mir sein Schlafzimmer verhältnismäßig leicht ausmalen konnte – allerdings nicht, ob er es sich mit einer Frau teilte. Ich sah ihn vor mir, wie er wach, aber völlig still dalag und in den frühen Morgenstunden die Zimmerdecke anstarrte, während der Mond wie das halb geschlossene Auge eines Leichnams am schwarzen Firmament hing; ich konnte mir vorstellen, dass er dort lag und darauf horchte, wie der Nachbarshund stetig und eintönig bellte und bellte, bis dieses Kläffen einem Silbernagel glich, der in sein Gehirn getrieben wurde. Ich stellte mir vor, dass er nicht weit von einem Kleiderschrank entfernt lag, der mit Smokings in Plastiküberzügen aus der Reinigung gefüllt war. Ich konnte sie wie hingerichtete Verbrecher in der Dunkelheit hängen sehen. Ich fragte mich, ob er eine Frau hatte. Hatte er sie dann umgebracht, bevor er heute zur Arbeit gekommen war? Ich dachte an den Klecks auf seinem Hemd und kam zu dem Schluss, dass es möglich sei. Ich fragte mich auch, was aus dem ewig kläffenden Nachbarshund geworden sein mochte. Und aus der Nachbarsfamilie.

Aber vor allem dachte ich an Guy, der in all diesen Nächten, in denen ich schlaflos dagelegen hatte, schlaflos in seinem Bett gelegen und auf den Hund nebenan oder unten auf der Straße gehorcht hatte, so wie ich auf Sirenen und das Rumpeln der in die Innenstadt fahrenden Lastwagen gehorcht hatte. Ich dachte daran, wie er dagelegen und zu den Schatten aufgesehen hatte, die der Mond an die Zimmerdecke geheftet hatte. Dachte daran, wie dieser Schrei – *Iiiiii!* – allmählich seinen Kopf ausgefüllt hatte wie Gas einen geschlossenen Raum.

»Iiiii«, sagte ich ... nur um zu hören, wie das klang. Ich ließ die Marlboropackung in den Rinnstein fallen und begann, während ich auf dem Bordstein saß, auf ihr herumzutrampeln. »Iiiii. Iiiii. Iiiiii«

Einer der an der Absperrung postierten Cops sah zu mir hinüber. »He, Kumpel, wollen Sie nicht aufhören, uns zu nerven?«, rief er mir zu. »Wir haben hier 'ne schlimme Situation.«

Natürlich habt ihr die, dachte ich. Die haben wir doch alle.

Ich sagte jedoch nichts. Ich hörte zu stampfen auf – die Zigarettenpackung war ohnehin schon ziemlich platt – und hörte auf, das Geräusch zu machen. Aber ich konnte es weiter in meinem Kopf hören, und warum auch nicht? Es ist genauso vernünftig wie alles andere.

Iiiiiii.

Iiiiiii.

Iiiiiii.

Dieses Gefühl, das man nur auf Französisch ausdrücken kann

Floyd, was ist das dort drüben? Oh, Scheiße. Die Männerstimme, die diese Worte sprach, klang irgendwie vertraut, aber die Worte selbst waren nur ein aus dem Zusammenhang gerissener Dialogfetzen, wie man ihn hören konnte, wenn man mit der Fernbedienung herumzappte. In ihrem Leben gab es niemanden, der Floyd hieß. Trotzdem war das der Anfang. Noch bevor sie das kleine Mädchen in dem roten Trägerkleid sah, hörte sie diese unzusammenhängenden Worte.

Aber es war das kleine Mädchen, das die Wirkung verstärkte. »Oh-oh, ich bekomme wieder dieses Gefühl«, sagte Carol.

Die Kleine in dem Trägerkleid hockte vor einem ländlichen Gemischtwarenladen namens Carson's – »BIER, WEIN, LEBENSMITTEL, FRISCHKÖDER, LOTTERIE« –, hatte ihr leuchtend rotes Trägerkleid zwischen ihre Oberschenkel geklemmt und spielte mit einer Puppe. Die Puppe war gelbhaarig und schmutzig, die Art Puppe, die rund und ausgestopft und im Körper knochenlos ist.

»Welches Gefühl?«, fragte Bill.

»Du weißt schon. Dieses eine, das man nur auf Französisch ausdrücken kann. Hilf mir doch.«

»Déjà vu«, sagte er.

»Genau«, sagte sie und drehte sich um, um das kleine Mädchen noch einmal anzusehen. *Sie wird die Puppe an einem Bein halten,* dachte Carol. *Sie so kopfüber an einem*

Bein hochhalten, dass ihr schmutziges gelbes Haar herabhängt.

Aber das kleine Mädchen hatte die Puppe auf den splitterigen grauen Holzstufen vor dem Laden zurückgelassen und war hinübergegangen, um sich einen im Laderaum eines Kombis eingesperrten Hund anzusehen. Dann fuhren Bill und Carol Shelton in eine Kurve der Straße, und der Laden kam außer Sicht.

»Wie weit noch?«, fragte Carol.

Bill betrachtete sie mit einer hochgezogenen Augenbraue und einem Grübchen in einem Mundwinkel – linke Augenbraue, rechter Mundwinkel, immer das Gleiche. Dieser Blick, der besagte: *Du glaubst, ich sei amüsiert, aber in Wirklichkeit bin ich irritiert. Ungefähr zum neunzigtrillionsten Mal in unserer Ehe bin ich wirklich irritiert. Aber das weißt du nicht, weil du nur ungefähr zwei Zoll in mich hineinsehen kannst, und dann versagt deine Sehkraft.*

Aber ihre Sehkraft war besser, als er ahnte; das war eines der Geheimnisse ihrer Ehe. Wahrscheinlich hatte er ein paar Geheimnisse, die er vor ihr hütete. Und dann gab es natürlich welche, die sie gemeinsam hatten.

»Das weiß ich nicht«, sagte er. »Ich bin noch nie dort gewesen.«

»Aber du weißt bestimmt, dass wir auf der richtigen Straße sind.«

»Fährt man über den Damm nach Sanibel Island, gibt's nur noch eine«, sagte er. »Sie führt quer hinüber nach Captiva, und dort endet sie. Aber bevor sie das tut, erreichen wir Palm House. Das verspreche ich dir.«

Der Bogen seiner Augenbraue begann sich abzuflachen. Das Grübchen begann sich aufzufüllen. Er kehrte zu dem zurück, was sie für sich den Großen Gleichmut nannte. Sie hatte angefangen, auch den Großen Gleichmut nicht leiden zu können, aber nicht so sehr wie die Augenbraue und das Grübchen oder seine sarkastische Art »Wie bitte?« zu sagen, wenn man etwas sagte, das er für dumm hielt, oder seine

Angewohnheit, die Unterlippe vorzuschieben, wenn er bedächtig und nachdenklich wirken wollte.

»Bill?«

»Hmmm?«

»Kennst du jemanden, der Floyd heißt?«

»Na ja, Floyd Denning. Er und ich haben in unserem letzten Highschool-Jahr die Snackbar im Souterrain der Erlöserkirche geführt. Ich habe dir von ihm erzählt, nicht wahr? Er hat an einem Freitag die Getränkekasse geplündert und ist mit seiner Freundin übers Wochenende nach New York gefahren. Sie haben ihn suspendiert und sie ausgeschlossen. Wie kommst du auf ihn?«

»Das weiß ich nicht«, sagte sie. Einfacher, als ihm zu erzählen, dass der Floyd, mit dem Bill in die Highschool gegangen war, nicht der Floyd war, dessen Stimme in ihrem Kopf gesprochen hatte. Zumindest glaubte sie das nicht.

Zweite Flitterwochen, so nennt man das, dachte sie und betrachtete die Palmen, die den Highway 867 säumten, einen weißen Vogel, der wie ein zorniger Prediger übers Bankett stakte, und eine Reklametafel mit der Aufschrift Seminole Wildlife Park, bringen Sie einen ganzen Wagen voll für $10 mit. *Florida, der Sonnenscheinstaat. Florida, der gastfreundliche Staat. Ganz zu schweigen von Florida, dem Zweite-Flitterwochen-Staat, in dem Bill Shelton und Carol Shelton, geborene Carol O'Neill, aus Lynn, Massachusetts, vor fünfundzwanzig Jahren ihre ersten Flitterwochen verbracht haben. Nur war das auf der anderen Seite, an der Atlantikküste, in einer kleinen Feriensiedlung, und dort gab es Kakerlaken in den Schubladen. Er konnte nicht aufhören, mich anzutatschen. Aber das war in Ordnung, denn damals wollte ich angetatscht werden. Teufel, ich wollte in Brand gesetzt werden wie Atlanta in »Vom Winde verweht«, und er brannte mich nieder, baute mich auf, entzündete mich erneut. Jetzt ist's unser Silbernes. Fünfundzwanzig ist Silber. Und manchmal habe ich dieses Gefühl.*

Sie fuhren auf eine Kurve zu, und sie dachte: *Drei Kreuze*

*auf der rechten Straßenseite. Zwei kleine, zwischen denen
ein größeres steht. Die kleinen sind aus Brettern zusammen-
genagelt. Das mittlere ist ein weißes Birkenkreuz mit einem
Bild darauf, einem winzigen Foto eines 17-jährigen Jungen,
der in einer betrunkenen Nacht, die seine letzte betrunkene
Nacht war, in dieser Kurve die Kontrolle über seinen Wagen
verloren hat, und hier haben seine Freundin und ihre Freundinnen die Unfallstelle ...*

Bill fuhr um die Kurve. Ein Paar schwarzer Krähen, dick
und glänzend, flog von etwas auf, das in einer Blutlache auf
dem Asphalt klebte. Sie hatten sich so voll gefressen, dass
Carol sich nicht sicher war, ob sie rechtzeitig wegkommen
würden, bis sie's taten. Hier standen keine Kreuze, weder
rechts noch links. Nur ein überfahrenes Tier in der Straßen-
mitte, ein Waldmurmeltier oder dergleichen, über das jetzt
ein Luxuswagen hinwegglitt, der noch nie nördlich der Ma-
son-Dixon-Linie gewesen war.

Floyd, was ist das dort drüben?

»Was ist los?«

»Ha?« Sie sah ihn an, verwirrt, mit einem Anflug von Panik.

»Du sitzt stocksteif da. Hast du einen Krampf im Rücken?«

»Nur einen leichten.« Sie ließ sich allmählich zurücksinken. »Ich habe wieder dieses Gefühl gehabt. Das Déjà-vu-
Gefühl.«

»Ist es weg?«

»Ja«, sagte sie, aber das war gelogen. Es war leicht abgeklungen, aber das war alles. Sie hatte dieses Gefühl schon
öfter gehabt, aber nie so *anhaltend*. Es schwoll an und flaute
ab, aber es ging nicht weg. Sie nahm es wahr, seit diese Sache
mit Floyd angefangen hatte, ihr durch den Kopf zu gehen –
und erst recht seit dem kleinen Mädchen in dem roten Trägerrock.

Aber hatte sie in Wirklichkeit nicht schon vor einem dieser beiden Dinge etwas gespürt? Hatte nicht alles tatsächlich

angefangen, als sie auf der Kabinentreppe des Lear 35 in die Gluthitze des Sonnenscheins von Fort Myers hinuntergegangen waren? Oder sogar vorher? Auf dem Flug von Boston? Sie kamen an eine Straßenkreuzung. Über ihr blinkte ein gelbes Warnlicht, und sie dachte: *Rechts liegt ein Verkaufsplatz für Gebrauchtwagen, und dort steht auch eine Reklametafel für das Sanibel Community Theatre.*

Dann dachte sie: *Nein, es wird wie mit den Kreuzen sein, die nicht da waren. Es ist ein starkes Gefühl, aber es ist ein trügerisches Gefühl.*

Dann kam die Straßenkreuzung. Auf der rechten Seite *lag* ein Gebrauchtwagenplatz – Palmdale Motors. Bei diesem Anblick spürte Carol einen richtigen Schauder, einen Stich, der mehr bedeutete als nur Beunruhigung. Sie ermahnte sich, mit diesen Dummheiten aufzuhören. Überall in Florida musste es Gebrauchtwagenplätze geben, und wenn man an jeder Kreuzung einen vorhersagte, musste das Wahrscheinlichkeitsprinzip einen früher oder später zur Prophetin machen. Das war ein Trick, mit dem spiritistische Medien seit Jahrhunderten arbeiteten.

Außerdem gibt's hier keine Theaterwerbung.

Aber dort stand eine andere Reklametafel. Sie zeigte Maria, die Mutter Gottes, das Gespenst ihrer gesamten Kindheit, die ihre Hände wie auf dem Medaillon ausstreckte, das Carols Großmutter ihr zu ihrem zehnten Geburtstag geschenkt hatte. Ihre Großmutter hatte es ihr in die Hand gedrückt, die Kette um ihre Finger gewickelt und dabei gesagt: »Trag es immer, wenn du größer wirst, denn all die schweren Zeiten kommen erst.« Sie hatte es immer getragen. In der Grund- und Mittelschule Our Lady of Angels hatte sie es getragen, danach in der Highschool St. Vincent de Paul. Sie trug das Medaillon, bis sich auf beiden Seiten Brüste entwickelten, die ganz gewöhnliche Wunder waren, und dann hatte sie es irgendwo verloren, wahrscheinlich auf dem Klassenausflug nach Hampton Beach. Auf der Rückfahrt im Bus hatte sie den ersten Zungenkuss ihres Lebens bekommen.

Der Junge war Butch Soucy gewesen, und sie hatte die Zuckerwatte schmecken können, die er gegessen hatte.

Die Maria auf dem längst verlorenen Medaillon und die Maria auf dieser Reklametafel hatten genau den gleichen Gesichtsausdruck, diesen Ausdruck, bei dem man sich schuldig fühlte, unkeusche Gedanken zu haben, selbst wenn man nur an ein Erdnussbuttersandwich dachte. Unter dieser Maria stand auf der Tafel: DAS HILFSWERK BARMHERZIGE MUTTER HILFT DEN OBDACHLOSEN FLORIDAS – WOLLEN SIE UNS NICHT HELFEN?

He, hör mal, Mary, lieb und teuer ...

Diesmal mehr als eine Stimme: viele Stimmen, Mädchenstimmen, skandierende Geisterstimmen. Es gab gewöhnliche Wunder; es gab auch gewöhnliche Gespenster. Solche Dinge bekam man heraus, während man älter wurde.

»Was ist mit dir?« Sie kannte diesen Tonfall so gut, wie sie den Augenbraue-und-Grübchen-Blick kannte. Bills Ich-tue-nur-so-als-wäre-ich-sauer-Tonfall, der in Wirklichkeit bedeutete, dass er sauer *war*, zumindest ein bisschen.

»Nichts.« Sie schenkte ihm das heiterste Lächeln, das sie zustande brachte.

»Du scheinst wirklich nicht ganz du selbst zu sein. Vielleicht hättest du im Flugzeug schlafen sollen.«

»Wahrscheinlich hast du Recht«, sagte sie, und das nicht nur, um ihm zuzustimmen. Wie viele Frauen bekamen zu ihrem fünfundzwanzigsten Hochzeitstag schließlich zweite Flitterwochen auf Captiva Island geschenkt? Hin und zurück mit einem gecharterten Learjet? Zehn Tage in einem dieser Ferienparadiese, in denen man mit Geld nichts anfangen konnte (zumindest bis MasterCard am Monatsende die Rechnung ausspuckte), und wenn man eine Massage wollte, kam eine schwedische Walküre und walkte einen in seinem Sechszimmerhaus am Strand durch?

Anfangs waren die Verhältnisse anders gewesen. Bill, den sie auf einer Tanzveranstaltung in einer Highschool am anderen

Ende der Stadt kennen gelernt und dann drei Jahre später im College wieder getroffen hatte (ein weiteres gewöhnliches Wunder), hatte zu Beginn ihres Ehelebens als Hausmeister gearbeitet, weil es in der Computerindustrie keine freien Stellen gab. Das war 1973, Computer dümpelten vor sich hin, und sie lebten in einer schäbigen Wohnung in Revere, nicht am Strand, aber doch in der Nähe, und die ganze Nacht trampelten Leute die Treppe hinauf, um Drogen von den beiden bleichen Kreaturen zu kaufen, die in dem Apartment über ihnen wohnten und sich endlos dämliche Schallplatten aus den sechziger Jahren anhörten. Carol lag nachts oft wach, wartete darauf, dass das Geschrei begann, dachte: *Hier kommen wir niemals raus, wir werden alt und sterben in Hörweite von Cream und Blue Cheer und den Autoskooterwagen unten am Strand.*

Bill, der nach Schichtende erschöpft war, schlief trotz des Lärms, manchmal mit einer Hand auf ihrer Hüfte. Und lag sie nicht da, legte Carol sie oft dorthin, vor allem wenn die Kreaturen über ihnen sich mit ihren Kunden stritten. Bill war alles, was sie hatte. Ihre Eltern hatten sich praktisch von ihr losgesagt, als sie ihn geheiratet hatte. Er war Katholik, aber die falsche Sorte Katholik. Gram hatte gefragt, warum sie mit diesem Jungen gehen wollte, wenn doch jeder sah, dass er ein Blender war, wie konnte sie auf all sein törichtes Geschwätz hereinfallen und warum wollte sie ihrem Vater das Herz brechen. Und was konnte sie dazu sagen?

Es war ein weiter Weg von dem Loch in Revere bis zu einem Privatjet, der in 41 000 Fuß dahinraste, bis zu diesem Mietwagen, ein Crown Victoria – den die Goodfellas in Gangsterfilmen unweigerlich einen Crown Vic nannten –, um zehn Tage an einem Urlaubsort zu verleben, wo die Rechnung sich vermutlich auf ... nun, darüber wollte sie nicht einmal nachdenken.

Floyd? ... Oh, Scheiße.

»Carol? Was gibt's schon wieder?«

»Nichts«, sagte sie. Vor ihnen an der Straße stand ein kleiner rosa Bungalow mit Palmen auf beiden Seiten des Vordachs – der Anblick dieser Bäume mit ihren in den blauen Himmel ragenden Wedeln ließ sie an japanische Zeros denken, die aus ihren in die Tragflächen eingebauten MGs feuernd im Tiefflug angriffen, eine Assoziation, die eindeutig das Ergebnis einer vor dem Fernseher vergeudeten Jugend war –, und wenn sie daran vorbeifuhren, würde eine Schwarze herauskommen. Sie würde sich die Hände an einem Stück rosa Frotteestoff abtrocknen und sie im Vorbeifahren ausdruckslos beobachten, reiche Leute, die in einem Crown Vic nach Captiva unterwegs waren, und sie würde nicht ahnen, dass Carol Shelton einst in einem Neunzigdollarapartment wach gelegen, der Musik und den Drogendealern über sich zugehört und in ihrem Inneren etwas Leben gespürt hatte, etwas, das sie an eine Zigarettenkippe denken ließ, die auf einer Party hinter die Vorhänge gefallen war, klein und unsichtbar, aber dicht neben dem Gewebe weiterglühend.

»Schatz?«

»Nichts, habe ich gesagt.« Sie fuhren an dem Haus vorbei. Dort war keine Frau zu sehen. Ein alter Mann – weiß, nicht schwarz – saß in einem Schaukelstuhl und beobachtete sie im Vorbeifahren. Er hatte eine randlose Brille auf der Nase und ein ausgefranstes Stück rosa Frotteestoff, derselbe Farbton wie das Haus, über seinen Knien. »Mir geht's wieder gut. Ich kann's nur kaum erwarten, hinzukommen und mir Shorts anzuziehen.«

Seine Hand berührte ihre Hüfte – wo er sie in jener ersten Zeit so oft berührt hatte – und kroch dann etwas weiter landeinwärts. Sie überlegte, ob sie ihn daran hindern sollte (römische Hände und russische Finger, hatten sie immer gesagt), und tat es dann doch nicht. Schließlich waren sie in ihren zweiten Flitterwochen. Außerdem würde es diesen Gesichtsausdruck verschwinden lassen.

»Vielleicht«, sagte er, »könnten wir eine Pause einlegen.

Du weißt schon, nachdem das Kleid ausgezogen ist und bevor die Shorts angezogen werden.«

»Eine wunderbare Idee, finde ich«, sagte sie und legte ihre Hand auf seine, drückte sie fest an sich. Vor ihnen stand ein Wegweiser, auf dem PALM HOUSE, 3 MEILEN LINKS stehen würde, sobald sie nahe genug heran waren, um die Beschriftung zu lesen.

In Wirklichkeit stand auf dem Wegweiser PALM HOUSE, 2 MEILEN LINKS. Dahinter ragte eine weitere Reklametafel auf, wieder die Gottesmutter Maria mit ausgestreckten Händen und einem schwachen elektrischen Schimmer um ihrem Kopf, der nicht ganz ein Heiligenschein war. Diese Version lautete: DAS HILFSWERK BARMHERZIGE MUTTER HILFT DEN KRANKEN FLORIDAS – WOLLEN SIE UNS NICHT HELFEN?

Bill sagte: »Auf der Nächsten müsste ›Burma Shave‹ stehen.«

Sie verstand nicht, was er meinte, aber es war offenbar ein Scherz, deshalb lächelte sie. Auf der Nächsten würde DAS HILFSWERK BARMHERZIGE MUTTER HILFT DEN HUNGRIGEN FLORIDAS stehen, aber das durfte sie ihm nicht erzählen. Lieber Bill. Lieb trotz seines manchmal dummen Gesichtsausdrucks und seiner manchmal unklaren Anspielungen. *Er wird dich sehr wahrscheinlich verlassen, und weißt du was? Wenn du auf dieser Sache bestehst, ist das vermutlich das Beste, was dir passieren kann.* Das hatte ihr Vater gesagt. Lieber Bill, der bewiesen hatte, dass ihr Urteilsvermögen nur einmal, nur in diesem einen entscheidend wichtigen Punkt, besser gewesen war als das ihres Vaters. Sie war noch immer mit dem Mann verheiratet, den ihre Gram »einen großen Aufschneider« genannt hatte. Unter Opfern, gewiss, aber Opfer musste jeder bringen.

Ihre Kopfhaut juckte. Sie kratzte sich geistesabwesend, während sie Ausschau nach der nächsten Reklametafel mit der Barmherzigen Mutter hielt.

So schrecklich es auch war, das zu sagen, aber die Wende war eingetreten, nachdem sie das Baby verloren hatte. Das war kurz bevor Bill einen Job bei Beach Computers draußen an der Route 128 bekam; das war, als erstmals ein frischer Wind durch die Industrie zu wehen begann.

Das Baby verloren, eine Fehlgeburt gehabt – das hatten sie alle geglaubt, außer Bill vielleicht. Ihre Angehörigen hatten es jedenfalls geglaubt: Dad, Mom, Gram. »Fehlgeburt« hieß die Story, die sie erzählten; Fehlgeburt war eine katholische Story, wenn es je eine gegeben hatte. *Hey, Mary, what's the story*, hatten sie manchmal beim Seilhüpfen gesungen und waren sich kühn, waren sich sündig vorgekommen, während die Röcke ihrer Schuluniformen über ihren verschorften Knien auf und ab wippten. Das war in Our Lady of Angels, wo Schwester Annunciata einem mit ihrem Lineal auf die Fingerknöchel schlug, wenn sie einen bei der Strafverkündung dabei ertappte, dass man aus dem Fenster sah; und wo Schwester Dormitella einem erzählte, dass eine Million Jahre nur das erste Ticken der endlos laufenden Uhr der Ewigkeit war (und man konnte die Ewigkeit in der Hölle verbringen, das taten die meisten Leute, das war ganz leicht). In der Hölle wurde man bis in alle Ewigkeit mit in Flammen stehender Haut und röstenden Knochen leben. Jetzt war sie in Florida, jetzt saß sie in einem Crown Vic neben ihrem Ehemann, dessen Hand noch immer in ihrem Schritt lag; das Kleid würde verknittern, aber wen störte das, wenn dafür dieser Ausdruck von seinem Gesicht verschwand, und warum wollte das Gefühl nicht *aufhören*?

Sie dachte an einen Briefkasten, auf dessen Seite RAGLAN gepinselt war und auf dessen vorderer Klappe ein Abziehbild der US-Flagge klebte, und obwohl der Name sich als REAGAN und die Flagge als Aufkleber der Grateful Dead erwies, war der Briefkasten da. Sie dachte an einen kleinen schwarzen Hund, der flott die andere Straßenseite entlangtrabte, seinen Kopf gesenkt hielt und nach irgendwas schnüffelte, und der kleine schwarze Hund war da. Sie dachte wieder an die Reklametafel, und, ja, da kam sie tatsächlich: DAS HILFSWERK BARMHERZIGE MUTTER HILFT

DEN HUNGRIGEN FLORIDAS – WOLLEN SIE UNS NICHT HEL-
FEN?

Bill zeigte nach draußen. »Da – siehst du's? Das ist Palm House, glaube ich. Nein, nicht bei der Reklametafel, auf der anderen Seite. Warum lassen sie Leute hier draußen überhaupt diese Dinger aufstellen?«

»Keine Ahnung.« Ihr Kopf juckte. Als sie sich kratzte, begannen schwarze Schuppen an ihren Augen vorbeizuwirbeln. Sie starrte ihre Finger an und stellte mit Entsetzen fest, dass die Fingerspitzen schwarz verfärbt waren, als habe ihr soeben jemand die Fingerabdrücke abgenommen.

»Bill?« Sie fuhr sich mit ihrer Hand durch ihr blondes Haar, und diesmal waren die Schuppen größer. Dann sah sie, dass das keine Hautschuppen, sondern Papierflocken waren. Auf einer war ein Gesicht zu erkennen, das aus dem verkohlten Untergrund starrte wie ein Gesicht, das aus einem verpfuschten Negativ blickt.

»*Bill?*«

»Was? Wa...« Dann ein völliger Wechsel seines Tonfalls, und das ängstigte sie noch mehr als die Art und Weise, wie der Wagen schleuderte. »Jesus, Schatz, was ist das in deinem Haar?«

Das Gesicht schien das Mutter Teresas zu sein. Oder kam das nur daher, dass sie vorhin an Our Lady of Angels gedacht hatte? Carol klaubte es von ihrem Kleid, um es Bill zu zeigen, aber es zerbröselte zwischen ihren Fingern, bevor sie es tun konnte. Sie wandte sich ihm zu und sah, dass seine Brille in seine Wangen geschmolzen war. Eines seiner Augen war aus seiner Höhle gequollen und dann geplatzt wie eine mit Blut voll gepumpte Weinbeere.

Und ich hab's gewusst, dachte sie. *Ich hab's gewusst, schon bevor ich mich ihm zugewandt habe. Weil ich dieses Gefühl hatte.*

In den Bäumen schrie ein Vogel. Auf der Reklametafel streckte Maria ihre Hände aus. Carol versuchte zu schreien. Versuchte zu schreien.

»Carol?«

Das war Bills Stimme, die aus tausend Meilen Entfernung kam. Dann seine Hand – nicht den Stoff ihres Kleides in ihren Schritt pressend, sondern auf ihrer Schulter.

»Alles okay, Babe?«

Sie öffnete ihre Augen zu strahlendem Sonnenschein und ihre Ohren zum gleichmäßigen Summen der Triebwerke des Learjets. Und zu noch etwas – Druck gegen ihre Trommelfelle. Sie sah von Bills leicht besorgter Miene zu der Anzeige unter dem Kabinenthermometer hinüber und stellte fest, dass sie auf 28 000 zurückgegangen war.

»Wir landen?«, fragte sie mit einer Stimme, die in ihren eigenen Ohren benommen klang. »Schon?«

»Geht schnell, was?« Das klang so zufrieden, als habe er die Maschine selbst geflogen, statt nur dafür zu zahlen. »Der Pilot sagt, dass wir in zwanzig Minuten in Fort Myers am Boden sind. Du hast einen richtigen Satz gemacht, Mädchen.«

»Ich habe einen Albtraum gehabt.«

Er lachte – das sonore Bist-du-nicht-ein-Dummerchen-Lachen, das sie wirklich zu verabscheuen gelernt hatte. »In deinen zweiten Flitterwochen sind Albträume verboten, Babe. Was hast du geträumt?«

»Weiß ich nicht mehr«, sagte sie, und das war die Wahrheit. Sie konnte sich nur an Fragmente erinnern: Bill mit seiner geschmolzenen Brille, die ihm übers ganze Gesicht gelaufen war, und einen der drei oder vier verbotenen Abzählreime, die sie in der fünften oder sechsten Klasse gesungen hatten. Der eine hatte gelautet: *He, hör mal, Mary, lieb und teuer …* und dann irgendwas-irgendwas-irgendwas. Der Rest fiel ihr im Augenblick nicht ein. Sie konnte sich an *Jangel-tangel, jingel-bingel, dein Daddy hat ein großes Dingel* erinnern, aber der mit Maria fiel ihr nicht mehr ein.

Maria hilft den Kranken Floridas, dachte sie, ohne eine Ahnung zu haben, was dieser Gedanke bedeutete, und in diesem Augenblick ertönte ein Piepston, als der Pilot die Anzeige »Bitte anschnallen!« einschaltete. Sie befanden sich im Landeanflug. *Lasst das wilde Spektakel beginnen,* dachte sie und zog ihren Sitzgurt straff.

»Du weißt wirklich nichts mehr?«, fragte er und zog seinen Gurt straff. Der kleine Jet sank durch eine turbulente Wolkenschicht, einer der Piloten im Cockpit nahm eine kleine Veränderung vor, und die Maschine lag wieder ruhig in der Luft. »Denn meistens kannst du dich gleich nach dem Aufwachen noch erinnern. Sogar an die schlechten Träume.«

»Ich erinnere mich an Schwester Annunciata in Our Lady of Angels. Strafverkündung.«

»Na, *das* nenne ich einen Albtraum.«

Zehn Minuten später wurde das Fahrwerk mit einem Surren und einem leichten Schlag ausgefahren. Fünf Minuten später landeten sie.

»Sie sollten den Wagen direkt ans Flugzeug rausbringen«, sagte Bill, der bereits wieder mit dem Typ-A-Scheiß anfing. Das mochte sie nicht, aber sie verabscheute es wenigstens nicht so sehr wie das sonore Lachen und sein Repertoire an gönnerhaften Blicken. »Hoffentlich ist da nichts schief gegangen.«

Nichts ist schief gegangen, dachte sie, und das Gefühl überflutete sie mit aller Macht. *Ich werde den Wagen in nur ein bis zwei Sekunden durchs Fenster auf meiner Seite sehen. Der absolute Traumschlitten für Floridaurlauber, ein riesiger weißer gottverdammter Cadillac, oder vielleicht ist's ein Lincoln ...«*

Und, ja, da kam er und bewies was? Nun, vermutlich bewies er, dass bei einem Déjà-vu-Erlebnis manchmal tatsächlich das als Nächstes passierte, von dem man gedacht hatte, es werde als Nächstes passieren. Es war übrigens doch kein Caddy oder Lincoln, sondern ein Crown Victoria, den die Gangster in einem Film von Martin Scorsese zweifellos einen Crown Vic genannt hätten.

»Puh«, sagte sie, als Bill sie aus dem Flugzeug und die

Treppe hinunter begleitete. In der heißen Sonne fühlte sie sich schwindlig.

»Was ist los?«

»Eigentlich nichts. Ich habe ein Déjà-vu-Erlebnis. Als Nachwirkung meines Traums, vermute ich. Wir waren schon mal hier, diese Art Zeug.«

»Das liegt an der fremden Umgebung, das ist alles«, sagte er und küsste sie auf die Wange. »Komm jetzt, lass das wilde Spektakel beginnen.«

Sie gingen zu dem Wagen. Bill zeigte der jungen Frau, die ihn hergebracht hatte, seinen Führerschein. Carol sah, wie er ihren Rocksaum begutachtete, bevor er den Vordruck auf ihrem Schreibbrett unterschrieb.

Sie lässt es fallen, dachte Carol. Das Gefühl war jetzt so stark, dass es einer Fahrt in einem Vergnügungspark glich, die ein kleines bisschen zu schnell ist; plötzlich merkt man, dass man aus dem Land des Spaßes fast unmerklich ins Königreich der Übelkeit gerät. *Sie lässt es fallen, und Bill sagt* »Hoppla!« *und hebt es ihr auf, um ihre Beine ganz aus der Nähe sehen zu können.*

Aber die Hertz-Angestellte ließ ihr Schreibbrett nicht fallen. Ein weißer Van mit Fahrer war gekommen, um sie zum Terminal der Firma Butler Aviation zurückzubringen. Sie schenkte Bill ein letztes Lächeln – Carol hatte sie völlig ignoriert – und öffnete die Beifahrertür. Sie wollte hinaufsteigen, dann rutschte sie aus. »Hoppla, nicht so hastig«, sagte Bill und fasste sie am Ellbogen, um sie zu stützen. Sie lächelte noch einmal, er warf einen Abschiedsblick auf ihre wohlgeformten Beine, und Carol stand neben dem wachsenden Stapel ihres Gepäcks und dachte: *He, hör mal, Mary …*

»Mrs. Shelton?« Das war der Kopilot. Er trug das letzte Gepäckstück, die Tasche mit Bills Laptop, und wirkte beunruhigt. »Alles in Ordnung mit Ihnen? Sie sind ganz blass.«

Bill hörte das und wandte sich mit besorgter Miene von dem wegfahrenden weißen Van ab. Wären ihre stärksten Gefühle in Bezug auf Bill nach nunmehr einem Vierteljahrhundert ihre einzigen Gefühle in Bezug auf Bill gewesen, hätte sie ihn verlassen, als sie von der Affäre mit seiner Sekretärin erfahren hatte: einer Clairol-Blondine, die zu jung war, um sich an den Clairol-Werbespruch »Wenn ich nur ein Leben zu leben habe ...« erinnern zu können. Aber es gab auch andere Gefühle. Es gab zum Beispiel Liebe. Noch immer Liebe. Eine Art, von der Mädchen in der Uniform einer katholischen Schule nichts ahnten, eine unkrautartige Spezies, die sich nicht ausrotten ließ.

Außerdem war es nicht nur Liebe, die Menschen zusammenhielt. Geheimnisse hielten sie zusammen und ihre gemeinsame Geschichte und die Opfer, die man gebracht hatte.

»Carol?«, fragte er sie. »Babe? Alles in Ordnung?«

Sie dachte daran, ihm zu sagen, nein, mit ihr sei nicht alles in Ordnung, sie ertrinke, aber dann rang sie sich ein Lächeln ab und sagte: »Mir macht nur die Hitze zu schaffen. Ich fühle mich ein bisschen groggy. Bring mich in den Wagen und stell die Klimaanlage an. Dann geht's mir gleich wieder besser.«

Bill fasste sie am Ellbogen *(Aber ich wette, dass du meine Beine nicht begutachtest*, dachte Carol. *Du weißt, wo sie enden, nicht wahr?)* und führte sie zu dem Crown Vic, als sei sie eine Greisin. Sobald die Autotür sich geschlossen hatte und kühle Luft ihr Gesicht umspülte, begann sie tatsächlich, sich etwas besser zu fühlen.

Wenn das Gefühl zurückkehrt, erzähle ich ihm davon, dachte Carol. *Das muss ich tun. Es ist einfach zu stark. Nicht normal.*

Nun, ein Déjà-vu-Erlebnis war nie normal, vermutete sie – es war etwas, das teils Traum, teils Chemie und (sie wusste nicht bestimmt, wo sie das gelesen hatte, vielleicht irgendwo in einem Wartezimmer, in dem sie darauf gewartet hatte, dass ihr Gynäkologe ihre 52-jährige Muschi erkundete) teils das Ergebnis einer elektrischen Fehlzündung im Gehirn war, durch die neue Erlebnisse als alte Daten interpretiert wurden. Ein vorübergehendes Leck im Rohrnetz, durch das sich heißes und kaltes Wasser vermischten. Sie schloss die Augen und betete, es möge verschwinden.

O Maria, ohne Sünde empfangen, bitte für uns, wenn wir Zuflucht zu dir nehmen.

Bitte (»Oh bit-*te*«, wie sie früher gesagt hatten) nicht wieder in die Parochialschule zurück. Dies sollte doch ein Urlaub sein, kein ...

Floyd, was ist das dort drüben? Oh, Scheiße! Oh, SCHEISSE!

Wer war Floyd? Der einzige Floyd, den Bill kannte, war Floyd Dorning (oder vielleicht auch Darling), der Junge, mit dem er die Snackbar geführt hatte, der eine, der mit seiner Freundin nach New York durchgebrannt war. Carol konnte sich nicht erinnern, wann Bill ihr von diesem Jungen erzählt hatte, aber sie wusste, dass er's getan hatte.

Hör einfach auf damit, Mädchen. Das bringt dir nichts. Mach mit diesem ganzen Gedankengang energisch Schluss.

Und das funktionierte. Sie hörte noch ein letztes Flüstern – *lieb und teuer* –, und dann war sie nur noch Carol Shelton, unterwegs nach Captiva Island, unterwegs nach Palm House mit ihrem Ehemann, dem berühmten Software-Entwickler, unterwegs zu den Stränden und diesen Rumdrinks und dem Sound einer Steelband, die »Margaritaville« spielt.

Sie kamen an einem Publix Market vorbei. Sie kamen an einem alten Schwarzen und seinem Obststand am Straßenrand vorbei – er erinnerte sie an Schauspieler aus den dreißiger Jahren und an Filme, die im American Movie Channel gezeigt wurden: ein alter Yassuh-Boss-Typ, der eine Latzhose und einen Strohhut mit rundem Kopfteil trug. Bill machte Konversation, und auch sie trug ihren Teil dazu bei. Sie war leicht verwundert darüber, dass das kleine Mädchen, das von zehn bis sechzehn tagtäglich ein Marienmedaillon getragen hatte, sich in diese Frau in einem Kleid von Donna Karan verwandelt hatte – dass das verzweifelte Paar aus dem Apartment in Revere sich in diese reichen Leute mittleren

Alters verwandelt hatte, die eine Straße zwischen üppig wachsenden Palmen entlangfuhren –, aber sie war es, sie beide waren es. Einmal in diesen Tagen in Revere war er betrunken nach Hause gekommen, und sie hatte ihm so ins Gesicht geschlagen, dass er aus einer Platzwunde unter dem Auge geblutet hatte. Einmal hatte sie Höllenängste ausgestanden, hatte halb betäubt auf einem Behandlungsstuhl mit stählernen Beinstützen gelegen und gedacht: *Ich bin verdammt, mir ist die Verdammnis sicher. Eine Million Jahre, und das ist nur das erste Ticken der Uhr.*

Sie hielten an der Mautstelle der Dammstraße, und Carol dachte: *Der Kassierer hat auf der linken Stirnseite ein erdbeerrotes Muttermal, das sich bis zur Augenbraue hinunterzieht.*

Aber es gab kein Muttermal – der Mautkassierer war nur ein gewöhnlicher Kerl Ende vierzig oder Anfang fünfzig, eisgraues Haar, Bürstenschnitt, Hornbrille, die Art Kerl, der sagt: »Amüsiert euch gut, Leute, okay?« –, aber das Gefühl begann zurückzukehren, und Carol erkannte jetzt, dass die Dinge, die sie zu wissen glaubte, Dinge waren, die sie tatsächlich wusste, anfangs nicht gleich alle, aber als sie sich dem kleinen Gemischtwarenladen auf der rechten Seite der Route 41 näherten, doch schon fast alle.

Der Laden heißt Corson's, und davor sehen wir ein kleines Mädchen in einem roten Trägerrock, dachte Carol. *Es hat eine Puppe, eine schmutzige, alte, gelbhaarige Stoffpuppe, die es auf den Stufen vor dem Laden zurückgelassen hat, um sich einen Hund im Laderaum eines Kombis anzusehen.*

Der Name des Ladens erwies sich als Carson's, nicht Corson's, aber alles andere stimmte. Als der weiße Crown Vic vorbeifuhr, wandte die Kleine in dem roten Trägerkleid ihr ernstes Gesicht Carol zu, das Gesicht eines Mädchens vom Lande, aber was ein Mädchen aus der hintersten Provinz hier im Land der reichen Touristen tat, sie und ihre gelbhaarige Puppe, das wusste Carol nicht.

Dies ist die Stelle, wo ich Bill frage, wie weit es noch ist,

nur werde ich's nicht tun. Weil ich aus diesem Zyklus, aus diesem Trott rauskommen muss. Das muss ich.
»Wie weit noch?«, fragte sie ihn. *Er sagt, dass es hier nur eine Straße gibt und wir uns nicht verfahren können. Er sagt, dass er mir verspricht, dass wir Palm House problemlos erreichen werden. Und wer ist übrigens Floyd?*

Bills eine Augenbraue ging nach oben. Das Grübchen neben seinem Mundwinkel erschien. »Sobald man über den Damm fährt und nach Sanibel Island kommt, gibt's nur noch eine Straße«, sagte er. Carol hörte kaum zu. Er sprach noch immer von der Straße, ihr Mann, der vor zwei Jahren mit seiner Sekretärin ein Bumswochenende im Bett verbracht und damit alles aufs Spiel gesetzt hatte, was sie gemeinsam getan und erreicht hatten, Bill, der dazu sein anderes Gesicht aufgesetzt hatte, der dazu der Bill gewesen war, vor dem Carols Mutter sie gewarnt hatte, weil er ihr das Herz brechen würde. Der Bill, der ihr später zu erklären versucht hatte, er habe sich einfach nicht beherrschen können, während sie ihn am liebsten angekreischt hätte: *Ich habe einst um deinetwillen ein Kind ermordet, jedenfalls ein potenzielles Kind. Weißt du, welch hoher Preis das war? Und ist dies mein Lohn dafür? Dass ich mit fünfzig erfahren muss, dass mein Mann es mit irgendeinem Clairol-Mädchen treiben musste?*

Sag's ihm! kreischte sie. *Sorg dafür, dass er bremst und am Straßenrand hält, lass ihn irgendwas tun, damit du freikommst – ändert man eine Sache, ändert man alles! Du kannst's schaffen – wenn du deine Beine auf diesen stählernen Stützen hochlegen konntest, schaffst du alles!*

Aber sie konnte nichts tun, und alles begann schneller abzulaufen. Die beiden überfressenen Krähen flogen von ihrem platt gewalzten Lunch auf. Ihr Ehemann fragte, weshalb sie so dasitze, ob sie einen Krampf habe, und sie antwortete, ja, sie habe einen Rückenkrampf, aber es werde schon besser. Ihr Mund quakte über ein Déjà-vu-Gefühl, ganz als ob sie nicht darin ertränke, und der Crown Vic rollte unbeirrt weiter wie einer dieser sadistischen Autoskooter in Revere

Beach. Da kommt die Firma Palmdale Motors auf der rechten Straßenseite. Und auf der linken? Irgendeine Reklame fürs hiesige Community Theatre, für eine Aufführung des Stücks »Garstige Marietta«.

Nein, es ist Maria, nicht Marietta, Maria, Mutter Jesu, Maria, Mutter Gottes, sie streckt ihre Hände aus ...

Carol konzentrierte ihre gesamte Willenskraft darauf, ihrem Ehemann zu erzählen, was passierte, weil der richtige Bill am Steuer saß – der richtige Bill, der sie noch hören konnte. Gehört zu werden war schließlich das, worum es bei ehelicher Liebe ging.

Sie brachte nichts heraus. In ihrem Kopf sagte ihre Gram: »All die schweren Zeiten kommen erst.« In ihrem Kopf fragte eine Stimme Floyd, was das dort drüben sei, dann sagte sie: »Oh, Scheiße«, dann *brüllte* sie: »Oh, Scheiße!«

Sie sah auf den Tacho und stellte fest, dass er nicht in Meilen pro Stunde, sondern in Tausenden von Fuß geeicht war: Sie befanden sich bei 28 000 Fuß mit fallender Tendenz. Bill erklärte ihr, sie hätte im Flugzeug schlafen sollen, und sie gab ihm Recht.

Vor ihnen tauchte ein rosa Haus auf, kaum größer als ein Bungalow, von Palmen umstanden, wie man sie in Filmen über den Zweiten Weltkrieg sah, mit Wedeln, die herabstoßende Learjets umrahmten, aus deren MGs Flammen züngelten ...

Flammen. Brennend heiß. Plötzlich wird die Zeitschrift, die er in den Händen hält, zu einer Fackel. Heilige Maria, Mutter Gottes, he, hör mal, Mary, lieb und teuer ...

Sie fuhren an dem Haus vorbei. Der alte Mann saß auf der Veranda und beobachtete die Vorbeifahrenden. Die Gläser seiner randlosen Brille glitzerten in der Sonne. Bills Hand richtete einen Brückenkopf auf ihrer Hüfte ein. Er sagte irgendetwas davon, dass sie zwischen dem Ausziehen ihres Kleides und dem Anziehen ihrer Shorts eine Pause einlegen könnten, um sich zu erfrischen, und sie stimmte zu, obwohl sie Palm House nie erreichen würden. Sie würden diese Straße entlangfahren und diese Straße entlangfahren, und sie waren für den weißen Crown Vic bestimmt, und der weiße Crown Vic war für sie bestimmt, für immer und ewig, Amen.

Auf dem nächsten Wegweiser würde PALM HOUSE, 2 MEILEN LINKS stehen. Dahinter die Reklametafel, die verkündete, das Hilfswerk Barmherzige Mutter helfe den Kranken Floridas. Würde es auch ihr helfen?

Jetzt, wo es zu spät war, begann sie zu verstehen. Begann das Licht zu sehen, wie sie die subtropische Sonne auf dem Wasser links von ihnen glitzern sehen konnte. Sie fragte sich, wie viel Unrecht sie in ihrem Leben getan hatte, wie viele Sünden, wenn einem dieses Wort lieber war. Gott wusste dass ihre Eltern und ihre Gram es oft genug benützt hatten, Sünde dies und Sünde jenes und trag das Medaillon zwischen diesen wachsenden Dingern, die die Jungen anstarren. Und Jahre später hatte sie in heißen Sommernächten mit ihrem Ehemann im Bett gelegen, hatte gewusst, dass eine Entscheidung getroffen werden musste, gewusst, dass die Uhr tickte, dass die Zigarettenkippe glühte, und sie erinnerte sich daran, wie sie die Entscheidung getroffen hatte, ohne ihm ausdrücklich davon zu erzählen, weil man über manche Dinge schweigen konnte.

Ihr Kopf juckte. Sie kratzte ihn. Schwarze Flocken kamen vor ihrem Gesicht herabgeschwebt. Der Tacho im Instrumentenbrett des Crown Vic blieb bei 16 000 Fuß stehen und explodierte dann, aber Bill schien nichts davon zu merken.

Hier kam der Briefkasten mit dem Aufkleber der Grateful Dead auf der Vorderseite; hier kam der kleine schwarze Hund, der mit gesenktem Kopf eifrig dahintrottete, und Gott, wie ihr Kopf juckte, während schwarze Flocken wie Fallout durch die Luft wirbelten und Mutter Teresas Gesicht sie von einer anstarrte.

DAS HILFSWERK BARMHERZIGE MUTTER HILFT DEN HUNGRIGEN FLORIDAS – WOLLEN SIE UNS NICHT HELFEN?

Floyd. Was ist das da? Oh, Mist.

Sie hat noch Zeit, etwas Großes zu sehen. Und das Wort DELTA zu lesen.

»Bill? *Bill?*«

Seine Antwort, gut verständlich, aber trotzdem irgendwo vom Rand des Universums kommend: »Jesus, Schatz was ist das in deinem *Haar?*«

Sie klaubte die verkohlten Überreste von Mutter Teresas Gesicht von ihrem Schoß und hielt sie ihm hin, der älteren Version des Mannes, den sie geheiratet hatte, dem Sekretärinnen vögelnden Mann, den sie geheiratet hatte, dem Mann, der sie nichtsdestoweniger vor Leuten gerettet hatte, die glaubten, man könnte auf ewig im Paradies leben, wenn man nur genügend Kerzen anzündete und den blauen Blazer trug und sich an die empfohlenen Abzählreime hielt. Als sie in einer heißen Sommernacht mit diesem Mann im Bett gelegen hatte, während über ihnen Drogendeals abgewickelt wurden und Iron Butterfly zum neunmillionsten Mal »In-A-Gadda-Da-Vida« sang, hatte sie ihn gefragt, was man seiner Meinung nach bekomme, du weißt schon, danach. Wenn dein Part in der Show vorbei ist. Er hatte sie in die Arme genommen und an sich gedrückt, vom Strand herauf war das Klimpern und Bimmeln entlang der Promenade und das Scheppern der Autoskooter zu hören gewesen, und Bill ...

Seine Brille war über sein Gesicht heruntergeschmolzen. Ein Auge hing aus seiner Höhle. Sein Mund war ein Blutloch. In den Bäumen rief ein Vogel, *schrie* ein Vogel, und Carol begann ebenfalls zu schreien, hielt den verkohlten Papierfetzen mit Mutter Teresa ausgestreckt, schrie, beobachtete, wie seine Wangen schwarz wurden und seine Stirn zu wimmeln begann und sein Hals aufplatzte wie ein vergifteter Kropf, schrie, sie schrie, irgendwo sang Iron Butterfly »In-A-Gadda-Da-Vida«, und sie schrie.

»Carol?«

Das war Bills Stimme, die aus tausend Meilen Entfernung

kam. Seine Hand lag auf ihr, aber daraus sprach eher Besorgnis als Begierde.

Sie öffnete die Augen, sah sich in der sonnenhellen Kabine des Lear 35 um und begriff für einen Augenblick alles – auf die Weise, wie man die gewaltige Bedeutung eines Traums im ersten Moment nach dem Aufwachen begreift. Sie erinnerte sich daran, ihn gefragt zu haben, was man seiner Meinung nach bekomme, du weißt schon, *danach*, und er hatte gesagt, man bekomme wahrscheinlich, was man immer geglaubt hatte, dass man es bekommen *würde*, und wenn Jerry Lee Lewis glaube, er werde für sein Boogie-Woogie-Spiel in die Hölle kommen, werde er genau dort landen. Himmel, Hölle oder Grand Rapids, man habe die Wahl – oder vielmehr hätten jene die Wahl, die einen lehrten, was man glauben sollte. Dies sei der letzte große Dienst des menschlichen Verstands: die Vorstellung von der Ewigkeit an dem Ort, an dem man sie immer zu verbringen erwartet habe.

»Carol? Alles okay, Babe?« In der anderen Hand hielt er das Nachrichtenmagazin, das er gelesen hatte, eine Ausgabe von *Newsweek* mit Mutter Teresa auf dem Titel. Heiligsprechung jetzt? stand in weißer Schrift darauf.

Sie sah sich wild in der Kabine um, dachte dabei: *Es passiert in 16 000 Fuß Höhe. Ich muss es ihnen sagen, ich muss sie warnen.*

Aber es verblasste bereits, alles, wie es solche Gefühle immer taten. Sie schwanden wie Träume dahin oder wie Zuckerwatte, die sich unmittelbar über der Zunge in einen süßen Nebel verwandelte.

»Wir landen? Schon?« Sie fühlte sich hellwach, aber ihre Stimme klang undeutlich und benommen.

»Geht schnell, was?«, fragte er. Das klang so zufrieden, als habe er die Maschine selbst geflogen, statt nur dafür zu bezahlen. »Floyd sagt, dass wir in zwanzig Minuten …«

»Wer?«, fragte sie. Die Kabine des kleinen Flugzeugs war warm, aber ihre Finger waren eisig. »Wer?«

»Floyd. Du weißt schon, der *Pilot*.« Er wies mit dem Daumen nach vorn auf den linken Cockpitsitz. Sie gingen durch eine Wolkenschicht tiefer. Die Maschine begann zu rütteln. »Er sagt, dass wir in zwanzig Minuten in Fort Myers am Boden sind. Du hast einen richtigen Satz gemacht, Mädchen. Und davor hast du gestöhnt.«

Carol öffnete ihren Mund, um zu sagen, es sei dieses Gefühl gewesen, das man nur auf Französisch ausdrücken könne, irgendwas mit *vu* oder *vous*, aber es verblasste bereits, und sie sagte nur: »Ich habe einen Albtraum gehabt.«

Dann erklang ein Piepston, als Floyd der Pilot die Anzeige »Bitte anschnallen!« einschaltete. Carol drehte ihren Kopf zur Seite. Irgendwo dort unten erwartete sie jetzt und für immer ein weißer Mietwagen von Hertz, ein Gangsterauto der Art, die Typen in einem Film von Martin Scorsese wahrscheinlich einen Crown Vic nennen würden. Sie betrachtete das Titelbild des Nachrichtenmagazins, das Gesicht von Mutter Teresa, und erinnerte sich plötzlich an das Seilspringen hinter Our Lady of Angels, an das Seilspringen zu einem der verbotenen Abzählreime, an das Seilspringen zu einem, der lautete *He, hör mal, Mary, lieb und teuer, rett mein'n Arsch vorm Fegefeuer.*

All die schweren Zeiten kommen erst, hatte ihre Gram gesagt. Sie hatte Carol das Medaillon in die Hand gedrückt, die Kette um ihre Finger gewickelt. *Die schweren Zeiten kommen erst.*

Ich finde, diese Geschichte handelt von der Hölle – einer Hölle, in der man dazu verdammt ist, immer wieder das Gleiche zu tun. Existenzialismus, Baby – echt 'ne Bombenphilosophie. Albert Camus! Telefon! Manche meinen, die Hölle, das seien die Mitmenschen. Ich glaube eher, dass ewige Wiederholung die Hölle ist.

1408

Wie auch über das allseits beliebte Thema »Vorzeitige Beerdigung« sollte jeder Verfasser von Gruselgeschichten mindestens eine über ein Hotelzimmer schreiben, in dem es spukt. Das hier ist meine Version dieser Geschichte. Das einzig Ungewöhnliche daran ist, dass ich nie vorhatte, sie zu Ende zu schreiben. Ich schrieb die ersten drei, vier Seiten für den Anhang meines Buchs Das Leben und das Schreiben, um dem Leser zu zeigen, wie sich eine Geschichte zwischen der ersten und der zweiten Fassung entwickelt. Vor allem wollte ich konkrete Beispiele für die Prinzipien bringen, über die ich im Text gesabbelt hatte. Doch dann geschah etwas Schönes: Die Geschichte verführte mich, sie zu Ende zu schreiben. Ich glaube, es ist von Mensch zu Mensch ganz unterschiedlich, was einem Angst macht (ich habe beispielsweise nie verstanden, warum Peruanische Boomslangs manchen Leuten nicht geheuer sind); jedenfalls jagte mir diese Geschichte, während ich daran schrieb, Angst ein. Sie erschien zuerst in einem Audiobuch mit dem Titel Blut und Rauch, und als ich sie zum ersten Mal hörte, jagte sie mir noch mehr Angst ein. Sie jagte mir eine Heidenangst ein. Aber Hotelzimmer sind eben auch von Natur aus unheimliche Orte, finden Sie nicht auch? Ich meine: Wie viele Menschen haben schon in diesem Bett geschlafen? Wie viele von ihnen waren krank? Wie viele verloren gerade den Verstand? Wie viele überlegten, vielleicht noch ein paar letzte Verse aus der Bibel in der Nachttischschublade zu lesen und sich dann in dem

Wandschrank neben dem Fernseher zu erhängen? Brrr. *Aber checken wir doch trotzdem ein, oder? Hier ist Ihr Schlüssel ... und Sie sollten sich vielleicht noch die Zeit nehmen, darauf zu achten, welche Quersumme diese vier harmlosen Ziffern ergeben.*

Gleich hier entlang, den Flur hinunter.

I

Mike Enslin war noch in der Drehtür, als er Olin, den Direktor des Hotels Dolphin, in einem der Sessel in der Hotelhalle sitzen sah. Mikes Herz sank. *Vielleicht hätte ich den Anwalt doch wieder mitbringen sollen,* dachte er. Nun, dafür war es jetzt zu spät. Und selbst wenn Olin beschlossen hatte, weitere Straßensperren zwischen Mike und Zimmer 1408 zu errichten, war das nicht nur schlecht; es hatte auch seine Vorteile.

Als Mike aus der Drehtür trat, durchquerte Olin die Halle mit ausgestreckter pummeliger Hand. Das Dolphin lag in der 61st Street, gleich um die Ecke der Fifth Avenue – klein, aber elegant. Ein Mann und eine Frau in Abendkleidung kamen an Mike vorbei, als er Olins Hand ergriff, wozu er seinen kleinen Koffer von der rechten in die linke Hand nahm. Die Frau war eine Blondine, die natürlich Schwarz trug, und in dem leichten, blumigen Duft ihres Parfüms schien ganz New York zu liegen. In der Bar im Mezzanin spielte jemand auf dem Klavier »Night and Day«, wie um diesen Eindruck zu unterstreichen.

»Mr. Enslin. Guten Abend.«

»Mr. Olin. Gibt's ein Problem?«

Olin wirkte schmerzgeplagt. Er sah sich einen Augenblick wie Hilfe suchend in der intimen, eleganten Hotelhalle um. Vor dem Tisch des Portiers diskutierte ein Mann mit seiner Frau über Theaterkarten, während der Portier die beiden mit einem kleinen, geduldigen Lächeln beobachtete. An der Rezeption besprach ein Mann in dem verknitterten Look, den man nur von langen, in der Business Class verbrachten Stunden bekam, seine Reservierung mit einer Frau in einem eleganten schwarzen Kostüm, das auch als Abendkleidung hätte dienen können. Im Hotel Dolphin lief das Geschäft wie üblich. Allen wurde geholfen, nur dem armen Mr. Olin nicht, der in die Klauen des Schriftstellers gefallen war.

»Mr. Olin?«, wiederholte Mike.

»Mr. Enslin ... könnte ich Sie einen Augenblick in meinem Büro sprechen?«

Nun, warum denn nicht? Das würde dem Kapitel über Zimmer 1408 gut tun, würde den bedrohlichen Unterton verstärken, nach dem die Leser seiner Bücher süchtig zu sein schienen, aber das war noch nicht alles. Trotz aller Ausweich- und Ablenkungsmanöver war Mike Enslin sich seiner Sache bisher nicht sicher gewesen; jetzt war er es. Olin hatte wirklich Angst vor Zimmer 1408 – und davor, was Mike dort heute Nacht zustoßen könnte.

»Natürlich, Mr. Olin.«

Olin, der gute Gastgeber, griff nach Mikes kleinem Koffer. »Gestatten Sie ...«

»Danke, der ist ganz leicht«, sagte Mike. »Nur ein paar Sachen zum Wechseln und meine Zahnbürste.«

»Sie sind also fest entschlossen?«

»Ja«, sagte Mike. »Ich trage bereits mein Hawaiihemd, das mir Glück bringt.« Er lächelte. »Das mit dem Geisterabwehrmittel.«

Olin erwiderte sein Lächeln nicht. Stattdessen seufzte er – ein kleiner rundlicher Mann in einem dunklen Cut mit sorgfältig gebundener Krawatte. »Wie Sie wünschen, Mr. Enslin. Kommen Sie bitte mit.«

Draußen in der Hotelhalle hatte der Direktor zögerlich, fast niedergeschlagen gewirkt. In seinem mit Eiche getäfelten Büro, an dessen Wänden alte Bilder des Hotels hingen (das Dolphin war 1910 eröffnet worden – Mike genoss vielleicht nicht den Vorzug, dass seine Bücher in Zeitschriften oder

Großstadtblättern besprochen wurden, aber er recherchierte gründlich), schien Olin seine Selbstsicherheit zurückzugewinnen. Auf dem Parkett lag ein Orientteppich. Zwei Stehlampen spendeten mildes gelbliches Licht. Auf dem Schreibtisch stand neben einem Humidor eine Tischlampe mit einem rautenförmigen grünen Glasschirm. Und neben dem Humidor lagen die letzten drei Bücher, die Mike Enslin geschrieben hatte. Natürlich alle Taschenbücher; gebundene Ausgaben hatte es keine gegeben. *Mein Gastgeber hat seinerseits ein bisschen recherchiert*, dachte Mike.

Mike setzte sich vor den Schreibtisch. Er hatte erwartet, Olin werde dahinter Platz nehmen, aber Olin überraschte ihn. Er setzte sich in den Sessel neben Mike, schlug die Beine übereinander und beugte sich dann über seinen straffen kleinen Schmerbauch nach vorn, um den Humidor zu berühren.

»Zigarre, Mr. Enslin?«

»Nein, danke. Ich rauche nicht.«

Olins Blick fiel auf die Zigarette hinter Mikes rechtem Ohr – in einem flotten Winkel geparkt, wie in alten Zeiten ein Witze reißender Reporter seinen nächsten Glimmstängel genau unter dem im Band seines weichen Filzhuts steckenden PRESSE-Ausweises hätte parken können. Die Zigarette war so sehr Teil seiner selbst geworden, dass Mike im ersten Augenblick wirklich nicht wusste, was Olin anstarrte. Dann lachte er, nahm sie herunter, betrachtete sie und sah wieder zu Olin hinüber.

»Hab seit neun Jahren keine einzige mehr geraucht«, sagte er. »Mein älterer Bruder ist an Lungenkrebs gestorben. Nach seinem Tod habe ich das Rauchen aufgegeben. Die Zigarette hinter dem Ohr ...« Er zuckte mit den Schultern. »Halb Affektiertheit, halb Aberglauben, denke ich. Wie das Hawaiihemd. Oder die Zigaretten, die manche Leute auf ihrem Schreibtisch stehen oder an der Wand hängen haben – in einem verglasten Kästchen, auf dem Im Notfall Scheibe einschlagen steht. Ist 1408 ein Raucherzimmer, Mr. Olin? Nur für den Fall, dass ein Atomkrieg ausbricht?«

»Es ist tatsächlich eines.«

»Nun«, sagte Mike nachdrücklich, »das bedeutet eine Sorge weniger bei der Nachtwache.«

Mr. Olin seufzte wieder, aber dieser Seufzer hatte nicht den untröstlichen Charakter seines Hotelhallenseufzers. Ja, das liegt am Büro, sagte sich Mike. *Olins* Büro, sein privates Refugium. Selbst am Nachmittag, als Mike mit seinem Anwalt Robertson hier aufgekreuzt war, hatte Olin weniger durcheinander gewirkt, sobald sie in seinem Büro waren. Und warum auch nicht? Wo sonst konnte jemand glauben, alles im Griff zu haben, wenn nicht in seinem privaten Refugium? Olins Büro war ein Raum mit guten Bildern an den Wänden, einem guten Teppich auf dem Fußboden und guten Zigarren im Humidor. Seit 1910 hatten hier zweifellos viele Direktoren viele Geschäfte abgewickelt; auf seine Art verkörperte dieser Raum ebenso New York wie die Blondine in ihrem schulterfreien schwarzen Kleid, ihrem Parfüm und ihrem unausgesprochenen Versprechen von schickem New Yorker Sex in den ersten Stunden des neuen Tages.

»Sie glauben noch immer, dass ich Ihnen Ihre Idee nicht ausreden kann, nicht wahr?«, fragte Olin.

»Ich weiß, dass Sie's nicht können«, antwortete Mike und steckte sich die Zigarette wieder hinters Ohr. Er klatschte sich das Haar nicht mit Vitalis oder Wildroot Cream Oil an, wie es die Filzhüte tragenden damaligen Schreiberlinge getan hatten, aber er wechselte die Zigarette trotzdem täglich, genau wie er seine Unterwäsche wechselte. Man schwitzt dort oben hinter dem Ohr; betrachtete er abends die Zigarette, bevor er ihre ungerauchte tödliche Länge ins WC warf, konnte Mike auf dem dünnen weißen Papier schwache gelb-orangerote Schweißspuren erkennen. Das machte die Versuchung, sie sich anzuzünden, nicht größer. Wie er fast zwanzig Jahre lang hatte rauchen können – dreißig Kippen am Tag, manchmal vierzig –, war ihm jetzt unbegreiflich. *Warum* er das getan hatte, war noch unbegreiflicher.

Olin nahm den kleinen Stapel Taschenbücher von der Schreibunterlage. »Ich hoffe aufrichtig, dass Sie sich irren.« Mike zog den Reißverschluss des Seitenfachs seines Koffers auf. Er nahm ein Diktiergerät von Sony heraus. »Stört es Sie, wenn ich unser Gespräch aufnehme, Mr. Olin?«

Olin winkte ab. Mike drückte auf RECORD, und das kleine rote Licht leuchtete auf. Die Spulen begannen sich zu drehen.

Olin sortierte unterdessen langsam die Bücher und las die Titel. Wie immer, wenn Mike Enslin seine Bücher in den Händen anderer Leute sah, empfand er eine seltsame Mischung aus allen möglichen Emotionen: Stolz, Unbehagen, Belustigung, Trotz und Scham. Er hatte keinen Grund, sich ihrer zu schämen; sie hatten ihn in diesen letzten fünf Jahren recht gut ernährt, und er brauchte sich die Gewinne mit keinem Buch-Packager zu teilen (»Buch-Nutten«, so nannte sein Agent sie, teilweise vielleicht auch aus Neid), weil er das Konzept für diese Reihe selbst entwickelt hatte. Nachdem der erste Titel sich so gut verkauft hatte, hätte allerdings nur ein Idiot nicht auf dieses Konzept kommen können. Was konnte man nach *Frankenstein* anderes machen als *Frankensteins Braut*?

Trotzdem, er war nach Iowa gegangen. Er hatte bei Jane Smiley studiert. Bei einer Podiumsdiskussion hatte er einmal mit Stanley Elkin auf dem Podium gesessen. Er hatte sich sogar darum beworben (wovon keiner seiner gegenwärtigen Freunde und Bekannten auch nur das Geringste ahnte), als ein Yale Younger Poet gedruckt zu werden. Und als der Hoteldirektor die Titel laut vorzulesen begann, wünschte Mike sich plötzlich, er hätte Olin nicht mit dem Diktiergerät herausgefordert. Später würde er sich Olins gemessenen Tonfall anhören und sich einbilden, darin Verachtung zu hören. Er berührte die Zigarette hinter seinem Ohr, ohne sich dessen bewusst zu sein.

»*Zehn Nächte in zehn Spukhäusern*«, las Olin vor. »*Zehn Nächte auf zehn Geisterfriedhöfen. Zehn Nächte in zehn Spukschlössern.*« Um seine Mundwinkel spielte ein schwa-

ches Lächeln, als er zu Mike aufsah. »Damit sind Sie nach
Schottland gekommen. Vom Wienerwald ganz zu schweigen.
Und alles steuerlich absetzbar, nicht wahr? Der Spuk ist
schließlich Ihr Geschäft.«

»Wollen Sie auf etwas Bestimmtes hinaus?«

»Sie sind empfindlich, wenn's hierum geht, nicht wahr?«,
fragte Olin.

»Empfindlich, ja. Verwundbar, nein. Sollten Sie hoffen,
mich dazu überreden zu können, Ihr Hotel zu verlassen, indem Sie meine Bücher kritisieren …«

»Nein, durchaus nicht. Ich war neugierig, sonst nichts. Ich
habe Marcel – er ist unser Tagportier – vorgestern losge-
schickt, um sie zu holen, nachdem Sie hier Ihre … Bitte vorgetragen hatten.«

»Das war eine Forderung, keine Bitte. Immer noch. Sie
haben gehört, was Mr. Robertson gesagt hat: ein Gesetz des
Staates New York – von zwei Bürgerrechts-Bundesgesetzen
ganz zu schweigen – verbietet Ihnen, mir ein bestimmtes
Zimmer zu verweigern, wenn ich dieses bestimmte Zimmer
verlange und das Zimmer frei ist. Und 1408 ist frei. 1408 ist
heutzutage *immer* frei.«

Aber Mr. Olin war nicht so leicht von Mikes drei letzten
Büchern – die alle auf der Bestsellerliste der *New York Times*
gestanden hatten – abzubringen. Er sortierte sie einfach zum
dritten Mal. Ihre Hochglanzumschläge reflektierten das
weiche Lampenlicht. Auf den Umschlägen war viel Purpurrot zu sehen. Gruselbücher verkauften sich in Purpurrot besser als in jeder anderen Farbe, hatte Mike sich sagen lassen.

»Ich hatte erst heute am frühen Abend Gelegenheit, etwas
darin zu blättern«, sagte Olin. »Ich bin sehr beschäftigt gewesen. Das bin ich meistens. Das Dolphin ist nach New Yorker Maßstäben klein, aber wir sind zu neunzig Prozent aus-
gebucht, und im Allgemeinen kommt mit jedem Gast ein
Problem durch die Drehtür herein.«

»Wie in meinem Fall.«

Olin lächelte schwach. »Sie sind ein besonderes Problem,

Mr. Enslin, würde ich sagen. Sie und Ihr Mr. Robertson und all Ihre Drohungen.«

Mike fühlte sich wieder gereizt. Er hatte keine Drohungen vorgebracht, außer Robertson selbst war als Drohung zu betrachten. Und er war gezwungen gewesen, den Anwalt zu benützen, wie man gezwungen sein konnte, eine verrostete Kassette, die sich nicht mehr aufsperren ließ, mit einem Brecheisen aufzustemmen.

Diese Kassette gehört nicht dir, sagte seine innere Stimme, aber die Staats- und Bundesgesetze besagten etwas anderes. Die Gesetze besagten, dass Zimmer 1408 im Hotel Dolphin ihm gehörte, wenn er es haben wollte und solange ihm niemand zuvorkam.

Er merkte, dass Olin ihn beobachtete – weiter mit diesem schwachen Lächeln. Als habe er Mikes inneren Dialog beinahe Wort für Wort verfolgt. Das war ein unbehagliches Gefühl, und Mike stellte fest, dass ihm dieses Gespräch unerwartet unangenehm war. Er hatte das Gefühl, sich in der Defensive zu befinden, seit er sein Diktiergerät (das meistens einschüchternd wirkte) herausgeholt und eingeschaltet hatte.

»Sollten Sie einen bestimmten Zweck verfolgen, Mr. Olin, so kann ich Ihnen nicht mehr ganz folgen, fürchte ich. Und ich habe einen langen Tag hinter mir. Falls unser Gerangel um Zimmer 1408 wirklich vorbei ist, möchte ich hinauffahren und ...«

»Ich habe eine ... äh, wie würde man sie nennen? Essays? Erzählungen?«

Mike nannte sie Rechnungszahler, aber er hatte nicht vor, das bei laufendem Tonband zu sagen. Auch nicht, wenn es sein eigenes Tonband war.

»Story«, entschied Olin. »Ich habe in jedem Buch je eine Story gelesen. Die über das Haus der Familie Rilsby in Kansas aus dem Buch über *Spukhäuser* ...«

»Ah, ja – Die Axtmorde.« Der Kerl, der aus der gesamten sechsköpfigen Familie Eugene Rilsby Hackfleisch gemacht hatte, war nie gefasst worden.

»Ganz recht. Und die eine über die Nacht, in der Sie am Grab eines durch Selbstmord geendeten Liebespaars in Alaska kampiert haben – des jungen Paars, das noch heute in Sitka umgehen soll –, und die Schilderung Ihrer Nacht in Gartsby Castle. Die war wirklich sehr amüsant. Ich war überrascht.«

Mike hatte ein scharfes Ohr für Anklänge von Verachtung in selbst den harmlosesten Äußerungen über seine *Zehn-Nächte*-Bücher und zweifelte nicht daran, dass er manchmal Verachtung hörte, wo keine beabsichtigt war – Mike hatte entdeckt, dass nur wenige Lebewesen so paranoid sind wie der Schriftsteller, der tief in seinem Innersten findet, er schreibe Schund –, aber er glaubte nicht, dass hier Verachtung mitschwang.

»Vielen Dank«, sagte er. »Wahrscheinlich.« Er sah auf sein Diktiergerät. Gewöhnlich schien das kleine rote Auge den anderen Kerl zu beobachten, als solle er es nur wagen, etwas Falsches zu sagen. An diesem Abend schien es Mike selbst anzustarren.

»O ja, das habe ich als Kompliment gemeint.« Olin tippte auf die Bücher. »Ich werde sie ganz lesen – nur wegen Ihres Stils. Ihr Stil gefällt mir. Zu meiner Überraschung habe ich über Ihre ziemlich un-übernatürlichen Abenteuer in Gartsby Castle lachen müssen, und mich hat überrascht, dass Sie so gut schreiben. Dass Sie so *subtil* schreiben. Ich hatte mehr Hauen und Stechen erwartet.«

Mike wappnete sich gegen das, was fast unweigerlich folgen würde: Olins Variante von *Was macht ein nettes Mädchen wie du in diesem Scheißladen?* Olin, der urbane Hotelier, Beherberger blonder Frauen, die schwarz gekleidet in die Nacht hinausgingen, Arbeitgeber schmächtiger, bescheidener Männer, die Smokings trugen und in der Hotelbar olle Kamellen wie »Night and Day« klimperten. Olin, der an seinen freien Abenden vermutlich Proust las.

»Aber sie sind auch beunruhigend, diese Bücher. Hätte ich nicht darin geblättert, hätte ich mir wahrscheinlich nicht die

Mühe gemacht, heute Abend auf Sie zu warten. Als ich den Anwalt mit seinem Aktenkoffer gesehen habe, habe ich gewusst, dass Sie in diesem gottverdammten Zimmer übernachten wollen und sich durch nichts, was ich sagen könnte, davon würden abbringen lassen. Aber die Bücher ...«

Mike streckte eine Hand aus und stellte das Diktiergerät ab – von dem kleinen roten Auge, das ihn anstarrte, bekam er eine Gänsehaut. »Sie wollen wissen, warum ich auf dem Boden des Teichs gründele? Steckt das dahinter?«

»Das tun Sie wegen des Geldes, nehme ich an«, sagte Olin mild. »Und Sie finden Ihre Nahrung weit oberhalb des Bodens, zumindest meiner Einschätzung nach ... obwohl interessant ist, wie bereitwillig Sie sich auf eine Schlussfolgerung dieser Art stürzen.«

Mike spürte Hitze, die in seinen Wangen aufstieg. Nein, dieses Gespräch verlief überhaupt nicht so, wie er es erwartet hatte; er hatte sein Diktiergerät noch *nie* mitten in einer Unterhaltung abgestellt. Aber Olin war nicht, was er zu sein schien. *Ich habe mich von seinen Händen täuschen lassen,* dachte Mike. *Von diesen pummeligen kleinen Hoteldirektorshänden mit den weißen Halbmonden ihrer sorgfältig manikürten Fingernägel.*

»Betroffen gemacht hat mich – *geängstigt* hat mich –, dass ich feststellen musste, dass ich das Werk eines intelligenten, talentierten Autors las, der *kein einziges Wort* von dem glaubt, was er geschrieben hat.«

Das stimmt nicht ganz, dachte Mike. Er hatte etwa zwei Dutzend Storys geschrieben, an die er glaubte, hatte sogar einige davon veröffentlicht. Und in seinen ersten eineinhalb Jahren in New York, als er auf der Gehaltsliste von *The Village Voice* gehungert hatte, hatte er Unmengen von Gedichten geschrieben, an die er geglaubt hatte. Aber glaubte er, dass der kopflose Geist Eugene Rilsbys bei Mondschein in seinem verlassenen Farmhaus in Kansas spukte? Nein. Er hatte eine Nacht in diesem Farmhaus verbracht, auf den schmutzigen Linoleumhügeln des Küchenbodens kampiert und nichts Beängstigenderes gesehen als ein Mäusepaar, das die Fußbodenleiste entlanghuschte. Er hatte eine heiße Sommernacht in der Ruine des siebenbürgischen Schlosses verbracht, in dem Wlad Tepes angeblich noch immer Hof hielt; die einzigen Vampire, die ihn tatsächlich belästigt hatten, waren Stechmücken gewesen. In der Nacht, in der er am Grab des Massenmörders Jeffrey Dahmer kampiert hatte, war gegen zwei Uhr eine weiße, blutbefleckte Gestalt, die ein Messer schwang, aus dem Dunkel aufgetaucht, aber das Kichern der Freunde dieses Gespensts hatte es verraten, und Mike Enslin war ohnehin nicht sonderlich beeindruckt gewesen; er erkannte einen Teenagergeist, der ein Gummimesser schwang, wenn er einen sah. Aber er hatte nicht die Absicht, Olin irgendetwas davon zu erzählen. Er konnte es sich nicht leisten, ihm …

Doch, das *konnte* er. Das Diktiergerät (vom Start weg ein Fehler, das begriff er jetzt) war wieder verstaut, und dieses Gespräch war so inoffiziell wie überhaupt möglich. Außerdem bewunderte er Olin inzwischen auf sonderbare Weise. Und wenn man jemanden bewunderte, wollte man ihm die Wahrheit sagen.

»Nein«, sagte er, »ich glaube nicht an Ghulchen und Gespenstchen und langbeinige Biestchen. Ich find's gut, dass es die alle nicht gibt, denn ich glaube auch nicht, dass es einen lieben Gott gibt, der uns vor ihnen beschützen könnte. Das glaube ich, aber ich bin von Anfang an vorurteilslos an diese Sache herangegangen. Ich bekomme vielleicht nie den Pulitzerpreis für meine Nachforschungen wegen des Bellenden Geists auf dem Friedhof Mount Hope, aber ich hätte fair über ihn berichtet, wenn er sich gezeigt hätte.«

Olin sagte etwas, nur ein einziges Wort, aber zu leise, als dass Mike es hätte verstehen können.

»Wie bitte?«

»Ich habe nein gesagt.« In Olins Blick lag fast eine Bitte um Entschuldigung.

Mike seufzte. Olin hielt ihn für einen Lügner. War dieser

Punkt einmal erreicht, konnte man nur die Fäuste heben oder die Diskussion ganz abbrechen. »Wollen wir das nicht ein andermal fortsetzen, Mr. Olin? Ich fahre einfach rauf und putze mir die Zähne. Vielleicht sehe ich im Badezimmerspiegel, wie Kevin O'Malley sich hinter mir materialisiert.«

Mike wollte sich erheben, aber Olin streckte eine seiner pummeligen, sorgfältig manikürten Hände aus, um ihn daran zu hindern. »Ich bezeichne Sie nicht als Lügner«, sagte er, »aber, Mr. Enslin, *Sie glauben nicht.* Gespenster zeigen sich denen, die nicht an sie glauben, nur selten, und wenn sie's tun, werden sie selten wahrgenommen. Glauben Sie mir, Eugene Rilsby hätte mit seinem abgetrennten Schädel in der Diele seines Hauses kegeln können, und Sie hätten nicht das Geringste gehört!«

Mike stand auf und bückte sich nach seinem Koffer. »In diesem Fall habe ich in Zimmer 1408 nichts zu befürchten, nicht wahr?«

»Doch, das müssen Sie«, sagte Olin. »Das müssen Sie. Denn in Zimmer 1408 gibt es keine Gespenster, hat es nie welche gegeben. Dort drinnen *ist* irgendetwas – ich habe es selbst gespürt –, aber es ist kein Geist. In einem verlassenen Haus oder einem alten Burgverlies kann Ihnen Ihr Unglauben als Schutz dienen. In Zimmer 1408 wird er Sie nur verwundbarer machen. Tun Sie's nicht, Mr. Enslin. Deshalb habe ich heute Abend auf Sie gewartet, um Sie aufzufordern, Sie zu *bitten*, es nicht zu tun. Von allen Menschen der Welt, die nicht in diesen Raum gehören, steht der Mann, der diese munteren, kommerziellen Wahren Geistergeschichten geschrieben hat, auf dem vordersten Listenplatz.«

Mike hörte das und hörte es gleichzeitig doch nicht. *Und du hast deinen Recorder ausgeschaltet!* warf er sich vor. *Er macht mich so verlegen, dass ich mein Tonbandgerät ausschalte, und dann verwandelt er sich in Boris Karloff als Moderator eines All-Star-Spukwochenendes! Scheiß drauf. Ich zitiere ihn trotzdem. Soll er mich doch verklagen, wenn ihm das nicht passt.*

Plötzlich brannte er darauf, nach oben zu kommen – nicht nur, damit er anfangen konnte, seine lange Nacht in einem Eckzimmer dieses Hotels hinter sich zu bringen, sondern weil er sich notieren wollte, was Olin eben gesagt hatte, solange ihm die Worte noch frisch im Gedächtnis waren.

»Trinken Sie einen Scotch mit mir, Mr. Enslin.«

»Nein, ich möchte wirklich ...«

Mr. Olin griff in seine Tasche und zog einen Schlüssel an einem langen Messinganhänger heraus. Das Messing sah alt und verkratzt und angelaufen aus. Der Schlüsselanhänger trug in erhabenen Ziffern die Zahl 1408. »Bitte«, sagte Olin. »Tun Sie mir diesen Gefallen. Sie schenken mir zehn Minuten Ihrer Zeit – lange genug, um einen kleinen Scotch zu trinken –, und ich überlasse Ihnen diesen Schlüssel. Ich würde fast alles dafür geben, Sie von Ihrem Vorhaben abbringen zu können, aber ich glaube, dass ich das Unvermeidliche erkenne, wenn ich es vor mir habe.«

»Hier gibt's noch richtige Schlüssel?«, fragte Mike. »Das ist irgendwie nett. Rührend altmodisch.«

»Das Dolphin hat im Jahr 1979, als ich hier Direktor geworden bin, ein Magnetkartensystem eingeführt, Mr. Enslin. 1408 ist das einzige Zimmer des Hauses, zu dem es noch einen Schlüssel gibt. Es war nicht nötig, ein MagCard-Schloss an der Tür anzubringen, weil sich dort nie jemand aufhält; in dem Zimmer hat 1978 zum letzten Mal ein zahlender Gast gewohnt.«

»Sie verscheißern mich!« Mike setzte sich wieder und holte erneut sein Diktiergerät heraus. Er drückte die Taste RE-CORD und sagte: »Hoteldirektor Olin behauptet, 1408 sei seit über zwanzig Jahren an keinen zahlenden Gast mehr vermietet worden.«

»Zum Glück hat 1408 nie ein MagCard-Türschloss gebraucht, denn ich bin mir ganz sicher, dass es nicht funktionieren würde. In Zimmer 1408 funktionieren auch keine Digitaluhren. Manchmal gehen sie rückwärts, manchmal bleiben sie einfach stehen, jedenfalls kann man nicht die richtige Zeit von ihnen ablesen. Nicht in Zimmer 1408, nicht dort. Das gilt auch für Taschenrechner und Mobiltelefone. Falls Sie einen Piepser tragen, Mr. Enslin, sollten Sie ihn ausschalten, denn in Zimmer 1408 wird er unberechenbar zu piepsen beginnen.« Er machte eine Pause. »Und das Ausschalten klappt auch nicht immer, denn er schaltet sich vielleicht selbst wieder ein. Das einzig wirksame Mittel ist das Herausnehmen der Batterien.« Er drückte die Stop-Taste des Recorders, ohne sie suchen zu müssen; Mike vermutete, dass er seine Memos auf ein ähnliches Gerät diktierte. »Tatsächlich, Mr. Enslin, ist es das Sicherste, einen weiten Bogen um dieses Zimmer zu machen.«

»Das kann ich nicht«, sagte Mike, griff nach seinem Diktiergerät und verstaute es erneut, »aber ich denke, dass ich mir die Zeit für diesen Drink nehmen kann.«

Während Olin an dem Barschrank aus gebeizter Eiche unter einem Ölgemälde, das die Fifth Avenue um die Jahrhundertwende zeigte, einschenkte, fragte Mike ihn, woher er wisse, dass in diesem Zimmer keine High-Tech-Geräte funktionierten, wenn es seit 1978 ununterbrochen leer gestanden habe.

»Ich wollte damit nicht suggerieren, seit 1978 habe niemand mehr einen Fuß über die Schwelle gesetzt«, antwortete Olin. »Erstens sind die Zimmermädchen einmal im Monat dort, um es flüchtig zu reinigen. Das bedeutet …«

Mike, der seit etwa vier Monaten an *Zehn Nächte in zehn Spukhotels* arbeitete, warf ein: »Ich weiß, was das bedeutet.« Flüchtig gereinigt wurde ein unbewohntes Zimmer, indem das Mädchen die Fenster öffnete, um frische Luft hereinzulassen, genug WC-Reiniger in die Toilette kippte, um das Wasser kurz blau zu färben, und die Handtücher wechselte. Vermutlich nicht die Bettwäsche, nicht wenn nur flüchtig gereinigt wurde. Er fragte sich, ob er seinen Schlafsack hätte mitbringen sollen.

Olin, der mit ihren Drinks über den Orientteppich zurückkam, schien Mikes Gedanken von seinem Gesicht abzulesen. »Das Bett ist erst heute Nachmittag frisch bezogen worden, Mr. Enslin.«

»Wozu die förmliche Anrede? Nennen Sie mich Mike.«

»Ich glaube nicht, dass mir das behaglich wäre«, wehrte Olin ab und gab Mike seinen Scotch. »Auf Ihr Wohl!«

»Und auf Ihres.« Mike hob sein Glas und wollte mit Olin anstoßen, aber Olin zog seines zurück.

»Nein, auf Ihr Wohl, Mr. Enslin. Darauf bestehe ich. Heute Abend sollten wir beide auf Ihr Wohl trinken. Sie werden es brauchen.«

Mike seufzte, berührte den Rand von Olins Glas mit seinem und sagte: »Auf mein Wohl. Sie hätten blendend in einen Horrorfilm gepasst, Mr. Olin. Sie hätten den trübseligen alten Butler spielen können, der alles versucht, um das frisch gebackene Ehepaar von Castle Doom fern zu halten.«

Olin setzte sich. »Das ist eine Rolle, die ich nicht oft habe spielen müssen, Gott sei Dank. Zimmer 1408 erscheint auf keiner der Webseiten, die paranormale Örtlichkeiten oder Hotspots des Übersinnlichen auflisten …«

Das wird sich nach meinem Buch ändern, dachte Mike und nahm einen kleinen Schluck Scotch.

»… und es gibt keine Gespenstertouren, auf deren Programm das Hotel Dolphin steht, obwohl diese Touren durchs Sherry-Netherland, das Plaza und das Park-Lane führen. Wir haben so wenig wie möglich über 1408 verlautbaren lassen – aber jemand, der mit Glück und Ausdauer recherchiert, konnte seine Geschichte natürlich immer herausfinden.«

Mike gestattete sich ein kleines Lächeln.

»Veronique hat das Bett frisch bezogen«, sagte Olin, »und ich habe sie begleitet. Sie sollten sich geschmeichelt fühlen, Mr. Enslin; das ist fast so, als würde Ihre Bettwäsche von jemandem aus königlichem Geblüt gewechselt. Veronique und ihre Schwester sind 1971 oder 1972 als Zimmermädchen ins Dolphin gekommen. Vee, wie wir sie nennen, ist die dienstälteste Angestellte des Hauses – sie ist mindestens sechs Jahre länger hier als ich. Als Hausdame leitet sie heute unseren gesamten Zimmerdienst. Ich vermute, dass sie hier seit sechs Jahren kein Bett mehr bezogen hat, aber bis vor einigen Jahren hat sie – gemeinsam mit ihrer Schwester – 1408 in Ordnung gehalten. Veronique und Celeste sind Zwillinge, und die enge Verbindung zwischen ihnen scheint die beiden ... wie soll ich's ausdrücken? Nicht *immun* gegen 1408 gemacht zu haben, aber doch etwas in dieser Art ... zumindest für die kurze Zeit, die jeweils nötig war, um das Zimmer flüchtig zu reinigen.«

»Sie wollen mir nicht etwa erzählen, die Schwester dieser Veronique sei in 1408 gestorben, oder?«

»Nein, durchaus nicht«, sagte Olin. »Sie hat unser Haus etwa 1988 verlassen, weil sie aus gesundheitlichen Gründen nicht mehr arbeiten konnte. Aber ich schließe nicht aus, dass 1408 etwas mit der Verschlechterung ihres geistigen und körperlichen Zustands zu tun gehabt haben könnte.«

»Zwischen uns scheint ein gewisses Verständnis entstanden zu sein, Mr. Olin. Ich hoffe, dass ich es nicht zerstöre, wenn ich Ihnen sage, dass ich das lächerlich finde.«

Olin lachte. »Ziemlich hart gesotten für einen Erforscher der übersinnlichen Welt.«

»Das bin ich meinen Lesern schuldig«, sagte Mike kühl.

»Eigentlich hätte ich 1408 einfach so lassen können, wie es in den meisten seiner Tage und Nächte ohnehin ist«, meinte der Hoteldirektor nachdenklich. »Tür zugesperrt, Licht aus, Jalousie heruntergelassen, damit die Sonne nicht den Teppich ausbleicht, Tagesdecke hochgezogen, Frühstückskarte auf dem Bett ... Aber ich kann die Vorstellung nicht ertragen, dass die Luft abgestanden und kalt wird wie auf einem Dachboden. Kann die Vorstellung nicht ertragen, dass der Staub sich ansammelt, bis er dick und flaumig daliegt. Was macht mich das – pingelig oder regelrecht besessen?«

»Das macht Sie zu einem Hoteldirektor.«

»Vermutlich. Jedenfalls haben Vee und Cee dieses Zimmer in Ordnung gehalten – sehr rasch, nur rein und raus –, bis

Cee aufhören musste und Vee zum ersten Mal befördert wurde. Danach habe ich darauf geachtet, dass andere Mädchen es paarweise reinigen, wobei wir immer welche nehmen, die gut miteinander auskommen.«

»Weil Sie hoffen, dass ihre Verbindung gegen Geister hilft?«

»Weil ich auf diese Verbindung setze, ja. Und Sie können die Geister von Zimmer 1408 verspotten, so viel Sie wollen, Mr. Enslin, aber Sie werden sie fast augenblicklich spüren, da bin ich zuversichtlich. Was immer in diesem Raum lauert, ist keineswegs schüchtern.

Ich bin viele Male – sooft ich nur konnte – mit den Zimmermädchen mitgegangen, um sie zu beaufsichtigen.« Er zögerte, dann fügte er fast widerstrebend hinzu: »Um sie rauszuholen, vermute ich, wenn etwas wirklich Schreckliches passieren sollte. Dazu ist's nie gekommen. Es hat mehrere gegeben, die Weinkrämpfe bekamen, eine, die einen Lachanfall bekam – ich weiß nicht, weshalb eine unkontrollierbar Lachende beängstigender sein sollte als eine Schluchzende, aber es war so – und einige, die in Ohnmacht fielen. Jedoch nichts allzu Grausiges. Ich hatte im Lauf der Jahre Zeit für ein paar primitive Versuche – mit Piepsern und Mobiltelefonen und dergleichen –, aber ich habe nichts allzu Schreckliches erlebt. Gott sei Dank.« Er machte wieder eine Pause, dann fügte er mit seltsam ausdrucksloser Stimme hinzu: »Eine von ihnen ist blind geworden.«

»*Was?*«

»Sie ist blind geworden. Rommie Van Gelder, so hat sie geheißen. Sie hat auf dem Fernseher Staub gewischt und dabei plötzlich zu kreischen begonnen. Ich habe sie gefragt, was passiert sei. Sie hat ihr Staubtuch fallen lassen, die Hände vors Gesicht geschlagen und gekreischt, sie sei blind ... aber sie könne die schrecklichsten Farben sehen. Die sind aber verschwunden, sobald ich sie durch die Tür bugsiert hatte, und als ich mit ihr den Lift am Ende des Korridors erreicht hatte, konnte sie auch schon wieder etwas sehen.«

»Das erzählen Sie mir alles nur, um mir Angst einzujagen, Mr. Olin, nicht wahr? Um mich abzuschrecken.«

»Durchaus nicht, Mr. Enslin. Sie kennen die Geschichte dieses Zimmers, die mit dem Selbstmord seines ersten Gasts beginnt.«

Mike kannte sie. Kevin O'Malley, ein Nähmaschinenverkäufer, hatte dort am 13. Oktober 1910 Selbstmord verübt – ein Fensterspringer, der eine Frau und sieben Kinder hinterlassen hatte.

»Aus dem einzigen Fenster dieses Zimmers sind fünf Männer und eine Frau in den Tod gesprungen, Mr. Enslin. Drei Frauen und ein Mann haben sich in diesem Zimmer mit Tabletten vergiftet – sie sind im Bett, auf dem Fußboden im Bad, in der Badewanne und zusammengesunken auf der Toilette gefunden worden. Im Jahr 1970 hat sich ein Mann im Kleiderschrank erhängt ...«

»Henry Storkin«, sagte Mike. »Das dürfte ein Unfall gewesen sein ... sexuelle Asphyxie.«

»Vielleicht. Außerdem hat's Randolph Hyde gegeben, der sich erst die Handgelenke aufgeschnitten und dann, während er verblutete, die Genitalien abgeschnitten hat. Das ist *kein* Fall von sexueller Asphyxie gewesen. Ich will auf Folgendes hinaus, Mr. Enslin: Wenn insgesamt zwölf Selbstmorde in achtundsechzig Jahren Sie nicht von Ihrem Vorhaben abbringen können, bezweifle ich, dass das Jammern und Wehklagen einiger Zimmermädchen Sie davon abhalten kann.«

Jammern und Wehklagen, das ist hübsch, dachte Mike und fragte sich, ob er es für sein Buch stehlen konnte.

»Nur wenige der Paare, die 1408 im Lauf der Jahre gereinigt haben, sind bereit gewesen, das mehr als ein paar Mal zu tun«, sagte Olin und leerte sein Glas mit einem adretten kleinen Schluck.

»Abgesehen von den französischen Zwillingen.«

»Vee und Cee, das stimmt.« Olin nickte.

Mike machte sich nicht viel aus den Zimmermädchen

und ihrem … wie hatte Olin es genannt? Ihrem Jammern und Wehklagen. Er war leicht gekränkt, weil Olin die Selbstmorde aufgezählt hatte – als ob Mike so begriffsstutzig sei, dass er zwar nicht ihre *Tatsache*, aber ihre *Bedeutung* übersehen habe. Dabei hatten sie in Wirklichkeit gar keine Bedeutung. Abraham Lincoln und John Kennedy hatten beide Vizepräsidenten namens Johnson; Lincoln und Kennedy waren beide im Jahr 60 ihres Jahrhunderts gewählt worden. Und was bewiesen alle diese Zufälle? Nichts, überhaupt nichts.

»Die Selbstmorde werden ein wundervolles Kapitel meines Buchs ergeben«, sagte Mike, »aber da kein Tonband mitläuft, kann ich Ihnen erzählen, dass sie dem entsprechen, was ein Statistiker, den ich kenne, als ›Cluster-Effekt‹ bezeichnet.«

»Charles Dickens hat ihn ›Kartoffeleffekt‹ genannt«, sagte Olin.

»Wie bitte?«

»Als Jacob Marleys Geist erstmals mit Scrooge redet, behauptet Scrooge, er könne nichts anderes sein als ein Klacks Senf oder ein Stück halb gare Kartoffel.«

»Soll das witzig sein?«, fragte Mike ziemlich kühl.

»Nichts an dieser Sache erscheint mir witzig, Mr. Enslin. Überhaupt nichts. Hören Sie mir bitte sehr gut zu. Ich habe Ihnen erzählt, dass Vees Schwester Celeste einem Herzschlag erlegen ist. Zu diesem Zeitpunkt hat sie an Alzheimer in mittlerem Stadium gelitten – an einer Krankheit, die sie sehr früh bekommen hat.«

»Trotzdem ist ihre Schwester gesund und munter, wie Sie vorhin selbst erzählt haben. Sogar eine amerikanische Erfolgsstory. Genau wie Sie selbst, Mr. Olin, so wie Sie wirken. Und das, obwohl Sie … wie oft sind Sie in Zimmer 1408 gewesen? Hundert Mal? Zweihundert Mal?«

»Jeweils nur ganz kurz«, sagte Olin. »Vielleicht ist das so, als beträte man einen mit Giftgas gefüllten Raum. Hält man die Luft an, passiert einem vielleicht nichts. Ich sehe, dass

Ihnen dieser Vergleich nicht gefällt. Sie halten ihn gewiss für
übertrieben, vielleicht für lächerlich. Trotzdem halte ich ihn
für treffend.«

Er verschränkte seine Finger unter seinem Kinn.

»Denkbar ist auch, dass manche Menschen auf das Unbekannte, das in diesem Zimmer lebt, rascher und heftiger reagieren – genau wie manche Sporttaucher eher für die Tau-
cherkrankheit anfällig sind als andere. In den fast hundert
Jahren, in denen das Dolphin existiert, hat das Hotelperso-
nal immer deutlicher gemerkt, dass 1408 ein vergifteter
Raum ist. Das gehört zur Geschichte des Hauses, Mr. Enslin.
Niemand redet darüber, so wenig jemand die Tatsache erwähnt, dass hier – wie in den meisten Hotels – der vierzehnte Stock in Wirklichkeit der dreizehnte ist … aber die Leute
wissen es. Stünden alle Tatsachen und Unterlagen, die diesen
Raum betreffen, zur Verfügung, würden sie eine erstaunliche
Geschichte erzählen … eine unbehaglichere, als Ihren Lesern
vielleicht recht wäre.

Ich vermute beispielsweise, dass jedes New Yorker Hotel
seine Selbstmorde erlebt hat, aber ich wäre bereit, meinen
Kopf darauf zu verwetten, dass es nur im Dolphin ein Dutzend *in einem einzigen Zimmer* gegeben hat. Und selbst
wenn wir Celeste Romandeau einmal ausklammern – was ist
mit den natürlichen Toden in 1408? Mit den so genannten
natürlichen Toden?«

»Wie viele hat's davon gegeben?« An so genannte natür-
liche Tode in Zimmer 1408 hatte er nie gedacht.

»Dreißig«, antwortete Olin. »Mindestens dreißig, von denen ich weiß.«

»Sie lügen!« Diese Worte waren heraus, bevor Mike sie
zurückhalten konnte.

»Nein, Mr. Enslin, ich versichere Ihnen, dass ich nicht
lüge. Glauben Sie wirklich, dass wir dieses Zimmer nur wegen irgendeines faden Altweiber-Aberglaubens oder aus einer lächerlichen New Yorker Tradition heraus nicht belegen
… vielleicht wegen der Idee, jedes vornehme alte Hotel sollte

mindestens ein unruhiges Gespenst haben, das in der ›Suite der unsichtbaren Ketten‹ rasselnd umgeht?«

Mike Enslin erkannte, dass eine Idee genau dieser Art – nicht ausgesprochen, aber trotzdem vorhanden – tatsächlich zum Konzept seines neuen *Zehn-Nächte*-Buches gehört hatte. Jetzt zu hören, wie Olin im irritierten Tonfall eines Wissenschaftlers, der sich über einen *Bruja*-schwenkenden Eingeborenen mokiert, darüber spottete, trug keineswegs dazu bei, seinen Verdruss zu mildern.

»Wir in der Hotelbranche haben unseren Aberglauben und unsere Traditionen, aber wir lassen uns von ihnen nicht in unserem Geschäft behindern, Mr. Enslin. Im Mittleren Westen, wo ich in die Branche eingestiegen bin, lautet eine alte Redensart: ›Es gibt keine zugigen Zimmer, wenn die Viehzüchter in der Stadt sind.‹ Stehen Zimmer leer, belegen wir sie. Die einzige Ausnahme von dieser Regel, die ich je gemacht habe – und auch das einzige Gespräch dieser Art, das ich je geführt habe –, betrifft Zimmer 1408, ein Zimmer im dreizehnten Stock, dessen Quersumme ebenfalls dreizehn ergibt.«

Olin sah Mike Enslin mit festem Blick an.

»In diesem Zimmer hat es nicht nur Selbstmorde, sondern auch Gehirnschläge und Herzattacken und epileptische Anfälle gegeben. Ein Gast, der Zimmer 1408 hatte – das war 1973 –, ist anscheinend in einem Teller Suppe ertrunken. Das würden Sie zweifellos als lächerlich bezeichnen, aber ich habe mit dem Mann gesprochen, der damals unseren Sicherheitsdienst geleitet hat, und er hat den Totenschein gesehen. Die Macht dieses … Wesens, das dort haust, scheint gegen Mittag, wenn das Zimmer gereinigt wird, schwächer zu sein; trotzdem weiß ich von mehreren Zimmermädchen, die darin gearbeitet haben und jetzt an Herzproblemen, Lungenemphysemen oder Diabetes leiden. Vor drei Jahren hat's dort oben Probleme mit der Heizung gegeben, und Mr. Neal, damals unser Haustechniker, musste mehrere Zimmer betreten, um die Heizkörper zu überprüfen. 1408 war eines davon.

Ihm schien nichts zu fehlen – weder im Zimmer noch später –, aber nachmittags ist er an einer massiven Gehirnblutung gestorben.«

»Zufall«, sagte Mike. Trotzdem konnte er nicht bestreiten, dass Olin gut war. Als Betreuer in einem Jugendlager hätte der Mann mit der ersten Runde Gespenstergeschichten am Lagerfeuer neun Zehntel der Kinderchen so verschreckt, dass sie angstvoll heimgefahren wären.

»Zufall«, wiederholte Olin halblaut, nicht ganz verächtlich. Er hielt Mike den altmodischen Schlüssel mit seinem altmodischen Messinganhänger hin. »Wie steht's mit *Ihrem* Herzen, Mr. Enslin? Ganz zu schweigen von Ihrem Blutdruck und Ihrer psychologischen Verfassung?«

Mike bemerkte, dass es einer bewussten Anstrengung bedurfte, seine Hand zu heben … aber als er sie in Gang bekam, war alles in Ordnung. Soweit er sehen konnte, griff sie nach dem Schlüssel, ohne auch nur im Geringsten an den Fingerspitzen zu zittern.

»Alles bestens«, sagte er, als er den abgewetzten Messinganhänger hielt. »Außerdem trage ich mein Hawaiihemd, das Glück bringt.«

Olin bestand darauf, Mike mit dem Aufzug in den vierzehnten Stock hinaufzubringen, und Mike lehnte seine Begleitung nicht ab. Es war interessant zu beobachten, dass der Mann wieder in seine weniger energische Rolle zurückfiel, sobald sie das Büro des Direktors verließen und dem Gang zu den Aufzügen folgten: Er wurde wieder der arme Mr. Olin, der kleine Hotelangestellte, der in die Klauen des Schriftstellers gefallen war.

Ein Mann im Smoking – der Geschäftsführer des Restaurants oder der *Maître d'hôtel*, vermutete Mike – kam hinter ihnen her, hielt Olin einen dünnen Stapel Vordrucke hin und murmelte etwas auf Französisch. Olin murmelte ebenfalls etwas, nickte und kritzelte rasch seine Unterschrift auf die Vordrucke. Der Pianist in der Bar spielte jetzt »Sunday in

New York«. Aus dieser Entfernung hallte der Song wie Musik, die man in einem Traum hörte.

Der Mann im Smoking sagte »*Merci bien*« und ging seines Weges. Mike und der Hoteldirektor gingen ihren weiter. Olin fragte nochmals, ob er Mikes Koffer tragen solle, und Mike lehnte nochmals dankend ab. Im Aufzug wurde Mikes Blick unwillkürlich von den in drei übersichtlichen Reihen angeordneten Knöpfen angezogen. Alle waren am richtigen Platz, es gab keine Lücken ... aber wenn man genau hinsah, entdeckte man doch eine. Nach dem Knopf mit der Nummer **12** folgte einer mit der Nummer **14**. *Als ob*, dachte Mike, *man die Zahl nichtexistent machen könnte, indem man sie auf dem Zahlenfeld eines Aufzugs auslässt.* Torheit ... und trotzdem hatte Olin Recht – das wurde auf der ganzen Welt so gehandhabt.

Während die Kabine sie nach oben trug, sagte Mike: »Eine Sache interessiert mich noch. Weshalb haben Sie nicht einfach einen fiktiven Bewohner von Zimmer 1408 erfunden, wenn es Sie so ängstigt, wie Sie behaupten? Was das betrifft, Mr. Olin, weshalb erklären Sie 1408 nicht zu Ihrem persönlichen Zimmer hier im Haus?«

»Ich muss wohl befürchtet haben, man würde mir Betrug vorwerfen ... wenn nicht von den Leuten, die dafür zuständig sind, Staats- und Bundesgesetze auf dem Bürgerrechtssektor durchzusetzen – Hotelleuten ist in Bezug auf Bürgerrechtsgesetze zumute wie vermutlich vielen Ihrer Leser bei dem Gedanken an nachts rasselnde Ketten –, dann von meinen Bossen, wenn sie Wind davon bekämen. Wenn ich Sie schon nicht dazu überreden konnte, sich von Zimmer 1408 fern zu halten, hätte ich wahrscheinlich nicht viel mehr Glück bei dem Versuch gehabt, dem Vorstand der Stanley Corporation überzeugend darzulegen, dass ich ein völlig brauchbares Zimmer vom Markt genommen habe, nur weil ich Angst hatte, die Gespenster könnten gelegentlich einen Handelsreisenden dazu bringen, aus dem Fenster zu springen und sich beim Aufklatschen über die gesamte 61st Street zu verteilen.«

Mike fand dies das Beunruhigendste, was Olin bisher gesagt hatte. *Weil er nicht mehr versucht, mich zu überzeugen,* dachte er. *Was er in seinem Büro an Überzeugungskunst besitzt – vielleicht durch irgendwelche Schwingungen, die von dem Orientteppich ausgehen –, büßt er hier draußen ein. Kompetenz, ja, das konnte man sehen, als er dem* Maître d'hôtel *die Rechnungen abgezeichnet hat, aber keine Überzeugungskunst. Kein persönlicher Magnetismus. Nicht hier draußen. Aber er glaubt, was er sagt. Er glaubt es alles.*

Über der Tür erlosch die beleuchtete **12**, dann leuchtete die **14** auf. Der Aufzug hielt. Die Tür glitt zur Seite und gab den Blick auf einen ganz gewöhnlichen Hotelkorridor mit einem rot-goldenen Teppich (ganz entschieden kein Orientteppich) und Wandleuchten frei, die an Gaslampen aus dem 19. Jahrhundert erinnerten.

»Da sind wir«, sagte Olin. »Ihre Etage. Sie müssen entschuldigen, wenn ich Sie hier verlasse. 1408 liegt links am Ende des Korridors. Näher gehe ich nicht heran.«

Als Mike Enslin aus dem Aufzug trat, kamen seine Beine ihm schwerer vor, als sie hätten sein müssen. Er drehte sich nach Olin um, einem rundlichen kleinen Mann, der zu einem schwarzen Jackett eine pedantisch korrekt gebundene weinrote Krawatte trug. Olin hatte seine sorgfältig manikürten Hände jetzt auf den Rücken gelegt, und Mike sah, dass das Gesicht des kleinen Mannes kreidebleich war. Auf seiner hohen, faltenlosen Stirn standen deutlich sichtbar Schweißperlen.

»Im Zimmer steht natürlich ein Telefon«, sagte Olin. »Sie könnten versuchen, es zu benützen, falls Sie in Schwierigkeiten geraten … aber ich bezweifle, dass es funktionieren wird. Nicht, wenn das Zimmer es nicht will.«

Mike dachte an eine nonchalante Antwort, vielleicht dass er auf diese Weise wenigstens Telefongebühren sparen könne, aber seine Zunge schien plötzlich so schwer zu sein wie seine Beine. Sie lag bleischwer in seinem Mund.

Olin brachte eine Hand hinter seinem Rücken hervor, und

Mike sah, dass sie zitterte. »Mr. Enslin«, sagte er. »Mike. Tun Sie's nicht. Um Himmels willen …«

Bevor er ausgesprochen hatte, glitt die Tür des Aufzugs zu und schnitt ihm das Wort ab. Mike blieb einen Augenblick stehen, wo er war – in der vollkommenen Stille eines New Yorker Hotels auf einer Etage, die der 13. Stock des Hotels Dolphin war, auch wenn keiner der hier Beschäftigten das zugegeben hätte –, und überlegte, ob er seine Hand ausstrecken und den Rufknopf des Aufzugs drücken sollte.

Aber wenn er das tat, hatte Olin gewonnen. Und wo das beste Kapitel seines neuen Buchs hätte stehen sollen, würde eine große Lücke klaffen. Die Leser würden vielleicht nichts davon ahnen, sein Lektor und sein Agent würden es vielleicht nicht wissen, sein Anwalt Robertson vielleicht auch nicht … aber *er* würde es wissen.

Statt den Rufknopf zu drücken, hob er seine Hand, berührte die Zigarette hinter seinem Ohr – jene alte, geistesabwesende Geste, die ihm längst nicht mehr bewusst war – und schnippte gegen den Kragen seines Hawaiihemds, das ihm Glück bringen würde. Dann ging er den Korridor entlang auf 1408 zu und schlenkerte mit seinem Handkoffer.

II

Der interessanteste Artefakt, der als Ergebnis von Michael Enslins kurzem Aufenthalt (er dauerte etwa siebzig Minuten) in Zimmer 1408 erhalten blieb, war die elfminütige Aufzeichnung auf seinem Minicorder, der zwar etwas angesengt, aber doch keineswegs zerstört war. Das Faszinierende an der Erzählung war, wie *wenig* erzählt wurde. Und wie sie immer verworrener wurde.

Das Diktiergerät war ein Geschenk, das seine Exfrau, mit der er weiter freundschaftlich verbunden war, ihm vor fünf Jahren gemacht hatte. Auf seine erste »Fallexpedition« (zur Rilsby-Farm in Kansas) hatte er das Gerät noch in letzter

Minute mitgenommen – zusätzlich zu den fünf gelben An-
waltsblöcken und einem Lederetui mit gespitzten Bleistiften.
Als er drei Bücher später die Tür von Zimmer 1408 des Hotels Dolphins erreichte, kam er mit einem einzelnen Stift und
einem Notizbuch plus fünf unbespielten 90-Minuten-Kasset-
ten zusätzlich zu der einen, die er in das Gerät eingelegt hatte.
Er hatte herausgefunden, dass Gesprochenes ihm nütz-
licher war als Notizen, die er sich machte; so konnte er
Anekdoten, manche davon echt großartig, festhalten, während sie sich ereigneten – zum Beispiel die Fledermäuse, die
ihn im Turm von Gartsby Castle, in dem es angeblich spukte, wie Sturzkampfbomber angegriffen hatten. Er hatte gekreischt wie ein Mädchen auf seiner ersten Fahrt in der Geis-
terbahn. Freunde, denen er diese Aufnahme vorspielte,
amüsierten sich immer köstlich darüber.
Das kleine Diktiergerät war auch praktischer als schrift-
liche Notizen, vor allem wenn man sich auf einem eiskalten
Friedhof in New Brunswick in einem Zelt befand, das eine
stürmische Regenbö um drei Uhr morgens hatte zusammen-
klappen lassen. Unter solchen Umständen konnte man sich
nicht sehr gut Notizen machen, aber man konnte *sprechen* …
und genau das hatte Mike getan: Er hatte weitergeredet, während er sich mühsam aus den nassen, im Wind flatternden
Stoffmassen seines Zelts befreit hatte, ohne das tröstende rote
Auge des Diktiergeräts aus dem Blick zu verlieren. Im Lauf
der Jahre und der »Fallexpeditionen« war der Sony-Minicor-
der sein Freund geworden. Auch wenn Mike auf dem hauchdünnen Tonband zwischen den beiden Spulen noch nie einen
Augenzeugenbericht über eine wahrhaft übernatürliche Er-
scheinung gespeichert hatte – das galt auch für seine unzusammenhängenden Bemerkungen während seines Aufent-
halts in 1408 –, war es vielleicht nicht überraschend, dass er
inzwischen solche Zuneigung für das Gerät empfand. Fernfahrer lernen ihre Kenworths und Jimmy-Petes lieben;
Schriftsteller halten einen bestimmten Füller oder eine klapp-
rige alte Schreibmaschine in Ehren; professionellen Putz-

frauen widerstrebt es, sich von dem alten Electrolux zu trennen. Mike hatte niemals einem wirklichen Gespenst oder psychokinetischem Ereignis nur mit seinem Diktiergerät – seiner Version eines Kreuzes und eines Bündels Knoblauch – als Schutz gegenübertreten müssen, aber es hatte ihm in zahlreichen kalten, unbehaglichen Nächten Gesellschaft geleistet. Er war hart gesotten, aber das machte ihn nicht unmenschlich.

Seine Probleme mit 1408 begannen schon, bevor er in das Zimmer gelangte.

Die Tür war verkantet.

Nicht erheblich, aber doch merklich schief, eine winzige Kleinigkeit nach links verkantet. Das erinnerte ihn an die ersten Gruselfilme, in denen die Regisseure versucht hatten, die geistigen Qualen ihrer handelnden Personen dadurch anzudeuten, dass sie die Kamera bei Aufnahmen aus subjektiver Perspektive leicht kippten. Dieser Assoziation schloss sich die nächste an – wie Türen aussehen, wenn man bei etwas schwerem Wetter auf einem Boot ist. Vor und zurück schwingen sie, nach links und rechts verkanten sie sich, *tick* und *tack* machen sie, bis man anfängt, sich in Kopf und Magen etwas komisch zu fühlen. Nicht, dass er sich jetzt so gefühlt hätte, durchaus nicht, aber …

Doch, ich fühle mich so. Nur ein bisschen.

Und das würde er auch eingestehen, aber vielleicht nur wegen Olins Andeutung, seine Einstellung mache es ihm unmöglich, auf dem zweifellos subjektiven Gebiet des Spukjournalismus fair zu urteilen.

Er bückte sich (wobei er feststellte, dass sein leicht komisches Gefühl verschwand, sobald er diese etwas verkantete Tür nicht mehr ansah), öffnete die Reißverschlusstasche seines Handkoffers und nahm sein Diktiergerät heraus. Während er sich aufrichtete, drückte er auf RECORD, sah das kleine rote Auge aufleuchten und öffnete den Mund, um zu sagen: »Die Tür von Zimmer 1408 entbietet mir ihren eigenen, unnachahmlichen Gruß; sie scheint verkantet, leicht nach links gekippt zu sein.«

Er sagte *Die Tür*, und das war alles. Hört man sich die Aufnahme an, sind beide Worte deutlich zu hören, dann folgt das Klicken der Stop-Taste. Denn die Tür war *nicht* verkantet. Sie war exakt im Lot. Mike drehte sich um, betrachtete die Tür von 1409 gegenüber und sah danach wieder die Tür von 1408 an. Beide Türen waren identisch: weiß mit goldenen Zahlenplaketten und goldenen Türknöpfen. Beide exakt im Lot.

Mike bückte sich, hob mit der Hand, in der er den Minicorder hielt, seinen Koffer hoch, wollte den Schlüssel mit der anderen Hand ins Schloss stecken und hielt dann erneut inne.

Die Tür war wieder verkantet.

Diesmal war sie leicht nach rechts gekippt.

»Das ist lächerlich«, murmelte Mike, aber dieses komische Gefühl in seinem Magen hatte schon wieder eingesetzt. Es war nicht nur genau *wie* Seekrankheit; es *war* Seekrankheit. Als er vor einigen Jahren auf der *Queen Elizabeth II* den Atlantik überquert hatte, war eine Nacht besonders stürmisch gewesen. Am deutlichsten erinnerte Mike sich daran, wie er in seiner Kabine im Bett gelegen hatte – ständig kurz davor, sich zu übergeben, aber doch nie imstande, es wirklich zu tun. Und wie dieses mit Übelkeit verbundene Schwindelgefühl sich verstärkte, wenn man einen Türrahmen ... oder einen Tisch ... oder einen Stuhl fixierte ... wie sie sich vor und zurück bewegten ... links und rechts ... *tick* und *tack* ...

Das ist Olins Schuld, dachte er. *Genau das wollte er. Er hat dich darauf vorbereitet, Kumpel. Er hat dich dafür mürbe gemacht. Mann, wie würde er lachen, wenn er dich jetzt sehen könnte! Wie ...*

Sein Gedankengang brach ab, als ihm klar wurde, dass Olin ihn höchstwahrscheinlich tatsächlich sehen *konnte*. Mike blickte wieder den Korridor entlang in Richtung Aufzug und nahm dabei kaum wahr, dass das leicht komische Gefühl verschwand, sobald er die Tür nicht mehr anstarrte. Links über den Aufzügen entdeckte er, was er zu sehen erwartet hatte: eine Überwachungskamera. Einer der Hausdetektive konnte ihn in diesem Augenblick auf dem Bildschirm beobachten, und Mike wäre jede Wette eingegangen, dass Olin auch dort war, dass beide wie Affen grinsten. *Das wird ihn lehren, hier aufzukreuzen und sich mit seinem Anwalt wichtig zu machen,* sagt Olin. *Sehen Sie sich den Kerl an!* antwortet der Mann vom Sicherheitsdienst und grinst noch breiter als zuvor. *Selbst weiß wie ein Gespenst, und dabei hat er noch nicht mal den Schlüssel ins Schloss gesteckt. Sie haben ihn, Boss! Er ist voll drauf reingefallen!*

Der Teufel soll mich holen, wenn das stimmt, dachte Mike. *Ich habe im Haus der Rilsbys übernachtet, in der Küche geschlafen, in dem mindestens zwei von ihnen ermordet wurden – und ich* habe *geschlafen, ob Sie's glauben oder nicht. Ich habe eine Nacht an Jeffrey Dahmers Grab und eine weitere nur zwei Grabsteine von H.P. Lovecrafts letzter Ruhestätte entfernt verbracht; ich habe mir die Zähne am Brunnentrog geputzt, in dem Sir David Smythe seine beiden Ehefrauen ertränkt haben soll. Ich habe schon lange aufgehört, mich vor Lagerfeuergeschichten zu fürchten. Der Teufel soll mich holen, wenn ich darauf reinfalle!*

Er starrte wieder die Tür an, und die Tür war im Lot. Er grunzte, steckte den Schlüssel ins Schloss und sperrte auf. Die Tür öffnete sich. Mike trat ein. Während er nach dem Lichtschalter tastete, ging die Tür hinter ihm nicht langsam zu und ließ ihn in völliger Dunkelheit zurück (außerdem schienen die Lichter eines benachbarten Apartmentgebäudes durchs Fenster herein). Er fand den Lichtschalter. Als er ihn betätigte, flammte die zwischen einer Ansammlung von baumelnden Kristallklunkern angebrachte Deckenleuchte auf. Auch die Stehlampe neben dem Schreibtisch an der gegenüberliegenden Wand des Zimmers brannte jetzt.

Das Fenster befand sich über dem Schreibtisch, sodass jemand, der dort saß und schrieb, bei der Arbeit innehalten und auf die 61st Street hinuntersehen ... oder auf die 61st *hinunterspringen* konnte, falls er den Drang danach verspürte. Jedoch ...

Mike stellte seinen Koffer unmittelbar hinter der Tür ab, schloss die Tür und drückte wieder auf RECORD. Das kleine rote Licht leuchtete auf.

»Nach Olins Darstellung sind sechs Leute aus dem Fenster gesprungen, das ich vor mir habe«, sagte er, »aber ich werde nachts keinen Kopfsprung aus dem vierzehnten … Entschuldigung, aus dem *dreizehnten* Stock des Hotels Dolphin machen. Das Fenster ist mit einem Eisen- oder Stahlgitter gesichert. Der kluge Mann baut vor. 1408 könnte man als Juniorsuite bezeichnen, denke ich. Die Einrichtung des Raums, in dem ich mich befinde, besteht aus zwei Sesseln, einem Sofa, einem Schreibtisch und einem niedrigen Schrank, der vermutlich den Fernseher und vielleicht eine Minibar enthält. Der Teppich auf dem Fußboden ist nichts Besonderes – gar nicht mit dem in Olins Büro zu vergleichen. Tapeten, dito. Sie … Augenblick …«

An dieser Stelle ist auf dem Tonband ein weiteres Klicken zu hören, als Mike erneut die STOP-Taste drückt. All die spärlichen Schilderungen auf dem Tonband wirken sehr fragmentarisch, was sie sehr unterscheidet von den rund einhundertfünfzig weiteren Tonbändern, die im Besitz seines literarischen Agenten sind. Außerdem klingt seine Stimme stetig beunruhigter; sie ist nicht die Stimme eines Mannes bei der Arbeit, sondern die eines verwirrten Menschen, der begonnen hat, Selbstgespräche zu führen, ohne es zu merken. Die Kombination aus unvollständigen Tonbandaufzeichnungen und dieser wachsenden verbalen Beunruhigung erzeugt bei den meisten Zuhörern ein entschieden unbehagliches Gefühl. Viele bitten darum, die Wiedergabe abzubrechen, lange bevor das Ende erreicht ist. Bloße Wörter auf einer Seite reichen nicht aus, um die wachsende Überzeugung eines Zuhörers rüberzubringen, dass er hört, wie ein Mann wenn nicht seinen Verstand, so doch zumindest sein Verständnis für die konventionelle Realität verliert, aber sogar die nüchternen Worte selbst suggerieren, dass sich *irgendetwas* ereignete.

Was Mike zu diesem Zeitpunkt auffiel, waren die Gemälde

an den Wänden. Es gab drei davon: eine Dame, die in einem
Abendkleid aus den zwanziger Jahren auf einer Treppe steht,
ein Segelschiff in der Manier von Currier & Ives und ein Stillleben mit Früchten, wobei auf Letzterem die Äpfel, aber auch
die Orangen und Bananen in einem unangenehm gelb-orangeroten Farbton gemalt waren. Alle drei Bilder waren unter
Glas gerahmt, und alle drei hingen schief. Er hatte ihr Schief-
hängen auf dem Tonband erwähnen wollen, aber was war
daran so ungewöhnlich, einer Erwähnung wert? Dass eine
Tür verkantet sein sollte … nun, das hatte etwas von jenem
alten Charme an sich, den *Das Kabinett des Dr. Caligari* besaß. Aber die Tür *war* nicht verkantet gewesen; seine Augen
hatten ihm für kurze Zeit einen Streich gespielt, das war alles.

Die Dame auf der Treppe hing nach links. Das tat auch
das Segelschiff, auf dem britische Teerjacken in Schlaghosen
an der Reling aufgereiht waren, um einen Schwarm fliegen-
der Fische zu beobachten. Das gelb-orangerote Obst – Mike
erschien es wie eine Obstschale, die im Licht einer erstickend
heißen Äquatorsonne, einer Wüstensonne von Paul Bowles
gemalt war – hing nach rechts. Obwohl er normalerweise
kein pedantischer Mensch war, machte er einen Rundgang
durchs Zimmer, um sie zurechtzurücken. Sie so schief an der
Wand hängen zu sehen, erweckte wieder leichte Übelkeit in
ihm. Das war jedoch keine völlige Überraschung. Für dieses
Gefühl war man empfänglich, das hatte er auf der *Queen
Elizabeth II* entdeckt. Er hatte gehört, wenn man diese Periode gesteigerter Empfindlichkeit durchstehe, gewöhne man
sich im Allgemeinen daran … man »bekam seine Seebeine«,
wie einige der alten Fahrensmänner noch sagten. Mike war
nicht lange genug auf See gewesen, um seine Seebeine zu bekommen, und legte auch keinen Wert darauf. Heutzutage
blieb er bei seinen Landbeinen, und wenn das Ausrichten
von drei Bildern in dem nicht weiter bemerkenswerten
Wohnzimmer von 1408 seinen Magen beruhigte, umso besser für ihn.

Auf der schützenden Verglasung der Bilder lag Staub. Er

fuhr mit seinen Fingern über das Stillleben und hinterließ zwei parallele Spuren. Der Staub fühlte sich fettig, glitschig an. *Wie Seide kurz vor dem Verrotten*, fiel ihm dabei ein, aber der Teufel sollte ihn holen, wenn er auch das auf Tonband festhielt. Woher sollte *er* wissen, wie sich Seide kurz vor dem Verrotten anfühlte? Das war der Gedanke eines Betrunkenen.

Als die Bilder ausgerichtet waren, trat er zurück und betrachtete sie nacheinander: die Dame im Abendkleid an der Tür zum Schlafzimmer, das Schiff, das eines der sieben Weltmeere befuhr, links neben dem Schreibtisch und schließlich das grässliche (und ziemlich schlecht gemalte) Früchtestillleben über dem Fernsehschrank. Ein Teil seines Ichs erwartete, sie würden wieder schief hängen oder in diese Lage zurückfallen, während er sie beobachtete – so lief die Sache in Filmen wie *The House on Haunted Hill* oder in alten Folgen von *Twilight Zone* ab –, aber die Bilder blieben so gerade hängen, wie er sie ausgerichtet hatte. Allerdings, so sagte er sich, hätte er an einer Rückkehr in ihren vorigen schiefen Zustand nichts Übernatürliches oder Paranormales gefunden; seiner Erfahrung nach lag die Umkehrung in der Natur der Dinge: Leute, die sich das Rauchen abgewöhnt hatten (er berührte die schräg hinter seinem Ohr steckende Zigarette, ohne sich dessen bewusst zu sein), wollten wieder damit anfangen, und Bilder, die schief gehangen hatten, seit Nixon Präsident war, wollten wieder schief hängen. *Und sie sind schon lange hier, das steht fest*, dachte Mike. *Würde ich sie von den Wänden nehmen, würde ich auf der Tapete helle Flecken sehen. Oder Gewürm, das sich darunter hervorwindet, als hätte man einen Felsbrocken weggewälzt.*

Dieser Gedanke hatte etwas Erschreckendes und zugleich Abstoßendes; er wurde von einer lebhaften Vorstellung begleitet, wie blindes weißes Gewürm wie Eiter aus der Tapete quoll.

Mike nahm das Diktiergerät, drückte auf RECORD und sagte: »Olin hat es jedenfalls geschafft, mir eine Idee in den Kopf zu setzen. Oder eine Gedankenkette, ist das richtiger?

Er hat's darauf angelegt, mir Angst einzujagen, und das ist ihm wirklich gelungen. Das soll durchaus nicht heißen, dass ich ...« Was sollte das durchaus nicht heißen? Dass er ein Hosenscheißer war? Aber das ...

Auf dem Tonband ist an dieser Stelle zu hören, wie Mike Enslin nüchtern und sehr deutlich sagt: »Ich muss mich zusammenreißen. Sofort.« Dann folgt ein weiteres Klicken, als er das Gerät wieder abschaltet.

Er schloss die Augen, machte vier lange, gemessene Atemzüge und hielt bei jedem die Luft an, während er bis fünf zählte, bevor er sie wieder ausstieß. So was hatte er noch nie erlebt – nicht in den angeblichen Spukhäusern, auf den angeblichen Spukfriedhöfen oder in den angeblichen Spukschlössern. Dies hatte nichts damit zu tun, dass es hier spukte, oder damit, wie er sich einen Spuk vorstellte; dies war, als sei man von schlechtem, billigem Stoff angetörnt.

Das hat Olin dir eingebrockt. Olin hat dich hypnotisiert, aber du machst dich davon frei. Du verbringst die gottverdammte Nacht in diesem Zimmer, und das nicht nur, weil es der beste Tatort ist, an dem du je gewesen bist – lass Olin weg, dann hast du fast schon genug für die Gespenstergeschichte des Jahrzehnts –, sondern damit Olin nicht gewinnt. Er und seine Bockmistgeschichte, dass hier drinnen dreißig Leute gestorben sein sollen, die dürfen nicht gewinnen. Du bist derjenige, der hier für Bockmist zuständig ist, deshalb atmest du einfach ein ... und aus. Atmest ein ... und aus. Ein ... und aus ...

So machte er fast neunzig Sekunden lang weiter, und als er die Augen wieder öffnete, fühlte er sich normal. Die Bilder an der Wand? Noch immer gerade. Das Obst in der Schale? Noch immer gelb-orange und hässlicher als je zuvor. Bestimmt Wüstenfrüchte. *Iss ein einziges Stück davon, dann musst du scheißen, bis es wehtut.*

Er drückte auf RECORD. Das rote Auge leuchtete auf. »Ich habe ein, zwei Minuten lang einen leichten Schwindelanfall gehabt«, sagte er und ging durchs Zimmer zum Schreibtisch und zu dem Fenster mit dem außen angebrachten Schutzgitter hinüber. »Das mag eine Nachwirkung von Olins Gruselgeschichten gewesen sein, aber ich konnte mir einbilden, hier die Anwesenheit eines unsichtbaren Geistes zu spüren.« Natürlich hatte er nichts dergleichen wahrgenommen, aber sobald er das auf Tonband hatte, konnte er praktisch schreiben, was er wollte. »Die Luft ist abgestanden. Nicht modrig oder übel riechend, Olin hat gesagt, dass der Raum bei jeder Reinigung gelüftet wird, aber er wird nur rasch gereinigt und … yeah … die Luft ist abgestanden. He, was haben wir da?«

Auf dem Schreibtisch stand ein Aschenbecher, einer dieser kleinen Ascher aus dickem Glas, die es früher in allen Hotels gab, und darin lag ein Zündholzbriefchen. Auf seiner Vorderseite war das Hotel Dolphin abgebildet. Vor dem Hotel stand ein lächelnder Portier in einer sehr altmodischen Uniform mit Schulterstücken, Goldtressen und einer Mütze, die aussah, als gehöre sie in eine Schwulenbar – schräg auf dem Kopf eines Lederkerls, der außer ihr nicht viel mehr als ein paar silberne Körperringe trug. Auf der Fifth Avenue vor dem Hotel verkehrten Autos aus einer anderen Ära: Packards und Hudsons, Studebakers und Chrysler New Yorkers mit Heckflossen.

»Das Zündholzbriefchen im Aschenbecher scheint aus der Zeit um 1955 zu stammen«, sagte Mike und steckte es in die Brusttasche seines Glück bringenden Hawaiihemds. »Ich behalte es als Souvenir. Jetzt wird's Zeit für ein bisschen frische Luft.«

Nun ist ein dumpfes Poltern zu hören, als er den Minicorder ablegt, vermutlich auf den Schreibtisch. Nach einer Pause folgen vage Geräusche und ein wiederholtes angestrengtes Grunzen. Nach einer weiteren Pause ist ein Quietschen zu hören. »Geschafft!«, sagt er. Die Stimme kommt aus einiger Entfernung, aber das Folgende wird wieder ins Mikrophon gesprochen.

»Geschafft!«, wiederholte Mike, als er das Diktiergerät vom Schreibtisch nahm. »Die untere Fensterhälfte lässt sich

nicht hochschieben ... sie scheint zugenagelt zu sein ... aber
die obere Hälfte ist jetzt unten. Ich kann den Verkehr auf der
Fifth Avenue hören, und all das Gehupe hat etwas Beruhi-
gendes an sich. Jemand spielt Saxophon, vielleicht vor dem
Plaza, das zwei Blocks von hier auf der anderen Straßenseite
steht. Das erinnert mich an meinen Bruder.«

Mike verstummte abrupt und starrte das kleine rote Auge
an. Es schien ihn anzuklagen. Bruder? Sein Bruder war tot,
ein weiterer in den Tabakkriegen gefallener Soldat. Dann
löste sich seine Anspannung. Na und? Dies hier waren die
Spukkriege, in denen Michael Enslin stets Sieger geblieben
war. Was Donald Enslin betraf ...

»In Wirklichkeit ist mein Bruder in einem Winter auf der
Connecticut Turnpike von Wölfen gefressen worden«, sagte
er, dann lachte er und drückte die STOP-Taste. Auf dem Tonband befindet sich noch mehr – nur wenig mehr –, aber dies
ist seine letzte klar verständliche Äußerung ... das heißt,
seine letzte Aussage, der eine klare Bedeutung zugeschrieben
werden kann.

Mike machte auf dem Absatz kehrt und kontrollierte die
Bilder. Sie hingen noch immer genau gerade – was für brave
kleine Bilder. Aber dieses Stillleben ... wie beschissen hässlich es war!

Er drückte auf RECORD und sprach zwei Wörter – *wa-
bernde Orangen* – auf Band. Dann schaltete er das Gerät
wieder ab und ging quer durch den Raum zur Schlafzimmertür hinüber. Er blieb neben der Dame im Abendkleid stehen,
griff ins Dunkel und tastete nach dem Lichtschalter. Er hatte
nur einen Augenblick Zeit, um wahrzunehmen,
(sie fühlt sich wie Haut, wie tote alte Haut an)
dass mit der Tapete unter seiner Hand etwas nicht in Ordnung war, dann trafen seine Finger auf den Lichtschalter.
Das Schlafzimmer wurde mit gelblichem Licht aus einer dieser von baumelnden Kristallklunkern umgebenen Deckenleuchten überflutet. Das Bett war ein Doppelbett, das sich
unter einer gelb-orangeroten Tagesdecke versteckte.

»Warum ›verstecken‹ sagen?«, fragte Mike das Diktiergerät, dann drückte er wieder die STOP-Taste. Er trat ein und war von der wabernden Wüste der Tagesdecke, von den tumorartigen Auswüchsen der Kissen darunter fasziniert. Darin schlafen? Niemals, Sir! Das wäre, als schliefe man in diesem gottverdammten Stillleben, als schliefe man in diesem grässlich heißen Paul-Bowles-Zimmer, das man nicht ganz deutlich sehen konnte: ein Zimmer für verrückte, im Exil lebende Engländer, die an Syphilis erblindet waren, mit der sie sich infiziert hatten, als sie ihre Mütter gevögelt hatten, wobei die Hauptrolle in der Verfilmung von Laurence Harvey oder Jeremy Irons übernommen wurde, von einem dieser Schauspieler, die man automatisch mit widernatürlichen Handlungen in Verbindung brachte ...

Mike drückte auf RECORD, das kleine rote Auge leuchtete auf, sagte »Orpheus auf Orpheum-Tournee!« ins Mikrophon und drückte wieder die STOP-Taste. Er trat näher ans Bett. Der Überwurf leuchtete gelb-orange. Die Tapete, bei Tageslicht vermutlich cremeweiß, hatte das gelb-orangerote Leuchten der Tagesdecke angenommen. Auf beiden Seiten des Betts standen kleine Nachttische. Auf einem stand ein Telefon – schwarz und groß, mit einer altmodischen Wählscheibe. Die Löcher in der Scheibe sahen wie überraschte weiße Augen aus. Auf dem anderen Nachttisch stand eine Schale, in der eine Pflaume lag. Mike drückte auf RECORD und sagte: »Das ist keine echte Pflaume. Das ist eine Plastikpflaume.« Er drückte wieder die STOP-Taste.

Auf dem Bett selbst lag eine Frühstückskarte zum Ankreuzen, die man draußen an den Türknauf hängen konnte. Mike näherte sich dem Bett von der Seite her, achtete sorgfältig darauf, weder Bett noch Wand zu berühren, und griff nach der Speisekarte. Er versuchte, auch die Tagesdecke nicht zu berühren, aber seine Fingerspitzen streiften sie doch, und er stöhnte auf. Sie war auf schrecklich unnatürliche Weise weich. Trotzdem nahm er die Frühstückskarte in die Hand. Die Karte war auf Französisch, und obwohl sein Französisch

rostig war, schienen zu den Gerichten auf der Karte in Scheiße geröstete Vögel zu gehören. *Das* klingt *zumindest wie etwas, das Franzosen essen würden,* dachte er und schlug eine
wilde, verwirrte Lache an.

Er schloss die Augen und öffnete sie.

Die Speisekarte war auf Russisch.

Er schloss die Augen und öffnete sie.

Die Speisekarte war auf Italienisch.

Schloss die Augen, öffnete sie.

Der Text war verschwunden. Auf der Karte war ein
schreiender kleiner Holzschnittjunge abgebildet, der sich
über seine Schulter hinweg nach dem Holzschnittwolf umsah, der sein linkes Bein bis zum Knie verschlungen hatte.
Der Wolf hatte die Ohren angelegt und sah aus wie ein Terrier mit seinem Lieblingsspielzeug.

Das sehe ich nicht, dachte Mike, und das stimmte natürlich. Ohne wieder die Augen zu schließen, sah er regelmäßi-
ge Zeilen in Englisch, von denen jede eine andere Früh-
stücksverlockung aufführte. Eier, Waffeln, frische Beeren;
keine in Scheiße gerösteten Vögel. Trotzdem …

Er drehte sich um und bewegte sich ganz langsam aus dem
schmalen Raum zwischen Bett und Wand zurück – aus diesem Raum, der ihm jetzt eng wie ein Grab erschien. Sein
Herz hämmerte so sehr, dass er es nicht nur in seiner Brust,
sondern auch im Nacken und an den Handgelenken spürte.
Seine Augen pochten in ihren Höhlen. Mit 1408 stimmte etwas nicht, todsicher, mit 1408 stimmte etwas *überhaupt*
nicht. Olin hatte etwas von Giftgas gesagt, und genauso kam
Mike sich vor: wie jemand, der Gas eingeatmet hat oder gezwungen worden ist, mit Insektengift versetztes starkes Ha-
schisch zu rauchen. Getan hatte das natürlich Olin, vermutlich unter lachender Beteiligung der Sicherheitsleute. Er hatte
sein spezielles Giftgas durch die Lüftungsschlitze ins Zimmer
gepumpt. Dass er keine Lüftungsschlitze *sehen* konnte, bedeutete nicht, dass es hier keine gab.

Mike sah sich mit großen, vor Angst geweiteten Augen im

Schlafzimmer um. Auf dem Nachttisch links neben dem Bett war keine Pflaume zu sehen. Auch keine Schale mehr. Die Nachttischplatte war leer. Er machte kehrt, wollte ins Wohnzimmer zurückgehen und blieb stehen. An der Wand hing ein Gemälde. Er war sich nicht völlig sicher – in seinem gegenwärtigen Zustand war er sich nicht einmal seines eigenen Namens völlig sicher –, aber er glaubte *ziemlich* sicher zu wissen, dass dort kein Bild gehangen hatte, als er hereingekommen war. Es war ein Stillleben. Mitten auf einem alten Holztisch stand ein Zinnteller mit einer einzelnen Pflaume. Das schräg über den Teller und die Pflaume fallende Licht war fiebrig gelb-orange.

Tangolicht, dachte er. *Licht von der Art, das Tote dazu bringt, sich aus ihren Gräbern zu erheben und Tango zu tanzen. Licht von der Art …*

»Ich muss hier raus«, flüsterte er und tappte ins Wohnzimmer zurück. Dabei merkte er, dass seine Schuhe seltsam quatschende Geräusche machten, als werde der Fußboden unter ihnen weich.

Die Bilder im Wohnzimmer hingen wieder schief, und es gab noch weitere Veränderungen. Die Dame auf der Treppe hatte das Oberteil ihres Abendkleids heruntergezogen und so ihre Brüste entblößt. Sie hielt beide mit je einer Hand umfasst. An den Brustspitzen hing je ein Tropfen Blut. Sie starrte Mike direkt in die Augen und grinste wild. Ihre Zähne waren nach Kannibalenart spitz zugefeilt. An der Reling des Segelschiffs waren die Teerjacken durch eine Reihe leichenblasser Männer und Frauen ersetzt worden. Der dem Bug nächste Mann links außen trug einen braunen Schurwollanzug und hielt einen steifen Hut in der Hand. Sein Haar war mit Brillantine angeklebt und in der Mitte gescheitelt. Auf seinem Gesicht stand ein bestürzter, leerer Ausdruck. Mike wusste, wer das war: Kevin O'Malley, der erste Gast in diesem Zimmer, ein Nähmaschinenvertreter, der hier im Oktober 1910 aus dem Fenster gesprungen war. Links neben O'Malley waren die anderen aufgereiht, die hier gestorben waren – alle mit demselben leeren, bestürzten Gesichtsausdruck. Dadurch wirkten sie verwandt, als gehörten sie alle ein und derselben, durch Inzucht gezeugten und geistig katastrophal behinderten Familie an.

In dem Stillleben waren die Früchte jetzt durch ein abgetrenntes Menschenhaupt ersetzt. Die eingesunkenen Wangen, die schlaffen Lippen, die nach oben verdrehten, glasigen Augen und die hinter dem rechten Ohr geparkte Zigarette leuchteten in gelb-orangerotem Licht.

Mike stolperte zur Zimmertür. Seine quatschenden Schuhe schienen jetzt bei jedem Schritt tatsächlich ein wenig festzukleben. Die Tür ließ sich natürlich nicht öffnen. Die Sicherungskette hing frei herab, der Sicherungshebel im Türknauf stand senkrecht wie Uhrzeiger, die auf sechs Uhr stehen, aber die Tür ließ sich nicht öffnen.

Mike wandte sich heftig atmend ab und watete – so kam es ihm jetzt vor – durchs Zimmer zum Schreibtisch hinüber. Er konnte die Vorhänge an dem von ihm halb geöffneten Fenster unstet flattern sehen, aber er spürte keinen Luftzug auf seinem Gesicht. Es war, als verschlucke der Raum die einfließende Luft. Das Gehupe auf der Fifth war noch zu hören, aber es schien jetzt aus sehr weiter Ferne zu kommen. Hörte er das Saxophon noch? Dann hatte das Zimmer ihm seinen Schmelz und seine Melodie gestohlen und nur ein atonales, schrilles Pfeifen zurückgelassen, als blase der Wind über ein Loch im Genick eines Toten oder eine Limoflasche voller abgeschnittener Finger oder …

Aufhören!, versuchte er zu sagen, aber er konnte nicht mehr sprechen. Sein Herz hämmerte rasend schnell; steigerte es sein Tempo noch mehr, würde es explodieren. Sein Diktiergerät, das ihn auf vielen »Fallexpeditionen« treu begleitet hatte, hielt er nicht mehr in der Hand. Er hatte es irgendwo zurückgelassen. Im Schlafzimmer? Falls es im Schlafzimmer lag, war es vermutlich bereits weg – vom Zimmer verschluckt; nachdem es verdaut war, würde es in eines der Bilder ausgeschieden werden.

Mike, der wie ein Läufer gegen Schluss eines langen Rennens keuchend nach Luft japste, legte eine Hand auf seine Brust, als wolle er sein Herz beruhigen. Was er in der linken Brusttasche seines grellbunten Hemdes ertastete, war die kleine rechteckige Form des Minicorders. Die Art und Weise, wie er sich anfühlte, so solide und vertraut, beruhigte ihn etwas, brachte ihn wieder etwas zur Besinnung. Er nahm wahr, dass er summte ... und dass der Raum sein Summen zu erwidern schien, als seien unter seiner aalglatt grässlichen Tapete Myriaden von Mündern verborgen. Und er merkte, dass ihm jetzt so übel war, als schwinge sein Magen in einer schmierigen Hängematte hin und her. Er konnte spüren, wie sich die Luft in weichen, gerinnenden Klumpen an seine Ohren drängte; er musste an schmelzenden Zucker denken, der in der Pfanne karamellisierte.

Aber er war wieder etwas zur Besinnung gekommen, genug, um eines sicher zu wissen: Er musste um Hilfe rufen, solange er noch konnte. Der Gedanke, dass Olin (in seiner respektvollen New Yorker Hoteldirektorenart) affektiert lächeln und *Ich hab's Ihnen ja gesagt* sagen würde, störte ihn nicht mehr, und die Vorstellung, Olin habe diese seltsamen Wahrnehmungen und schrecklichen Ängste irgendwie durch chemische Mittel bewirkt, hatte sich gänzlich verflüchtigt. Daran war das *Zimmer* schuld. Daran war das gottverdammte *Zimmer* schuld.

Er wollte rasch nach dem Hörer des altmodischen Telefons greifen – das Gegenstück zu dem im Schlafzimmer – und ihn von der Gabel reißen. Stattdessen beobachtete er, wie sein Arm in einer Art benommener Zeitlupe auf den Schreibtisch herabsank, dem Arm eines Tauchers so ähnlich, dass er fast erwartete, Luftblasen von ihm aufsteigen zu sehen.

Er schloss seine Finger um den Hörer und nahm ihn von der Gabel. Seine andere Hand stieß – ebenso bedächtig wie die erste – hinab und wählte die 0. Als er den Telefonhörer ans Ohr hielt, hörte er eine Serie von Klickgeräuschen, während die Scheibe sich in ihre Ausgangsposition zurückdrehte. Das klang wie ein Glücksrad, wollen Sie drehen oder das Rätsel lösen? Denken Sie daran, wenn Sie das Rätsel zu lösen versuchen und es nicht schaffen, werden Sie neben der Connecticut Turnpike im Schnee ausgesetzt und von den Wölfen gefressen.

Aus dem Hörer kam kein Wählton. Stattdessen begann plötzlich eine durchdringende Stimme zu sprechen. »Dies ist die *Neun*! *Neun*! Dies ist die *Neun*! Dies ist die *Zehn*! *Zehn*! Wir haben deine Freunde umgebracht! Alle Freunde sind jetzt tot! Dies ist die *Sechs*! *Sechs*!«

Mike lauschte mit wachsendem Entsetzen – nicht auf das, was die Stimme sagte, sondern auf ihre schnarrende Leere. Die Stimme wurde nicht mechanisch erzeugt, war aber auch keine Menschenstimme. Sie war die Stimme des Zimmers. Der unsichtbare Geist, der hier aus Boden und Wänden quoll, der aus dem Telefon mit ihm sprach, hatte nichts mit irgendeinem Spuk- oder Psi-Ereignis gemeinsam, von dem er jemals gelesen hatte. Das hier war etwas Fremdartiges.

Nein, noch nicht hier … aber hierher unterwegs. Es ist hungrig, und du bist sein Abendessen.

Der Telefonhörer fiel aus seinen kraftlosen Fingern, und er wandte sich ab. Der Hörer pendelte am Ende seines Kabels, wie sein Magen in seinem Inneren hin- und herschwang, und er konnte noch immer die aus der schwarzen Muschel schnarrende Stimme hören: »*Achtzehn*! Dies ist jetzt die *Achtzehn*! Volle Deckung, wenn die Sirene ertönt! Dies ist die *Vier*! *Vier*!«

Er war sich weder bewusst, dass er die Zigarette hinter seinem Ohr hervorholte und sich zwischen die Lippen steckte, noch dass er das Zündholzbriefchen, auf dem der altmodisch goldbetresste Portier abgebildet war, aus der rechten Brusttasche seines Hemdes fummelte, war sich nicht bewusst, dass er nach neun Jahren beschlossen hatte, endlich wieder eine Zigarette zu rauchen.

Vor ihm hatte der Raum zu schmelzen begonnen.

Seine geraden Linien und rechten Winkel sackten nicht zu Kurven, sondern zu seltsamen maurischen Bögen zusammen, die seinen Augen wehtaten. Der Lüster in der Deckenmitte begann die Form eines dicken Speichelklumpens anzunehmen. Die Gemälde begannen sich zu verformen, bis sie an Windschutzscheiben alter Autos erinnerten. Hinter dem Glas des Bildes neben der Schlafzimmertür warf sich die Dame aus den zwanziger Jahren mit ihren blutenden Brustspitzen und den grinsenden Kannibalenzähnen herum und lief die Treppe hinauf, wobei sie sich mit den hochgerissenen, hektisch pumpenden Knien eines Stummfilmvamps bewegte. Das Telefon spuckte und krächzte mit einer Stimme weiter, die jetzt an eine Haarschneidemaschine erinnerte, die sprechen gelernt hat: »*Fünf!* Dies ist die *Fünf!* Achte nicht auf die Sirene! Selbst wenn du diesen Raum verlässt, kannst du diesen Raum nie verlassen! *Acht!* Dies ist die *Acht!*«

Die Schlafzimmertür und die Tür zum Korridor hatten angefangen, nach unten zu sacken, sich in der Mitte zu weiten und zu Durchgängen für Wesen zu werden, die unbeschreibliche Formen besaßen. Das Licht begann hell und heiß zu werden und füllte den Raum mit diesem gelb-orangeroten Glühen. In der Tapete sah er jetzt Risse: schwarze Poren, die sich rasch vergrößerten und zu Mündern wurden. Der Fußboden sank ein, bis er eine konkave Fläche bildete, und dann hörte Mike ihn kommen – den Bewohner des Raums hinter dem Raum, das Ding in den Wänden, den Besitzer der schnarrenden Stimme. »*Sechs!*«, kreischte das Telefon. »*Sechs*, dies ist die *Sechs*, dies ist die *gottverdammte beschissene SECHS!*«

Er sah auf das Zündholzbriefchen in seiner Hand, das er aus dem Aschenbecher auf dem Schreibtisch genommen hatte. Ein komischer alter Portier, komische alte Autos mit riesigen verchromten Kühlerverkleidungen ... und quer darunter Worte, die er schon lange nicht mehr gelesen hatte, weil die streifenförmige Reibefläche sich heutzutage immer auf der Rückseite befand.

ABDECKUNG VOR DEM ANZÜNDEN SCHLIESSEN.

Ohne darüber nachzudenken – er *konnte* gar nicht mehr denken –, riss Mike Enslin ein einzelnes Zündholz ab und ließ gleichzeitig die Zigarette aus dem Mund fallen. Er riss das Streichholz an und berührte mit der Flamme sofort die anderen in dem Zündholzbriefchen. Er hörte ein Geräusch, das wie *ffffhut!* klang, bekam beißenden Schwefelgestank mit, der ihm wie eine kräftige Prise Riechsalz zu Kopf stieg, und sah die Streichholzköpfe hell aufflammen. Und wieder ohne im Geringsten darüber nachzudenken, hielt Mike das lodernde Flammenbündel vorn an sein Hemd. Es war ein in Korea oder Kambodscha oder Borneo hergestelltes billiges Ding, das schon alt war; es fing sofort Feuer. Bevor die Flammen vor seinen Augen hochschlagen und das Zimmer wieder verschwimmen lassen konnten, sah Mike es so deutlich wie ein Mann, der aus einem Albtraum erwacht ist, nur um feststellen zu müssen, dass der Albtraum ihn von allen Seiten umgibt.

Sein Kopf war klar – so viel hatten der starke Schwefelgestank und die plötzlich von seinem Hemd aufsteigende Hitze bewirkt –, aber das Zimmer behielt sein verrückt maurisches Aussehen. Maurisch war das falsche Wort, das der Wirklichkeit nicht einmal sehr nahe kam, aber es war das einzige, das auch nur andeutungsweise zu beschreiben schien, was hier geschehen war ... was noch immer geschah. Er befand sich in einer schmelzenden, verrottenden Höhle voller fallender Linien und verrückter Schrägen. Die Schlafzimmertür war zur Tür irgendeiner inneren Grabkammer geworden. Und links von ihm, wo das Stillleben mit Früchten gehangen hatte, wölbte sich die Wand ihm jetzt entgegen, platzte an den langen Rissen auf, die wie Münder gähnten, und öffnete sich zu einer Welt, aus der jetzt *irgendetwas* herankam. Mike Enslin konnte seinen sabbernden, begierigen Atem hören und etwas Lebendes und Gefährliches riechen. Der Geruch erinnerte irgendwie ans Raubtierhaus im ...

Dann versengten ihm Flammen den Unterkiefer und verdrängten alle Überlegungen. Die von seinem brennenden Hemd aufsteigende Hitze wirkte elektrisierend, und während Mike den beißenden Gestank seiner angesengten Brustbehaarung wahrzunehmen begann, stolperte er über den unter ihm nachgebenden Teppichboden weiter auf die Korridortür zu. Die Wände hatten angefangen, ein an Insekten erinnerndes Summen auszuschwitzen. Das gelb-orangerote Licht wurde stetig heller, als drehe eine unsichtbare Hand einen Dimmer auf. Aber als er diesmal die Tür erreichte und den Knauf drehte, ging sie auf. Man hätte glauben können, das Ding hinter der aufbrechenden Wand habe keine Verwendung für einen brennenden Mann; vielleicht mochte es nur rohes Fleisch.

III

Ein Schlager aus den fünfziger Jahren behauptet, Liebe halte die Welt in Gang, aber Zufall wäre vermutlich korrekter. Rufus Dearborn, der in dieser Nacht Zimmer 1414 vorn bei den Aufzügen hatte, war ein Vertreter des Nähmaschinenherstellers Singer Sewing Machine Company, der aus Texas nach New York gekommen war, weil er in eine Führungsposition wechseln wollte. Und so geschah es, dass rund neunzig Jahre nachdem der erste Gast von Zimmer 1408 in den Tod gesprungen war, ein anderer Nähmaschinenvertreter dem Mann, der hergekommen war, um über das angebliche Spukzimmer zu schreiben, das Leben rettete. Aber vielleicht ist das eine Übertreibung; Mike Enslin hätte auch überleben können, wenn in diesem Augenblick niemand – vor allem kein Gast auf dem Rückweg vom Eiswürfelautomaten – auf dem Korridor unterwegs gewesen wäre. Ein brennendes Hemd am Leib zu haben, ist jedoch kein Spaß, und Mike hätte sicher großflächigere und schwerere Verbrennungen erlitten, wäre Dearborn nicht gewesen, der schnell dachte und noch schneller reagierte.

Nicht dass Dearborn sich jemals genau hätte erinnern können, was eigentlich passiert war. Er konstruierte eine plausible Story für die Zeitungen und Fernsehsender (die Idee, ein Held zu sein, gefiel ihm sehr, und bei dem angestrebten Aufstieg in eine Führungsposition konnte ihm das nur nützen) und erinnerte sich deutlich daran, dass vor ihm ein in Flammen stehender Mann auf den Flur gestürzt war, aber danach verschwamm alles. Das Nachdenken darüber glich dem Versuch, die Dinge zu rekonstruieren, die man im übelsten, schwersten Rausch seines Lebens getan hatte.

Einer Sache war er sich sicher, erzählte aber keinem der Reporter davon, weil sie keinen Sinn ergab: Die Schreie des brennenden Mannes schienen lauter zu werden, als sei er eine Stereoanlage, die aufgedreht wurde. Er befand sich genau vor Dearborn, und die *Tonlage* seiner Schreie änderte sich nicht, aber die Lautstärke sehr wohl. Es war, als sei der Mann irgendein unglaublich lautes Objekt, das einfach vor ihm auftauchte.

Dearborn rannte mit seinem vollen Eiswürfeleimer in der Hand den Korridor entlang. Der brennende Mann – »Nur sein Hemd hat gebrannt, das habe ich gleich gesehen«, erzählte er den Reportern – prallte gegen die Tür des Zimmers gegenüber, taumelte rückwärts, stolperte und sank auf die Knie. In diesem Augenblick erreichte Dearborn ihn. Er setzte seinen Fuß auf die brennende Hemdschulter des Kreischenden und beförderte ihn auf dem Teppichboden des Korridors in Rückenlage. Dann leerte er seinen Eiswürfeleimer über ihn aus.

Diese Dinge waren in seiner Erinnerung verschwommen, aber abrufbar. Er nahm wahr, dass das brennende Hemd ungewöhnlich viel Licht abzugeben schien – ein schwülheißes gelb-orangerotes Licht, das ihn an die Australienreise erinnerte, die er vor zwei Jahren gemeinsam mit seinem Bruder unternommen hatte. Sie hatten sich einen Geländewagen gemietet und waren quer durch die Große Australische Wüste gefahren (bei den wenigen Einheimischen hieß sie *Great*

Australian Bugger-All, wie die Brüder Dearborn entdeckten) – ein echter Abenteuertrip, großartig, aber oft unheimlich. Vor allem Ayers Rock, der große Felsen in der Mitte. Sie hatten ihn kurz vor Sonnenuntergang erreicht, und das Licht auf seinen Menschengesichtern war wie dieses hier gewesen … heiß und fremdartig … nicht wirklich so, wie man sich irdisches Licht vorstellt …

Er sank neben dem brennenden Mann, der jetzt nur noch der schwelende Mann, der mit Eiswürfeln bedeckte Mann war, auf die Knie nieder und wälzte ihn auf den Bauch, um die Flammen zu ersticken, die nach dem Hemdrücken züngelten. Dabei sah er, dass die rauchgeschwärzte Haut an der linken Halsseite des Mannes rot verbrannt und das Ohrläppchen darüber etwas angesengt war, aber ansonsten … ansonsten …

Als Dearborn aufsah, hatte er den Eindruck … das war verrückt, aber er hatte den Eindruck, aus der Tür des Zimmers, aus dem der Mann gekommen war, leuchte das brennende Licht eines australischen Sonnenuntergangs, das heiße Licht eines wüsten Orts, an dem Wesen, die kein Mensch jemals erblickt hatte, leben konnten. Es war schrecklich, dieses Licht (und das verhaltene Summen, das an eine Haarschneidemaschine erinnerte, die verzweifelt zu sprechen versucht), aber es war auch faszinierend. Er wollte in dieses Licht hineingehen. Er wollte sehen, was sich dahinter befand.

Vielleicht rettete Mike seinem Retter seinerseits das Leben. Er merkte jedenfalls, dass Dearborn aufstand – als interessiere Mike ihn nicht mehr – und sein Gesicht das flammende, pulsierende Licht aus 1408 widerspiegelte. Daran erinnerte er sich später besser als Dearborn selbst, aber Rufus Dearborn hatte sich natürlich nicht selbst in Brand setzen müssen, um zu überleben.

Mike hielt Dearborn am Aufschlag seiner Hose fest. »Nicht dort reingehen«, sagte er mit heiser krächzender Stimme. »Da kommen Sie nie mehr raus.«

Dearborn blieb stehen und blickte auf das rauchgeschwärzte, mit Brandblasen übersäte Gesicht des Liegenden
hinab.

»*Da drinnen spukt's*«, sagte Mike. Als seien diese Worte
ein Bannspruch gewesen, fiel die Tür von Zimmer 1408 jetzt
krachend ins Schloss, unterbrach das Licht und schnitt das
grässliche Summen ab, das fast eine Stimme war.

Rufus Dearborn, einer der Besten der Singer Sewing Machine Company, rannte den Korridor entlang zu den Aufzügen und betätigte den Feuermelder.

IV

Eine interessante Aufnahme von Mike Enslin befindet sich
in dem Fachbuch *Verbrennungen und ihre Behandlung –
Diagnoseverfahren für die Praxis*, das gut eineinhalb Jahre
nach Mikes kurzem Aufenthalt in Zimmer 1408 des Hotels
Dolphin in 16. Auflage erschien. Das Foto zeigt nur seinen
Oberkörper, aber der Abgebildete ist tatsächlich Mike. Das
sieht man an dem weißen Fleck auf der linken Brustseite. Die
Haut ringsum ist gerötet und weist an einigen Stellen sogar
Brandblasen und Verbrennungen zweiten Grades auf. Das
weiße Rechteck bezeichnet die linke Brusttasche des Hemdes, das er an jenem Abend trug – sein Glücksbringerhemd
mit dem Minicorder in der Tasche.

Das Diktiergerät selbst ist an den Ecken angeschmolzen,
aber es funktioniert noch, und das eingelegte Tonband war
in Ordnung. Nur die darauf festgehaltenen Äußerungen sind
nicht in Ordnung. Nachdem Sam Farrell, Mikes Agent, sie
sich drei oder vier Mal angehört hatte, warf er die Kassette
in seinen Wandsafe und weigerte sich, die Gänsehaut, die
seine sonnengebräunten, dünnen Arme bedeckte, zur Kennt-
nis zu nehmen. In diesem Wandsafe liegt das Tonband bis
heute. Farrell empfindet kein Verlangen, es herauszuholen
und erneut abzuspielen – weder für sich noch für seine neu-

gierigen Freunde, von denen manche viel dafür geben würden, es einmal hören zu dürfen; die New Yorker Verlagsszene ist eng vernetzt, und Gerüchte machen rasch die Runde. Ihm gefällt Mikes Stimme auf dem Tonband nicht, ihm gefällt nicht, was die Stimme sagt *(In Wirklichkeit ist mein Bruder eines Winters auf der Connecticut Turnpike von Wölfen gefressen worden* – was um Himmels willen sollte *das* bedeuten?), und am allerwenigsten gefallen ihm die Hintergrundgeräusche auf dem Tonband: eine Art flüssiges Schmatzen, das manchmal wie Wäsche klingt, die sich in einer Trommel mit zu viel Waschmittel dreht, manchmal wie eine dieser alten elektrischen Haarschneidemaschinen ... und manchmal auf unheimliche Weise wie eine Stimme.

Als Mike noch im Krankenhaus lag, kreuzte ein gewisser Olin auf – tatsächlich der Direktor des gottverdammten Hotels – und fragte Sam Farrell, ob er sich die Aufnahme anhören könne. Nein, sagte Farrell, das könne er nicht; Olin könne lediglich zusehen, dass er so rasch wie möglich aus diesem Büro verschwinde, und Gott auf dem gesamten Rückweg zu der Absteige, in der er arbeitete, dafür danken, dass Mike Enslin sich entschlossen habe, weder Olin noch das Hotel wegen grober Fahrlässigkeit zu verklagen.

»Ich habe versucht, ihm sein Vorhaben auszureden«, sagte Olin ruhig. Als Mann, der den größten Teil seiner Arbeitszeit damit verbrachte, müden Reisenden und gereizten Gästen zuzuhören, die sich über alles von ihren Zimmern bis hin zur Auswahl am Zeitungsstand beschwerten, störte ihn Farrells Erbitterung nicht sonderlich. »Ich habe alles versucht, was in meiner Macht stand. Wenn irgendjemand an diesem Abend fahrlässig gewesen ist, Mr. Farrell, dann war es Ihr Klient. Er hat zu sehr an nichts geglaubt. Sehr unkluges Verhalten. Sehr *riskantes* Verhalten. Ich würde vermuten, dass er sich in dieser Beziehung etwas geändert hat.«

Obwohl Farrell die Tonbandaufnahme zuwider ist, hätte er gern, dass Mike sie sich anhört, sich zu ihr bekennt und sie vielleicht als Abschussrampe für den Start eines neuen

Buchs benützt. Aus dem, was Mike zugestoßen ist, ließe sich ein Buch machen, das weiß Farrell – nicht nur ein Kapitel, eine 40-seitige Fallgeschichte, sondern ein ganzes Buch. Eines, das sich besser verkaufen könnte als alle drei *Zehn-Nächte*-Bücher zusammen. Und er glaubt Mike natürlich nicht, wenn dieser behauptet, für ihn sei nicht nur Schluss mit Gespenstergeschichten, sondern mit der Schriftstellerei überhaupt. Das behaupten Schriftsteller ab und zu, das ist alles. Ein gelegentlicher Primadonnenausbruch ist Bestandteil dessen, was einen Schriftsteller erst ausmacht.

Was Mike Enslin betrifft, hat er insgesamt gesehen noch Glück gehabt. Und das weiß er auch. Seine Verbrennungen hätten viel schwerer sein können; ohne Mr. Dearborn und seinen Eiswürfeleimer hätte er vielleicht nicht nur vier, sondern zwanzig oder sogar dreißig Hautverpflanzungen erdulden müssen. Seine linke Halsseite ist trotz der Transplantationen vernarbt, aber die Ärzte im Boston Burn Institute sagen, dass die Narben von selbst verblassen werden. Er weiß auch, dass die Verbrennungen, so schmerzhaft sie in den Wochen und Monaten nach dieser Nacht auch waren, notwendig waren. Ohne das Streichholzbriefchen mit der Warnung ABDECKUNG VOR DEM ANZÜNDEN SCHLIESSEN wäre er in 1408 gestorben, und sein Ende wäre unsäglich gewesen. Für einen Leichenbeschauer hätte es vielleicht nach einem Herz- oder Gehirnschlag ausgesehen, aber die wirkliche Todesursache wäre weit unangenehmer gewesen.

Weit unangenehmer.

Er kann außerdem von Glück sagen, dass er drei populäre Bücher über Gespenster und Orte, an denen sie spuken, geschrieben hat, bevor er an einem gescheitert ist, an dem es *wirklich* spukt – auch das weiß er. Sam Farrell glaubt vielleicht nicht, dass sein Autorendasein beendet ist, aber das ist nicht nötig; dass Mike es weiß, genügt. Er kann nicht einmal mehr eine Postkarte schreiben, ohne am ganzen Körper kalte Schauder und tief in der Magengrube schreckliche Übelkeit zu empfinden. Manchmal bewirkt der Anblick eines

Stifts (oder eines Tonbandgeräts), dass er denkt: *Die Bilder waren schief. Ich wollte die Bilder gerade rücken.* Er weiß nicht, was das bedeutet. Er kann sich weder an die Bilder noch an sonst etwas aus Zimmer 1408 erinnern und ist froh darüber. Das ist eine Gnade Gottes. Sein Blutdruck ist in letzter Zeit nicht besonders gut (sein Arzt hat ihm erklärt, dass Leute mit Verbrennungen später oft Probleme mit ihrem Blutdruck bekommen, und ihm ein Medikament verordnet), seine Augen sind schlechter geworden (sein Augenarzt hat ihm das Vitaminpräparat Ocuvites empfohlen), er hat ständig Rückenschmerzen, seine Prostata ist krankhaft vergrößert ... aber mit all diesen Dingen wird er fertig. Er weiß, dass er 1408 nicht als erster Mensch entkommen ist, ohne wirklich zu entkommen – wie Olin ihm zu erklären versucht hat –, aber alles könnte noch schlimmer sein. Manchmal hat er Albträume, eigentlich sogar ziemlich oft (tatsächlich fast *jede* gottverdammte Nacht), aber er erinnert sich beim Aufwachen nur selten an sie. Er hat das Gefühl, dass die Dinge sich abschleifen, vor allem an den Kanten – dass sie dort wegschmelzen, wie die Ecken seines Minicorders weggeschmolzen sind. Er lebt jetzt auf Long Island und macht bei gutem Wetter lange Strandwanderungen. Einer Schilderung dessen, was er noch über seine rund siebzig, in 1408 verbrachten Minuten weiß, ist er auf einer dieser Wanderungen am nächsten gekommen. »Es war nicht menschlich«, erklärte er den hereinkommenden Wellen mit brüchiger, stockender Stimme. »Gespenster ... Gespenster sind wenigstens einmal Menschen gewesen. Aber das Ding in der Wand ... dieses Ding ...«

Im Lauf der Zeit kann alles besser werden, diese Hoffnung darf er haben und hat sie auch. Die Zeit kann Erinnerungen verblassen lassen, wie sie die Narben an seinem Hals verblassen lassen wird. Bis dahin schläft er jedoch nachts bei Licht, damit er sofort weiß, wo er ist, wenn er aus Albträumen hochschreckt. Er hat alle Telefone aus seinem Haus entfernen lassen; auf irgendeiner Ebene unterhalb des Bereichs, den sein Bewusstsein durchforschen kann, fürchtet er sich davor, einen Telefonhörer abzunehmen und eine surrende, unmenschliche Stimme schnarren zu hören: »Dies ist die *Neun*! *Neun!* Wir haben deine Freunde umgebracht! Alle Freunde sind jetzt tot!«

Und wenn die Sonne an klaren Abenden untergeht, schließt er alle Rollläden und Jalousien und Vorhänge des Hauses. Er sitzt da wie ein Mann in einer Dunkelkammer, bis seine Uhr ihm sagt, dass das Licht – auch der letzte verglühende Tagesschein am Horizont – erloschen sein muss.

Er kann das bei Sonnenuntergang entstehende Licht nicht ertragen.

Dieses Gelb, das sich wie Licht in der australischen Wüste zu einem Orangerot vertiefte.

Achterbahn

Ich glaube, über diese Geschichte habe ich schon in der Einleitung alles Nötige gesagt. Sie ist im Grunde meine Version einer Geschichte, die man in fast jeder Kleinstadt zu hören bekommen kann. Und wie auch eine ältere Geschichte von mir (»Die Frau im Zimmer« in Nachtschicht) ist sie ein Versuch, darüber zu sprechen, was der nahende Tod meiner Mutter in mir auslöste. Im Leben der meisten Menschen kommt einmal die Zeit, da man sich dem Tod geliebter Menschen stellen muss ... und damit auch der eigenen Sterblichkeit. Das ist wahrscheinlich das Thema der Horrorliteratur schlechthin: unser Bedürfnis, mit einem Mysterium fertig zu werden, das sich nur mit Hilfe der Fantasie ergründen lässt.

Diese Geschichte habe ich noch nie erzählt und auch nicht gedacht, dass ich es je tun würde. Weniger aus Angst, dass niemand sie mir glaubt, sondern weil ich mich schämte ... und weil sie *meine* Geschichte ist. Ich war immer der Meinung, das Erzählen würde sowohl mich als auch die Geschichte herabsetzen, sie schäbiger und mieser machen, zu einer Gruselgeschichte, die im Feriencamp erzählt wird, bevor man das Licht ausknipst. Vermutlich hatte ich auch Angst, dass ich sie, wenn ich sie erzählte, sie mit eigenen Ohren hörte, vielleicht selbst nicht mehr glaubte. Aber seit meine Mutter gestorben ist, schlafe ich nicht besonders gut.

Ich döse ein und schrecke hellwach und fröstelnd wieder
hoch. Es hilft, die Nachttischlampe anzulassen, aber nicht in
dem Maß, wie Sie vielleicht glauben. Ist Ihnen schon mal
aufgefallen, dass es nachts sehr viel mehr Schatten gibt?
Selbst wenn das Licht brennt, ist einfach alles voller Schatten. Die langen könnten alles Mögliche sein, denkt man.
Wirklich alles Mögliche.

Ich war in meinem ersten Jahr an der University of Maine,
als Mrs. McCurdy wegen Ma anrief. Mein Vater starb so
früh, dass ich mich nicht an ihn erinnere, und ich bin Einzel-
kind; also gab es nur Alan und Jean Parker gegen den Rest
der Welt. Mrs. McCurdy, eine Nachbarin, rief in dem Apartment an, das ich mit zwei anderen Jungs teilte. Die Nummer
hatte sie von der magnetischen Pinnwand an Mas Kühlschrank.

»Es war ein Schlaganfall«, sagte sie in ihrem schleppen-
den Yankee-Akzent. »Ist im Restaurant passiert. Aber reg
dich jetzt bloß nicht auf. So schlimm war es nicht, sagt der
Arzt. Sie ist bei Bewusstsein und kann sprechen.«

»Und, kommt auch was Vernünftiges dabei raus?« Ich
versuchte, ruhig zu klingen, sogar ein bisschen belustigt,
aber mein Herz klopfte wie wild, und im Wohnzimmer war
es plötzlich zu heiß. Ich hatte die Bude für mich. Es war
Mittwoch, und meine beiden Mitbewohner hatten den ganzen Tag Vorlesungen und Kurse.

»Aber sicher. Als Erstes sagte sie zu mir, ich soll dich anrufen, aber nicht beunruhigen. Das klingt doch sehr vernünftig, findest du nicht auch?«

»Klar.« Aber natürlich *war* ich beunruhigt. Was denn
sonst, wenn man angerufen wird und erfährt, dass die eigene
Mutter mit einem Rettungswagen von der Arbeit ins Krankenhaus gebracht wurde?

»Du sollst bis zum Wochenende bleiben, wo du bist, und
fleißig studieren, hat sie gesagt. Dann könntest du sie besuchen kommen. Aber nur, wenn du nicht zu viel zu tun hast.«

Aber klar, dachte ich. Sicher. Ich würde einfach hier in dieser versifften, nach Bier stinkenden Bude hocken bleiben, während meine Mutter hundert Meilen weiter südlich in einem Krankenhausbett lag und vielleicht starb.

»Deine Ma ist ja noch jung«, sagte Mrs. McCurdy. »Allerdings hat sie in den letzten Jahren beträchtlich zugelegt, und das bei ihrem hohen Blutdruck. Und dann die Zigaretten. Sie wird das Rauchen wohl aufgeben müssen.«

Ich hatte meine Zweifel, ob sie das tun würde. Schlaganfall hin oder her, ich wusste genau, wie sehr Ma ihre Zigaretten liebte. Ich dankte Mrs. McCurdy für ihren Anruf.

»Sowie ich zu Hause war, habe ich angerufen. Und wann kommst du, Alan? Am Sonnabend?« Aber ihre Stimme hatte so einen Unterton, dass sie es besser wusste.

Ich sah durchs Fenster in einen makellosen Oktobernachmittag hinaus: Strahlend blauer New-England-Himmel über Bäumen, die ihre gelben Blätter auf die Mill Street fallen ließen. Dann schaute ich auf meine Uhr. Zwanzig nach drei. Als das Telefon klingelte, war ich gerade auf dem Weg zu meinem Philosophieseminar gewesen, das um vier begann.

»Soll das ein Witz sein?«, fragte ich. »Heute Abend bin ich da.«

Ihr Lachen klang trocken wie ein Husten. Ausgerechnet Mrs. McCurdy wollte meiner Mutter das Rauchen verbieten. Mrs. McCurdy und ihre Winstons. »Guter Junge! Du fährst erst zu deiner Mutter und dann zu euch nach Hause?«

»Vermutlich ja.« Ich verzichtete darauf, ihr zu erzählen, dass mit dem Getriebe meines alten Wagens etwas nicht stimmte und er für die absehbare Zukunft nicht einsatzfähig war. Ich würde per Anhalter nach Lewiston fahren und danach zu unserem kleinen Haus in Harlow, wenn es dann nicht schon zu spät dazu war. Wenn doch, könnte ich in einem der Warteräume im Krankenhaus schlafen. Es wäre nicht das erste Mal, dass ich von der Uni nach Hause trampte. Oder im Sitzen schlief, den Kopf an einen Coke-Automaten gelehnt.

»Ich leg dir den Schlüssel unter die Schubkarre«, sagte sie. »Du weißt doch, wo, oder?«

»Klar.« Meine Mutter hatte eine alte rote Schubkarre neben die Tür zum Schuppen gestellt. Im Sommer schäumte sie vor Blumen förmlich über. Als mir das einfiel, wurde mir plötzlich das ganze Ausmaß von Mrs. McCurdys Information klar: Meine Mutter lag im Krankenhaus, das kleine Haus in Harlow, in dem ich aufgewachsen war, würde heute Abend dunkel sein. Es war niemand da, der nach Sonnenuntergang das Licht anschalten konnte. Auch wenn Mrs. Mc-Curdy betont hatte, sie wäre noch jung – wenn man selbst erst einundzwanzig ist, kommt einem achtundvierzig uralt vor.

»Sei vorsichtig, Alan. Und rase nicht.«

Nun hing meine Geschwindigkeit von denjenigen hinter dem Steuer ab, und ich persönlich hoffte, dass sie fuhren wie der Teufel. Ich konnte gar nicht schnell genug ins Central Maine Medical Center kommen. Aber es brachte nichts, Mrs. McCurdy nervös zu machen.

»Okay. Nochmals danke.«

»Keine Ursache«, sagte sie. »Deiner Ma geht es bestimmt bald wieder besser. Und sie wird sich freuen, dich zu sehen.«

Ich legte auf und kritzelte schnell einen Zettel, warum ich wohin fuhr. Ich bat Hector Passmore, den zuverlässigeren meiner Mitbewohner, meinen Dozenten zu sagen, was los war, damit sie mir keine Strafen wegen Schwänzens aufbrummten – der eine oder andere war da ziemlich pingelig. Dann stopfte ich ein paar saubere Sachen in meinen Rucksack, legte meine zerfledderte *Introduction to Philosophy* obenauf und machte mich auf den Weg. In der folgenden Woche meldete ich mich aus dem Seminar ab, obwohl ich ganz gut darin gewesen war. Aber an diesem Abend veränderte sich meine Weltsicht, veränderte sich beträchtlich, und nichts in meinem Philosophiebuch schien diesen Veränderungen gerecht werden zu können. Mir wurde klar, dass es Dinge unter – ich meine wirklich *unter* – den Dingen gibt und kein Buch der Welt erklären kann, was das für Dinge sind. Ich glaube, dass es manchmal schlicht besser ist, sie einfach zu vergessen. Das heißt, wenn man das kann.

Zwischen der University of Maine in Orono und Lewiston liegen rund hundertzwanzig Meilen, und die überwindet man am schnellsten auf der Interstate 95. Aber für Tramper ist diese Autobahn keine so gute Wahl. Die Staatspolizisten verscheuchen hemmungslos jeden, den sie entdecken – selbst wenn man nur an der Auffahrt steht, wird man verjagt –, und wenn derselbe Cop einen zweimal erwischt, verpasst er einem noch einen Strafzettel. Daher entschied ich mich für die Route 68, die von Bangor aus südwestlich verläuft. Das ist eine viel befahrene Straße, und wenn man nicht aussieht wie der letzte Penner, kommt man im Prinzip gut weg. Und auch die Cops lassen einen meistens ungeschoren.

Als Erster öffnete ein mürrischer Versicherungsvertreter seine Wagentür und nahm mich bis Newport mit. Ich stand rund zwanzig Minuten an der Kreuzung von Route 68 und Route 2 herum und kam dann bei einem älteren Gentleman unter, der auf dem Weg nach Bowdoinham war. Er griff sich beim Fahren ständig in den Schritt. Fast hatte es den Anschein, als wollte er etwas fangen, was in seiner Hose herumkroch.

»Meine Frau hat immer gesagt, ich würde noch mit einem Messer im Rücken im Straßengraben landen, wenn ich immer Anhalter mitnehme«, vertraute er mir an. »Aber wenn ich einen jungen Burschen am Straßenrand stehen sehe, muss ich an meine Jugend denken. Bin selbst oft genug getrampt. Auch schwarzgefahren. Und jetzt ist sie seit vier Jahren tot, aber ich bin noch immer am Leben und fahre noch immer denselben alten Dodge. Manchmal vermisse ich sie schrecklich.« Er zerrte an seinem Schritt. »Wohin soll's gehen, mein Junge?«

Nach Lewiston, erzählte ich ihm, weil meine Mutter nach einem Schlaganfall im Krankenhaus lag.

»Das ist ja schrecklich! Deine Ma! Oh, wie Leid mir das tut!«

Sein Mitgefühl war so intensiv und spontan, dass mir die Augen zu brennen begannen. Aber ich verbiss mir die Tränen. Das hätte noch gefehlt, dass ich in der knatternden, schlingernden und übrigens ziemlich nach Pisse stinkenden Karre dieses alten Mannes anfing zu heulen.

»Mistress McCurdy – das ist die Lady, die mich anrief – meinte, so schlimm wäre es nicht. Meine Mutter ist noch jung, erst achtundvierzig.«

»Trotzdem! Ein Schlaganfall!« Er war aufrichtig bestürzt. Er griff sich schon wieder mit seiner Altmännerklaue an die Hose und zerrte an ihr rum. »Ein Schlaganfall ist immer ernst! Ich würde dich bis zum CMMC bringen und direkt vor dem Eingang absetzen, hätte ich meinem Bruder Ralph nicht versprochen, ihn zum Pflegeheim in Gates zu fahren. Da ist seine Frau. Sie hat diese Vergesslichkeitskrankheit, deren Namen ich mir einfach nicht merken kann ... Andersons, Alvarez oder so ähnlich ...«

»Alzheimer«, sagte ich.

»Ja, wahrscheinlich habe ich sie selbst schon. Am liebsten würde ich dich trotzdem hinfahren.«

»Das ist nicht nötig«, sagte ich. »Von Gates aus komme ich bestimmt problemlos weiter.«

»Trotzdem! Deine Mutter! Ein Schlaganfall! Mit achtundvierzig!« Wieder griff er sich in den Schritt. »Verfluchte Hosen!«, raunzte er. Dann lachte er, es hörte sich irgendwie kläglich an. »Verdammter Leistenbruch! Wenn du alt wirst, zerfällst du langsam in deine Einzelteile. Lass dir das gesagt sein, zu guter Letzt gibt dir Gott einen Tritt in den Allerwertesten. Aber du bist ein guter Junge, alles stehen und liegen zu lassen, um zu ihr zu fahren.«

»Sie ist eine gute Mom.« Wieder kamen mir die Tränen. Ich hatte nie Heimweh gehabt, auch nicht, als ich Harlow verließ, um aufs College zu gehen – höchstens in der allerersten Woche, doch das war es dann schon –, aber jetzt hatte ich Heimweh. Es gab nur sie und mich, keine anderen Verwandten. Ein Leben ohne sie konnte ich mir nicht vorstellen. Es wäre nicht allzu schlimm, hatte Mrs. McCurdy gesagt. Zwar ein Schlaganfall, aber nicht allzu schlimm. Hoffentlich hatte die alte Lady die Wahrheit gesagt. Das wollte ich ihr geraten haben.

Wir schwiegen eine Weile. Es war nicht die rasante Fahrt, die ich mir gewünscht hatte – der alte Mann fuhr gleichmäßig fünfundvierzig Meilen die Stunde und überquerte manchmal die weiße Linie, um die Gegenfahrbahn zu testen –, aber es war eine lange Fahrt, und das war genauso viel wert. Die Route 68 dehnte sich vor uns aus, schlängelte sich durch dichte Wälder und durch kleine Orte, die auftauchten und gleich wieder verschwanden, jeder mit einer Kneipe und einer Selbstbedienungstankstelle. New Sharon, Ophelia, West Ophelia, Ganistan (das früher einmal Afghanistan hieß, ob Sie es nun glauben oder nicht), Mechanic Falls, Castle View, Castle Rock. Das klare Blau des Himmels verblich, als der Tag zu Ende ging, und der alte Mann schaltete zunächst das Standlicht ein und dann die richtigen Scheinwerfer. Dabei erwischte er das Fernlicht, doch das schien er nicht zu merken, auch dann nicht, als entgegenkommende Autos ihn mit ihrem Fernlicht anblinkten.

»Meine Schwägerin kann sich nicht einmal mehr an ihren eigenen Namen erinnern«, sagte er. »Kann nicht mehr zwischen ja, nein und vielleicht unterscheiden. So weit kommt es mit einem, wenn man Andersons hat, mein Junge. Und da ist so ein Ausdruck in ihren Augen ... Als wollte sie sagen ›Holt mich hier *raus*‹ ... oder es sagen würde, wenn ihr nur die Worte einfallen würden. Du weißt, was ich meine?«

»Ja.« Ich holte tief Luft und fragte mich, ob der Pissegeruch von dem alten Mann stammte oder ob er einen Hund hatte, den er manchmal mitnahm. Ich fragte mich, ob ich das Fenster ein wenig herunterkurbeln konnte, ohne ihn zu beleidigen. Schließlich tat ich es. Auch das schien er nicht zu bemerken, ebenso wenig wie die Wagen auf der anderen Fahrbahn, die ihn mit ihrem Fernlicht anblinkten.

Gegen sieben Uhr schnauften wir in West Gates eine Steigung hinauf. »Sieh doch nur, Junge!«, schrie mein Chauffeur. »Der Mond! Ist der nicht toll?«

Er war in der Tat toll, schob sich wie ein riesiger, orangefarbener Ball über den Horizont. Aber ich fand, dass er auch etwas Furchterregendes an sich hatte. Er sah gleichzeitig schwanger und fiebrig aus. Ich starrte den aufgehenden Mond an, und plötzlich kam mir ein grauenhafter Gedanke: Was wäre, wenn ich ins Krankenhaus kam und meine Ma mich nicht erkannte? Was wäre, wenn ihr Gedächtnis total im Eimer war und sie zwischen ja, nein und vielleicht nicht mehr unterscheiden konnte? Was wäre, wenn der Arzt mir erklärte, dass jemand sie für den Rest ihres Lebens pflegen müsste? Dieser Jemand müsste natürlich ich sein, denn sonst gab es ja niemanden. Leb wohl, du College. Gute Nacht, Freunde.

»Wünsch dir was, Junge!«, rief der alte Mann. Vor Aufregung wurde seine Stimme scharf und unangenehm. Es war, als würden einem Glasscherben in die Ohren gestopft. Er zerrte heftig an seinem Schritt. Es klang, als ob irgendwas da drinnen zerriss. Kein Wunder, wenn man sich derart heftig am Schritt zerrte, musste man sich ja die Eier abreißen. »Was man sich beim Herbstvollmond wünscht, geht in Erfüllung, hat mein Vater immer gesagt.«

Also wünschte ich mir, dass meine Mutter mich erkannte, wenn ich ihr Zimmer betrat, dass ihre Augen aufleuchteten und sie meinen Namen rief. Gleich darauf hätte ich den Wunsch am liebsten wieder rückgängig gemacht. Wünsche bei diesem fiebrig-orangefarbenen Licht konnten einfach zu nichts Gutem führen.

»Ach, mein Junge, ich wünschte, meine Frau würde noch leben!«, sagte der alte Mann. »Ich würde sie für jedes scharfe und unfreundliche Wort um Verzeihung bitten, das ich je zu ihr gesagt habe!«

Das letzte Licht des Tages war noch nicht ganz geschwun-

den, und der Mond hing tief und aufgedunsen am Himmel,
als wir zwanzig Minuten später Gates Falls erreichten. An
der Kreuzung der Route 68 und der Pleasant Street gibt es
eine Warnblinkanlage. Kurz davor scherte der alte Mann an
den Straßenrand aus, rammte das rechte Vorderrad des
Dodge über den Bordstein und platschte wieder herunter.
Meine Zähne knallten aufeinander. Der alte Mann sah mich
wild entschlossen an. Alles an ihm war wild, obwohl ich das
zunächst gar nicht gemerkt hatte, alles an ihm vermittelte
einem dieses scharfkantige Scherbengefühl. Und alles, was
ihm über die Lippen kam, schien er mit Ausrufungszeichen
zu versehen.

»Ich bringe dich hin! Jawohl, genau das werde ich tun!
Ralph kann mir gestohlen bleiben! Zur Hölle mit ihm! Du
brauchst nur was zu sagen!«

Ich wollte zu meiner Mutter, aber der Gedanke an weitere
zwanzig Meilen mit Pissegeruch in der Nase, während alle
entgegenkommenden Autos uns anblinkten, war nicht unbedingt angenehm. Ebenso wenig wie die Vorstellung, dass
der alte Knabe bestimmt auf allen vier Fahrbahnen der Lisbon Street Slalom fahren würde. Aber vor allem ist er es,
dachte ich; weitere zwanzig Meilen dies Gezerre am Schritt
und seine Glasscherbensprüche mit Ausrufungszeichen, das
kann ich einfach nicht ertragen.

»Aber nein«, sagte ich. »Kein Problem. Fahren Sie ruhig
zu Ihrem Bruder.« Ich stieß die Tür auf, und es geschah genau das, was ich befürchtet hatte. Er streckte den Arm aus
und umklammerte meinen Oberarm mit seiner knochigen
Altmännerklaue. Mit der Hand, mit der er sich pausenlos in
den Schritt gegriffen hatte.

»Du brauchst nur etwas zu sagen!« Seine Stimme klang
heiser, vertraulich, seine Finger bohrten sich knapp unter der
Achselhöhle in meine Haut. »Ich setze dich direkt vor dem
Krankenhausportal ab! Da kenne ich nichts! Auch wenn wir
uns zuvor noch niemals begegnet sind! Das ist mir völlig
egal! Ich bringe dich da hin!«

»Das ist wirklich nicht nötig«, versicherte ich noch einmal und musste plötzlich gegen das überwältigende Bedürfnis ankämpfen, aus dem Wagen zu springen und notfalls sogar mein Hemd in seinem Griff zurückzulassen, wenn das der Preis für meine Freiheit war. Er wirkte wie ein Ertrinkender. Ich hatte Angst, dass er noch fester zupacken könnte, sobald ich mich bewegte, dass er mir möglicherweise sogar an die Kehle ging, aber nichts dergleichen passierte. Der Druck seiner Finger ließ nach, dann glitt seine Hand von meinem Arm, als ich ein Bein aus dem Wagen schob. Und ich fragte mich, wie wohl jeder, wenn ein Moment irrationaler Panik vorüber ist, wovor ich mich eigentlich so gefürchtet hatte. Er war nur ein Fossil in seinem nach Pisse riechenden Ökosystem, das enttäuscht aussah, weil sein Angebot abgelehnt worden war. Nur ein alter Mann in einer unbequemen Hose. Wovor in Gottes Namen hatte ich mich denn gefürchtet?

»Ich danke Ihnen, dass Sie mich mitgenommen haben, und noch mehr für Ihr Angebot«, sagte ich. »Aber wenn ich da hinüberlaufe, finde ich bestimmt bald eine Mitfahrgelegenheit.« Ich deutete auf die Pleasant Street.

Er schwieg einen Moment lang, dann nickte er seufzend. »Ja, da hast du die größten Chancen. Aber bleib außerhalb der Stadt. In der Stadt nimmt niemand einen Tramper mit. Niemand will anhalten und angehupt werden.«

Damit hatte er Recht. In Städten konnte man sich das Trampen sparen, selbst in so kleinen wie Gates Falls. Also hatte er tatsächlich in seinen jüngeren Jahren selbst gehikt.

»Aber bist du dir auch ganz sicher, Junge? Du kennst doch das Sprichwort über den Spatz in der Hand.«

Ich zögerte. Auch damit hatte er Recht.

Ein, zwei Meilen westlich der Warnblinkanlage wird die Pleasant Street zur Ridge Road, und die führt mehr als fünfzehn Meilen durch Wald, bevor sie am Rand von Lewiston auf die Route 196 trifft. Inzwischen war es fast dunkel, und nachts ist es schwerer, mitgenommen zu werden. So mitten

auf der Landstraße sieht man im Scheinwerferlicht leicht aus
wie ein Ausreißer aus der Jugendstrafanstalt in Wyndham,
selbst wenn man sich das Haar aus der Stirn gekämmt und
das Hemd in die Hose gesteckt hat. Aber ich wollte mit dem
alten Mann nicht weiterfahren. Selbst jetzt noch, da ich seinem Dodge entkommen war, fand ich, dass er etwas Un-
heimliches an sich hatte. Auch wenn das vielleicht nur daran
lag, dass er ständig in Ausrufungszeichen zu reden schien.
Abgesehen davon hatte ich als Anhalter bislang noch immer
Glück gehabt.

»Ganz sicher«, sagte ich. »Und noch mal vielen Dank.«

»Keine Ursache, mein Junge! War mir ein Vergnügen!
Meine Frau …« Er verstummte, und ich sah Tränen in seinen Augenwinkeln. Ich bedankte mich noch einmal und
schlug die Autotür zu, bevor er noch etwas sagen konnte.

Ich eilte über die Straße, im Schein der Blinklichter tauchte mein Schatten auf und verschwand wieder. Auf der anderen Seite drehte ich mich um. Der Dodge stand noch immer
vor »Frank's Fountain & Fruits«. Im Licht der drei Meter
hinter dem Wagen stehenden Straßenlaterne konnte ich sehen, dass er über dem Steuerrad zusammengesackt war.
Mich überlief es kalt. Vielleicht ist er tot, dachte ich. Vielleicht habe ich ihn durch die Ablehnung seines freundlichen
Hilfsangebots umgebracht.

Dann bog ein Auto um die Ecke, und der Fahrer richtete
sein Fernlicht auf den Dodge. Diesmal blendete der alte
Mann ab, und da wusste ich, dass er noch lebte. Einen Augenblick später fuhr er langsam an und lenkte den Dodge
um die Ecke. Ich wartete, bis er verschwunden war, und sah
dann zum Mond auf. Das fiebrig-orangefarbene Leuchten
war schwächer geworden, aber noch immer hatte er entschieden etwas Bedrohliches an sich. Mir fiel auf, dass ich
noch nie gehört hatte, dass man sich bei Vollmond etwas
wünschen darf. Beim Abendstern, ja, aber nicht beim
Mond. Wieder hätte ich meinen Wunsch am liebsten rückgängig gemacht. Als ich da in der Dunkelheit an der Kreu-

zung stand, war es schwer, nicht an die Geschichte von der Affenklaue zu denken.

Ich lief mit rausgestrecktem Daumen die Pleasant Street hinunter, aber die Autos verlangsamten noch nicht einmal ihre Fahrt. Zunächst gab es zu beiden Seiten noch Geschäfte und Wohnhäuser, dann endeten die Bürgersteige, und der Wald rückte schwarz und schweigend an die Fahrbahn heran. Jedes Mal, wenn die Straße von Licht überflutet wurde und meinen Schatten vorauswarf, drehte ich mich um, reckte den Daumen und setzte ein – wie ich hoffte – vertrauenswürdiges Lächeln auf. Und jedes Mal raste der Wagen an mir vorbei. »Such dir Arbeit, Jüngelchen!«, rief mir jemand zu und lachte.

Ich hatte keine Angst im Dunkeln, damals jedenfalls noch nicht, aber ich befürchtete doch, einen Fehler gemacht zu haben, als ich das Angebot des alten Mannes ausschlug. Vielleicht hätte ich mir, bevor ich losfuhr, ein Pappschild mit der Aufschrift »Muss dringend zu meiner kranken Mutter« basteln sollen. Aber vermutlich hätte das auch nichts gebracht. Jeder Psychopath kann schließlich so ein Schild malen.

Ich schlurfte mit meinen Sneakers über den Kies des Randstreifens und lauschte auf die abendlichen Geräusche: ein Hund (weit weg), eine Eule (schon näher), das Seufzen eines auffrischenden Windes. Der Mond schien, aber ich konnte ihn nicht mehr sehen. Dazu waren die Bäume zu hoch.

Je weiter ich Gates Falls hinter mir ließ, desto weniger Autos kamen an mir vorbei. Mit jedem Schritt kam es mir blödsinniger vor, dass ich das Angebot des alten Mannes ausgeschlagen hatte. Ich begann mir vorzustellen, wie meine Mutter mit verzerrtem Mund in ihrem Krankenbett lag und mit dem Tod rang, aber meinetwegen krampfhaft durchhielt – sie konnte ja nicht ahnen, dass ich auf mich warten ließ, weil ich die schrille Stimme eines Greises nicht ertrug oder den Pissegestank in seinem Auto.

Ich erklomm einen steilen Hügel und trat oben wieder ins Mondlicht. Rechts von mir hatten die Bäume einem kleinen

Landfriedhof Platz gemacht. Die Grabsteine schimmerten im fahlen Licht. Neben einem hockte etwas Dunkles und beobachtete mich. Neugierig trat ich einen Schritt näher. Das schwarze Objekt bewegte sich und wurde zu einem Waldmurmeltier. Es warf mir einen vorwurfsvollen, rot glühenden Blick zu und verschwand im hohen Gras. Plötzlich wurde mir bewusst, wie müde ich war, total erschöpft. Seit Mrs. McCurdys Anruf vor fünf Stunden hatte mich das pure Adrenalin in Gange gehalten, doch das war nun aufgebraucht. Das war das Unangenehme. Das Angenehme war, dass mich dieser unsinnige Drang zu hektischer Eile verlassen hatte, zumindest für den Moment. Ich hatte meine Wahl getroffen, mich für die Ridge Road anstelle der Route 68 entschieden, also war es ziemlich sinnlos, mich jetzt verrückt zu machen. »Aus und vorbei«, sagt meine Mutter häufig. Sie ist eine sprudelnde Quelle derartiger Sprüche, kleiner Aphorismen, die sich überaus vernünftig anhören. Vernünftig oder nicht – jetzt tröstete mich dieser Spruch. Wenn meine Mutter bei meiner Ankunft im Krankenhaus schon tot war, konnte ich es auch nicht ändern. Aber vermutlich wäre sie nicht tot. Mrs. McCurdy zufolge hatte der Arzt erklärt, es wäre nicht so ernst. Und Mrs. McCurdy hatte auch gesagt, dass sie noch immer eine junge Frau war. Ein bisschen korpulent vielleicht und Kettenraucherin, aber noch jung.

Während ich hier draußen durch die Landschaft geisterte und plötzlich zu Tode erschöpft war. Meine Füße fühlten sich an, als wären sie einzementiert.

Durch das Tor in der Friedhofsmauer führten tiefe Radfurchen. Ich setzte mich auf die Mauer und ließ meine Füße über eine der Furchen baumeln. Von hier oben konnte ich die Ridge Road in beiden Richtungen überblicken. Sobald ich Scheinwerfer in westlicher Richtung kommen sah, in Richtung Lewiston, konnte ich auf die Straße laufen und den Daumen heben. Inzwischen würde ich einfach mit meinem Rucksack auf dem Schoß sitzen bleiben und darauf warten, dass sich meine Beine ein bisschen erholten.

Feine, schimmernde Bodennebel stiegen vom Gras auf. Das Laub der Bäume, die den Friedhof auf drei Seiten umstanden, raschelte im Wind. Hinter dem Friedhof hörte ich Wasser rauschen und gelegentlich das Quaken eines Froschs. Idyllisch war es hier und eigentümlich wohltuend, eine Stimmung wie auf einer Illustration in einem Buch mit romantischen Gedichten.

Ich blickte nach links und nach rechts, aber nichts war zu sehen, nicht einmal ein fernes Leuchten am Horizont. Ich stellte meinen Rucksack in die Furche, über der meine Beine gebaumelt hatten, hopste von der Mauer und ging auf den Friedhof. Eine Haarsträhne fiel mir in die Augen, der Wind blies sie wieder fort. Träger Bodennebel waberte um meine Schuhe. Im hinteren Bereich waren die Grabsteine alt und einige von ihnen umgestürzt. Die vorn sahen wesentlich neuer aus. Ich blieb vor einem Grab stehen, das mit fast frischen Blumen geschmückt war. Im Mondschein war der Name leicht zu lesen: »George Staub«. Die Daten darunter dokumentierten die kurze Spanne von George Staubs Leben: »19. Januar 1977–12. Oktober 1998«. Das erklärte die frischen Blumen. Der 12. Oktober war vor zwei Tagen, 1998 vor zwei Jahren. Georges Freunde und Verwandten waren hier gewesen, um seiner zu gedenken. Unter dem Namen und den Daten stand noch etwas, eine kurze Inschrift. Ich beugte mich vor, um sie zu lesen – und zuckte zusammen. Voller Entsetzen und mir plötzlich nur allzu bewusst, dass ich mutterseelenallein auf einem Friedhof im Mondschein stand.

»*Aus und vorbei*« stand da.

Meine Mutter war tot, vielleicht in dieser Minute gestorben, und jemand/etwas hatte mir eine Nachricht zukommen lassen. Jemand/etwas mit einem recht makabren Sinn für Humor.

Langsam trat ich den Rückzug in Richtung Straße an, hörte den Wind in den Bäumen, den Bach, den Frosch und glaubte plötzlich, ein anderes Geräusch zu hören, das Geräusch aufbrechender Erde, zerreißender Wurzeln, weil je-

mand, der nicht ganz tot war, die Hand aus dem Boden
schob und nach einem meiner Sneakers griff ...

Meine Füße verhedderten sich, und ich stürzte, prellte mir
den Ellbogen an einem Grabstein, und mein Hinterkopf entkam einem anderen nur um Haaresbreite. Ich landete rück-
lings auf dem Boden und blickte zum Mond auf, der gerade
über die Baumwipfel geschwommen kam. Jetzt war er weiß,
nicht mehr orange, und so hell wie polierte Knochen.

Anstatt mich in noch größere Panik zu versetzen, hatte der
Sturz mich wieder zur Vernunft gebracht. Ich wusste zwar
nicht, was ich gesehen hatte, aber was ich zu sehen *geglaubt*
hatte, konnte einfach nicht wahr sein. So etwas gab es höchstens in den Filmen von John Carpenter und Wes Craven,
aber nicht im wirklichen Leben.

Ja, gut, in Ordnung, flüsterte eine innere Stimme. Und
wenn du jetzt einfach von hier verschwindest, kannst du das
ruhig weiter glauben. Meinetwegen für den Rest deines Lebens.

»Ach, Blödsinn«, sagte ich und stand auf. Der Hosenboden meiner Jeans war nass geworden, und ich sorgte für Ab-
stand zu meiner Haut. Es fiel mir nicht gerade leicht, mich
noch einmal dem Grabstein zu nähern, der George Staubs
letzte Ruhestätte markierte, aber auch nicht so schwer, wie
ich befürchtet hatte. Der Wind seufzte nun lauter in den Bäumen, kündigte einen Wetterumschwung an. Schatten tanzten
um mich herum. Äste rieben sich aneinander, draußen im
Wald knackte es. Ich beugte mich über den Grabstein und las:

George Staub
19. Januar 1977 – 12. Oktober 1998
Gut begonnen, zu früh zerronnen.

Ich stand gebückt da, die Handflächen knapp oberhalb der
Knie, und merkte erst, wie sehr mein Herz gerast hatte, als
es wieder ruhiger schlug. Ein dummer kleiner Lapsus, mehr
nicht.

Und war es denn ein Wunder, dass ich die Inschrift unter dem Namen und die Daten falsch gelesen hatte? Selbst weniger erschöpft und ohne den Stress hätte mir das unterlaufen können. Bekanntermaßen ist Mondlicht trügerisch. Aber ich *wusste*, was ich gelesen hatte: »Aus und vorbei.« Meine Ma war tot.

»Ach, Blödsinn«, sagte ich noch einmal und wandte mich ab. Mein Blick fiel auf meine Füße, und ich sah, wie der Bodennebel heller wurde. Ich hörte das Brummen eines Motors. Ein Auto näherte sich.

Ich lief vom Friedhof und schnappte mir meinen Rucksack. Die Scheinwerfer des Wagens näherten sich schnell. Ich hob die Hand genau in dem Moment, in dem sie mich erfassten und vorübergehend blendeten. Noch bevor der Bursche den Motor drosselte, wusste ich, dass er anhalten würde. Das kommt Ihnen vielleicht komisch vor, aber jeder, der viel getrampt ist, wird Ihnen bestätigen, dass das nicht ungewöhnlich ist.

Das Auto fuhr mit aufblitzenden Bremslichtern an mir vorbei und hielt ein paar Meter weiter, fast am Ende der Mauer, die den Friedhof von der Straße trennte. Ich rannte hin, und mein Rucksack schlug mir gegen die Knie. Das Auto war ein Mustang, einer dieser tollen Schlitten von Ende der sechziger oder Anfang der siebziger Jahre. Das Röhren des Motors ließ darauf schließen, dass er ohne neue Schalldämpfer die nächste Plakette wohl kaum bekommen würde. Aber das war schließlich nicht mein Problem.

Ich zog die Tür auf und ließ mich auf den Sitz fallen. Als ich den Rucksack zwischen meinen Beinen deponierte, nahm ich einen vertrauten, leicht unangenehmen Geruch wahr. »Danke«, sagte ich. »Vielen Dank.«

Der Typ am Steuer trug verwaschene Jeans und ein schwarzes T-Shirt mit abgeschnittenen Ärmeln. Er war braun gebrannt, muskelbepackt und hatte einen Stacheldraht um seinen rechten Bizeps tätowiert. Seine grüne John-Deere-Basecap trug er verkehrt herum. Neben dem Halsausschnitt steckte ein Button in seinem T-Shirt, aber ich konnte nicht lesen, was darauf stand. »Kein Problem«, sagte er.

»Wohin? In die Stadt?«

»Ja.« In diesen Breiten hieß »Stadt« Lewiston – der einzige Ort von nennenswerter Größe nördlich von Portland. Als ich die Tür schloss, sah ich einen dieser Tannenbäume am Rückspiegel hängen. Er verbreitete den unangenehmen Geruch. Was das anging, war es eindeutig nicht mein Tag: erst Pisse und nun chemische Latschenkiefer. Aber ich war mitgenommen worden, und darüber hätte ich erleichtert sein sollen. Und als der Bursche wieder auf die Fahrbahn rollte und der Motor seines Oldtimer-Mustang aufdröhnte, versuchte ich mir einzureden, dass ich in der Tat erleichtert war.

»Und was führt dich in die Stadt?«, wollte der Fahrer wissen. Ich schätzte ihn auf mein Alter, hielt ihn für einen aus der Gegend, der vielleicht die technische Berufsschule in Auburn besuchte oder in einer der wenigen Textilfabriken der Umgebung arbeitete. Vermutlich bastelte er in seiner Freizeit am Mustang herum, denn was taten Typen wie er sonst, als Bier trinken, vielleicht ein bisschen kiffen und an ihren Autos rumfummeln? Oder ihren Motorrädern.

»Mein Bruder heiratet. Ich bin sein Trauzeuge«, log ich, ohne zu wissen, warum. Aber ich wollte ihm nichts von meiner Mutter erzählen, auch wenn mir nicht klar war, weshalb eigentlich. Irgendwas stimmte hier nicht. Ich wusste nicht, was und was mich überhaupt auf diesen Gedanken brachte, aber etwas stimmte nicht. Davon war ich fest überzeugt. »Morgen wird die Zeremonie geprobt. Und morgen Abend steigt die Junggesellenparty.«

»Ach? Tatsächlich?« Er drehte sich zu mir um. Er hatte ein gut aussehendes Gesicht, volle Lippen lächelten verhalten, große Augen sahen mich irgendwie ungläubig an.

»Ja, klar.«

Ich hatte Angst. Einfach so hatte ich schon wieder Angst. Irgendwas stimmte nicht. Etwas ging schief, vielleicht seit dem Moment, in dem der alte Kauz im Dodge mich aufge-

fordert hatte, mir bei diesem Fiebermond etwas zu wünschen. Oder auch seit dem Moment, in dem ich den Telefonhörer abgenommen und Mrs. McCurdy hatte sagen hören,
sie hätte eine schlechte Nachricht für mich, auch wenn alles
nicht so übel wäre, wie es sein könnte.

»Klingt gut«, sagte der junge Mann mit der umgedrehten
Basecap. »Ein Bruder, der heiratet, das klingt gut. Wie heißt
du?«

Ich hatte nicht nur Angst, ich war völlig panisch. Alles lief
schief, *alles*, und ich hatte keine Ahnung, warum und wie
das alles so schnell über mich hereinbrechen konnte. Aber
eins wusste ich genau: Ich wollte ebenso wenig, dass der
Fahrer des Mustang meinen Namen erfuhr, wie ich ihm erzählen wollte, was mich nach Lewiston führte. Obwohl ich
dort bestimmt nicht ankam. Plötzlich hatte ich das Gefühl,
dass ich Lewiston nie wieder sehen würde. Genau wie ich
vorher gewusst hatte, dass der Mustang halten würde. Und
dann wusste ich auch noch etwas über diesen Geruch. Nicht
über den der baumelnden Tanne, sondern über den *anderen*,
den *unter* der Latschenkiefer.

»Hector. Ich heiße Hector Passmore«, sagte ich. Glatt und
gelassen kam mir der Name meines Mitbewohners über die
trockenen Lippen. Gott sei Dank. Eine innere Stimme riet
mir dringend, den Fahrer des Mustang nichts von meinen
Ahnungen merken zu lassen. Das war meine einzige Chance.

Er wandte sich mir zu, und ich konnte seinen Button lesen. »*Ich bin in Thrill Village, Laconia, mit dem BULLET
gefahren*«, stand darauf. Das kam mir bekannt vor, ich war
dort gewesen, allerdings vor langer Zeit.

Außerdem konnte ich die dunkle Linie sehen, die sich um
seinen Hals zog wie das Stacheldraht-Tattoo um seinen
Oberarm. Aber der Ring um seinen Hals war keine Tätowierung. Ober- und unterhalb der Linie waren Dutzende kleiner
schwarzer Pünktchen zu bemerken. Das waren die Stiche,
mit denen irgendjemand den Kopf wieder mit dem Körper
verbunden hatte.

»Nett, dich kennen zu lernen, Hector«, sagte er. »Ich bin George Staub.«

Wie im Traum streckte ich meine Hand aus. Ich wünschte, es wäre ein Traum, aber dieser Wunsch blieb unerfüllt. Alles hier war schneidend real. Der vordergründige Geruch war Kiefer, der darunter etwas Chemisches, vermutlich Formaldehyd. Ich fuhr mit einem Toten.

Mit mehr als sechzig Meilen raste der Mustang über die Ridge Road, jagte seinen Scheinwerfern unter dem Licht eines blank geputzten Button-Monds nach. Die Bäume links und rechts der Straße bogen sich im Wind. George Staub lächelte mich mit seinen leeren Augen an, ließ meine Hand los und konzentrierte sich wieder auf die Straße. Auf der Highschool hatte ich *Dracula* gelesen, und jetzt fiel mir eine Zeile daraus ein, hallte in meinem Kopf wie eine gesprungene Glocke: Die Toten reisen schnell.

Noch etwas hallte in meinem Hirn wider: Er darf nicht merken, dass ich es weiß. Ich darf es mir nicht anmerken lassen ... Das war die einzige Chance ... Ich fragte mich, wo der alte Mann inzwischen war. Bei seinem Bruder angekommen? Oder war er von Anfang an mit im Spiel gewesen? Fuhr er jetzt vielleicht direkt hinter uns, über das Steuerrad gebeugt, und zerrte an seinem Schritt? War auch er tot?

Wahrscheinlich nicht. Bram Stoker zufolge reisten Tote schnell, aber der alte Mann hatte mit Sicherheit nie einen Strafzettel für überhöhte Geschwindigkeit bekommen. Ich spürte ein hysterisches Lachen in mir aufsteigen und unterdrückte es hastig. Sobald ich lachte, wüsste er Bescheid. Und er durfte nichts merken, denn das war meine einzige Chance.

»Es gibt nichts Tolleres als eine Hochzeit«, sagte er.

»Genau. Jeder sollte wenigstens zweimal im Leben heiraten.«

Ich hielt die Hände krampfhaft gefaltet. Ich spürte zwar, wie sich mir die Fingernägel in die Handrücken bohrten, aber ich spürte es kaum. Um uns nur tiefer, dichter Wald und der blasse Schein des knochenblanken Mondes. Er durfte nicht merken, dass ich wusste, dass er tot war, darauf musste ich mich konzentrieren. Denn er war beileibe kein harmloser Geist. Einen Geist konnte man vielleicht *sehen*, aber wer oder was hielt an, um einen mitzunehmen? Ein Zombie? Ein Dämon? Ein Vampir? Etwas ganz anderes?

George Staub lachte. »Jeder sollte es zweimal tun! Das klingt ganz nach meiner Familie, Mann.«

»Ja, nach meiner auch.« Meine Stimme hörte sich so ruhig an wie die jedes x-beliebigen Hitchhikers, der sich für die Mitfahrgelegenheit mit einer kleinen Unterhaltung bedankt. »Es gibt wirklich nichts Tolleres als ein Begräbnis.«

»Eine Hochzeit«, korrigierte er leise. Im Licht des Armaturenbretts sah sein Gesicht wächsern aus, wie das einer Leiche vor dem letzten Make-up. Die umgedreht aufgesetzte Basecap machte alles noch schrecklicher. Man fragte sich, was darunter noch vorhanden war. Irgendwo hatte ich gelesen, dass Leichenbestatter die Schädeldecke aufsägten, um das Gehirn zu entnehmen und durch chemisch behandelte Watte zu ersetzen. Um zu verhindern, dass das Gesicht zusammenfällt, vermutlich.

»Eine Hochzeit«, wiederholte ich mit tauben Lippen und lachte sogar ein bisschen. Heiser, sehr heiser. »Genau das habe ich eigentlich gemeint.«

»Ich glaube, wir sagen immer, was wir eigentlich meinen«, erklärte der Fahrer. Er lächelte noch immer.

Ja, Freud hatte das auch geglaubt, wie ich aus der Psychologie-Einführung wusste. Ich bezweifelte zwar, dass dieser Typ sich mit Freud auskannte, vermutlich trugen Freudianer nur selten ärmellose T-Shirts und verkehrt herum aufgesetzte Basecaps, aber er wusste genug. Begräbnis hatte ich gesagt. Großer Gott, ich hatte Begräbnis gesagt … Mir kam der vage Verdacht, dass er ein kleines Spielchen mit mir spielte. Ich wollte nicht, dass er mir anmerkte, dass ich wusste, dass er tot war. Und *er* wollte nicht, dass ich merkte, dass er wusste, dass ich wusste, dass er tot war. Und daher durfte ich mir nicht anmerken lassen, dass ich wusste, dass er wusste ...

Vor meinen Augen begann alles zu schwanken. Jeden Moment würde sich die Welt zu drehen beginnen, zu schleudern – und dann wäre alles vorbei. Ich schloss kurz die Lider. Der Mond tauchte auch vor diesem Dunkel wieder auf – als grünes Trugbild.

»Alles in Ordnung, Mann?«, fragte er. Die Besorgnis in seiner Stimme ließ mich schaudern.

»Ja.« Ich öffnete die Augen wieder. Inzwischen hatten sich die Dinge ein bisschen beruhigt. Der Schmerz auf meinen Handrücken, da, wo die Fingernägel sich festkrallten, war spürbar und real. Und dieser Geruch. Nicht nur der nach Latschenkiefer, nicht nur der nach Formaldehyd. Es roch auch nach Erde.

»Wirklich?«, hakte er nach.

»Ich bin nur ein bisschen müde. Schon zu lange unterwegs. Und manchmal wird mir beim Autofahren übel.« Eine Idee zuckte mir durch den Kopf. »Weißt du was? Das Beste wäre, wenn du mich aussteigen lässt. In der frischen Luft wird sich mein Magen wieder beruhigen. Und bestimmt kommt bald jemand vorbei und ...«

»Kommt ja gar nicht in Frage. Ich soll dich hier absetzen? Niemals. Es könnte gut und gern eine Stunde dauern, bis jemand hier entlangfährt, und dann ist noch nicht einmal sicher, ob er dich mitnimmt. Auf keinen Fall lasse ich dich raus. Kurbel einfach dein Fenster ein bisschen herunter, das hilft. Ich weiß, dass es hier drinnen nicht besonders gut riecht. Deshalb habe ich diesen Luftverbesserer aufgehängt, aber diese Dinger bringen's nicht. Natürlich wird man manche Gerüche schwerer los als andere.«

Ich wollte den Arm heben, um an der Fensterkurbel zu drehen und ein wenig frische Luft hereinzulassen, aber meine Muskeln gehorchten mir nicht. Ich konnte nur dasitzen und die Nägel der einen Hand in den Rücken der jeweils anderen bohren. Was die anderen Muskeln gar nicht taten, machten diese hier durch ihren Übereifer wett. Ein Witz!

»Das ist wie in der Geschichte von dem Burschen, der einen fast neuen Cadillac für siebenhundertfünfzig Dollar kauft. Die kennst du sicher, oder?«

»Ja«, brachte ich über meine tauben Lippen. Ich kannte die Geschichte nicht, war aber sicher, sie nicht hören zu wollen – wie auch jede andere, die dieser Typ zu erzählen hatte.

»Die kennt wahrscheinlich jeder.« Die Fahrbahn vor uns sah aus wie in einem alten Schwarzweißfilm.

»Ganz genau. Der Typ sucht nach einem Wagen und sieht einen Cadillac auf dem Rasen dieses Burschen.«

»Wie ich schon sagte, ich kenne …«

»Ja, und im Fenster hängt ein Schild: ›Zu verkaufen‹.«

Hinter seinem Ohr steckte eine Zigarette. Er griff danach, und dabei rutschte sein T-Shirt hoch. Ich sah noch eine dunkle Linie, weitere Stiche. Dann beugte er sich vor, um auf den Anzünder am Armaturenbrett zu drücken, und das T-Shirt fiel wieder zurück.

»Dem Typ ist klar, dass er sich einen Cadillac nie leisten kann, aber fragen kann ja nicht schaden. Also geht er zu dem Besitzer und fragt, wie viel er für den Wagen haben will. Der Bursche dreht den Schlauch ab, denn er hat das Auto gerade gewaschen, und sagt: ›Heute ist dein Glückstag, Junge. Siebenhundertfünfzig bar auf die Kralle, und er gehört dir.‹«

Der Anzünder sprang heraus. Staub nahm ihn und drückte ihn gegen seine Zigarette. Er inhalierte, und ich sah winzige Rauchfähnchen aus den Stichen kommen, die seinen Kopf auf dem Körper hielten.

»Der Junge blickt durchs Fahrerfenster und sieht, dass der Caddy gerade einmal siebzehntausend Meilen gefahren ist. ›Sehr witzig‹, sagt der Junge. ›Und ich habe einen Wellensittich, der jodeln kann.‹ ›Nein, im Ernst‹, antwortet der Verkäufer, ›gib mir die Knete, und er gehört dir. Himmel, ich nehme sogar einen Scheck, weil du ein so ehrliches Gesicht hast.‹ Und der Junge …«

Ich blickte aus dem Fenster. Ich *hatte* die Geschichte schon mal gehört, wahrscheinlich in meinen Jahren auf der Junior High. In meiner Version handelte es sich bei dem Wagen nicht um einen Caddy, sondern einen Thunderbird, aber sonst war alles identisch. *Ich bin zwar erst siebzehn*, sagt der Junge, *aber kein Idiot. Niemand verkauft einen Wagen wie diesen, der auch noch so wenig auf dem Tacho hat, für siebenhundertfünfzig.* Er täte es wegen des Geruchs, antwortet der Mann. Er hätte schon alles versucht, aber er werde den Geruch einfach nicht los. Er wäre auf einer Geschäftsreise gewesen, sehr lange, mindestens ...

»... vierzehn Tage«, sagte der Mustang-Fahrer. Er lächelte wie jemand, der gleich einen Knaller von Pointe loslässt. »Und als er zurückkam, fand er seine Frau tot im Auto in der Garage. Sie war praktisch gleich nach seiner Abreise gestorben. Keine Ahnung, ob durch Selbstmord oder Herzschlag, aber sie war total aufgedunsen, und das ganze Auto riecht nach ihr. Deshalb will er den Wagen verkaufen.« Er lachte. »Eine Wahnsinnsgeschichte, was?«

»Und warum hat er nicht zu Hause angerufen?« Mein Mund sprach wie von selbst, denn mein Gehirn war wie gelähmt. »Er ist zwei Wochen beruflich unterwegs, meldet sich aber nicht einmal bei seiner Frau?«

»Mann, findest du das nicht auch ziemlich unwichtig? Schließlich geht es hier doch um das sagenhafte Angebot, oder? Wer würde da nicht zugreifen? Man kann ja mit offenem Fenster fahren. Und außerdem ist es ja nur eine Geschichte. Sie fiel mir nur wegen des Geruchs in diesem Auto ein. Und der ist echt.«

Schweigen. Er erwartet, dass ich etwas sage, dachte ich, dass ich irgendwie einen Punkt setze. Und das wollte ich auch. Wirklich. Aber was dann? Was würde er als Nächstes tun?

Er rieb mit dem Daumen über seinen Button, der, auf dem stand: »Ich bin in Thrill Village, Laconia, mit dem *BULLET* gefahren« – und ich sah, dass er Erde unter den Fingernägeln hatte. »Da war ich heute«, sagte er. »In Thrill Village.

Der Typ, für den ich arbeite, hat mir eine Tageskarte geschenkt. Meine Freundin wollte eigentlich mitkommen, aber dann rief sie an und sagte, es gehe ihr nicht so gut. Wenn sie ihre Tage hat, leidet sie manchmal wie ein Hund. Das ist zwar blöde, aber was wäre die Alternative, sage ich mir immer. Gar keine Puppe, und das wäre noch übler.« Er lachte bellend. »Also bin ich allein hingefahren. Es wäre doch schade gewesen, die Karte verfallen zu lassen. Warst du schon mal in diesem Thrill Village?«

»Ja«, sagte ich. Als ich zwölf war.

»Mit wem warst du dort? Mit zwölf bist du doch sicher nicht allein hingefahren, oder?«

Woher wusste er das? Jedenfalls nicht von mir. Nein, er spielte mit mir, erlaubte sich einen kleinen Scherz. Ich überlegte, ob ich die Tür aufstoßen und mich einfach hinausfallen lassen sollte. Allerdings wusste ich, dass er rechtzeitig den Arm ausstrecken und mich zurückziehen würde. Außerdem konnte ich mich gar nicht rühren. Ich konnte nur mit verkrampften Händen dasitzen.

»Nein. Ich war mit meinem Dad in Thrill Village.«

»Bist du auch mit dem Bullet gefahren? Dieser Achterbahn? Ich viermal. Mannomann! Das ist vielleicht ein Ding! Wirbelt einen ganz schön durcheinander!« Wieder lachte er bellend. Er sah mich an, und im Mondlicht verschwammen seine Augen zu weißen Kreisen, verwandelten sich in die Augen einer Statue. Und ich begriff, dass er nicht nur tot war. Er war auch verrückt. »Bist du damit gefahren, Alan?«

Ich überlegte, ob ich ihm sagen sollte, dass ich doch Hector hieß. Aber was hätte das gebracht? Nichts.

»Ja«, flüsterte ich heiser. Draußen kein Licht weit und breit. Nur der Mond. Wie tanzende Derwische rasten die Bäume an uns vorbei. Die Fahrbahn rutschte förmlich unter uns weg. Ich blickte auf den Tacho und sah, dass er um die Achtzig-Meilen-Marke zitterte. Er fuhr *jetzt* Achterbahn mit mir. Die Toten reisen schnell. »Ja, ich bin mit dem Bullet gefahren.«

»Nein«, sagte er, zog an seiner Zigarette, und ich sah wieder, wie ihm zarte Rauchfähnchen aus dem Hals quollen. »Du bist nie damit gefahren. Und ganz bestimmt nicht mit deinem Vater. Du hast dich zwar angestellt, aber du warst mit deiner Ma da. Wie immer hatte sich vor dem Bullet eine endlose Schlange gebildet, und sie wollte nicht so lange in der glühenden Sonne herumstehen. Sie war damals schon nicht mehr die schlankste, und die Hitze machte ihr zu schaffen. Aber du hast sie genervt und genervt, und jetzt kommt der Witz, Mann: Als du endlich vorn angekommen warst, hast du gekniffen. War's nicht so?«

Ich schwieg. Meine Zunge klebte unlösbar am Gaumen fest.

Er streckte eine im Schein des Armaturenbretts gelbliche Hand mit erdigen Nägeln aus und griff nach meinen verkrampften Fingern. Als er zufasste, lösten sie sich wie von einem Zauberstab berührt voneinander. Seine Haut fühlte sich kalt und irgendwie schlangenähnlich an.

»War's nicht so?«

»Ja«, sagte ich. Mehr als ein Wispern brachte ich nicht zustande. »Als wir näher kamen und ich die Höhe sah und die Loopings und wie sie da drinnen kreischten, habe ich es mit der Angst zu tun bekommen. Sie hat mir eine gescheuert und die ganze Heimfahrt lang nicht mehr mit mir geredet. Ich bin nie mit dem Bullet gefahren.« Das heißt, bis jetzt nicht.

»Du hättest es tun sollen Mann. Man muss einfach damit fahren. Das ist die beste Achterbahn. Jedenfalls in Thrill Village. Auf dem Rückweg habe ich mir in dem Laden an der Staatsgrenze ein paar Bier gekauft. Ich wollte bei meiner Freundin vorbeifahren, um ihr den Button zu geben – als Witz.« Er zeigte auf seinen Button, kurbelte sein Fenster hinunter und schnippte den Zigarettenstummel in die Nacht hinaus. »Du kannst dir sicher denken, was dann passiert ist.«

Natürlich wusste ich es. Es war wie in der klassischen Gruselgeschichte: Er hatte seinen Mustang gegen einen

Baum gesetzt, und als die Cops zur Unglücksstelle kamen, hockte er tot im zusammengequetschten Wrack hinter dem Steuer, und sein Kopf lag mitsamt verkehrt herum aufgesetzter Basecap auf dem Rücksitz, starrte blicklos nach oben, und seither sieht man ihn immer wieder auf der Ridge Road – bei Vollmond, und wenn der Wind so unheimlich pfeift wie heute. Alle Details dieser grässlichen Story nach der Werbepause – bleiben Sie dran … Und ich begriff, was ich zuvor nicht gewusst hatte: Die schlimmsten Geschichten sind die, die wir während unseres Lebens immer wieder hören. Das sind die wirklichen Albträume.

»Es gibt nichts Tolleres als ein Begräbnis«, lachte er. »Hast du das nicht selbst gesagt? Ein Ausrutscher? Du bist doch vorhin ausgerutscht, Al. Ausgerutscht und gestürzt.«

»Lass mich raus«, flüsterte ich. »Bitte.«

»Nun«, sagte er und wandte sich mir zu, »wir sollten darüber reden, findest du nicht auch? Weißt du, wer ich bin, Alan?«

»Ein Geist.«

Er schnaubte verächtlich, und im Schein des Armaturenbretts sah ich, wie er die Mundwinkel verzog. »Dieser dämliche Casper ist ein Geist. Schwebe ich vielleicht durch die Luft? Kannst du durch mich hindurchsehen?« Er hob eine Hand, ballte sie zur Faust und öffnete sie wieder. Ich hörte das leichte Knacken seiner Gelenke.

Ich wollte etwas sagen, was, weiß ich nicht, aber das ist auch egal, denn es kam ohnehin nichts heraus.

»Ich bin gewissermaßen Bote«, sagte Staub. »Eine Art Federal-Express-Typ aus der Unterwelt. Burschen wie ich tauchen relativ häufig auf – wann immer die Umstände stimmen. Weißt du, was ich glaube? Ich glaube, dass der Lenker unseres Geschicks – Gott oder was auch immer – unterhalten werden möchte. Immer will er wissen, ob du dich mit dem, was du hast, abfindest oder ob er dich verlocken kann, einen Blick hinter die Kulissen werfen zu wollen. Aber die Umstände müssen stimmen. Heute Abend war es so. Du

ganz allein, deine Mutter krank, du brauchtest eine Mitfahrgelegenheit …«

»Hätte ich das Angebot des alten Mannes angenommen,
wäre das alles nicht passiert«, sagte ich. »Oder?« Jetzt konnte ich Staub ganz deutlich riechen, den scharfen Gestank der
Chemikalien und den penetranteren, süßlichen nach verwesendem Fleisch. Es war mir ein Rätsel, wie mir das zuvor
hatte entgehen oder wie ich es für etwas anderes hatte halten
können.

»Schwer zu sagen. Vielleicht war der alte Mann, von dem
du da redest, auch schon tot.«

Ich dachte an die schrille Glasscherbenstimme des alten
Mannes, das unaufhörliche Zerren an seinem Schritt. Nein,
der war nicht tot gewesen, und ich hatte den Geruch nach
Pisse in seinem Dodge für etwas sehr viel Schlimmeres einge-
tauscht.

»Wie auch immer, Mann. Wir haben keine Zeit zu plaudern. Noch fünf Meilen, dann tauchen die ersten Häuser auf,
noch sieben, dann sind wir an der Ortsgrenze von Lewiston.
Und das heißt, dass du dich jetzt entscheiden musst.«

»Was entscheiden?« Aber eigentlich wusste ich das bereits.

»Wer mit dem Bullet fährt und wer nicht. Du oder deine
Mutter.« Er blickte mich mit seinen Mondlichtaugen an, lächelte breiter, und ich bemerkte, dass ihm die meisten Zähne
fehlten, ihm beim Unfall ausgeschlagen worden waren. Er
trommelte leicht auf das Steuerrad. »Einen von euch beiden
nehme ich mit, Mann. Und da du hier neben mir bist, darfst
du es dir aussuchen. Na, wie findest du das?«

Das kann nicht dein Ernst sein, drängte sich mir auf die
Lippen. Aber welchen Sinn hätte es gehabt, das auszusprechen? Natürlich meinte er es ernst. Tödlich ernst.

Ich dachte an all die Jahre, die wir miteinander verbracht
hatten: Jean und Alan Parker gegen den Rest der Welt. Es
gab jede Menge gute Erinnerungen, aber auch ein paar richtig miese. Flicken auf meinen Hosen und aufgewärmter Ein-

topf zum Abendessen. Die meisten anderen Kinder erhielten
einen Quarter die Woche, um die warme Schulspeisung zu
bezahlen, ich musste mich mit einem Erdnussbutter-Sand-
wich oder einem lappigen Mortadella-Brot begnügen. Ich
dachte an ihre unzähligen Jobs in Restaurants und Cocktail-
bars, um uns durchzubringen. An den Tag, an dem sie sich
freinahm, um mit dem Mann vom Sozialamt zu sprechen:
sie in ihrem feinsten Hosenanzug, und er auf dem Schaukelstuhl in unserer Küche in einem Anzug, dem selbst ein Neunjähriger wie ich ansah, dass er sehr viel teurer war als ihrer,
mit einem Klemmbrett auf dem Schoß und einem protzigen
Stift zwischen den Fingern. Sie beantwortete seine zudringli-
chen, beleidigenden Fragen mit einem eingefrorenen Lächeln
und bot ihm sogar eine zweite Tasse Kaffee an, weil sie wusste, wenn er einen günstigen Bericht schrieb, bekäme sie fünfzig Dollar im Monat mehr, lumpige fünfzig Dollar. Nachdem
er gegangen war, legte sie sich schluchzend auf ihr Bett, und
als ich mich neben sie setzte, versuchte sie zu lächeln und
sagte, den könne man ja wohl nicht Sozialarbeiter, sondern
nur Sozialarmleuchter nennen. Ich hatte gelacht, und auch
sie begann zu lachen, denn wir wussten, dass wir einfach lachen mussten. Wenn du und deine dicke, kettenrauchende
Ma es mit dem Rest der Welt aufnehmen müsst, ist Lachen
oft die einzige Möglichkeit, sich zu behaupten, ohne mit den
Fäusten gegen die Wand zu hämmern oder durchzudrehen.
Für kleine Leute wie uns, kleine Leute, die sich durchs Leben
hangeln wie Hamster im Laufrad, ist das Lachen über Arsch-
löcher oft die einzige Genugtuung, die einem gewährt wird.
Ihre zahllosen Überstunden fielen mir ein. Und wie sie sich
die geschwollenen Knöchel bandagierte und ihre Trinkgelder in das Marmeladenglas mit der Aufschrift »Für Alans
College« steckte – ja, ja, wie in diesen Vom-Tellerwäscher-
zum-Millionär-Geschichten – und mir immer wieder vor-
hielt, dass ich fleißig sein müsse. Andere Kinder könnten in
der Schule vielleicht alle fünfe gerade sein lassen, aber nicht
ich, weil alle Trinkgelder der Welt nicht reichen würden und

es letztendlich auf Stipendien und Studiendarlehen hinauslaufen würde, wenn ich studieren wollte. Und aufs College musste ich, weil das die einzige Chance für mich war – und für sie. Also setzte ich mich auf den Hosenboden, und zwar richtig, denn ich war nicht blind. Mir entging nicht, wie dick sie war und wie viel sie rauchte (ihr einziges Vergnügen, ihr einziges »Laster«, wenn man so will), und ich wusste genau, dass unsere Rollen sich eines Tages vertauschen würden, dass es dann an mir wäre, für sie zu sorgen. Mit einem Studium und einem guten Job wäre das kein Problem. Und ich wollte für sie sorgen. Ich liebte sie. So jähzornig und scharfzüngig sie sein konnte – jener Tag, als wir so lange am Bullet angestanden hatten und ich dann kniff, war beileibe nicht der einzige, an dem sie mich anschrie und mir eine knallte, aber ich liebte sie trotzdem. Zum Teil sogar *deswegen*. Ich liebte sie wegen einer ausgerutschten Hand nicht weniger als für einen Kuss. Begreifen Sie das? Ich auch. Und das ist schon in Ordnung so. Ich glaube nicht, dass man ein Leben bilanzieren, eine Familie erklären kann, und wir waren eine Familie, die kleinste, die es gibt, aber eine fest gefügte kleine Familie aus zwei Mitgliedern, ein geteiltes Geheimnis. Ich hätte immer behauptet, dass ich für sie alles tun würde. Und genau das wurde jetzt von mir verlangt. Es wurde von mir verlangt, dass ich für sie starb, an ihrer Stelle, obwohl sie die Hälfte ihres Lebens, ach, wahrscheinlich weit mehr als die Hälfte ihres Lebens bereits gelebt hatte und meines gerade erst begann.

»Was ist, Al?«, fragte George Staub. »Die Zeit verstreicht.«

»So etwas kann ich nicht entscheiden«, antwortete ich heiser. Schnell und behände segelte der Mond über die Straße. »Es ist nicht fair, das von mir zu verlangen.«

»Ich weiß, und glaub mir, das sagen sie alle.« Er dämpfte seine Stimme. »Aber etwas solltest du wissen. Wenn du dich bis zu den ersten Häusern nicht entschieden hast, muss ich euch beide mitnehmen.« Er runzelte die Stirn, doch dann hellte sich seine Miene wieder auf, als wäre ihm auch etwas

Positives eingefallen. »Ihr könntet zusammen hinten sitzen und über alte Zeiten sprechen, wenn ich euch beide mitnehme.«

»Wohin?«

Er schwieg. Vielleicht wusste er es nicht.

Wie schwarze Tinte flossen die Bäume an uns vorbei. Die Scheinwerfer durchschnitten die Dunkelheit, die Fahrbahn glitt unter uns hinweg. Ich war gerade einundzwanzig. Ich war zwar nicht völlig unberührt, aber erst einmal mit einem Mädchen im Bett gewesen, und das ziemlich betrunken, sodass ich mich an das meiste nicht mehr erinnern konnte. Es gab tausend Orte, die ich sehen – Los Angeles, Tahiti, vielleicht auch Luchenbach in Texas –, tausend Sachen, die ich unternehmen wollte. Meine Mutter war achtundvierzig und damit *alt*, verdammt noch mal. Mrs. McCurdy sah das vielleicht anders, aber Mrs. McCurdy war selbst alt. Meine Mutter hatte für mich getan, was sie konnte, sich abgeschuftet und gut für mich gesorgt. Aber hatte ich sie vielleicht darum gebeten, geboren zu werden, und verlangt, dass sie sich für mich aufopferte? Sie war achtundvierzig, ich einundzwanzig. Ich hatte, wie man so schön sagt, noch das ganze Leben vor mir. Aber war das denn ein Maßstab? Was war hier überhaupt ein Maßstab? Wie *konnte* man so etwas entscheiden?

Die Bäume rasten an uns vorbei. Wie ein einäugiger Toter blickte der Mond auf uns herab.

»Du solltest dich beeilen, Mann«, sagte George Staub. »Langsam verlassen wir die Wildnis.«

Ich öffnete den Mund und versuchte zu sprechen. Kein Ton kam heraus.

»Hier, eins ist noch da«, sagte er und griff hinter sich. Wieder schob sich sein T-Shirt hoch, und zum zweiten Mal wurde mir der Anblick seiner zusammengestichelten Bauchdecke zuteil. (Ich hätte gut und gern darauf verzichten können.) Befanden sich dahinter noch richtige Organe und Eingeweide oder nur chemiegetränkter Mull? Als er die Hand wieder nach vorn holte, hielt sie eine Dose Bier, vermutlich eine von denen, die er auf seiner letzten Fahrt im Laden an der Staatsgrenze gekauft hatte.

»Ich weiß, wie das ist«, sagte er. »Stress macht einen trockenen Mund. Hier, nimm.«

Er reichte mir die Dose. Ich nahm sie, riss sie auf und nahm einen tiefen Schluck. Das Bier schmeckte kalt und bitter. Seither habe ich nie wieder Bier getrunken. Ich bekomme es einfach nicht die Kehle hinunter. Ich kann es ja kaum ertragen, die Werbung im Fernsehen anzusehen.

Vor uns in der Dunkelheit schimmerte gelbliches Licht auf.

»Mach schon, Al. Du solltest dich beeilen. Das ist das erste Haus, oben auf dem Hügel. Wenn du mir etwas sagen willst, dann besser jetzt.«

Das Licht verschwand, kam wieder, aber nun waren es mehrere Lichter. In ihrem Schein taten Leute ganz normale Dinge: sahen fern, fütterten ihre Katze, saßen vielleicht auf dem Klo.

Ich dachte daran, wie wir in dieser Schlange in Thrill Village gestanden hatten, Jean und Alan Parker, eine dicke Frau mit Schweißflecken unter den Achselhöhlen und ihr kleiner Sohn. Sie hatte keine Lust gehabt, sich da anzustellen, genau wie Staub es gesagt hatte. Aber ich bettelte und bettelte ... Ihr war die Hand ausgerutscht, aber sie hatte sich mit mir angestellt. Sie hatte mit mir in zahllosen Schlangen gestanden, ich konnte mich an jede erinnern, an die Auseinandersetzungen, das Für und Wider – doch mir blieb keine Zeit.

»Nimm sie«, sagte ich, als die Lichter der ersten Häuser immer näher auf den Mustang zukamen. Meine Stimme hörte sich heiser, rau und laut an. »Nimm sie mit, nimm meine Ma. Nicht mich.«

Ich warf die Bierdose auf den Boden und schlug die Hände vors Gesicht. Er streckte die Hand aus, berührte mich, berührte die Vorderfront meines Hemdes, machte sich da zu schaffen. Plötzlich – und sehr klar – zuckte mir durch den

Kopf, dass alles eine Prüfung gewesen war. Ich hatte versagt, und nun würde er mir das Herz aus der Brust reißen wie ein böser Dschinn aus einem dieser grausamen arabischen Märchen. Ich schrie laut auf. Seine Finger ließen mich los, als hätte er sich in letzter Sekunde anders besonnen, und griff an mir vorbei. Einen Moment lang erfüllte sein Modergeruch so vollständig meine Nase und Lungen, dass ich tatsächlich glaubte, ich wäre tot. Dann hörte ich, wie die Tür aufging, frische Luft strömte herein und wehte den Totengeruch fort.

»Träum was Schönes, Alan«, knurrte er mir ins Ohr und stieß mich hinaus. Mit geschlossenen Augen und von mir gestreckten Händen stürzte ich in die windige Oktobernacht und bereitete mich auf einen knochenzerschmetternden Aufprall vor. Vielleicht habe ich wieder geschrien, erinnere mich aber nicht daran.

Der Aufprall wollte und wollte nicht kommen, und nach einer halben Ewigkeit begriff ich, dass ich bereits auf dem Boden lag, ich konnte die Erde unter mir spüren. Ich öffnete die Augen und kniff sie sofort wieder zu. Das helle Mondlicht blendete mich. Es schickte kleine Schmerzpfeile durch meinen Kopf, aber nicht hinter den Augen, wie sonst bei unerwartet hellem Licht, sondern weiter hinten, kurz oberhalb des Nackens. Ich spürte, dass mein Hintern, meine Beine feucht und kalt waren. Es scherte mich nicht. Ich lebte – nur das zählte.

Ich stützte mich auf die Ellbogen und öffnete erneut die Augen, aber diesmal vorsichtiger. Ich glaubte bereits zu wissen, wo ich lag, und als ich mich umsah, bestätigte sich meine Vermutung: Auf dem Rücken auf dem kleinen Friedhof an der Ridge Road. Der Mond stand jetzt fast direkt über mir, immer noch strahlend hell, aber sehr viel kleiner als noch vor kurzem. Auch der Nebel hatte sich verändert und lag nun wie eine dichte Decke über dem Friedhof. Wie Felseninseln ragten ein paar Grabsteine daraus hervor. Ich wollte aufstehen, aber wieder durchschnitt ein scharfer

Schmerz meinen Hinterkopf. Ich streckte tastend die Hand
aus und fühlte eine Beule. Und etwas Feuchtes. Ich betrachtete meine Hand. Im Mondlicht sah das Blut auf meiner
Handfläche schwarz aus.

Beim zweiten Versuch schaffte ich es, hochzukommen,
und schließlich stand ich schwankend zwischen den Grab-
steinen, knietief im Nebel. Ich blickte mich um, sah die Einfahrt in der Mauer und dahinter die Ridge Road. Meinen
Rucksack konnte ich wegen des Nebels nicht sehen, wusste
aber, dass er da sein würde. Ich musste mich nur an die linke
Radfurche halten, wenn ich zur Straße zurückging, da könnte ich ihn nicht verfehlen. Himmel, möglicherweise würde
ich sogar über ihn stolpern.

Kurz und gut, aber was war nun eigentlich wirklich passiert? Ich hatte auf diesem Hügel eine kleine Rast eingelegt,
war auf den Friedhof gegangen, um mich ein bisschen umzu-
sehen, und dann, auf dem Rückzug vom Grab eines gewissen George Staub, über meine großen, ungeschickten Füße
gestolpert. Beim Sturz hatte ich mir den Kopf an einem
Grabstein gestoßen. Wie lange war ich bewusstlos gewesen?
So schlau, die Zeit anhand der Mondstellung auf die Minute
genau bestimmen zu können, war ich nicht. Aber es musste
mindestens eine Stunde gewesen sein. Jedenfalls lange genug,
um zu träumen, ein Toter hätte angehalten und mich mitgenommen. Was für ein Toter? George Staub natürlich, der
Name, den ich als Letztes gelesen hatte, bevor ich ohnmäch-
tig geworden war. Das ist doch das klassische Ende von solchen Geschichten, oder? Großer Gott, was für ein grauenhafter Albtraum! Und wenn ich nach Lewiston kam und
feststellte, dass meine Mutter gestorben war? Nun, einfach
eine Vorahnung in einer düsternebligen Nacht, mehr nicht.
Es war so eine Geschichte, wie man sie Jahre später gern zum
Besten gibt, gegen Ende einer Party. Die Gäste nicken nachdenklich und ernst mit den Köpfen, und irgendein Schlau-
meier mit Lederflecken auf den Ellbogen seines Tweedsak-
kos merkt an, dass es mehr Dinge zwischen Himmel und

Erde gibt, als unsere Schulweisheit sich träumen lässt, und dann ...

»Von wegen«, krächzte ich. »Zum Teufel mit ›dann‹! Ich werde kein Sterbenswörtchen sagen. In meinem ganzen Leben nicht. Nicht einmal auf dem Totenbett.«

Denn es war alles genauso passiert, wie ich es in Erinnerung hatte, dessen war ich mir sicher. George Staub war vorbeigekommen und hatte mich mitgenommen, mit seinem wieder angenähten Kopf, anstatt ihn unter dem Arm zu tragen wie Ichabod Crane, und hatte von mir verlangt, dass ich wähle. Und beim Auftauchen des ersten erleuchteten Fensters *hatte* ich gewählt. Hatte das Leben meiner Mutter verschachert, ohne mit der Wimper zu zucken. Vielleicht kommt einem das verständlich vor, aber das machte meine Schuld nicht kleiner.

Nur gut, dass es niemand erfahren musste. Ihr Tod würde ganz natürlich aussehen – verdammt, er wäre ja auch ganz natürlich –, und ich war fest entschlossen, es dabei zu belassen.

Ich ging die linke Furche entlang zum Friedhofsausgang, und als mein Fuß gegen den Rucksack stieß, hob ich ihn auf und hängte ihn mir über die Schultern. Wie aufs Stichwort tauchten am Fuß des Hügels Scheinwerfer auf. Ich streckte den Daumen aus und war merkwürdig überzeugt, dass es sich um den alten Mann im Dodge handelte. Er fuhr diese Straße ab, um nach mir Ausschau zu halten. Natürlich, das gab der Geschichte den letzten Schliff.

Aber es war nicht der alte Knabe. Es war ein tabakkauender Farmer in einem Ford-Pick-up voller Apfelkörbe, ein absolut durchschnittlicher Bursche: weder alt noch tot.

»Wohin willst du, mein Sohn?«, fragte er, und als ich es ihm sagte, fügte er hinzu: »Liegt auf meinem Weg.« Knapp vierzig Minuten später, gegen zwanzig nach neun, hielt er vor dem Central Maine Medical Center. »Alles Gute, Junge. Ich hoffe, deine Ma ist auf dem Weg der Besserung.«

»Vielen Dank«, erwiderte ich und öffnete die Tür.

»Wie ich sehe, machst du dir große Sorgen, aber ich bin

fast sicher, dass es ihr bald wieder gut geht. Auf jeden Fall würde ich das da mit einem Desinfektionsmittel behandeln.« Er deutete auf meine Hände.

Ich sah sie mir an und bemerkte tiefe purpurfarbene Halbmonde auf den Handrücken. Ich erinnerte mich, dass ich die Finger verkrampft und die Nägel in die Handrücken gebohrt hatte. Und Staubs schwimmende Mondlichtaugen fielen mir wieder ein. »Bist du auch mit dem Bullet gefahren?«, hatte er mich gefragt. »Ich viermal.«

»Was ist, Junge?«, fragte der Mann im Pick-up. »Alles in Ordnung mit dir?«

»Was?«

»Du zitterst ja wie Espenlaub.«

»Mir geht's gut. Nochmals vielen Dank.« Ich schlug die Tür des Pick-up zu und lief an einer Reihe im Mondlicht schimmernder Rollstühle vorbei zum Eingang.

Ich ging zur Information und sagte mir, dass ich überrascht aussehen musste, wenn ich erfuhr, dass sie tot war. Ich musste überrascht aussehen, denn alles andere würden sie seltsam finden, vielleicht würden sie aber nur annehmen, ich stünde unter Schock … oder dass wir nicht gut miteinander ausgekommen waren oder …

Ich war so in Gedanken, dass ich zunächst nicht verstand, was die Frau hinter dem Schreibtisch zu mir sagte. Ich musste sie bitten, es zu wiederholen.

»Ich sagte, dass sie in Zimmer vierhundertsiebenundachtzig liegt. Aber Sie können jetzt nicht zu ihr. Die Besuchszeit geht nur bis neun.«

»Aber …« Plötzlich war mir so schwindlig, dass ich mich an der Schreibtischkante festhalten musste. Die grelle Neonbeleuchtung der Halle ließ die Nageleinschnitte auf meinen Handrücken auffällig hervortreten: acht kleine Purpurhalbmonde unterhalb der Fingerknöchel, die irgendwie zu grinsen schienen. Der Mann im Pick-up hatte Recht. Ich sollte das wirklich desinfizieren.

Die Frau hinter dem Schreibtisch musterte mich mit Engelsgeduld. Auf dem Namensschild vor ihr stand: »Yvonne Ederle«.

»Aber es geht ihr gut?«

Sie zog ihren Computer zu Rate. »Hier ist ein Z vermerkt. Steht für zufrieden stellend. Und sie liegt auf der vierten Etage, das ist die normale Pflegestation. Wenn es Ihrer Mutter schlechter ginge, befände sie sich auf der Intensivstation. Die ist im dritten Stock. Ich bin überzeugt, dass Sie Ihre Mutter relativ wohlauf finden, wenn Sie morgen wiederkommen. Die Besuchszeit beginnt um …«

»Sie ist meine Ma«, sagte ich. »Ich bin den ganzen Weg von der University of Maine hierher getrampt, um bei ihr zu sein. Meinen Sie nicht, ich könnte kurz zu ihr? Nur für ein paar Minuten?«

»Für die nächsten Angehörigen werden mitunter Ausnahmen gemacht«, sagte sie und schenkte mir ein Lächeln. »Warten Sie einen Moment. Ich werde sehen, was ich tun kann.« Sie griff zum Telefon und drückte auf ein paar Tasten, zweifellos, um das Schwesternzimmer im vierten Stock anzurufen, und ich sah den Ablauf der nächsten zwei Minuten so deutlich vor mir, als hätte ich tatsächlich das Zweite Gesicht. Yvonne Ederle, die Diensthabende der Information, würde fragen, ob der Sohn von Jean Parker in Zimmer vierachtsieben kurz hinaufkommen könnte – nur, um seiner Mutter einen Kuss zu geben und ihr tröstend die Hand zu drücken –, woraufhin die Schwester erwidern würde: O Gott, Mrs. Parker ist vor knapp fünfzehn Minuten gestorben. Wir haben sie gerade in den Leichenkeller bringen lassen, hatten aber noch keine Zeit, die Computerangaben zu aktualisieren. Wie furchtbar …

»Muriel? Hier ist Yvonne«, hörte ich. »Hier vor mir steht ein junger Mann. Er heißt …« Mit hochgezogenen Brauen sah sie mich fragend an, und ich nannte ihr meinen Namen. »Alan Parker. Seine Mutter Jean Parker liegt in viersiebenundachtzig. Er bittet uns, ob er nicht kurz …«

Sie verstummte, lauschte. Die Schwester am anderen Ende

der Leitung teilte ihr zweifellos mit, dass Jean Parker verschieden war.

»Gut«, sagte Yvonne Ederle. »Ja, verstehe.« Sie schwieg einen Moment, starrte ins Leere, drückte dann die Sprechmuschel gegen ihre Schulter und sagte: »Sie schickt Anne Corrigan, damit sie kurz nach Ihrer Mutter sieht. Das dauert nur eine Sekunde.«

»Es nimmt und nimmt kein Ende«, sagte ich.

Yvonne Ederle runzelte die Stirn. »Wie bitte?«

»Nichts. Aber es war eine lange Fahrt und ...«

»Und Sie haben sich Sorgen um Ihre Mom gemacht. Das ist doch verständlich. Ich finde, Sie sind ein guter Sohn, dass Sie einfach alles stehen und liegen gelassen haben, um möglichst schnell hier zu sein.«

Ich vermutete, dass Yvonne Ederles gute Meinung von mir ins Gegenteil umgeschlagen wäre, wenn sie meine Unterhaltung mit dem jungen Mann am Steuer des Mustang gehört hätte. Aber das hatte sie natürlich nicht. Das war Georges und mein kleines Geheimnis.

Stunden schienen zu vergehen. Ich stand unter den grellen Neonröhren und wartete darauf, dass die Schwester in der vierten Etage wieder zum Hörer griff. Vor Yvonne Ederle lagen Papiere. Sie fuhr mit einem Stift eine Reihe von Namen entlang und machte hinter einigen von ihnen saubere kleine Kringel oder Haken. Wenn es den Engel des Todes wirklich gibt, schoss es mir durch den Kopf, dann war er oder sie genau wie Yvonne Ederle, eine leicht überarbeitete Sachbearbeiterin mit einem Schreibtisch, einem Computer und zu viel Papierkram. Sie hielt den Hörer zwischen Ohr und einer Schulter eingeklemmt. Der Lautsprecher verkündete, dass Dr. Farquhar in der Radiologie erwartet wurde, Dr. Farquhar, bitte. Im vierten Stock würde eine Schwester namens Anne Corrigan in diesem Moment meine Mutter entdecken, wie sie mit offenen Augen tot im Bett lag, während sich ihr durch den Schlaganfall schief stehender Mund endlich entspannte.

Yvonne Ederle hob den Hörer ans Ohr. »In Ordnung, ja, verstehe. Natürlich werde ich das tun. Vielen Dank, Muriel.« Sie legte den Hörer auf und sah mich ernst an. »Muriel meint, Sie könnten heraufkommen, aber nur fünf Minuten lang. Ihre Mutter hat ihre Medikamente für die Nacht bereits bekommen und ist sehr benommen.«

Ich starrte sie mit offenem Mund an.

Ihr Lächeln verblich. »Sind Sie sicher, dass alles mit Ihnen in Ordnung ist, Mister Parker?«

»Ja. Wahrscheinlich ist es nur so ... Ich hab wohl nur gedacht ...«

Sie lächelte wieder, diesmal voller Mitgefühl. »Das geht vielen Leuten so. Und das ist nur verständlich. Man erhält unerwartet einen Anruf, rast ins Krankenhaus ... Da ist es nur verständlich, das Schlimmste anzunehmen. Aber Muriel würde Sie nie heraufkommen lassen, wenn es Ihrer Mutter nicht gut ginge. Das können Sie mir glauben.«

»Danke«, sagte ich. »Vielen Dank.«

»Mister Parker?«, fragte sie, als ich mich schon abwenden wollte. »Sagten Sie nicht, Sie kämen aus dem Norden, von der University of Maine? Darf ich Sie vielleicht fragen, warum Sie diesen Button tragen? Thrill Village liegt doch in New Hampshire, oder?«

Verblüfft blickte ich an mir herab und sah den Button an der Brusttasche meines Hemdes: »Ich bin in Thrill Village, Laconia, mit dem *BULLET* gefahren.« Ich hatte geglaubt, er wollte mir das Herz aus der Brust reißen, aber nun begriff ich, dass er mir stattdessen den Button ans Hemd steckte, bevor er mich in die Dunkelheit hinausstieß. Das war seine Art, mich zu brandmarken, es mir unmöglich zu machen, unsere Begegnung als Albtraum abzutun. Die Nagelabdrücke auf meiner Hand waren ein Beweis, der Button ein weiterer Beweis. Er hatte mich vor die Wahl gestellt, und ich hatte mich entschieden.

Wie war es da möglich, dass meine Mutter noch lebte?

»Der hier?« Ich fuhr mit dem Daumen über den Button,

polierte ihn sogar ein bisschen. »Das ist mein Talisman.« Die Lüge war so ungeheuerlich, dass man ihr eine gewisse Brillanz nicht absprechen konnte. »Ich bekam ihn, als ich vor vielen Jahren mit meiner Mutter in Thrill Village war. Sie hat mich mit dem Bullet fahren lassen.«

Yvonne Ederle, die Dame von der Information, lächelte, als wäre das das Bezauberndste, was sie jemals gehört hatte. »Geben Sie Ihrer Mom einen dicken Kuss«, sagte sie. »Wenn sie Sie sieht, wird sie besser schlafen können als mit allen Tabletten der Welt.« Sie hob die Hand. »Die Fahrstühle sind da drüben, gleich um die Ecke.«

Da die Besuchszeit ja um war, wartete ich als Einziger auf den Lift. Ich entdeckte einen Papierkorb, gleich neben der Tür zum längst geschlossenen Zeitungskiosk. Ich riss mir den Button vom Hemd und warf ihn in den Korb. Dann wischte ich mir die Hand an den Hosen ab. Ich wischte noch immer, als sich die Fahrstuhltüren öffneten. Ich trat hinein und drückte auf die Vier. Die Kabine setzte sich in Bewegung. Über den Tasten rief ein Plakat zu einer Blutspendeaktion in der folgenden Woche auf. Ich las es, und mir kam eine Idee. Nein, es war weniger eine Idee als eine Gewissheit. Meine Mutter starb, in dieser Sekunde, während ich in diesem langsamen Fahrstuhl zu ihr hinauffuhr. Ich hatte mich entschieden. Daher fiel es mir zu, sie zu finden. Logisch.

Die Lifttüren öffneten sich und gaben den Blick auf ein weiteres Plakat frei. Ein Zeigefinger vor knallroten, vollen Lippen. »Ruhe bitte. Unsere Patienten danken es Ihnen«, stand darunter. Ein Korridor erstreckte sich nach links und rechts. Die Zimmer mit den ungeraden Zahlen befanden sich links vom Fahrstuhl. Ich ging den Flur entlang, und mit jedem Schritt wurden meine Sneakers schwerer. Auf Höhe der Siebziger-Nummern wurde ich langsamer und blieb zwischen 481 und 483 ganz stehen. Ich brachte es einfach nicht fertig. Kalter, klebriger Schweiß rann mir aus den Haaren in den Nacken. Mein Magen verkrampfte sich zu einem festen

Knoten. Nein, unmöglich. Am besten wäre es, auf dem Absatz kehrtzumachen und zu türmen. Ich war nun mal ein erbärmlicher Feigling. Ich würde nach Harlow hinaustrampen und morgen früh Mrs. McCurdy anrufen. Morgens wäre alles leichter zu ertragen.

Ich wollte mich gerade umdrehen, als eine Schwester zwei Zimmer weiter den Kopf aus der Tür steckte, aus dem Zimmer meiner Mutter. »Mister Parker?«, fragte sie leise.

Eine Sekunde lang wollte ich leugnen. Dann nickte ich.

»Kommen Sie. Schnell. Sie ist gleich hinüber.«

Mit diesen Worten hatte ich gerechnet, dennoch schickten sie mir einen kalten Schauer über den Rücken und ließen mir die Knie weich werden.

Die Schwester merkte das und kam hastig und mit besorgter Miene auf mich zugeeilt. »Anne Corrigan« stand auf dem goldenen Namensschildchen an ihrer Brust. »Nein, nein! Ich meinte das Schlafmittel. Sie wird gleich einschlafen. O Gott, bin ich dumm. Es geht ihr gut, Mister Parker. Ich habe ihr eine Pille gegeben, und gleich wird sie einschlafen. Das ist alles. Sie werden mir doch nicht etwa umkippen, oder?« Sie fasste nach meinem Arm.

»Nein«, versicherte ich tapfer, obwohl ich das so genau gar nicht wusste. Die Welt begann zu schwanken, und da war ein seltsames Summen in meinen Ohren. Ich dachte daran, wie die Fahrbahn unter uns weggeglitten war, eine Schwarzweißfilmstraße im silbernen Mondlicht. »Bist du auch mit dem Bullet gefahren? Ich viermal. Mannomann!«

Anne Corrigan führte mich ins Zimmer, und ich sah meine Mutter. Sie war immer eine stämmige Frau gewesen, und das Krankenhausbett war schmal und kurz, aber trotzdem schien sie sich fast darin zu verlieren. Ihr mittlerweile graues Haar breitete sich auf dem Kissen aus. Ihre Hände lagen auf der Bettdecke wie Kinderhände oder die einer Puppe. Ihr Mund war nicht verzerrt, wie ich es mir vorgestellt hatte, aber ihr Teint sah ganz gelb aus. Sie hatte die Augen geschlossen, öffnete sie aber, als die Schwester sie leise ansprach. Sie waren tiefblau und irisierend, das Jüngste an ihr, und absolut lebendig. Einen Moment lang blickte sie ins Leere, dann entdeckte sie mich. Sie lächelte und versuchte, mir die Arme entgegenzustrecken. Einer gehorchte. Der andere zitterte, hob sich ein wenig, sank wieder auf die Decke. »Al«, flüsterte sie.

Ich trat auf sie zu und begann zu schluchzen. An der Wand stand ein Stuhl, aber den beachtete ich gar nicht. Ich kniete mich neben das Bett und schlang meine Arme um sie. Sie war warm und roch nach Seife und sauberer Wäsche. Ich küsste sie auf die Schläfe, die Wange, den Mundwinkel. Sie hob ihre bewegliche Hand und tupfte mit den Fingern unter meinem Auge herum.

»Nicht weinen«, flüsterte sie. »Dazu besteht absolut kein Grund.«

»Ich bin so schnell gekommen, wie ich konnte. Betsy McCurdy hat mich angerufen.«

»Am Wochenende, habe ich zu ihr gesagt. Zum Wochenende ist früh genug.«

»Unsinn«, sagte ich und zog sie eng an mich.

»Ist dein ... Auto repariert?«

»Nein, ich bin per Anhalter gekommen.«

»Du meine Güte«, sagte sie. Jeder Satz strengte sie an, aber sie nuschelte nicht, und ich konnte keinerlei Anzeichen für Desorientierung oder Verwirrung entdecken. Sie wusste, wer sie war, wer ich war, wo wir uns befanden und warum. Der einzige Hinweis darauf, dass etwas nicht stimmte, war ihr offenbar leicht gelähmter linker Arm. Ich verspürte unendliche Erleichterung. Alles war nur ein grausamer, schlechter Scherz von Staub gewesen ... aber vielleicht nicht einmal das. Vielleicht hatte es sich doch nur um einen Albtraum gehandelt. Jetzt, da ich neben ihrem Bett kniete, sie in den Armen hielt, einen leichten Anflug ihres Lanvin-Parfums roch, kam mir die Vorstellung, es könnte ein Traum gewesen sein, sehr viel plausibler vor.

»Al? Da ist ja Blut auf deinem Kragen.« Ihre Augen fielen

zu, und sie öffnete sie langsam wieder. Offenbar waren ihre Lider so schwer geworden wie meine Sneakers draußen auf dem Flur.

»Ich habe mir den Kopf gestoßen, Ma. Das ist alles.«

»Gut. Aber … du musst … vorsichtiger sein.« Wieder schlossen sich ihre Augen, ließen sich offenbar noch schwerer öffnen.

»Ich glaube, es ist besser, wenn wir sie jetzt schlafen lassen, Mister Parker«, sagte die Schwester hinter mir. »Sie hat einen extrem anstrengenden Tag hinter sich.«

»Ich weiß.« Ich küsste sie noch einmal auf den Mundwinkel. »Ich gehe jetzt, Ma, aber morgen komme ich wieder.«

»Aber nicht trampen … Zu gefährlich.«

»Nein. Ich werde Mistress McCurdy bitten, mich herzufahren. Aber jetzt musst du schlafen, dich ausruhen.«

»Ich mache ja nichts anderes«, sagte sie. »Ich wollte auf der Arbeit gerade den Geschirrspüler ausräumen. Plötzlich bekam ich wahnsinnige Kopfschmerzen. Dann wurde mir schwarz vor Augen, und ich bin erst hier wieder wach geworden.« Sie sah mir in die Augen. »War ein Schlaganfall«, sagt der Arzt. »Aber nicht allzu schlimm.«

»Es geht dir bald wieder gut.« Ich stand auf und griff nach ihrer Hand. Die Haut war dünn und weich wie Waschseide. Die Hand eines alten Menschen.

»Ich habe geträumt, dass wir in diesem Vergnügungspark in New Hampshire waren«, sagte sie.

Ich spürte, wie mir eiskalt wurde. »Tatsächlich?«

»Ja. Wir standen vor dieser Attraktion an, diesem Ding, das so hoch raufgeht. Weißt du noch, wie es hieß?«

»Bullet. Ja, ich erinnere mich, Ma.«

»Du hattest Angst, und ich habe mit dir geschimpft. Dich angeschrien.«

»Nein, Ma, du …«

Ihre Hand drückte meine, und ihre Mundwinkel zogen sich nach unten. Es war eine Andeutung ihrer alten Ungeduld.

»Doch. Ich habe dich angeschrien und dir einen Katzen-
kopf verpasst. In den Nacken, war es nicht so?«

»Vermutlich ja«, sagte ich ergeben. »Jedenfalls hast du
meistens dorthin gelangt.«

»Das hätte ich nicht tun dürfen. Es war so heiß, und ich
war müde, dennoch hätte ich es nicht tun dürfen. Ich wollte
dir sagen, dass es mir Leid tut.«

Meine Augen begannen wieder zu tropfen. »Das ist schon
in Ordnung, Ma. Das ist doch ewig her.«

»Aber du bist nie mit dem Ding gefahren«, flüsterte sie.

»Doch. Letztendlich doch.«

Lächelnd sah sie zu mir auf. Sie wirkte klein und hinfällig,
ganz anders als die wütende, schwitzende, kräftige Frau, die
mich angeschrien hatte, als wir endlich zur Spitze der Schlange vorgedrungen waren, und mir dann einen derben Knuff
in den Nacken versetzt hatte. Irgendeiner der anderen War-
tenden muss komisch geguckt haben, denn ich weiß noch,
was sie sagte, als sie meine Hand packte und mich fortzerrte:
»Was gibt es da zu gaffen, Freundchen?« Ich schniefte und
rieb mir den Nacken, obwohl sie so heftig gar nicht zuge-
schlagen hatte. Vor allem erinnerte ich mich daran, wie froh
ich gewesen war, dieser mordsgefährlichen Konstruktion zu
entkommen, in der die Leute schrien, als steckten sie am
Spieß.

»Mister Parker, Sie sollten jetzt wirklich gehen«, mahnte
die Schwester.

Ich hob die Hand meiner Mutter an die Lippen und küsste sie. »Morgen komme ich wieder. Ich hab dich sehr lieb,
Ma.«

»Ich dich auch, Al. Ich entschuldige mich für die vielen
Male, in denen ich dir eine gelangt habe. Das hätte nie geschehen dürfen.«

Aber es war geschehen. Sie konnte nicht anders. Ich wusste nicht, wie ich ihr sagen sollte, dass ich das verstand und
akzeptierte. Das gehörte zu unserem Familiengeheimnis, war
wie ein unausgesprochenes Einvernehmen.

»Morgen komme ich wieder. Okay?«

Sie antwortete nicht. Ihre Lider waren wieder zugefallen und öffneten sich nicht mehr. Sie atmete ruhig und regelmäßig. Ich verließ das Zimmer rückwärts, ließ sie keine Sekunde aus den Augen.

»Wird sie wieder gesund?«, fragte ich die Schwester auf dem Flur. »Wieder ganz richtig gesund?«

»Das kann niemand mit hundertprozentiger Sicherheit vorhersagen, Mister Parker. Ihre Mutter ist Doktor Nunnallys Patientin. Er ist ein sehr guter Arzt und kommt morgen Nachmittag auf die Station. Dann können Sie ihn fragen …«

»Sagen Sie mir Ihre Meinung.«

»Ich glaube, dass sie wieder gesund wird«, sagte die Schwester und begleitete mich zum Fahrstuhl. »Ihr körperlicher Zustand ist nicht schlecht, und alle Untersuchungen weisen auf einen nur leichten Schlaganfall hin.« Sie verstummte und runzelte kaum merklich die Stirn. »Sie wird natürlich einiges ändern müssen … an ihrer Ernährung, ihren Gewohnheiten …«

»Sie sollte das Rauchen aufgeben, meinen Sie.«

»Aber ja. Damit muss sie aufhören.« Sie sagte es, als könnte man eine lebenslange Angewohnheit so einfach loswerden wie einen leeren Joghurtbecher. Ich drückte auf die Fahrstuhltasten, und die Tür der Kabine, mit der ich heraufgefahren war, glitt im Handumdrehen auf. Außerhalb der Besuchszeiten war im CMMC eindeutig nicht mehr viel los.

»Vielen Dank«, sagte ich.

»Keine Ursache. Tut mir Leid, dass ich Sie erschreckt habe. Meine Formulierung war unglaublich töricht.«

»Das macht doch nichts«, entgegnete ich, obwohl ich ihr innerlich zustimmte. »Nicht der Rede wert.«

Ich betrat den Lift und drückte den Knopf fürs Erdgeschoss. Die Schwester winkte mir zu. Ich winkte zurück, dann schloss sich die Tür zwischen uns. Die Kabine glitt abwärts. Ich betrachtete die Einschnitte auf meinen Händen und kam mir unvorstellbar schäbig vor, wie der letzte Abschaum. Selbst wenn ich nur einen bösen Traum gehabt hatte, war ich der Mieseste unter den Miesen. »Nimm sie«, hatte ich gesagt. Obwohl sie meine *Mutter* war, hatte ich gesagt: »Nimm sie mit, nicht mich.« Sie hatte mich aufgezogen, für mich Überstunden gemacht, an einem glutheißen Sommertag in einem schäbigen kleinen Vergnügungspark in New Hampshire mit mir Schlange gestanden, aber als es drauf ankam, hatte ich kaum eine Sekunde gezögert. »Nimm sie mit, nicht mich.« Was für ein gemeiner Feigling ich doch war!

Als sich die Fahrstuhltüren öffneten, trat ich hinaus und hob den Deckel vom Abfallkorb. Und da lag er, in einem fast leeren Kaffee-Pappbecher: »Ich bin in Thrill Village, Laconia, mit dem *BULLET* gefahren.«

Ich beugte mich vor, fischte den Button aus der Kaffeelache, wischte ihn an meinen Jeans ab und steckte ihn in die Tasche. Es war nicht recht gewesen, ihn einfach wegzuwerfen. Er war jetzt mein Button – Glücksbringer oder Unheilbringer –, er gehörte mir. Auf dem Weg aus dem Krankenhaus winkte ich Yvonne Ederle kurz zu. Draußen zog der Mond seine Bahn und übergoss die Welt mit seinem eigenartigen, traumhaften Licht. Nie zuvor in meinem Leben hatte ich mich derart erschöpft und mutlos gefühlt. Ich wünschte, ich könnte mich noch einmal entscheiden. Jetzt wäre die Antwort anders ausgefallen. Und das war merkwürdig, denn hätte ich meine Mutter – wie von mir erwartet – nicht mehr lebend angetroffen, hätte ich mich irgendwie damit abfinden können. Wäre das denn nicht ein passendes Ende für eine derartige Geschichte gewesen?

»In der Stadt nimmt niemand einen Tramper mit«, hatte der alte Mann mit dem Leistenbruch gesagt. Wie wahr. Ich lief quer durch Lewiston – dreizehn Blocks Lisbon Street, neun Blocks Canal Street, vorbei an all den Bars, in denen Jukeboxes alte Songs von Foreigner, Led Zeppelin und AC/DC auf Französisch spielten –, ohne nur einmal den Daumen zu heben. Es hätte doch nichts gebracht.

Weit nach elf erreichte ich die DeMuth Bridge, und prompt hielt drüben, auf der Harlower Seite, der erste Wagen, dem ich meinen Daumen entgegenreckte. Vierzig Minuten später zog ich den Schlüssel unter der roten Schubkarre neben der Schuppentür hervor und lag noch zehn Minuten später im Bett. Bevor ich eindöste, kam mir der Gedanke, dass ich zum ersten Mal in meinem Leben ganz allein unter diesem Dach schlief.

Kurz nach zwölf Uhr mittags weckte mich das Telefon. Ich war überzeugt, es wäre das Krankenhaus, das mir mitteilen ließ, der Zustand meiner Mutter hätte sich unerwartet so verschlechtert, dass sie bedauerlicherweise vor wenigen Minuten verschieden sei. Doch es war nur Mrs. McCurdy, die sich erkundigte, ob ich gut nach Hause gekommen war, die mich über meinen Besuch im Krankenhaus ausfragte (wiederholt und so intensiv, dass ich mir schließlich vorkam wie unter Mordanklage) und dann wissen wollte, ob sie mich am Nachmittag abholen solle, wenn sie ins Krankenhaus fuhr. Aber ja, sagte ich. Das wäre großartig.

Nachdem ich den Hörer aufgelegt hatte, ging ich zur Schlafzimmertür. Dort hing ein langer Spiegel. In ihm erblickte ich einen hoch gewachsenen, unrasierten jungen Mann in schlabbrigen Unterhosen über der beginnenden Wampe. »Du musst dich zusammenreißen, alter Junge«, befahl ich meinem Spiegelbild. »Du kannst nicht den Rest deines Lebens jedes Mal zusammenschrecken, wenn das Telefon klingelt, weil du denkst, jemand will dir den Tod deiner Mutter mitteilen.«

Aber das würde ich ja gar nicht. Die Zeit würde die Erinnerung verblassen lassen, das hat die Zeit so an sich. Aber es war erstaunlich, wie unmittelbar und real mir der vergangene Abend vorkam. Jede Einzelheit stand ganz deutlich vor mir. Ich sah Staubs gut geschnittenes, junges Gesicht unter der umgedrehten Basecap, die Zigarette hinter seinem Ohr, und wie die Rauchfähnchen aus seiner zusammengestichelten Halswunde aufstiegen, wenn er inhalierte. Ich hörte, wie er die Geschichte von dem spottbilligen Cadillac erzählte. Irgendwann würde die Zeit die Details verschwimmen lassen, die Ecken und Kanten abschleifen, doch jetzt noch nicht, noch lange nicht. Und ich hatte den Button, er lag auf der Kommode neben der Badezimmertür. Der Button war mein Souvenir. Hatte der Held einer Gespenstergeschichte nicht immer ein Souvenir, irgendeinen Gegenstand, der bewies, dass alles wirklich und wahrhaftig geschehen war?

In der Ecke des Zimmers stand eine uralte Stereoanlage, und ich kramte in meinen alten Aufnahmen, damit mir beim Rasieren die Zeit schneller verging. Ich fand eine Kassette mit der Aufschrift »Folk Mix« und legte sie auf. Ich hatte sie in meinen Highschool-Tagen aufgenommen und konnte mich kaum erinnern, was darauf war. Bob Dylan beklagte den einsamen Tod von Hattie Carroll, Tom Paxton besang seinen Streuner-Kumpel, und dann setzte Dave Van Ronk zum *Cocaine Blues* an. Mitten in der dritten Strophe ließ ich den Rasierapparat sinken. »*Got a headful of whiskey and a bellyful of gin*«, röhrte Dave mit seiner heiseren Stimme. »*Doctor say it kill me but he don't say when.*« Das war es, natürlich! Mein Schuldbewusstsein hatte mich zu der Annahme verleitet, dass meine Mutter *sofort* sterben würde, und Staub hatte diese Annahme nicht korrigiert – wie auch, da ich ihn nie danach gefragt hatte –, obwohl sie eindeutig falsch war.

Der Arzt sagt, das wird mich umbringen, aber wann, das sagt er nicht ...

Warum in Gottes Namen quälte ich mich eigentlich so? Entsprach meine Entscheidung nicht mehr oder weniger dem natürlichen Lauf der Dinge? Ist es nicht normal, dass Kinder ihre Eltern überleben? Dieser Mistkerl hatte versucht, mir Angst einzujagen, mir Gewissensbisse einzureden, aber ich brauchte schließlich nicht auf ihn hereinzufallen, oder? Müssen wir letztendlich nicht alle ins Gras beißen?

Du versuchst nur, dich reinzuwaschen. Suchst nach Argu-

menten. Deine Überlegungen haben durchaus etwas für sich,
aber als er dich vor die Wahl stellte, hast du dich entschie-
den. Da beißt die Maus keinen Faden ab, alter Junge. Du
hast dich für sie entschieden.

Ich öffnete die Augen und betrachtete mich im Spiegel.
»Ich habe getan, was ich tun musste.« Ich glaubte nicht
ganz, was ich da sagte, nahm aber an, dass ich mich mit der
Zeit davon überzeugen würde.

Als Mrs. McCurdy und ich meine Mutter besuchten, ging
es ihr ein bisschen besser. Ich fragte sie, ob sie sich an ihren
Traum von Thrill Village erinnerte. Sie schüttelte den Kopf.
»Ich kann mich kaum erinnern, dass du gestern hier warst«,
sagte sie. »Ich war schrecklich müde. Macht das was?«

»Nein«, erwiderte ich und gab ihr einen Kuss auf die
Schläfe. »Überhaupt nichts.«

Fünf Tage später wurde meine Ma aus dem Krankenhaus
entlassen. Zunächst hatte sie noch ein paar Probleme mit
dem Laufen, sie hinkte ein bisschen, aber das legte sich, und
einen Monat später ging sie wieder zur Arbeit. Erst halbtags,
dann ganztags, als wäre nichts gewesen. Ich ging wieder auf
die Uni und bekam einen Job bei Pat's Pizza im Ortszentrum
von Orono. Die Bezahlung war zwar nicht gerade berau-
schend, reichte aber, um mein Auto auf Vordermann bringen
zu lassen. Und das war gut. Meinen ohnehin wenig ausge-
prägten Gefallen am Trampen hatte ich endgültig verloren.

Meine Mutter versuchte, mit dem Rauchen aufzuhören,
und eine Zeit lang gelang es ihr auch. Aber dann kam ich
einen Tag früher als geplant in den Aprilferien nach Hause,
und die Küche war so verraucht wie eh und je. Sie sah mich
mit einer Mischung aus Scham und Trotz an. »Ich schaffe es
nicht«, sagte sie. »Tut mir Leid, Al. Ich weiß, du willst, dass
ich aufhöre, ich weiß auch, dass es besser für mich wäre,
aber ohne Zigaretten fehlt mir einfach etwas. Etwas ganz
Wesentliches in meinem Leben. Hätte ich doch bloß nie damit angefangen.«

Zwei Wochen nach meinem Collegeabschluss erlitt meine Ma einen weiteren Schlaganfall – wieder nur einen leichten. Auf dringendes Anraten des Arztes versuchte sie noch einmal, mit dem Rauchen aufzuhören, nahm aber fünfzig Pfund zu und fing wieder an. So wie ein Hund zu seinem Auswurf zurückkehret, heißt es, glaube ich, in der Bibel. Dieser Spruch hat mir schon immer gefallen.

Ich bekam auf Anhieb eine recht gute Anstellung in Portland – wahrscheinlich pures Glück – und nahm es in Angriff, sie zur Aufgabe ihres Jobs zu überreden. Leicht war es nicht. Vielleicht hätte ich irgendwann resigniert, aber eine gewisse Erinnerung bewog mich, unermüdlich an ihrem Widerstand zu sägen.

»Du solltest etwas für dich auf die Seite legen«, hielt sie mir vor. »Du wirst irgendwann heiraten wollen, Al, und was du jetzt für mich ausgibst, fehlt dir dann. Für dein eigenes Leben.«

»Du bist mein Leben«, sagte ich und gab ihr einen Kuss. »Ob es dir gefällt oder nicht – so ist es nun mal.«

Schließlich warf sie das Handtuch.

Danach hatten wir noch ein paar sehr schöne Jahre – sieben alles in allem. Ich wohnte nicht bei ihr, besuchte sie aber fast täglich. Wir spielten zahllose Partien Gin Rummy und sahen uns jede Menge Videofilme auf dem Recorder an, den ich ihr kaufte. Und lachten, dass sich die Balken bogen, um sie zu zitieren. Ich weiß nicht, ob ich diese Jahre George Staub verdanke oder nicht, aber es waren gute Jahre. Und meine Erinnerung an den Abend, an dem ich Staub begegnete, verblich nicht und nahm keineswegs traumhafte Formen an, wie ich es erwartet hatte. Von der Aufforderung des alten Mannes, mir beim Vollmond etwas zu wünschen, bis zu Staubs Fingern, die an meinem Hemd nestelten, um mir den Button anzustecken, blieb mir jedes Detail deutlich im Gedächtnis. Aber dann kam der Tag, an dem ich den Button nicht mehr finden konnte. Beim Umzug in mein kleines Apartment in Falmouth hatte ich ihn noch – er lag neben ein paar Kämmen, meinen Manschettenknöpfen und einem anderen Button mit der Aufschrift »Bill Clinton, the Safe Sax President« in der obersten Schublade meines Nachttischs. Als einen oder zwei Tage später das Telefon klingelte, wusste ich, warum Mrs. McCurdy schluchzte. Sie hatte mir das zu sagen, was ich trotz allem immer irgendwie erwartet hatte. Aus und vorbei.

Nach der Beerdigung, den schier endlosen Beileidswünschen, ging ich in das kleine Haus in Harlow, in dem meine Mutter ihre letzten Jahre mit Zigaretten und pudergezuckerten Doughnuts verbracht hatte. Früher kämpften Jean und Alan Parker gegen die Welt, jetzt gab es nur noch mich.

Ich sortierte ihre persönlichen Habseligkeiten, nahm die wenigen Papiere an mich, um mich später mit ihnen zu befassen, deponierte die Sachen, die ich behalten wollte, in einer Ecke des Zimmers und die für die Altkleidersammlung in einer anderen. Schließlich ging ich in die Knie und sah unter ihrem Bett nach. Und dort fand ich, wonach ich die ganze Zeit insgeheim, ohne es mir einzugestehen, gesucht hatte: Einen staubigen Button mit der Aufschrift »Ich bin in Thrill Village, Laconia, mit dem *BULLET* gefahren«. Ich nahm ihn in die Hand und schloss sie zur Faust. Die Nadel stach mir ins Fleisch, aber ich drückte noch fester zu. Der Schmerz war eine Art bitterer Genugtuung. Als ich die Faust öffnete, standen mir Tränen in den Augen, die Worte auf dem Button hatten sich verdoppelt und waren mit einer Art Schimmer überzogen. So als ob man sich einen 3-D-Film ohne Brille ansah.

»Bist du jetzt zufrieden?«, fragte ich in den stillen Raum hinein. »Reicht es dir endlich?« Natürlich bekam ich keine Antwort. »Aber warum das alles? Wo ist der verdammte Sinn?«

Immer noch keine Antwort. Wie denn auch? Man steht Schlange, das ist alles. Man steht Schlange und wünscht sich etwas beim fieberhaft leuchtenden Vollmond. Man steht

Schlange und hört, wie sie kreischen. Sie haben dafür bezahlt, in Angst und Schrecken versetzt zu werden, und auf
dem Bullet bekommt man immer was für sein Geld. Vielleicht fährt man mit, mit der Achterbahn, wenn man an der
Reihe ist, vielleicht reißt man aus. Es kommt wohl aufs
Gleiche raus, denke ich. Es sollte vielleicht mehr dahinter-
stecken, aber das tut es nicht: Aus und vorbei.

Nimm deinen Button, und hau endlich ab.

Der Glüggsbringer

Im Herbst 1996 fuhr ich mit meiner Harley-Davidson von Maine nach Kalifornien kreuz und quer durch die USA und legte bei unabhängigen Buchläden Zwischenstopps ein, um Werbung für meinen Roman Schlaflos – Insomnia *zu machen. Es war eine sehr schöne Reise. Der Höhepunkt war wahrscheinlich, als ich in Kansas auf der Eingangstreppe eines aufgegebenen Gemischtwarenladens saß und die Sonne im Westen unter- und den Vollmond im Osten aufgehen sah. Mir fiel eine Szene aus Pat Conroys Roman* Die Herren der Insel *ein, in der das Gleiche passiert und ein entzücktes Kind ruft:* »Oh, Mama, mach das noch mal!« *Später dann, in Nevada, übernachtete ich in einem baufälligen Hotel, in dem einem die Zimmermädchen, wenn sie abends die Bettdecke aufschlugen, einen Zwei-Dollar-Chip für die Spielautomaten aufs Kissen legten. Neben dem Chip lag immer eine kleine Karte, auf der so etwas stand wie:* »Hi, ich bin Marie. Viel Glück!« *Da fiel mir diese Geschichte ein. Ich schrieb sie mit der Hand auf Hotelbriefpapier.*

»Oh, du knickeriger Dreckskerl!«, rief sie in dem leeren Hotelzimmer aus, mehr überrascht als verärgert.

Dann – das war einfach ihre Art – begann Darlene Pullen zu lachen. Sie setzte sich mit dem Quarter in der einen Hand und dem Umschlag, aus dem er gefallen war, in der anderen auf den Stuhl neben dem zerwühlten, verlassenen Bett, sah zwischen ihnen hin und her und lachte, bis ihr Tränen aus den Augen liefen und über ihr Gesicht kullerten. Patsy, ihre Älteste, brauchte Zahnspangen. Darlene hatte absolut keine Ahnung, wie sie die bezahlen sollte, sie machte sich schon die ganze Woche Sorgen darüber, und wenn dies nicht der letzte Strohhalm war, was dann? Wenn man darüber nicht lachen konnte, was konnte man dann tun? Eine Pistole auftreiben und sich erschießen?

Die einzelnen Mädchen ließen den wichtigen Umschlag, den sie den »Honigtopf« nannten, an verschiedenen Stellen zurück. Die Schwedin Gerda, die in der Innenstadt auf den Strich gegangen war, bevor sie im vorigen Sommer bei einer Erweckungsversammlung in Tahoe Jesus gefunden hatte, lehnte ihren an eines der Zahnputzgläser; Melissa legte ihren Umschlag unter die TV-Fernbedienung. Darlene stellte ihren immer ans Telefon, und als sie heute Morgen hereingekommen war und den Umschlag von 322 stattdessen auf dem Kopfkissen liegen gesehen hatte, hatte sie gewusst, dass er etwas für sie dagelassen hatte.

Ja, das hatte er allerdings. Ein kleines Kupfersandwich, einen Vierteldollar. *In God We Trust.*

Ihr Lachen, das zu einem Kichern abgeflaut war, brach wieder schallend aus ihr heraus.

Der Honigtopf war auf der Vorderseite mit einem Text bedruckt und trug das Logo des Hotels: die von einem rautenförmigen Rahmen umgebene Silhouette eines Reiters auf einer Felsklippe.

Willkommen in Carson City, der freundlichsten Stadt Nevadas!, lautete der Text unter dem Logo. *Und willkommen im Hotel The Rancher's, der freundlichsten Herberge in Carson City! Ihr Zimmermädchen war* Darlene. *Sollte irgendwas nicht in Ordnung sein, wählen Sie bitte 0, und wir bringen es »pronto« in Ordnung. Dieser Umschlag steht Ihnen zur Verfügung, wenn Sie zufrieden waren und ein »kleines Extra« für dieses Zimmermädchen zurücklassen möchten.*

Nochmals willkommen in Carson und willkommen im Rancher's.

$$William\ Avery$$
Trail-Boss

Ziemlich oft war der Honigtopf leer – sie hatte Umschläge zerrissen im Papierkorb gefunden, zusammengeknüllt in einer Zimmerecke (als bringe die Vorstellung, dem Zimmermädchen ein Trinkgeld geben zu sollen, manche Gäste tatsächlich in Rage), in der Kloschüssel schwimmend –, aber manchmal enthielt er eine nette kleine Überraschung, vor allem wenn die Spielautomaten oder Spieltische es mit einem Gast gut gemeint hatten. Und 322 hatte seinen Umschlag sehr wohl benützt; er hatte ihr einen Quarter dagelassen, bei Gott! Davon konnte sie Patsys Zahnspangen bezahlen *und* das Sega-Spielsystem kaufen, das Pauls Herzenswunsch war. Er würde nicht mal bis Weihnachten warten müssen, er konnte es schon vorher bekommen – als ... als ...

»Als Geschenk zu Thanksgiving«, sagte sie. »Klar, warum nicht? Und ich bezahle die Kabelleute, damit wir das nicht aufgeben müssen, wir abonnieren sogar zusätzlich den Disney Channel, und ich kann endlich wegen meiner Rückenschmerzen zu einem Arzt gehen ... Scheiße, ich bin reich. Könnte ich Sie finden, Mister, würde ich auf die Knie fallen und Ihre gottverdammten Füße küssen.«

Dazu war keine Gelegenheit; 322 war längst fort. The Rancher's *war* vermutlich das beste Hotel in Carson City, aber die Gäste waren trotzdem fast ausschließlich Durchreisende. Kam Darlene um sieben Uhr durch den Hintereingang herein, standen sie auf, rasierten sich, duschten, schluckten manchmal auch Tabletten gegen ihren Kater. Während sie mit Gerda, Melissa und Jane (die Hausdame, die mit dem Atombusen und dem strengen, knallrot geschminkten Mund) im Haushaltsraum war, wo sie erst Kaffee trank, dann ihren Wagen auffüllte und sich auf den Tag

vorbereitete, checkten die Trucker und Cowboys und Reise-
vertreter aus und ließen ihre Honigtopf-Umschläge gefüllt
oder ungefüllt zurück.

322, dieser feine Herr, hatte einen Quarter in seinen gesteckt. Und wahrscheinlich auch in seiner Bettwäsche eine
Kleinigkeit für sie hinterlassen, ganz zu schweigen von einem
oder zwei Andenken in der Toilette, deren Spülung er nicht
betätigt hatte. Denn manche Leute konnten anscheinend nicht
aufhören, Geschenke zu machen. Das war einfach ihre Art.

Darlene seufzte, wischte ihre nassen Wangen mit dem
Saum ihrer Schürze ab und drückte den Umschlag zwischen
Daumen und Zeigefinger auf – 322 hatte sich sogar die
Mühe gemacht, ihn zuzukleben, und sie hatte in ihrem Eifer,
an den Inhalt heranzukommen, ein Ende abgerissen. Sie
wollte den Quarter wieder hineinwerfen, dann sah sie, dass
der Umschlag noch etwas enthielt: eine gekritzelte Mitteilung auf einem Blatt von dem Schreibblock, der in jedem
Zimmer lag. Sie angelte sie heraus.

Unter dem Reiter-Logo und den Worten NUR EIN PAAR
ZEILEN VON DER RANCH hatte 322 mit einem stumpfen Bleistift neun Wörter in Druckschrift hingekritzelt:

Dieser Quarter bringt Glügg! Echt wahr!
Sie haben Glügg!

»Klasse!«, sagte Darlene. »Ich habe zwei Kinder und einen
Mann, der sich beim Heimkommen von der Arbeit fünf
Jahre verspätet hat, und könnte ein bisschen Glück brauchen. Ehrlich, das könnte ich.« Dann lachte sie wieder – ein
kurzes Schnauben – und ließ den Quarter in den Umschlag
fallen. Sie ging ins Bad und warf einen Blick in die Kloschüssel. Nur klares Wasser – immerhin etwas.

Sie machte ihre Routinearbeit, und das dauerte nicht lange.
Der Quarter war ein boshafter Streich, vermutete sie, aber
ansonsten war 322 ein durchaus angenehmer Gast gewesen.

Keine Streifen oder Flecke auf der Bettwäsche, keine unangenehmen kleinen Überraschungen (in ihren fünf Berufsjahren als Zimmermädchen, in den fünf Jahren, seit Deke sie verlassen hatte, hatte sie mindestens viermal antrocknende Streifen von etwas, das nur Samenflüssigkeit sein konnte, auf dem Fernsehschirm und einmal eine stinkende Pissepfütze in einer Schreibtischschublade vorgefunden), nichts gestohlen. Sie brauchte wirklich nur Staub zu saugen, das Bett zu machen, Dusche und Waschbecken zu putzen und die Handtücher zu wechseln. Während sie das alles machte, stellte sie Vermutungen darüber an, wie 322 ausgesehen haben mochte, und was für ein Mann einer Frau, die als allein erziehende Mutter zwei Kinder durchzubringen versuchte, fünfundzwanzig Cents Trinkgeld zurückließ. Einer, der gleichzeitig lachen und bösartig sein konnte, vermutete sie; einer, der wahrscheinlich Tätowierungen auf den Armen hatte und wie der Kerl aussah, den Woody Harrelson in dem Film *Natural Born Killers* gespielt hatte.

Er weiß nichts über dich, dachte sie, als sie in den Flur hinaustrat und die Tür hinter sich schloss. *Wahrscheinlich war er betrunken, und das ist ihm witzig vorgekommen. Und es war irgendwie witzig; warum hast du sonst gelacht?*

Richtig. Warum hatte sie sonst gelacht?

Während sie ihren Wagen zu 323 weiterschob, überlegte sie sich, dass sie den Quarter Paul schenken würde. Von den beiden Kids war Paul derjenige, der meistens etwas zu kurz kam. Er war sieben, ein stiller Junge, der von einem Dauerschnupfen befallen zu sein schien. Darlene hatte außerdem den Verdacht, er könnte der einzige Siebenjährige in der sauberen Luft dieser hoch in der Wüste liegenden Stadt sein, der Anlagen zum Asthmatiker hatte.

Sie seufzte, benützte ihren Generalschlüssel für 323 und dachte dabei, sie könnte im Honigtopf dieses Zimmers vielleicht einen Fünfziger – oder sogar einen Hunderter – finden. Das war fast immer ihr erster Gedanke, wenn sie ein Zimmer betrat. Der Umschlag stand jedoch genau dort, wo

sie ihn zurückgelassen hatte, ans Telefon gelehnt, und obwohl sie ihn kontrollierte, nur um sich zu vergewissern,
wusste sie, dass er leer sein würde, und das war er auch.

323 *hatte* ihr jedoch eine Kleinigkeit im WC hinterlassen.

»Seht nur, das Glück rollt schon an«, sagte Darlene und
begann zu lachen, als sie die Klospülung betätigte – das war
einfach ihre Art.

In der Halle des Rancher's stand ein einarmiger Bandit – nur
ein einziger –, und obwohl Darlene in den fünf Jahren, in
denen sie hier arbeitete, kein einziges Mal daran gespielt hatte, steckte sie an diesem Tag auf dem Weg zum Mittagessen
ihre Hand in die Tasche, ertastete den Umschlag mit dem
abgerissenen Ende und machte einen Schlenker auf den verchromten Dummenfänger zu. Sie hatte ihre Absicht, den
Quarter Paul zu schenken, nicht vergessen, aber ein Quarter
bedeutete den Kids heutzutage nichts, und wie denn auch?
Für einen Quarter bekam man nicht mal eine lausige Flasche
Coke. Und plötzlich wollte sie das verdammte Ding einfach
nur loswerden. Ihr Rücken schmerzte, sie hatte ungewohn-
tes Sodbrennen von ihrer Tasse Kaffee um zehn Uhr, und sie
war schwer deprimiert. Die Welt hatte plötzlich ihren Glanz
verloren, und an allem schien dieser verdammte Quarter
schuld zu sein … als liege er da in ihrer Tasche und sende in
kleinen Schüben schlechte Vibrations aus.

Gerda kam gerade rechtzeitig aus dem Aufzug, um zu sehen, wie Darlene sich vor dem Spielautomaten aufbaute und
den Quarter aus dem Umschlag in ihre Handfläche plumpsen ließ.

»Du?«, fragte Gerda. »*Du?* Nein, niemals – das glaub ich
nicht.«

»Sieh nur her«, sagte Darlene und steckte das Geldstück
in den Schlitz, über dem 1 2 ODER 3 MÜNZEN EINWER-
FEN stand. »Dieses Baby ist futsch.«

Sie wollte schon weggehen, drehte sich dann aber, fast als
sei ihr diese Idee nachträglich gekommen, doch um, um den

Hebel des Banditen herunterzuziehen. Sie wandte sich erneut ab, machte sich nicht die Mühe, die sich drehenden Trommeln zu beobachten, und sah deshalb nicht, wie die Glocken in den Fenstern erschienen – eine, zwei und drei. Sie blieb erst stehen, als sie hörte, wie Quarters in die Schale unter dem Automaten prasselten. Sie bekam große Augen, die sich dann misstrauisch verengten, als ob dies nur ein weiterer Scherz sei ... oder vielleicht die Pointe des ersten.

»Gevonnen!«, rief Gerda, deren schwedischer Akzent in ihrer Aufregung stärker wurde. »Darlene, du hast gevonnen!«

Sie flitzte an Darlene vorbei, die einfach nur stehen blieb und zuhörte, wie Quarter in die Schale prasselten. Das Geräusch schien endlos lange anzuhalten. *Ich hab Glügg gehabt*, dachte sie. *Wirklich Glügg gehabt.*

Endlich hörte die Geldkaskade auf.

»O Gott«, sagte Gerda. »Du meine Güte! Und wenn ich daran denke, dass diese knickerige Maschine bei mir nie was ausspuckt, obwohl ich sie dauernd mit Quarter füttere! Solches Glück! Das müssen fünfzehn Dollar sein, Darl! Stell dir vor, du hättest *drei* Quarter eingevorfen!«

»Das wäre mehr Glück gewesen, als ich hätte aushalten können«, sagte Darlene. Ihr war nach Weinen zumute. Sie wusste nicht, woher das kam, aber es war so; sie konnte spüren, wie die Tränen hinter ihren Augäpfeln wie schwache Säure brannten. Gerda half ihr, die Quarter aus der Schale zu schaufeln, und als Darlene sie alle in der Tasche ihrer Uniform hatte, hing sie auf dieser Seite komisch herunter. Ihr einziger Gedanke dabei war, dass sie Paul etwas Nettes, irgendein Spielzeug kaufen sollte. Fünfzehn Dollar reichten nicht für das Sega-System, das er sich wünschte, bei weitem nicht, aber vielleicht bekam man dafür eines dieser elektronischen Dinger, die er sich im Einkaufszentrum immer im Schaufenster von Radio Shack ansah. Er fragte nie danach, da er wusste, dass das aussichtslos gewesen wäre; er war kränklich, aber das machte ihn nicht dumm, und so starrte er immer nur mit großen Augen, die andauernd wässrig und entzündet zu sein schienen, ins Schaufenster.

Den Teufel wirst du tun, sagte sie sich. *Du wirst das Geld für ein Paar Schuhe verwenden, das wirst du tun ... oder für Patsys gottverdammte Zahnspangen. Paul hätte nichts dagegen, das weißt du genau.*

Nein, Paul hätte nichts dagegen, und das war das Schlimme daran, dachte sie, während sie ihre Finger durch die Quarter in ihrer Tasche gleiten ließ und sie klimpern hörte. Man machte sich *ihretwegen* etwas aus Dingen. Paul wusste, dass die Boote und Autos und Flugzeuge mit Funkfernsteuerung im Schaufenster für ihn ebenso unerreichbar waren wie das Sega-System und alle Spiele, die er darauf spielen konnte; für ihn existierte dieses Zeug nur, um seine Fantasie anzuregen – wie Gemälde in einer Galerie oder Statuen in einem Museum. Für sie jedoch ...

Nun, vielleicht *würde* sie ihm von ihrem unerwarteten Gewinn etwas Verrücktes kaufen. Etwas, das unsinnig und nett war. Ihn damit überraschen.

Sich selbst überraschen.

Sie überraschte sich tatsächlich.

Sogar sehr.

An diesem Abend beschloss sie, zu Fuß nach Hause zu gehen, statt den Bus zu nehmen. Auf halber Strecke die North Street entlang bog sie ins Silver City Casino ab, in dem sie noch nie in ihrem Leben gewesen war. Sie hatte sich die Quarter – insgesamt waren es achtzehn Dollar gewesen – an der Hotelrezeption in Scheine wechseln lassen, und jetzt näherte sie sich mit dem Gefühl, in ihrem eigenen Körper nur zu Gast zu sein, dem Roulettetisch und hielt dem Croupier diese Scheine mit einer Hand hin, die völlig gefühllos zu sein schien. Gefühllos war jedoch nicht nur ihre Hand; sämtliche Nerven unter ihrer Haut schienen tot zu sein, als habe dieses unerwartete, anomale Verhalten sie wie überlastete Sicherungen durchbrennen lassen.

Das spielt keine Rolle, sagte sie sich, während sie alle 18 der unmarkierten rosa Dollarchips auf das mit UNGERA-DE bezeichnete Feld legte. *Dies ist nur ein Quarter, wirklich nicht mehr, ganz gleich, wie er auf dem Filzbezug des Spieltischs aussieht, dies ist nur ein dummer Streich, den jemand einem Zimmermädchen gespielt hat, dem er niemals persönlich ins Gesicht sehen musste. Dies ist nur ein Quarter, und du versuchst weiterhin nur, ihn loszuwerden, weil er sich vervielfacht und seine Gestalt verändert hat, aber noch immer schlechte Vibrations aussendet.*

»Keine Wetten mehr, keine Wetten mehr«, skandierte der Croupier, als er die Kugel entgegen der Drehrichtung des Rades in den Kessel warf. Die Kugel fiel, hüpfte, blieb liegen, und Darlene schloss kurz die Augen. Als sie sie wieder öffnete, sah sie die Kugel in dem mit 15 bezeichneten Fach des sich noch drehenden Rades liegen.

Der Croupier schob weitere achtzehn rosa Chips – sie sahen wie zerdrückte Canada Mints aus, fand Darlene – zu ihr hinüber. Darlene sammelte sie ein und setzte sie dann alle auf Rot. Der Croupier sah mit hochgezogenen Augenbrauen zu ihr hinüber, fragte wortlos, ob sie sich ihrer Sache sicher sei. Sie nickte zustimmend, und er drehte das Rouletterad. Als Rot gewonnen hatte, setzte sie ihren wachsenden Haufen Chips auf Schwarz.

Dann auf Ungerade.

Dann auf Gerade.

Nach dem letzten Spiel hatte sie fünfhundertsechsundsiebzig Dollar vor sich liegen und war in Gedanken auf einem anderen Planeten. Sie sah keine schwarzen und grünen und rosa Chips vor sich, nicht exakt; sie sah Zahnspangen und ein U-Boot mit Funkfernsteuerung.

Ich hab Glügg, dachte Darlene Pullen. *Oh, hab ich Glügg.*

Sie setzte ihre Chips wieder, alle auf einmal, und die Menge, die sich in Glücksspielstädten selbst um fünf Uhr nachmittags immer neben und hinter Spielern versammelt, die plötzlich eine Glücksträhne haben, stöhnte auf.

»Ma'am, diesen Einsatz darf ich nur annehmen, wenn der Saalchef sein Okay gibt«, sagte der Croupier. Er wirkte jetzt sehr viel wacher als zuvor, als Darlene in ihrer blau-weiß gestreiften Rayonuniform an den Tisch gekommen war. Sie hatte alle ihre Chips auf die zweite Sequenz gesetzt – die Zahlen 13 bis 24.

»Dann holen Sie ihn besser her, mein Lieber«, sagte Darlene und wartete ruhig, beide Füße auf Mutter Erde hier in Carson City, Nevada, sieben Meilen von der Stelle entfernt, wo 1878 das erste große Silberbergwerk in Betrieb gegangen war, ihr Kopf irgendwo tief in den Deluminium-Minen des Planeten Chumpadiddle, während der Saalchef sich mit dem Croupier beriet und die Menge um sie herum murmelte. Schließlich kam der Saalchef zu ihr herüber und bat sie, Namen und Anschrift und Telefonnummer auf ein Stück rosa Memopapier zu schreiben. Das tat Darlene, wobei sie interessiert feststellte, dass sie ihre Handschrift kaum als ihre eigene erkannte. Sie fühlte sich ruhig, so ruhig wie der ruhigste Deluminium-Kumpel, der je gelebt hatte, aber ihre Hände zitterten heftig.

Der Saalchef nickte Mr. Roulettebediener zu und machte mit seinen Fingern eine Drehbewegung in der Luft – lass es kreiseln, Sohn.

Diesmal war das Rattern der kleinen weißen Kugel im Bereich um den Roulettetisch deutlich zu hören; die Menge war völlig verstummt, und Darlenes Einsatz lag als Einziger auf dem Tisch. Dies war Carson City, nicht Monte Carlo, und für Carson war das ein Monstereinsatz. Die Kugel ratterte, fiel in ein Fach, sprang, fiel in ein anderes, hüpfte dann nochmals. Darlene schloss ihre Augen.

Glügg, dachte sie, betete sie. *Ich hab Glügg, glüggliche Mom, glüggliches Mädchen.*

Die Menge stöhnte, entweder entsetzt oder ekstatisch. So wusste sie, dass das Rouletterad langsam genug geworden war, dass die Zahlen zu lesen waren. Als Darlene die Augen öffnete, wusste sie, dass ihr Quarter endlich fort war.

Nur war er das nicht.

Die kleine weiße Kugel lag in dem mit 13 Schwarz bezeichneten Fach.

»O mein Gott, Schätzchen«, sagte eine Frau hinter ihr. »Geben Sie mir Ihre Hand, ich will Ihre Hand reiben.« Darlene überließ sie ihr und fühlte, wie auch ihre andere Hand sanft ergriffen wurde – berührt und gestreichelt. Sie spürte, wie aus irgendwelchen Fernen weit, weit von den Deluminium-Bergwerken, in denen sie diesen Wachtraum hatte, erst zwei Leute, dann vier, dann sechs, dann acht sanft ihre Hände rieben, um zu versuchen, sich mit ihrem Glück wie mit einem Erkältungsbazillus anzustecken.

Mr. Roulette schob einen Haufen Chips nach dem anderen zu ihr hinüber.

»Wie viel?«, fragte sie mit schwacher Stimme. »Wie viel ist das?«

»Siebzehnhundertachtundzwanzig Dollar«, sagte er. »Glückwunsch, Ma'am. An Ihrer Stelle würde ich ...«

»Sie sind aber nicht an meiner Stelle«, sagte Darlene. »Ich will alles auf eine Zahl setzen. Auf die da.« Sie zeigte auf eine. »Fünfundzwanzig.« Hinter ihr kreischte jemand leise wie im Sinnenrausch. »Bis auf den letzten Cent.«

»Nein«, sagte der Saalchef.

»Aber ...«

»Nein«, wiederholte er, und sie hatte den größten Teil ihres Lebens für Männer gearbeitet, jedenfalls lange genug, um zu wissen, wann ein Mann hundertprozentig meinte, was er sagte. »Hausregel, Mrs. Pullen.«

»Also gut«, sagte sie. »Also gut, Sie Hosenscheißer.« Sie zog ihre Chips wieder zu sich heran, warf dabei einige der Stapel um. »Wie viel *lassen* Sie mich setzen?«

»Entschuldigen Sie mich«, sagte der Saalchef.

Er blieb fast fünf Minuten fort. In dieser Zeit stand das Rad still. Niemand sprach mit Darlene, aber ihre Hände wurden wiederholt berührt und manchmal gerieben, als sollte eine Ohnmächtige wiederbelebt werden. Als der Saalchef zurückkam, brachte er einen großen, glatzköpfigen Mann mit. Der große, kahlköpfige Mann trug einen Smoking und eine goldgeränderte Brille. Er sah Darlene nicht richtig an, sondern mehr durch sie hindurch.

»Achthundert Dollar«, sagte er, »aber ich rate Ihnen davon ab.« Sein Blick glitt über ihre Uniform hinab, dann wieder zu ihrem Gesicht hinauf. »Ich denke, Sie sollten Ihren Gewinn einlösen, Madam.«

»Ich denke, Sie sollten sich um Ihren eigenen Scheiß kümmern«, sagte Darlene, und der große, glatzköpfige Mann kniff angewidert die Lippen zusammen. Sie sah zu Mr. Roulette hinüber. »Tun Sie's«, sagte sie.

Mr. Roulette legte eine Plakette mit dem Aufdruck $ 800 auf den Spieltisch und rückte sie pedantisch so zurecht, dass sie genau die Zahl 25 bedeckte. Dann drehte er das Rad und warf die Kugel in den Kessel. Inzwischen war das gesamte Casino verstummt, sogar das ständige Ratschen und Bimmeln der Spielautomaten. Darlene hob den Kopf, sah durch den Raum und war nicht überrascht, als sie feststellte, dass die nebeneinander angeordneten Fernsehschirme, auf denen Pferderennen und Boxkämpfe zu sehen gewesen waren, jetzt das wirbelnde Rouletterad zeigten ... und sie.

Ich bin sogar ein Fernsehstar. Ich habe Glügg. Ich habe Glügg. Oh, ich habe so viel Glügg.

Die Kugel rollte. Die Kugel sprang. Sie verfing sich beinahe, dann rollte sie doch weiter – ein kleiner weißer Derwisch, der in dem Roulettekessel aus poliertem Holz im Kreis herumraste.

»Gewinnchancen?«, rief sie plötzlich. »Wie hoch sind die Gewinnchancen?«

»Dreißig zu eins«, sagte der große, kahlköpfige Mann. »Vierundzwanzigtausend Dollar, falls Sie gewinnen, Madam.«

Darlene schloss die Augen ...

... und öffnete sie in 322. Sie saß noch immer auf dem Stuhl, hielt den Umschlag in einer Hand und hatte den herausgefallenen Quarter in der anderen. Ihr Gesicht war noch feucht von ihren Lachtränen.

»Ich habe eben Glügg«, sagte sie und drückte den Umschlag zusammen, damit sie hineinsehen konnte.

Kein Zettel. Nur ein weiterer Teil ihres Wachtraums – mit Rechtschreibfehlern und allem.

Darlene ließ den Quarter seufzend in ihre Uniformtasche gleiten und machte sich daran, 322 zu putzen.

Statt Paul nach Hause zu bringen, wie sie's normalerweise nach der Schule tat, brachte Patsy ihn ins Hotel. »Er rotzt überall herum«, erklärte sie ihrer Mutter, wobei ihre Stimme von Verachtung triefte, wie sie nur Dreizehnjährige in solchen Mengen aufbieten können. »Also, er scheint irgendwie daran zu *ersticken*. Ich dachte, du würdest mit ihm in die Poliklinik gehen wollen.«

Paul sah sie schweigend und geduldig mit tränenden Augen an. Seine Nase war feuerrot und geschwollen. Sie waren in der Hotelhalle; im Augenblick checkten keine Gäste ein, und Mr. Avery (Tex für die Zimmermädchen, die den kleinen Scheißer ausnahmslos hassten) war nicht an der Rezeption. Wahrscheinlich hinten in seinem Büro, wo er sich einen runterholte. Falls er seinen Pimmel finden konnte.

Darlene legte ihre Handfläche auf Pauls Stirn, spürte die Hitze unter der Haut und seufzte. »Du hast wahrscheinlich Recht«, sagte sie. »Wie fühlst du dich, Paul?«

»Ogay«, sagte Paul mit distanzierter Nebelhornstimme.

Sogar Patsy wirkte deprimiert. »Wahrscheinlich ist er tot, bevor er sechzehn ist«, sagte sie. »Vermutlich der einzige Fall von spontanem Aids in der Weltgeschichte.«

»Du hältst deine dreckige kleine Klappe!«, sagte Darlene viel schärfer, als sie beabsichtigt hatte, aber Paul war derjenige, der betroffen wirkte – er fuhr zusammen und wich ihrem Blick aus.

»Außerdem ist er ein Baby«, sagte Patsy hoffnungslos.
»Echt, meine ich.«

»Nein, das ist er nicht. Er ist empfindlich, das ist alles.
Und seine Widerstandskraft ist gering.« Sie angelte den
Quarter aus ihrer Tasche. »Paul? Willst du den?«

Er sah sie wieder an, sah den Quarter und lächelte ein
wenig.

»Was hast du damit vor, Paul?«, fragte Patsy ihn, als er
nach dem Geldstück griff. »Mit Deirdre McCausland groß
ausgehen?« Sie kicherte hämisch.

»Mir fälld schon was ein«, sagte Paul.

»Lass ihn in Ruhe«, sagte Darlene. »Nerv ihn mal für kurze Zeit nicht, könntest du das tun?«

»Yeah, aber was kriege *ich*?«, fragte Patsy. »Ich hab ihn
sicher hergebracht, ich bringe ihn *überall* sicher hin, was
kriege *ich* also?«

Zahnspangen, dachte Darlene, *falls ich sie mir jemals leisten kann*. Und sie fühlte sich plötzlich von Kummer über-
wältigt, von einem Gefühl, das Leben gleiche einer großen,
kalten Abraumhalde – vielleicht aus Deluminium-Schla-
cke –, die ständig dräuend über einem hing, die ständig darauf wartete, auf einen herabzustürzen, einen in schreiende
Stücke zu hauen, noch bevor sie einen zerschmetterte. Glück
war ein Witz. Selbst Glück war lediglich Pech, das sich die
Haare gekämmt hatte.

»Mom? Mommy?« Patsys Stimme klang plötzlich besorgt.
»Ich will gar nichts. Ich hab nur Spaß gemacht, weißt du.«

»Für dich habe ich ein *Sassy*, wenn du willst«, sagte Darlene. »Ich hab's in einem meiner Zimmer gefunden und in
meinen Spind gelegt.«

»Die neueste Ausgabe?« Patsys Stimme klang misstrauisch.

»Wirklich die neueste Ausgabe. Komm mit.«

Die beiden hatten die Hotelhalle halb durchquert, als sie
das Fallen eines Geldstücks und das unverkennbare Rat-
schen des Hebels und das Surren der Trommeln hörten, als

Paul den Hebel des Spielautomaten neben der Rezeption herunterzog und dann wieder losließ.

»Oh, du Blödmann, jetzt gibt's Zoff!«, rief Patsy. Das klang nicht, als sei sie darüber ausgesprochen unglücklich. »Wie oft hat Mom dir schon gesagt, dass du dein Geld nicht für solches Zeug verschleudern sollst? Automaten sind bloß was für Touristen!«

Aber Darlene drehte sich nicht einmal um. Sie stand da und sah die Tür an, die ins Land der Zimmermädchen führte, in dem billige Stoffmäntel von Ames und Wal-Mart in einer Reihe hingen wie Träume, die schäbig geworden und ausgesondert worden sind, in dem die Stechuhr tickte, in dem die Luft immer nach Melissas Parfüm und Janes Ben-Gay roch. Sie stand da und horchte auf das Surren der Trommeln, sie stand da und wartete darauf, dass Münzen in die Schale prasselten, und als sie zu fallen begannen, dachte sie bereits daran, wie sie Melissa bitten würde, auf die Kids aufzupassen, während sie ins Casino hinüberging. Dort würde sie nicht lange brauchen.

Ich hab Glügg, dachte sie und schloss die Augen. In der Dunkelheit hinter ihren Lidern klang das Prasseln der fallenden Münzen sehr laut. Es klang wie Metallschlacke, die auf einen Sarg fällt.

Alles würde genauso passieren, wie sie es sich ausgemalt hatte, dessen war sie sich irgendwie sicher, und trotzdem stand ihr das Bild vom Leben als einer riesigen Abraumhalde, einer Halde aus fremdartigem Metall weiter vor Augen. Es glich einem hartnäckigen Fleck auf einem Lieblingskleid, von dem man genau weiß, dass er sich nie wird entfernen lassen.

Trotzdem brauchte Patsy Zahnspangen, Paul brauchte einen Doktor für seine ständig laufende Nase und ständig tränenden Augen, er brauchte ein Sega-System, wie Patsy etwas bunte Unterwäsche brauchte, in der sie sich witzig und sexy vorkommen würde, und sie brauchte … was? Was brauchte sie? Dass Deke zurückkam?

Klar, Deke soll zurückkommen, dachte sie beinahe lachend. *Ich brauche ihn wieder, wie ich die Pubertät wieder brauche oder Geburtswehen. Ich brauche ... nun ...*
(nichts)
Ja, das stimmte. Gar nichts, null, leer, adiòs. Schwarze Tage, einsame Nächte, und trotzdem immer lachend.
Ich brauche nichts, weil ich Glügg habe, dachte sie mit noch immer geschlossenen Augen. Tränen quollen unter ihren fest zusammengekniffenen Lidern hervor, während hinter ihr Patsy gellend laut kreischte: »Oh, Scheiße! Oh, Scheiße im Quadrat, das ist der Jackpot, Paulie! Das ist der verdammte Jackpot!«
Glügg, dachte Darlene. *Ich hab Glück, oh, so viel Glügg.*

»Dieses Gefühl, das man nur auf Französisch ausdrücken kann«, deutsch von Wulf Bergner. Originaltitel: »That Feeling You Can Only Say What It Is in French«. Übersetzung © 2003 by Ullstein Heyne List GmbH & Co. KG

»1408«, deutsch von Wulf Bergner. Originaltitel: »1408«. Übersetzung © 2000 by Econ Ullstein List Verlag GmbH & Co. KG

»Achterbahn«, deutsch von Hedda Pänke. Originaltitel: »Riding the Bullet«. Übersetzung © 2000 by Econ Ullstein List Verlag GmbH & Co. KG, München

»Der Glüggsbringer«, deutsch von Wulf Bergner. Originaltitel: »Lucky Quarter«. Übersetzung © 2003 by Ullstein Heyne List GmbH & Co. KG